U0127443

電影館 24

遠流出版公司

電影館 | 24

電影藝術：形式與風格
(Film Art: An Introduction)

著者／David Bordwell,
Kristin Thompson

譯者／曾偉禎

編輯委員／焦雄屏、黃建業、張昌彥
詹宏志、陳雨航

內頁完稿／唐壽南

封面設計／陳栩椿

責任編輯／趙曼如

發行人／王榮文
出版／遠流出版事業股份有限公司
台北市汀州路三段184號7樓之5
郵撥／0189456-1
電話／(02)3653707
傳眞／(02)3658989
發行／信報股份有限公司
電話／(02)3651212
傳眞／(02)3657979

法律顧問／王秀哲律師
嘉義市忠義街178號
電話／(05)2273193

電腦排版／天翼電腦排版印刷股份有限公司
台北市敦化南路490號11樓之5
電話／(02)7054251

印刷／優文印刷事業有限公司

1992(民81)年5月16日　初版一刷
行政院新聞局局版台業字第1295號

售價500元
缺頁或破損的書，請寄回更換
版權所有・翻印必究
Printed in Taiwan
ISBN 957-32-1587-x

出版緣起

看電影可以有多種方式。

但也一直要等到今日，這句話在台灣才顯得有意義。

一方面，比較寬鬆的文化管制局面加上錄影機之類的技術條件，使台灣能夠看到的電影大大地增加了，我們因而接觸到不同創作概念的諸種電影。

另一方面，其他學科知識對電影的解釋介入，使我們慢慢學會用各種不同眼光來觀察電影的各個層面。

再一方面，台灣本身的電影創作也起了重大的實踐突破，我們似乎有機會發展一組從台灣經驗出發的電影觀點。

在這些變化當中，台灣已經開始試著複雜地來「看」電影，包括電影之內（如形式、內容），電影之間（如技術、歷史），電影之外（如市場、政治）。

我們開始討論（雖然其他國家可能早就討論了，但我們有意識地談却不算久），電影是藝術（前衛的與反動的），電影是文化（原創的與庸劣的），電影是工業（技術的與經濟的），電影是商業（發財的與賠錢的），電影是政治（控制的與革命的）……。

鏡頭看著世界，我們看著鏡頭，結果就構成了一個新的「觀看世界」。

正是因爲電影本身的豐富面向，使它自己從觀看者成爲被觀看、被研究的對象，當它被研究、被思索的時候，「文字」的機會就來了，電影的書就出現了。

《電影館》叢書的編輯出版，就是想加速台灣對電影本質的探討與思索。我們希望通過多元的電影書籍出版，使看電影的多種方法具體呈現。

我們不打算成爲某一種電影理論的服膺者或推廣者。我們希望能同時注意各種電影理論、電影現象、電影作品，和電影歷史，我們的目標是促成更多的對話或辯論，無意得到立即的統一結論。

就像電影作品在電影館裡呈現千彩萬色的多方面貌那樣，我們希望思索電影的《電影館》也是一樣。

王榮文

電影藝術

形式與風格

David Bordwell & Kristin Thompson 著

曾偉禎譯

紅場電影工作室／策劃

關於作者

大衛．鮑得威爾(David Bordwell)和克莉絲汀．湯普遜(Kristin Thompson)夫婦定居於威斯康辛州的麥迪遜市。

大衛‧鮑得威爾是威斯康辛大學麥迪遜分校傳播藝術系(Communication Arts)教授。擁有愛荷華大學電影碩士及博士學位。著作包括*The Films of Carl-Theodor Dreyer*(University of Calfornia Press, 1981)，*Ozu and the Poetics of Cinema*(Birthish Film Iustitutel/Princeton University Press, 1988)，以及*Making Meaning: Inference and Rhetoric in the Interpretation of Cinema* (Harvard University Press, 1989)。並獲得優良大學教授獎。

克莉絲汀‧湯普遜是威斯康辛大學麥迪遜分校榮譽研究員。擁有愛荷華大學電影碩士學位，及威斯康辛大學麥迪遜分校之電影之博士學位。已出版了*Eisensteins' "Ivan the Terrible"*(Princeton University Press, 1981)，*Exporting Entertainment: America's Place in World Film Markets , 1907—1934*(British Film Iustitute, 1985)，*Breaking the Glass Armor: Neoformalist Film Analyses*(Princeton University Press, 1988)以及許多關於電影評論的文章。目前她正著力進行二〇年代歐洲前衛電影風格的歷史研究。

兩位作者曾與著名電影學者，珍娜．史塔格(Janet Staiger，NYU，紐約大學電影教授)合著*The Classical Hollywood Cinema: Film Style and Mode of Production to 1960*(Columbia University Press, 1985)。

關於譯者

曾偉禎，紐約大學電影碩士，現任教於輔仁大學、實踐家專，並替《聯合報》撰寫影評。

目次

譯序

翻譯這本書的原始動機相當單純：一是從翻譯中溫習及反省自己的電影思考，二是提供國內大專院校電影系或相關科系學生作爲教科書之用。

1989年自紐約大學(NYU)電影研究所(Cinema Studies)畢業回國之後，由於在母校輔仁大學大傳系兼課，爲了準備學生教材，我開始在書店中搜尋一些適合學生閱讀進修的中文書，結果發現市面上關於電影的書大部分是影評文集、資料性電影書或電影作者(auteurs)專論的編譯。較適合做課堂教科書的，除了焦雄屏小姐譯自Louis D. Giannetti著作的《認識電影》(Understanding Movies)是較具電影入門性格的書外，理論方面以陳國富先生譯自道利・安祖(Dudley Andrew)的《電影理論》(The Major Film Theory)是比較進階介紹影史中各重要理論現象的好書。前者以知性感性兼具的方式著重簡介影史中已出現的電影技術；後者可幫助學生從幾個基本問題去概知各理論家對電影現象提出自己系統化的看法。但是光這兩本並不夠，要讓學生除了體驗電影外，更去思考影片，並還能對電影保持高度興趣，需要一本綜合這兩類、且有系統的方法去討論電影的書，書架上的其他書本雖有參考價值，但僅是課後學生充實自己視聽之用，並不能當做教科書。我因此開始調查了解學生的需要，然後回頭到以前在國外求學的外文資料裏尋找適合的教材。

這本書原名爲*Film Art：An Introduction*，是當年初入學時，系上規定第一學期必修課之一的規定教科書其一。雖然Cinema Studies研究所著重的是學術性的電影研究，但是系上並不只收電影科系的學生。所有受過相關的文學、戲劇等學科訓練的申請者，經過系內評估之後，都可獲准入學。所以爲了先統合來自世界各地不同背景的學生以往對電影的認識，這本*Film Art*遂在第一學期的課程中扮演著重要角色，是學生在選修其他專論課程前的基礎訓練。

這本書最大的特點,我認爲是:它以一個非常系統化的方式進行電影「形式」與「風格」方面的概念思考,同時佐以巨細靡遺的影片舉例,詳細分解構成電影的元素,說明電影的形式系統(敍事與非敍事性)與風格系統(攝影、剪接、場面調度與聲音)如何在影片中交互作用。所以它對學生的幫助是讓他們在了解一部電影時,不再是以以往觀影經驗所累積的慣性直覺方式去感受影片技術或屬於情感上的精彩片段,而能將電影看作是一個創作者在凝粹創作意念之後,執行到影片膠卷上的完整呈現,是一個像其他藝術如詩歌、建築、音樂與舞蹈一般的完整體。

而從教學者的觀點而言,由於本書作者在序言及其他重要部分的前言已詳細揭櫫他們寫作此書的理念,以「形式」與「風格」爲主的美學方法論,理論邏輯軌跡明晰可循,也具通論性質,因此拿來當教材用,可以隨時在同一議題提出其他美學論點,並佐以不同影片的例子,讓課堂更活潑,學生因此可以有一個更週延的管道融匯貫通地了解、體會及思考「電影是什麼」這個問題,進而發展出屬於個人的觀點。

在翻譯時,由於該書內容相當豐富,整個譯事工程約橫跨半年時光,在盡力統合各章術語譯法中,想必仍有疏忽之處;同時爲了讓學生能更快進入本書的內容精神,我假設自己用了深入淺出的文字,想必也有頗多疏漏。人的性格影響文字性格,內文之中必有許別前輩、專家讀起來不對勁的地方,在此懇求指正,使本書更臻助益學生的學習效果。

剛開始時翻譯這本書的動機相當單純,然而,隨著整個譯事的龐大工程,才了解單純動機需要諸多客觀條件的協助才能竟全功。因此,在這裏我不免俗地要感謝許多人。難友王瑋自我們的紅場電影工作室(1990 春)還僅是概念上的草創初期即一起發想如何有計劃地做一些電影事,並肩至今。關於文字方面除了本書,還有幾本關於實際電影製作的技術書籍(電影攝影、沖印、編劇與剪接)之譯事都在進行當中。希望能夠補充電影書架的空缺部分。在這點上,遠流出版公司非常積極地成全我們,以相當自覺的姿態爲台灣電影文化盡力。

另外在翻譯中碰到許多關於技術與專有名詞之疑難處時,焦雄屏小姐、張昌彥先生、林良忠先生、藍祖蔚先生、李幼新先生、石偉明先生及《影響》雜誌諸君都提供了相當珍貴的資料及意見。而譯事的龐雜工程中,紐約大學的同窗好友林宜欣、輔仁大學英文系學妹董佩琪、王郁君都幫了不少忙。謝謝她們。

最後再次請前輩專家對本書能不吝指正。

曾偉禎

1992、3

前言

這本書的宗旨是要將電影方面的美學知識介紹給讀者，它假設讀者除了有看電影的經驗外，並沒有其他關於電影方面的知識。雖然本書的一些特性可以證明對已經在電影知識上有相當涵養的讀者也有不少用處，我們的目的主要是探察出電影之所以是一種藝術表現形式的基本特性。

在強調電影是一種藝術的同時，我們蓄意地忽略這個媒體的其他狀態；工業紀錄片、教育影片、政治宣傳片、反映社會歷史，以及身爲具影響力的大衆傳播媒體等等……這些重要的電影層面，是需要獨立的書來配合適當的處理，本書只希望將能夠組成藝術面貌的基本電影元素獨立出來。因此，對電影能像其他藝術如繪畫、建築、音樂、文學、舞蹈等激發出類似的美感經驗感到興趣的讀者，才是本書針對的對象。

當我們開始執筆時，在腦海中將讀者歸成三類：第一是對電影有興趣的一般讀者。第二是在學學生，他們上的課包括電影欣賞、電影概論、電影批評以及電影美學等等，這本書可充當教科書使用。第三類是電影系的高年級學生，他們可以在這本書中發現有效的論述模式，幫助他們在做某方面電影專論的研究報告時，系統化整理論點的參考。

《電影藝術——入門介紹》提供系統化的研究途徑，它當然可以盡可能地(不管願不願意)把近代研究美學的方法，全部拿出來做地毯式的檢閱和套用。但是我們判斷那樣會太過傾向於折衷主義。相對的，我們決定只選擇其中一個研究方法，來有效地引領讀者一步步了解電影美學的種種層面。**我們採用這個論點的重點在，它視電影爲一個完整體，觀衆得經驗一整部影片，而不是零碎分鏡的意義顯現**。因爲如果那部電影是了解電影美學幾個重要問題的重要作品，我們需要的是一個能幫我們完全了解這整部電影的方法。這個方法強調電影是一件作品——由特殊方法製造，具有整體性及一致性。並存在於歷史之中。我們可以用以下一系列問題來描繪這個方法的輪廓。

電影如何被製造出來？要了解電影即藝術首先需要認知的是，人類的勞動創造了這個作品，這領導我們去研究電影製作(第一部分)。

電影如何運作它的影響力？本書假設電影像其他的藝術成品一樣，是一種**形式**的構組，這項認定引導我們討論：形式是什麼？形式又如何影響觀衆？而電影形式構成的基本原則是什麼？什麼是敘事性電影？以及何謂非敘事性電影？(第二部分)在了解電影形式的本質時，我們還需要考慮到電影技術，**技術**是形式在影響整部電影表現時(所謂**風格**)的重要特性。我們因此分析了四種主要的電影技術，闡述它們在表現電影藝術的種種可能：場面調度、攝影、剪接及聲音(第三部分)。

如何精確地分析一部電影？把對電影形式的了解和電影技術上的知識做爲武裝自己的武器，即可著手分析爲什麼某部特定影片是件藝術品。爲此，我們分析了幾部影片以爲範例(第四部分)。

電影藝術如何隨著歷史的演進而改變？雖然交代一部電影美學史需要花掉好幾個章節，但是在本書中，我們提示了電影在形式上的特性一定存在於可識別的歷史年代裏，我們因此檢閱了幾個重要年代裏的電影思潮及美學運動，來告訴讀者，了解電影形式的不同如何幫我們爲某些片子定位於電影史裏某些屬性相關的年代(第五部分)。

值得一提的是，這種研究整部電影的方法，是來自於我們教授「電影入門」課程多年來累積的心得。身爲老師，我們希望學生能在我們所研究的電影裏，看到、聽到更多。但是明顯的是，只在課堂上提供學生老師自己的觀點，並不能有效地教導學生如何去分析一部電影。因此，我們決定，學生至少應該能掌握一些賞析電影的基本原則，來幫他們更接近電影。我們成功的地方在於，本書完全以技術層面出發，所以讀者在學習電影藝術的形式及技術的基本概念時，能使他們對電影的看法及感受更加敏銳。

在技術上的強調還帶來另一個結果：你將發覺在書中的舉例和例證相當多樣；我們參考了許多影片。當然沒有一個電影系的老師能夠放映每部影片，我們還是期望大部分的讀者都已看過我們所提到的電影，但是我們會要求在清楚、鮮明、易懂的前提下，讓我們的舉例影片更有變化。如果有些片名聽起來很不熟悉，它的原因是，電影研究在過去五年來已有新的討論，並且被大部分的教科書採用(這些影片，很湊巧的，還是在電影的研究範圍內；小津安二郎的《獨生子》和柏格曼 Ingman Bergman 的《沉默》The Silence一樣容易找到，事實上可以更便宜的租到；安東尼奧尼Michaelangelo Antonioni的《情事》L'Avventura並不會比他的《紅色沙漠》Red Desert更難找。大概書中提到的影片，都是可以借到租到或者買到的)。然而，本書強調的是概念性技巧的取得，讀者並不需要看完所有書中提到的影片，才能體會一般性的原則。很多其他電影都可用來做同樣的說明。譬如說明攝影機運動的可能性在《輪舞》(La Ronde)和《大幻影》(La Grande Illusion)中一樣明白；要舉例敘事上的瞬時性，《辣手摧花》(Shadow of Doubt)和《憤怒之日》(Day of Wrath)一樣好用。沒錯，本書內容的設計可以是某堂電影課的課程進度，但是該堂課的老師還是可以用其他影片來說明本書的觀點(運用不同的電影爲例以比對相反的概念，或者是用更準確的電影片段確切地說明書中的概念，都是很好的練習)。本書不是靠提到衆多片名起家，而是靠它要引申的概念而存在。

《電影藝術》這本書有一些特殊的地方。電影書通常需要大量的圖片說明。事實上，大部分的書都是採用劇照——拍攝時以相機在一旁拍下來的，而不是從攝影機鏡框中取下來的。它的結果是那張說明的圖片和電影中的景像毫無關聯。我們因此很少用劇照。相反的，本書裏的圖片都是攝影機拍下來的——都是某格底片的放大，大部分都是從35釐米正片翻印出來，而不是毛片上的鏡頭剪下來。所有的彩色圖片不是從35釐米正片、就是從底片沖印出來的，雖然取得這些35釐米圖片的工作勞民又傷財，但是書裏提到的影片，絕對值得我們爲它們取得影像質感最佳的圖片。

本書另一個特徵是在每章後面都有註釋和議題。在這個部分我們提出問題、引發討論，並且建議更進一步的閱讀及研究。相信文後的補充說明、註釋和議題這部分，爲高年級的電影系學生、研究所學生，及有興趣的讀者提供了一個專論研究的資料來源。

木書第三版基本上是嘗試豐富並潤飾我們十年前在初版時的所呈現之理念。我們希望能設法讓這本書更深入淺出，且更具時效性。

大致而言，關於電影形式與技術方面的概念與第二版一致。但是，我們加入許多最新的參考書目於每章後的註釋與議題，以反映目前進階電影研究之最新發展；另外第十一章的電影史我們引用了最新的當代史學思潮來修正概述電影史的處理方法。爲了在閱讀上更容易進入本文，我們也重新安排了第二部分中的章節次序。目前是先審視學生較熟悉的敘事形式，之後才是非敘事形式。

本書在很多地方也做了許多補充。動畫片、紀錄片，以及實驗電影部分都增添了許多內容。例如《持攝影機的人》(Man with a Movie Camera)以及三部動畫片的批評範例分析。另外，我們認知到希區考克所拍攝的美國片對電影入門研究的重要性，因此以《北西北》(North by Northwest)爲例，取代了原來的《擒兇記》(The Man Who Knew Too Much)。也增加了許多新片的舉例，如文·溫德斯(Wim Wenders)的《慾望之翼》(Wings of Desire)，並花了大篇幅分析伍迪·艾倫(Woody Allen)的《漢娜姊妹》(Hannah and Her Sisters)。另外，在第一章及第六章也說明錄影帶在電影發行及放映管道上的重要性。最後，第一章經過大幅修正後，有更多討論大製片廠的製作型態與獨立製片型態的篇幅。總之，新版本包括了更多更新的例子及圖片說明。

由於培養大專院校學生撰寫文章的技巧日漸重要，第五部分我們更增加了一個附錄，建議學生如何做撰寫電影評論方面的準備。這並無意取代基本論說式文體的寫作方法，但我們的確有意提供一些行文前準備的動作、組織文章結構，以及撰寫分析評論方面的特定技巧。

總之，我們希望這本書能幫讀者以更敏銳的注意力去看更多的影片，並且能對電影藝術提出準確的問題。

David Bordwell
Kristin Thompson

第一部分

電影製作

1. 電影製作

稍加思考，我們都會同意電影跟建築、書籍、交響樂一樣，都是人類因某種目的而完成的作品。然而，當我們觀賞一部引人入勝的電影時，很難會想到，我們所看到的並非花朵、星辰般的自然物體，也就是說，電影的魅力往往讓我們忘了它是人造的。要了解電影藝術首先要認清的便是，電影乃是機械及人工的產物。

電影製作中的技術元素

與觀賞繪畫、舞台劇或幻燈片不同，電影呈現給我們的是「有運動幻象的影像」(images in illusory motion)。但是，到底是什麼東西製造了這種特殊的效果，使我們覺得這些影像在動？基本上，電影的發生首先必須藉助機器呈現給觀眾一連串以黑色為間隔的畫面，且讓每一個畫面停留的時間都很短。如果這一連串的影像有相同的物體，只是位置稍有變動，在放映時，觀眾在生理及心理上就產生影像在運動的幻覺；就如同大部分的人造品，電影仰賴科技之處尤其多。

首先，影像必須以**串連**(serial)的方式呈現。它可以是一排卡紙，迅速翻過，產生動態感，如圖 1.1 中的活動影鏡(Mutoscope)。更常見的是將影像刻在一條彎曲的材料上，如圖 1.2 的迴轉畫筒(西洋鏡，Zoetrope)就是將影像畫在一圈紙上。而電影則是以賽璐珞(celluloid)做為連續影像之材料，我們以**格**(frames)為其計算單位。基本上，電影需要三種機器來製造及展現膠卷上的影像。這三種機器有一個共同的原則：其裝置必須能控制進入底片的光度，要能一次拉動一格底片，並使之在適當的時間內感光。這三種機器是：

1. 攝影機(The Camera)(圖 1.3)，在一個密不透光的箱子內，一個傳動裝置將電影底片從送片捲軸(a)，經鏡頭(b)及光圈(c)，送到承接捲軸(d)。鏡頭即將場景所反射的光納入每一格影片(e)。傳動裝置則斷續地拉動底片，每拉

圖1.1

圖1.2

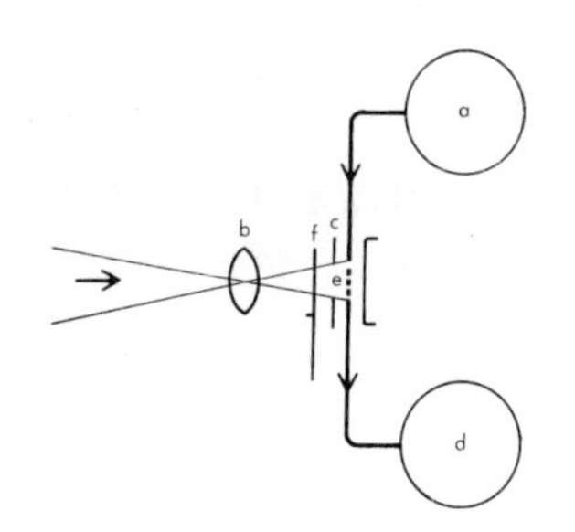

圖1.3　攝影機

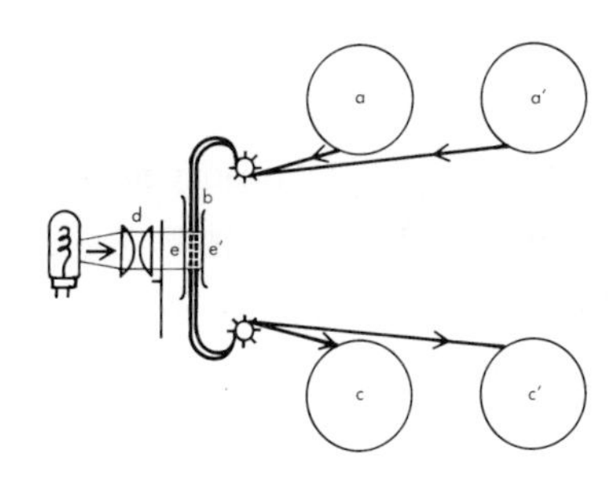

圖1.4　印片機

一格至光圈處會暫停一會兒。快門(f)則是將透過鏡頭的光進入暫停的底片，使之感光。有聲電影的標準跑片率是每秒 24 格。

2.印片機(The Printer)(圖 1.4，1.5)，印片機的設計各有不同，不過都少不了暗箱，讓傳動裝置將負片或正片由送片捲軸(a)，經光圈(b)，送至承接捲軸(c)。同時，一捲未曝光的影片(a′，c′)也經過光圈(b或b′)，藉由鏡頭(d)，光線穿入光圈，遂將影像(e)複印在未曝光的影片(e′)上。這兩卷影片可以是緊緊相鄰，同時通過光圈(如圖 1.4 所示)，或者，由母帶透過來的光，經由鏡頭、鏡子或三稜鏡之類的裝置(f)，使未曝光的膠卷感光(如圖 1.5 的光學印片機)。

3.放映機(The Projector)(圖 1.6),以傳動裝置將沖印好的影片,由送片捲軸(a),經鏡頭(b)及光圈(c),送至承接捲軸(d)。當光穿過影像(e),影像即被鏡頭放大,投射至銀幕上。也就是當傳動裝置斷續地將影片送經光圈時,快門(f)讓光線穿透每一格暫停的影片。基本上,要讓畫面產生動感,影片一秒鐘至少得跑 12 格;快門在每一格畫面最少要開關兩次,銀幕上的影像才不至於閃爍不定。有聲電影的標準放映率是每秒 24 格,快門在每一格畫面閃兩次。

攝影機、印片機及放映機都是由同一基本裝置衍生而來的。攝影機和放映機都是將影片送經一光源,它們之間最大的不同在於,攝影機將機器外的光線聚合在底片上,而放映機則相反,它以機器本身發出的光,將影像投射出來。印片機則混合了兩者之特性:與放映機相同的是,它以光線穿透沖印好的影片(正片或負片皆可);而與攝影機相同的是,它聚集的光線可在未曝光的膠卷上複製影像。

這三種裝置使觀眾視靜止畫面爲動態。但是,到底是怎樣的知覺作用讓我們有這樣的錯覺呢?在十九世紀,某些思想家曾提出「視覺暫留」(persistence of vision)的概念。由於這樣的現象,影像在消失後,還會在我們的視網膜殘留片刻。但是,這仍未解釋爲什麼我們看到的是會動的畫面而非一連串靜止的影像。到了二十世紀,研究顯示,問題並不單純。我們仍難確定電影是如何製造動感的幻覺,但至少有兩種人類的視覺因素與之有關。

第一種稱爲「連續閃爍的融合現象」,意指當光線在每秒中閃爍的次數超過 50 次時,我們的眼睛已無法辨識光線的跳動,而視之爲穩定之光源。通常,電影的拍攝及放映都是每秒 24 格的速度,加上放映機的快門在每格畫面上開

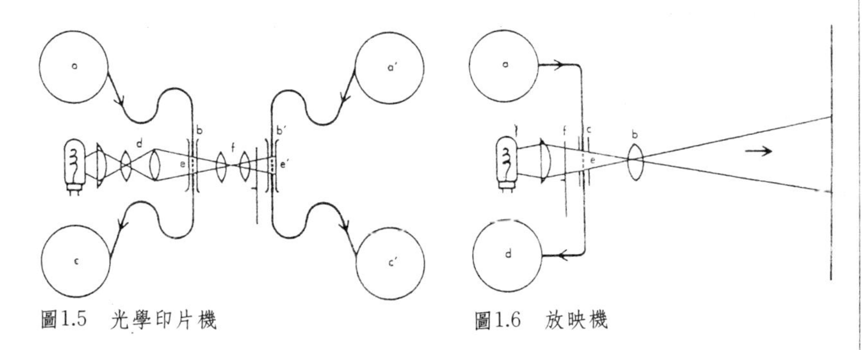

圖1.5　光學印片機

圖1.6　放映機

關兩三次，光線閃動的次數因此被提升至臨界點，反而看不出閃光。早期默片多半以較慢的速度攝製(每秒 16、18 或 20 格)，在工程師製造出在每格畫面內能開關多次的快門前，電影的影像一直有閃爍的問題(也因此在早期，電影俗稱"flicker")。

第二種因素爲「表面運動」，意指人類往往在靜物上看到動作。在 1912 年，完形學派(Gestle)心理學家馬克斯・瓦辛瑪(Max Wertheimer)發現，當兩盞相鄰的燈先後亮起時，觀者看到的並非兩盞發光的燈，而是一道移動的光線(霓虹燈就常藉此製造動態的效果)。研究人員曾假設觀者是藉某種非意識心理作用來製造物體運動之幻象。然而，近來的實驗顯示，這種幻象與人類視覺系統中的「動作分解」不無關聯。任何的移動，不管是眞實的或銀幕上的，都會刺激我們的眼睛或腦部，因而製造物體之動態感。

不管生理或心理之因素，我們所見之移動影像多半是經由攝製而成的。如同照相用的底片，電影的底片爲一層透明的底面(base，早先爲硝酸，現在爲醋酸)，上覆一層感光乳劑(emulsion)。黑白底片的感光乳劑上有銀顆粒，一旦受光，這些顆粒便形成潛伏的影像；經過化學沖洗後，影像便會浮現。所洗出來的影像可以是負片，也可以是正片。

彩色影片的感光劑有三層，每層除了銀之外，各有一個對三原色(紅、綠、藍)感光的化學染料。彩色底片在沖印後，其影像乃原來顏色之互補色。待經過顏色反轉處理後，影像上的顏色才會符合原影像。大部分的專業電影工作者都選用負片，因爲在沖印時，不但較能控制其品質，也可以印製較多的正片拷貝。正片攝影多半用於非專業的情況，如家庭電影。雖然電影工作者也可以在膠卷上繪圖、剪裁、打洞，甚至蝕刻，來製造非攝影能獲得的影像，然而大部分的人仍倚賴攝影機、印片機及其他種種攝影科技。

爲了能在攝影機、印片機、放映機內順利跑片，底片便需要標準規格。沿著膠卷的一邊或兩邊都打孔，讓機器內的扣鏈齒依序抓住這些小孔，底片才能以一定速度平穩轉動。此外，底片的一邊或兩邊會留位置給光學或磁性聲帶。而底片的面積也有其規格，只在寬度上有所變化。電影底片的寬度以釐米爲計算單位。雖然許多尺寸都曾被試用，國際通用的爲超 8 釐米、16 釐米、35 釐米及 70 釐米。

超 8 釐米(圖 1.7)曾是業餘及實驗電影工作者的最愛，但近來有式微的趨勢，手提式錄影機已逐漸大量取而代之。圖 1.8 的 16 釐米影片廣爲業餘或

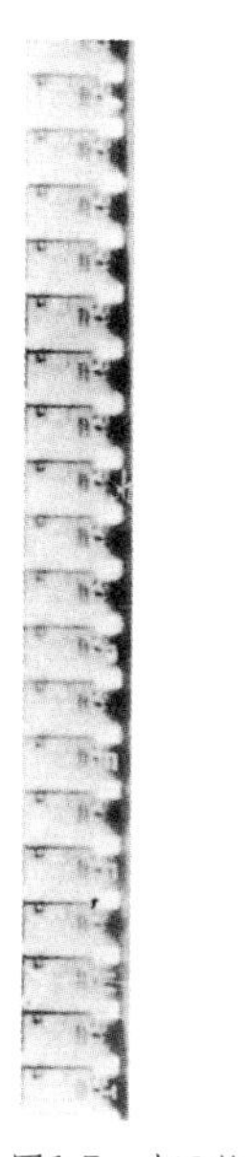

圖1.7　超8釐米

圖1.8　16釐米

圖1.9　35釐米

專業者使用。大部分的電影課程都放映16釐米的拷貝片。專業的標準規格為35釐米，大部分的商業電影院也都是以35釐米拷貝來放映。圖1.9是1927年的《爵士歌手》(The Jazz Singer)中擷下來的一格。另一種專業規格為70釐米，這類底片在六〇年代常被用在「斥資千萬，場面壯觀」的大製作(如圖1.10就是《阿拉伯的勞倫斯》Lawrence of Arabia中的幾個畫面)。

影片的寬度會直接影響畫質；通常寬度越大，影像越清晰細緻。然而放映的拷貝不一定與拍攝的底片同一規格大小。大部分以70釐米拍攝的影片會以35釐米的規格發行；而用在電影研究課程的影片，通常是以35釐米拍攝，但都再找16釐米的版本在課堂放映。當影片由一規格轉成另一規格時，畫質多半會降低。因此，看基頓(Buster Keaton)的《將軍號》(The General)，35釐米的拷貝會好過16釐米，而若影片是由超8攝製，再轉拷到35釐米影片，放映出來的影像便顯得模糊，粒子較粗。

當然，上面這些通則不是沒有例外。近來，以70釐米發行的影片多半是由35釐米底片拍攝，再放大印製。由於底片品質日益精良，對畫質並無大礙。

圖1.10 70釐米

另外，爲求清晰，一些複雜的特效鏡頭也常以 70 釐米拍攝，然後轉拷至 35 釐米底片剪入電影中。

通常拍攝時會同時進行錄音。聲帶有磁帶(magnetic)與光學(optical)兩種。沿著影片邊緣，會有一條以上的磁性錄音帶。放映時，此聲帶會通過與錄音機相似的磁頭。如圖 1.10 的 70 釐米影片有一條立體身歷聲磁帶(在影片的兩個邊上)。而光學聲帶則將聲部以明暗線條的方式印記在影片的框邊。其製作方式是將由麥克風接收的撞擊轉爲光線的震動，然後將之印製在影片上(現在的光學錄音通常先錄在磁帶上，然後再轉入影片)。影片放映時，光學聲帶產生各種強度的光線，便轉爲電子的撞擊，然後成爲音波。光學聲帶可將聲音以「面積」(variable area)印記(黑白波紋的方式)，或以「密度」(variable density)來印記(黑白深淺的方式)。在圖 1.8 的 16 釐影片，右邊有一條以「面積」印示的光學聲帶；而在圖 1.9 的 35 釐影片則在左邊有條「密度」式的光學聲帶。

如此，經由特定的機器及裝置，就將原始材料——一長串標準規格的穿孔感光賽璐珞片，變成一部電影。然而，儘管科技佔了如此重要的地位，這並非電影藝術之全部。

電影製作中的社會因素

電影不單只靠機器即可完成。電影製作得靠機器及人工才能將材料變爲成品。而所謂的人工可分成許多層面，而且深受經濟及社會因素的影響。

大部分的電影通常都經過三個主要階段：

1.前期準備(Preparation) 電影的創意通常由紙上作業開始發展。在此階段，工作人員必須籌募電影的製作、宣傳及發行資金。

2.拍攝(Shooting) 到了這個階段，就進入影像及聲音的製作。更明確地說，工作人員此時即開始製造畫面及適當的聲音(對話、環境音等等)。通常在拍攝時並不按鏡頭順序拍，而是以製作上最方便的順序來拍(最後在組合時再依序排列)。

3.合成(Assembly) 這個階段有時會與拍攝工作一起進行，它的動作就是把影像及聲部組合爲成品。

然而，並非每部影片都依照這些步驟完成。一部家庭電影也許不用太多準備，也不做最後剪輯。一部編輯而成的紀錄片可能不需拍攝任何新的鏡頭，只消把圖書館或資料庫的片子剪接起來即可。但是，大體上說來，多數的電影仍少不了這些製作程序。

每個階段中的製作編制是各不相同的。可能有一個人獨攬眾務：發想、募款、演出、拍攝、錄音及剪輯。但是，通常不同的工作會委任不同的人員，以達專業水準。這就是所謂的**分工**，這個現象在各種工作形態都很普遍。有時，甚至一項工作又細分成好幾個項目，每一項再由一位專家負責。由於在電影製作上會有不同的分工原則，因此就產生了不同的製作形態、編制，以至於不同的職務。但前期準備、拍攝及合成等階段在這些不同的編制中並不會有太大的變動。

■製作之形態：片廠制度

我們先由片廠制的製作形態談起，其分工之精確，將有助於我們說明一部電影所耗費之驚人勞力。然後我們會再解釋，在其他形態的製作中，這些工作又是如何完成的。

片廠就是製作電影事業的公司。最著名的例子是1910至1960年間在好萊塢竄起的幾個片廠——派拉蒙(Paramount)、華納(Warner Bros.)及哥倫比亞(Columbia)等等。傳統的片廠制中，一個公司有自己的器材及大量的生產設備，與員工也簽有一紙長期契約(圖 1.11 是一幀二次大戰時的宣傳照，米高梅MGM的總裁Louis B. Mayer，前排中，展示旗下眾星)。片廠的中央管理部負責企畫，然後分派權力給各個部門監督，並由他們在片廠的員工中挑選演員及工作人員。

傳統的片廠制常常被比爲製造業的生產線。也就是一羣工人會由一名領班監督，每個人在一定的順序內以一定的速度重複一項工作。這種比喻說明了：三〇年代的好萊塢片廠生產影片的方式無異於通用汽車製造汽車的方式。然而，這樣的比喻也不盡貼切，因爲每部電影都不同，並非複製而成。對於片廠這種大量生產的方式，也許這個形容詞是最適當的——系列生產(serial manufacture)，它的意思是，一羣專業人員依管理階層所制定的藍圖，合力製造一獨特產品。

雖然這種中央集權的片廠制仍存在於某些地區(如中國、印度及香港)，美國的電影公司已不像從前那般去監製一部影片。現在，多半的影片以「包拍」(package system)方式製作，導演、演員及行政、技術人員都只受雇於製作進行期間。某些電影公司可能還保有生產設備供工作人員使用，但其他的公司則會要求製片去接洽器材租賃。儘管「包拍」形態日益流行，製作的步驟及職務的分配仍與片廠制的黃金時期相去不遠。

■前期製作階段

在片廠制中，準備階段又稱爲前期製作。在這階段，以兩個職務最爲重要：**製片**及**編劇**。

製片的職務主要與財務及組織有關。他/她可以獨立作業，挖掘電影企劃，說服電影公司或發行商投資。也可以受雇於片廠，以發掘創意爲職務，或爲片廠完成「包拍」計畫。

製片的工作包括由劇本發展出整個製作企劃、籌募資金、安排人事等。在拍攝及剪輯期間，製片則必須做編導及出資者之間的橋樑。在影片完成後，製片往往還要安排發行、宣傳及行銷等事宜。

而編劇的要務就是準備劇本。有時，編劇會主動將劇本委託其經紀人寄給製片或電影公司。或者，資深編劇直接與製片碰面，提供一些劇本的點子。

圖1.11

有時可能是製片有一個點子，雇用編劇來完成。這樣的方式尤其常發生在製片買下一本小說或舞台劇的版權，打算把它改編成電影時。

在大量生產的制度下，編劇往往受限於傳統的敍事形式。長久以來，好萊塢特別鍾愛「有志者事竟成」之類的故事，同時劇本也脫離不了「三段式」結構，也就是第一段的高潮要發生在影片的四分之一處，而第二段高潮則在三分之二處出現，最後高潮不外乎主角的難題終於化解。同時，編劇還不能忘記適時加入一些**轉折**(plot points)，來增強戲劇性。

劇本的完成也分爲好幾個階段。包括大綱(treatment)——大致交代主要情節；完整的**劇本**(script)；及最後的**分鏡脚本**(shooting script)。不斷的改寫是很正常的，通常導演也會要求做某些方向的修正。比如，《證人》(The Witness)一片是以艾米許(Amish)族的寡婦蕾丘(Rachel)爲主角，主要劇情放在蕾丘與男主角約翰・布克(John Book)的戀情上。但導演彼得・威爾(Peter Weir)想強調的却是和平與暴力之間的衝突，因此編劇William Kelly及Earl Wallace便讓劇本改走懸疑路線，主要的戲轉而在男主角布克身上，由他將城市的暴力帶入一向寧靜的艾米許部落。

即使分鏡腳本也不是不可删改的，拍攝期間改劇本仍有所聞。1954 年的《星海浮沉錄》(A Star is Born)拍攝時，茱蒂・迦倫(Judy Garland)唱"The Man That Got Away"那場戲就拍了好幾個版本，每個版本對話都不同。劇本上的每場戲在剪接時，也可加以濃縮、重組，甚至整個剪掉。圖 1.12 是希區考克(Alfred Hitchcock)《美人計》(Notorious)的一張宣傳照，但電影中並未出現這場戲(坐在卡萊・葛倫Cary Grant旁的女子也從未在片中出現)。

如果製片或導演對編劇不滿意，可以另請高明來修改劇本。但最後在片尾工作人員名單上，該寫誰的名字呢？在美國，這個問題可交由電影編劇協會(Screen Writers' Guild)做裁決。

當劇本接近完稿時，製片便需開始做預算，他/她得尋找導演、甚至明星，讓整個企畫看來賺頭十足(有時，是由導演開始整個企畫，但這種情形只發生在獨立製片)。至此，製片必須要做的**「線上成本」**(above-the-line costs)——主要是編劇、導演及主要演員的酬勞，及**「線下成本」**(below-the-line costs)——意指其他演員、工作人員、拍攝、剪接及宣傳等費用。

同時，製片還得訂出每日拍攝及剪接的時間表，此進度須顧慮到預算，因為電影可以跳著拍，同一場景或同一角色的戲可以集中在同一時間內拍完。若是演員不能及時參與拍攝或必須中途離開時，製片便需另做拍攝計畫。

圖1.12

將所有突發狀況納入考慮後，製片及其助理必須訂好爲期數週甚至數月的進度表，來調度工作人員、場地，甚至還得氣候及地理環境，以充分運用資源。

■製作階段

依好萊塢的說法，拍攝階段通常就稱爲製作(雖然，製作也是整個電影完成過程的統稱)。

雖然導演在前期作業時便開始參與製作，但他/她的主要責任還是在拍攝及剪輯階段，一般說來，導演必須協調電影媒體中的各層面，把劇本變爲影像。

由於大型製作分工精密，影片拍攝中的許多工作必須委任給其他人員，由導演統籌。

1. 在準備期間，導演與場景組已開始工作。場景組以製作設計總監(production designer)爲首，繪製設計場景之建築及色調。設計總監底下有一美術指導(art director)監督場景之搭建及油漆。陳設指導(set decorator)通常有室內設計的經驗，他/她負責依拍攝需要，調配陳設，同時還要監督助理尋找道具，指導**陳設人員**(set dresser)在拍攝時陳設道具。

與設計總監合作的還有所謂的繪圖師，其職務是畫**分鏡表(storyboard)**，也就是以漫畫形態，繪製每場戲的鏡頭，並就服裝、燈光、攝影機運動做提示。圖1.13是希區考克的電影《鳥》(The Birds)所摘出的幾幅分鏡表。分鏡表對任何影片都很重要，偏重特效的電影更是少不了，因爲它可以使攝影組及特效組對所要完成的畫面有最初步的了解。

2. 拍攝時，導演還需有**導演組**(director's crew)的協助，導演組包括：
   - a. 場記(script supervisor)或連戲助理(continuity person)，在傳統片廠時期，這項工作多由女性擔任，因此稱爲女場記(script girl)，但現今好萊塢有五分之一的場記爲男性。
   - b. 第一助導(The first assistant director)，與導演計畫每日拍攝進度，並依導演指示，爲每一鏡頭做拍攝前準備。
   - c. 第二助導(The second assistant director)，擔任第一助導與攝影組、電工組之間的協調工作。
   - d. 第三助導(The third assistant director)，擔任導演及行政人員之間的傳達工作。

圖1.13

e.對白員(The dialogue coach)，為演員提詞或擔任不在鏡頭內的角色，與演員對話。

f.第二組導演(The second unit director)，負責拍攝特技、打鬥或空鏡頭等等。

3.最為大眾所熟悉的工作人員應該是演員(cast)了。通常演員組少不了一些明星來扮演主要角色以吸引觀眾。圖1.14是三〇年代巨星嘉寶(Greta Garbo)在一次試鏡(screen test)中的鏡頭。試鏡除了甄選演員外，也可試驗燈光、服裝、化粧及鏡位與演員的關係。演員組尚包括配角(supporting players)，演出第二主角；次要演員(minor players)；以及臨時演員(extras)，擔任路人、羣眾或填滿大辦公室內的空位子。導演的職務之一是指導演員表演，多數的導演往往會花很多時間講解如何唸一句台詞、做一個手勢，並提醒演員這一場戲在整部片子的位置，以幫助演員保持前後一致的表演。第一助導通常要負責與臨時演員溝通，並依導演指示調度羣眾演戲。在某些電影，

圖1.14

特殊的演員需要特別指導。比如特技演員(stunt persons)就需要有特技教練(stunt coordinator)的指導；舞者則要與舞蹈指導(choreographer)合作。如果演員中還包括動物，就必須交由馴獸師(wrangler)處理。(《瘋子麥斯第三集》Mad Max: beyond Thunderdome)的工作人員名單就包括了「馴豬師」)。

4.另一組專業人員是**攝影組**(photography unit)。以攝影師爲首，或稱爲攝影指導(director of photography, DP.)。攝影師必須是攝影、燈光及掌鏡高手。他/她負責與導演溝通每一場戲的燈光及拍法。圖1.15是《大國民》(Citizen Kane)的工作照，奧森・威爾斯(Orson Welles)在最右邊，坐在輪椅上導戲，攝影師葛雷・托蘭(Gregg Toland)則蹲在攝影機下，女演員跪在左角。攝影師要監督：

a.攝影助理(camera operator)，負責開機、換片、跟進、推滑車等等。

b.場務(key grip)，領導場務助理(grips)，搬運及放置設備、道具等場景及燈光器材。

c.燈光師(gaffer)，監督燈光之位置及裝配，在好萊塢燈光助理稱爲"best boy"。

5.與攝影組平行的是**聲效組**。以錄音師(production recordist或sound mixer)爲首。其主要職務是在拍攝時錄下對話。通常錄音師的工具包括一架手提錄音機、幾組麥克風以及一架可以調整及混聲之儀器。在演員沒有對話時，錄音師通常會錄下環境音(room tone)，以便日後填補對話間的空白。錄音師的助理有：

a.麥克風操作員(boom operator)，負責操作砲型麥克風，以及把小型麥克風藏在演員身上。

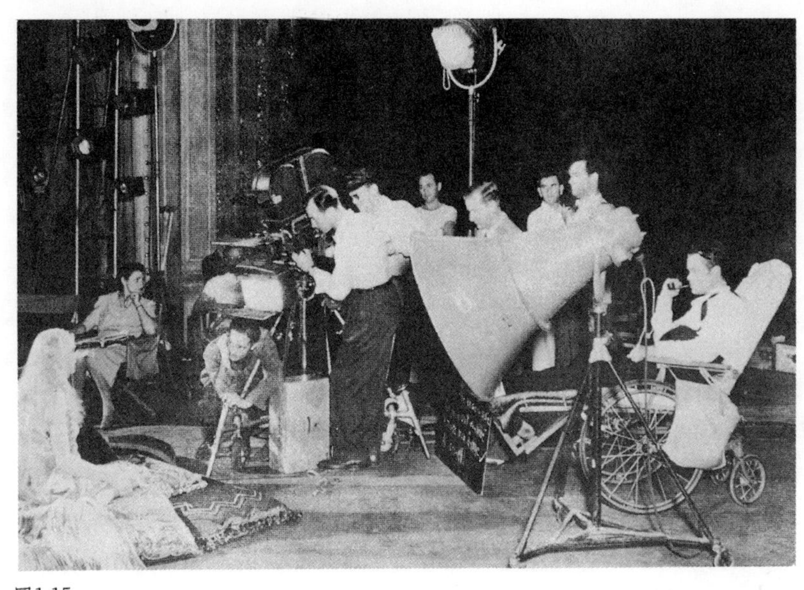

圖1.15

b.聲效控制員(Third Man)，負責安置其他的麥克風，拉電纜、控制現場環境音。有些編制還包括「聲音設計」，與設計總監一樣，在前期製作便開始參與，爲影片設計聲音風格。

6.**特效組**(special-effects)，負責準備及執行模型拍攝，畫面合成、電腦動畫等特效鏡頭。圖 1.16 是電影《喜劇演員》(The Comedians)中所用的模型。在準備階段，導演與設計總監必須決定需要哪些特殊效果。而特效組則要隨時與導演及攝影師溝通、研討。

7.**雜務組**，包括化粧師(make-up)、服裝師(costume)、髮型師(hair-dresser)及負責演職員交通的司機(drivers)。

8.拍攝時，**製片**通常有一組工作人員，包括製片經理(production manager或production coordinator或associate producer)，負責每日的食宿管理。製片會計(production accountant或production auditor)則掌管開銷。製片秘書(production secretary)協調其他組員與製片間溝通。製片助理(production assistants)則負責跑腿(新進人員通常多由製片助理做起)。

圖1.16

圖1.17

這許許多多的辛勞，及上百人的編制，其成果便是幾千尺攝製的影片及聲帶。劇本上、分鏡表或導演決定的每個鏡頭會有好幾次**版本**(take)。比如，當影片需要一個演員唸一句台詞的鏡頭，導演可能會要求演員做好幾遍，每一遍做不同的表情或姿勢。通常選出幾個版本沖印，但最後只有一個會用在影片上。

由於拍攝通常不按次序，導演及工作人員於是必須做場記。通常由攝影組的人員在每個鏡頭開拍時打板(clapboard)，這板上記有片名、場次、鏡頭號碼及版本次數。板的一邊拴著一支手臂做打板用，剪接師便依這個動作，將畫面及聲部同步化(圖 1.17，摘自高達Jean-Luc Godard的《中國女人》La Chinoise，畫面上的×記號代表板打下去的一剎那)。

電影製作上的用詞及職稱

由於「包拍」方式的盛行及公會的壓力等因素，製作往往得在片尾為工作人員留名(比如《威探闖通關》Who Framed Roger Rabbit?就包含了771個人名)。此外，大量生產的電影工業也自創了一些行話，以下是一些常見於演職員名單上的用語：

ACE：出現在剪接師名字後面，乃美國電影剪接師協會(American Cinema Editors)的縮寫。

ASC：出現在攝影指導名字後面，是美國電影攝影師協會(American Society of Cinematographers)的縮寫。英國則是BSC。

Additional photography：一組由攝影指導監督之工作人員，負責主要攝影外的拍攝工作。

Clapper boy：負責打板的工作人員。

Dolly grip：負責操作攝影機推車的工作人員。

Foley artist：聲效工程師，負責製造人體移動時所發出的聲音，源自聲效大師Jack Foley。

Greenery man：負責照料場景中植物的工作人員。

Lead Man：負責管理記錄場景中大小道具的工作人員。

Loader：屬攝影組人員，負責裝卸片盒、撤底片、送沖印廠。

Optical effects：負責做淡出淡入、溶接等效果的沖印人員。

Property master：屬場景組，負責管理所有道具之使用。

Publicist, Unit publicist：製片組人員，負責影片宣傳，安排報紙或電視訪問導演及明星，以及對外發佈有關影片製作的新聞。

Scenic artist：場景組人員，負責油漆景片。

Still photographer：拍攝劇照及工作照之平面攝影師，這些照片可用做燈光、場景設計及色調之檢驗，也可做為宣傳照使用。

Timer, Color timer：沖印廠中負責看光及調光之工作人員，以維持全片色調之統一。

Video assist：將錄影機與電影攝影機聯線，以便檢查燈光、構圖或演出。藉此，導演及攝影機可以在正式開機前，以錄影機先預演一次。

■後期製作

現今的電影工業稱製作之合成階段爲後期製作。然而，此階段並非在拍攝完成後才開始。後期工作人員在整個拍攝過程中，往往已在幕後動工了。

在電影開拍前，導演或製片可能已聘請好剪接師(或稱剪接指導)。此人負責分類及組合拍攝出來的各個鏡頭。通常，剪接師會盡快自沖印廠取回沖好的底片，這些片子稱爲毛片(dailies or rushes)。剪接師在看過毛片後，把它交給助理去做音畫同步及分場的工作。通常導演會與剪接師一起看毛片。如果拍攝地點太遠，則剪接師會與導演聯絡，告知毛片之狀況。由於重拍勞民傷財，檢查毛片上是否有焦距、曝光、構圖等視覺問題是很重要的。

當毛片越積越多時，剪接師便將鏡頭組合爲粗剪(rough cut)。初剪只是依順序將影片串連起來，不含任何聲效或音樂。與導演溝通後，剪接師再由粗剪修改爲定剪(fine cut or final cut)。在這同時，一些特效處理可能也近完成。

一旦進入定剪階段，聲音(效)剪輯師便開始着手聲帶之製作。首先，要加入音效，觀眾看電影所聽到音效往往不是在拍攝當時錄得的。聲效剪輯師可以借助於音效資料庫(sound library)，利用現場所錄得的自然音或爲影片特別錄製音效。音效師在平時都會製作一些音效，如腳步聲、撞車聲、關門聲、槍聲、毆打聲……等。

此外，聲效師還有一項任務：拍攝後的對白錄音工程。通常，拍攝時所錄下來的對白只做參考用。演員必須回到錄音室**配音**(dubbing or looping)，聲效師便需監督此工程。此外，聲效剪輯師還得預錄下不同版本的對白，以免影片在電視播出時，因不當對白被消音。

在聲效剪輯師開始工作時，作曲者也加入製作行列，配樂者看過影片初剪後，便會同製片、導演、剪接師研商在哪裏加入配樂。在進行之初，配樂者得整理出一份表格，記錄音樂由何處切入，停留多久。然後作曲者開始作曲。完成後，將音樂的節拍與剪好的影片做同步處理後，便可交予聲效剪輯師，做爲剪接之材料。

所有的聲音會錄在不同的軌道上：聲軌、音樂軌及音效軌。電影的聲帶往往有十幾軌以上。在最後混音時，導演、剪接師及音效師將所有分軌的聲音混成一條聲音的母帶。當電影底片按定剪帶剪好後，一條母帶便一起做同步處理。然後有畫面及聲音以正片印好後，便可供發行、觀賞了。

許多劇情片，如《萬花嬉春》(Singin' in the Rain)以電影製作爲故事背景。有些片子則設定在整個過程中的某一階段，費里尼(Federico Fellini)的《八又二分之一》(8 ½)就是有關電影開拍前的準備階段。楚浮(Fransçois Truffaut)的《日以作夜》(Day for Night)則以電影拍攝期間爲故事背景。狄・帕瑪(Brian De Palma)的《凶線》(Blow Out)則發生在一部小成本恐怖片的錄音階段。

片廠制的特點之一是分工精細，其目的不外乎企圖控制整個製作流程中的每一細節。無數的文件就是縝密計畫的最好證明。一開始是一再改寫的劇本；拍攝時，則少不了各式各樣的紀錄及報告：底片長度、錄音工程、特效工程及沖印結果等；到了剪接階段，分鏡表、音樂、混音及字幕設計等表格更是滿坑滿谷。不論在拍攝前後，好像凡事只要記錄下來，工作人員便少一項意外事件的困擾。

然而，圓滿成功的例子並不多。許多片廠制下的大製作都免不了妥協、意外及醜聞的介入。氣候會使進度遠遠落後。對劇本的歧見可能會教導演走路。製片及導演突然的要求可能使好幾場戲得重拍。片廠制的製作方式宛如一場拔河，一端是力求完美的事前計畫，另一端是各組工作人員間難免會產生的歧見。

並非所有片廠制下生產的新片都是由大公司出資的大製作。近年來，電影工作者開始嘗試獨立製片，其中不乏成功的例子，如約翰・賽勒斯(John Sayles)，他曾執導《回鄉七人》(The Return of the Secaucus Seven)、《外星來的兄弟》(The Brother from Another Planet)及《陰謀秘戰》(Eight Men Out)等片。他的劇本《麥特萬》(Matewan)主要敍述一次大戰後發生在西維吉尼亞礦區的勞工鬥爭。影片的預算只有四百萬美元，同期由片廠出資的影片預算幾乎是它的三倍。賽勒斯的製片由私人投資者、發行商及錄影帶版權中籌得資金。以較少的資金及他個人選擇的演職員，賽勒斯得以對他的影片有較大的控制權，而不必聽命於電影公司。不過，《麥特萬》的製作過程中，賽勒斯仍保有片廠制的特色——分工精密。

■製作之形態：個人與集體

由片廠制的製作形態，我們了解電影製作的分工可以精細到何種程度。

但是並非所有的製作都需要這般的分工。大致說來，另外有兩種製作形態，在準備、拍攝及合成階段，有不同的處理方式。

個人(individual)電影製作的導演比較像所謂的藝術家，他/她也許有自己的器材，也可以對外租借。資金來源可能是前一部影片的收益，傾向小規模的製作。所常用的是16釐米器材。分工的程度很小，通常導演獨攬每一項事務，從籌款到定剪，經常要親自操刀。雖然技術人員及演員各有其貢獻，主要的創作決策都來自導演個人。

紀錄片中可以找到許多個人電影的案例。尚・胡許(Jean Rouch)這位法國人類學家，就曾獨力或與一小羣工作人員拍了好幾部影片，記錄社會中少數族羣的生活種種。他第一部廣爲人知的影片《Les Maîtres fous》(1955)，就是他自編、自導、自己攝影的。在片中，他由一個迦那(Ghan)的秘教儀式中，得知這些信徒過著雙重身分的生活：多半的時間他們是一羣低收入的工人，但在這些儀式中，他們進入半昏迷的興奮狀態，把自己當成是殖民地統治者。其他紀錄片的規模並不會比胡許的大多少。弗得瑞克・懷斯曼(Frederick Wiseman)的《高中》(High School)就是由他自己製片、策劃及發行。在拍攝期間，他還經常兼任錄音工作。

政治色彩濃厚的紀錄片也常常走個人電影路線。芭芭拉・卡波(Barbara Koppel)花了四年完成《Harlan County, U.S.A.》，是一部記錄肯塔基礦工力爭工會代表權的影片。在取得基金會的資助後，卡波與一小組工作人員與罷工工人相處了十三個月。她用的人員不多，一方面是預算有限，一方面是人少較容易打入那個團體。拍攝期間，卡波兼任錄音師，攝影師Hart Perry則兼做燈光師。工作人員跟礦工一樣常遭到反罷工者的暴力威脅。有些事件就被拍攝下來，比如一個卡車司機由車內朝工作人員開槍的鏡頭(圖1.18)。

個人作業的方式也常發生在實驗電影工作者身上。瑪雅・德倫(Maya Deren)，美國實驗電影健將之一，在四〇年代拍過多部影片：《午後的羅網》(Meshes of the Afternoon)、《爲攝影機編的舞》(Choreography for Camera)、《莊嚴時刻的儀式》(Ritual in Transfigured Time)都是她自己編導、演出及剪接；有時，她丈夫亞歷山大・漢彌德(Alexander Hammid)會擔任攝影。另一個類似的例子是史丹・布雷克基(Stan Brakhage)，他的電影極度個人化，有些是有關他家庭生活的小品。如《Window Water Baby Moving》、《孩童世界》(Scenes from under Childhood)；有些則是有關大自然的

圖1.18

奧妙，如《狗星人》(Dog Star Man)；此外如《23 rd Psalm Branch》和《The Act of Seeing with One's Own Eyes》是探討戰爭與死亡的半紀錄片。藉著一些補助金及他個人的資金，布雷克基獨自籌備、拍攝及剪接。有一段時間，他在沖印廠工作時，還親自沖印自己的影片。布雷克基的作品，至今不下 150 部，顯示個人電影導演，猶如藝術家，獨力執行所有製作細節。在接下來的章節，我們將陸續介紹其他實驗電影的導演，如布魯斯・康納(Bruce Conner)、麥可・史諾(Michael Snow)、羅勃・布里(Robert Breer)及爾尼・蓋兒(Ernie Gehr)，他們同樣也常在攝製時擔任多項職務。

而所謂的**集體**(collective)作業，則是幾個工作人員在製作過程工作均等。如同個人電影工作者，這一組人可能有自己的器材，也可能租借。製作規模不會太大，資金多來自基金會或組員自己。雖然可能有仔細的分工，但一組人目標一致，共同決策。職務也可輪流擔任：今天的錄音師，隔天可能擔任攝影師。這種集體式的作業主要是以分權制取代以製片、導演爲首的集權制。

毫無疑問，六〇年代末期的一些政治運動助長了集體製作的風氣。在法國，就有好幾個類似的團體。最著名的是SLON (Society for the Launching of New Works)，這個組織積極拍攝世界各地的政治活動情形。藉著國外電視公司的資助，SLON的工作人員經常與工廠工人合作，拍攝罷工及工會活動的情形。

在美國，最有名且歷史最久的團體是Newsreel group，這個在 1967 年成立的團體，最初是旨在記錄學生抗議活動。Newsreel不只是在製造一個集體製作的環境，更希望開發一個發行網，讓他們的影片能傳送給全國各地的同好。在六○年代末期及七○年代初期，Newsreel製作了十幾部電影，包括《Finally Got the News》及《The Woman's Film》。Newsreel的分支機構很快在許多城市成立，比如舊金山的California Newsreel及紐約的Third World Newsreel。七○年代中期後，Newsreel已經比較不走純集體製作路線，但仍保存某些政策，比如所有的影片參與者都收取同等酬勞。近年來，Newsreel的重要作品有《Controlling Interest》及《The Business of America……》(由美國公共電視台出大部分資金)，以及《Chronicle of Hope: Nicaragua》。Newsreel的成員如勞勃・克拉瑪(Robert Kramer)、芭芭拉・卡波及崔明慧(Christine Choy)都已獨力拍攝個人影片。

小成本製作、個人製作及集體製作有一個籠統的名稱：獨立製片 (independent filmmaking)。獨立製片的缺點主要是在資金發行及放映上。片廠及大型發行公司多很容易取得大筆資金，而且不愁發行、放映管道。而獨立製片的個人或團體常會面臨資金及發行上的困境。

然而仍有許多電影工作者深信獨立製片的優點超過缺點，獨立製片得以處理大型片廠忽視的題材。很少有片廠會支持賽勒斯拍《麥特萬》，但根本不會有片廠會拍《天堂陌影》(Stranger than Paradise，吉姆・賈木許Jim Jarmusch執導)或者像史派克・李(Spike Lee)所導的《美夢成箴》(She's Gotta Have It，描寫一黑人女子與追求者的喜劇)。由於獨立影片不需要太多的票房來回收成本，因此可以做較個人化、較特異、甚至具爭議性的處理。導演不需依好萊塢的公式去修改劇本(有時甚至根本沒有劇本)，因此獨立製片往往能發掘電影媒體的新方向。

電影製作需要分工，但要如何分工，如何劃分職權，會隨影片而改變。因此，電影製作的過程多少反映出影片背後的概念，而影片也難掩製作形態的痕跡。

製作完成之後：發行及放映

影片製作固然重要，但是還需藉發行及放映才能與大眾見面。商業電影通常靠發行公司來發行，而大部分的放映則由戲院負責。當一個公司有自己的製作設備、發行公司及放映管道時，稱爲垂直性結合(vertically integrated)，這樣的方式在大部分有電影工業的國家是很普遍的。比如在二○年代，派拉蒙已擁有製作及發行等分支機構，甚至買下及興建上百家戲院，以確保其產品的市場。在 1948 年，美國聯邦法院宣佈垂直性結合為壟斷行為，但在這個國家，主要的製片公司多數仍兼做發行。近年來，某些連鎖電影院，如 Cineplex Odeon，也開始介入發行事務。

影片的製作往往也影響放映及發行；在好萊塢的黃金時代，片廠製作了各類影片(卡通、喜劇短片、新聞片)與劇情片一同放映以加強號召力。現今，除了正式影片以外，額外的影片包括廣告、預告片、禁止吸烟之公告以及銘謝惠顧等。

戲院的放映設備對於我們的觀影經驗有很大的影響。大多數的人都知道，在有立體音響設備的戲院看電影要過癮得多。因此戲院在自己的廣告裏多會加上「立體身歷聲」的字樣。電影史上，戲院一直控制著放映方式。早期，當電影只有幾分鐘長時，戲院便依一程序安排節目，有時甚至會在影片間做講解。到了一〇及二〇年代，當影片的長度驟增時，戲院便想辦法縮短影片長度，以便每天能多放映一兩場——比如要放映師剪掉拷貝的某些部分，或以較快的速度去搖放映機。

等到電影進入有聲時期，這樣的情況便少了，但我們仍要記住，直到今天，我們所看到影片不見得與其製造者預想的符合。比如，從五〇年代開始，影片常以不同的比例拍攝。有的是很寬的長方形，有的窄些，有的近似電視螢光幕的比例。戲院的放映機於是要有好幾種孔盤(aperture plates)以便迎合各種比例的影片。通常，銀幕的四周掛有黑幕，可依畫面形狀做調整，然而，放映師通常不會去換放映機的開盤，或去調整黑幕。因此，當你在看電影時，演員的頭頂被切掉一半，問題往往出在放映上，而非攝影。

造成這種失誤的原因之一是，近年來戲院一直想縮減開銷，以至於在一家分好幾個廳的戲院中，一名放映師同時要監看好幾部放映機，如果放映機不出問題，倒也相安無事，但是如果其中一部有失焦的情形，而放映師又剛好不在，問題可能會持續好幾分鐘。另一方面，有越來越多的電影院正全力改良放映品質，許多放映師更以其平穩的技術為傲。

大致上說來，在美國新片的放映形態分三種，主流的商業戲院非常普遍，主要放映流行取向的商業劇情片。屬於小眾文化的電影，多半在藝術電影院(art house)放映，主要類型為外國影片、紀錄片、動畫展、獨立影片等。如同主流戲院，藝術電影院仍以營利為目的，他們有一羣固定的觀眾羣，多半是在大城市或大學城。最後，實驗電影通常有其特殊的放映地點，比如博物館、資料館或地區性電影組織常會贊助電影系列展。目前仍有一些戲院專門放映實驗電影，不過這類電影院通常只有在大城市裏能生存。幾乎所有的實驗電影院除了門票收入外，尚有來自輔助金、基金會或贊助人等的外界資助。

同樣的，發行商大致也可分爲這幾類。通常大型發行公司與各地區的商業電影院線簽有合約，較小的發行商則選擇獨立製作或進口外國片，供應藝術電影院之市場。實驗電影也有自己另一套發行系統，其市場如紐約的Film-Makers' Cooperative以及舊金山的Canyon Cinema Cooperative。

這些發行及放映形態的分類並不是牢不可破，比如某些藝術電影院在放映正片前會先放一段實驗短片。而獨立電影工作者也可能打入片廠的發行及放映網(比如Emile de Antonio的《Millhouse》及安迪・華荷Andy Warhol所監製的幾部片子)。最近，還有一個趨勢就是把在藝術電影院炒熱的外國片拿到商業電影院做二輪放映。這樣的例子有瑞典片《狗臉的歲月》(My Life as a Dog)以及英國的《希望與榮耀》(Hope and Glory)。義大利導演伯納多・貝托路齊(Bernardo Bertolucci)的《末代皇帝》(Last Emperor)原本可能屬藝術電影院放映，然而片中壯觀的場景及服裝使它得以做廣大的商業放映，而隨之而來的奧斯卡大獎，更讓它獲得票房全勝。

商業戲院、藝術電影院及實驗電影之放映管道都屬戲院放映。非戲院放映場所則指家庭、教室、醫院、圖書館等類似的機構。

■電影與錄影帶

至今，最值得注意的非戲院放映管道當屬錄影帶。自七〇年代中期，電影錄影帶的數量便穩定成長。到了1988年，美國電影業由錄影帶所得之收入爲國內戲院收入之兩倍。由於這項新興放映形態的普及，我們有必要探討它與電影之間的不同。

一部分的相異處源自於技術層面，錄影機的影像是由感光的磷打在映像管的表面所造成的。映像管後面有一槍管物掃描表面，刺激磷粒子。美國的National Television Systems Committee所制定的標準是映像管有525條掃描線，每條線有500個點(不過一般家用電視的掃描線較少)。比較起來，電影影片能負載的視像比電視多。估算的結果不一，但最近的實驗顯示16釐米彩色底片放映的影像相等於1100條電視掃描線，35釐米的彩色底片則等於 2300 到 3000 條掃描線。在明暗反差的比例上，兩者的差異也很大，錄影機能負載的反差比例爲 30：1，而彩色影片則是 128：1。

這些差異的結果是 35 釐米的畫質更細緻，色調的層次更豐富。當影片轉爲錄影帶時，影像的細節及反差的比例都大幅度降低。這也帶來錄影帶其他的缺點，比如顏色不純正，或有「鬼影」產生。

兩個媒體間的差異還很多。最明顯的是尺寸。35 釐米影片所需的反映面積爲好幾百平方呎。錄影帶的影像只要在一個 6 乘 8 呎的範圍內放映，已顯得模糊。另一項差異是兩者的保存期限，電影很容易受損，但保存的時間比錄影帶長。近來的估算顯示，1 吋帶上的影像在 10-15 年間開始變質，而½吋的錄影帶在一半的時間內已有損壞的痕跡。

然而，兩者之間的分野還不只在技術層面的不同。某些錄影帶放映之慣例也使之與原來的電影有所差異。我們都知道，電影通常會剪一個電視版，同時把較不雅的對白去除。近來，甚至還有「上色」(colorization)一道手續，也就是以電腦分析，替黑白電影上色。較鮮爲人知的技倆是「時間壓縮」(time compression)，藉此，電影原來每分鐘 24 格的速度被加快，電視台便有多餘的時間插入廣告。

對電影的改變，最常見的應該是所謂的**搖攝剪接**(panning and scanning)，也就是以寬銀幕拍攝的影片爲適應較窄的電視螢光幕而遭切割。由於 1965 年以後的影片多半做寬銀幕放映，而被切割的情形便層出不窮。比如《大江東去》(River of No Return)的 16 釐米電影畫面應如圖 1.19 所示，然而，在錄影帶上，我們看到的却是圖 1.20 的景象。有時情形更糟，比如圖 1.21 的電視畫面，隱約可見一名演員的鼻子進出畫面(摘自道格拉斯・塞克Douglas Sirk的《碧海青天夜夜心》Tarnished Angels電視版本)。爲了避免這種尷尬的構圖，有時候，一個鏡頭便被分爲好幾個。總之，錄影帶通常會比原來版本少 25-50%的畫面。

這並不表示不應看錄影帶版的電影。毫無疑問，錄影帶令觀眾對更多種類的影片產生興趣。而且，如果電影已不再公映，看錄影帶要比什麼都看不到好。

錄影帶還可做爲教學的工具，不過最好只做輔助用。最理想的情況是，第一次看的時候，一定要在電影放映的場地，分析時也應以電影版本爲主。如果無法取得電影版本，只得以錄影帶取代。不過，討論的項目可能就限於

圖1.19

圖1.20

圖1.21

視覺效果以外的元素，如對白、音樂、表演、劇本結構等。

目前，某些寬銀幕電影在轉成錄影帶時做了所謂「信箱」(letterbox)的處理，也就是把電視框內的上、下部分遮黑，使其比例與電影接近(然而，即使如此，寬銀幕的左右兩邊仍難免被切掉)。藉由高畫質錄放影機的發展，電視畫面的品質也許已能與16釐米影片媲美(參見註釋與議題部分)。如同所有的媒體，錄影帶有其優缺點，然而在研究電影之餘，我們也需對它加以了解。

不同製作形態的啓示

既然電影的獨特處源自於其技術及組織因素，製作的形態及步驟對研究電影藝術必然有所啓示。首先，一部電影往往依其製作的形態加以分類。通常，我們會為以製作出發點而區分為紀錄片(documentary film)與劇情片(fiction film)。紀錄片導演往往只能控制各製作階段中的某些細節，某些細節(如劇本、排演)可能會被省略。而某些(如場景、燈光、人物表演)可能根本難以控制。比如在訪問一名事件目擊者時，導演可能控制的是攝影機及事後的剪接，但却不能告訴目擊者要說些什麼、做些什麼。在另一方面，劇情片的特點則是對劇本及製作過程有較大的控制權。

同樣的，對於剪輯片(compilation film)我們也以製作方式來界定之——將某些歷史事件的畫面依一主題組合起來。剪輯片導演的主要工作是將由資料庫或其他來源取得的音畫材料組織起來，有時甚至不需經過拍攝階段。比如，電視劇集《Victory at Sea》及《The World at War》。最近有一部成功的剪輯片，那就是David Wolper關於約翰・藍儂(John Lennon)的《Imagine》。

還有一種影片也是以其製作方式界定：動畫。通常，動畫乃是以單格拍攝，影像可以直接畫在影片上，也可以以攝影機拍攝一連串的圖畫或立體模型。無論如何，動畫的拍攝階段不同於其他型態之製作。我們在第十章會有介紹。

製作方式不僅界定了影片類型，同時製作型態與社會整體也有不可分的關係。由於製作要求精密之科技，因此電影始於高度工業化的國家——美國、德國、法國及英國。在這些地區，電影很快成為一項工業。片廠制的產生往往是因為其他生產業已發展出精密的分工。比如在美國及歐洲，到了1900年，製作之企畫與執行已然劃分淸楚，至於其他分工在接下來的十年內也逐一完成。

到了影片及器材普及後，其他型態的製作方式紛紛出籠。有了8釐米、16釐米及手提錄影器材，許多人便開始了個人或集體式的製作。只不過，這樣的情形還靠社會中有一羣人有錢去購買設備並知道如何操作。就像米高梅不可能出現在中古時期，獨立製片不可能在一個前工業社會中發展。由歷史觀之，電影製作的生產方式備受其他工業影響，也就是說，整個社會的經濟本質牽制著電影生產方式。

最後，電影的生產型態還影響我們對導演這個角色的看法，這是屬於作者論的議題。當有人問，誰是作者，誰對全片負責，對某些型態的電影製作而言，答案並不難，在個人式電影中，作者便是那個獨立作業的導演——如史丹・布雷克基、盧米埃(Louis Lumiére)等。而集體製作的作者則是一個團體——如Third World Newsreel或SLON。誰是作者的問題，在問到片廠制製作時，特別難回答。

由上面的例子可知，作者不管是個人或團體，都必須控制及決策。然而片廠制的製作將工作分配給許多人，因此很難劃分誰決定何種事務。製片是作者嗎？在好萊塢片廠制的早期，製片幾乎與拍攝無關。編劇算是作者嗎？在好萊塢拍片，劇本可能整個被改變。那麼難道與集體式製作一樣，其作者是一整個團體？答案是否定的，因爲片廠的分工制導致工作人員無一致目標且無法共同決策。此外，如果我們不僅以控制權及決策權來界定誰是作者，還加上「個人風格」時，不可否認，某些工作人員的確賦予影片某些不可磨滅的標記。比如攝影師荷・莫(Hal Mohr)及葛雷・托蘭、場景設計師霍門・沃(Hermann Warm)、服裝設計師伊狄絲・海德(Edith Head)、舞蹈指導金・凱利(Gene Kelly)等人的成就，在他們參與的影片中都特別突出。那麼，作者論要如何套用至片廠制的影片呢？

近年來，最被接受的解決方法是，視導演爲片廠制影片的作者。雖然編劇是劇本之創作者，但劇本不見得是影片的最後風貌，因爲製作階段往往把劇本改得面目全非(編劇最常埋怨的事便是導演對劇本大刀闊斧的修改)。整體說來，導演算是最直接控制全局、影響影片風貌的人物。

導演做爲影片拍攝及剪接時的指揮人物，並不表示他/她對每項細節都在行。在片廠制度下，導演可以把工作分配給他所信任之專才，因此導演往往習慣與某些演員、攝影師、配樂師合作。希區考克據說坐鎮拍攝現場，却從來不看一下鏡頭；他總是事先把每一個畫面畫好，然後仔細與攝影師溝通他所要的東西。即使在組合階段，導演也可以遙控方式做要求。好萊塢片廠通常不准導演監督影片的剪接。但約翰・福特(John Ford)盡可能每個鏡頭只拍一個版本，鏡頭與鏡頭銜接處也減到最少程度，也就是在拍攝時，福特已先在腦中完成剪接，因此剪接師能發揮的餘地很少，而福特也不必親臨剪接室。

近年來，流行聘用自由導演，籌備自己的企畫，因此導演的重要地位又再度被肯定。

基於以上理由，我們大致上視導演爲影片的作者，當然會有例外，但通常都是因導演在拍攝及剪輯時的指揮，影片的形式及風格得以顯現。形式與風格乃電影藝術之核心，也將是本書討論之重點。

註釋與議題

■電影中運動的假象

Bill Nichols所編的*Ideology and the Image*(Bloomington: Indiana University Press, 1981)中293-301頁爲Susan J. Lederman及Nichols所寫的"Flicker and Motion in Film"對電影運動的假象有精闢的探討。

較新的技術層面專論爲：

Julian E. Hochberg的"Representation of Motion and Space in Video and Cinematic Displays"收錄在Kenneth R. Boff, Lloyd Kaufman及James P. Thomas所編的*Handbook of Perception and Human Performance*, vol 1 "Sensory Processes and Perception"(New York: John Wiley, 1986)第 22 章。

視覺感知的入門書爲：

John P. Frisby，*Seeing: Illusion, Brain and Mind*(New York: Oxford University Press, 1980)；另外，

Stuart Liebman的文章"Apparent Motion and Film Structure: Paul Sharits's *Shutter Interface*"，刊在*Millennium Film Journal* 1，2(Spring-Summer, 1978): 101-109，則以錯覺之感知原理來分析實驗電影。

■電影之技術層面

巴贊(André Bazin)曾說人類在電影誕生之前，對它夢想已久。「人類對它的想法被放在心中，被保護著，猶如在一個柏拉圖式的天堂」(*What is Cinema*?vol. 1 [Berkeley: University of California Press, 1967] p.17)。但是無論電影的前身可追溯到希臘時代或文藝復興時期，不可否認，一直要到十九世紀電影誕生才臻成熟。電影全賴科學及工業化的新發現：光學及鏡頭製造、燈光控制、化學(與賽璐珞生產有關)、鋼鐵生產、精密儀器等等。比如，十九世紀的工程師設計出一套可以旋轉、推進、套孔，再推進，然後捲起一條材料的機器。攝影機及放映機上的驅動裝置則是由縫紉機、電報機及機關槍發展而來。

電影技術發展史，可參考：

Barry Salt, *Film Style and Technology: History and Analysis* (London: Starwood, 1983);

David Bordwell, Janet Staiger and, Kristin Thompson, *The Classical Hollywood Cinema: Film Style and Mode of Production to 1960* (New York: Columbia University Press, 1985)的第4及第6部分。

Elisabeth Weis與John Belton所編的*Film Sound: Theory and Practice* (New York: Columbia University Press, 1985)中，也有相關論文。

技術資料則可參閱：

Raymond Fielding所編的*A Technological History of Motion Picture and Television* (Berkeley: University of California Press,1967)。

Douglas Gomery則開創了電影技術的經濟史論。對此的探討，見：

Robert C. Allen and Douglas Gomery, *Film History: Theory and Practice* (New York: Knopf,1985)。另外，

L. Bernard Happé, *Basic Motion Picture Technology* (New York: Hasting House, 1975)一書中則介紹電影的基本技術及其歷史背景。這方面最新、最詳盡的參考書則是：

Ira Konigsberg, *The Complete Film Dictionary* (New York: New American Library, 1987)

■電影製作之型態

討論電影製作之步驟及職務的工具書很多，特別好的是：

William B. Adams的*Handbook of Motion Picture Production* (New York: Wiley, 1977);

Lenny Lipton, *Independent Filmmaking* (San Franscisco: Straight Arrow, 1972);

Edward Pincus, *Guide to Filmmaking* (New York: Signet, 1969);

Alec Nisbett, *The Technique of Sound Studio* (New York: Hastings House, 1974);

L. Bernard Happé, *Your Film and the Lab* (New York: Hastings House, 1974);以及：

Pat P. Miller, *Script Supervising and Film Continuity* (Boston: Focal Press, 1986);

Norman Hollyn, *The Film Editing Room Handbook* (New York: Arco,

1984)則詳載聲光剪輯之程序。

若想了解場景設計師的工作，見：

"Designed for Film," *Film Comment* 14, 3 (May-June 1978): 25-60。

有關特效方面的技術專文，可在精彩的*Cinefex*雜誌看到。而有關編劇的職務，可參看：

Eugene Vale, *The Technique of Screenplay Writing* (New York: Grosset & Dunlap, 1972);

Lewis Herman, *A Practical Mannual of Screen Playwriting for Theater and Television Films* (New York: New American Library, 1974);

Syd Field, *Screenplay: The Foundations of Screenwriting* (New York: Delta, 1979);

Linda Seger, *Making a Good Scrip Great* (New York: Dodd, Mead, 1987)；而電影《證人》的劇本資料也可在Serger的書中找到。

一些明星、導演、製片及電影名人的傳記、回憶錄有時也可窺得電影製作之歷史背景。此外，有一些書針對某些影片的製作有詳盡的探討，如：

Rudy Behlmer, *America's Favorite Movies: Behind the Scenes* (New York: Ungar, 1982);

Aljean Harmetz, *The Making of "The Wizard of OZ"* (New York: Limelight, 1984);

François Truffaut刊在*Cahiers du cinēma in English* 5, 6, 7 (1966)的文章"Diary of the Making of *Fahrenheit 451";*

Ronald Haver, *A Star is Born: The Making of the 1954 Movie and Its 1985 Restoration* (New York: Knopf, 1988);

Spike Lee, *Uplift the Race: The Construction of "School Daze"* (New York: Simon and Schuster, 1988)，以及：

John Sayles, *Thinking in Pictures: The Making of the Movie "Matewan"* (Boston: Houghton Mifflin, 1987)。

關於個人及集體電影製作的書籍較少，但仍不乏一些資料性文章。有關尚・胡許，請看：

Mick Eaton所編之*Anthropology-Reality-Cinema: The Films of Jean Rouch* (London: British Film Institute, 1979);

Alan Rosenthal, *The Documentary Conscience: A Casebook in Film Making* (Berkeley: University of California Press, 1980)中，幾位獨立紀錄片工作者暢談其製作方式。有關瑪雅・德倫的作品，可參閱：

P. Adams Sitney, *Visionary Film: The American Avant-Garde, 1943-1978*,第二版(New York: Oxford University Press, 1979)。

在 *Brakhage Scrapbook: Collected Writings* (New Paltz, N.Y.: Documentext, 1982)中史丹・布雷克基對他的創作方式做了一番反思。若想了解其他的實驗電影工作者，可看：

Scott MacDonald, *A Critical Cinema: Interviews with Independent Filmmakers* (Berkeley: University of California Press, 1988)。

而以集體製作爲主題的著作有：

Guy Hennebelle, "SLON: Working Class Cinema in France,"刊在*Cinéaste* 5, 2 (Spring 1972)：15-17。

Bill Nichols, *Newsreel: Documentary Filmmaking on the American Left* (New York: Arno, 1980);

Michael Renov, "Newsreel: Old and New——Towards an Historical Profile"刊在*Film Quarterly* 41, 1 (Fall 1987)：20-33。

John Downing, *Radical Media: The Political Experience of Alternative Communication* (Boston: South End Press, 1984)。

歷史學家近年來開始對電影製作做較嚴肅的探討。比如：

Douglas Gomery, *The Hollywood Studio System* (London: Macmillan, 1985)由經濟層面探討製作與發行及放映的關係。

Bordwell, Staiger及Thompson的*The Classical Hollywood Cinema*則討論片廠制的歷史，以及它與美國工業發展的關係。

Janet Staiger刊載在*Quarterly Review of Film Studies* 8, 4(Fall 1983): 33-45的"'Tame' Authors and the Corporate Laboratory: Stories, Writers, and Scenarios in Hollywood"則檢視早期電影製作。

若要大致了解其歷史，可參看：

Tom Stempel, *FrameWork: A History of Screenwriting in the American Film* (New York: Continuum, 1988)。

有些作家把注意力轉向目前的電影製作實務，其中的佼佼者爲：

David Pirie 所編的*Anatomy of the Movies* (New York: Macmillan, 1981);

David Lees及Stan Berkowitz的*The Movie Business* (New York: Vintage, 1981);

Jason E. Squire所編的*The Movie Business Book* (Englewood Cliffs: N.J.: Prentice-Hall, 1982);

Eric Taub, *Gaffers, Grips, and Best Boys* (New York: St. Martin's, 1987);

David Chell, *Moviemakers at Work* (Redmond, Wash. Microsoft, 1987)；以及：

Douglas Gomery登在*Wide Angle* 5, 4 (1983) 52-59頁的"The American Film Industry of the 1970s"

以製作方式可將影片分爲紀錄片、剪輯片及動畫片等，紀錄片方面的著作有：

Richard Meran Barsam, *Nonfiction Films: A Critical History* (New York: Dutton, 1973)；

Erik Barnouw, *Documentary: A History of Nonfiction Film* (New York: Oxford University Press, 1974)；

John Grierson, *Grierson on Documentary* (London: Faber and Faber, 1966)。

剪輯片的歷史，可參看：

Jay Leyda, *Films Beget Films* (New York: Hill & Wang, 1964)。

動畫方面請看：

John Halas and Roger Manvell, *The Technique of Film Animation* (New York: Hastings House, 1968)；

Ralph Stephenson, *Animation in the Cinema* (New York: Barnes, 1967)。

較新的著作包括：

Donald Crafton, *Before Mickey: The Animated Film, 1898-1928* (Cambridge: MIT Press, 1982)；

Leonard Maltin, *Of Mice and Magic: A History of American Animated Cartoons* (New York: New American Library, 1980)。

探討電影製作形態與社會機構之關係的著作很少。

Ian Jarvie, *Movies and Society* (New York: Basic Books, 1970)試圖把片廠制度社會化的過程與生活中的其他層面做比較，另外，

Harry Braverman, *Labor and Monopoly Capital* (New York: Monthly Review Press，1974)則介紹了二十世紀的製作型態。

Bruce A. Austin, *Immediate Seating: A Look at Movie Audiences* (Belmont, Calif. Wadsworth, 1988)則討論了觀眾及票房方面的問題。

■電影與錄影帶

Roy Armes的*On Video* (New York: Routledge, 1988)就電影及錄影帶在技術、美學及文化上做了一些考量。而對兩者之差異有著詳細描述的是：

Harry Mathias and Richard Patterson, *Electronic Cinematography:*

Achieving Photographic Control over the Video Image. (Belmont, Calif.:Wadsworth, 1985).

John Belton就電視版電影被切割的問題爲文頗多，其中內容最爲豐富的爲：

"Pan and Scan Scandals"刊於*The Perfect Vision* 1, 3(Indian Summer 1987): 40-49，以及：

"The Shape of Money"刊於*Sight and Sound* 51, 1(Winter 1987/88): 44-47。

而Paolo Cherchai Usai的文章"The Unfortunate Spectator"，刊於*Sight and Sound* 56, 3 (Summer 1987):170-174，此文痛陳看錄影帶版電影之問題。

未來趨勢如何呢？日本放送公司(NHK)已發展出擁有1,125條掃描線的錄影系統，大大增加畫質的清晰度。好幾種高畫質電視(HDTV)已被開發，有些可能先以錄影帶或影碟方式推出。在1988年秋天，美國聯邦傳播委員會(United States Federal Communications Commission)宣佈，任何做放送使用的高畫質系統必須適用於525條線之系統。美國方面，最後可能會採用1,050條線系統。隨著高畫質電視的誕生，錄影帶的品質必然會有顯著提昇，甚至有16釐米影片的水準。然而，目前被考慮的任何系統仍比不過35釐米的彩色底片，即使2,000條線的錄影帶在反差及細緻度上仍有瑕疵。此外，電影的科技也是日新月異，比如，今天的16釐米影片絕不輸給十年前的35釐米影片。

■作者論

在電影系學生中，最常有的爭論不外乎「誰是片廠制影片的作者？」這類的爭論實在因爲作者至少有三種含意：

視工作人員爲作者：有些學者認爲，片廠制的導演除非事必躬親，否則不可以作者稱之(卓別林則是作者的典範，他的電影多半由他製片、編劇、導演及演出)。有的學者則認爲，雖然導演不能夠凡事自己來，至少在拍攝及剪輯階段要有主控權(如傑克・大地及費里尼)。另外一派學者的看法是，導演的職責在於統合拍攝及剪輯階段的一切事務。這不是說導演可以做每件事或每個決定。而是視導演爲一統合者，把各項工作成績組合爲一整體。這也是本書所持之觀點。把導演視爲指揮家的論點可參考：

V.F. Perkins, *Film as Film* (Baltimore: Penguin, 1972)第8章。

視個人風格爲作者。五○年代在法國，一羣《電影筆記》主筆極力發掘好萊塢電影中的「個人風格」。具備所謂個性包括Howard Hawks風(偏好動作及禁慾主義)、Alfred Hitchcock風(懸疑但充滿天主教的原罪)等等。這股風潮形成了所謂的作者論(politique des auteurs)，本著這個概念，影評人安德魯・沙里斯(Andrew

Sarris)寫了一連串著名的文章。「一個好導演會把個人標記印在電影上……作者論褒揚導演的風格，實因爲在表達時障礙重重。」(*The American Cinema,* [New York: Dutton, 1968]，P 31)作者論最後還演變爲一種評判標準，藉此《電影筆記》的影評人及沙里斯建立了作者與非作者的排行榜。

作者論使我們對電影藝術有進一步的了解，然而到底是什麼構成所謂「個人風格」呢？是形式及風格嗎？或者是主題、故事、演員或類型？最近，英美的作者論批評比較喜歡用導演的「個人視野」(personal visions)及「觀照」(concerns)等字眼。對作者論有強烈看法的專書爲：

William Cadbury and Leland Poague, *Film Criticism: A Counter Theory* (Ames: Iowa State University Press, 1983)；以及：

Robin Wood, *Personal Views* (London: Gordon Fraser, 1976)。

視幾部影片爲作者。有些對所謂「個人風格」抱懷疑態度的學者建議，把「作者」視爲批評時的一個骨架，依這樣的說法，影評人以導演、製片、編劇等人的標記(signature)把影片類聚在一起。因此《大國民》可分屬奧森•威爾斯名下，Herman Mankiewicz名下及葛雷・托蘭名下。然後，影評人再針對每一組之間的關係做分析。也就是說《大國民》的某些方面與威爾斯執導的其他電影、Mankiewicz所寫的其他劇本或托蘭拍攝的片子會有互動關係。因此，作者不再只是一個人，而是印有同樣標記的影片間的關係網。彼得・伍倫(Peter Wollen)在*Sign and Meanings in the Cinema* (Bloomington: Indiana University Press, 1972)一書中對此有詳細說明：「導演Fuller、Hawks、Hitchcock與'Fuller'、'Hawks'、'Hitchcock'名下所背負的架構是大相逕庭的。」(168頁)這種研究方式不僅適用於片廠制影片，也可用在獨立影片上。

六〇年代與七〇年代間作者論之筆戰方興未艾。以沙里斯爲首的「導演爲作者」派與李察・寇里斯(Richard Corliss)爲首的「編劇爲作者派」針鋒相對(前者文章多載於*The American Cinema*；後者則刊在*The Hollywood Screenwriters* [New York: Avon, 1972] 和*Talking Pictures* [New York: Penguin, 1974])。有趣的是，他們之間的爭辯，並不對「作者」一詞做界定，因此往往各說各話。在作者論最初的風潮過後，許多的評論家開始退一步思考及比較「作者」一詞的含意。這類著作包括：

John Caughie, *Ideas of Authorship* (London: Routledge & Kegan Paul, 1981)，以及：

Steve Crofts刊在*Wide Angle* 5, 3(1983)16-22頁的"Authorship and Hollywood"，兩者都對作者論的方向加以分類。儘管研究方法種類繁複，視導演爲作者的看法仍普遍存在現今的電影研究界。大部分電影批評著作，及某些參考書仍把導演視爲中心點，比如：

Richard Roud編著之*Cinema: A Critical Dictionary: The Major Film-Mmakers,* 2 vols. (New York: Viking, 1980)；以及：

Jean-Pierre Coursodon所編的*American Directors,* 2 vols. (New York: Mc Graw-Hill, 1982).

另外，P. Adams Sitney刊在*Millennium Film Journal* 1, 1 (Winter 1977-78):60-105頁之文章"Autobiography in Avant-Garde Film"則探討了獨立電影工作者的私人生活如何成爲其創作泉源。

[illegible] 1969)。

Richard Cobb [illegible] *The Police and the People*: [illegible] (New York [illegible]).

[illegible] (New York [illegible] 1985)。

[illegible] Darnton [illegible] 1775 [illegible] 1789 [illegible]

[illegible]

第二部分

電影形式

「電影是如何製造出來的？」這是一個曖昧的問題。雖然第一章已提供了一個答案：「電影是人類運用工業技術所製造出來的產品。」但是這個問題也可以意味著：「電影是依據什麼原則組成的？到底各部分之間是如何聯結成一個整體？」這些問題正引領我們進入電影做爲藝術媒體的討論核心。

接下來的三章中，我們會回答這些美學上的疑惑。首先，我們假設電影並非是一堆元素的任意集合。因爲假如它是的話，觀衆應該不會在乎錯過了電影的開場或結尾，或是看一場沒按照場次順序放映的電影。事實上，他們十分在乎。當你以「不忍釋手」來描述一本書，或以「非常扣人心弦」來形容一首曲子時，就表示有一個格式在裏面——意即有一個內在系統管理著各部分之間的結構關係，吸引你的興趣。我們就稱這個系統爲**形式**。第二章的內容主要即檢視電影形式，並觀察爲何在了解電影藝術時，它是一項重要的概念。

另外，看電影時，通常主要吸引我們興趣的一個形式特徵是：「故事」。第三、四章即針對電影有哪些不同類型的形式——敍事性及非敍事性，做一番研究。我們將了解，並非所有的電影都有故事，而且不管它是敍事體或非敍事體，我們都可以研究它的形式；也就是說，我們可以分析電影裏各元素之間到底是如何產生關係才會那麼引人入勝。

2. 電影形式

電影形式的概念

假如你正聚精會神地聽音樂，突然間唱機停了，你必然感覺有些受挫。或者你在閱讀一本小說，正讀得起勁，但書却不知道擺哪兒去了，你必然也有相同的挫折感。**這是因爲我們的藝術經驗已經被規格化的關係；事實上我們的意識熱切需要形式**。因此，形式是所有藝術作品的重要成分，而研究藝術形式的本質即是美學學者的範疇，只是這範圍太大，無法在此章詳盡地討論(可參考本章後段，**註釋與議題**的第一部分，索引相關閱讀資料)。但是分析電影時，一些美學形式的觀念是不可或缺的。

■形式即系統(Form as System)

人類在觀賞戲劇表演、讀小說、聽音樂或看電影時，總先察覺到它們的藝術形式。而認知生命的各種狀態，即是一種意識活動。比如在街上行走時，人們會去注意明顯的東西——一個朋友的臉、熟悉的路標、下雨的徵兆。我們的意識從沒停歇過，它永遠在平常的模式中，尋找秩序與意義，以及新的經驗。藝術品即依賴人類這種具動力及合成力的心靈特質。因爲藝術品提供了設計好的情境，讓我們在其中演練我們的能力去注意、去期待即將發生的事件，下結論，並理出頭緒。每本小說總留給讀者的想像力一些空間；每首曲子都引發我們期待特定旋律；每部電影也都誘導我們將發生在所有場景的事，串連成一個故事。但是，到底這些事物是**依據哪些程序**在作用？使我們對一首詩、一座公園的雕像這樣無生命的東西，都能引發特定的意識活動？

有些答案並不適當。我們的意識活動並不存在於藝術作品裏面。一首詩僅是紙上的字句，一首歌僅是音韻的振動；一部電影，更只是銀幕上光影的構圖罷了，作品本身並不作用。另外，人們也無法在自我的心靈中，獨自體會藝術之經驗，除非他先讀了一首詩，才有反應；先聽了舞曲，才能起舞。明顯地，觀眾與藝術作品之間是相互依賴的。如果沒有作品喚起我們的情感，就無法開始或維持這種心靈感知，若無人類情感的參予、接受作品的訊息，藝術品也只是人爲產物罷了。一幅畫會以顏色、線條及其他技巧引發觀賞者去想像它的空間、臆測畫中物被畫前後的狀態，並比較它的顏色與材質。隨著設定的軌道中，眼睛即在畫面的構圖中游移。詩的文字可以觸發我們的想像，體會隱喻的意象以及期待音韻的節奏。而雕像的外形、體積與材質會激發我們去繞著他移動的動機，並思考它在空間中的造型方式。一般而言，每件藝術作品均有誘發觀者心靈活動的線索。

進一步來說，這些線索並非隨意出現，而是有一定的**系統**。系統的說法非常直接貼切：它指任何一組元素不但彼此依賴且彼此影響。人類軀體即是一例，假設心臟機能失常，其他器官均將受波及。在身體內還有其他的獨立、組織小一點的系統，如神經系統或視覺系統。就像一部車的汽缸功能不良，整部車就有可能停擺；別的部分雖不需要修理，但是整部汽車的運作則依賴每一部分的健全。其他比較抽象的關係之間也能組成一個系統，比如，一套治理國家的法律，或者是湖泊中所有生物的生態平衡等。

上述的每個例子說明了電影也不僅是一堆湊在一起的元素而已。如同所有的藝術作品，電影也有它的**形式(form)**。廣義的電影形式是指觀眾在看電影時，所認知到的整體結構，形式就是電影中各元素的整個關係的系統。在本書，第二部分(電影形式)與第三部分(電影風格)將會探討電影元素的種類。因爲觀眾能夠依辨識電影中的元素來明白電影的意義，我們也會探討形式與風格如何吸引觀眾注意的方式。

如此說明形式仍嫌籠統，讓我們舉大多數人都看過的《綠野仙踪》(The Wizard of Oz)來說明。在《綠》片中有很多特別的元素組，當中最明顯的是一組構成故事的**敍事元素**。桃樂絲(Dorothy)夢見一股旋風將她吹到奧茲(Oz)，在那兒她碰到一些人物，夢醒了才發現自己仍身在堪薩斯州。另外是一組**風格元素**：鏡頭運動、構圖中色塊配置、音樂搭配以及其他的設計。我們將在後面幾章中談到形成這些風格元素的電影手法。

因爲《綠野仙踪》含有顯明的系統而非隨意拼湊，因此觀眾得以主動連結及比較一些敍事元素：旋風促成了桃樂絲來到奧茲；奧茲裏的人物很像她在堪薩斯州實際生活中的人物。而風格元素之間也有明顯的關聯。比如說，每當桃樂絲碰到旅途中的新伙伴，「我們要去奧茲」的歌曲旋律即會出現。就因爲指出了電影這個大系統中其中兩個副系統——敍事與風格，我們視這部電影有它的完整性。

此外，我們的意識也會連接這些副系統。在《綠》片中，敍事系統與風格系統彼此攸關。比如像色彩標示了地區的區隔，像堪薩斯（黑白）和黃磚路（黃色）；攝影機運動提醒觀眾注意劇情變化，而音樂也用來描述特定人物或情節。這些副系統所形成的網路，組合了《綠野仙蹤》的形式。

■形式與內容(Form versus Content)

人們經常將「形式」與「內容」視爲相對的概念。這種假設意味著了一首詩、曲子或電影就像一隻甕；而這個容器能容納一種可以輕易被裝起來的東西。這樣假設的結果是：容納內容的形式，比內容不重要。

我們不苟同這種說法，倘若觀眾認爲整個電影系統是一種形式，那麼它就沒有內外之分。因爲每個構組的部分在電影的整體格式裏，都有它的任務。**因此我們認爲這些形式元素正是一般人所謂的內容。這個觀點意即，主題事件和抽象概念都屬於整個藝術作品的系統，它們能引發我們去期待或臆測劇情走勢**。看電影的觀眾不但會聯結所有個別的元素，並且會讓它們有機地互動，所以絕非在系統之外。

比如像美國南北戰爭這類歷史性題材，它的前因與後果在研究上一直有頗多歧議。但在葛里菲斯（D. H. Griffith）的《國家的誕生》（The Birth of a Nation）中，南北戰爭並非中立的「事件」，它與這部電影其他內容元素交織在一起：兩個家族興亡史、戰後組織合眾國的政治理念、拍得有如史詩格局的戰爭場面等等。葛里菲斯這部電影的形式，就是包括了南北戰爭的事件元素，以及其他相關情節統合在一起的內容。若由另一個導演來拍，他可能也採用相同的事件——南北戰爭，然而在不同的形式系統中，處理方式自也不同。在《亂世佳人》（Gone With the Wind）裏，南北戰爭就成爲女主角羅曼史的時空背景；而《地獄大決鬥》（The Good,the Bad,and the Ugly）中，戰爭促成了三個憤世嫉俗的人淘金的動機。因此，**事件內容是依據形式元素的上下文，以及我們對它的認知所塑造出來**。

■形式的期待(Formal Expectations)

現在我們可以開始討論電影的形式如何引發觀眾心底的反應。一首被打斷的歌、一本還沒看完的書之所以帶給我們挫折感，是因為我們對形式有強烈的需要；感覺作品尚未完整，必須增添更多的元素關係，直到形式完整了，才能滿意。前面我們已體會了元素之間關係的互動，現在就來談談，到底這些線索是如何激發我們去發展且完成電影形式的模式。

形式到底如何影響藝術經驗？有一點，至少形式給人一種「所有的都在那裏了」的感覺。所以為什麼早先只驚鴻一瞥，一個小時後又出現的角色，或者畫面的一個色塊被另一色塊補色之後，我們就有了滿足感？那是因為各元素之間的關係說明組織電影形式有其一套規則——它自己的系統。

此外，形式引導觀眾的參予，它能緊緊吸引觀眾的注意。在平常我們以比較實際的方式去觀看身旁的事物，但是在電影裏却非如此。如果有人在街上跌倒，我們一定趕上前去扶他起來，但是如果是巴斯特・基頓或是卓別林(Charles Chaplain)在電影中跌倒了，我們却只是坐在椅子上笑。第六章會說明，在電影整個製作中像取鏡(framing)這樣的基本技巧，就可以造成新的觀看方式。**在電影裏日常生活言行已不在「外面」的世界進行；而是在一個自給自足的系統中，一個經過設計的活動**。電影形式讓我們對事物有一個全新的看法，震撼我們脫離慣性的知覺，提示我們用新的方式去聽、去看、去思考。

接下來的測驗(由芭芭拉・荷斯坦・史密斯Barbara Herrnstein Smith設計)，假設“A”是字序中的第一個字母，下一個字母是？

1. AB

按照一般的推測，由“A”開始的字序表示可能照英文字母順序出現。你的期待被證實了。“AB”之後呢？大部分的人說“C”。然而形式結構通常不依照我們原先的期望安排。

2. ABA

這個形式令人吃了一驚，使我們迷惑躊躇。但是當我們被新的發展方式困擾，很快就會調整出新的期待，再試一遍。“ABA”之後呢？

3. ABAC

這裏有兩種機率：ABAB或ABAC(注意：你的期望會限制機率，也選擇機率)。如果你答ABAC，你的期望得到了滿足，接下來便可自信地預測下一字母。倘若你答ABAB，就應該放膽猜一下：

4.ABACA

這個簡單的遊戲説明了形式吸引人的力量。做爲觀眾的你，決不會輕易讓藝術作品的任何部分只在眼前溜過。你會主動地參予，一起和它形成合作關係，提出看法，並在發展經驗的同時，重新調整對形式的期待。

現在以電影故事爲例。《綠野仙蹤》一開始，桃樂絲帶著她的狗托托(Toto)往街的另一端跑。很快的我們開始期待：另一個角色會在路上出現，或者她將抵達終點。每個類似這樣的情節，都會引發觀眾「接下來是什麼」的預測，積極參予進行中的劇情，然後再重新調整自己的期待。

「期待」因此是如此充滿在我們的藝術經驗裏。閱讀一本偵探小說，總會期待在某個點上(通常是在結尾)可以眞相大白。聽一曲樂章時，也會期待旋律或主題的重覆(事實上，很多音樂的格式，也依循剛才所談論到的ABACA的格式發展)。看一幅畫時，也會尋找我們期待具有顯著意義的特色，然後再觀察其他次明顯的部分。我們對藝術作品的參予，大部分都是靠期待在進行。

但這不意味所有的期待都必須立刻被滿足。有時候它會被刻意地拖延。剛才的字母練習中，如果沒有出現ABA，可以用——

AB……

這一連串的點延後了下一個字母的出現，通常你會等著要知道個究竟。這種所謂的**懸疑(suspense)**，其實不過是拖延一下滿足期待的時間。就像它的表面字義，懸疑就是將期待「懸」在那兒——拖延即將出現的劇情，以及我們對「圓滿」的衝動。

期待的結果可能是被騙了。就像希望是ABC，結果出來的是ABA一樣。一般來說，**驚奇(surprise)**是錯誤期待的結果。我們絕不去期待三〇年代芝加哥幫派混混發現家中的車庫有一艘飛艇；但是，倘若他眞有那麼一艘，我們則會重新調整我們對這個故事發展模式的假設(這個例子可解釋，喜劇通常皆依賴在：先給觀眾一個期待，再給人出奇不意的結果)。

期待尙有另一種導向，它會引發觀眾去猜測：在這之前發生了什麼事。桃樂絲在劇情一開始就在街上跑，不但引發我們想像她的去處，也會懷疑她究竟想逃離什麼。同樣的情形，一幅畫作或照片並非只描繪景觀，它會要求觀眾去思索已發生的事件。這種假設已發生事件的能力，我們稱爲**好奇**(curiosity)。第四章會說明好奇在敘事形式的重要。

很明顯的，形式激發期待，隨後也會很快或直到最後才滿足觀眾。然而它也可能用來干擾這些期待。我們經常認爲藝術作品應該寧靜詳和，但是很多作品却充滿衝突、緊張與驚嚇。形式是可以因它的矛盾及失衡給人不愉快的感覺。如同無調的音樂、抽象或超現實畫派及實驗電影令人不安。相同的，很多重要導演的電影，並不是要舒緩，反而是刺激觀眾的心靈。在稍後解析艾森斯坦(S. Eisenstein)在《十月》(October)一片中的剪接手法(第六章)、雷奈(Alain Resnais)在《去年在馬倫巴》(Last Year at Marienbad)中曖昧的敘事(第十章)，將會體會出電影是可以依賴矛盾和隔閡而存在。這個觀點並不是要對這類電影非難或致意，而是強調它們令人不安的特質，依然激發觀眾對形式的期待。事實上，如果能調整我們對這類電影的看法，在參予及融入劇情的程度，會比那些輕易就滿足期待的電影要來得來深入許多。雖然這類電影呈現新的形式，一旦我們掌握了該作品的特殊形式結構，原先的不安就會消失。或者，它們可能比起傳統敘事形式較不首尾連貫，但是因爲它們洩漏了我們平庸無奇的期待，就值得去研究它們。電影形式的結構有無窮的可能性，如果我們愈願意去探索不熟悉的形式，我們愈能得到欣賞電影的樂趣。

■慣例與經驗(Conventions and Experience)

前面ABAC的例子還可說明另一個重點：許多預感(hunches)來自於先前的經驗。我們對字母順序的認識，使得ABAX不可能出現。這個事實暗示了美學形式的心靈活動並不在經驗之外。因此對於藝術家或觀眾來說，理解形式的能力是來自先前的經驗，這有著很重要的涵義。

正因爲藝術作品是人類創作的產物，也因藝術家活在歷史與社會中，他們的作品很難不和社會現象與其他作品產生關聯。傳統、主導風格、流行形式可能同時出現在一些不同的作品中。這些共有的元素稱作**慣例**(conventions)。比如說，歌舞片類型中，約定俗成的慣例是劇中的角色都必須唱歌跳舞，《綠野仙踪》就徹底遵循這一慣例。另外，敘事體形式的慣例是故事中角色的衝突到最後都獲得解決。《綠》片也遵行不誤，讓桃樂絲在片尾回到了堪薩斯老家。慣例是由一個特定的傳統所期待或認為適當的規範(norms)所組成。而經由遵守或違反這些規定，藝術家的作品與其他作品產生關係。

以觀眾的角度來看，觀眾對形式的體會均來自作品中的訊息以及自己先前的經驗。雖然辨識作品內涵訊息的能力可能是天賦的，品味藝術的特殊習慣與期待，却是由其他經驗引導——衍自於日常生活和其他藝術經驗。ABAC的玩法來自於對字母順序的認識，這些可能在日常生活中(教室裏、父母口中)或從其他媒體(有些小孩從電視卡通學英文)學到的。同樣的，認出《綠野仙踪》裏「旅行」的模式，可能因為自己曾到外地旅遊，或在別的電影裏看過(例如《驛馬車》Stagecoach或《北西北》North by Northwest)，也可能這個劇情模式在其他形式的作品中找得到：如《奧狄賽》(*Odyssey*)或是《愛麗絲夢遊仙境》(*Alice's Adventures in Wonderland*)。這些辨別訊息、觀察形式結構、產生心理期待的能力，都是來自眞實生活的經驗，以及形式慣例的認識。

因此在理解電影形式時，觀眾也會從生活及藝術兩種經驗中去尋找作品的訊息。但是，如果這兩種原則產生衝突時呢？現實生活中，人們無法像《綠野仙踪》的人物一樣說唱就唱，說跳就跳。通常，電影慣例能將它從眞實生活隔開，換句話說，「現實生活的言行準則在這類作品中並無影響。且根據這個作品的遊戲規則，不尋常的事可以發生。」所有風格化的藝術，如芭蕾、歌劇、默劇及喜劇等類型，都依賴觀眾先自行擱置平常生活習慣，接納各個作品獨特的慣例。若去堅持這些作品的形式慣例不眞實，去問崔斯坦(Tristan)為什麼對伊蘇狄(Isolde)唱歌(《綠野仙踪》裏的人物)，或基頓為什麼不笑，就離題甚遠了。因此對理解形式而言，先前的經驗中，藝術經驗顯得比日常生活經驗來得重要。

類型(Genres)，或藝術作品的**種類**(types)，可提供不少有力的例子。偵探故事到最後都有破案方法，並非來自生活的經驗——很多是懸而未決的，在偵探故事的類型中，有個「規矩」是：所有謎底都得揭曉。同樣的，《綠野仙踪》是歌舞片，它就延用了類型中所有角色都得唱歌跳舞的慣例。如同其他藝術媒體，電影經常要求觀眾熟悉各種類型的慣例。

最後，我們必得認清一個事實，藝術作品能自己創造出新慣例。一個高度創意作品可能一開始被認為奇特、異類，因為它拒絕順從一般大眾期待的規則。比如，立體派繪畫(Cubist painting)、十二音音樂(12-tone music)和五○年代盛行於法國的「新小說」(New Novel)。這些不依附潮流慣例的作品，初看難懂，再看則會發覺，它們自有一套脫離正統的形式結構。經由它們，我們學到新的辨識方法，並體會出新的感受。但到最後，這些新創意下的新形式結構，可能因爲變成經典或新慣例，因此也形成新的期待。

■形式與情感(Form and Feeling)

情感在我們的形式經驗中當然重要，我們將之區分成兩類：一類是作品中**所呈現出來**的情感，二是觀眾在觀賞時的**情感反應**。如果演員很痛苦地做出愁眉苦臉的表情，這痛苦的情感就是屬於**電影中**的；而倘若觀眾看了哈哈大笑(比如是看喜劇)，這種快樂的情緒則是**觀衆的**。二者各有其形式上的含義。

電影中的情感與其他元素在整體電影結構中相互影響。比如，喜劇演員扭曲的身軀可以強調他痛苦的表情；某角色的陰險笑容可以提醒我們稍後注意他狠毒狡詐的一面。以及歡樂的場面拿來與哀愁的心情對立，或者用滑稽的音樂或剪接手法來處理悲劇場合等。所有電影中的情感元素都透過形式結構，有系統地與其他部分互動。

觀眾的反應和電影形式也息息相關。先前我們已討論作品的訊息如何與生活或藝術經驗有關。通常，作品的形式都訴諸定型的情緒：比如對黑暗或高度的恐懼，或者是特定影像/形象(性別、種類、社會階層)都有典型的反應。但是形式不只彈出老調的情緒反應，它也能創造新反應。就像形式慣例常使我們暫時擱置現實生活規範，它也可以誘導我們拋棄日常生活中的情感反應。比如說，平常所藐視的人，可能在電影中變得魅力十足，而令人厭惡的題材，變得值得玩味。原因是形式以一套有系統的方式，引導我們的經驗。舉例來說，《綠野仙踪》裏，我們覺得奧茲應比堪薩斯有趣太多，但是，它劇情結構的形式帶領我們的情感，開始同情想家的桃樂絲。也因此當她終於回到家時，我們也感受到極大的滿足。

這正是形式強而有力的作用，使我們將感情介入其中。比如說，期待(expection)激發情感；「到底會發生什麼事」的期待，使我們對該狀況投入情感。而懸疑(suspense)可引發焦慮或同情(anxiety or sympathy，偵探找得到凶手嗎？男孩能贏得芳心嗎？)、錯誤期待或好奇心會引發困惑或激發更強烈的興趣(原來他不是偵探？不是愛情故事？)。而期待被滿足(gratified expectations)後，可產生安心滿意的圓滿感覺(謎團揭曉，男孩娶了女孩)。要注意的是，這些情感機率都**有可能**發生。電影或小說，都沒有一定的秘訣可以製造「正確的」情感反應。它們完全根據上下文——意即每個完整作品中的獨特系統，來決定。肯定的是，觀眾的反應是來自作品的形式系統，這就是爲什麼我們該嘗試認知各種電影形式，因爲理解愈多，我們的感受會愈準確豐富。

然而，以電影的上下文而言，電影中心的情感與觀眾的情感反應可能相當複雜。很多人認爲沒有比嬰兒的死更悲傷的事了。大部分的電影中，可能以此做爲悲傷的總結。但是形式可改變觀眾的情感歷程。在尙・雷諾(Jean Renoir)的《朗基先生的罪行》(The Crime of M. Lange)裏，憤世嫉俗的印刷商巴特拉強暴了洗衣女艾絲特拉，又拋棄她。他失蹤後，艾絲特拉卻懷著他的小孩回到未婚夫身邊。劇中一場情緒高潮戲是，艾絲特拉的老板范侖鐵向眾人宣佈嬰兒一出生就死時，第一波情結是深沉的悲哀，每個角色都面帶愁容。但突然間，巴特拉的姪子說：「眞遺憾，怎麼說他也算是個親戚。」(指嬰兒)。在這種電影的上下文中，這段話被當作笑話將原本愁容的角色們都逗笑了。這段戲中的情感轉折使我們毫不設防，因爲劇中人都不是冷血無情的人，我們也因此調整了對死亡的反應——就像劇中人的反應：鬆了口氣。因爲艾絲特拉能活下來，遠比嬰兒的死更重要。這部電影的處理方法使一個在現實生活中可能是錯誤的反應，成爲適當的情感宣洩。這是比較大膽、極端的例子。但是它卻戲劇性地說明了，銀幕中的情感和觀眾的反應均是順應形式的上下文。

■形式與意義(Form and Meaning)

像情感一樣，意義對藝術經驗非常重要。

觀眾不斷主動地測試作品以尋求它的旨趣，而他們認定作品中的意義種類可能差異甚大。讓我們來看一下《綠野仙踪》裏，關於它的意義的四種不同的說法。

1.在經濟大恐慌時代，一場颶風將一個女孩從她堪薩斯州的農莊家裏，吹到一個叫做奧兹的神秘地方；在經歷一連串的冒險後，她終於回到家了。

以上是非常具體、幾乎是故事最基本骨架的摘要。這個說法中，主要的旨趣在於觀眾確認了一些特定的細日：美國歷史上一段稱爲經濟大恐慌的時期，一個地方叫堪薩斯州，及關於美國中西部氣候的特徵(颶風)。對以上這些項目不熟悉的觀眾，可能會漏掉這部電影的意義所提供的信號。我們稱這種容易明白的說法爲**指示性意義**(referential meaning)。因爲這部電影**引用**(refer)了一些已含有重要意義的地方或事情。一部電影的主要故事——在《綠野仙蹤》裏是三〇年代美國中西部的農村生活——通常就建立在指示性意義上。而且，人們會期待指示性意義在整部電影中如何起作用。就像我們前面討論到美國南北戰爭如何在《國家的誕生》中作用一樣。假設桃樂絲不是住在空曠、平坦、有田園風光的堪薩斯州，而是在好萊塢的比佛利山莊。當她到奧茲時(假設她是被大洪水帶走的)，奧茲這個地方的肥沃豐美和她家鄉的貧瘠荒涼之間的對比就不那麼強烈了。在這裏，「堪薩斯州」的指示性意義對這部電影形式所創造出來的場景的整體性對比，有著決定性的角色。

2.一個女孩夢想著能夠離開家，遠離她的煩惱；直到她經歷了一些事，學到了經驗，才了解家對她的意義。

這個說法仍然相當具體。如果有人問你這部電影的「重點」在哪裏——有什麼是留在腦海中的——你大概也會如此回答。也許你還會提一下桃樂絲在片尾的最後一句台詞：「沒有什麼地方比得上家！」作爲她學乖了的總結。我們稱這種廣泛的說法爲**外在的意義**(explicit meaning)。

就像指示性意義一樣，外在的意義也在該片整體形式中起作用；根據電影的上下文而被賦予意義。舉例來說，我們很可能將「沒有什麼地方比得上家」當作這整部片子的意義。但是，第一，爲什麼我們覺得這是句非常有意義的句子？在日常用語中，它是陳腔濫調。然而，在電影本文中，這句台詞却是在特寫中被說出，而且在電影快結尾處出現(一個形式上非常具優勢的時刻)，並與桃樂絲的慾望及她所受到的嚴酷考驗相呼應，喚回這部電影的故事，向她所完成的目的發展，正是這部電影的形式賦予這個熟悉的說法一個非比尋常的重量。

這意味著我們必須檢視外在意義在電影中如何和整體系統中的其他元素交互作用。倘若「沒有什麼地方比得上家」已適當並徹底地概述了《綠野仙蹤》的意義，那麼就不用去看這部電影了，這個結論就夠了。但是就像情感一樣，意義也是形式的本質；他們和其他元素合起來組成一個整體的系統。我們通常並不能將某一獨特的重要時刻獨立出來，且說它是整部片子的意義。甚至是桃樂絲的「沒有什麼地方比得上家」，不管它在《綠野仙蹤》裏作爲意義的指標多麼強而有力，它必須被放在整個電影上下文中奧茲這趟令人迷惑的幻象裏。如果「沒有什麼地方比家好」是全片的重點，爲什麼奧茲會顯得那麼迷人？因此電影的外在的意義是被安放在整部片子中，並且與其他元素產生動力形式上的關聯。

在嘗試尋找電影中具有意義的時刻，我們可以在全片中，把各個具有意義的時刻舉出來做對照。因此，桃樂絲的最後一句台詞可以和所有角色到達翡翠城後顯得很乾淨的樣子的場景並列在一起。我們可以嘗試不去看這部片子是「關於」這個人或那個人的關係，而是關於這兩個的關係——在幻想世界中的冒險與歡樂相對於家庭的舒適與安穩。如此，這部片子的整體系統就會大於只有找到一個外在的意義。我們因此不這麼問：「這部片子的重點是什麼？」而是「這部電影的眾多意義是如何在形式上相互關連？」

3.一位必須很快就面對成人世界的青春期少女戀慕著能夠回到童年的單純世界，但是她終於接受成爲一個成人的要求。

這個說法比起前述的兩個顯得相當的抽象。它假設了一些超越這部片子表面上明顯的意義：《綠野仙蹤》是一部(就某個層面來說)「關於」從兒童期到成人期過程的影片。從這個觀點，這部電影暗示了或意味著，在青春期，人們都渴望回到童年那個較不複雜的世界。桃樂絲和她舅舅與舅母之間的挫折，使她渴望能逃到一個「在彩虹之外」的地方，被用來解釋對青春期現象的一般概念。這個聯想出來的意義爲**內在的意義**(implicit meaning)。當觀眾理解一個藝術作品並提出其內在的意義，他們通常是被稱作在詮釋它。

很明顯地，詮釋有很多種，其中一個看過《綠野仙蹤》的人會說它確實是關於青春期的電影；另一個人則可能提出它是關於勇氣與耐心的電影；或者說它是關於成人世界的反諷電影。藝術作品吸引人的原因之一是，它似乎都要求觀眾去詮釋它，通常一次好幾種解釋。再者，藝術作品會誘導觀眾進行心靈活動——在這裏，引發出它的內在意義。但，再說明一次，這些藝術作品的整體形式會影響詮釋的方式。有些觀眾看電影想從其中學到偉大的人生課題。他們可能會稱讚一部電影，因爲它有深遠而相關的訊息。雖然，意義那麼重要，這種態度經常會犯下將電影分開成內容部分(意義)以及形式(裝載內容的容器）的錯誤。內在的意義很可能因爲它抽象的特性而導致非常廣的概念（通常稱作**主題**）：這部電影是關於勇氣，那部電影是關於愛情。這些說法有它的價值，但是它們太一般性了，它們可以適用到好幾百部片子。要簡單地概論《綠野仙蹤》爲青春期困擾，可能對這樣一部有特定特性、作爲一種經驗表徵的電影不公平。追求內在的意義不應忽略電影裏任何獨特的或具體的特徵。

這不表示意味我們不該詮釋電影。而是我們應該觀察電影的主題是如何在一部電影整體的形式中製作出來，再試著去找出準確的詮釋。在一部電影裏，外在意義和內在意義都緊密地依賴故事和風格化形式元素間的關係。在《綠野仙蹤》裏，「黃磚路」這個視覺元素本身並沒什麼意義。但是如果我們檢視它的功能，在完成與其他部分如故事本身、音樂、色彩等等之間的關係，我們會發覺「黃磚路」確實饒富意義。桃樂絲強烈的回家欲望，使「黃磚路」成爲她欲望的代表。我們希望桃樂絲能成功地回家，並回到堪薩斯；因此這條路參與了渴望家園這個主題。

但是詮釋影片的意義本身並不是結束；它幫我們了解影片的整體形式。詮釋也並不會說盡設計本身的可能性。我們可以談論很多關於黃磚路的事而不只談它對影片主題性材料的意義。我們可以分析這條路如何成爲在影片中舞蹈和唱歌的舞台；我們可以看它在故事裏的重要性，因爲桃樂絲在十字路口的猶豫，讓她延遲了見稻草人的時間；我們可以爲這部影片做一個色譜，來對照黃色的路、紅色的拖鞋和綠色的翡翠城，以及其他。從這個觀點，詮釋也可以被認爲是一種形式分析，嘗試分析電影的內在意義。但是這些意義都應該不斷地被放在電影具體的上下文中來測試。

4.在一個以金錢衡量人性價值的社會裏，家園與親人可能是人性價值的最後一個避難所。在經濟恐慌的時代時，譬如在三〇年代的美國，這種信仰非常盛行。

像第三個說法一樣，這也是非常抽象和一般性的。它將影片放在某個思潮中，該思潮在三〇年代裏被認爲是美國社會的特徵。這個意義的說法可以運用到很多其他電影，以及小說、戲劇、詩、畫和廣告、廣播節目、政治演說以及那時代的很多文化產品上。但在這項說法的普及範圍之外，仍有值得注意的地方。它將《綠野仙蹤》的外在意義（「沒有什麼地方比得上家」）當做整個社會更大範圍價值的特性的聲明。我們可以對內在意義做同樣的事。如果我們說這部電影意含著青春期男女面對轉型的困難，我們也可強調青春期是人生裏某個特殊時期的說法，來意指美國社會的某個時期。換句話說，當我們在了解一部片子的外在與內在意義時，可以視它爲含有顯著社會價值的影響。我們稱之爲**徵候性意義**(symptomatic meaning)，而那一組被呈顯出來的價值可被視爲社會的**意識型態**。

注意電影中徵候意義的可能性，提醒了我們不論是指示性的，或是外在、內在的意義，都涉及了社會現象。在電影裏的意義，最終都是關於意識型態的；也就是說，它們都是從文化上對世界的特定信仰所發出來的。宗教信仰、政治觀點、對種族、性別或社會階級的觀念，甚至我們最無意識却根深蒂固的人生觀——這些都構成意識型態框框內的參考。雖然我們活著就如我們所相信這個世界，是眞實而且唯一實在的解釋。但是只要我們和其他族羣的文化、歷史背景的意識型態比較一下，就可知道歷史和社會如何塑造出這些不同的看法。在其他時代或其他地方，「堪薩斯」、「家園」、或「青春期」是不會和二十世紀初的美國所賦予的意義一樣的。

因此，電影就像其他藝術作品一樣，可依觀眾所追尋的徵候意義而改變，然而，這意義的抽象性和一般性可能引領我們遠離電影本身具體的形式。當我們分析內在的意義，觀眾應該努力在電影裏幾個特殊方面來建立它的徵候意義。一部電影是從它獨特且唯一的形式系統裏來制定它意識型態上的意義。我們應該看看在第七章，《相逢聖路易》(Meet Me in St. Louis)、《朗基先生的罪行》和《一切安好》(Tout va bien)裏，故事和風格系統如何被分析出意識型態上的意義。

簡單地說，電影之所以「有」意義，只是因爲我們認爲它們有。我們因此不能認爲意義是從電影分出來的簡單產品。我們的心靈會爲藝術品在不同的層次上探測意義：指示意義、外在意義、內在意義和徵候意義。意義愈抽象和一般性，我們愈冒著鬆脫我們對電影特殊形式系統的掌握之危險。身爲一個分析者，我們必須以希望賦予它更廣泛的意義來平衡我們對具體系統的關注。

■評論(Evaluation)

在談論到藝術作品時，人們總會**評論**它，也就是說，他們會宣稱它的好或壞。在流行雜誌中的影評通常都只告訴我們該不該去看一部電影；朋友也總逼著我們去看他們最新的最愛。但是我們經常發現，別人稱讚的片子，我們看來也不過是平庸之作。在這個觀點上，我們可能會悲嘆一個事實：大部分的人評斷一部電影都根據他們自己的(大部分是特殊的)品味。

然而，我們到底要如何用客觀一點的方法來評論一部電影？我們可以從了解個人品味和評論方式判斷兩者的差異開始。說「我喜歡這部片子」或者「我厭惡它」，不等於說「這是一部好片子」或「差勁的片子」。在這世界上，很少有人只喜愛偉大的經典作品。大部分的人能享受一部不是很好的片子。這完全合理——除非他們開始試著去說服別人，說這些片子是在永不凋零的經典作品之列。這時別人大概就會把耳朵摀起來了。

因此我們可以把個人喜好作爲判斷一部電影品質的方法放在一旁。相反的，一個影評者在做相當客觀評論時，會用一些特定的準則。準則是可以用來評論很多其他作品的標準；由這個方式，影評者得到一個基礎來比較影片當中的相關品質。

準則有很多不同種類。有人以「寫實」的程度來評價電影；也就是說，電影是否服膺他們對現實的看法。有軍事歷史狂的人，可能會在戰爭場面上是否用正確時代的武器來評判整部電影的價值，他們對剪接、角色塑造、聲音和視覺風格等一點興趣也沒有。別人可能會因爲劇情不合情理而譴責一部電影；他們會說「誰會相信X就那麼巧就碰到Y」。但是我們却已經看過不少藝術品經常違反現實的法則，並且依它自創的道理或內在規矩運作。

觀眾也會用道德標準來評價電影。最狹隘的方式是在電影形式系統的上下文之外進行評價：有些人會覺得影片中有裸露或防害風化的鏡頭是不好的；有些人會覺得就是這些鏡頭，該片才值得嘉許。另外比較抽象的方式是用道德準則來評價一部電影的整體意義；在這裏，電影的整個形式系統是評價依據：一部電影可能因它表白了對人生的整體看法，或表示了不同觀點的意願，或呈現了某種情感層次，而被認爲是具道德之作。

也許「寫實」和「道德」這兩種準則是非常適合一些特殊目的的評論，但是本書只建議把電影視爲一種藝術整體，容許我們盡量把電影的形式納入考量，做爲評論的準則。依此我們才能觀察該片是否以它自己的方式，成功地創造出一組形式的關係系統。

這種準則的其一是*複雜性*。我們可以爭辯一部具複雜性的電影(不是簡單的複雜電影）的好，只要它能吸引我們在很多層面上的注意力，在眾多獨立的形式系統中創造多重的關係，和試著創造有趣的形式模式。其二的準則是原創性。當然，爲原創而原創是毫無意義的；因爲不一樣並不表示它就好。但是如果一個藝術家選擇了一個舊題材，而表現的手法使它再富新意，或是創造了一組新的形式可能性，那麼（所有其他事情都相等）從美學的觀點來看，所完成的作品就可說是一部好電影。

首尾一貫提供了另一個準則，如同**效果的強度**。注意這些準則都有程度上的差別。一部電影可能比另一部複雜，但第二部片子可能比第三部更複雜。再者，在準則之間經常有「多這個少那個」的情形。一部電影可能具複雜性，但是缺乏首尾一致或者強度；90 分鐘的黑片可以是富原創性的電影，但並不複雜；一部動作片可能在某些場景非常激烈，但整體缺乏創意，而且組織鬆散和過於簡單。在運用這些準則時，影評者經常得左右衡量。

評論有很多功能。它能喚起對被忽視的作品的注意，或讓我們重新思考對經典作品的態度。但是，就像發掘意義並不是形式分析的最後一步，我們也不應該將自己設定在找出哪些是偉大的電影上。一般性的評語（「這是一部經典作品」）很少讓我們心底一亮，會吸引我們的評論通常是因爲它指出我們對該片一直忽略的關係或品質，有著深刻的見解。評論就像詮釋一樣，當它帶領我們回到電影本身的形式系統裏，且幫助我們更了解它的系統時，方是最爲有用的。

在閱讀本書時，讀者會發覺我們在內文中全面地縮減評論的成分。我們認爲大部分書內分析的電影，都或多或少具有我們所提到的準則的優點，但是本書的目的並不想要說服讀者去接受一份經典作品的名單。反而，我們相信，如果我們能仔細地說明，電影如何是一個藝術系統，讀者自然會有一個堅實的基礎來進行任何他想要做的評論。

■摘要

如果某一個概念已經主導我們處理美感形式的手法，它可被稱爲具體化。形式是我們在任何藝術作品中所知覺到所有元素關係的特定系統。這樣的概念使我們了解，甚至被我們視作「內容」——主要事件和概念——的元素，在任何藝術作品中都有獨特的功能。我們經驗一個藝術作品也是具體的。從體會作品中的訊息，我們有了特定的期待：被激發、被引導、被延遲、被欺騙及被滿足或被干擾。我們因此經歷了好奇、懸疑和驚嚇等情緒。我們也在作品中的特別部分，和從生活及藝術經驗中得來的一般慣例兩者之間做比較。而經由藝術作品中的具體上下文，情感和意義也變得更加詳細和適當。甚至在評論作品時，也會採用可以幫我們識別更多或深入更多作品內部的準則。因而本書其他的內容都致力於研究電影中各種美學形式之特性。

電影形式的原則

因爲電影形式是一種系統——也就是說，一組相互關連、互相依賴的元素組合在一起——因此在系統之內一定有一些原則(principles)幫它們建立彼此的關係。除了藝術的修養之外，這些原則可能是一組組規則。就像在物理學上，原則可能以數學定理的形式出現。舉例來說，設計師設計一架飛機一定會考慮到飛行動力學的原則。他一定得以他對這些原則的認識與知識來決定飛機的外形。

然而，在藝術領域裏，却沒有絕對的形式規則要求所有藝術家來遵從。因爲藝術作品是文化的產物；因此很多藝術形式的原則是慣例的問題。舉例而說，有些電影遵循某組獨特的形式原則後會被廣泛地稱作「西部片」。因此藝術家服從(或違抗)的是模式、慣例本身，而不是法則(laws)。

但是在社會慣例裏，每一個藝術作品仍傾向於建立它自己特別的形式原則。不同電影的形式彼此可以相差甚遠。然而，我們仍然區別出五個一般原則供觀眾在理解一部電影的形式系統時之用：功能、類似與重複、差異與變化、發展、統一與不統一。

■功能(Function)

如果電影裏的形式是不同元素之間的整體交互關係，我們假設，在這個整體裏的每個元素都有一個或更多的**功能**。也就是說，每個元素在整個大系統裏將履行一個或更多的任務。

我們可以拿電影裏的任何一個元素來審視，它的功能是什麼？回憶一下《綠野仙踪》裏的例子：高齊小姐(Miss Gulch)一直想從桃樂絲那兒搶回托托，後來在奧茲的戲裏，她化身爲巫婆又出現了一次。另外，在片子開頭，高齊小姐迫使桃樂絲逃家；在奧茲，巫婆也忙著不讓她進翡翠城，拿走紅拖鞋，使她回不了家。甚至明顯的次要元素(像那隻狗托托)都發揮許多功能。爭奪托托的事導致桃樂絲離家，也讓她因太晚回不了家，又找不到躲避颶風的地方；之後，托托追逐一隻貓，使桃樂絲從大汽球上跳下來，又回不了堪薩斯。甚至托托身上的灰色，對比奧茲裏的鮮麗色彩，延續了電影一開始那段黑白的堪薩斯與後來彩色奧茲的對比。因此功能大部分都是多重的；故事和風格元素都有功能。

要抓住一個元素的功能的要領是，看看其他元素需要它呈現什麼。當故事要求桃樂絲離家時，托托就被設計來完成這個功能。而且，桃樂絲一定得看起來和女巫不一樣，所以兩者的服裝、年齡、聲音和其他特徵都必須發揮對比的功能來。最後，黑白轉換成彩色的功能是爲了強調：亮麗的幻象領土奧茲到了。

必須注意的事是，功能並不一定是電影工作者的企圖。討論電影時經常會碰到這樣的問題，例如在選擇這個或那個元素時，「他到底知不知道自己在做什麼？」在問及功能時，我們並不要求聽到一段製作歷史。從企圖的觀點來看，桃樂絲唱「彩虹之外」可能是因爲茱蒂・迦倫和米高梅公司合約內的要求。但是，從功能的觀點來看，我們會說桃樂絲唱的那首歌在片子裏發揮了一些故事和風格的功能(它確立了她想離家的慾望，它和彩虹的照應預示了奧茲那段彩色的情節等等)。因此，在問及形式的功能時，我們不問：「這個元素爲什麼在這裏出現？」反而問：「這個元素在這裏做什麼？」

有一個留意功能的方法是考量這個元素的**動機**(motivation)。因爲電影是人類的創作物，我們希冀電影裏任何一個元素都有之所以在那裏出現的、屬於邏輯上的辯解。這個辯解的理由就是該元素的動機。例如，當高齊小姐以巫婆的模樣出現在奧茲時，我們辯解她化身的理由是因爲在前面堪薩斯那段戲裏，她是脅迫桃樂絲離家的人。當托托爲了追貓跳出大汽球，我們給與它的動機是，當貓出現時，狗總是會去追。

有時候，人們用動機這兩個字來解釋人物的行爲，就像謀殺通常來自於憎恨這個動機。然而，在這裏，我們將「動機」用於電影裏任何元素。例如，服裝需要動機。如果有一個人穿著乞丐的衣服出現在高雅的舞會裏，我們會懷疑他爲什麼這樣穿。他可能是一個惡作劇的犧牲者，以爲是去參加化裝舞會；也可能是個怪異的百萬富翁，故意穿那樣去嚇朋友。這樣子的戲確實出現在《我的男人古德菲》(My Man Godfrey)裏。在舞會中出現的乞丐的動機，是由一個尋找淸道夫的遊戲來而：一羣年輕的社會人士被指派去帶回很多東西裏的一項：一個乞丐。於此，一個聚會場合，尋寶遊戲讓穿着不當的角色有了出現的動機(理由)。

動機在電影裏非常普通，觀眾很容易視其爲理所當然。蠟燭在房間裏出現，給我們可以看淸楚人物這個事實一個動機(注意影片中的光源並不只是燭光，但是蠟燭是表面上的光源，讓光的出現有理由)。人物穿越房間的動作可能給攝影機運動——跟隨人物走，保持他在鏡框之內——一個動機。當我們進行到非故事體的形式原則(第三章)和故事體形式原則(第四章)時，會將動機如何賦予元素特定的功能做更詳細的研究。

■類似和重複(Similarity and Repetition)

在ABACA的例子裏，我們已了解爲什麼可以預測出下個字會出現什麼。其中的一個理由是，重複出現的元素有一個規律的格式。像音樂的拍子、詩歌的格律，A在模式中重複出現，建立並滿足我們對形式的期待。**類似和重複**因此構成了電影形式的重要原則。

「重複」是了解所有電影的基本。例如，我們必須能回想並認出再一次出現的人物及場景。更仔細一點，我們應該能觀察出整部電影中，任何事物都有它的重覆，從台詞、音樂的節奏、鏡頭運動、人物行爲，到故事情節都有。有個名詞可以幫我們來形容這些重複：**母題**(motifs)。我們稱電影裏任何有意義地重複出現的元素爲母題。一個母題可能是一個物品、顏色、地點、人物、聲音，或人物的個性，也可以是打光法或攝影機位置，只要它在整部片子進行過程中有重複出現的現象皆是。如《綠野仙蹤》就用到了所有剛才提到的母題。甚至在這樣簡單的電影裏，即已充滿了電影形式中重複與類似的原則。

電影形式除了運用類似也運用精確複製手法。要了解《綠野仙踪》，必須看得出三個堪薩斯農夫和桃樂絲在黃磚路上碰到的三個人物，他們之間的相似點；還得注意堪薩斯那位流浪算命者和奧茲的魔術師，兩人驚人的相像處。這些複製並不完美，但非常的類似。這些**對應**的例子，正是因爲重複的作用，加強了一些相似的地方，吸引觀眾去比較兩個或兩個以上不同的元素。母題因此能幫助「類似」原則的建立。觀眾因此會注意，甚至期待，每當桃樂絲在奧茲碰到一個人物，該場戲的高潮就一定會出現這首歌：「我們要出發去找魔術師」。就像重複前行最後的音節，被認爲是詩的魅力所在，識別母題的類似與重複正提供我們觀賞電影的樂趣。

差異和變化(Difference and Variation)

電影的形式很少只由重複構成。AAAAAA會非常沉悶。不管多麼細微，其中一定有一些改變或**變化**(variation)。因此**差異**(difference)是電影形式的另一個基本原則。

我們已知道在電影裏，多樣性、對比和改變的需要。不但人物得被辨別出來，甚至在影像裏，我們必須有不同的色調、質料、方向和運動的速度來分辨彼此。形式雖然需要像類似和重複那樣穩定的背景，但同時也需要差異本身的設計。

這表示雖然母題(場景、佈景、劇情、道具、風格設計)可以被重複，但這些主題很少是一模一樣地重複，變化將會出現。在我們主要的例子《綠野仙踪》裏，農莊的三個傭工，並非和奧茲裏的是一模一樣的「雙胞胎」(類似必須明顯，但它需要程度上的差異，也需要醒目的類似)。托托這個重複出現製造事端的母題並不是每次的功能都一樣：在堪薩斯，它惹毛了高齊小姐促使桃樂絲帶它一起離家，但在奧茲它却使桃樂絲回不了家。雖然桃樂絲回家的意念是一個不斷出現的母題，也會因爲她每次遇到不同的阻礙，而有不同的表達方式。

元素之間的差異經常變成截然的對立。最熟悉的對立形式是人物之間的衝突。人物之間的衝突是非常重要的形式現象，但是我們可以將它放置在更大範圍的形式原則裏：差異。因此，不只是人物、場景、劇情和其他元素，都可以是對立的。《綠野仙踪》裏，在不同的點上，桃樂絲的慾望和艾瑪嬸嬸(Aunt Em)、高齊小姐、惡巫婆、魔術師的慾望是相對的，因此該片可以從人物身上衍展出很多衝突。另外，也有顏色的對立：黑白的堪薩斯與彩色的奧茲對立，身穿紅白藍衣的桃樂絲與黑衣的巫婆對立等等。場景也是——不止於堪薩斯對奧茲，在奧茲裏不同的地點，尤其是翡翠城對巫婆的城堡也是。音質、音樂調性，以及很多其他元素彼此間相對立，實證了所有的母題都可以對立於其他母題。

當然，差異並非只是單純的對立。桃樂絲的三個奧茲朋友——稻草人、錫人和獅人——不只在外表上有明顯的區別，還有三種它們所缺乏的東西

(腦、心和勇氣)。其他電影可能靠較不明顯的差異來暗示人物間等級上漸次的不同，如尚・雷諾《遊戲規則》(The Rules of the Game)裏的人物。極端的例子如一部抽象電影可能在各部分間只有極小的變化；例如在傑・杰・墨菲(J.J.Murphy)的《印刷時代》(Print Generation)裏，同樣一段影片每次出現都只有非常細微的變化。

重複與變化其實是一體兩面。注意到一個，必定注意到另一個。分析電影時，我們應該尋找相似和相異的地方。經常在這兩者之間觀察，我們即可找出母題，在辨識影片中重複的類似點時，仍同時注意到重要的差異。

■發展(Development)

要學習注意類似和差異在電影形式裏的運作，其中一個方法是去尋找各部分之間的發展。發展是構成相似和相異點之間關係的模式。ABACA不但根於重複(A的重複出現)和差異(B和C的插入)，也在於他的*進展*(progression)，我們因此可視之爲一個原則(在A後面接著按字母順序連下來的字母)。雖然它很簡單，但這個**發展**(development)的原則，主宰了整個字串的形式。

試著把形式的發展想成**從X經Y到Z的進展**。例如，《綠野仙踪》呈現了很多方面的發展。首先，是*旅程*：從堪薩斯經奧茲到堪薩斯。很多電影擁有像這種旅行情節的安排。《綠》片不只是一趟旅程，同時也是*探索*：一開始是與家園分離，然後尋找不同的方法回家(也就是：說服魔術師幫忙)，再結束於找到了物件(堪薩斯、家)。在這部電影裏，還有一個型是*偵探*，通常也有從X經Y到Z的模式：先開始於一個謎(誰是奧茲的魔術師？)，經過尋找答案的嘗試，然後結束於問題被解答(魔術師是一個騙子)。因此甚至像這樣一部單純的電影都是由好幾個發展的模型所組成。

爲了要分析電影發展的模式，將它*分段*會是很好的辦法。分段其實是將電影大綱分開成幾個重要和次要的部分，再於每個部分的前面加上連續的數字或字母。如果劇情片有十個場景，我們可以將每個景用 1 到 10 的數字標出來。也可以將每段細分下去(如 6 a和 6 b)。將電影分段不但使我們能注意到各部分之間相似和相異的地方，在設計形式的整體進展時更容易安排情節。另外，列出整個分數圖表會更爲有用。在第三和第四章，我們將談到如何將不同類型的電影分段。

另外一個判斷電影形式如何發展的方法是比較開始與結束。觀察開始與結束之間的相似和差異，可以了解電影的整體模式。我們可以再用《綠野仙蹤》為例來測試這個方法。故事的開始與結尾顯示出桃樂絲的旅程結束於她回到了家；這個旅程一開始是尋找「彩虹之外」的地方，結果變成尋找回堪薩斯的路。因此最後一幕戲重複了片子一開始的故事元素。風格上，開始與結束都是用黑白底片拍攝，但這支持了夢土奧茲和瘠貧的堪薩斯之間的對比。算命者馬佛教授(Professor Marvel)開始時勸她回家；然後，在奧茲的部分，他仍然象徵了她想回家的希望。最後，當她認出了馬佛博士和農莊僱工們都是她夢裏的人物，她記起了她是多想離開奧茲趕快回家。

前面提到電影形式如何吸引我們的情感和期待，現在應該更容易看出為什麼會如此。藉著類似和差異、重複和變化之間的相互作用，它帶領觀眾主動且逐漸地發覺電影的形式系統。電影的發展固然可以用靜態的詞句來想像，但是我們不可忘記形式發展是一種動態的進展過程。

■統一/不統一(Unity/Disunity)

元素之間的所有關係創造了整體電影系統。甚至如果一個元素看起來似乎與其他的毫無關係；並非它就「不屬於這部電影」。頂多，該元素是難以理解或無條理的，可能是整個系統裏的一個缺點——但它確實影響整部電影。

當我們在一部電影中感知到所有的關係都清晰且實用地彼此交織在一起，我們就稱該部電影有**統一**。一部統一的電影很緊，因為在形式關係裏似乎都沒有縫隙。每一個被呈現的元素都有特定的一組功能，相似和差異都很明顯，形式也邏輯化地發展，而且沒有多餘的元素。所以統一是程度的問題。當然，幾乎沒有電影是「緊」得沒有累贅，但是如果嘗試在整個形式裏創造條理明晰的關係，我們一般會認為這樣一部影片很統一。

但是電影有時會加入些微程度上的不統一成分。有些電影就是無法達到統一的程度；這樣電影形式系統的元素無法與其他元素或片子其餘部分有清楚的關係。特別是整個電影系統正努力去達成統一時，這種不統一的情形尤其明顯。《綠》片裏有一段戲是女巫談到她曾用蜜蜂攻擊桃樂絲和她的朋友，可是卻沒有出現在影片上，令人非常迷惑。原來這段被蜜蜂攻擊的戲是拍了，但在最後拷貝時被剪掉。因此女巫這段台詞就顯得失去動機。另外，在影片結束處還有一個明顯的失誤，我們不清楚高齊小姐到底發生了什麼事；也許她仍能合法地將小狗托托帶走，但在最後一幕時，無人提及。然而，觀眾可能會下意識忽略這個不統一的成分，因爲高齊小姐的對應角色——女巫，在奧茲那段幻想的戲裏已經被消滅了，所以我們不期待會再看到她。

但是倘若有部電影中，裏頭一些人物都相繼神秘死亡，而且沒有提到怎麼死或爲什麼死。這部電影就留下了一些曖昧的地方，但是因爲死法的重複，却暗示了刻意忽略解釋不是一個錯誤。有計劃的不統一會使我們的印象更深刻，尤其是其他電影元素一樣無法和其他元素有清楚的關係時。因此有些電影會爲了形式，刻意製作不統一的元素來當作正面的特質，這不表示該影片首尾不一致。他們的不統一是系統化的，它被如此前後一貫地呈現，吸引了我們的注意，以致構成了該片的基本特徵。無法避免地，這樣的電影將只會在程度上有些形式上不統一的成分而已；他們是比我們曾看過的電影較不統一，但並不會因此在我們面前崩潰。稍後，我們將會研究像《無知不設防》(Innocence Unprotected)、《去年在馬倫巴》、《一切安好》這樣的電影如何運用不統一原則來設計它們的形式。

結　論

我們以一組適用於詢問所有電影的問題，來替電影形式的原則做結論。

1.你可以舉出電影裏任何一個元素，問：「它在整個形式中的功能是什麼？」「它的動機爲何？」

2.在整部影片中，元素或格式有重複嗎？如果有，在什麼點上，它如何重複？母題和類似點是否在請我們比較元素？

3.元素之間如何產生對比及差異？相異的元素彼此如何對立？

4.發展或進展的原則在整個電影形式中如何運作？

5.整部電影的形式中，統一的程度如何？不統一的成分是附屬在統一的整體格式裏？或者支配著整部影片？

在本章中，我們檢視了一些抽象且基本的電影形式原則。以這些一般性原則做爲裝備，我們即可再進一步去辨識更多形式的類型，而認知形式的類型正是了解電影藝術的中心。

註釋與議題

■各種藝術裏的形式

本章裏的許多概念都是根據其他藝術裏也找得到的形式概念而來。下列各書可做為進一步閱讀的參考：

Monroe Beardsley，*Aesthetics*(New York：Harcourt Brace and World，1958)，第四、五章。

Rudolf Arnheim，*Art and Visual Perception*(Berkeley：University of California Press，1974)，第二、三、九章。

Leonard Meyer，*Emotion and Meaning in Music*(Chicago：University of Chicago Press，1956)；

Tzvetan Todorov *Introduction to Poetics*(Minneapolis：University of Minnesota Press，1981)；

Thomas Munro，*Form and Style in the Arts*：*An Introduction to Aesthetic Morphology*(Cleveland：Case Western Reserve University Press，1970)；

René Wellek and Austin Warren，*Theory of Literature*(New York：Harcourt Brace and World，1956)；

Victor Erlich，*Russian Formalism*：*History*，*Doctrine*(The Hague：Mouton，1965)；

E.H. Gombrich，*Art and Illusion*(Princeton，N.J.：Princeton University Press，1961)。

■電影形式的概念

形式與觀眾的關係，可參查上列Leonard Meyer的書。

至於ABACA的例子是從：

Barbara Herrnstein Smith，*Poetic Closure*(Chicago：University of Chicago Press，1968)，而來；以及：

Kenneth Burke，"Psychology and Form"，*Counter-Statement*(Chicago，University of Chicago Press，1957)，pp. 29-44。

完形心理學派標識人類心靈先天上能容納形式的各種創造，這派說法使完形心理學者在觀眾對形式的反應中，有強而有力的註解。可參考：

Rudolf Arnheim，*Film as Art*（Berkeley：University of California Press，1957）

比較近代的研究可參考：

Julian Hochberg and Virginia Brooks的文章 "The Perception of Motion Pictures" 在Edward C. Carterette and Morton P. Freidman.所編的*Handbook of Perception,*vol. 10：*Perceptual Ecology*（New York；Academic Press，1978），pp. 259-304.

認知心理學認爲，人類對己身所生存的環境以假設及推論來使其產生意義，並提供不少關於觀眾心靈活動的討論，可參考：

Edward Branigan，*Point of View in the Cinema*（New York：Mouton，1984）第三章；

David Bordwell，*Narration in the Fiction Film*（Madison：University of Wisconsin Press，1985）第三章。

佛洛伊德及其支系的學說，還是主導觀眾瞭解電影形式的研究。可參考：

Christian Metz，*The Imaginary Signifier*（Bloomington：Indiana University Press，1982）；

Robert T. Eberwein，*Film and the Dream Screen*（Princeton：Princeton University Press，1984）；

Stephen Heath，*Questions of Cinema*（Bloomington：Indiana University Press，1981）；

Christine Gledhill，"Recent Developments in Feminist Film Theory"，*Quarterly Review of Film Studies,* 3,4（Fall 1978）：457-493；

Charles F. Altman，"Psychoanalysis and Cinema：The Imaginary Discourse"，*Quarterly Review of Film Studies,* 2,3（August 1977）：257-272；

Claude Bailblé，"Programming the Look"，*Screen Education 32/33*（Autumn/Winter 1979/1980）：93-131.

道利・安祖（Dudley Andrew）則提供了相關理論的概念簡介：

Dudley Andrew，*Concepts of Film Theory*（New York，Oxford University Press，1984）

■形式、意義與情感

一些心理分析學者認爲觀眾喜愛看電影的原因來自於「愉悅」與「不愉悅」。舉例來說

Laura Mulvey，"Visual Pleasure and Narrative Cinema"，*Screen* 16,

3(Autumm 1975)：6-18.

另外的說法可參考：

Charles Affron，*Cinema and Sentiment*(Chicago：University of Chicago Press，1982)本書專研的部分在於解析敍事電影如何使觀眾對自己的性格或遭遇與情節認同。

很多評論者主要在爲電影尋找它們的涵義——意即，詮釋它們(事實上，很多影評人習慣如此做以致於都忘了電影還有很多方面可以討論)。關於《紅河劫》(The Red River)在——

Ciné-tracts 10(Spring 1980)：54-87，中有幾篇導讀的文章，呈現了不同影評對同部電影的不同詮釋。其他評論者反對詮釋電影在——

Susan Sontag，"Against Interpretation，" *Against Interpretation*(New York；Delta，1966)這篇文章中，訴求「對著述形式多點注意」以及「揭露藝術的感性內涵而不假意詮釋電影意義」(pp.12-13)

Jonathan Culler，*Structuralist Poetics*(Ithaca：Cornell University Press，1975)，則強調應該研究藝術的功能及效用，而不要總是詮釋它。

徵候性意義的電影評論的經典例子是法國《電影筆記》的編輯們集體研究約翰·福特的《林肯的青年時代》(Young Mr. Lincoln)，可在下列兩本刊物找到：

John Ellis，ed., *Screen Reader* 1(London：SEFT，1977)，和Bill Nichols，ed., *Movies and Methods*(Berkeley：University of California Press，1976).他們借用心理分析的詮譯法，討論該電影中呈現了美國意識型態中對家庭角色、羅曼史以及法律，存在著一種潛在的矛盾。

另外較近期的關於徵候性意義評論的作品是——

Thomas Elsaessor，的 "Myth as the Phantasmagoria of History：H.J. Syberberg，Cinema and Representation"，*New German Critique* 24-25(Fall/Winter 1981/82)：108-154.

■「挑釁的」形式

奇怪的是，很多電影的目的就在製造觀眾內心的不安，我們因此應該研究何以致此，並超越所謂形式/內容的概念，例如「色情或暴力的書寫」，才能檢視電影的整體結構如何影響觀眾。在這裏，超現實電影提供了一個方向，而這方面的電影形式結構可在——

J.H. Matthews，*Surrealism and Film*(Ann Arbor：University of Michigan Press，1971)中找到相關的討論；它並花大篇幅解析了路易·布紐爾(Luis Buñuel)的電影。超現實主義者有關電影方面的文章，可在——

Paul Hammond，ed., *The Shadow and Its Shadow* (London：British Film Institute，1978) 這本編著的書找到。

現代前衛電影(avant-garde work)已將觀影中的「不安」變成重要的角色；可在——

Annette Michelson編的*New Forms in Film* (Montreux, 1974)中找到相關論點，以及——

Peter Gidal所編的*Structural Film Anthology* (London：British Film Institute，1976)。

另外關於「挑釁」形式的近期理念在——

Gregory Battock所編的*The New American Cinema* (New York：Dutton，1967)，以及——

Susan Sontag的"The Aesthetics of Silence，" *Style of Radical Will* (New York：Delta，1970) pp. 3-34 中找到進一步的討論。

對此類電影形式的一般性討論可閱讀——

Noël Burch，*Theory of Film Practice* (Princeton，N.J.：Princeton University Press，1981)的第七、八章。

■類似與差異

關於電影中的重複與變化之特性如何運作的系統研究並不多，但大部分的評論者都能意識到這個過程的重要性。讀者可拿一篇關於自己看過的電影之評論文章來練習，看作者如何指出類似與差異的現象是如何縱橫全片。

但有些理論家如——

Raymond Bellour的"The Obvious and the Code，" *Screen* 15,4 (Winter，1975)：7-17，就認爲鏡頭的類似與差異的特定模式使敘事成爲易被理解的結構。

Stephen Heath則花了大篇幅討論《大白鯊》(Jaws)一些場景中「節奏」的重要性("Jaws，Ideology and Film Theory，" *Times Higher Education Supplement*，no.231 [March 26，1976]：11)。

有些電影的詭異處是在它的形式結構中玩弄差異的技巧。有兩個理論家花了相當精力研究緊張與衝突(tension and conflict)在電影形式中的功能：

S.M. Eisenstein，*Writings*，*1922-34,* vol. 1.由Richard Taylor編譯(London：British Film Institute，1988)，和Noël Burch的*Theory of Film Practice*，如上。

他們二位均用「辯證」字眼、但不同方式來形容形式結構。

■線性分段和圖表

將電影分成不同部分以利研究它的形式稱之分段，通常不難，我們經常會直覺地做這樣的處理。近期的電影理論相當關切如何分段的規則，例如——

Raymond Bellour，“To Analyze，to Segment”，*Quarterly Review of Film Studies* 1,3(August 1976)：331-354.

關於如何分段敍事電影的方法，最具影響力的是——

Christian Metz，“Grand Syntagmatic of the Image Track.” 他提到有八種分段的類型(有些有副項，有些例外)，可參考——

M. Taylor所譯的，Christian Metz，*Film Language*(New York：Oxford University Press，1974)，以及——

Stephen Heath，“Film/Cinetext/Text，” *Screen* 14，1/2(Spring/Summer 1973)102-127。

通常劇情片的長度不會超過四十場，也不會少於五場，所以如果在分段時發現太過瑣碎或太粗漏，就可以試著換另外一種分法。當然，場與幕均可以再細分下去。無論如何，爲電影分段時，一個大綱或線性圖表可以幫我們看出各元素之間的形式關係(開場與結尾、對應與發展模式等等)。在第四章，我們將引用大綱式來分析非敍事電影，而在第三章，我們會用圖表的方式來討論《大國民》。

3. 敍事形式之系統

敍事結構的原則

我們的週遭充滿了故事。從小時候的童話和神話故事到青年期所接觸的短篇小說、歷史和傳記，都是由一則則的故事所組成。而宗教、哲學和科學也經常在實例式的故事中傳達它們的教義或學說：比如猶太-基督教(The Judeo-Christian)的教義傳統有自己的聖經(*Bible*)和舊約聖經的首五卷(Torah)(均是大型的故事集)；而科學方面的新發明也都在科學家的實驗冒險故事裏出現。舞台劇也講故事，電影也一樣；其他還有如電視節目、漫畫書、繪畫、舞蹈，以及其他許多文化現象裏，都有故事。我們與別人的對話或多或少也包含著故事——不管是談及已發生的事件或開個玩笑。甚至報紙裏的文章都是。連睡覺時也逃不了，因爲夢裏的經歷也像是小則的故事，不管後來我們回想它或告訴別人時，也都是在用故事的形式將它們敍述出來。也許敍事正是人類了解這個世界、給予它一個意義的基礎。

故事充斥在生活裏是我們需要仔細研究電影裏**敍事形式(narrative form)**的一個理由。當我們說「去看電影吧」，通常都指去看一部劇情片。因爲大部分的劇情片是編造的，所以本章將集中討論虛構的故事。然而，有些片子會用眞實的故事——例如，紀錄片就使用故事形式，而非策略式的形式。我們會在第四章討論電影可能還有哪些形式的類型。

因爲生活的週遭充滿了故事，觀眾在接觸劇情片時，就會有一定的期待。可能我們已十分清楚電影裏要說的那個故事的內容，也許讀過它的小說，或看過該片的上集。更廣泛地說，我們的種種期待正顯示著它們是故事形式的特性：假設某些人物會因劇情安排而彼此牽連，也期待一些事件彼此有關聯；同時也預期劇情中的問題或衝突會達到一個最終狀態——不是被解決，就是對該衝突有新的解釋。我們是有很多假設或預測，這些廣泛的說法，正說明了觀眾準備好了解電影意義的程度。

觀眾觀賞電影時，會主動接收訊息，回想片中前段出現的劇情，預測即將發生的劇情，並全面地參予該部電影形式的創作。電影則運用引起好奇心(curiosity)、製造懸疑(suspense)以及驚奇效果(surprise)等手法來誘發觀眾的心理反應。觀眾也因此發展出對劇情走向相當程度的預期，這些並控制我們對電影的期待直到片子終了。結局具有滿足或出賣觀眾期待劇情結果的職責。它也可以引起觀眾回想影片前段的劇情，並可能使他們從一個新的觀點去回憶。下文我們檢視敘事形式時，會研究它在許多方面上如何吸引觀眾進行這樣的心靈活動。

■情節與故事(Plot and Story)

敘事(narrative)是一連串發生在某段時間、某個(些)地點、具有因果關係的事件。雖然敘事這二字待會在文中會有稍微不同的解釋，但通常它就是我們說的「故事」(story)。一個敘事均由一個狀況開始，然後根據因果關係的模式引起一系列變化；最後，一個新的狀況產生，給該敘事一個結局。

我們對敘事所定義的元素中——因果、時間及空間——對任何媒體中的故事都是非常重要，但是，因果和時間則是核心。一些隨意湊合出來的事件很難被理解成一個故事。想想這個：「一個人輾轉難眠，鏡子破了，電話鈴響了。」就無法抓住故事的重點，因爲在這些事件中，我們無法猜測它們的因果或時間上的關係。

現在試著看這些事件的新的描述方式。「有個人和上司起衝突，在夜裏輾轉難眠。早上起床後，他因爲仍在憤怒中，刮鬍子時便一拳把鏡子打破。然後，電話鈴響了，是他老板打電話來道歉。」

現在才算是一個故事。我們可以在空間中串接這些事件：主角先在辦公室，然後在床上，鏡子在浴室裏，電話在房間的某處。更重要的是，我們已經可以理解，這三個事件是因果關係中的一部分。與上司的爭吵導致了夜裏的失眠以及早晨鏡子的破裂。之後上司來電話解決了這個衝突；於是故事結束。在這個例子裏，時間也非常重要，無眠的夜發生在破鏡之前；更在電話鈴響之前；所有的動作發生在某日到次日淸晨。從上司與下屬之間的衝突情勢，經過因這個衝突情勢引發的事件，發展到該衝突的解決。這個例子非常簡明地說明了因果關係、地點與時間對故事形式的重要性。

但是，敘事對因果關係、時間、空間的依賴，並不表示其他基本原則在電影裏不存在。舉例來說：敘事可能就運用到了平行對應法(parallelism)。在第二章即曾指出，平行對應法在不同元素中安排了類似的點。例如《綠野仙蹤》裏，堪薩斯州的三個傭工就對應了桃樂絲在奧茲遇到的三個同伴。故事本身即可能引發觀眾去比較角色之間的異同，以及場景、情節、時間或其他元素。在薇拉・齊第拉瓦(Věrá Chytilová)的《差別》(Something Different)裏，一個家庭主婦的生活和女體操員的生活場景交互出現。但是因爲這兩個女人從未碰過面，並過著顯然不同的生活，觀眾幾乎無法對這些場景產生因果關係。反而，我們對照及比較兩個女人的行爲和狀況——也就是說，我們在用平行對應法。但是《差別》還是一部劇情片，因爲在每個女人的生活裏，觀眾仍能個別地依據因果關係及時空的因素，理解她的行爲。運用平行對應法及其他敘事原則的較複雜組合可以在葛里菲斯的《忍無可忍》(Intolerance)裏看得到，在其中有四個發生在不同歷史背景、情節不同但彼此對應的故事。

因此，瞭解一部電影的故事，是由對事件所發生的因果、時間及空間等因素的辨別開始。身爲觀眾，我們也進行其他的事。像推斷沒有明顯演出來的劇情，以及認出表面上與劇情無關的人事物。在此爲了說明觀眾如何進行上述的心靈活動，我們必須界定一下**故事**(story)和**情節**(plot，有時候稱爲劇情)。因爲兩者的差異對了解敘事形式非常重要，所以必須詳加說明。

我們經常會對劇情片中的事件做假設與推斷。舉例來說，希區考克《北西北》的開場戲發生在上下班尖峯時間的曼哈頓市區。該訊息是來自於：摩天大樓、擁擠的交通、匆忙的路人等等，然後看見羅傑・索希爾(Roger Thornhill)和他的秘書走出電梯，越過大廳，而且一邊走一邊口述讓秘書速記下來。索希爾顯然是一個非常忙碌的主管。因此我們推斷，在銀幕上看到他和瑪姬(Maggie)出現之前他已在口述，甚至在進電梯前就已開始。換句話說，我們推論了起因、時間關係以及發生地點——這些在電影裏都沒有演出來。也許觀眾對這些推斷的心理活動並不自覺，但是這些推斷不會因爲不被發覺而有所動搖。

敘事中所有的事件，不管演出來的或是由觀眾在心中推演的，即共同組合了這個故事。在前面舉例的故事裏，包含了兩個演出的事件，以及兩個推演的事件(推演出的劇情以括弧標出)。

(羅傑·索希爾在辦公室忙了一天。)

尖峯時間的曼哈頓。

(羅傑仍對秘書瑪姬口述，離開辦公室後一起走入電梯。)

羅傑和瑪姬走出電梯穿過大廳。

故事中發生的所有事件通常稱爲電影的**劇情**(diegesis)。在《北西北》的開場，銀幕上看到的街道、摩天大樓與人潮，在銀幕外，我們所推演的事件中的街道、摩天大樓與人潮，都是劇情，因爲它們都一樣被假設存在於電影所描述的世界裏。

情節(plot)是用來形容所有在銀幕上觀眾看得見、聽得見的一切事物。首先，情節包括了所有演出來的事件，在剛才《北西北》中的例子中，包含了兩個明顯的事件：曼哈頓尖峯時刻，以及羅傑口述給瑪姬速記。第二，情節可能包含與故事裏的世界不相關的事物。例如，《北西北》開頭呈現繁忙的曼哈頓街景時，我們也看到演職員表字幕(credit)，聽到序曲音樂。這些元素無關乎劇情，因爲它在劇中描述的世界之外(影片中的演員看不到也聽不到)。演職員表和與劇情無關的音樂，都是**與劇情無關(nondiegetic)**的元素，將來在第七和第八章會談論到剪接和聲音的功能如何與劇情毫不相關地運作。在目前，我們只消了解電影的情節——電影的全部——是可以引進無關於劇情的事物即可。

無關劇情的事物並不只是演職員表而已，在《花車》(The Band Wagon)裏，有一場完全矯情的歌舞劇首演：一羣急切的贊助者湧進戲院；然後出現兩幅景色蒼涼的黑白畫，緊跟著是幅有一個蛋的畫。這三幅畫均伴有哀傷的合唱歌曲做爲背景音樂。很顯然的，這三幅畫及合唱部分和劇情是毫不相關的，它們由外界被安插入故事的世界中來表示該製作是一場災難，像下蛋一樣容易、草率。在這裏情節爲了喜劇效果，在故事中加入其他元素。

總而言之，故事與情節在某些方面彼此重疊與分歧。情節明白地呈現故事中的事件，因此事件是兩個領域共有的。情節外的故事暗示了銀幕上看不到的事件。而故事外的情節則用與劇情毫無關聯的影像及聲音來表示，並影響了我們對故事的了解。以圖表來說明就是：

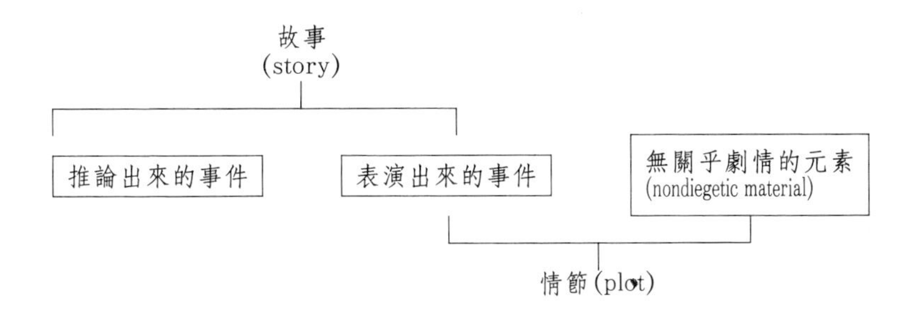

我們可以從兩方面來想故事與情節之間的差異。從說故事的人——電影導演——的觀點來看，故事是整個敍述中所有事件的總和。說故事的人可以直接在銀幕上說出一些事件(也就是說部分的情節)，可以暗示未呈現出來的事件，也可以簡單地忽略其他事件(例如，在《北西北》裏，觀眾後來知道羅傑有個母親，但一點也不知道他父親怎麼了)。導演也可以加入非劇情的事物。因此，在某方面來說，導演將故事變成情節。

但從觀眾的觀點來看，事情看起來就不一樣。在眼前的就是情節——所有事件的安排。觀眾也認得出情節在何時出現與劇情無關的事物。這表示了如果你要摘要一部劇情片，可以從情節中給你的第一事件開始推論整個劇情到結束，或者你可以轉述電影中的第一事件開始到最後一個。我們最初對敍事的定義，以及說明情節和故事之間的差異，都是用來分析劇情如何作用的工具。現在我們來看看故事與情節兩者的差異如何影響故事的三要素：因果關係、時間與空間。

■因果關係(Cause and Effect)

如果故事非常依賴因果關係，那麼什麼樣的人事物才可以做爲因？通常因果的媒介物是人物(電影中的角色)。但是故事中的角色並非眞的人物(甚至人物是依據歷史人物，像《戰爭與和平》War and Peace裏的拿破崙)。角色也是在故事中建構出來；他們只是有很多性格特色的集合體。當我們提到某部電影中的角色非常「複雜」或者「發展良好」，我們的意思通常是該角色是很多不同性格特徵的組合。一個饒富趣味的角色如福爾摩斯(Sherlock Holmes)就是一個性格特徵的大集合(他喜歡音樂、嗜食古柯鹼、擅於易容等等)。另一方面，次要的角色可能就只有一兩個特徵而已。

通常在劇情裏任何一個角色會有足夠的性格特徵來完成因果關係的任務。在希區考克的《擒凶記》(The Man Who Knew Too Much,1934)中，女主角吉兒是一個射擊來福槍的高手。但大部分劇情和她這方面的特徵並沒有關係，直到片末，當一個警長無法辦到時，她成功地射擊一個流氓。這種槍法並不是有一個叫做吉兒眞實人物的天生能力，它是一種性格特徵，幫助塑造一個叫吉兒的角色，並有特殊的作用。角色的性格特徵可以包含態度、喜好、心理需要、外貌及服裝的特徵，以及任何電影需要創造一個角色所需要的特定才能。

然而，有些因果並不由角色衍發出來。「因」可以是種超自然的現象。在舊約聖經的創世紀篇(Genesis)中，是上帝使地球成形；在希臘戲劇裏，眾神爲事件的肇端。另外，「因」也可以是自然現象。在所謂的災難片中，地震或潮汐帶來的災害是引起角色一連串行爲的肇因。同樣的原理也可在動物身上發生，比如《大白鯊》(Jaws)裏的大白鯊，它的出現威脅了一個社區的生存(此類電影傾向將這些自然的「因」賦予擬人化的性格，如陰險狠毒。《大白鯊》正是典範，劇中的鯊魚即有如人類的報復及狡詐的性格特徵)。但是，這些自然的「因」只要一製造了情況，接下來即由人類的慾望及動機目的將敘事承接發展。例如，從洪水中脫難的角色必須決定救或不救他的敵人。

一般而言，觀眾會主動連結事件的因果。狀況一發生，我們即會去臆測是什麼原因引起的，或可能會有什麼結果。換言之，我們尋找因果動機。再看第二章舉過的例子《我的男人古德菲》裏，在一個社交舞會中尋找撿破爛的人的遊戲即爲乞丐的出現設下了因。因此，因果動機通常在前幾場戲即「植」下相關的伏筆。約翰・福特的《驛馬車》最後有一場騎兵隊千鈞一髮的救援行動。倘若這隊騎兵隊在前場的戲沒有交待，觀眾很可能會覺得此次救援是這場戰爭戲中非常不具說服力的結局。然而《驛馬車》一開場即是一隊騎兵發現傑諾尼莫(Geronimo)這個地方已成戰後廢墟的戲。接著後面幾場戲都有騎兵隊，甚至在其中駐守的一個站中，也安排了馬車上的旅客議論著這些騎兵與印地安人有過的衝突。前面這幾場戲均提供了足夠的因果動機，使騎兵隊在片末出現救援時不覺突兀。

目前我們已提及的因果大部分均屬於情節的直接原因與結果。在《擒凶記》中，吉兒被處理成射擊好手，因此她能救她的女兒。《大白鯊》的鎭民對鯊魚攻擊遊客的反應在片首也有提及。但是，情節也可以用引導我們去猜測原因與結果的方式來組成一個故事。偵探片就是此類讓觀眾主動在內心構組整篇故事的典型。

謀殺案發生了，也就是說，觀眾已知結果，但不曉得原因——凶手、動機，甚至殺人的方法。這類神秘故事即仰賴觀眾強烈的好奇心，以及想知道情節發生前一切事件的欲望。而偵探的任務即是在最後將不見的部分——凶手的名字、殺人的動機以及殺人的方式等原因，揭露出來。也就是說，偵探片中情節(觀眾所看到的劇情)的高潮，正是故事中(觀眾所沒看到的事件)的秘密揭曉。我們可以圖表解釋。

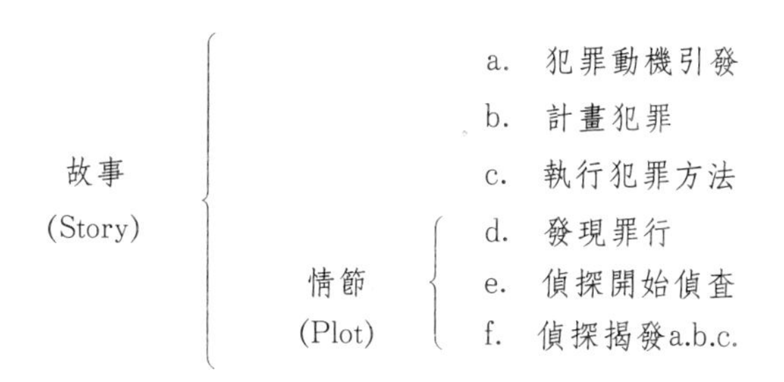

雖然，這個模式在偵探片中非常普通，事實上任何電影的情節都能運用保留肇事原因動機來激發觀眾的好奇心。如恐怖片與科幻片經常置觀眾於黑暗中感受事件背後的威脅。在《大國民》中，主角臨終前為什麼說出「玫瑰花蕾」(Rosebud)的原因就一直到片尾才顯示出來。一般而言，任何電影在任何時間若想塑造神祕氣氛，是將一些故事中的「因」保留下來，而僅在劇情中交待事件的「果」即可。

但是，情節也可以只呈現事件的因而保留果，來刺激觀眾的想像力。在《大白鯊》最後的爭鬥戲中，年輕的科學家哈伯被鯊魚撞開潛水保護籠後，就躲在海底岩石後面。在片中我們沒看到結果如何，猜想他可能死了。直到後來布諾迪殺死大白鯊，哈伯才浮出水面：他終究還是逃生成功了。保留事件結果的手法在片尾最常使用。最有名的例子是在楚浮的《四百擊》(The 400 Blows)片末，小主角安東・達諾(Atoine Doinel)逃離少年感化院，向海邊一直跑，鏡頭跟著他，然後推進他的臉部，再突然凍結畫面，停格在他茫然的臉上。劇情沒有交待他是否被抓回去，讓觀眾驚愕地思考接下來會發生什麼事。

■時間(Time)

因果關係是敍事的基本，但是它們必須發生在時間的範疇內。故事與情節的區分在這裏可幫我們釐淸這個觀念。因爲我們皆是從電影的情節內容來建構故事的時間。舉例來說，情節可不依編年史方式呈現。在《大國民》中，觀眾先看到肯恩(Kane)的死亡，再看到他一生的過程。同樣的，劇情可只呈現特定的年代，觀眾因此自行推測被濃縮的故事時間長度。其他的可能尙有：劇情不斷重覆相同的事件，如主角一直回憶某一痛苦情境。這表示觀眾在建構電影情節的實際故事時間時，均盡量將事件以出現的時間**順序(order)**，來了解相關的**時間長度**與**頻率**(duration and frequency)。我們可分別看看這三個時間之要素。

時間順序(Temporal order)。觀眾已相當習慣不依故事發生的時間次序的電影情節。比如倒敍即是：我們先看到女主角回憶童年，然後畫面切到她小女孩的模樣。觀眾可輕易了解第二個鏡頭的事件之所以比第一個鏡頭早發生，乃是因爲我們已在腦中以時間先後順序，邏輯地重組了這些事件：童年比成年早發生。從劇情的情節次序，我們回頭推測故事順序。假設事件發生的次序是ABCD，那麼用倒敍方式敍事的情節即類似BACD。同樣的，前敍(flashforward)——由現在情節瞬間轉到未來發生的事件，再回到現在——也是情節在故事順序間跳躍來回的一種方式。前敍如此可以類似ABDC的方式出現。

偵探片在此也可提供相關例證。它不但以先隱藏故事的癥結事件來處理因果關係的懸疑性，也以不依與犯罪相關事件發生的先後，來製造眞相大白時的高潮。

時間長度(Temporal duration)。《北西北》的情節是關於發生在羅傑•索希爾生命中四個連續日夜的遭遇，但是故事却回溯到更早的事件。它包括索希爾的過去式婚姻、美國情報局設計出虛構人物情報員喬治•卡普蘭(George Kaplan)的計謀，以及范・丹(Van Damm)不法的走私勾當。一般來說，電影的總情節長度是包括故事裏被特別強調的事件長度。如《北西北》是選擇短時間內緊密相連的事件；或如《大國民》中，在一段期間中，跳過相當時間，只選擇有意義的事件，如主角的童年到青年時期，以及中年期，等等。

但我們仍需要另一個定義來區分。電影放映的長度——120 分鐘、兩個小時，或八個小時(例如：漢斯・約根・席伯堡Hans Jürgen Syberberg的《我們的希特勒：來自德國的電影》Our Hitler: A Film from Germany)。因此敍事電影中這第三種時間長度，我們稱之爲**銀幕時間長度(screen duration，放映時間長度)**。故事時間、情節時間與銀幕時間長度之間的關係非常複雜(可參考本章末的「註釋與議題」中進一步的討論)。但我們可以說電影導演是主宰放映時間長度的主要人物。在《北西北》裏，故事橫跨好幾年，全部劇情是發生在四天裏，但是放映時間爲 136 分鐘。就如情節時間是從故事時間中篩選出來，放映時間也是從情節時間中決定出來的。《北西北》裏也只是呈現四天中的某些片刻。有趣的反例是《日正當中》(High Noon)，它因情節時間與實際放映時長相當而著名：主角們的生命長度與片長一樣是 85 分鐘。

在特定的層次上，情節可以利用銀幕時間來延長故事時間。比如艾森斯坦的《十月》就利用剪接技術，延長了原來短時間發生的事件，以此獲致了強調該事件的效果。相同地，情節也可以利用銀幕時間來壓縮劇力。比如將長時間的事件濃縮成幾個連續鏡頭。這些例子均是用來表示剪接技術是決定銀幕時間長度的主要角色。在第六及第七章，我們將集中討論這方面的問題。

時間頻率(Temporal frequency)。電影的情節可以依很多方式改變故事出現的頻率。倘若故事中有重覆發生的活動，情節可能只選擇一或一些片段，來造成這些活動的總和。在基頓的《打架領班》(Battling Butler)中，運動神經不發達的主角被誤以爲是拳擊名將，並接受訓練準備出賽。集訓時間是一個月，可是畫面上只有一些運動拉筋或互毆的預賽鏡頭；這些總和起來說明了主角這個月內所遭受的苦頭。

偶而，相同事件會在劇情中多次出現。如同在倒敍中我們第二次看到較早在劇情中發生的事件。有些電影則採用多個旁白者的方式，讓每個人重覆敍述相同的事件，如此可讓觀眾理解每個人詮釋的差異，而獲得其他相關的資訊。《大國民》中就有這樣的例子。

這麼多不同處理故事的順序、時間長度以及頻率次數的方式，說明了觀眾在理解劇情片時如何主動地配合。情節是提供了年代次序的訊息、故事所橫跨的時間長度，以及事件出現的頻率，但是這些都得由觀眾自己決定如何去推測或期待劇情。通常我們必須在重要的因果訊息中推敲出時間的安排方式。比如說在倒敍前，一定有一相關事件做爲因，以致引發主角開始回憶過去。而且情節可依事件的重要與否，跳過中間不重要的年份。重複出現的動作可依情節的需要，提供給觀眾相當的癥結原因。

■空間(Space)

有些媒體的敍事只重視因果及時間關係，很多事件並不強調動作所發生的地點。然而，在電影中，空間是一個相當重要的因素。事件通常都發生在特殊的地方，比如堪薩斯或奧茲，或者《北西北》開場的曼哈頓。到第五章我們會對場景中的道具做比較詳細的討論，但在這裏，我們會簡略地談論情節與故事如何處理空間。通常故事發生的地點就是情節發生的地點，但是有時候，情節會激發我們去想像故事中的其他地點。我們從沒看過羅傑・索希爾的家，或開除肯恩的學校。因此在敍事裏，我們經常被要求去想像不出現在銀幕上的動作與地點。在奧圖・普萊明傑(Otto Preminger)的《出埃及記》(Exodus)裏，朵夫・藍道(Dov Landau)在接受他有意加入的恐怖組織對他的訊問時，非常不情願地說出他曾是納粹集中營的刑官。雖然這部電影的倒敍從沒呈現那個地點，整場戲的效果却極端仰賴觀眾聽了朵夫凌亂、片段的敍述後，用想像力去想像集中營的模樣。

最後是與銀幕時間相似的概念。那就是，除了故事空間、情節空間，電影還有所謂的**銀幕空間**(screen space)：在銀幕框中可見的空間。在第六章當我們在分析取鏡(framing)的攝影技巧時，會討論到銀幕空間與銀幕外空間的細節。現在，我們只消了解，如同銀幕時間是選擇了部分情節的時間來呈現劇情，銀幕空間也一樣是選擇了部分情節的空間，做爲故事發生的地點。

■開場、結尾和劇情發展的模式 (Openings, Closings, and Patterns of Development)

在第二章討論形式發展時，我們曾提到比較開場與結尾的用處。在劇情片中，也可以運用這個方式；因爲因果關係、時間與空間的運用，通常是爲了達到改變原先的情況達成最後的結局。

電影當然不僅只是發生而已，電影的開場即已舖敍電影後來的內容以吸引觀眾進入劇情。典型的方式是，在開場時，盡量以連續發生的情節動作來引發觀眾繼續看下去的好奇心。這種情形，可用「讓觀眾陷在劇情中不能自拔」來形容。觀眾會在已呈現的事件當中推測可能的原因。通常，情節開始之前所發生的事件會先有說明或暗示，讓觀眾能組織起全部故事的來龍去脈。在開場點明敘事的重心以及人物的重要性格特徵的這個部分，就稱作開場(exposition)。一般而言，在開場，我們所看到的事件以及想像它可能發生的原因，都是設計來增加觀眾對劇情的期待。

沒有一部電影會在開場就將所有劇情的可能性說盡。隨著情節發展，因果關係會將劇情進展的模式界定得愈來愈清楚。模式的可能性很多，但是有幾種經常用到的模式，值得在此一提。

大部分情節發展模式都是藉因果改變主角的境遇。最普通的一種是，改變認知(change in knowledge)。經常，主角在劇情中學習到新的經驗，並在最重要的轉折點中領悟其中道理。另外較特定的一種是目的取向(goal-oriented plot)的模式；主角在劇情中一步一步完成計畫，或者達到某種目的。找尋(search)是目的取向模式的一例：比如，在《法櫃奇兵》(Raiders of the Lost Ark)中，主角設法要找到傳說中的法櫃；在《百萬富翁》(Le Million)裏，人們競相找尋遺失的彩券；而《北西北》中，羅傑・索希爾找尋虛構人物喬治・卡普蘭。另外一種由目的取向模式轉變而來的模式是：調查(investigation)，即是偵探片的典型模式——主角的目的不是找到人或物，而是能解謎的線索。在費里尼的《八又二分之一》這類心理劇裏，找尋與調查的模式都內化入主角的內心世界：一位著名的導演想找出自己創作困境的根源。

時間與空間也提供情節發展不同的模式，比如《大國民》中的劇情安排，即是一連串在時間次序中來回跳躍的情節組合而成。情節也可以設定動作的時間，一個有效的截止日；比如《回到未來》(Back to the Future)，主角就必須配合雷電出現的時間，設定時光機器，使他能回到原來的生活。動作不斷重複發生，也是一種所謂「又來了」的模式。伍迪・艾倫(Woody Allen)的《變色龍》(Zelig)，就是描寫一個輕浮的主角，不斷模仿他周遭的人，以致於失去了自我認同的故事。另外，空間也是提供模式的基礎。比如單獨一個場景的設計：像安東尼・曼(Anthony Mann)的《草原帝王》(The Tall Target)故事發生在火車上，或者如薛尼・盧梅(Sidney Lumet)的《長夜漫漫路迢迢》(Long Day's Journey into Night)全部場景就是一幢房子。

當然，情節可以融合以上各種模式。任何有關旅程的電影，如《綠野仙踪》或《北西北》，都包括時間及行程地點(空間)。傑克・大地(Jacques Tati)的《胡洛先生的假期》(Mr. Hulot's Holiday)就利用了時間與空間模式來組成它的喜劇情節：爲期一週的夏日假期，地點在海灘及鄰近地區。頻率在這劇情中也插了一腳，因爲每天均有同樣的例行事件發生：晨操、午餐、下午的戶外活動、晚餐及夜間娛樂。本片大部分的幽默即是藉著胡洛先生以他自己的休閒方式干擾了其他旅客過於慣性的例行休閒。雖然因果也關係著這部片子情節發展的模式，時間與空間還是形式上的中心。

任何發展的模式都會使觀眾產生特定的期待，這種特殊的形式，使電影愈來愈像是在「訓練」觀眾一樣。比如說，一旦我們體會到桃樂絲想回家的慾望，接下來的情節我們都會解釋成幫助或阻礙她達成目的設計。因此她的奧茲之旅，就不是單純的觀光而已。旅程中每一站(如到翡翠城、城堡，再回到翡翠城)都由一個原則主宰——她想回家的慾望。在任何一部電影中，發展模式的中間部分都會運用懸疑的手法——延後預期結果的到來。片中當桃樂絲終於找到巫師時，他卻設下一個新障礙：他要她拿到女巫的掃帚。同樣的，《北西北》中，希區考克也不斷設計點子阻礙羅傑•索希爾發現卡普蘭的陰謀，來製造懸疑效果。另外，情節發展也製造出其不意的驚奇，比如桃樂絲發現巫師原來是騙人的，索希爾也發現爪牙李奧納多(Leonard)竟射殺老大范•丹。這些設計都是爲了能在觀眾心理上產生預期，然後再延後、欺騙或滿足他們這些期待。

電影也不僅只停止，它也**結束**。當劇情走到後頭，繼續發展的可能性就愈來愈少。偵探片到了末段，大部分的線索都漸被排除，只剩一些嫌犯。或者，西部片的高潮戲，通常都是一場必有一敗的雙雄槍戰。經常，結尾會解答劇情，或結束一連串因果關係——英雄必勝，大家從此過著快樂幸福的日子，我們的預期終於被滿足了。但是，並非所有電影都是這類的結局。比如，結局可以是「開放式」的，前面提過的《四百擊》就是一個例子。換句話說，該劇情的結尾，讓觀眾仍然不確定主角會有什麼結果。若在偵探片，捉到了凶手，可就是結局，但如果對那個人的罪行仍有疑問，結局就可說是非常開放。觀眾的反應也會更加不確定。這種形式卻可引發我們思考電影許多滿足觀眾期待的方式。

敍述：故事流程

情節的功能之一是呈現或暗示故事的來龍去脈。《北西北》的開場就呈現了尖峯時段的曼哈頓，以及索希爾是個主管；它同時也暗示了在觀眾看到索希爾出現前，他一樣忙著讓秘書速記。導演早已知道觀眾的注意力是可以經由謹慎安排的情節，而加以操縱。因爲，一般而言，在我們看電影前，對情節知道甚少；直到結尾，才了解全部的故事是什麼。那麼，中間呢？

情節可以爲了懸疑及驚奇的效果暫時保留故事的內容。或者可以說，情節是藉著製造期待或懸疑來傳遞故事的內容。這些過程即形成**敍述**(narration)——情節爲了達成特定的效果，呈現故事內容的方式。敍述因此就是一段一段的內容，讓觀衆將情節轉化成故事的過程。敍述的元素很多(請參閱「註釋與議題」)，包含情節所提供故事內容中最重要的**廣度**(range)和**深度**(depth)。

■故事內容的範圍(Range of Story Information)

在葛里菲斯的《國家的誕生》中，一開始即敍說黑奴被帶到美國的歷史，以及該如何釋放黑奴的爭論。情節緊接著介紹了南方的卡麥隆(Cameron)，和北方的史東門(Stoneman)兩個家族。並提到政治事件，包括林肯希望化解南北戰爭的衝突。如此從片子開頭我們知道的就非常多。它的情節大大地橫跨了幾個歷史時期、疆域領土以及眾多人物角色。整部影片的故事內容範圍都牽涉極廣。《國家的誕生》的敍述方式是非常**不受限制的**(unrestricted)：我們比故事中的角色知道、聽到、看到得更多。像這般資訊豐富的敍述現象，通常就稱作**全知敍述**(omniscient narration)。

現在我們來看看霍華・霍克斯(Howard Hawks)的《夜長夢多》(The Big Sleep)。電影是從警探馬洛(Marlowe)走進史坦伍(Sternwood)上尉的辦公室，接受委派任務開始。每當他有所動作，觀眾才知道劇情的進展方向。整部片中，幾乎每場戲都有馬洛。他不在場的戲，觀眾看不到也聽不到。這種敍述範圍因此是**侷限**(restricted)在馬洛的認知中。

不妨特別注意一下這兩種不同敍述功能的優點。《國家的誕生》嘗試提供縱覽美國某段歷史時期的全貌，全知型敍述因此在呈現人物命運與國家命運相互交纏時，特別有優點。倘若葛里菲斯當時採用《夜長夢多》的敍述方式，我們大概僅能從一個角色得到故事的訊息——比如說，從班・卡麥隆的個人觀點。如此，觀眾是看不到前面的序幕、林肯辦公室的景、戰爭場面，或林肯被暗殺等等的場景，因爲班都不在現場。情節會變得只專注在一個角色的南北戰爭及戰後的經驗了。

同樣的，《夜長夢多》的優點也在它的敍述方式。由於我們的認知侷限在馬洛所認知的一切，電影因此能製造觀眾的好奇心並給予驚奇的效果。敍述範圍的限制對懸疑性強的偵探片非常重要，因爲影片就是藉著這種保留事件的因來吸引觀眾的注意力。《夜長夢多》是可以比較不侷限，倘若導演將馬洛調查的場景換成賭場老板艾迪・馬爾斯(Eddie Mars)在策劃陰謀的過程；不過，如此一來，此片的懸疑性就減低了一些。以上這兩部片子均說明敍述的範圍可以在觀眾心理產生特定的效果。

非限制型與限制型敍述方式，並非牢不可破，它們只是敍述方式的兩極罷了，只是程度差別的問題。事實上一部電影可呈現比《夜長夢多》範圍還廣，但保持像《國家的誕生》那樣的全知敍述。比如說，在《北西北》中，前段的劇情先侷限在羅傑・索希爾所認知的範圍裏。直到他逃離聯合國大廈，敍述方向轉到華盛頓的情報局人員，正在討論已發生的狀況。在這場戲中，我們先知道了羅傑所不知道的事：他所尋找的人，喬治・卡普蘭，根本不存在。我們因此知道得比羅傑還多。在另外一方面，至少，我們還比情報局的人更知道情況的複雜。然而，我們還是不知道還會有其他哪些狀況會扯進這段戲來。比如說，我們就不知道范・丹的爪牙之一是情報局的人。依循這樣的方式，任何電影都在非限制型與限制型敍述的範圍之間呈現故事內容。

事實上，就整部電影來說，敍述是不可能完全不受限制。總有一些我們不知道的事，比如電影將如何結束的方式。通常影片都像《國家的誕生》裏那種典型的不受限制的全知敍述：情節不斷從一個角色的觀點跳到另一個角色，提供不同的故事訊息。同樣的，完全限制性的敍述也不尋常。甚至情節只關乎一個人物，敍述中還是會呈現一些主角看不到的場景。情節提供故事內容範圍的尺度拿捏就形成了階級(hierachy)之分，使每部電影都不同。不妨在任何時刻，我們都問一下：到底觀眾有沒有比劇中人知道的多或少？以剛才討論的三部片子爲例，在下列格式中，排在較上面的人，他的認知範圍就比排在下方的人廣。

《國家的誕生》 (非限制型敍述)	《夜長夢多》 (限制型敍述)	《北西北》 綜合(在二者之間轉換)
觀眾 劇中人物	觀眾＝馬洛	情報局 觀眾 索希爾

最簡易的方式是問：「誰在什麼時候知道什麼」。觀眾當然是包括在這些「誰」當中，不僅因為我們可以比劇中人知道的還多，而且還知道所有劇中人都不知道的事。《大國民》的結局正是絕佳的例子。

以上例子說明了處理敍述的範圍可以達到有力的效果。限制型敍述可以產生較大的好奇與驚奇效果。例如，一個罪犯進屋行竊，我們看到他所看到的，突然間一隻手從門後伸出來會嚇我們一大跳。然而，相反的，希區考克即指出，非限制型敍述較適合產生強力的懸疑效果。他向楚浮解釋說：

> 像我們現在這樣，正天南地北聊天。假設桌下有一枚炸彈。起先沒什麼事發生。然後，突然間「轟！」炸開了。觀衆嚇了一跳，且在被嚇到之前，平常得沒有任何特殊癥兆。現在，換成懸疑的情境：觀衆知道桌下有炸彈，也許劇中已說明是無政府恐怖分子放的。觀衆知道炸彈在一點鐘時會爆炸，壁爐上還有一個鐘，指針指出只剩15分鐘了。然後，我們這樣聊天就變得很有趣了，因爲觀衆已投入劇情，會很想警告劇中人：「趕快停止聊這些芝麻綠豆大的事吧，桌下有一枚炸彈要炸啦！！」
>
> 第一種爆炸情形，我們可以給觀衆15秒的驚嚇效果。但在第二種情形，我們則提供了觀衆15分鐘的懸疑。結論是，不管任何時候，觀衆必須先知道究竟要發生什麼事。
>
> 摘自楚浮著的《希區考克》(Francois Truffaut, *Hitchcock* [New York: Simon and Schuster, 1967], p.52)

希區考克一生堅信這個信念。在《驚魂記》(Psycho)中，萊拉・克倫(Lila Crane)侵入貝茲旅館的方式就像上述假設的人物一樣。雖然有些奇怪的驚嚇時刻是當她知道有關諾門(Norman)和他媽媽之間的事。但大部分的劇情是藉著懸疑方法進行，因爲我們已知道萊拉所不知道的事：貝茲太太就在房子裏，在地窖(事實上，如同在《北西北》裏一樣，我們所知道的並不完全正確，只是當萊拉在調查時，我們以爲是對的)。就像希區考克的軼事趣談中提到的，觀眾(我們)的認知範圍可製造懸疑效果，正因爲我們能預知角色人物無法預期的效果。

■故事內容的深度(Depth of Story Information)

電影的敍述不僅處理觀眾或人物的認知範圍，還有認知的深度。這裏所提的是，劇情深入角色人物的心理狀況之程度。如同敍述的範圍有限制型與非限制型之分，敍述的深度也有客觀與主觀之分。

情節可以完全限制觀眾讓他們僅看到人物的言行：意即外在行爲。這種敍述是相當客觀(objective)的。或者電影的情節可以提供我們看到及聽到人物看到或聽到的一切。比如**觀點鏡頭(the point of view shot)**中，鏡頭就是從主角的視點拍出去，我們依此看到及聽到的就像人物自己所看到及聽到一樣。這樣的方式提供較大程度的**主觀性(subjectivity)**，我們稱之知覺主觀(perceptual subjectivity)。但情節還是可以提供更大程度的主觀性：讓觀眾進入角色的內心世界。比如我們可以聽到人物自我對話的旁白，或者看到人物的「內在影像」所呈現的如記憶、幻想、夢境甚至幻覺等。我們稱這爲：心理主觀(mental subjectivity)。簡言之，敍述可以呈現角色內在心理生活的不同深度。

也許你會想，愈限制角色的認知範圍，主觀性愈大(深)，這並不盡然。《夜長夢多》中角色的認知範圍非常狹隘，但我們很少從馬洛的知覺觀點看到或聽到什麼，而且從來也沒有進入過他的內心世界。《夜長夢多》採用的幾乎是完全客觀的敍述。《國家的誕生》的全知敍述，從另外一個角度來說，本片以視覺上的觀點鏡頭、回溯鏡頭，以及最後沒有戰爭的世界之幻想等等，却探觸了相當深的故事訊息。在希區考克的影片中，他喜歡給觀眾比給劇中人物更多的訊息，但是，有時候，他却把觀眾限制在人物的知覺主觀上(比如，從觀點鏡頭看出去)。因此，認知的範圍與深度，都是獨立的變數。

難免地，這就是爲什麼「觀點」(point-of-view)這個詞有些曖昧的原因。它通常可以指認知範圍(就像影評人提到「全知觀點」)或是認知深度(如同主觀觀點)。但在本書，我們對「觀點」的用法只是指知覺主觀方面的，意即「視覺觀點鏡頭」(optical point of view shot)。

認知深度的運用有許多功能與效果。深入人物心理主觀可以增加觀眾對角色的認同，而且可以激發觀眾對人物將要有的言行的期待。亞倫・雷奈的《廣島之戀》(Hiroshima mon amour)的回憶片段及費里尼的《八又二分之一》的幻想場景，都提供了關於主角未來言行的線索；這些場景若以客觀敍述的方式呈現，效果必然打折扣。主觀的回憶鏡頭可以製造角色之間的平行對照，如溝口健二的《山椒太夫》(Sansho the Bailiff)。情節可以先製造觀眾對人物動機的好奇，然後再運用主觀敍述手法——例如內心對話、主觀回憶——來解釋行爲的肇因。

另一方面，客觀敍述在保留故事劇情上是有效的手法。《夜長夢多》沒有用主觀敍述手法處理馬洛這個角色，其中一個原因是偵探片類型的趣味就在於不讓觀眾知道偵探推論的思考過程。我們任何時候看電影，都可以自問：「我對人物的情感、理解力及思想知道多少？」這問題的答案將會說明這部電影究竟是運用客觀或主觀敍述手法，來達成形式功能或在觀眾心理產生特定效果。

關於敍述所呈現的認知深度，尙有一點需要說明：大部分整體上是客觀敍述的影片，還是會插入一些主觀鏡頭。譬如說，《北西北》中，羅傑・索希爾爬上范・丹的公寓，從窗戶看進去(客觀敍述)；然後就切入羅傑的觀點鏡頭(知覺主觀)；再切回羅傑在看的鏡頭(圖 3.1 至 3.3)，相同的，夢境的畫面通常也會用兩個躺在床上的鏡頭，將它前後「括」起來。回溯鏡頭也提供客觀敍述的影片不尋常的量；因爲它通常是主角回想過去的情景，所以是屬於人物的心靈主觀敍述。然而，在回憶的畫面裏，事件經常還是用完全客觀的敍述方式來呈現(而且是以非限制型的認知範圍來呈現，甚至可以包括一些主角所不知道的事件。換句話說，大部分的影片是以客觀敍述的方式呈現劇情爲底線，間或以主觀敍述的方式增加故事深度，但終究會回到原來的底線。然而，有些影片拒絕採用這種慣例，反將主觀與客觀兩種敍述用一種曖昧的方式混合起來。《八又二分之一》、布紐爾(Luis Buñuel)的《青樓怨婦》(Belle de Jour)和《朦朧的慾望》(That Obscure Object of Desire)和雷奈的《去年馬倫巴》都是極佳的例子，在第十章我們會詳加介紹。

圖3.1

圖3.2

圖3.3

■敍述者(The Narrator)

所以，敍述即是情節向觀眾呈現故事內容的過程。這個過程可以在限制型或非限制型之間，或主觀與客觀之間游移。敍述也可以運用一位敍述者(narrator)向觀眾敍說故事的內容。他可以是故事中的一個角色(character)。在文學中，我們都蠻熟悉這種用法；如《頑童流浪記》(*Huck Finn*)或《簡愛》(*Jane Eyre*)均用個人敍述的方式帶動整個故事。愛德華・代密特克(Edward Dymytrk)的電影《殺謀愛人》(Murder My Sweet)以偵探回憶回答警官的質問來講述整個故事。電影也可以用非劇中人物的敍述者(noncharacter narrator)，比如在楚浮的《夏日之戀》(Jules and Jim)中，有一個無名氏旁白者。

必須注意的是，任何一種敍述者都可出現在不同的敍述手法中。敍述者可以講述他(她)沒有目擊到的事件。非劇中人物的敍述者也不需要是全知者，敍述內容可以僅限制在單一敍述者的認知上。劇中人物的敍述者可以非常主觀，詳述他(她)的內心世界的細節，也可以非常客觀，只敍說自己的外在行爲。非劇中人物的敍述者可以引領觀眾進入人物的內心世界(如《夏日之戀》)，也可以僅敍述事件的表面。在任何情況下，觀眾在體會劇情、產生期待或組織情節內容時，都受限在敍述者有沒有說出來。

■結論

我們可以以喬治・米勒(George Miller)的《衝鋒飛車隊》(Road Warrior)(即《瘋子麥斯第二集》Mad Max II)來摘要敍述的功能。該片以成年男子的畫外音旁白回憶「戰士麥斯」的英勇事蹟做爲開場。在敍述世界大戰使整個人類社會惡質退化成幾個彼此殘殺的族羣之後，旁白者沉默下來。接下來的情節一直沒有說明他的身分，只圍繞在麥斯遇到了一羣想逃到南方卻受到殘暴的機車族殺戮、而暫困在沙漠中的隊伍。情節的因果關係建立在麥斯願意以打工的方式來換取石油。緊接著，一次與機車族正面衝突之後，他受了傷，他的狗死了，車子也被毀，導致他決定幫助這些人脫困。劇情的高潮就在麥斯駕著一輛載滿石油的油車，於敵車環伺之下，衝鋒而出。

麥斯不但是因果鏈的中心，在無名氏旁白者的序言之後，影片的敍述方式即鎖定在他的認知範圍內。如同《夜長夢多》中的馬洛，麥斯不但出現在每場戲中，觀眾也經由他知道大部分的劇情。當麥斯開車時，透過他使用的望遠鏡，觀點鏡頭也讓我們看到他所看到的掠殺場面。當他撞車獲救之後，於精神錯亂的狀況下，畫面運用了傳統的慢動作、重複曝光的影像及慢音來呈現他的心理主觀視像。這些敍述手法激發我們去認同麥斯這個人。然而，在一些片段，敍述變得非常不受限制。尤其主要的是在追逐及動作衝突場面，觀眾看到了麥斯所不知道的畫面。這些場景運用同時呈現追逐與被追逐的畫面，以及不同角度的戰爭場面，來塑造情節的懸疑性。直到最後的高潮，麥斯終於甩開那些敵人，讓其他同伴順利逃往南方；而在他的油車翻了之後，麥斯——和觀眾——才知道油罐車裏只有沙土，油罐車只是障眼法。因爲我們對劇情的認知侷限在麥斯的認知範圍內，所以才造成驚奇的效果。

然而，還有一些必須知道的是，在片末，原先的旁白者回來告訴我們，他原來就是片中那個被麥斯當朋友的野孩子。當那羣沙漠居民駛離現場，麥斯獨自站立在公路的中央。電影的最後一個鏡頭是——鏡頭往後拉，孤立站在路中間的麥斯愈來愈遠……這是運用了知覺主觀敍述(小孩的主觀視線鏡頭看著麥斯，遠離他)，同時也是心理主觀敍述(旁白者回憶麥斯)。在《衝鋒飛車隊》中，情節的形式結構不但是由因果關係、時間、地點，而且也由統一的敍述手法來組成。影片的中間部分運用觀眾對麥斯的認同，並間或以較非限制型的敍述手法來塑造觀眾的預期心理，但這個中間部分是由一個身分起先不明的旁白者講述一個遙遠的故事，而將之「框」起來。旁白者先出現在片頭，引導我們去期待他在末尾出現並說明他是誰。如此，這部片在因果關係、敍述模式兩方面都因而完成了。

敍述慣例

你也許已注意到，本章在談到敍事影片的種種特性時，常提到「典型上」或「通常」這些詞。這代表了近百年來電影史上，許多種電影形式慣例已經產生。我們可以用兩種影評人常談論的敍述慣例的方法，來結束對敍述形式的討論。

■類型(Genres)

在第二章我們提到**類型**(genres)，或電影的種類，是觀眾期待的主要來源。如果你想去看科幻片，你大概很清楚電影會是什麼樣子。類型就是存在於電影創作者與觀眾之間的一種默契。歌舞片中，觀眾會期待樂曲出現，不管它(們)的出現對整個故事內容而言是合理如《週末的狂熱》(Saturday Night Fever)的熱舞，或者不合乎現實生活狀況，如《綠野仙踪》或《花都舞影》(An American in Paris)。基本上，類型形成一組導演和觀眾都知道的敍述結構的「規則」。

然而，沒有單一的說法可以定義類型。有些類型主要是以共同的主題(subject matter)來劃分。科幻片通常是關於先進的科技；西部片是邊陲地區人們的生活。有的類型是以事物(道具)或場景來定義：武士片通常會包括刀、劍；幫派電影通常有都市背景；喜劇與災難片則是以故事的情境種類來劃分；歌舞片以歌或舞的表演方式呈現；偵探片是經調查事件的情節模式，所帶來的神秘肇因來製造片末高潮(揭曉)。類型的定義因類型可相互交纏重疊，而非常有彈性。比如西部歌舞片(《波露貓》Cat Ballou)或歌舞幫派電影(Bugsy Malone)、懸疑通俗劇(The Spiral Staircase)、恐怖與科幻結合(《異形》Alien)、科幻偵探片(《銀翼殺手》Blade Runner)，甚或西部恐怖片(《比利小子與吸血鬼》Billy the Kid Meets Dracula)。但是，類型之間可相互混用並不代表他們之間沒有差別。除了抽象定義，鑑定類型的最好方法是去識別，經過了不同的歷史階段和地點，電影創作者和觀眾是如何分辨每部電影的不同。類型的混用，無論如何，還是強調了類型之間有別，而且創作者與觀眾都同意這些類型各有各的「規則」(rules)。

■古典好萊塢電影(The Classical Hollywood Cinema)

敍述的種類有無限多種。然而，在歷史上，電影似乎已經被一種敍述形式的型態所主宰。在本書中，我們稱這個強勢的型態爲「古典好萊塢電影」。「古典」表示它淵遠流長的歷史，「好萊塢」是因爲這個型態在美國片廠出產的電影中完成它目前的外貌。這個型態到現在仍主宰許多其他國家的敍事電影。例如《衝鋒飛車隊》就是一部運用古典好萊塢電影敍事手法的澳洲電影。

這類敍事基本上是由所有劇情是從人物做爲因果關係的中心(individual characters as causal agents)這樣的概念而來。自然肇因(洪水、地震)或社會因素(制度、戰爭、經濟蕭條)可以做爲情節的催化劑或前題，但敍事的重心在於人物的心理原因：抉擇、決定或人物性格特徵。

通常使故事發展下去的重要特徵是慾望(desire)，人物有需要，慾望因此形成目標，然後敍事的發展即是達成目標的過程。《綠野仙踪》的桃樂絲有想回家的慾望，所以有一連串的目標：先從高齊小姐那裏救出托托，然後從奧茲回家。回家路上還得先到翡翠城殺死巫婆。在《驛馬車》中，我們也看到主角復仇的慾望，其他的配角也各有各的目標。

如果慾望所冀求的目標只是唯一的劇情元素，那麼人物一下子就可以立刻達到目標。但是在古典敍事中，有個相對的元素：衝突(conflict)。主角會碰到性格、目標和他相對的人物。結果，主角必須嘗試改變目前的情況，才能達到他的目標。桃樂絲想回堪薩斯的目標為壞心巫婆阻撓：不讓她擁有紅寶石拖鞋。桃樂絲在最後終究必須除去巫婆，才能穿拖鞋回家。《驛馬車》的主角被警長抓起來，他盡量證明自己是最值得信賴的人，警長最後終於答應他參加片末的槍戰，完成主角的報復。

因果暗示改變(change)。如果人物不想和電影開場的情形不同，「改變」無從發生。因此，人物與他們的性格特徵，特別是慾望，是因果的重要來源。

但是，難道所有敍事中都有這樣的主角，事實上不然。一九二〇年代的蘇俄電影，如艾森斯坦的《波坦金戰艦》(Potemkin)、《十月》或《罷工》(Strike)，並沒有單獨這樣的主因。近期，賈克・李維特(Jacques Rivette)的《Out One Spectre》和羅伯・阿特曼(Robert Altman)的《納許維爾》(Nashville)還實驗沒有主角的電影。像艾森斯坦和小津安二郎的電影，很多事件的起因並非由人物所引起，而是由更大的外力(社會規範及大自然力量)使然。有些電影如安東尼奧尼的《情事》，主角是非常被動的。因此，主動而有目標的主角，雖然很普通，並不出現在所有的敍事電影中。

在古典好來塢敍事型態中，一連串從心理因素產生的言行給予情節事件的發生有相當的動機。在很多方面，時間是附屬於因果關係鏈中。情節會省略相當長的時間而只呈現因果上重要的事件(桃樂絲和同伴走在路上的時間被省略；但當她遇到新伙伴時就呈現)。情節會組織故事的時間順序以求呈現有力的劇情。因此當一個人物在劇中有特異的言行時，觀眾就可以從回溯的鏡頭中去了解他的動機。在因果鏈中，情節可以特別安排時間這個元素：約定見面時間(使人物在特定時間相遇)和截止期限(使情節的長度有所依據)。動機在古典敍事電影中都盡量愈清楚愈完整愈好——甚至是在幻想式的歌舞片中，主角想表達自己的情感，或純粹舞台秀都是片中歌唱或舞蹈的重要動機。

古典好萊塢敍事電影運用了很多技法，但最明顯的傾向是採用「客觀敍述」。意即，基本上呈現一個非常「客觀」的現實，人物的知覺或心理主觀性通常被省略。因此古典敍事電影通常都用非限制型的敍述手法。縱使觀眾只注意一個人物，透過劇情，他們通常可以獲得很多那個劇中人所不知道或沒聽到、看到的情節訊息(《衝鋒飛車隊》依然是個好例子)。這個手法在一些類型中，比如偵探片，就被廢棄了，而《夜長夢多》就是一個例子。

最後，大部分古典敍事電影都在片尾有明顯的結局。它們都會爲所有的因找到一個果，很少有沒結局的狀況。通常在結局時觀眾會知道人物未來的命運、謎團的答案以及衝突的結果。

然而，再注意一下，以上這些特徵對一般的敍事形式並非一定必要。事實上，沒有什麼可以阻止一個導演去呈現沉悶的劇情或在事件中間加上動機不明的插曲(楚浮、高達、卡爾・德萊葉Carl Dreyer、安迪・華荷各用不同方式做這樣的事)，導演甚至可以重新排列故事的時序使情節的因果鏈更令人迷惑。譬如說，尙-馬希・史特勞普(Jean-Marie Straub)和丹妮爾・胡莉葉(Danièle Huillet)的《絕不妥協》(Not Reconciled)中，劇情就在三個時間段落中來回呈現，之間也無說明。杜尙・馬可維耶夫(Dušan Makavejev)的《愛情事件，或失踪的電話接線生》(Love Affair, the Case of the Missing Switchboard Operator)均用前敍鏡頭(flashforwards)與主要情節交錯進行；直到最後我們才了解原來前敍鏡頭的內容即是「現在」的事件。導演還可以將與因果關係無關的劇情植入情節中，比如在楚浮電影中的無來由的際會，高達電影中關於政治的獨白或訪問，艾森斯坦電影中的「知性蒙太奇」(intellectual montage)，或小津安二郎的「轉場」(transitional shots)等等。也可以是完全主觀的敍述，如《卡里加利博士的小屋》(The Cabinet of Dr. Caligari)；或是在主觀與客觀敍述之間巡游的《去年在馬倫巴》。最後，這些導演甚至不給劇情一個結尾；在古典傳統敍事主流外的電影，通常都有相當「開放」的結局。

在第七章，我們將會說明在古典好萊塢體系中，電影的空間透過剪接，如何幫助因果關係的建立。現在我們只需注意古典模式中獨特處理敍事元素及敍述過程的方式。然而，古典好萊塢模式也僅是許多構築電影的語言系統中的一種罷了。

《大國民》的敍事形式

《大國民》因爲在形式上的獨特與風格上的多樣，非常適合用來做爲分析電影的例子。下面我們將檢視《大國民》，看看敍事形式的各種原則，如何在一部特別的電影中發揮功能。例如調查肯恩死因的主要情節帶領我們去分析因果關係與人物如何在片中運作。本片處理傳遞故事訊息的敍述範圍與深度的方式，也會闡明「情節」與「故事」之間的分野。還有在片中動機不明的劇情元素，也可用來說明曖昧如何產生。更甚的是，在本片開場與結尾的比照，可實證一部電影如何脫離古典好萊塢敍事模式。最後，本片可以揭示主宰故事內容的敍述手法，如何提供觀眾一個故事的輪廓。

■整體敍事上的期待(Overall Narrative Expectations)

在第二章我們已經談過，我們的電影經驗大部分是藉對電影的期待，以及電影本身確認我們的期待而來。在看《大國民》之前，也許你已經知道這是一部經典作品。1941 年的觀眾可能會更期待它，因爲有一個說法，片中人物就是當時報業大亨威廉・藍道夫・赫斯特(William Randolph Hearst)的化身，觀眾會期待把在片中看到的事件與赫斯特的眞實生活聯想在一起。以及，片子的電影海報(圖 3.4)雖然沒指明與眞實事件的關連，也暗示故事是關於一個男人，從任何角度來看都如巨人一般的男人。

前面數分鐘的劇情，觀眾已從片中類型慣例表現手法中，產生了特定的期待。先前「熱線新聞」片段，暗示了本片可能是傳記劇情片，接著記者湯

圖3.4

普森出現，開始調查肯恩的一生後，片子已沒有了一般傳記電影的模式——如典型地講述一個人一生的故事，再以戲劇化手法呈現一些軼事。此類型的範例是《權力與榮耀》(The Power and the Glory，它被認爲是影響《大國民》表現手法極大的片子，如數量極多的回溯畫面)。觀眾也快速地辨識出本片使用新聞報導類型的慣例——通常是記者爲尋找故事素材歷盡萬難的經過。我們因此不只期待看到湯普森調查的事件，也期待看到他成功地挖掘出故事的眞相。蘇珊的戲也用了歌舞片類型的表現手法。如狂亂地排演和後台準備，以及最突出的——她演唱歌劇的蒙太奇鏡頭。更廣泛地，本片運用了偵探片類型的手法，因爲湯普森目的是想解出謎底(到底肯恩死前所說的「玫瑰花蕾」指的是什麼？)，他訪問一些相關人士也像極偵探在質問嫌犯尋找線索一樣。

然而，値得注意的是，《大國民》的類型片用法是相當不明確且曖昧的。若是一部傳記電影，本片似乎較重視主角的心理狀況，而非他的作爲與社會關係。若是新聞片，片中不尋常的地方是，記者也沒有得到他所要的消息。若做爲偵探片的話，本片也沒有解答所有的謎。《大國民》正是綜合運用各類型片慣例，但結果反過來破壞那些被類型引起的期待。

相同曖昧的地方也發生在《大國民》與古典好萊塢電影之間的關係。即使對本片沒有先前的認識，1941 年美國片廠出品的電影應是遵循它既有的模式。大致上，本片是有所遵循：我們會在片中看到慾望(desire)如何推動敘事發展，人物性格特徵和目標如何塑造因果關係，衝突如何導至結果，時間如何依劇情需要而安排，客觀敘述以及限制型與非限制型敘述如何綜合使用等等。我們還可看到本片如何比一些這樣慣例下出產的片子更加曖昧的地方：有時並沒有說明慾望、性格、特徵與目標；衝突有時候並沒有確定的結果；在片末全知的客觀敘述口氣被減至最低。尤其是結尾，並非一般古典敘事電影處理結局的方式。以下對《大國民》的分析，將詳述它如何運用敘事慣例，又同時破壞觀眾看好萊塢電影的期待。

■《大國民》的故事與情節

分析電影的第一步是將之分段(segment)。分段可藉電影的技法(如溶入溶出、淡入淡出、接、黑幕等等)來形成具意義的單位。在敘事電影中，各段落即是情節的各部分，通常稱作**場(景)(scenes)**。這個詞是源自劇場，採其在相當完整的時空中有明確的劇情分段。以下是本片的分段。字幕部分以“C” (credit)爲代表，結束字幕爲“E”(ending)，其他以數字依序表之。表中的阿拉伯數字表示主要的情節部分；有些只有一場那麼長，但大部分都是好幾場，會再以小寫字母表示之。很多段落是可以再被細分下去，但這個分段方式已足夠我們運用了。

如此分段已可讓我們看到情節主要分佈的情形，以及場景組織的方式。這個大綱也大概說明了情節如何結構因果與時間之間的關係。

■《大國民》裏的因果關係

本片有兩組人物引發所有事件。一組是想採訪肯恩一生的記者們；另一組是肯恩自己和其他認識他的人，提供這些記者調查的線索。因果關係首先建立在肯恩之死，這使得一些記者爲他的事業做了報導。但電影開始時，新聞報導已結束，情節接著介紹這些記者；老板——勞斯頓(Rawlston)，是由他提供了調查肯恩一生的因，但湯普森的報導結果讓他失望。勞斯頓想從另一個角度了解「玫瑰花蕾」的意義，這使湯普森有了一個目標，開始探查肯恩的過去。他的查訪即是情節的主線。

但另一線劇情——肯恩的生活——已發生在過去。在過去已有一組人物讓劇情發生：很多年前，肯恩母親的寄宿宿舍有一個貧窮的寄宿生以一紙銀礦契約書作爲房租。由這銀礦帶來的財富使肯恩夫人得以聘柴契爾(Thatcher)做查理·肯恩的監護人；而柴契爾的管教方法(片中沒有說明)使肯恩長大變成一個被溺愛、叛逆的年輕人。

《大國民》不尋常的地方在於這些調查者的調查對象，竟是一個人的性格特徵。湯普森想瞭解的是，到底是什麼人格使肯恩在死前說出「玫瑰花蕾」這樣的字眼。這個動機使湯普森開始一連串的查訪。而肯恩，一個非常複雜的人物，他的性格特徵還影響了其他人物的言行。然而，我們將看到的是，《大國民》的故事到最後依然沒有界定出肯恩所有的性格特徵。

■《大國民》：情節段落

C.片頭字幕

1.仙納度華宅：肯恩死去

2.放映室：

a.「熱線新聞」

b.一羣記者討論「玫瑰花蕾」

3.藍丘夜總會：湯普森嘗試訪問蘇珊

4.柴契爾圖書館：

a.湯普森進入並讀柴契爾的手稿

第一次回溯
- b.肯恩的母親讓柴契爾帶走肯恩
- c.肯恩長大之後買下《詢問報》
- d.肯恩發動凌厲攻勢，在報業表現突出
- e.經濟大恐慌：肯恩出售報系給柴契爾

f.湯普森離開圖書館

5.伯恩斯坦的辦公室：

第二次回溯
- a.湯普森拜訪伯恩斯坦
- b.肯恩掌權《詢問報》
- c.蒙太奇：《詢問報》成長
- d.宴會：《詢問報》慶祝買下《年代報》
- e.李藍和伯恩斯坦討論肯恩的國外之行
- f.肯恩回國，帶著未婚妻愛蜜莉出現
- g.伯恩斯坦結束他的回憶

6.療養院：

a.湯普森與李藍交談

第三次回溯
- b.蒙太奇：早餐集錦——肯恩婚姻生活惡化

c.李藍繼續追憶

第三次回溯(繼續)
- d.肯恩遇蘇珊並走進她的房間
- e.肯恩參加競選、演講
- f.肯恩周旋在蓋媞、愛蜜莉和蘇珊之間
- g.肯恩競選失敗，李藍要求轉調
- h.肯恩與蘇珊結婚
- i.蘇珊的歌劇首演
- j.李藍喝醉，肯恩爲李藍寫完藝評

k.李藍結束回憶

7.藍丘夜總會

第四次回溯
a.湯普森與蘇珊交談
b.蘇珊練唱
c.蘇珊歌劇首演
d.肯恩堅持蘇珊繼續唱歌劇
e.蒙太奇：蘇珊的歌劇事業
f.蘇珊想自殺，肯恩終於答應讓她放棄歌劇
g.仙納杜華宅：蘇珊感覺沉悶
h.蒙太奇：蘇珊玩拚圖
i.肯恩提議野餐
j.野餐：肯恩與蘇珊二人
k.仙納杜華宅：蘇珊離開肯恩
l.蘇珊結束追憶

8.仙納度華宅：

第五次回溯
a.湯普森與雷蒙相談
b.肯恩搗毀蘇珊的房間，撿起鎮尺，口中喃喃唸著：「玫瑰花蕾」
c.雷蒙結束回憶；湯普森與其他記者交談；全離去
d.鏡頭巡視肯恩的收藏，然後出現「玫瑰花蕾」的謎底；華宅的柵欄，結束

E.片尾字幕

肯恩的生活有一個目標：尋找與「玫瑰花蕾」相關的目標。但劇中人在思索肯恩這個人時，在有些地方均不約同地認爲那是他已失去或無法得到的東西。這再次說明了肯恩的目標雖有却不明確，却使這個故事非常不尋常。

肯恩生命中其他的人物爲敍事提供了因果素材。即使肯恩已死，幾個認識肯恩的人的存在，使湯普森的調查成爲可能。特別的是，這些人物提供了關於肯恩一生相當程度的認識。這使觀眾得以重建電影裏的事件順序。柴契爾認識肯恩的童年；伯恩斯坦(Bernstein，他的經理)了解他的事業；好朋友李藍(Leland)了解他的私人生活(尤其是第一次婚姻)，蘇珊・亞歷山大(Susan Alexanda)是他第二任妻子，知道他的中年；以及傭人雷蒙

(Raymond)在肯恩的晚年處理他身邊諸事。這些人物不但在肯恩的生前，同時也在湯普森的調查中，扮演著因果關係的角色。該注意的是，肯恩的妻子愛蜜莉(Emily)在故事中沒有回憶，是因爲她的部分必然會與李藍的回憶部分重疊，對劇情沒有太大幫助，因此情節即將她略去(經由一場車禍)。

■時間

《大國民》的情節在處理不同的事件時，其次序、長度和出現的次數之間差別甚大。本片的劇力就來自情節複雜地提供觀眾線索以重組故事的方式。

若要了解故事中的時序、各事件的時間長度和出現頻率，觀眾就必需循著這些錯綜複雜的事件網路，自己理出頭緒。例如在第一次回溯中柴契爾的日記透露了肯恩在經濟恐慌時失去報社的事件(4 e)；此時，肯恩已是一個中年人。但在本片第二次回溯中伯恩斯坦却敍述肯恩年輕氣盛進駐《詢問報》並與愛蜜莉新婚之事(5 b，5 f)。觀眾在心理上就主動調轉了這些情節次序；待新的事件再出現時，再放入故事中正確的時序位置。

相同地，故事中最早的部分應是肯恩的母親得到一紙價值菲薄的銀礦礦權；但我們却在第二段情節的新聞片中得知，而片中情節的第一段却是肯恩的死訊。觀眾因此必需相當努力去釐淸這些順序。讓我們假設肯恩的一生包含下列各階段：

童年
青年期：報社事業
新婚生活
中年
晚年

有趣的是，片子的前段包括了肯恩各階段的生活中的片段，並來回游移；直到後段才輪流專注在各個特定階段。「熱線新聞」的段落(2 a)讓觀眾先縱觀他生命的全貌，柴契爾的手稿(4)讓我們知道肯恩的童年及中年。然後，所有的回溯段落才開始依年代次序出現。伯恩斯坦的回憶(5)集中在身爲編輯的肯恩及未婚妻愛蜜莉的生活，李藍的回憶(6)橫跨肯恩的新婚生活到中年；蘇珊(7)則講述中年肯恩及他老年的故事。雷蒙所談的肯恩生前軼事(8 b)集中在他的晚年。到這裏，情節才變得比較依循「線性」發展。這個功能是使觀眾不再在各階段中來回跳躍，在組織情節時空次序上發生困擾。也因此，早先情節所引起的期待，都在後段的情節裏得到確認或修正。

經由事件的時空重組，情節激發了觀眾內心裏特定的期待。從肯恩的死以及新聞片的內容開始，情節製造了觀眾兩項強烈的好奇心：究竟「玫瑰花蕾」是什麼？到底是發生什麼事，使一個有權勢的人在晚年如此孤立？這些同時也產生了相當程度的懸疑。因爲我們已知道肯恩兩次婚姻都失敗，朋友也都將離他遠去等等，因此我們即集中去注意到底這些是**如何**以及**何時**發生的。所以，有很多場景的功能就在於延後我們已知的結果。例如，我們已知蘇珊在某時會離肯恩遠去，所以每次肯恩殘暴地對待她時，我們就期待她會如此做。有好幾場(7 b-7 j)她都差點離他而去，包括她嘗試自殺、他撫慰她的那一段。情節其實可以安排她早一點離開(7 k)，但那樣的話，他們之間關係的浮沉就無法引人入勝，也就無法產生懸疑效果。

並且，若無「熱線新聞」的存在，觀眾在心理上重組事件時序的過程可能就非常不同。第一段仙納杜華宅死訊讓我們摸不著頭緒，因爲我們對死者一無所知。但新聞片的出現很快提供了相當多的資訊。而且它的敍述內容得以與後段電影內容有平行對照之用，也提供了劇情簡介。

A.幾個仙納杜華宅鏡頭

B.喪禮；報紙以頭條新聞報導肯恩死訊

C.經濟王國的成長

D.銀礦和肯恩母親的寄宿宿舍

E.柴契爾在會議上的證詞

F.政治事業

G.私人生活：婚禮，離婚

H.歌劇院和仙納杜

I.競選

J.經濟大恐慌

K.1935 年：肯恩的老年

L.仙納杜華宅內孤立的生活

M.宣佈死訊

新聞短片與整部影片的內容，兩相比較之下，在形式結構上有驚人的相似點。「熱線新聞」一開始強調肯恩是「仙納杜的主人」，接著一段關於這幢巨宅的鏡頭：房子、庭園及內景(A)。正是整部影片開場的變奏(1)，鏡頭也包括了庭園，直驅入巨宅的畫面。開場結束在肯恩的死亡，而新聞片在外景介紹之後緊接著肯恩葬禮的鏡頭(B)。接下來也是各報頭版新聞宣佈肯恩的死訊，稍加比較《大國民》的情節流程圖，就會發現這些頭條新聞相當於全片中新聞片所佔的比例(2 a)。

而新聞短片的敍述次序也大略與湯普森採訪眾人的回溯次序平行。「熱線新聞」從肯恩的死訊轉到報導他的報業王國(C)，而片中第一次回溯(4)告訴觀眾柴契爾如何管教肯恩，及肯恩第一次嘗試經營《詢問報》。這種大略的平行對照還發生在：新聞片中報導肯恩的政治企圖(F)、他的婚姻(G)、建歌劇院(H)及競選(I)等等。李藍的回溯(6)也包括了肯恩的第一次婚姻、與蘇珊之外遇、競選，以及歌劇首演。這兩點只是很多類似點的其中兩個例子而已。

總之，新聞片提供了我們一個「地圖」。使我們在觀賞回溯的場面時，已相當期待一些事件的發生，也有了一個大略的時序概念，等著將這些事件一一重組成完整的故事。

不只是故事次序，《大國民》的情節還提供觀眾諸多線索去組合故事的長度及頻率。整個故事時間(story duration)應是 75 年，加上肯恩死後的一個禮拜。這整個長度在劇情時間(plot duration)成爲湯普森查訪的一個禮拜。回溯手法的運用使情節得以敍述每段時期的故事內容。但是，還有銀幕時間(screen duration)——幾乎整整 120 分鐘。就像大部分的電影一樣，也使用省略的手法。情節略過實際故事時間，而放映時間也縮短了湯普森查訪一週的時間。同時也運用蒙太奇手法將故事時間濃縮在幾個鏡頭內；如《詢問報》的成長(4 d)、發行量的增加(5 c)、蘇珊的歌劇事業(7 e)、蘇珊玩拼圖打發時間(7 h)。這種「摘要」的手法非常不同於一般敍事場景。在第七章，我們會花較大的篇幅討論蒙太奇，然而，目前我們已能了解這些片段在幫助觀眾釐清故事長度的價值。

《大國民》同時也展示了在故事中只出現一次的事件可以在情節中重複出現之實例。蘇珊與李藍的回憶片段都提到了蘇珊在芝加哥的歌劇首演。李藍的回憶角度是從觀眾席看向舞台，因此觀眾看到的是舞台上的表演(6 i)。蘇珊的版本(7 c)則包括後台種種與台前的表演，使觀眾看到她所受的屈辱。因此這同一事件的兩種版本並沒讓觀眾產生困惑，因爲觀眾看得出這是同一事件的不同場景(「熱線新聞」在G和H的部分也提到了蘇珊的歌劇事業)。

綜合來看，《大國民》的敘事運用回溯手法將湯普森的查訪戲劇化，激發觀眾去尋找肯恩失敗的原因，並去識別「玫瑰花蕾」的眞正意義。就像在偵探片中，我們會去尋找遺漏的因果部分，將故事組成首尾一貫的模式一樣。因此經由操作事件的時序、時長以及出現的次數，情節可以既幫助觀眾尋找遺漏的部分，又可以將之複雜化，以激起觀眾的好奇心並製造出懸疑的效果。

■動機

有些影評認爲奧森・威爾斯(導演)用尋找「玫瑰花蕾」眞義的手法是本片的缺點，因爲去確認它的眞義到事後證明只是一個噱頭。然而，若《大國民》的重點只在於去驗明「玫瑰花蕾」的意義，以上的控訴也許就成立。事實上，「玫瑰花蕾」在本片的功能僅是製造動機之用；它讓湯普森有了查訪的目標，也讓觀眾集中注意力於他去查明肯恩一生的眞象的努力。《大國民》因此成爲一部偵探片，但它却不是調查犯罪動機，反而是記者去調查一個人物的性格特徵。因此「玫瑰花蕾」的訊息在於成立一個基礎動機，以推動整個劇情的發展(當然，「玫瑰花蕾」還有其他功能；比如，小雪橇提供一個轉場的功能，從寄宿宿舍到柴契爾在聖誕節時送給查理一個新雪橇)。

《大國民》的敘事即圍繞在查訪一個人性格特徵的過程，結果是，這些特徵又爲許多事件提供了動機(這一點，本片倒是頗符合古典好萊塢敘事體)。肯恩想替蘇珊證明她是一個歌唱家，而不僅是他的情婦的慾望，是讓他開始跨入歌劇事業的動機。肯恩的母親過度關心肯恩小時候的教育，認爲她所處的環境是壞環境，給予她將肯恩交結柴契爾看管的動機。有興趣的讀者可自行尋找各個情節中由人物的性格與慾望所產生的動機。

在片子末了，湯普森宣佈他放棄尋找「玫瑰花蕾」的意義，因爲他不認爲「任何字眼可以完全解釋一個人的一生」。在這點上，湯普森的說詞給予他接受失敗的動機。但是觀眾若要接受「沒有可以解開一個人一生謎團的鑰匙」這樣的概念，還需要更進一步的理由，電影也提供了這些理由。先前在放映新聞片的放映室裏，勞斯頓說：「也許在他死前躺在床上所說的話就已說明一切。」另一個記者回答：「對，但也許他什麼也沒說。」在這裏即已先暗示了「玫瑰花蕾」是一個沒有謎底的謎。李藍在稍後尖酸地排斥這個話題，只談其他事件。這些簡短的片段均幫湯普森成立最後消極的論調。

湯普森第一次在藍丘夜總會拜訪蘇珊的場景(3)可能一開始令人相當困惑。不像他拜訪其他人的場景，這裏沒有回溯發生。湯普森從酒保那兒知道蘇珊對「玫瑰花蕾」一無所知，而這些他可以從他第二次拜訪她時得知。所以爲什麼影片還包括這一段？有一個理由是，這場戲引起觀眾的好奇心，也加深了肯恩的神秘感。還有，蘇珊的故事是關於肯恩的中晚年，而在故事中段之後，所有的回溯都依照年代順序進行；如果蘇珊在第一次湯普森拜訪時即先說出，就沒有足夠的資料來了解肯恩的一生。然而，湯普森的查訪先由蘇珊開始是合情合理的，因爲她是肯恩的前任妻子，應是活著的相關人中與他最親密的人。第一次拜訪她時，她因喝醉而拒絕受訪，給予她後來的回溯一個動機；而且之後伯恩斯坦和李藍已談了相當多關於肯恩的生活，也爲蘇珊的回溯舖路。因此，第一次的拜訪在功能上正提供了延後蘇珊回溯劇情的理由。

動機使敍事理所當然。肯恩的母親希望兒子能有成功富有的生活，這個動機讓她將肯恩交由柴契爾管教。而柴契爾，一個有權勢的銀行家，給予新聞短片一個理由將他在聽證會的證詞(證明他的地位)放在新聞內容中。而他的社會地位也說明他可以將自己的日記手稿放在紀念圖書館中。這些，一同來說明湯普森可以取得知道肯恩童年生活的資料。

但是《大國民》却有意在一些地方脫離古典好萊塢敍事手法，將一些動機曖昧化。而這些曖昧的地方主要是來自於肯恩的性格。每個人物對肯恩都有一定的說法，但這些却又不完全說明肯恩的人格。伯恩斯坦用同情及充滿情感的方式回憶肯恩，而李藍則用憤世嫉俗的語氣談論他與肯恩之間的關係。這些說法依然沒有完全說明肯恩的一些言行。例如肯恩開一張美金兩萬五千元的支票解僱李藍，是念在老友的份上，或是他想以高姿態證明自己比李藍更慷慨大方？而他爲什麼一直購買一些甚至沒拆封的藝術品放在仙納杜裏？

■平行對照

平行對照手法並非《大國民》的基本敍事結構，但是片中有一些平行的結構存在。我們已討論了新聞短片與整部影片之間有一個平行對照的結構，也注意到兩條劇情線的平行：肯恩的生活與湯普森的調查。「玫瑰花蕾」是肯恩一生中所追求目標的代名詞；我們從他的生活中看到他無法獲得友誼與愛情，以致孤單老死在仙納杜。而他無法獲得幸福與湯普森無力獲知「玫瑰花蕾」的眞義產生了平行對照。當然這不意味他們有相同的性格特徵。反而，它提供了兩條劇情線同時朝相同的方向發展。

另外一個對照是肯恩一邊進行競選，一邊忙著將蘇珊塑造成歌劇明星的歌劇事業。這兩方面，肯恩均嘗試運用報紙、對大眾輿論的影響力來膨脹自己的知名度。爲了讓蘇珊成功，他強迫報社同仁撰寫讚賞她演出的樂評；這個動作與他競選失敗時，《詢問報》立刻宣佈此次投票無效的動作相呼應。這些表示肯恩並不明白他的勢力並不足以掩蓋他的失敗：他與蘇珊的外遇導致他競選失敗，接著也拒絕承認蘇珊沒有唱歌劇的能力。這裏的對照指出了肯恩如何在他的生命中不斷地犯同樣的錯誤。

■情節發展的模式

《大國民》從開場到結束循兩條故事線進行，如我們已知的：肯恩的生活與湯普森的調查。而被湯普森訪問的每個人物，他們的回溯均進一步讓我們了解肯恩的爲人。湯普森的拜訪順序讓這些回溯有一個清楚的發展軌跡，因爲他從了解肯恩童年的人開始到知道他晚年生活的人，依序拜訪。還有，每一個回溯均包含描繪肯恩特定的一面。柴契爾提供肯恩的政治概觀，伯恩斯坦則談論他處理報業的手腕。情節先概述了肯恩早年得志，再導入李藍對他私生活的看法，由此我們得知了第一個關於肯恩失敗一面的暗示。接著蘇珊談到肯恩如何操縱她的個人意願，以及雷蒙的回憶，使肯恩逐漸變成一個可憐的老頭。

雖然情節中每個事件的時序、時長及出現的次數均互異，片中呈現肯恩的生活仍透過一個穩定的發展模式。敍事的現在式——湯普森的調查——也有它自己的格局(片末湯普森的調查失敗,呼應肯恩自己無力追尋幸福或個人成就的命運)。

因爲這個失敗,《大國民》的結尾比 1941 年的好萊塢電影「開放」許多。湯普森其實已爲「玫瑰花蕾」找到解答,因爲他說這並無法解釋肯恩的一生；因此，觀眾藉這個行爲模式獲得更大的思考空間。但是，在大部分的古典敍事電影中，主角通常都完成他最初的目標(湯普森是這條劇情線的主角)。

另一個關於肯恩的劇情線顯得更開放。不僅肯恩沒有達成目標，電影本身從沒有確切說清他的目標是什麼。大部分的古典敍事都製造衝突，讓主角掙扎到片末來化解。肯恩以成功的生活開始(順利營運《詢問報》)，然後漸進入孤單、落寞的生活。我們從不知什麼可以使他快樂。《大國民》這種處理手法使它在當時非常不尋常。

尋找「玫瑰花蕾」却有一個交待：觀眾在片末終於發現「玫瑰花蕾」是什麼。接著這個發現，結尾的鏡頭與開場遙相對應。開場鏡頭經過柵欄向華宅推進，結束則由屋內向外後拉，直到柵欄外，偌大的K徽章及「禁止進入」的招牌充滿整個畫面。

然而，即使如此，我們對湯普森的說法仍然有曖昧的感覺。因爲光知道肯恩死前說的「玫瑰花蕾」是怎麼來的，我們就了解肯恩全部的性格特徵嗎？也許湯普森是對的——沒有任何字眼可以解釋肯恩的一生？「玫瑰花蕾」好像解釋肯恩一生的不快是來自於童年失去的那個雪橇以及童年生活？但本片又暗示這樣的解答太過簡單。這正是勞斯頓所謂的新聞點。

好幾年來，影評界一直在爭論「玫瑰花蕾」究竟是否解開了本片的敍事癥結。這些爭論其實正說明了《大國民》所運用的曖昧手法。本片只提供線索，却不交待結局(不妨與《星期五女郎》His Girl Friday、《北西北》以及《驛馬車》的封閉式結局做一對照。也可與《憤怒之日》Day of Wrath和《去年在馬倫巴》的曖昧手法做一比較)。

■《大國民》的敍述

在談到《大國民》的情節在呈現故事內容時，可以特別注意到一個現象：我們唯一直接面對肯恩是當他死的時候。其他時候，他不是出現在新聞短片中，就是存在於其他人物回憶裏。這個處理方式，使這部電影成爲一個人物的肖像，一個從各種不同角度探討該人物的研究。

片中五個敍述者，柴契爾、伯恩斯坦、李藍、蘇珊以及僕人雷蒙，均多少呈現肯恩的某一面。在柴契爾的部分(4 b-4 e)，敍述的方式是：只呈現有柴契爾出現的場景。甚至肯恩的報業事蹟也依柴契爾認知的範圍來呈現。伯恩斯坦的回溯(5 b-5 f)，有些場景超出他目擊的範圍，但大致是依照他的認知範圍。比如在《詢問報》的慶功宴上，我們受限在伯恩斯坦與李藍之間的對話，而此時肯恩在背景的大廳中與高采烈地跳舞。同樣地，我們看不到肯恩歐遊的鏡頭，只看/聽到伯恩斯坦讀著肯恩發回的電報給李藍聽。李藍的回溯部分(6 b，6 d-6 j)則明顯超出敍述者的認知範圍。我們可看到肯恩與愛蜜莉共進早餐的鏡頭，肯恩與蘇珊二人相遇，以及在蘇珊公寓中肯恩與蓋媞的衝突。

在6j，雖然有李藍出現，但他幾乎是不自覺的(在這部分的情節中，李藍透露他所知的一切均是肯恩告訴他的，但本場的細節明顯却是超出李藍的認知範圍)，等到我們看到蘇珊的回憶部分(7b-7k)，她的敍述中呈現的認知範圍，與她本人最爲契合。而僕人雷蒙的敍述也符合他自己的認知：他站在肯恩搗毀蘇珊房間的門外。

運用多個敍述者來傳遞故事訊息擁有許多功能。它提供了「寫實」的成分，而且呈現肯恩複雜的多面。還有，這些人物的敍述如同蘇珊的拚圖一樣，觀眾也必須一片一片地才能將圖形組合。這個漸序的呈現手法增加了觀眾的好奇心——到底「玫瑰花蕾」與肯恩的過去有何關連？——也增強了懸疑性——他是如何失去朋友及妻子？

這個策略暗示了本片形式結構的重點。當湯普森由不同的敍述者口中得到訊息，情節却利用兩者(湯普森與這些敍述者)來傳遞故事訊息，也同時封閉(conceal)故事訊息。因爲這使我們了解沒有任何說法可以說明任何人的一生。倘若我們可以直接進入肯恩的意識，也許可以更快了解「玫瑰花蕾」對他的意義。這種多重敍述的用法是用來模仿眞實生活的現象，利用片斷、不連續的訊息來引發好奇與懸疑。

雖然每個敍述者均大部分受限在自我的認知範圍內，情節也沒設法將回溯的場景用比較主觀的敍述手法來呈現敍述深度。它用旁白做爲轉場，帶領觀眾進入回溯情境，但也沒有任何嘗試去呈現這些敍述者的主觀性。只有在蘇珊的部分有主觀敍述手法的痕跡。在7c中，李藍的存在都是從她站在舞台上的主觀視覺角度看去的，而那些關於她歌劇生涯的蒙太奇，也呈現一些心理主觀性，透露她的挫敗感。然而，整體而言，本片符合古典好萊塢以客觀敍述手法呈現劇情的慣例。

除了這五位敍述者，片中還有「熱線新聞」短片所呈現的認知範圍。我們已知道它存在的功能，但它另外還提供我們一個大範圍的認知——肯恩的生與死——而這些將由那五位敍述者來補充更多的訊息。它同時也比片中其他部分更爲「客觀」——它根本沒有透露任何肯恩的內心生活。勞斯頓的說法：「這些不足以告訴觀眾一個人物的作爲，你必須告訴我們他是怎麼樣的一個人。」在功能上，湯普森的目的即是去增加新聞短片對肯恩表面介紹的深度。

然而這些還沒說完這部複雜、大膽影片的敍述處理手法。至少，新聞短片與五位敍述者所透露的訊息，都由湯普森這個人串連在一起。就某個程度而言，他是本片的代言人：挖掘、組合所有謎題。値得注意的是，湯普森幾乎沒有被賦予任何性格特徵，觀眾甚至看不清楚他的臉。這也有它的功能。如果情節多賦予他性格特徵，讓觀眾多了解他的背景，他反而會變成主角。然而《大國民》是比較關注在他的探尋(search)而非他這個人。情節處理湯普森的方式，使他像一個中立的收集站，收集各方訊息(雖然他在片末的結論：「我不認爲任何字眼可以解釋一個人的一生」暗示經由調查，改變了立場)。

然而，湯普森還不是一個完美的代言人，因爲電影的敍述是在一個更大範圍的認知中堆入新聞短片、五位敍述者及湯普森。回溯的部分是非常限制性的，但許多部分呈現一個整體上的全知敍述。如開場的手法，即是如上帝的觀點(god's-eye-view)進行鏡頭的運作；我們進入一個神秘的華宅——仙納杜，肯恩的領土。我們大可以藉一個人物的旅程進入這個場景，如同桃樂絲在奧茲的歷險一樣。然而，在這裏，却是一個全知的敍述在帶領這趟旅途，最後進入一個黑暗的臥室。一隻握著鎭尺的手重疊著下雪的影像(參閱圖 9.8)。這個畫面戲弄著我們：這到底是敍述嘗試詩意的手法，還是一個即將死的人腦中的畫面？這兩者均提供相當大量的訊息，讓觀眾感覺全知的力量，尤其是他死後，一位護士衝進房間，顯然沒有一個劇中人知道得比觀眾還多。

在另外一點，全知敍述非常明顯。在李藍回憶蘇珊的歌劇首演時(6 i)，我們看到高高在上的舞台照明裝置對她演出的反應(這種全知手法，通常與攝影機運動有關，將在第九章詳述)。然而，最明顯的應該是片末的全知敍述部分。當湯普森與一羣記者離去，「玫瑰花蕾」的謎底沒有解出，而鏡頭仍停留在仙納杜的倉庫中。這裏全歸功於全知的敍述手法，觀眾依此得知「玫瑰花蕾」原來是肯恩童年的玩具——小雪橇——的名字。現在我們終於可以連接開場的鎭尺與片尾的雪橇。這個敍述的全然全知，「知道」故事開場的重要線索在哪裏，不斷用暗示戲弄我們(雪、鎭尺中的小木屋)，最後終於揭開片頭謎題之謎底。鏡頭又回到「禁止進入」的招牌，提醒我們片子開場的方式。如同《衝鋒飛車隊》，本片不只是依循因果與時間的原則，同時也是藉敍述的模式塑造好奇、懸疑，以及在最後驚奇的效果中，完成首尾一致的統一。

結論

並非所有分析敘事的模式均依照本章提到的順序進行：從因果關係、情節與故事的區分、動機、平行對照、開場到結尾的進展方式、敍述範圍與深度，依次分析。我們的目的在於利用檢視《大國民》來說明這些概念如何幫我們分析一部電影的故事。影評者經由練習，對這些分析工具愈熟悉愈能有彈性地運用它們來配合分析各種電影。

在看任何敘事電影時，問下列問題會有助於了解該部電影的形式結構：

1.哪些事件是由情節直接呈現給觀眾，哪些是需要觀眾自行推測？有沒有非劇情元素出現？

2.故事中最初的事件是什麼？它如何與後來的事件產生因果上的關係？

3.這些事件的時間關係如何？情節如何處理它們的時序、出現次數及長時，來影響我們瞭解故事內容？

4.對照開場，結尾的處理是否呈現全片一個輪廓清楚的發展模式？所有的劇情線是不是在結局都有交待？或者有些是「開放性」的結局？

5.敍述手法如何傳遞故事訊息？它是侷限在一個角色的認知範圍內？或是自由地在各人物之間呈現比較不受限制的故事面？它是否探索人物的心理狀況，提供我們相當程度的故事深度？

6.本片是否是熟悉的類型片？如果是，它運用了什麼樣的類型慣例來引導觀眾的期待？

7.本片與古典好萊塢電影的標準特徵有哪些相似之處？如果它沒有這些特徵，它擁有什麼樣的形式原則？

雖然敘事電影(劇情片)是我們在口中講「看電影去」時所指的類型，事實上，組織一部電影的整體形式結構還有很多其他的可能性。下一章，我們將進行這方面的討論。

註釋與議題

■敘事形式

關於詳盡的討論人類文化中的敘事歷史與功能有——

Robert Scholes and Robert Kellogg, *The Nature of Narrative*(New York: Oxford University Press, 1966)。

大部分的敍事概念都是從文學而來，近二十年來已有大量這方面的研究。不錯的入門書有——

Seymour Chatman, *Story and Discourse: Narrative Structure in Fiction and Film* (Ithaca: Cornell University Press, 1978)；

Gerald Prince, *Narratology: The Form and Function of Narrative* (Berlin: Mouton, 1982)；以及——

Shlomith Rimmon-Kenan, *Narrative Fiction: Contemporary Poetics* (New York: Methuen, 1983)。

較進階但學術上非常重要的研究是：

Gẽrard Genette, *Narrative Discourse: An Essay in Method* (Ithaca: Cornell University Press, 1980)。

本章所提到的觀點都符合近代理論的潮流。例如：

Ladislav Matejka和Krystyna Pomorska合編的*Readings in Russian Poetics* (Cambridge, Mass: MIT Press, 1971)；

Roland Barthes, "An Introduction to the Structural Analysis of Narrative"在Stephen Heath編譯的*Image, Music, Text* (New York: Hill and Wang, 1977);

Tzvetan Todorov, *The Poetics of Prose* (Ithaca: Cornell University Press, 1977)；

Jonathan Culler, *Structuralist Poetics* (Ithaca: Cornell University Press, 1976)

向這方面論述挑戰的文章可閱讀——

Barbara Herrnstein Smith的短文"Narrative Versions, Narrative Theories", *Critical Inquiry*, 7, 1(Autumn 1980)：頁 213-236。

討論電影的敍事如何源於文學及其他藝術形式，可閱——

John L. Fell, *Film and Narrative Tradition* (Norman: University of Oklahoma Press, 1974)；

Charles Musser, "The Early Cinema of Edwin Porter", *Cinema Journal* 19, 1 (Fall 1979): 1-38 頁，和"Film/Narrative/The Novel,"於 *Cinẽtracts* 13(Spring 1981)的特別版。

專門討論電影敍事的特別問題，可參閱——

Noël Burch, "Narrative/Diegesis——Thresholds, Limits", *Screen* 23, 2

(July-August 1982): 16-33;

Colin MacCabe, "Realism and the Cinema: Notes on Some Brechtian Theses," *Screen* 14, 2 (Summer 1974), 7-27；以及——

Gill Davies,"Teaching about Narrative," *Screen Education* 29(Winter 1978/79): 56-76.

■觀衆

觀衆如何瞭解敍事的意義？不同理論的理論家均曾探討觀衆的心理活動。在文學中，兩項有價值的研究是：

Horst Ruthrof, *The Reader's Construction of Narrative* (London: Routledge & Kegan Paul, 1981)，和——

Peter Brooks, *Reading for the Plot: Design and Intention in Narrative* (New York: Knopf, 1984).

Meir Sternberg在他的*Expositional Modes and Temporal Ordering in Fiction* (Baltimore: John Hopkins University Press, 1978)中強調期待、假設和推論等讀者在閱讀文學作品時產生的心理活動。Sternberg在這方面的研討非常接近本章所採用的概念。

George L. Dillon 的"Styles of Reading"一文收在*Poetics Today* 3, 3 (Spring 1982): 77-88，他區分了「人物—劇情—道德」、「挖掘秘密」和「人類學」等手法。至於——

Christian Metz 的"Histoire/Discourse: A Note on Two Voyeurisms," *The Imaginary Signifier* (Bloomington: Indiana Unversity Press, 1982)，進一步提到觀衆心理活動的現象討論。從另外一個觀點來看——

David Bordwell, *Narration in the Fiction Film* (Madison: University of Wisconsin Press, 1985)的第三章則提出了一個觀衆理解劇情的心理過程模式。

■敍事時間

大多數理論家均同意因果關係與時間是敍事的重點。在傳統的敍事中，法國小說家格萊葉(Alain Robbe-Grillet)認爲：「事實的順序、敍事的連鎖，如同今日的說法，是完全基於因果關係的系統：緊跟著A現象的是B現象，是前者的結果；即是小說中的事件鏈。」摘自：

Alain Robbe-Grillet, "Order and Disorder in Film and Fiction," *Critical Inquiry* 4, 1 (Autumn 1977):5。

針對因果與時間的詳盡研究可在——

Joseph Strelka所編的*Patterns of Literary Style* (University Park: State University of Pennsylvania Press, 1971)一書中Roland Barthes的 "Action Sequences,"一文中找到。

特別討論這方面在電影中的研究有——

Jan Mukařovský,"Time in Film"收錄在——

John Burbank和Peter Steiner所編的*Structure, Sign, and Function: Selected Essays by Jan Mukařovský* (New Haven, Conn.: Yale University Press, 1977) pp.191-200；和——

Brain Henderson,"Tense, Mood, and Voice in Film (Notes After Genette)", *Film Quarterly* 26, 4(Summer 1983): 4-17。

本章提到情節時間、故事時間及放映時間之間的區分必須被單純化。這些區分在劇場方面行得通，但在一些狀況下，這些區分則消失，在一整部片中，情節與故事的時間是差異最大的，就如關於一個兩年的故事，在一個發生在一週內的情節中透露出來，然後這一個星期的時間被濃縮在兩個小時的放映時間內。在小一點的範圍內，比如說一個鏡頭或一場戲，我們通常認爲故事和情節時間相等，而銀幕時間不相等。這種情形在——

David Bordwell, *Narration in the Fiction Film*中第五章，討論最爲詳盡。

■敍述

已有一方面的研討將電影和文學的敍述做了一個類比，小說有第一人稱敍述(如：「我叫伊莎美」)和第三人稱敍述(「馬格輕輕抽著煙斗，緩慢地走在小徑上，手背在後面。」)；也許電影也有？

Bruce F. Kawin, *Mindscreen: Bergman, Godard and First-Person Film* (Princeton, N. J.: Princeton University Press, 1978)中即將語言學中的「人稱」運用到電影上去。Kawin並沒有侷限在人物的敍述，比如肯恩的同僚用第一人稱敍述他們所認識的肯恩；Kawin認爲影片可以被視爲一個敍述者的心智活動，而依此來標誌「第一人稱」。這個說法似乎較認爲本章所提的基本認知範圍及深度。另外可參閱：

Don Fredericksen, "Modes of Reflexive Film", *Quarterly Review of Film Studies* 4, 3(Summer 1979): pp.299-320。

此外在「觀點」的分析方面有：

Susan Sniader, *The Narrative Act: Point of View in Prose Fiction*(Princeton, N. J.: Princeton University Press, 1981)。

而詳細討論「觀點」之運用的有：

Edward Branigan, *Point of View in the Cinema: A Theory of Narration and Subjectivity in Classical Film* (New York: Mouton, 1984)；

Kristin Thompson, "Closure within a Dream? Point-of-View in Laura"，收錄於*Breaking the Glass Armor: Neoformalist Film Analysis* (Princeton, N. J.: Princeton University Press, 1988), pp. 162-194.

在 Ben Brewster,的"A Scene at the Movies;"*Screen* 23, 2(July- August 1982)中談到認知的階級制度如何在一部「簡單」的電影中運作。而敘事中的道德價值觀的討論，可在——

Nick Browne, *The Rhetoric of Filmic Narration*(Ann Arbor, Mich.: UMI Research Press, 1982)中找到。

一般性的討論可參閱——

David Bordwell, *Narration in the Fiction Film*(同上)。

■敘事慣例：類型及其他類別

討論文學中的類型理論的簡易版本是：

Heather Dubrow, *Genre* (London: Methuen, 1982).

特別提到讀者反應的有——

Tzvetan Todorov, *The Fantastic: A Structuralist Approach to A Literary Genre* (Ithaca, N. Y.: Cornell University Press, 1975)；

Thomas Schatz, *American Film Genres*(New York: Random House, 1981)是可讀性極高的入門介紹，以神話基礎去探討類型敘述。也可看"Film Genre"，是*Film Reader* 3(1978)的特別版，裏面有很多分析類型電影的文章。

Will Wright, *Sixguns and Society*(Berkeley University of California Press, 1975)，書中探討西部片的敘述結構如何與不同時期的社會思潮產生關連。

討論音樂及類型的，則有——

Rick Altman所編的*Genre: The Musical* (London: Routledge & Kegan Paul, 1981)；

Jane Feuer, *The Hollywood Musical*(Bloomington: Indiana University Press, 1982)；和——

Rick Altman, *The American Musical* (Bloomington: Indiana University Press, 1987)。

有相當多的學者研究好萊塢電影慣例。早期至今仍非常重要的理論作品是

Thomas Elsaesser,"Why Hollywood", *Monogram* 1 (April 1971): 4-10。

進一步的研究和書目可參考。

David Bordwell, Janet Staiger and Kristin Thompson, *The Classical Hollywood Cinema: Film Style end Mode of Production to 1960* (New York: Columbia University Press, 1985)。

■形式的意識型態

在形式的過程裏，我們總會尋找不同的意義，但這個形式是否含有任何意識型態？在敍事的模式中是否有意識型態上的意義？比如說，在好萊塢的因果關係概念中，是否認爲只有一種有效的劇情表演方式？這是近年來討論電影研究的熱門話題。很多學者認爲吾人社會所創造出來的敍事結構可被解釋成含有特定意識型態的形式。這方面成就最顯著的研究是在女性主義的範疇中出現，如：

Janet Bergstrom,"Enunciation and Sexual Difference," *Camera Obscura* 3-4 (Summer 1979): 33-69;

E. Ann Kaplan, *Women and Film: Both Sides of the Camera* (New York: Methuen, 1983)及——

Annette Kuhn, *Women's Pictures: Feminism and Cinema* (London: Routledge & Kegan Paul, 1982)

■電影的敍事分析

分析某部電影的例子可在——

Alan Williams,"Narrative Patterns in Only Angels Have Wings'," *Quarterly Review of Film Studies* 1, 4(November, 1976): 357-372;

Kristin Thompson. *Breaking the Glass Armor* (如上)

Joyce Nelson,"*Mildred Pierce* Reconsidered," *Film Reader* 2(1977): 65-70;

Roy Armes, *The Films of Alain Robbe-Grillet* (Amsterdam: John Benjamins B. V., 1981)。

Indiana University Press的電影指南叢書有許多關於電影敍事形式的分析，非常適合作入門介紹。具代表性的有——

James Naremore, *Filmguide to Psycho* (Bloomington: Indiana University Press, 1973);

E. Rubinstein, *Filmguide to The General* (Bloomington: Indiana University Press, 1973)；和——

Ted Perry, *Filmguide to 8½* (Bloomington: Indiana University Press, 1975);

進階研究方面難度高但值得一讀的是——

Stephen Heath"Film and System: Terms of Analysis,"*Screen* 16, 1(Spring 1975): 7-77，和 16, 2(Summer 1975): 91-113，中對奧森・威爾斯作品《歷劫佳人》(Touch of Evil)有精闢的論述。

■「玫瑰花蕾」(Rosebud)

許多影評者對《大國民》有詳盡討論。

Joseph McBride, *Orson Welles* (New York: Viking, 1972)介紹很多研究奧森・威爾斯的影評人。

Charles Higham, *The Films of Orson Welles* (Berkeley: University of Califorina Press, 1970);

David Bordwell,"Citizen Kane"收錄在

Bill Nichols所編的*Movies and Methods* (Berkeley: University of California Press, 1976);

Rober Carringer, "Rosebud, Dead or Alive: Narrative and Symbolic Structure in 'Citizen Kane',"*PMLA* (March 1976): 185-193;

James Naremore, *The Magic World of Orson Welles* (New York: Oxford University Press, 1978)。

寶琳・基爾(Paulin Kael)在她一篇著名的文章中發現「玫瑰花蕾」是一個天眞噱頭。有趣的是，她的討論中強調《大國民》是新聞影片的類型，而且不想超越偵探小說的特性。可參閱*The Citizen Kane Book* (Boston: Little, Brown, 1971), pp.1-84。

相反的，其他影評人認爲「玫瑰花蕾」對湯普森的查訪而言，並非完整的解答。另一派意見可參考——

Peter Bogdanovich,"The Kane Muting"*Esquire* 78, 4(October 1972): 99-105, 180-190

Peter Wollen,"Introduction to Citizen Kane,"*Film Reader* 1(1975): 9-15。和這期雜誌中的其他文章，都在探討分析《大國民》。

Robert L. Carringer, *Making of Citizen Kane* (Berkeley: University of California Press, 1985)則提供關於這部電影製作過程的完整紀錄。

4. 非敘事形式之系統

非敘事形式的種類

在第二章裏我們以《綠野仙踪》爲例，檢視了電影形式的一般特性。在這部影片中，我們見到了幾種形式原則——功能與動機、類似與重複、差異與變奏、發展、統一性以及不統一性等——皆適用於所有的片子。因爲敘事性電影在一般的觀影經驗中佔有相當重要的分量，因此我們在第三章中用整章的篇幅來說明，並以《大國民》這部電影做爲例子。

但是在我們的生活中，還有其他種類的電影形式和敘事性形式一樣重要。教學影片、政治宣傳片，或者是在美術館的視聽室看到的影片——這些影片可能都不具故事性。在形式上，它們屬於非敘事系統。

我們且將非敘事形式分爲四大類：分類式、策略式、抽象式以及聯想式。本章將檢視每一種類的特徵，並各以一部電影爲例做深入探討。

這四大類非敘事性形式之間到底差異在哪？在逐一討論前，讓我們先看看這四大類如何各以不同的方式處理同一題材。假設我們要拍一部有關當地便利商店的影片，在考慮用不同的方法來組織它的形式時，我們可以用敘事形式，譬如說拍一天之內在店裏發生的事。但是，我們還可以用其他非敘事形式的方式來拍這樣的題材。

分類式(categorical)電影，顧名思義，是將事物分成細部。拿我們所要拍的電影來說，便利商店就是一個總項；我們可能拍下店中的每一單項，來展示商店裏所有的各式貨物。觀眾可能會看到肉品區、農產品區，及櫃檯等副項。

然而這不是唯一的方式，我們還可以採用說服的手法來拍這個店。這時就用**策略式**(rhetorical)，抒發論點且引用證據。比如說，我們想證明一個地方上的小便利商店比連鎖商店來得服務親切，也許就會拍攝老闆親自爲顧客服務的鏡頭，訪問老闆談他店裏所提供的服務，或請顧客談論他們對該店的看法，以及說這家商店出售的貨品品質優良等等。總之，我們會在影片中放入足夠的證據，使觀眾相信，這家便利商店是一個購物的好去處。

此外，我們還可以有第三種選擇——以**抽象**(abstract)方式來拍一家便利商店。此一架構通常將觀眾的注意力擺在抽象的感官元素上，如形狀、顏色及節奏等。因此，不同於一般世俗成見的方式來拍攝這家商店，我們用特殊的鏡位來扭曲貨架上瓶瓶罐罐的形狀，或用局部特寫來強調某些鮮艷的色塊，或用不協調的音樂來左右觀眾對影像的詮釋。

最後，如果我們想由便利商店引發一些想法和情境，可以選擇**聯想式**(associational)——透過一些影像的並置來營造某種情緒或概念。比如說，想讓商店給人擁塞壓迫的感覺，可以將店內的商品看起來令人生厭，也可插入某些含有隱喻的鏡頭，讓觀眾產生反感。舉例來說，把櫃檯前大排長龍等著付錢的人潮和交通尖峯時段的車陣剪接在一起，透過一連串剪輯，將商店的面貌和其他類型的事物合起來，造成聯想，就可賦予該商店某種基調。

我們並非建議導演只典型地挑一個主題，然後找一個架構的種類來拍；通常一部片子的形式與導演的意圖及興趣有關。而每一種形式都能使一家便利商店有不同的呈現。這四大類型之間的差異之所以重要，是因爲每一種都有不同的觀影慣例，在觀眾身上產生不同的期待。當我們看的是一部企圖說服我們支持政令的影片，我們可能會懷疑、考量其證據，最後甚至拒絕採信。但是如果我們看的是一部抽象影片，我們的態度則變得較爲內斂，傾向於觀察經過眼前所有的形狀與顏色。雖然我們很少刻意地去分辨我們看的是「策略式」或「聯想式」影片，但是我們都有一套觀影的經驗來分辨他們。

在大略談完四種非敘事形式之間的差異後，接下來我們將以實際的影片爲例，作更深入的研究。和第二章一樣，我們將對每部影片進行分解，討論在不同類型的非敘事形式的系統中，各元素之間如何產生關係。

分類式的形式結構

■分類式的原則

分類是人類社會用來組織其對世界認知的產物。它們多半具有邏輯性。

有些分類是依據科學理論及實驗而來。這樣的分類，通常都盡其所能涵蓋所有的資料。比如說，科學家們已發展了一套詳盡的系統，將所有動植物分門別類。相同的，週期表也將已發現的元素依照其原子內的分子數加以歸類。這個表格涵蓋相當廣；幾乎地球上所有的物質都可以歸到其一或以上的類型中，而如果新的物質被發現了，新的類型就可以再加入原來的表格中。

在日常生活中，我們所使用的分類就不是這麼科學，通常都是依靠常識、一般用法和意識型態來對事物進行分類。比如說，我們並不以生物學上的類屬來分別動物，反而用比較粗略的方式像「寵物類」、「野生動物」、「田裏的動物」或「動物園裏的動物」來區分它們。這種方式通常並不太合邏輯，甚至往往會發現有些動物同時屬於四種類別，但是，這樣的分類却已能滿足我們的需求。一些意識型態所形成的分類通常也不太合邏輯。比如說，人類社會就很難以「進步」或「原始」來自然地劃分。這類分法通常有自己一組複雜的信條，但通常都禁不起邏輯的研判。

當一個導演想向觀眾傳達有關這世界的訊息時，分類式可提供這部電影一個基本的架構。通常導演所選擇的分類方法會是已被普遍認定的一種。譬如一部蝴蝶生態的紀錄片，可以科學的分類，先介紹一種，講述其習性，然後再介紹另外一種，以此類推。同樣的，一部有關瑞士的旅遊影片會介紹有趣的風土人情，而且多半會傾向於一般人所熟知的滑雪、鐘錶、巧克力、乳酪、傳統服飾等等。但導演也可以自創一格，介紹他個人認爲瑞士鮮爲人知的一面。這樣的影片仍然以傳達資訊爲主，但可避開陳腔濫調。

值得注意的是，不同類別之間會有重疊的情形。一件事物往往可屬於許多不同類別。一棟建築物可以是建築師風格的代表，可以是一間集郵者趨之若鶩的郵局，可以是一個專門收購公寓的人覬覦的對象。同樣的，雞可以是食物、特殊寵物、農場裏的飼養物、易被催眠的動物或是州鳥等等。因此當導演處理一個題材時，是有很多分類法可供選擇的。

分類式電影的結構都很簡單，不外乎在重複間加一點變化。影片中的各種事物都有相似之處，但之間有一定要有分別(若分別太大，又失去了分類的意義)。通常，片子一開始會先介紹一個總項做爲整個結構的核心，然後再介紹總項底下之副項。剛舉例的遊旅影片中，瑞士就是總項，而鐘錶製造業、阿爾卑斯山上的滑雪等則爲副項。就結構而言，先介紹總項，緊接一連串的片段，作爲副項的實例，通常又會回到總項做一結論。

而情節的發展方式也簡單，由小到大，由區域到全國、個人到大眾。譬如關於蝴蝶的紀錄片，可由小族羣介紹到大族羣，或由單色系到彩色系。

由於分類式影片劇情發展空間不大，因此較難維持觀眾的興趣。假如片段之間發展一成不變，觀眾的期待很快就會變得厭煩。爲了在分類中添加趣味；導演可考慮加入變化，讓觀眾不斷有新的期待。所謂的變化可以是介紹一種特殊的種類。但導演通常也可以在原本的結構中融入其他的類型結構：抽象式、策略式、聯想式或是敍事性的結構。那部有關蝴蝶的影片就可同時擷取不同種類蝴蝶的形狀、色彩，爲影片注入一些抽象的視覺趣味。但這些趣味必須還是附屬於主結構之中。畢竟，如果我們對色彩差異多過於種類之間的差異，影片的主旨便盡失了(當然，導演可以刻意拿蝴蝶來拍攝一部抽象電影。史丹•布雷克基在他的實驗電影《蛾光》Mothlight就利用蛾翼直接貼在底片上，製造出抽象的圖案。但這類電影是爲不同的目的拍攝的，它刻意在觀眾身上引起不同的反應)。

同樣地，也可以在影片中的某個段落加上一個策略性的論點。如果影片提到瀕臨絕跡的某類蝴蝶，可以提出這是某項政府政策威脅到它們的存在。或者可以加入敍事的形式在裏頭，由一個敍述者說：「這是非常稀有的品種，我記得我抓到牠的那一天……。」但是不管運用哪種方法來添增影片的趣味，整體的主要結構仍然是分類式。

儘管分類形式較爲單調，有了這些變化讓導演利用，仍然可以拍出多樣且有趣的片子。《奧林匹克》(下集) (Olympia, Part 2)就是一個好例子。

■分類式影片實例：《奧林匹克》(下集)

今天我們從電視上看到的奧運實況轉播多由攝影機和記者就同時在進行的競賽項目中選擇報導。整個轉播的過程歷時數日，也因此缺乏一個系統。它的結構頂多只是以奧運的開幕與閉幕典禮作爲開始和結束。以競賽項目爲中間部分。然而儘管在這麼一個簡單的格式裏，我們還是可以期待幾個特定的重複手法：如精彩鏡頭重播、訪問優勝者等等。

《奧林匹克》(Olymia)這部拍攝1936年柏林奧運的上下集電影有較謹慎及精密多樣的形式結構。導演蓮妮・瑞芬斯坦(Leni Riefenstahl)將由40部攝影機所攝取的大量底片剪接成兩部各約兩小時的影片。因爲這些影片並非做立即實況轉播，導演便可依某些系統將單獨的運動項目串聯、整合。我們單挑下集是因爲它的結構較上集繁複、多樣，並且有明確的發展模式，且自成格局，無需與上集並置即可進行閱讀。

本片的總項也就是全片的主題：1936 年奧運。然而處理這些林林總總的單項之方法很多，導演可以採用現今電視轉播的方式，依時間次序來報導各項比賽之始末。但蓮妮・瑞芬斯坦採用了一種ABA的結構來發展整部影片。

《奧林匹克》及 1936 年的奧運可說是納粹最後一次對國際採取合作態度。爲了安撫國際奧會，並且避免其他國家的敵對及抵制，希特勒同意暫緩德國境內的反猶太運動。爲了展現這種合作態度，在影片中，便要強調不同國籍運動員間的友誼，而影片的發展模式就突顯了這個意圖。所以，在影片開頭，重點就不在各國運動員間的競爭。然後，慢慢地到了影片中後段，我們才開始知道運動員的國籍身分，這時也才開始鋪陳獎落誰家的懸疑氣氛。最後，在跳水項目時，又回到開頭那種不特意介紹參賽者的方式，而單純地呈現此項運動的美感。

這部影片因此達到了它的多樣性，也將競爭放在比賽中，成爲注意的焦點。

伴隨這種ABA結構，在其中還有些對應的變化，做進一步的強調。最顯著的是，電影一開始，運動員與觀眾都還面目模糊時，個人外形及反應都不刻意強調。然後，當競爭愈來愈重要時，運動員的個人描寫就愈仔細。然後，到了跳水的那一段，個人特徵的強調消失了，我們看到的是一連串抽象、像鳥一樣輕盈的身影劃過空中。同樣地，在一開始，運動員參加比賽時，神情都較輕鬆；當他們個人特徵被明顯化之後，我們愈可清楚看到他們的努力及所承受的壓力；然後在最後跳水的片段，他們又回到原來輕鬆的模樣。此外，本片從開始的非敘事形式轉爲略帶故事性……有的片段，以運動員爲故事中的角色，影片也製造鹿死誰手的懸疑。但這個形式在片尾又消失了。

儘管其分類簡單，《奧林匹克》(下集)以不同的方式呈現不同的運動項目，且結構嚴謹，片段間以淡出或進行曲來區隔(接下來我們將全片分段，以C代表開頭字幕部分，其他則以數字依序排列)。

C.片頭字幕，畫面爲奧運會旗

1.大自然和奧運選手們：早操與晨泳

2.體操

3.賽艇

4.五項運動

5.女子體操

6.十項運動

7.野外競賽：草地曲棍球、馬球、足球

8.自行車賽

9.越野自行車賽

10.划船

11.跳水及游泳，以及運動會之尾聲

每單項比賽都是影片中的小副項。同時與賽者的國籍也是重要的分類，所以蓮妮・瑞芬斯坦也在片中適當地給予不同的比重：在片頭及片尾，與賽國家並不重要，但到中間部分則被強調出來。也因此，原本可能較具重複性的影片，有了相當程度的變化。

片頭字幕以片名及畫面上的奧運會旗(圖 4.1)直接了當地把影片的主要總項點出。然而，片子的開場似乎不合觀眾的預期。我們看到的不是選手或運動場的鏡頭，而是幾近靜止的樹叢及池塘。華格納式的音樂緩地伴隨著這些畫面出現。但很快地我們看到一列跑者從晨霧中跑出，此時我們的預期終於應驗。瑞芬斯坦藉著這樣的開場把奧運運動員和大自然相連，而淡化他們的國籍。在整個第一段，不論是在先前的林間及浴室、或後來的運動員俱樂部，重點並不在競賽本身，而在之前的準備。導演顯然想以一項所有選手都會參予的活動——早操，作爲開頭，因此所強調的是整體精神而非競爭。同時我們開始可以得知選手的國籍：印著「義大利」的運動衫(圖 4.2)，和其他透露相同分類訊息的信號——代表參加比賽的國家。而選手與大自然相連的特色仍持續著：選手們做熱身運動的鏡頭與動物的鏡頭並置。這場戲的幾個結束鏡頭乃集此段特色之大成。一個花叢在前景的鏡頭(圖 4.3)在變焦後看到一名選手在背景中運動(圖 4.4)——大自然和運動又再度被比喻在一起。此段接下來及最後的鏡頭：一排國旗(圖 4.5)則勾勒出所有參賽國家。

片段 2，體操項目。一開始仍延續片段 1 的主題，第一個鏡頭是一樹枝在前景與背景坐無虛席的運動場相輝映(圖 4.6)；一列以國旗爲首的運動員則接續國家的分類的主題。然而當比賽開始，我們並不淸楚與賽者的國籍或姓名。這裏所強調的是技巧，而非國際間的競賽，我們在前面看到的整體精神也繼續展現。選手們看來像在合作而非比賽。與賽者與觀眾的情緒反應也不被強調。觀眾像背景一樣坐在一段距離之外(圖 4.7)。下一個鏡頭則以天空爲背景(圖 4.8)，體操選手似乎不費吹灰之力移動著。此段落的最後一個鏡頭，選手以慢動作飛離吊桿(圖 4.9)，當他優雅地從畫面右方出鏡時，這個鏡頭也慢慢淡出。在此段中，我們一再看到選手飛離吊桿而不落地，這種軀體在空中飛躍的特色將在片尾的跳水項目中重現。

圖4.1

圖4.2

圖4.3

圖4.4

圖4.5

圖4.6

圖4.7

圖4.8

圖4.9

在接下來的幾個片段，《奧林匹克》(下集)漸漸開始觸及國家或選手間的競爭。第三段是賽艇活動，我們看到一些隊伍及船隻的鏡頭，但仍無法辨識他們。重點其實是在比賽本身的強烈動感。當船劃過水面，旁白者報導了每一項目的贏家，但我們並未目擊比賽的結尾中，慣有的獲勝者的反應或任何與國際間競爭有關的鏡頭。

但片段 4 的五項運動中，影片的策略起了大變化。旁白者對於與賽國家有較多的描述：「自 1912 年至今是紀錄的保持者」，也開始介紹參賽者的名字：韓德瑞克，德國人；里歐納德，美國人……等等，觀眾因此得以認識每個選手。在不同場次的比賽中間，每個參賽者的鏡頭都還附上名字，所以觀眾可以辨識誰是誰。此外，五項運動依照時序出現(雖然有些項目會被略過，僅以旁白帶過)。因此整個過程較具敘事性，選手們就如角色一樣，讓觀眾去猜測誰是最後贏家。當德國選手贏得金牌、美國贏得銀牌時，鏡頭也比較強調他們的表情，而非頒獎典禮本身。如穿制服的男孩們鼓掌的鏡頭(圖 4.10)之後，接著得獎者和頒獎者的表情鏡頭(圖 4.11)。

我們應注意，儘管《奧林匹克》是一部納粹出資的影片，其意識型態都盡其所能地淡化種族歧視。由於本片預備在世界各地放映，納粹因此必須表現出與國際合作的態度(本片在不同版本各以德、英、法語發行；這些不同語言版本，根據歷史學家的說法，內容間彼此差異不大。瑞芬斯坦並不刻意隱藏多位黑人運動員獲得獎牌的事實。在上集中，她甚至不顧希特勒的反對，還特別強調在 1936 年柏林奧會中傑西・歐文Jesse Owens這位選手)。然而，在某些片段，則有明顯的軍國主義傾向，著制服的男孩與一羣德國軍官的兩個鏡頭(圖 4.10 及 4.11)擺在一起，格外觸目。五項運動及片段 9 的自行車賽都有一些軍官的鏡頭，繪有納粹黨徽的臂章也偶而可見。因此，雖然納粹的意識型態在本片中刻意被壓制住，却仍蠢蠢欲動，呼之欲出。

在較具戲劇性的五項運動之後，瑞芬斯坦安插了一段插曲，是一連串數千名女子在運動場上整齊劃一地表演柔軟體操的鏡頭。一開始是幾個女子的特寫，然後是幾個中遠景，最後鏡頭拉到運動場上方，呈現爲數驚人的體操隊員。這段令人印象深刻的片段以抽象的體操運動爲主，重複了片頭做早操的特色，使影片的主題暫時又回到國際間的合作。但很快地，在接下來的片段，重點又轉回競爭的主題上。

片段 6，十項運動，是全片中敍事性質最強的一段。一名播報員出現在麥克風前(圖 4.12)介紹參賽選手，雖然有好幾位選手都經介紹，但格連・莫理斯 (Glen Morris) 却是所有注意的焦點。他被形容爲「空前的美國人」。這個形容詞暗示他可能贏得比賽，而此一段落也以他爲重點。在各項競賽中，攝影機都特別偏愛他，他的緊張和努力讓我們爲他捏了把冷汗，而播報員更強調這種氣氛。當莫理斯手執鉛球做投出前的準備時(圖 4.13)，播報員的聲音也在一旁助陣：「他得迎頭趕上克拉克才行。」我們可以看到莫理斯和其他對手對自己表現的表情反應。這裏的處理與片段 2 的體操比賽那種全然的客觀、不具競爭味的方式，大相逕庭。此段可說是全片中最把運動員當成角色看待的部分。本段結束時又重複了國旗的意象。我們看到莫理斯受冕時的臉龐，與美國國旗很快地疊在一起。

第 7 段，野外競賽，又再次以簡單的分類式來處理三項比賽：草地曲棍球(在一連串比賽畫面之後，以旁白宣佈優勝國)；馬球(在這裏只有配樂，不清楚選手是誰)和足球(以比賽中精采的部分串連起來)。因此即使在這麼一個簡單的結構下，導演仍製造一些變化來吸引觀眾。

圖4.10

圖4.11

圖4.12

圖4.13

片段 8，自行車賽，較之前的五項及十項運動來得短，但也同樣以相當戲劇化的手法處理。一開始，我們只看到一些競賽的畫面。到了後半段，旁白開始告訴觀眾幾個競爭激烈的參賽國來製造懸疑緊張的氣氛。到了結尾，我們甚至看到了自行車選手的主觀視線。比如說，一名法國選手騎車的鏡頭(圖 4.14)，緊接著樹影倒退的鏡頭(圖 4.15)，好像那是他所見到的景物。然後是一個樹影與選手臉部特寫相疊的鏡頭(圖 4.16)。我們從開始那種不特意介紹個人的方式進展到我們和選手一起，目睹了他們所見到的事物。本段結束時，選手們接受頒獎，影片又重複回到國旗的意象(圖 4.17)。

而接下來的片段又撤消了使用這種主觀方式。在片段 9，越野自行車賽的處理方式與五項運動相近，我們看到各個選手，也知道他們的國籍，但並不特別強調他們個人(五項運動中出現的軍國主義也在此重現了)。同樣的，第 10 段的划船比賽也強調參賽隊伍的國籍和優勝隊伍。我們看到兩隊隊員和觀眾的特寫(圖 4.18)，但在此並沒有像格連・莫理斯那樣特定的角色。這幾個片段的結構開始回到早先那種較客觀、不刻意突顯個別角色的方式。

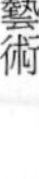

圖4.14

圖4.15

圖4.16

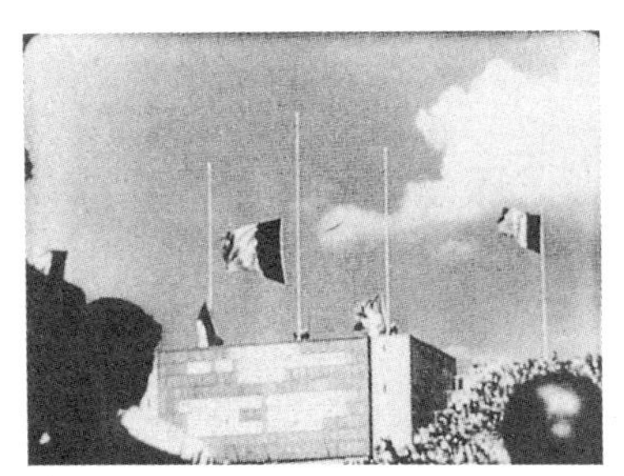
圖4.17

圖4.18

最後一個片段更將此結構發揮得淋漓盡致。我們看到女選手們跳水及優勝者的反應鏡頭，比如，一名女選手與她父親相擁，並為人簽名。同樣的，在游泳比賽的片段，雖然大部分鏡位都擺得較遠，運動員的反應仍隱約可見，例如一名日本選手知道自己獲勝了的表情(圖 4.19)。但到了此段最後，又不再強調選手或國家間的競爭。早先我們還看到跳水者和觀眾的臉部表情(圖 4.20)，但不久，跳水者的身軀一個接一個躍入水中。就像體操那段，沒有播報員的旁白，沒有選手的個人資料，只是呈現此項運動本身的美感與動感。

接下來幾乎沒有觀眾的鏡頭，只看到跳水者在天空襯托下的剪影(圖 4.21)。因此整部影片完成了它發展的格式，重回到將運動項目處理優雅，不具個人特徵且輕鬆的動作，把比賽的競爭性及得獎者的傳奇性減到最低。

在第 11 段的結尾有一段簡短的結尾來總結影片的主題——奧林匹克運動會——而幾個出現過的意象也在此重現。當最後一名跳水者身後的天空變成洶湧的雲海，攝影機此時往下搖，整個運動場光芒四射，盡收眼底。奧運聖火、鐘聲與旗海(圖 4.22)又重述了奧運的主要精神，且多雲的天空也再次將此競賽與大自然相連。全片在攝影機隨光柱往上揚、直達雲端時落幕。此刻，奧運的精神已達極致，但也影射了本片背後的政宣意圖：名義上是一場國際合作的影片，實際上卻展現了納粹之堅強實力。

圖4.19

圖4.20

圖4.21

圖4.22

然而，這段納粹主辦的競賽和這部影片的手法，其意義絕不只於此，它們還反映了納粹的意識型態(雖然影片是納粹出資，但為避免奧委會反彈，對外宣稱本片由瑞芬斯坦獨立製片。自此她一直稱此片並無政府資金介入，而部分史學家也當眞了)。當我們以現在的角度考量本片的含意時，很容易就可指出，儘管影片刻意公平看待所有運動選手，本片強調的是納粹的權勢。最主要的焦點仍在德國選手，或來自日本、義大利這些友好國家的選手。在《奧林匹克》(上集)就有好幾個希特勒在觀眾席的特寫，在《奧林匹克》(下集)，軍國主義精神和納粹臂章一再提醒我們競賽背後的強大勢力。其實，片中強調的紀律、羣體(以第 2、5 段的柔軟體操最爲明顯)，還有人類與大自然之間那種奧妙的聯結等等，皆有其用心。在本書第九章，我們會詳述風格如何傳遞影片的多層意義。在此我們可以肯定的是，分類式影片並不單純，但可以像其他類型影片一樣承載意識型態。

策略式的形式結構

■策略式的原則

策略式影片都有一個論點，此類影片的意圖多半是要說服觀眾相信這個論點，甚至能起而行之。它與分類式影片的不同處在於除了對主題作基本介紹之外，還企圖說服觀眾某些觀點。

策略式在所有的媒體都可見到。在日常生活中我們也隨處碰到，不僅在正式的演說，甚至在一般對話中也有。人們總是在言談之際企圖說服對方。推銷員在工作時會運用說服，朋友們在午飯時爭論時事也是。電視時時以廣告轟炸我們——電影運用策略式中最具說服力的形式——均不斷地煽動觀眾購買商品或投某候選人一票。

我們可以以四個基本屬性來定義策略式形式。第一，它針對觀眾，企圖將他/她們導入一個新的觀念、情感或行動(在下個案例中，我們可能已相信某事，但仍必須再被說服去採取行動)。第二，影片的主題可能不是一項科學事實，而是一種主張，而對此主張的看法可能有好幾種。因此導演得試以各種論點及證據，讓他的看法說得通。觀眾是否信服某看法，就端賴導演是否能把他的立場說得頭頭是道。因爲策略式影片處理的是一些主張、信念，總脫離不了意識型態的伸張。因此沒有任何形式的影片比它更著重明確的解釋，以及意識型態上的含意。

策略式影片的第三個屬性是：倘若論點上沒有一定的對錯，為了爭取觀眾的信服，導演除了提供一些實際證據外，通常會訴諸觀眾的情感。第四，此類影片企圖說服觀眾作一個抉擇。這個抉擇可以簡單到決定選用哪一品牌洗髮精，或選擇支持某位候選人，或決定青年是否該從軍打仗等等。

影片中可運用各種論點來說服我們做種種選擇。然而，這些論點不會以議論的形態出現。影片通常會把這些論點處理得有如眞理，而不會告訴觀眾有其他主張或選擇。有三種主要型態的論點供影片運用：源自影片本身、直接引申主題、或訴諸觀眾。

源自影片本身的論點。有些影片的論點靠影片本身說服人，也就是以影片態度的可信度來取勝。製作影片的人使影片旁白者讓觀眾覺得他們聰敏、消息靈通、誠懇及值得信賴等等。這些觀點看似客觀，但却隱含了一定的論點：那就是，這部影片源自一羣可信賴的人，因此你應該允許自己被說服。因此，通常一部片子的旁白者都有一副清晰有力的嗓子，因為它所發出的聲音令人信服，也較容易使人相信那是有憑有據的。

以主題為中心的論點。影片也可拿主題做為論點，這些論點也許事實上並不合邏輯，但却不易讓人察覺。有時候某些影片會投合某一特定時空下人們的共識。舉例說，在現在的美國，大多數人認為政府官員多半犬儒腐敗，而一些政界候選人就利用這樣的心理，向選民強調他們可為政府開創新氣象。這種推論不合邏輯，但却達到說服選民的功能。另一種方法是舉例來證實其說法。這方法也不見得較邏輯性，但它至少提供某些實證。比如在一個品嚐試驗的廣告中，果眞這人選擇了廣告主的產品，暗示它眞的比較好吃。但是值得注意的是這廣告並沒有提及喜歡其他牌子的消費者。此外，導演還可利用一般人熟悉、且易於接受的推論來支持他的論點。這個推論法看起來好像經過演繹而來，其實却隱瞞了一些重要前題，修辭學的學生通常稱這種方法是**省略推理法**。比如說，一部影片要讓你相信某一問題已經被妥善解決，會先讓觀眾知道原來存在的問題，然後再呈現用以解決問題的行動。從問題發生到解決，是一種多麼熟悉的推演，使觀眾很容易地就相信：問題就是該這樣解決的。但是，只要仔細分析一下就會發現，影片有一個隱伏的前題：它已預設了這是最好的解決方式。因為可能有其他更好的方法沒有被討論。因此，影片所擁護的方法並不是邏輯推演後的必然。待會兒我們就以《河川》(The River)一片來討論這種推演法是如何運用的。

以觀衆爲中心的論點。最後，影片可以訴諸觀眾情感做爲論點。政客們常與家人或小動物合照來爭取選民的好感，這類技倆相信大家都很熟悉。這種訴諸愛國情操、浪漫情操等，都是策略式電影最常用的手法。導演也會套用其他影片常用的手法來引發觀眾的特定反應。通常這種訴諸情感的手法，可以掩飾影片中論點的缺失，也可說服較易感的觀眾接受影片的論點。

策略式影片可以不同方式來組合他的論點和呼籲。有的導演會先提出他的基本主張，然後才揭示問題的癥結所在，再闡述這個主張如何解決這個問題。有些影片則先將問題巨細靡遺地描述一遍，然後讓觀眾知道稍後在影片中會產生什麼樣的變化。這第二個方式可能較容易引起觀眾的好奇心並製造懸疑性，引導他們思考並猜測可能的解決方法。當然導演可以依影片的主題與策略來選擇處理方式。無論如何，策略式影片是有一個標準的結構。它先就情況作一介紹(1)，討論相關事宜(2)，然後證明所提出來的解決方案可適用於此(3)，再以一個收場白做影片的總結(4)。

我們以 1937 年培爾・羅倫茲(Pare Lorentz)導的《河川》作爲策略式影片的例子。我們很快會發現整部影片的組織正吻合了剛提到的四段式結構。

■策略式影片實例：《河川》

《河川》是羅倫茲爲美國聯邦政府農業福利管理處所攝製的影片。1937年，美國正積極擺脫經濟蕭條的陰影，在羅斯福總統的領導下，聯邦政府盡其全力製造工作機會，以解決大批勞工失業問題，並消弭擴大的社會問題。雖然今天大多數的人認爲羅斯福的新政是一項智舉，並稱他爲驅除經濟蕭條的功臣，但是在當時，他的政策其實承受不少反對力量。《河川》一片力保「田納西河谷整治方案」(TVA)爲河川泛濫、農業蕭條、發電等問題的解決之道，其實是有其意識型態上的立場：促銷羅斯福的政策。因此在當時，本片的論點頗受爭議。現在讓我們來看看本片是如何說服觀眾TVA是一個好方案。

《河川》可分爲 11 個片段：

C.片頭字幕

1.影片序場，爲影片主題做文字說明

2.描述密西西比河在注入墨西哥灣前的大小支流

3.早期農業利用河川的歷史

4.南北戰爭在南方製造出來的問題

5.介紹北方的林業、鋼鐵工廠及城市建築

6.任意開發土地所造成的河川泛濫

7.這些日益嚴重的問題造成貧窮及無知

8.一幅地圖及TVA方案的解說

9.TVA設定的小壩據點及其利益

E.結尾字幕

影片開始似乎只在介紹密西西比河，它的論點一直到後段才趨明朗。但藉著反覆、變化、演進等手法的運用，羅倫茲成功地統合所有的片段。

片頭字幕以一些圖片做襯底。一幀是幅老式照片，畫面是散佈著汽船的密西西比河；第二幀是標示出密西西比河及其支流的美國地圖(圖 4.23)。這馬上暗示了導演的博學及可靠，而影片是有歷史及地理根據的。同樣的，一幅地圖在影片序場時又出現，序場裏提到「這是一條河的故事」。這種說明掩蓋了影片的策略性目的，暗示本片是一個客觀的「故事」——也就是說，本片將以敘事的方式呈現。

圖4.23

片段 2 延續序言的介紹性質，我們看到了天空、山脈、河川，旁白則告訴我們河水是如何從愛達荷州及賓州匯集而成密西西比河。旁白者音質低沉，具權威性，完全符合一般人所謂值得依賴的條件(這個精心挑選出的旁白者是湯瑪斯・恰默斯Thomas Chalmers，曾是大都會歌劇院的男中音)。隨著畫面中支流匯結成大河時(圖 4.24)，他以讚美式的音調唸出各支流的名稱，抑揚頓挫，有如詠詩一般(這些文字排列的技巧是承傳惠特曼等美國詩人)。加上本片的配樂是由維吉爾・湯瑪斯(Vigil Thomas)改編自耳熟能詳的民謠，蓄意使全片洋溢著美國風。這不但激發了觀眾的愛國或情感上的情操，也暗示了全國應團結解決這個表面上看起來只是區域性的問題。

圖4.24

片段 2 編織了一幅田園景像，有山、有水。而本片的意旨之一就是要恢復美麗的大自然，只是方式不同。本段所用的手法，在以下片段會被重複或加以變化後使用。

到了片段 3，影片開始討論與密西西比河相關的一些史實，以及此河所製造的問題。與片段 2 相同，本段的第一個畫面是雲朵，但之後我們看到的不再是山脈，而是騾羣與趕騾人。旁白又開始了一連串的地名，是南北戰爭前，密西西比河沿岸爲了防治洪水所築的堤岸地名。旁白者又再次發揮了他博學而且值得信賴的特質。接著我們看到一桶桶棉花裝上汽船，顯示美國早期的國力是來自大宗貨物出口。

至此，本片似乎還蠻像是一則有關河的故事，但在片段 4，影片開始呈現一些問題：南北戰爭所造成的斷垣殘壁及破產的地主，因長期種植棉花日益貧瘠的土地，被迫向西遷移的人們，伴隨這些畫面的是悲涼的音樂，這是改編自一首有名的民謠〈去告訴羅蒂姑媽〉(Go Tell Aunt Rhody)。其中一句歌詞「老灰鵝死了」暗示了農家的虧損，當旁白者說到「窮鄉僻壤的悲劇」時，他的聲音充滿憐憫，這種態度更使觀眾相信影片所述爲事實。旁白者稱那時候的人們爲「我們」，「我們照料棉花田直到它再也長不出東西」，在這裏使用第一人稱複數並不合邏輯。因爲你、我和旁白者並非棉花工人，「我們」只是一個修辭上的策略，讓觀眾覺得所有的美國人對此問題都有責任。

後來的片段都重複引用前面幾段所使用的技法。在片段 5 又再次採用詠詩般的旁白來描述南北戰爭後林業的成長，並介紹樹木的名稱。在畫面上，我們看到松樹挺立於天地之間(圖 4.25)，與片段 2、3 的雲朵意象相呼應，這製造了農產富廣與工業區之間的對應。一段伐木的鏡頭伴以改編自〈老鎮時光〉(Hot Time in the Old Town Tonight)的音樂，又再度讓我們感受美式的堅強毅力。接下來採礦及鋼鐵廠的鏡頭更加強了這種印象，此片段最後提到發展中的都會，「我們建造了千百個城鎮」，影片並簡短的列出這些城市的名稱。

圖4.25

至此，我們所見的是與河谷相輝映的美國精神，對於因發展所引發的問題僅輕輕帶過，但到了片段 6，片風一轉，呈現了與之前對比的景象，旁白唸了一串樹名，但我們看到的不是高聳入雲的偉木，而是一截兀立霧中的樹樁(圖 4.26)。先前一句旁白又在此響起，但附加了一句結語：「我們建造了千百個城鎮……，但付出了多大的代價呀！」由不毛的山頂，我們看到融雪崩落，看到融雪侵蝕山脊，最後流入河川形成洪水，我們再次聽到在片段 2 曾聽到的河名。但這回配樂淒涼，而河水不再有田園詳和氣氛。同時，影片把當時土壤被侵蝕的慘況與南北戰爭後的脊土相對應。一步一步地，觀眾走出自然美景而被帶入問題核心。這時，我們看到河水泛濫時的種種景象：用以圍堵的沙包、洪水破壞、獲救的人們以及在救援帳內的生活等。這些景象伴以警報聲、洪水的怒吼聲，讓人覺得災難節節逼近。這裏的手法是較訴諸情感的，它讓我們覺得那些受難者根本無力去控制大水。

圖4.26

至此，我們已能了解有關洪水氾濫及侵蝕的始末，但影片並不急著提出解決之道，只呈現了洪水對當時美國生活有何衝擊。片段 7 描述了政府對 1937 年水災的救災行動，但指出，最根本的問題仍未解決。《河川》用了一個令人驚異的推論：「窮土教人貧，窮人使土貧」。乍聽之下似乎有理，但仔細推敲，則語焉不詳，這類敍述聽來頗富詩意，教人感傷，却通常較不合邏輯(難道片段 4 提到南方林業鉅子的殘破家園與此無關嗎？)。一幕幕佃農家庭的鏡頭(圖 4.27)無非要激起我們對貧窮的同情，此片段沿用了片段 4 出現的南北戰爭的意象；影片藉此訴說不同於往昔，現在，人們不能說往西移就往西移，因爲那裏不再有足夠的土地。

圖4.27

現在問題已被揭示並加以探討。而情感訴求也讓觀眾願意準備接受一個解決方案。片段8便提出此方案並開始援用證據說明此方案一定行得通，在這裏，片頭的地圖再次出現，旁白說著：「自然界裏沒有所謂的理想河流，但密西西比河實在差太遠了。」這個推論同樣是看起來蠻合邏輯，但一條河、一個自然界的現象，怎麼能冠以「理想」兩字呢？而密西西比河也許對某些人而言是混亂之源。但對整個生態圈的動植物而言，恐怕不是一個問題罷。因此，這樣的論述，一經考量就顯得語意籠統，它假設了一條「完美」的河川可以完全符合我們的需要，但旁白繼續說出全片中最直接了當的論點：「這條河是可以被整治的，我們曾經開拓河谷，現在我們也可以把河谷整合起來」。

至此，我們明白為什麼本片會以這樣的形態發展。在早先的片段裏，尤其是片段3及5，我們目睹美國人民所結合而成的強大農工實力。在當時，我們視之為簡單的史實。但至此，這些與影片的論點息息相關。此論點簡而言之就是：我們看到美國人民有實力去建設與破壞，因此他們也有能力去重建。這個論點同樣是另一個簡略的推論所引伸出來的。假如美國人所破壞的東西是無法再重建呢？再者他們已失去原有的實力？但影片並不考慮這些。

旁白繼續道來：「在1933年，我們開始了……」一直說到國會如何形成田納西河谷整治案。此片段視TVA為解決問題的必然方法，並且不提其他可行方法。因此一件仍值得爭議的事變成了單純的事實。在此，因爲我們看到一個可能解決問題的方案，就以爲它是唯一的方案。而今天，若我們以生態的角度來考量，我們可能就不會認爲大量興建水壩是解決水災的唯一方法。也許我們會採較折衷的方式，比如重新造林並做好水土保持的工作。也或許地方政府會比聯邦政府更有效地解決這個問題。《河川》並不討論其他可行方法，反而依靠觀眾對從問題到解決方法之間過程的慣性推論。

片段 9 與之前的片段有相似處也有相異處。一開始是一連串水壩的鏡頭，有的在興建中，有的已完成。正好與影片前面的河川、樹木、城鎮的鏡頭相呼應。接下來的鏡頭是一個寧靜無波的人工湖(圖 4.28)，讓我們想起在片段 2 那些潺潺流水的鏡頭，以及在片段 6 裏看到的那些被水困住、無家可歸或失業的人們，現在都快樂地工作著，並以政府貸款建設模範城鎮。而水壩所帶來的電力使鄉間社區享受到都市生活的便利。早先看似單純的意象在這裏又被採用，交織成一幅安樂景象，證明這些都是因爲TVA帶來的福祉。

圖4.28

在此段結尾，生活又像片頭那樣——盡是自然美景與勤奮的人們——只是在這裏的都是因爲政府的德政使然。

影片結尾是一幕幕水壩及流水的鏡頭，背景音樂揚起時，旁白者針對建築水壩所帶來的改變作了一個簡單結語。在片尾，字幕背景再度浮現了那幅地圖。我們看到一連串名單，包括好幾個出資或協助拍攝的政府機關，這更添增了本片的權威性。

《河川》在1937年成功的達成它的企圖。初期的好評使派拉蒙公司破例發行這部原是獨立製片的紀錄短片，而評論家和觀眾對本片都有好感。一名當代評論家的文章可證實策略式影片的力量，吉伯特‧沙迪斯(Gilbert Seldes)在描述了影片的前半段後寫道，「然後，在不知不覺中，你來到了田納西河谷——即使這是政治宣傳也罷，因爲其手法實在高明，就像是羅倫茲所攝的畫面會自行排列組合，各自有其論點，完全不受制於影片所設定好的秩序。」這樣的描述，正說明了策略式影片將主張化爲眞理的本事。

羅斯福總統看了《河川》後也很喜歡，便爭取國會的支持設立了一個獨立機構「美國影片事業處」(U.S. Film Service)專門拍攝同類型的紀錄片。但並非所有人都同意羅斯福的政策或認爲政府需要設立一個專爲其政令宣傳的電影機構。因此在1940年，國會收回對影片事業處的支助，而政府各部門又開始各自攝製紀錄片。這一連串的結果顯示，策略式影片一方面可達風行草偃之效，一方面却備受爭議。

抽象式的形式結構

■抽象式的準則

有些影片是依抽象原則組織成的，也就是導演將顏色、形狀、節奏及尺寸等元素並置在一起，作比較及對比。身爲觀眾，我們並不去尋找相連在一起事物之間的因果關係，不論是組成敘事或是像策略式影片那樣，所有的聲明都是爲了申訴一個論點。同樣地，抽象電影裏所運用的意象也不見得必須完全加以歸類，一只皮球與氣球放在一起，不見得是因爲二者都屬玩具，而因爲他們同樣是圓形或橘色。所以在尋求皮球與汽球之間的關聯時，我們必須去辨識兩者之間在抽象性質上的相似處。

當然，所有影片中的物體都有其顏色、形狀、大小，而聲部也有其節奏等與音調有關的元素。我們在《奧林匹克》(下集)跳水比賽那一片段，就看到導演如何展現這些動作抽象的一面。相同的，《河川》中的那些如詩如畫的河流及湖泊，在作用上是在於形成結構上的對應，而配樂的節奏則讓我們對影片的論點投注了更多的情感。但在這兩個例子裏，抽象的元素都只是一種手段，用以達到全片的最終目的。但在抽象式結構裏，整部影片却全然受這些元素所控制。

抽象式影片通常以一種所謂的「主題與變奏」的方式組構。這個音樂上的用語意指在一個主旋律之後，接著一串由此旋律變化而來的音符——通常這個變化包括調子與節奏的改變；這些改變有時甚至大到與主旋律南轅北轍，無法分辨。抽象式影片的結構與之相近。在開頭部分，影片先以單純的方式介紹其基本素材之間的關聯。接下來的片段，仍繼續呈現這些關聯，但加入一些變化。這些變化也許不大，但通常與原始素材相異的元素會越來越多，漸漸的我們會看到大量的對比出現，這些激增的差異比例表示影片已進入另一階段。

假如影片的結構是精心設計，其相似與相異等元素不會隨意亂擺，而會有個可循的準則，有時這個準則甚至具數學般的準確度。舉例來說，爲了《印刷時代》一片，導演傑・杰・墨菲以印片機爲幾張彩色照片連續印製拷貝。由於照片每複製一次就會減少一份原版的清晰度，印到最後新拷貝根本已看不出照片上是什麼東西了。墨菲重複拍攝同樣長度的影片 25 次，然後反過來再拍一次，直到影像的畫質與第一個鏡頭一樣。在影片的聲部，其過程却正好相反，墨菲將音效錄了 25 次，影片開始是以最混濁的音效配上最清晰的影像，待影像逐漸模糊，聲部却越來越清晰。到了影片中段，則反過來再重複一次。本片的趣味就在當我們察覺出導演處理聲畫的模式，以及觀察原來的清晰影像，經過重複複製的過程後，變成一團團抽象色塊的那一剎那。

大部分的抽象式影片其實都採用較籠統的規則。在《蛾光》中，導演史丹・布雷克基將死蛾的翅膀貼在一條影片上，然後將之沖成底片，在這裏並無準確的形式規則可循。反倒是各式各樣的翅膀製造出閃爍、變化等有趣的觀影效果。一些動畫家，如奧斯卡・費辛傑(Oskar Fischinger)和諾曼・麥克賴倫(Norman McLaren)，他們都是先挑了一首樂曲，然後畫了一些圖形，隨著音樂的節奏而變化。抽象電影有許多組合方式，但是大部分的導演並不只是將影像串連起來，還想到如何創造出影片的整體結構。因爲抽象電影的複雜性就來自其結構，並且對觀眾而言，其趣味就在於挖掘出單獨的意象與整體結構之間的互動關係。

當我們以抽象來形容一部影片時，並不意味片中沒有可辨認的物體。的確，許多抽象式影片以圖畫、剪貼或黏土等方式來呈現一些形狀與色彩。然而，還有另一種方式，就是將實物自日常生活中抽離，使其抽象性質明顯化。畢竟導演們擷取的形狀、色彩、韻律等抽象性元素皆存在於自然及人造物品中，動物、鳥囀、雲彩等自然現象會吸引我們，是因爲他們看起來美麗或聽起來非常動人——這正是我們在藝術品中所追尋的特質。此外，即使是我們因現實世俗之用途所製造的物品，仍可能有討人喜歡的形狀或質感。椅子是用來坐的，但當我們裝璜房子時，總會特別挑自己覺得好看的椅子。在紐約的現代美術館就收藏了一些現代設計的精品，如輪船推進器、椅子等等，這些物件的原始用途已不重要，反成了一件件雕塑品。

就因爲抽象性質在週遭環境垂手可得，導演往往先拍攝一些實體。然而由於這些鏡頭會依形狀、顏色等因素排置起來，所以影片還是運用抽象的結構。至於方法，可從日常生活中尋求。在生活裏，我們對「重複」是很熟悉的——比如說一天要重複吃三餐，或在某一段時間上同樣一門課。同樣的，對於「變化」我們也很有經驗——比如，冬天與夏天，白天與夜晚。在平常我們也有辨識形狀或顏色的能力，就比如在開車時我們對交通號誌的反應。但在觀賞一部抽象式影片時，我們不能以平常的態度去對待形狀、顏色或重複，我們得看得更仔細，並觀察平日我們不會去注意的關聯性。在抽象電影中，這些抽象的性質本身就是趣味的來源。

這些抽象、脫離現實的樂趣，讓一些影評人及觀眾認爲抽象式影片難登大雅之堂。這類影片不似分類式影片報導事實，也不像策略式影片，就世事提出觀點。也有些影評人稱之「爲藝術而藝術」，因爲這類影片所做的不外乎呈現一些有趣的圖形及聲音。然而，這些影片反倒提醒我們去注意生活中的形色與聲音——在大自然中或有實際功能的物品中。所以，在討論抽象式影片時，我們想把這句話改爲「爲生活而藝術」——因爲其實這類影片對我們生活週遭的觀察絕不下於其他類影片。

■抽象式影片實例：《機械芭蕾》

《機械芭蕾》(Ballet mécanique)是最早、也最具影響力的抽象式影片之一。即使今天看來仍然趣味盎然，它成功地將世俗物體抽象化，並當成一部電影的基本結構，是屬於此類影片之經典。

在1923、24年之間，兩名影人合作完成了《機械芭蕾》。其中一人是道利・墨菲(Dudley Murphy)，他是個美國記者，也是位熱心的製片，另一位是費南·雷傑(Fernand Léger)，是法國名畫家。當時雷傑已在立體派內發展出多變的個人風格，他尤愛以機械零件做爲主題。他對機械的偏好，正好爲《機械芭蕾》提供了主要的結構。

從片名可窺出導演以矛盾對立來處理影片的主題素材及其變化。提到芭蕾，我們的印象是具節奏性，如行雲流水，並由眞人舞者來表演。這樣的印象似乎與機器的運作湊不到一塊兒——但影片却讓我們看到機器及只能做機械式運動的物體表演一支舞作。其實片中眞正屬機器類的不多，而是帽子、臉孔、瓶子、廚具等之類的物體。然而藉著與機器的交互剪接，及視覺與時間的節奏，即使是一名女子眨動的眼睛、啓動的雙唇，看來都似在運作的機器零件。

在這裏我們不能依其論點的階段或故事的場景來爲《機械芭蕾》分段。反而，我們必須依抽象性質在影片中的各個變化來分。如此我們可將《機械芭蕾》分爲九段：

C.片頭部分：風格化的卡通卓別林人物，介紹片名等片頭字幕

1.介紹影片的節奏元素

2.以三稜鏡處理類似的元素

3.具節奏性的動作

4.人與機器的比較

5.字幕與圖片隨節奏移動

6.更多以圓形物體爲主的有節奏的運動

7.物體快速舞動

8.回復到卓別林及開場的各元素

《機械芭蕾》將「主題與變奏」的形式多樣化。它以快速連續的方式呈現各元素，然後在不同的段落及以不同的組合安排他們再出現。本片在開場的元素間有一個固定的發展方式。然後，每一個新的片段裏，挑選了先前幾個元素，呈現其抽象的一面舞動一陣。再下來的片段，還是如此發展。漸漸的，我們發現原先的元素已被大幅改變，最後的片段，又再次看到早先的元素，使片尾與片頭相呼應，本片在很短時間內丟給我們很多材料，我們必須積極找到其間的關聯，才能看出重複與變化之處。

我們曾提到，抽象式影片通常在開始的片段就會給觀眾一些強烈的預

示，讓他們對影片接下來的發展有所概念。《機械芭蕾》中如卡通造型的卓別林就是一個引子。其造型相當抽象——看得出來是個人，但卻是由一些幾何圖形拼湊而成，而且用非常不順的動作在活動著(圖 4.29)。至此，影片有了第一個物件——人形。片段 1 的開頭出乎意料的是一名在花園盪鞦韆的女子(圖 4.30)。這看來是極其寫實的畫面，但片名卻讓我們注意到，鞦韆規則的擺動，以及女子重複地抬起眼及頭，然後低下頭與眼及持續地微笑等機械般的動作。一些抽象性的東西已逐漸顯現。突然，一連串快速的影像出現，速度之快讓我們幾乎看不清飛逝而過的物體，包括：一頂帽子、一些瓶子、一個白色的三角形等等。接著，一張女子的嘴出現，先是微笑著，然後不笑，然後又笑起來。帽子又出現，接著那張微笑的嘴，再來是一些旋轉的零件，然後是一只發亮的球在鏡頭前旋轉。接著我們又看到盪鞦韆的女子——但這回整個影像是顛倒的(圖 4.31)。此片段結尾，那只發亮的球又出現，不過這回是向著鏡頭前後滾，讓觀眾將之與盪鞦韆的女子做一比照。由此，我們可以確認，此女子不是片中的一個角色，而是一件物品，就像那些瓶子與球一般。同樣的是，微笑的嘴也不代表某種情緒——反而是讓我們看它形狀上的變化。物體的形狀(一個圓形、直立的瓶子)、運動的方向(鞦韆、發亮的球)、質感(球與瓶子表面的亮度)，以及這些物體在移動時所造成的節奏等，都是觀眾要特別注意及期待的特質。

圖4.29

圖4.30

圖4.31

在簡短的開場中，設定了觀眾對這影片的期待之後，影片開始就這些元素做變化。片段2一開始又讓我們見到發亮的球，但這回是透過一面三稜鏡——也就是以不同的方式去看一件物品。接著我們看到的是一些家庭用品，他們都與球同樣有發亮的表面，也同樣是透過三稜鏡去看。其中一項物體是鍋蓋(圖4.32)。其形狀與球以及前段出現過的帽子相似。這個例子足以說明一件日常用品可以從它平常用途脫離，然後依它抽象的性質來製造影片的形式關係。到了此段的中間部分，突然出現一連串快速剪接的影像，忽而是一個白色的圓圈，忽而是一個白色三角形。這個影像在片中會再以改變過的形象出現。這兩個無法辨識的幾何圖形與一些廚房用具的其他鏡頭形成對比。但，它同時也讓觀眾去比較：比如說，鍋蓋也是圓形，而角柱形的水龍頭有時會呈三角形。片段2接下來我們看到更多透過三稜鏡折射的影像，間歇插入圓圈與三角形交互出現的鏡頭，另外還可看到一名女子時而張開、時而闔上的眼睛，以及被黑幕半遮的女子臉龐(圖4.33)；最後是片段1中那張一會兒笑、一會不笑的嘴再次出現。

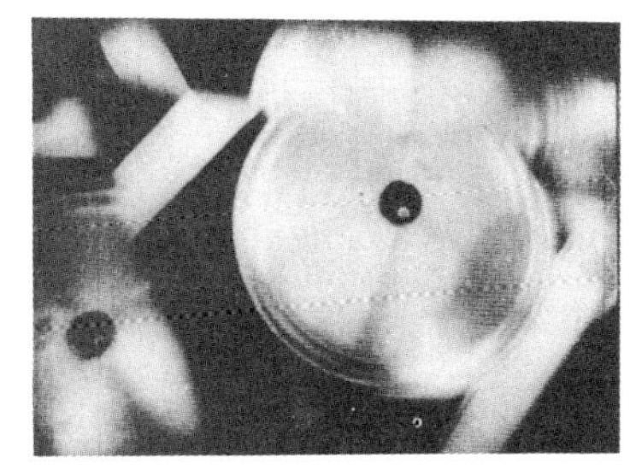
圖4.32

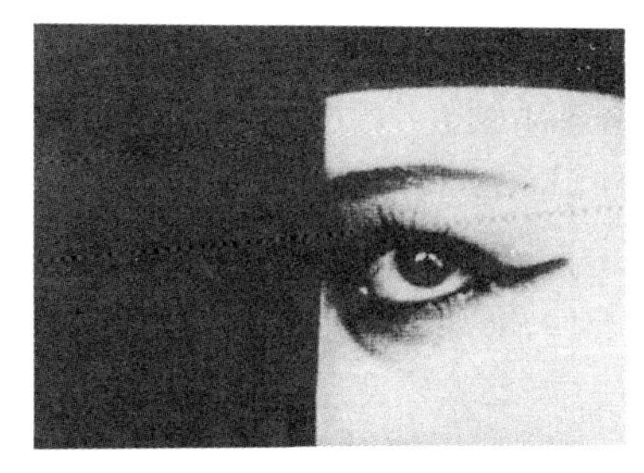
圖4.33

片段 2 讓我們更加確信對本片的期待在於形狀、節奏或質感的比照。同時我們也開始察覺，每片段中都會被突來的一連串快速鏡頭打斷：在片段 1 是一些三角形的物體；在此片段則是圓形與三角形交互出現。鏡頭與鏡頭遞換的節奏與每一鏡頭內物體運動的節奏形成一樣重要的結構元素。

至此，影片已具某些雛型，這時開始出現一些變化來擴展，甚至推翻觀眾的預期。片段 3 中，我們最先看到的是一排狀似盤子的圓形物體，與一些轉盤似的物體交互出現。當我們還在想圓形及旋轉可能是此片段的主要內容時，鏡頭突然隨著遊樂園裏的旋轉滑梯快速滑下；接著我們看到行進的腳、往鏡頭開來的車輛，以及遊樂園的旋轉座快速飛過。在此不同的節奏一個接著一個，形狀似乎比較不重要。而片段 1 和 2 中的影像也極少在此出現。我們不再看到女子的臉，大部分的物體都是第一次出現在戶外可見到的物體。然而在旋轉座之後，有一個相當長的鏡頭是一個旋轉的發光體——這回不是透過三稜鏡，但至少與早先的廚房用具形成呼應。這個片段最後又出現了我們所熟悉的圓圈與三角形交互剪接鏡頭。

片段 4 把人與機器做了最強烈的對比。首先我們從俯角看到在片段 3 出現過的滑梯(雖然這回攝影機未隨滑梯下滑)。此滑梯橫陳於畫面，一個人的剪影自滑梯咻地連續滑過四次(圖 4.34)，看來這像是延續片段 3 中以節奏做重點發揮，但接下來我們看到的是一個機械零件，直立於畫面中(圖 4.35)，並有一顆子彈規則地上下穿梭。兩相比較，其相似處在於兩者都有一個管狀物，並有物體於其間移動；其相異處則在畫面的構圖相反，而且人自滑梯滑過是由四個鏡頭組成，子彈來回穿梭則是一個鏡頭攝製成。滑梯與機械零件比較的鏡頭持續一會兒後，以透過三稜鏡所看到的機器做一結束。然後圓圈與三角形又出現了，但是這次又有些不同：三角形似乎倒了，而每次圖形停留的時間也較長。接下來，是更多的發光體及機械零件，然後被黑幕罩起來的女子臉龐又出現了(同圖 4.33)。現在，女子眼睛在這裏是被拿來與機械零件做類比。

片段 4 的結尾是本片最有名也最大膽的一刻。在一個旋轉機件的鏡頭後(圖 4.36)，緊接著七個相似的重複鏡頭，之後，出現一個洗衣婦爬樓梯的動作(圖 4.37)。此片段接著又出現了微笑的嘴，然後是 11 個同鏡位的洗衣婦的鏡頭，一個活塞的大特寫，再接 5 個洗衣婦的鏡頭。如此一再的重複，使得洗衣婦的動作如機械般的準確；即使她的背景是一個眞實的環境，我們也不能將之視爲角色，因爲她動作的節奏才是我們注意的焦點(當然不可忽略導演善用電影複製影像的能力)。片段 4 與之前的片段不太一樣，但仍重複了一些影像，比如三稜鏡又短暫出現(先前在片段 2 出現過)，旋轉的發光體則類似片段 3 所出現的。另外，片段 1 和 2 中女人的眼睛和嘴，雖然在片段 3 未出現，但在此段又重現了。

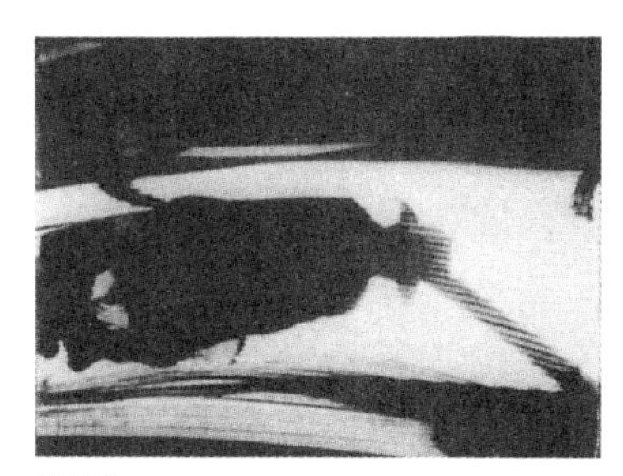
圖4.34

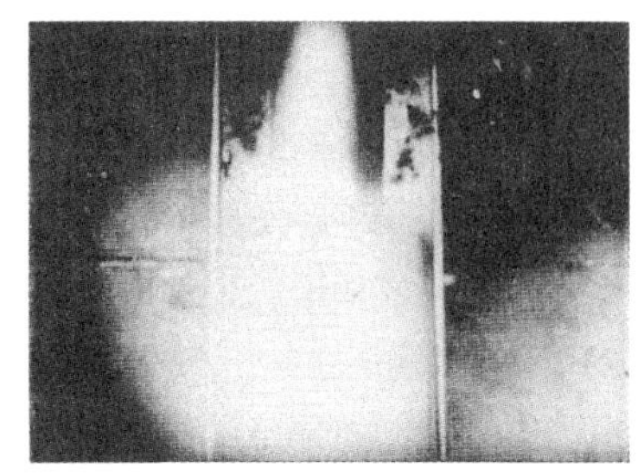
圖4.35

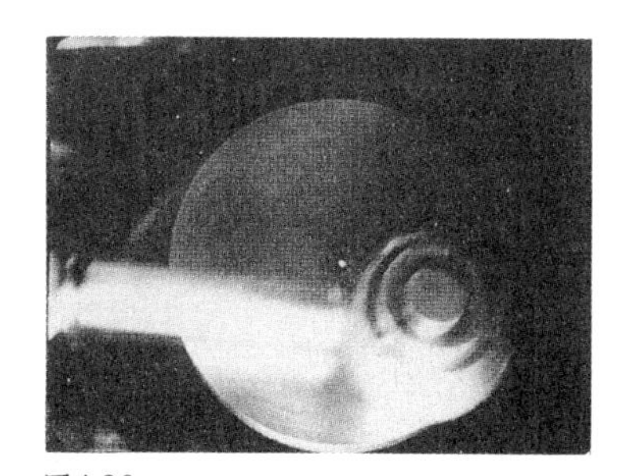
圖4.36

圖4.37

片段 4 可說是本片中人物與機器比照的極致。現在到了片段 5，開始了以字幕爲主的對比。不同於其他片段的內容，此段以黑畫面開始，漸漸在黑底浮現了一個白色的零；我們一開始是透過三稜鏡看到(再一次，像在片段 2 看到的一樣)。接著，一個未經三稜鏡投射的零逐漸縮小。突然一串字幕出現："ON A VOVÉ UN COLLIER DE PERLES DE 5 MILLIONS."(一條價值五百萬的珍珠項鍊遭竊)。在劇情片中，這可能關係著故事的發展，但在此卻被做爲視覺主題的變奏。再接下來是一連串快速閃過的鏡頭：有時是一個大零，有時變爲三個，忽隱忽現，時大時小。然後部分的字幕單獨出現("ON

A VOLÉ")加入這場字母之舞。在這裏，導演似乎在跟觀眾玩猜謎遊戲；到底這個零是那一整句字幕開頭的第一個字母"O"呢？還是五百萬中的一個零呢？或者是代表那串珍珠項鍊呢？除了可引發這些聯想外，這個零還重複了先前頗為主要的圓形元素。而當這個零變為一個圓形的領飾時，它不僅延續了零的形狀，還與字幕中的單字"collier"有關(在法文裏此字有項鍊及領子之意)。領飾兀自跳動著，偶爾插入跳動的零及部分字幕的鏡頭。在此字幕有時是顛倒的——用以強調其形狀而非它的訊息或功能。此片段與前面各段風貌大不相同，但仍重現了一兩個原有的影像：比如說，就在領飾出現之前，半遮面的女子曾短暫出現，而在一連串的字幕間也穿插了一個極短的機械零件的特寫。

自此之後，影片的變化又開始與片頭部分的變化近一點。片段 6 主要在呈現圓形物體的規則運動。一開始是一名女子的頭，她閉起雙眼，左右轉頭(圖 4.38)。緊接著我們看到一個木偶面對鏡頭前後搖擺(圖 4.39)。影片再度將人與物體做一比照。然後一個圓形由小變大，讓我們意識到此形狀元素的再次出現。接著透過三稜鏡，我們看到一名女子的臉；然後是她的臉穿過一張有洞的卡紙，我們可看到她臉上的表情不斷做機械式的改變。接著又出現圓形與三角形交替的鏡頭，但這次每個圖形各有四種大小。再接下來的鏡頭是一連串成排的廚房用具(圖 4.40)，間或穿插短暫的黑畫面。這些黑畫面讓我們想起在片段 5 中字幕的黑底。而發亮的鍋蓋及其他廚具則重複了除了片段 5 以外每個片段都曾出現過的影像。此外，成排的物體也曾在片段 3 出現過，而搖擺的廚具則與片段 1 中盪鞦韆的女子及發亮的球相呼應。至此，我們可以確定影片又回到早先的模式，而片段 7 更加強了這樣的看法。

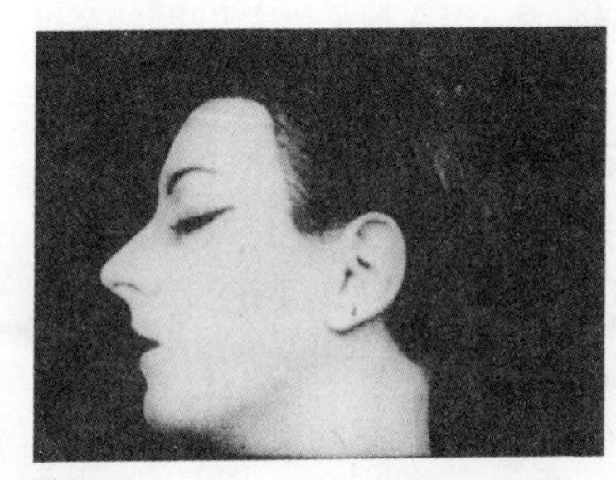
圖4.38

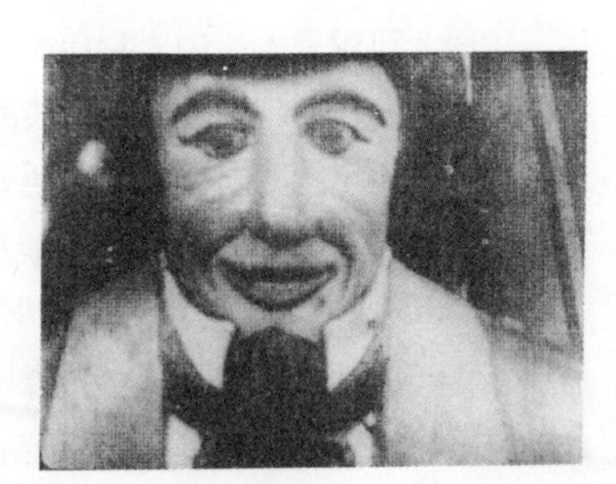
圖4.39

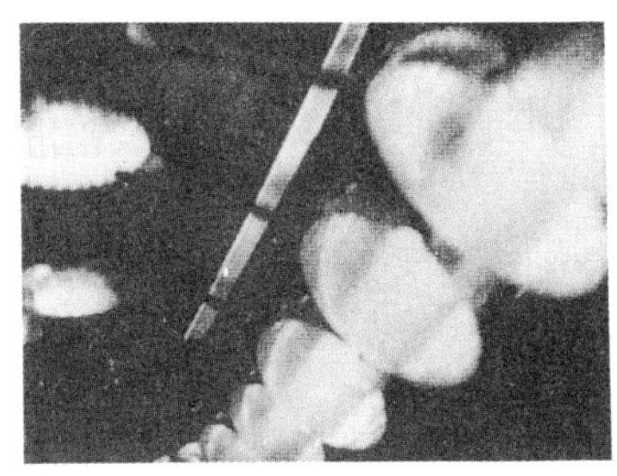
圖4.40

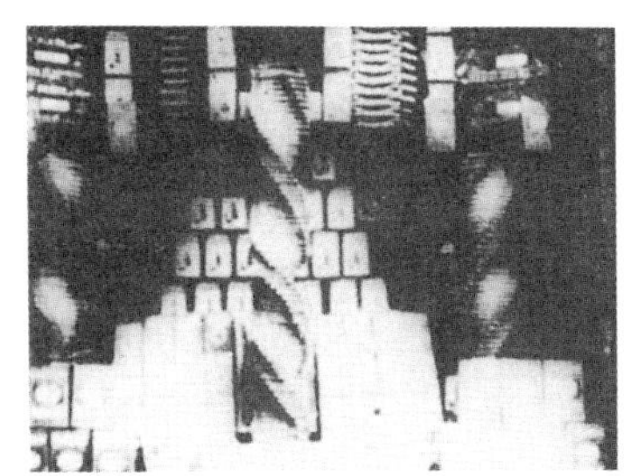
圖4.41

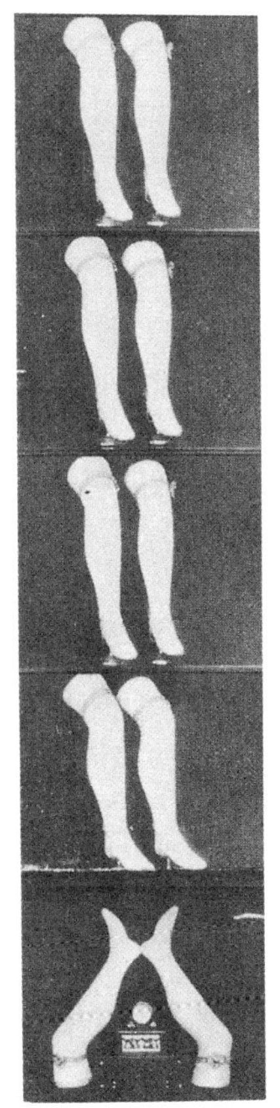

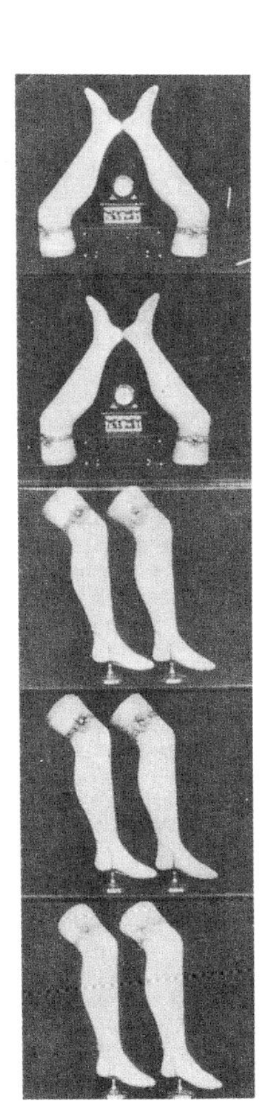
圖4.42

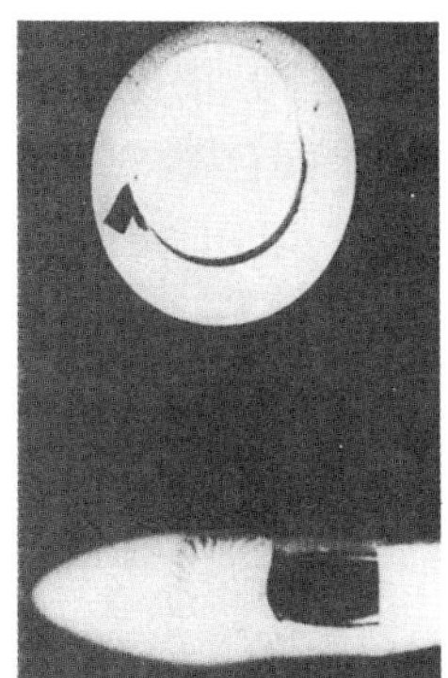
圖4.43

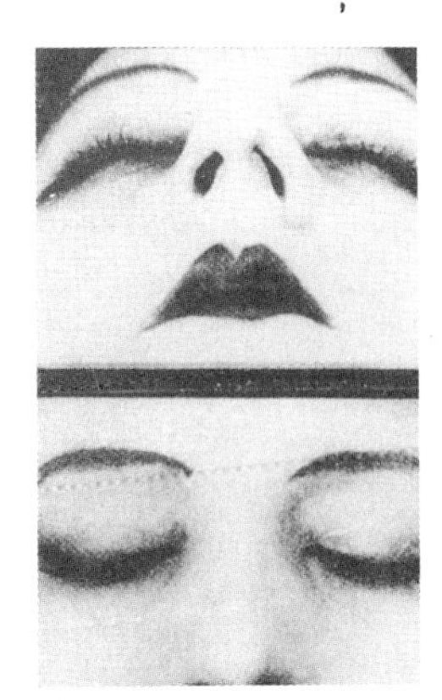
圖4.44

片段 7 的第一個畫面是一面展示窗，窗內的渦狀物取代了先前一再出現的旋轉動作(圖 4.41)。然而圓形又出現了，引出一連串變奏：藉著剪接，鏡頭裏的一雙假腿跳起舞來(圖 4.42)，最後甚至旋轉起來。然後發亮的球也出現了，不過這次是兩個球以相反的方向旋轉。另外，兩個形狀不同的物品——一頂帽子及一隻鞋子快速交替(圖 4.43)——造成形狀上的衝突感，這情況在前面圓圈與三角形並置時也發生過。接著，那張透過三稜鏡出現的女人的臉又繼續變化她的表情。然後出現了與圖 4.38 相同的臉，導演將兩個鏡位略異的鏡頭剪在一起(圖 4.44)，讓人以為女子在點頭，最後當幾個瓶子的鏡頭被快速剪接在一起時，看來好像是瓶子以一種舞蹈的節奏互換位置。

有趣的是，在片段 7 所出現的影像多半源自片段 1、2(如發亮的球、帽子、瓶子)以及片段 6(三稜鏡後的臉、變化的圓)。此段雖然沿用前面片段的影像，却讓《機械芭蕾》的意旨益發明顯。而片段 7 避免重複影片中段(片段 3 及 5)的影像，正可讓觀眾感覺到影片的進展，及其回到原點的結構。

最後一段，卓別林的卡通人物更讓觀眾想起片頭，只是這回他的移動更加不似眞人，而且到後來他身體大部分已肢解，只留下頭在銀幕上。他轉動的頭讓人想起先前圖 4.38 中女子的側面，但這不是結束，影片最後我們又見到了在片段 1 中盪鞦韆的女子，這次她站在同樣的花園裏，聞著花並四處觀賞(圖 4.45)，在別的情況下，她這些動作實在很平常，但我們已被這部影片「訓練」到知道把這個鏡頭與之前的影像相類比。因此我們視她的動作與其他的影像相同，都是不自然的、機械式的。顯然雷傑與墨菲已調整了觀眾對日常物品及人們的認知。

圖4.45

聯想式的形式結構

■聯想式的準則

聯想式影片乃是將一連串看似無關的東西並置在一起，來傳達某些訊息及概念。這裏的東西不似在分類式影片中，必須屬同一類別；也不像在策略式影片中，被用來支持某個論點；而其抽象的一面，也不會像在抽象式影片中，被拿去做為比對的基礎。然而，當一些毫不相干的東西擺在一起時，我們總會去找出關聯性，這過程有點像是作詩時暗喻及比喻等技巧。當詩人勞勃•伯恩斯(Robert Burns)寫道：「我的愛人像朵紅紅的玫瑰花」，我們不會說他的情人是長著刺、火紅色或易得某種病蟲害，我們會去尋找可能的關聯處，比如說，她的美貌較可能是此類的原意。

聯想式影片就是這樣組構而成，只是在詩中，是以語言所傳遞的比喻，在影片中，則以較直接的方式表達出來。導演可以把他的情人在花園的情形拍下，並藉鏡頭的組合來比喻她貌如周遭的鮮花。這個聯結是有點陳腔濫調，但仍有許多的不同可能性可以用來製造聯想的效果。

在聯想式影片中所引用的比喻可以是極傳統也可以是極原創的，而所構成的關聯可能是極明顯直接，也可能撲朔迷離(這些關聯之間不見得因果相聯——創意的組合往往可以製造情結，產生意義)。我們仍用詩來舉例，許多宗教性的、愛國、浪漫及讚美詩都以一連串的影像來製造情境，在〈美麗的美國〉一詩中，「廣闊的穹蒼」、「山脈之雄偉」以及「果實纍纍的平原」等，景象都強化了此詩歌所欲傳達的愛國情操。此外，此詩的用語，也使這些景象之間的關聯極為明顯。

接下來要舉的詩就比較曖昧，所做的類比也不具明顯的關聯。日本的俳句通常以短短的三個句子將兩個景象並置起來，來激發讀者的情感。日本詩人芭焦所作的俳句如下：

十一月
白鶴意興闌珊地
立成一排。

在這裏的情景不似前面例子中易於明瞭。而且，要將它們串連在一起的目的又非常神秘，難以捉摸。然而，如果我們發揮運用在讀俳句時應該必備的想像力，不難產生某種感觸或意念——所謂的感觸或意念並不獨立存在某一影像內，而是在兩個影像並置後所激發的效應。

當聯想式的結構是較複雜、具原創時，觀眾的聯想力越是重要。因爲導演不見得會就影片的情境或意念給予觀眾明確的暗示，他/她可能把一些異乎尋常的組合串連起來，讓觀眾玩味個中關係。因此我們要思索任何可能的關聯，探尋每一個組合背後可能的邏輯連線。我們雖然無法確定我們所得到的結論與導演的原意吻合，但是最大的樂趣就在發現影像間果眞存在某種耐人尋味的關係。

物體間的任何關聯都可以做爲聯想的基礎，他們不須有地緣關係，而可源自各地。他們也不須有相似的外觀，雖然有時導演也會藉種類或抽象面的類似來做類比，但這些並非聯想式結構的必備要素。有時導演除了呈現物體在外表上的相似性外，也會呈現它們在情境上或意念上的關聯性。由於聯想式影片的主題及結構不受限定，我們很難以傳統的方式來界定此類影片。以分類式影片而言，分類間要有明確的界限，否則全片目的盡失；而如果策略性影片的論點不能環環相扣，也就毫無意義；至於抽象式影片中，由主題延伸出來的變化，也必須藉視聽效果讓觀眾了解。然而聯想式影片的結構則較鬆散，不限於某一特定形式。比如說當導演想在片中漸次製造一個高潮或結局，他/她可能在一開始避免讓觀眾識破影像間的關聯，因此片頭部分先讓觀眾覺得神秘有趣，然後才慢慢揭露到底是怎麼一回事。所以大部分的聯想式影片不大依常態來架構。在觀賞此類電影時，我們往往要不斷修正我們的猜測，因此，許多以聯想式結構拍成的影片，往往被冠以「實驗電影」的稱號，也通常由商業電影體系外的獨立製片工作者所攝製。

雖然聯想式影片內的各種排列組合常常出人意表，甚至教人匪夷所思，但它所製造的情境或意念往往是蠻單純的。有些影片以一連串的視覺聯想製造趣味效果，有的則將物品做驚人的串聯來製造懸疑。總之，此結構讓導演隨心所欲把他們個人的幻想或心境藉影像表達出來(最普遍的一個例子就是，自六〇年代末期，電影製作課程的初級班最常拍的題材——迷幻藥之旅)。而聯想式影片儘管結構再複雜，所涉及的情境、意念並不會脫離現實生活，其實此類影片不外乎是想藉新的手法讓熟悉的感覺及想法更加鮮活。

既然聯想式結構的模式如此鬆散，也許舉個實例比較能幫助我們了解；布魯斯・康納的《一部電影》(A Movie)就是一個很好的例子。它雖然充滿了奧妙難解的排列組合，卻同時將所有的影像組構成明確統一的形式。

■聯想式影片實例：《一部電影》

布魯斯・康納在 1958 年完成了他的第一部影片《一部電影》。如同雷傑，他在當時已是一名藝術家，以「拼貼」(collages)作品著稱。其作品多以各類撿來的物品拼湊而成。康納以一個類似的手法來製作他的電影。他的材料是各式早期影片擷取下來的底片，有的來自舊的新聞影片，有的是好萊塢電影及春宮片等等，這樣的做法讓康納無法統籌全片的鏡位及場面調度，而只能以剪接及音效或偶爾加入的光學特效來做拼貼。但是這樣的限制卻造就了結構嚴謹、生動有趣的影片。

康納的拼貼技巧正好有利於聯想式結構，他可以從全然不同的來源取得兩個毫不相干的鏡頭，然而當觀眾看到這兩個鏡頭擺在一起時，總會竭力找出關聯處，藉著一連串的排列組合，觀眾的聯想力就能製造一個完整的情感或概念。

《一部電影》還運用配樂來輔助這些情感及概念的形成。康納選擇現成的音樂——瑞斯匹吉(Respighi)的名曲〈羅馬之松〉(The Pines of Rome)中的三部分來配合畫面。此樂曲對全片的結構極為重要，因為它各部分之間分野清楚，也為影片的分段提供一個準則。此外，影片的每一片段基調不同，乃隨著音樂改變而改變。

我們可以依電影技術將《一部電影》分為四大不同的段落：

1. 介紹片名及導演姓名，另外還有一大堆放映師做的記號
2. 快速、強烈的音樂伴隨著動物及陸上交通工具的鏡頭
3. 此片段較神秘、刺激，呈現在空中及水上、隨時要失去平衡的物體
4. 可怕的災難及戰爭場面及時而出現的詩般畫面

在短短的十二分鐘內，本片帶我們進入各種不同的情境與意念，它同時製造了一條發展主線，將片段 3 與 4 串連起來。片段 3 中的畫面有些是意外事件，有些是攻擊性的行為，起初看來也許好笑或不足道，但不斷的堆砌之後，就顯得比較嚴重。到了片段 4 我們看到戰爭及其他天災人禍所構成的末

世紀景象。結尾《一部電影》的基調才趨緩和，以平靜的水底畫面就一結束。

片段 1.本段所提供的不僅是片名及導演的姓名而已，也因此我們不把它以片頭字幕歸類，影片一開始是一段黑畫面襯以〈羅馬之松〉強烈、快速的序曲。在我們未見任何影像前，就聽到音樂，可見音樂在本片的重要性。然後導演姓名"Bruce Conner"的字樣出現，在銀幕上停留數秒，由於這幾個字根本不需要那麼長的時間來讀，觀眾便意識到本片可能已開始在吊人胃口了。名字之後是黑畫面，接著閃光與兩格上有"A"字母的畫面交替出現，在一段白畫面後，"Movie"的字樣出現。接著一段空白畫面後，"By"字樣出現，緊接又是導演的名字"Bruce Conner"。然後是一連串的黑畫面，上面有各式各樣的記號、圓點，這些記號通常出現在影片的底片頭，並不會放映給觀眾看。突然"End of Part Four"(第四部結束)字樣由銀幕閃過。

有人會說康納在這裏的處理方式與雷傑在《機械芭蕾》片段 5 中，讓零與字幕跳起舞來的手法相仿，然而康納在此還運用了圖形、文字的原始意義，比如說：黑畫面與字幕通常都表示影片的開始，而"End of Part Four"則表示我們已觀賞完影片的一部分了。藉此，《一部電影》顯示，這不是部傳統式的影片——各環節並不一定有邏輯的關聯。觀眾對特殊的排列組合要有心理準備，至於閃光及片頭上的記號則強調了媒體本身的先天特性：《一部電影》的片名出現，更加強了這個媒體的特性，且暗示我們去注意這是電影的一部分。這段還呈現另一隱義：以本段的開場方式嘲諷大部分電影的開場方式。

接下來影片進入倒數讀秒，從"12"開始，每一秒閃過一個數字。同樣的，這些通常是給放映師看的記號而不會讓觀眾看到。但，突然在數到"4"之後，影片的第一個影像出現了：一名裸女正在脫褲襪。這一段畫面非常老舊，上面刮痕纍纍，很可能是康納從以前的成人電影裏取下來的。在這裏本片暗示觀眾，接下來可能會有更多此類「尋得」的鏡頭。接著全裸鏡頭之後，倒數讀秒繼續數到"1"，然後是"The End"字樣出現。我們猜這是導演開的另一個玩笑，這應該表示片頭的結束，不是影片的結束吧!?然而這樣的猜測並不正確，因爲更多的黑畫面開始出現，上面有"Movie"倒著寫的影像和一大堆放映師做的記號，然後數字"1"不斷隨著音樂節拍閃現，最後整個畫面黑掉。

片段 2.從片段 1 到片段 2 的音樂雖然是連續下來，但影像部分却有了很大的變化。一開始的十二個鏡頭中，可看到騎著馬立於山丘上的印地安人。然後他們向一列西部篷車隊追去，而其中的一個牛仔是大家認識的霍帕朗·卡斯迪(Hopalong Cassidy)。這又是從一部老片剪下來的片段。從這個片段可見到一個故事的情節：印地安人與白人拓荒者之爭。突然間影片由一個馬隊拉著篷車的鏡頭(圖 4.46)，跳接到另一個相似的馬隊，但在這裏是拉著救火隊疾馳於都市街道(圖 4.47)。這個聯結在這裏看起來是蠻清楚的；影片由馬隊剪接到另一個馬隊，只是馬的速度越來越快。至此所有的組合還算單純，但接下來的鏡頭却跳到一隻橫衝直撞的大象，這時觀眾必須運用他們的聯想力來解釋這樣的聯結：有沒有可能是因爲這些鏡頭都有奔跑的動物？這樣的猜測還不算差太遠，因爲接下來的兩個鏡頭可看到奔馳的馬腿。但緊接著的鏡頭却出現了快速旋轉的車輪。這時觀眾必須放寬關聯性的尺度——也就是由奔馳的動物擴展到行進的陸上交通工具(在此「陸上」的概念也許不是那麼重要，但與稍後的片段中所強調的空中及水上，却形成對比)。接下來的一些鏡頭仍重複著類似的景象，包括一部坦克車，更加確定了此片段的主題之一：急速的運動。這片段至此都頗具爆發力，由一些極短的鏡頭及快速移動的物體配上宏亮、快節奏的音樂。

圖4.46

圖4.47

這種快節奏的調子一直延續到片段 2 的後半部，在坦克車之後，接著是繞著跑道疾駛的賽車。由於這些鏡頭正好吻合了觀眾的聯想，因此似乎較不具挑戰性。但是不久一輛賽車翻車，接著又翻了兩輛。此段的結尾是一輛老車子由懸崖掉落的長鏡頭，氣氛也不像先前那麼滑稽逗趣，而轉爲有點不安。在最後撞車的片刻，音樂正好也到了一個高潮，然後隨著一閃而過的"The End"字幕戛然而止。這個結局似乎暗示最後的撞車事件全因前半段那些高速疾駛。至此，觀眾似乎開始意識到本片從頭就有某種潛伏的危機及威脅，比如印地安人的攻擊、基督受難的十字架、橫衝直撞的大象、坦克車等等。而這個危機感到片段 3 及 4 中將更加強烈。

片段 3.接著片段 2 最後的"The End"字幕是一段黑畫面，在短暫的沉寂後，片段 3 的配樂響起(如同全片的鏡頭，音樂較影像先出現)。但這次的配樂緩慢、淒涼，教人覺得不祥。然後"Movie"字樣及一段黑畫面引領我們進入與片段 2 完全不同的景象。波里尼西亞的婦人以頭頂著大型、神秘、狀似圖騰的物體。接著又被黑畫面及字幕打斷。然後是一組一架大型飛行船在空中飛行的鏡頭(圖 4.48)，以及一對空中飛人在高樓上表演特技、走鋼索(圖 4.49)，到這裏，觀眾似乎可以用「平衡」來聯結這些鏡頭。這一部分的最後是一架小型飛機在雲層穿梭的畫面。然後字幕又一個個插入"A"、"Movie"、"By"，和"Bruce Conner"。接著是一段黑畫面，慢板、神秘的音樂讓觀眾對

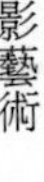

這些飛行及平衡物產生特定的反應，如果沒有音樂，這些鏡頭可以是很詩情畫意、賞心悅目的，但在這樣的配樂下，卻讓人感到些微的不安。

圖4.48

圖4.49

片段3接下來的部分，一開始似乎配樂與畫面極不協調。我們看到幾個潛水艇的鏡頭，其中的一個鏡頭是一個軍官正從潛望鏡裏看東西(圖4.50)，接下來的鏡頭却讓我們以爲他正在看一名穿比基尼的女郎(圖4.51)。這個鏡頭重複了在片段1曾出現過的意象之一(成人電影)，同時也指陳了拼貼的奧妙處。觀眾雖然很清楚這兩個畫面出自不同的電影，但仍忍不住把這樣的組合解釋爲他正在看她。因此看到這幕觀眾都覺得好笑。在接下來的鏡頭，康納又運用了同樣的手法，當軍官下令發射魚雷時，魚雷就像是朝女郎射去，造成有趣的性暗示。而當原子彈爆發所形成的蕈狀雲出現時，就像是說了一個性高潮的笑話。正如同片段1，這些影像也潛藏著威脅及侵略的意味(尤其是性侵略)。而且很快的它們由幽默轉爲災難，特別是蕈狀雲的鏡頭讓笑話不再那麼好笑。此外這部分的配樂舒緩、沉靜，與具性暗示的畫面格格不入，倒是與爆炸的鏡頭較搭配。

圖4.50

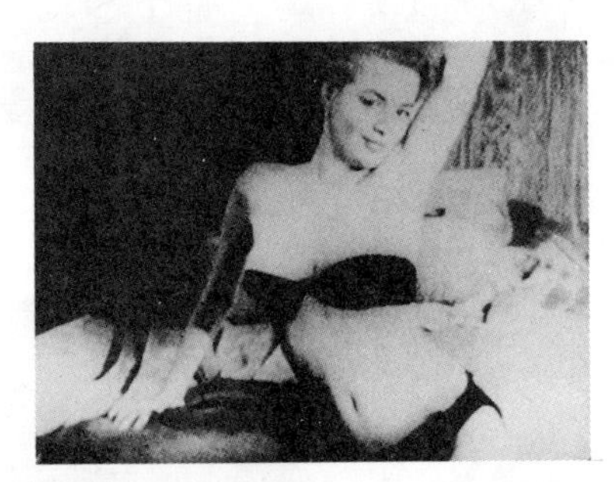
圖4.51

同樣的曲風引領我們進入一連串與波浪有關的鏡頭：一艘被煙霧包圍的船，衝浪者及船隊被巨浪襲擊，滑水者及摩托船騎士在表演特技時跌落。在這些畫面中，音樂中原有的輕盈轉爲沉重的節奏，並採用大量的低音弦樂器製造一種不祥的預兆。第一件意外並不嚴重，只是滑水者跌落，但漸漸的事情越來越不尋常，我們看到一名摩托船騎士故意駛入一堆砂礫中，整隻船都翻了。然後突然出現一些人騎著奇怪的腳踏車(圖4.52)，這個轉變把觀眾從「意外」系列帶入一連串奇人異事的畫面，比如說：摩托車騎士在爛泥、積水中騎車，還有一架沒有浮筒的飛機企圖降落湖上，終致翻覆。

圖4.52

這整個片段的發展蠻平順的，以不安的氣氛開頭，然後將幽默的(潛水艇與女郎)與恐怖的(炸彈)鏡頭並置，最後將一些意外事件與怪異的行爲組合在一起。本片結尾很奇特，在飛機翻覆後，黑畫面出現，音樂也逐漸進入高潮。突然出現了羅斯福演講的特寫鏡頭，他似乎在生氣，一副咬牙切齒的樣子(圖4.53)，緊接的是一座吊橋塌落的鏡頭(圖 4.54)，音樂在橋落下的那一剎那揚起，然後歸於死寂。

片段 4.片段 4 與片段 3 的區隔很明顯，以黑畫面配上〈羅馬之松〉第三部分的開始，一記怪異的鑼聲及低沉、緩慢的合弦製造了不祥的氣氛。片段 2 及 3 都往意外及災難發展，片段 4 的開頭即是一些軍機被擊落的鏡頭，以及在夜空中爆炸的一連串畫面。但接下來的一小段將一些災難的鏡頭與一些鏡頭做難以理解的組合，所有的軍機及爆炸鏡頭似乎都與戰爭或災難有關聯，但卻出現了兩架飛機飛過金字塔的鏡頭(圖 4.55)，我們突然必須調整聯想方向，才能找出這個非軍事飛機的鏡頭與其他鏡頭的關聯。但緊接著出現兩個火山爆發的鏡頭，顯然此鏡頭與前面那個鏡頭的關聯性在於火山與金字塔的形狀類似，但影片似乎偏離了災難這個主題，因為接下來的畫面是某人在教堂的加冕典禮。這時觀眾的預期似乎受挫。但很快的災難景象又出現了：燃燒的飛行船、坦克車、翻覆的賽車及滾落的軀體，這些影像製造了不安的情緒。但接下來的鏡頭，却是人們自飛機上跳傘。有趣的是，這個活動並不危險，也沒有人受傷，但基於先前那些意外事件及透著不祥的配樂，觀眾開始預期任何有可能發生的災難，因此即使毫無危險的行為都有點怵目驚心。

圖4.53

圖4.54

圖4.55

跟著的幾個鏡頭看來同樣不具威脅性，但卻延續先前神秘、不祥的氣氛。我們看到一只著了火的袋子被沖上岸，讓人想起燃燒的飛行船。接著出現了一些棕櫚、牛羣的鏡頭，看來像是中東或非洲的景象(圖 4.56)。然而在這一短暫的詳和之後，緊接的是全片中最懾人、怪異的一刻。我們看到一座吊橋像是被一隻大手扭轉著(圖 4.57)。接著又是一連串災難的畫面，包括燃燒的飛行船、正在沉沒的船隻(圖 4.58)、槍隊執行死刑、吊在絞架上的屍體、戰死的士兵及一朵蕈狀雲，在一個獵人與死象的畫面後，我們看到幾個非洲難民的鏡頭，在這其間，音樂已漸趨詳和，而銅管樂器的號角聲讓樂風轉爲雄壯。

圖4.56

圖4.57

圖4.58

在這一連串災難鏡頭後，影片的氣氛做了最後一次轉變，我們看到一長串在水底拍攝的鏡頭。有一名潛水員正在探勘一艘覆滿貝殼的沉船(圖 4.59)，這讓我們想起才看到的災難景象，特別是圖 4.58 中沉沒的船。當潛水員游入船體時，音樂也到了雄壯激昂的高潮。本片的結尾是一段悠揚的樂曲伴隨著一串黑畫面，及全片的最後一個畫面：一片海洋。諷刺的是，到了這裏反而沒有"The End"的字幕出現。

圖4.59

《一部電影》讓觀眾全憑聯想力來串聯極端不同的影像，而且全片似乎刻意營造一種因災難而起的焦慮氣氛。我們可把它視爲現代生活中的恐懼，如戰爭、原子彈、高危險性運動等的一種反映；而色情影像的使用則將這些問題與性氾濫做某種程度上的關連。另外影片中一再出現的第三世界影像，則暗示種族歧視是導致這些恐懼的另一因素。然而這些詮釋的基礎，却只是一些很籠統的情緒及概念。本片並不想告訴我們爲什麼這些事物教人焦慮，也不解釋事物間的關聯，更看不到這些並列的影像間有任何種類上的雷同，同時也沒有故事性。偶爾，導演會以物體間的抽象特質來做比較，但這只是一時的權宜，而非全片的策略。

爲了堆砌相關性，《一部電影》採用了普遍的結構原則：重複與變奏。雖然各影像來自不同的影片，但某些物體一再出現，比如在片段 1 中一連串馬匹的鏡頭或各式飛機的畫面。這些重複鏡頭形成了一些主題，來將四個片段統合起來。比如片頭的字幕及黑畫面在其他片段都曾出現；而片段 1 的裸露鏡頭也與片段 3 中潛水艇部分的畫面雷同。有趣的是，片段 2 中出現的鏡頭與片段 3 並無類似者，形成這兩個片段強烈的對比。到了片段 4，卻重複了片段 2 及 3 的一些主題。如同許多影片，本片的結尾是之前片段的發展與呼應：死掉的大象、坦克車及賽車都是片段 2 的重現；而土著、飛行的飛機、船隻及橋樑斷裂都延續了片段 3 的一些主題。同時，片中的某些並列組合也一再重複，導演將一大堆毫無關聯的畫面塑成一部結構完整的作品。

而全片進展也有一個明確的形態，片段 1 滑稽、遊戲及速度的主題一直延續到片段 2 的翻車事件爲止。片段 2 中所有的畫面內容都隱含著侵略與暴力，並與隨之而來的災難場面有關。這樣的傾向到片段 3 益發明顯，只是摻入了某些幽默趣味。到了片段 4，這種混合的形式消失了，而被一種緊張與毀滅的氣氛取代，即使原本蠻中性的影像似乎也顯得不安。

至於片尾，潛水伕的段落則隱含多重意義，就結構而言，藉由霍帕朗·卡斯迪電影片段，影片又回到片頭。這片段暗示大自然也許是先前我們所看到種種災難的出路。然而由於全片並未刻意傳達某種意旨，我們找不到其他更有力的證據來支持此詮釋。就全片而言，片尾訴諸於情感較多於意義的傳達。當然我們可視之爲全片的一個結語，藉以緩和災難場面的高潮所產生的張力。而聯想式結構的力量在於它僅以各種事件與聲效的排列組合有效地牽動觀者的情結與腦波。

結　論

從我們上面所舉的個個案例中，可看出一部影片有可能混合了多種結構形式。因此要分辨一部影片到底採用哪種形式並不容易。《奧林匹克》(下集)雖然屬分類式結構，但某些片段卻出現故事性的結構。《河川》則在某些部分利用配樂與畫面間的關聯性來引導觀眾的情緒。《一部電影》更運用了不同畫面中物體的抽象特質組構某些片段。然而，通常都會有一個較顯著的形式來統合全片結構。最簡便的方法就是從片頭及片尾下手，因為一部片子的主要點通常都會在這兩個段落出現。此外，由片頭至片尾的進展也能幫我們大略界定出作品的形式。

在觀賞不同類影片時，我們可以想想：

1.到底影片想要得到觀眾怎麼樣的反應？它是否告訴觀眾事物的分項種類？或提出令人信服的論點？或引發對藝術的思考？或是經營一種情境或意念？

2.如果形式是屬於分類式，它的總項為何？它是如何被呈現？副項有哪些？還有，影片是如何由片頭演變至結尾？

3.若是屬於策略式，其論點為何？所引用之證據有哪些？是否具說服力？影片用什麼方式來顯示其權威性及可靠性？

4.若是抽象式，影片中呈現及變化的視、聽母題為何？又以何種形式重複出現？

5.若是聯想式，影片中情境及意念的轉折處為何？是以何種影像來引導觀眾的反應？

註釋與議題

■形式的種類

在所有的形式結構中，分類式是最少被論及的一種。身為教學影片偏愛的模式，它其實是值得深入探究的。策略式則可視為文字辯論的延伸。我們可借重一些修辭學的研究書籍來加以了解，如——

Stephen Toulmin , *The Uses of Argument* (Cambridge: Cambridge University Press, 1958)，許多影片中的論點可能都有與Toulmin類似的舖陳。

若想就一部影片的策略式結構做深入分析，可參考Steve Neale的文章"Propaganda" *Screen* 18, 3 (Autumn 1977)：19-40，在——

Bill Nichols, *Ideology and the Image* (Bloomington: Indiana University Press, 1981)的第六到第八章中所討論的紀錄片之結構，將分類式及策略式影片歸類於策略式結構。

聯想式結構可比成詩詞中的田園詩來研究，參考書目包括：

Northrop Frye, *Anatomy of Criticism* (Princeton; N.J.: Princeton University Press, 1957) 中的"The Rhythm of Association: Lyric"，以及——

Paul Goodman, *The Structure of Literature* (Chicago: University of Chicago Press, 1954) 中的一篇文章"Lyrical Poems: Speech, Feeling, Motion of Thought"。

至於專論策略式結構的文章，可參看——

P. Adams Sitney所編的*The Essential Cinema: Essays on the Films in the Collection of Anthology Film Archives* (New York: New York University Press, 1975) 中 240 到 244 頁由Ken Kelman所寫的文章"The Anti-Information Filme" (Conner's "Report")。

抽象式結構通常可藉由音樂形成或抽象視覺設計的一般公式來加以研究，音樂方面的參考書籍爲——

William S. Newman, *Understanding Music* (New York: Harper, 1967) 中的第三及第四部分。

而抽象視覺設計方面，可參考——

E.H. Gombrich, *The Sense of Order: A Study in the Psychology of Decorative Art* (Ithaca:N.Y.: Cornell University Press, 1979)，以及——

Rudolph Arnhein, *Art and Visual Perception* 2d ed. (Berkeley: University of California Press, 1974)；

Noël Carroll 在 *Millennium Film Journal* 10/11 (Fall/Winter 1981/82) 的 61 到 82 頁的文章"Causation, the Ampliation of Movement and Avant-Garde Film"也曾論及抽象式結構的特質。

聯想式及抽象式結構常與所謂的實驗或前衛電影相連，在七〇年代初期——

Gene Youngblood, *Expanded Cinema* (New York: E.P. Dutton, 1970) 曾引起許多讀者對抽象電影之製作產生興趣，雖然這類影片已存在多時。

三本相關的重要著作是

Malcolm Le Grice , *Abstract Film and Beyond* (Cambridge, Mass. : MIT Press, 1977)；

P. Adams Sitney, *Visionary Film: The American Avant-Garde, 1943-1978"* (New York: Oxford University Press, 2d ed., 1979)；

"Film as Film: Formal Experiment in Film, 1910-1975" (London: Arts Council of Great Britain, 1979)。後面兩部還討論了聯想式結構的影片。此外：

P. Adam Sitney所編之*The Avant-Garde Film: A Reader of Theory and*

Criticism (New York: New York University Press, 1978)也是一本豐富珍貴的文集。在第140頁中，Peter Kubelka曾寫道：「電影並不純粹是一種運動(movement)更是光影之快速投射。」(很少有人能如此一針見血道出純抽象式之美學觀)。

有關實驗電影之主要英語期刊，包括*Film Culture*，*Afterimage*，*Millennium Film Journal* (都是美國出版)，以及*Afterimage*及*Undercut* (英國出版)。

第三部分

電影風格

在這部分，我們仍然嘗試了解組合電影的原則。第二章所談到的電影形式概念提供了一個方向。因此，在第三和四章我們即已談論了電影中兩種形式系統——敘事性和非敘事性。

當然我們看一部影片時，並不單只看它的形式，我們所經驗到的是一部電影——不是一幅畫或一本小說。分析一幅畫需要有色彩、形狀與構圖方面的概念；如同分析一本小說需要語言方面的知識。要了解任何藝術的形式，是必須先熟悉該藝術所使用的媒介物是什麼。因此，要了解電影，就必須瞭解電影這個媒體的各種特性。本書的第三部分就專門研究這個方向。我們將審視四組電影技巧：兩個屬於鏡頭方面的技巧——場面調度和攝影；鏡頭之間的關係——剪接；以及聲音與影像的關係。

每一章將獨立介紹單一技巧，探索它可以提供給導演的選擇有哪些。而且，除了說明如何識別各種技巧和解說它們的用法，最重要的是，我們會專注去闡明每一個技巧在形式系統中的功能。我們也會試著解答：某一技巧如何引導觀衆的期待、或給予電影不同方面的母題？它在整部影片中如何發展？它如何左右我們的注意力，澄清或強調某些意義，以及塑造觀衆的情緒反應？

我們同時還會發現，在任何一部影片，某些技巧通常會形成它們自己的形式系統。而每一部影片在格式化的形式系統中也會發展出它特定的技巧。這種對於特定技巧的選擇，在電影中呈現出具統一性、發展性且富意義的手法，我們稱作風格(Style)。在研究一些電影例子時，我們會說明每一個導演如何創作出他們鮮明的風格系統。

以圖解來說明：

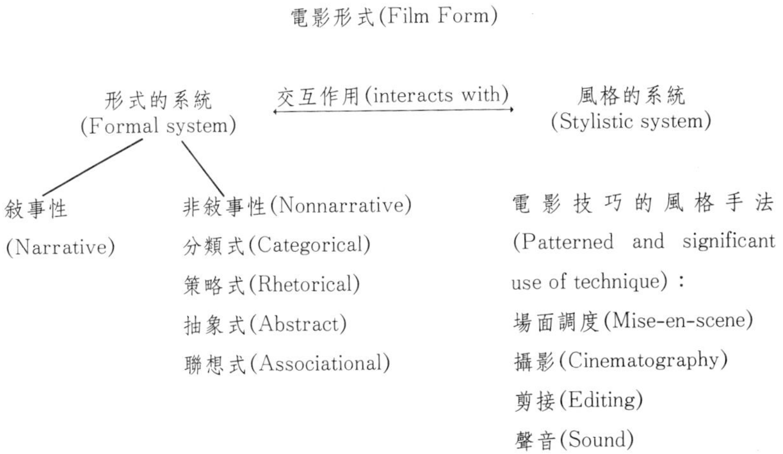

電影形式(Film Form)

形式的系統(Formal system) ←交互作用(interacts with)→ 風格的系統(Stylistic system)

形式的系統(Formal system)：

- 敘事性(Narrative)
- 非敘事性(Nonnarrative)
  - 分類式(Categorical)
  - 策略式(Rhetorical)
  - 抽象式(Abstract)
  - 聯想式(Associational)

風格的系統(Stylistic system)：

電影技巧的風格手法(Patterned and significant use of technique)：

- 場面調度(Mise-en-scene)
- 攝影(Cinematography)
- 剪接(Editing)
- 聲音(Sound)

研究各種組成電影媒介的手法——電影的風格——並不能獨立於電影的敘事或非敘事形式的用法之外。我們將發現電影風格與形式系統彼此之間的互動關係。通常，電影技巧不但支持且加強了敘事或非敘事形式，在劇情片中，風格還可以催化因果關係鏈，產生平行對照，處理故事/情節之間的關係，以及維持敘述的流程。然而，電影風格同時也可以獨立在敘事或非敘事形式之外，個別以它獨特的方式吸引我們的注意。例如有些電影技巧就是只爲提醒觀衆它風格的模式。然而，在以上二者的任一情況下，在下列各章節中，我們將會續繼針對形式系統(敘事及非敘事)和風格系統之間的關係，進行討論。

5. 鏡頭：場面調度

在所有的電影技術中，場面調度可能是最爲一般人熟悉的項目之一，在看過一部電影後，我們不見得會記得剪接、運鏡、溶接或畫外音等，但卻能記住場面調度的細節，我們仍記得電影《亂世佳人》中的服裝或《大國民》中主角查理・肯恩的別墅仙納杜中冰冷的燈光。而《夜長夢多》中陰沉多雨的場景及《相逢聖路易》中溫暖的家庭場面都教我們記憶猶新。我們也難忘凱薩琳・赫本(Katharine Hepburn)在《費城故事》(The Philadelphia Story)中挑釁地將卡萊・葛倫的高爾夫球桿劈成碎片。簡言之，許多讓我們記憶深刻的電影畫面多半是屬於場面調度的某些元素。

何謂場面調度

場面調度的法文原文mise-en-scene意爲「將動作舞台化」，被引伸爲導演戲劇的能力。電影學者將這一辭彙擴大到電影的戲劇上，意指導演對畫面之控制能力。因爲原爲戲劇之術語，場面調度因此包括了許多與舞台藝術相同的元素：場景、燈光、服裝及肢體動作。所謂場面的調度，就是指導演爲攝影機安排調度某事件的場景以利拍攝。

寫實主義

在我們詳細分析場面調度之前，必須先有一個認知。正如同觀眾多半能記得一部電影中的某些場面調度的細節，觀眾也因此往往以「寫實」(realism)的標準來評判場面調度。比如說一部車看來很眞實，因爲它符合影片所敍之年代，而某個動作看來很假，因爲眞實生活中，人們並不會這樣做。

然而以寫實與否做爲評判之標準，是有某些漏洞的，因爲寫實的觀念會因文化、時間，甚至個人而有所變化，馬龍・白蘭度(Marlo Brando)曾聲稱他 1954 年的作品《岸上風雲》(On the Waterfront)是寫實的表演，但從今天的角度來看，他的演技却是極風格化。對 1910 年代的美國影評人而言，威廉•哈特(William S. Hart)的西部片是寫實的，但對二〇年代的法國影評人來講，同樣的影片却被認爲像中古史詩般雕琢。別的不說，所謂的寫實主義在目前的藝術評論界中儼然是最具爭論的議題之一(可參看註釋與議題的例子)。最值得注意的是若僵化地把寫實的框框套入所有的影片，我們會錯失許多場面調度上的可能性。

我們可以看看《卡里加利博士的小屋》中的一個畫面(圖 5.1)，鋸齒狀的屋頂及傾斜的煙囪絕不符合我們對寫實的認知。但批評本片缺乏眞實感是愚昧的，因爲這其實是以此風格來表現一個瘋子的幻想。

比較好的方式應該是去檢視場面調度的**功能**，而非因不合寫實標準去摒棄某些元素，也就是說，導演可採用任何結構的場面調度，而觀眾須分析它在全片的功能——它的動機如何產生、變化或進展。它與敘事或非敘事形式之間的互動關係爲何。

圖5.1

場面調度的威力

把電影限於寫實主義的概念確實會淡化場面調度，只要一窺電影史上第一位場面調度大師梅里葉(Georges Mêliès)的作品，便知道這項技術是可以超越一般寫實觀念的。梅里葉的場面調度使他在電影中創造出一個全然想像的空間。

梅里葉原是一名插畫家及魔術師，1895年他被盧米埃兄弟(Lumière brothers)在當年所發表的短片深深吸引(關於盧米埃兄弟，請參看第六章及第十一章)。在製造一部類似盧米埃的攝影機後，梅里葉開始拍攝一些街景及日常生活點滴。某日，他在歌劇院前攝影，拍到一輛巴士經過時，攝影機有些卡住了；一番調整後，他又開始拍攝，這時巴士早已離開，而鏡頭前正好有一部靈車通過。事後，梅里葉在放映影片時有了意外的發現：一部行進的巴士突然變成一輛靈車。此軼聞不知眞假與否，至少戲劇性地描述了梅里葉發現場面調度之奇妙經過。之後，他全心投入影像戲法。

但戲法是需要事前準備的，因爲梅里葉不能光靠像巴士變成靈車那樣幸運的意外，他必須爲攝影機事先策劃及安排戲劇。借重他對舞台的經驗，梅里葉建造了第一個攝影棚——一個狹小、擁擠的空間，密佈著舞台裝置、高台、地板門及活動布幕。他在卡通方面的天分使他能事先畫出詳細的分鏡並設計場景及服裝，圖5.2及5.3即顯示他所畫的草圖與完成的鏡頭有多接近。然而這些似乎還不夠，梅里葉還在自己的影片中演出(往往在一部片子中扮好幾個角色)，他這種製造特效的強烈慾望促使他對影片中的場面調度做最精密的控制。

這樣的控制對實現他的幻想天地是必要的，唯有在攝影棚裏梅里葉才可能拍成《美人魚》(The Mermaid)這樣的片子，片中的海底世界由一名經過造型設計的女演員、攝影機前的魚箱、一些景片及「載怪物的小推車」組成(圖5.4)。也只有靠周詳的準備及場景設計，他才能創造出《橡皮頭人》(The Man with the Rubber Head)的幻象，在片中梅里葉把自己的頭充氣。圖5.5和5.6顯示這是雙重曝光以及梅里葉在一輛推車內向鏡頭移近所造成的效果。

梅里葉在他的「星影」(Star-Film)攝影棚拍出了幾百部幻想短片及特效

電影。就這樣藉著對畫面中各元素的控制，影史上第一位場面調度大師在此展現了這項技術的種種可能性。可以說梅里葉的魔術留給我們一個令人喜悅的虛幻世界，並展示了他充滿變幻無常的想像力。

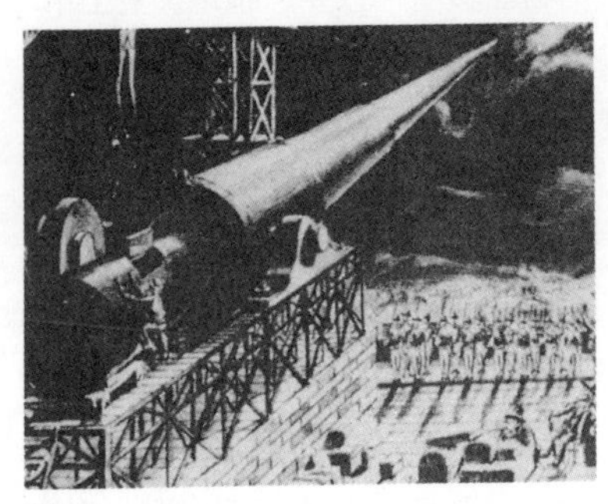

圖5.2

圖5.3

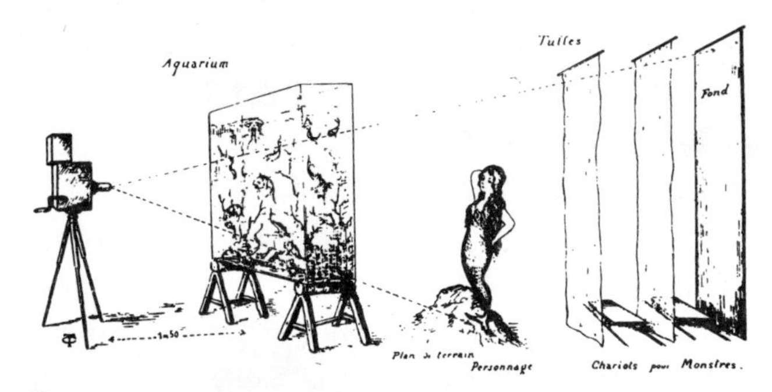

圖5.4

圖5.5

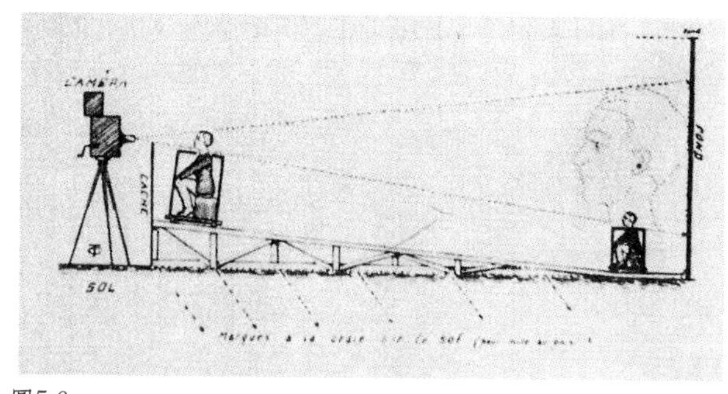

圖5.6

場面調度的元素

場面調度賦予導演的選擇及控制的可能性有哪些？我們將舉出四大項目，並陳述每項的一些處理方式。

■場景

從電影的早期，影評人與觀眾就認爲**場景**(setting)在電影扮演的角色比其他戲劇形式都來得活躍，安德烈・巴贊(André Bazin)寫道：

> 人物在劇場中是最重要的，而銀幕上的戲劇卻可以不要演員，一扇砰然關上的門、風中的一片葉子、拍打岸邊的海浪都會加強戲劇效果；有些經典影片只把人物當成配件，像臨時演員般或做爲自然的比對，而大自然才是眞正的主角。

因此，電影的場景便被強調出來，它不再是一個含有劇情的容器，反而可以堂堂進入敍事事件中(彩圖 8.14、15 及 16 可看到沒有人物角色的場景)。

導演可有多種控制場景的方式，方式之一就是在現成的景物中去挑選。此法在最早的影片已被採用。路易・盧米埃(Louis Lumière)的第一部影片《潑水記》(L'Arroseur arrosé)就是在一座花園裏拍的(圖 5.7)，維克多・夏斯特洛姆(Victor Sjöstrom)的《逃犯與妻子》(The Outlaw and His Wife)則在壯闊的瑞典鄉間取景(圖 5.8)。還有，《阿拉伯的勞倫斯》中的沙漠、安東尼奧尼的《過客》(The Passenger) 中巴塞隆納市區內高弟 (Gaudi) 的建築以及《神秘約會》(Desperately Seeking Susan) 中紐約的時報廣場。

圖5.7

圖5.8

當然導演也可選擇造景，梅里葉就深知在攝影棚中能獲得更高的控制度，而其追隨者更是不乏其人。在法國、德國，尤其是美國為了在影片中製造全然人工的世界，已發展出多種造景的方式。有些導演特別強調歷史考據，比如由圖 5.9《貪婪》(Greed) 的劇照可看到導演艾瑞克・馮・史卓漢 (Erich von Stroheim) 在場景考據上傲人的成就；《大陰謀》(All the President's Men) 就為了再現華盛頓郵報辦公室的氣氛也在這方面下了功夫。除了在音效上極力仿造出報社的各種聲響外，甚至在整個場景內散滿由眞正的報社取得的廢紙。然而，值得我們注意的是場景上的寫實與觀影的傳統有關。《貪婪》(1924)、《大陰謀》(1971) 分別是當時寫實的模式，今天看來却異於當今的標準。同樣的，今天我們認為寫實的對以後的觀眾而言，可能是非常風格化的；而從歷史考據上達到擬眞的效果也並非唯一可行的方式。

有些影片就不那麼忠於歷史上的擬眞，儘管葛里菲斯對於《忍無可忍》中所呈現的各年代曾做過考據，但是他的巴比倫城却溶合了亞述、埃及及美國的建築風格，儼然是一個他個人心目中的城邦 (圖 5.10)。同樣的，在《恐怖的伊凡》(Ivan the Terrible) 中，艾森斯坦對沙皇宮殿的設計則完全配合燈光、服裝及人物走位，因此，角色們可以穿梭於看起來像老鼠洞的門廳或者僵立於具象徵意義的壁飾前。

場景可以是擁簇著劇中人，如《紅色女皇》(Scarlet Empress) 的劇照所示(圖 5.11)；也可能減至最少，甚至根本沒有。許多著名的影片就是這樣，例如高達的《賴活》(Le Gai Savoir)及德萊葉的《聖女貞德受難記》(Le Passion de Jeanne d'Arc)都是這類的例子(圖 5.12，5.13)。場景也可被顛覆或扭曲，比如《卡里加利博士的小屋》中有角的街道及傾斜的建築(此片深受德國表現主義藝術所影響)。

圖5.9

圖5.10

圖5.11

圖5.12

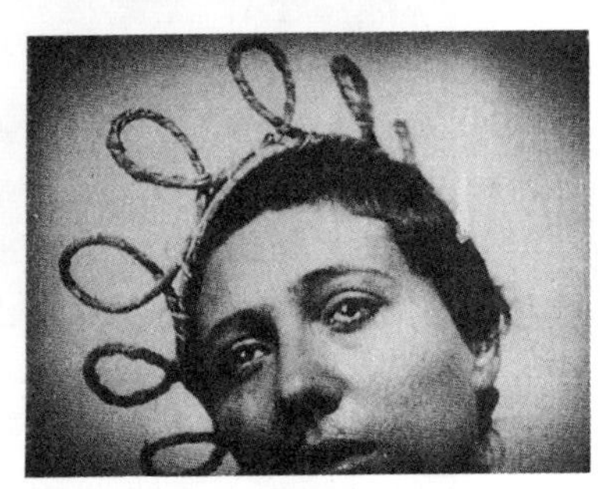

圖5.13

電影也可用色彩來加強其場景的功能，比如在傑克・大地的《遊戲時間》(Play Time)中，以更換的色調做爲劇情發展的準則之一。在《遊戲時間》的前半部，其場景(及服裝)多半呈灰色、棕色及黑色，屬於冷硬色調(彩圖 3)。到了後半部，從餐廳開始，場景開始出現桃紅、粉紅及綠色系，比如彩圖 4 中的花。此場景色系之變化係用來做爲輔助情節發展，由一個非人性的城市景觀到一個以自然爲準的景象。不論是實景的或搭建的，忠於史實或風格化，彩色或黑白，場景幾乎有無限的方式來發揮其作用。

值得注意的是，場景不一定要依實際大小來搭造。爲了省錢或製造特殊效果，影片製作小組可利用模型，且其可行性與我們討論過的一般場景無異

彩圖 1　中國女人

彩圖 2　中國女人

彩圖3　遊戲時間

彩圖4　遊戲時間

彩圖 5　恐怖的伊凡

彩圖 6　恐怖的伊凡

彩圖7　秋刀魚之味

彩圖8　秋刀魚之味

彩圖9　武士藍西洛

彩圖10　相逢聖路易

彩圖11　相逢聖路易

彩圖12　黛西

彩圖13　無知不設防

彩圖14　早安

彩圖15　早安

彩圖16　黛西

(參看圖 1.16 模型場景之實例)。有些場景也可繪成景片，然後與實體一起拍攝，在下一章我們再來看這是怎麼做成的。

爲符合劇情需要設計場景時，有些**道具**(props)也應運而生。這名詞再一次顯示電影與戲劇在場面調度方面的重疊處。它的定義是：場景的某一部分與進行中的情節息息相關時，我們稱之爲道具。不用說，電影中充滿這類例子：《大國民》一開始摔破的雪橇、《M》中小女孩的氣球、《卡里加利博士的小屋》中西撒(Cesare)的棺材。《驚魂記》的浴室謀殺那一場戲中，防水帘子原本在場景中並不顯得可怕；但是當兇手進入浴室，帘子正好讓我們看不見她(他？)，殺了人後，諾曼・貝茲(Norman Bates)就是用這帘子把受害人的屍體裹起來。在《朗基先生的罪行》中，巴塔拉(Batala)的出版社外面貼了一張海報，爲一小說系列"Javert"打廣告(圖 5.14)。但在巴塔拉離開後，朗基和他的助手將海報撕下，露出了窗戶及久未有陽光射入的房間(圖 5.15 及 5.16)。稍後，我們將深入探討場景的元素如何貫穿整個敍事結構，形成視覺母題。

圖5.14

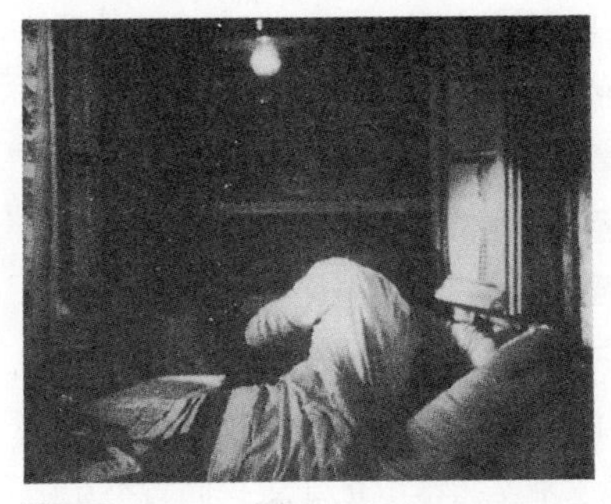

圖5.15

圖5.16

■服裝與化妝

如同場景，**服裝**(costume)在影片中也有其功能，而且有很多可行的方式。比如說，馮・史卓漢對服裝的考據絕不下於場景，據說他還爲演員製作了內衣以幫助演員培養情緒。在葛里菲斯的《豬谷步兵》(Musketeers of Pig Alley)中莉莉安・姬許(Lillian Gish)出現時，穿著一件褪色、破爛的衣服，正好交代出這個角色身處的貧窮環境。然而，服裝也可以極端風格化，純粹強調其線條及款示。在《卡里加利博士的小屋》中，催眠師西撒穿的是一件黑沉沉的連身袍，而他誘拐的女子則穿白色禮服。《恐怖的伊凡》中每套服裝在顏色、質料甚至擺動之間都經過精心協調。比如，在伊凡和菲利浦的鏡頭中，長袍僵硬的掃掠與翻動(圖 5.17)；又如《相逢聖路易》中，角色的服裝都有特定的顏色，而服裝也可以簡化到與場景融合在一起。《五百年後》(THX 1138)的一場戲，喬治・盧卡斯(George Lucas)就把場景和服裝的顏色去掉，剩下白色系。

正如場景中的道具，服裝往往亦可以輔助劇情發展。只要一提到吸血鬼，我們總會想到他是怎樣張開裹在身上的寬大斗篷覆住他的獵物。說到費里尼的《八又二分之一》中的男主角Guido，我們很難忘記他總是戴著太陽眼鏡做爲他與外界的藩籬。在電影裏，服裝的任何細節都能做爲重要道具：一付夾鼻眼鏡(《波坦金戰艦》)、一雙鞋(《火車怪客》Strangers on a Train、《綠野仙踪》)、一條十字架項鍊(《恐怖的伊凡》)等。在《星期五女郎》中，女主角海蒂(Hildy)從家庭主婦的角色變爲記者時，她戴的帽子便由低垂的帽緣改爲較男性化的帽子，帽沿也往上揚起，一副記者打扮(圖 5.18 及 5.19)。類型電影更廣泛運用服裝道具——自動手槍、禮帽及拐杖。幾乎每個著名的喜劇演員都有一套特定服裝：卓別林的拐杖和帽子、勞萊與哈台(Laurel and Hardy)的帽子和小西裝，傑克・大地的煙斗、雨衣和翻毛皮鞋。例子不勝枚舉，重點在於服裝主題有統合整部電影結構的功能。

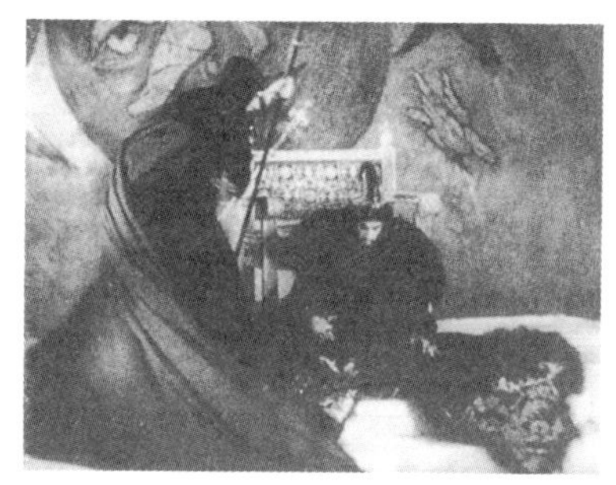

圖5.17

圖5.18

圖5.19

剛剛提到的一些有關服裝的特性同樣適用於場面調度中的另一項目：演員**化妝**(make up)。在早期，化妝是爲了補救底片對演員臉部感光不足。到今天化妝發展出各種方式來強調銀幕上演員的外觀。德萊葉的《聖女貞德受難記》在 1928 年上映時，因其完全不化妝而聲名大噪(圖 5.13)。全片完全以特寫及細微的臉部變化來創造此一極具張力的宗教劇。而演員尼古拉・却卡索夫(Nikolai Cherkasov)因爲與艾森斯坦心目中的沙皇伊凡四世相去甚遠，而必須在《恐怖的伊凡》中戴上假髮、鬍子、眉毛等(圖 5.23)。將演員扮成歷史人物是化妝術中最基本的功能之一。

化妝可以完全依照寫實，比如勞倫斯奧‧奧利佛(Laurence Oliver)在《奧賽羅》(Othello)中爲了扮好一個摩爾人(Moor)，把皮膚和頭髮都染黑。女演員的化妝通常要與時下流行的一般女性相仿，而男演員的化妝，看起來要像根本沒上妝。然而化妝也可以走非寫實路線——吸血鬼的大披風配上他又長又尖的虎牙開創了吸血鬼的典型。一般說來，詭異的裝扮在恐怖片有著重要的地位。在《卡里加利博士的小屋》中(圖 5.20)演員的臉都厚厚地塗上深深淺淺的顏色，這正好與全片場面調度之方向吻合，化妝如同服裝，必須就它如何搭配全片的整體風格來加以討論。

■燈光

燈光(lighting)幾乎可以決定一個影像的震撼力。在電影中，燈光不只是爲了照明；一個畫面中的明暗部分不但影響整個構圖，也能引導觀眾去注意某些物體或動作——亮光可吸引我們的注意或洩露一個重要的舉動；而陰影則能掩飾某些細節，製造懸疑。此外燈光還能呈現質感，比如說臉龐柔軟的線條、木頭粗糙的紋理、蜘蛛網細緻的網路、玻璃的光澤、寶石的閃耀。

燈光也以光影來修飾物體。**強光**(highlight)指以一道光投射在表面，如圖 5.21 中人物的臉部或圖 5.22 手指的邊緣部分都是強光的範例。另外有兩種基本的陰影(shadow)：相連陰影(attached shadows)及投射陰影(cast shadows)，兩者對畫面構圖都很重要。所謂的相連陰影是指一個物體的某部分擋住了其他部分的光源。比如說，當你在一暗室中面對一枝蠟燭，你的背部完全不受光，也就是被相連的陰影遮住。然而，在同時蠟燭的光投射在你身上，在背後的牆上留下影子，這就是投射陰影。比如說，在圖 5.21 中的陰影爲投射陰影，由位於演員與光源之間的欄杆所形成。然而在圖 5.22 中的手，一部分有陰影，這些陰影即是相連陰影，是因爲手本身的起伏、曲線所造成。由以上的例子可看出，光與影還可幫觀眾了解場景的空間，如圖 5.21 中的陰影就暗示了一個牢房的空間。

此外，燈光還有助於我們對構圖的認知。當一只球由正前方打光，它看起來是圓的，但同一只球，若從側面打光，我們所看到的會是一個半圓。荷里斯‧法蘭普頓(Hollis Frampton)的短片《檸檬》(Lemon)主要就是呈現一顆檸檬上逐漸變化的光影。此片正好證實影史上的燈光大師馮•史登堡(Josef von Sternberg)曾說過的一句話：「正確使用燈光效果，不但可修飾任何物體，還可以加以戲劇化。」

圖5.20

圖5.21

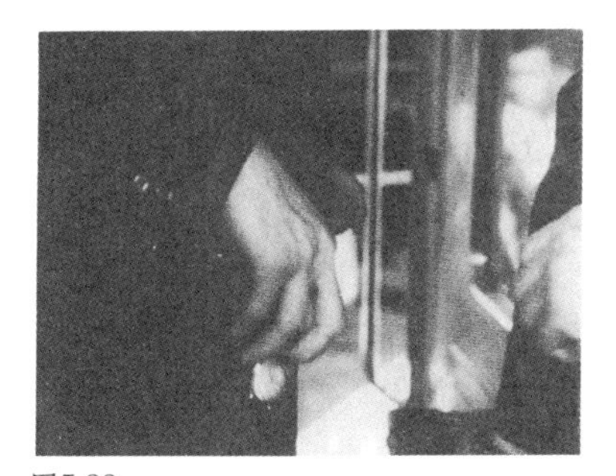
圖5.22

圖5.23

以下我們將單獨討論電影燈光的四個要點：質感(quality)、方向(direction)、來源(source)及色彩(color)。

所謂光的質感意指其明亮的強弱度。「**硬**」(hard)光可形成非常清楚的陰影，而「**軟**」(soft)光則有柔光的效果。這些名詞是相對的，而大部分的燈光效果則屬這兩個極端的中間地帶，但其間的差異並不難辨。硬光會造成明顯的影子以及鮮明的質感及輪廓，圖5.22是布烈松(Robert Bresson)的《扒手》(Pickpocket)中的一個特寫鏡頭，手上的血管就因硬光的緣故清晰可見。而圖5.23是《恐怖的伊凡》中的一個鏡頭，比較柔和的燈光模糊了線條與質感，使得光和影的對比較溫和。

所謂光的方向意指光線由其來源到受光體所走的路線，馮•史登堡曾說：「每一道光線都有最亮的一個點，也有完全消失的一個點……光線由其核心到黑暗的旅程即是它歷險與戲劇的所在。」簡單說來，光的方向可分為前光(frontal lighting)、側光(sidelighting)、逆光(backlighting)、底光(underlighting)及頂光(top lighting)。

前光。所謂的前光幾乎是看不到陰影的，彩圖 1 是高達的《中國女人》中的一個鏡頭，在這裏前光的效果讓我們看到一個很平的畫面。

在《歷劫佳人》(Touch of Evil)中，奧森・威爾斯以極強的**側光**塑出角色們的輪廓。圖 5.24 可看到由鼻子、顴骨、嘴唇所製造的陰影，以及映在牆上的影子。

逆光的特色是只打出人物的輪廓。如圖 5.25 是由《大國民》選出的一個畫面，人物幾乎只是一個剪影，逆光通常把一個物體與其背景分離，因而製造了景深。

底光指光線來自物體的下方，如圖 5.26(取自伊凡・馬斯加金Ivan Mosjoukin的《Le Brasier ardent》)，這樣的底光暗示畫面外的火光，由於底光往往會扭曲相貌，通常用來製造恐怖效果。當然，有時只是用來表現一個實際光源，比如火爐等等。

頂光通常配合其他方向來的光線使用。在圖 5.27(同為《Le Brasier ardent》)中，可看到聚光燈只是由上方打下來的。

圖5.24

圖5.25

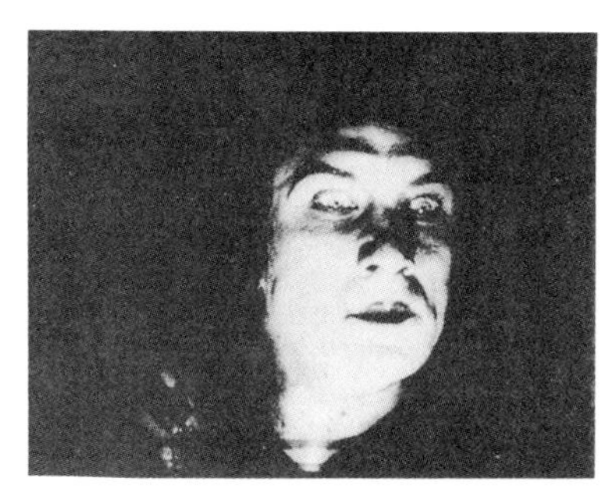

圖5.26

圖5.27

一個鏡頭裏通常不會只有一個光源，燈光大師們早已發展出一整套光源的規則，但在此我們只需了解其中兩項：**主光**(key light)與**補光**(fill light)。主光就是影像的主要光源，此光源投射主要的亮度及明顯的影子。至於補光則用來「修補」，可減低或去除主光所造成陰影，主光、補光兩相配合即可營造出所要的光度。如圖片所示，主光源可來自任何方位。比如，彩圖5的主光來自下方，另一道較弱的光打在人物背後的場景。

在圖5.28中，由側面打進來的主光非常強，而且沒有補光來柔化陰影部分，這樣的燈光幾乎貫穿《歷劫佳人》整部片子。

圖5.29是岡斯(Abel Gance)的《鐵路的白薔薇》(La Roue)中的一個鏡頭，一道逆光與由左邊打過來的主光互補(我們可看到女演員臉部左側的陰影)，加上由右側打來的補光(所以女演員的臉不似圖5.24及5.28中的臉那麼對比強烈)。

圖5.28

圖5.29

圖 5.30 是《Bezhin Meadow》的一個鏡頭，在這裏艾森斯坦用了好幾種光源。打在劇中人身上的主光來自左方。此光在前景的老嫗臉上顯得非常強烈，但在男子的臉上由於有右方補過來的光，變得柔和。而老嫗圍巾摺痕上薄薄的光暈顯然是一些逆光造成的。

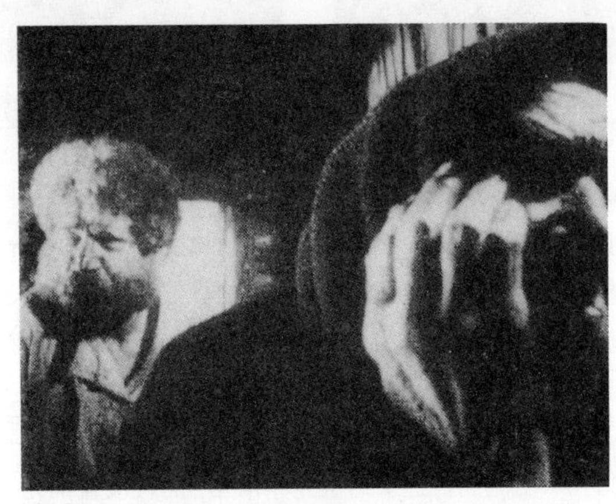

圖5.30

古典好萊塢電影的習慣是每個鏡頭內至少有三個光源：主光、補光及逆光。圖 5.31 就是以這三種光源做最基本的安排。逆光來自角色的後上方，主光從前方斜打過去，補光則來自靠攝影機不遠的位置。通常主光離角色比補光近，亮度也較高，而逆光的光度則介於兩者之間。如果多了一個演員(如圖 5.31 處線畫的人形)，前者的主光可變爲後者的逆光，而前者的逆光則成爲後者的主光，通常一場戲的主角都會有他/她個人的主光、補光及背光。

例如圖 5.32，貝蒂・戴維斯(Bette Davis)所飾的角色在《紅衫淚痕》(Jezebel)是場中最重要的人物。這種**三點式打光法**使她成爲焦點。由右後上角打下來的逆光突顯了她的秀髮及左臂的線條；主光則來自左方，將她的右臂打亮，雖然她臉上的光蠻平均的。但若注意看，可發現她的鼻影落在左頰上，因此，可判斷補光就是來自攝影機右邊，且由於它的亮度仍低於主光，以至於我們仍可依稀看到她的鼻影。這樣的燈光使演員的臉部轉爲立體，不至於太平板。

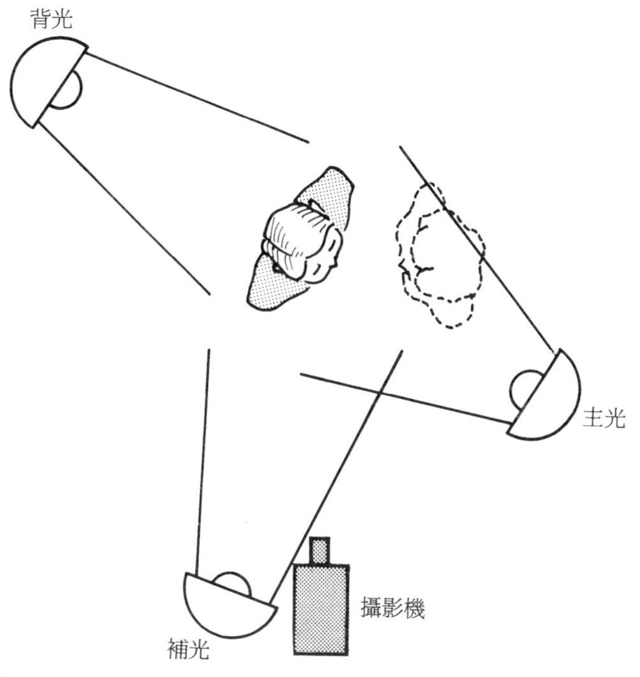

圖5.31

圖5.32

也許你已經注意到，每一盞燈的安排會隨著鏡位或構圖而改變，即使所費不貲，大部分的好萊塢電影只要鏡位改變，燈光也都得重新修過。當然這些修改不見得要合乎寫實的標準，但絕對有助於鏡頭之構圖並引導觀眾的注意力。

也許多數人視電影燈光不外乎模擬白花花的陽光或暈黃的室內燈光，然而只要在燈光器材上加上一層透明的色紙，一個場景是可以有各種色調的。燈光的色彩變換可以是因爲寫實的需要，比如夜總會裏有各色的跑燈映在舞台上的樂師身上(像在安東尼•曼的《格倫密勒傳》The Glenn Miller Story)。然而，色彩的變換也可以是非寫實的，在《恐怖的伊凡》(下集)中，艾森斯坦突然將一道藍光打在一名演員身上(見彩圖 2)，以突顯此人在得知自己命在旦夕的恐懼(參看彩圖 5 及 6)。這樣的手法，往往有出人意表之效果。

以上的例子說明電影如何以燈光的質感、方向、來源及顏色來控制每個畫面的外觀及效果。這幾個層面可單獨運用或一起配合來幫助電影的表現。我們幾乎可以說，場面調度中沒有一個細節比燈光更重要。

■人物表情及運動

這裏所指的「人物」(figure)涵蓋很廣，可以是一個人，也可以是動物(靈犬萊西、驢子、唐老鴨)，或是機器人(如《星際大戰》Star Wars中的R 2 D 2及C 3 PO)，或是物體(如《機械芭蕾》中的瓶子、草帽和廚具)，甚至只是一個形狀(如《機械芭蕾》中的圓形、三角形)。場面調度可賦予這些「人物」表達情感、思想之能力，也可賦予他們動感。

圖 5.33(摘自《七武士》)中，武士戰勝強盜。原本畫面中唯一的動態物是傾盆落下的大雨，但戰士們垂著頭支著長矛的姿勢表達了他們的疲憊。

在《白熱》(White Heat)中人物的表情與動作呈現一個憤慨的內心世界。圖 5.34 中詹姆斯・凱格尼(James Cagney)所飾的角色在得知其母逝世之惡耗時，從監獄的餐桌上一躍而起。

雖然抽象動作也算是場面調度的一環，但通常講到人物的表情(expression)及運動(movement)時，多半是指演技(acting)。觀眾(包括影評人)總是視演員爲故事中眞實存在的人物。但懂得控制場面調度的導演並不是去「捕捉」一些已然存在的現實，而是去營造一些事件然後拍攝下來。一個演員的表演包括一些視覺元素(外表、動作、臉部表情)及聽覺元素(聲音、音效)。

當然，當電影還在默片階段時，一個演員只能傳達一些視覺元素。但同樣的，他/她的表演有時也可以是存在於影片中的聲部，在《給三個婦人的一封信》(A Letter to Three Wives)中，艾迪・羅絲(Addie Ross)這個角色只以聲音做旁白敘述而不曾出現在銀幕中。

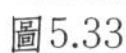
圖5.33

圖5.34

既然演員所創造的角色是場面調度中的一環，每部影片的表演風格也就不盡相同。若以我們一般對寫實的認定標準來評判演員的表現是否具可信度，可能會失之狹隘。因爲人們對所謂的「寫實」往往會因時空而有不同的看法，在今天，我們認爲珍・芳達(Jane Fonda)和強・沃特(Jon Voight)在電影《返鄉》(Coming Home)中的表現，或達斯汀・霍夫曼(Dustin Hoffman)及潔西卡・蘭芝(Jessica Lange)在《窈窕淑男》(Tootsie)中的演技是寫實的高峯。他們的表演傾向於內斂、節制，他們在對話時，就像日常生活中會有停頓或口吃。然而在五〇年代早期，以馬龍・白蘭度在《岸上風雲》及《慾望街車》(A Streetcar Named Desire)爲代表的紐約表演學派在當時被認爲極度寫實。雖然今天我們對白蘭度在這些片中的表現仍表讚賞，但總覺得那是較刻意、誇張、不寫實的。而職業與非職業演員的表演同樣也很難以寫實加以界定。二次世界大戰後的義大利新寫實電影以接近紀錄片的手法描寫義大利生活，在當時備受讚譽，但有些影片中的表演在今天看來與好萊塢電影中那種修飾過的演出相去不遠。而誰敢說，《返鄉》、《窈窕淑男》和其他近期的電影在幾十年後看起來又是什麼樣的風貌？因此，當我們以「寫實」來界定表演時要特別小心。

盡量避免以寫實做爲分析演技的標準，不只是因爲寫實的定義無一恆常。通常當人們說表演不寫實時，往往是一種批評。然而並不是每一部影片都走寫實的路線，我們不應一味要求表演要寫實，而忽略了影片要觀眾接納什麼風格的表演。如果在影片中非寫實的演出最能達到效果，那麼演員便會努力做這樣的表演，在《綠野仙踪》中，爲了製造幻境的效果，這種非寫實的演出就非常明顯。

此外，當我們在觀賞影片時，總會意識到，銀幕上的表演是演員技巧的呈現，與生活中的眞人實事不同。一些演技大獎——奧斯卡、坎城等等都強調是一種技藝，其傑出性是不分寫實或風格化的。1985 年好萊塢最大的爭議之一是史蒂夫•馬丁(Steve Martin)在喜劇《衰鬼上錯身》(All of Me)的演出居然未得到奥斯卡的提名。片中，史蒂夫・馬丁飾演一個右半身被女鬼附身的男人，馬丁以聲音的變換及突發的詭異行徑來表現一個分裂的軀體。他的表演應屬非寫實的，因爲他所處的景況並不存在於現實中。然而放在一個魔幻喜劇的模式中，他的演出不僅卓越，而且稱職。一部影片會因許多因素而需要非寫實的表演。任何深具風格的電影，若企圖要演員做寫實的表演，他/她的角色往往會與整部影片的場面調度格格不入。

由此可知，當我們在分析演員的表演時，如果他/她的表現符合他/她在片中的角色所擔負的**功能**，則無論這樣的表演是否「眞實」，他/她都算是演出稱職。

接下來，我們將舉一些例子來說明各種不同的表演風格。每一種都可說恰如其分，因爲他們都與影片的場面調度有完美的配合。影片爲了達到寫實效果可依人物的心理、背景來設計演員的行爲。比如在《無敵連環鎗》(Winchester 73)中，詹姆斯・史都華(James Stewart)飾演一個爲復仇心理所驅使而幾近瘋狂之人。他誇張的肢體與臉部表情能爲觀眾所接受是因爲這些都符合影片賦予這個角色的一些特徵(圖 5.35)。

心理動機在《天堂問題》(Trouble in Paradise)這樣的片子就不是那麼被突顯。在這部內斂的行爲喜劇(comedy of manners)中，主要是在描述各種**典型**角色在一個滑稽的狀況下的反應。圖 5.36 中，兩個愛上同一個男人的情敵雖然恨不得打敗對方，却裝成閨中好友的模樣；她們誇張的笑容及拘謹的姿態引人發笑，因爲我們知道背後的眞相。同樣的，這裏的表演與全片的風格可說是相輔相承。

圖5.35

圖5.36

喜劇並非使表演風格化的唯一類型，《恐怖的伊凡》就是一部音樂、服裝、場景等都「誇大其實」的電影。飾演伊凡的尼古拉•却卡索夫因此也以誇大、舞台式的肢體語言來配合其他元素以達成整體構圖之統一(圖 5.37)。

演員一直是影片中的一個圖形元素，而某些電影就特別突顯了這個事實。在《卡里加利博士的小屋》中，康瑞・韋第(Conrad Veidt)所飾的催眠師如同一支舞曲；他的一舉一動與場景中的圖形溶爲一體——他的身軀與傾圮的樹幹呼應，他的手臂則與樹枝對應(圖 5.38)。待我們談到電影風格之歷史時，便可知道這場戲的構圖設計正代表了德國表現主義中對稱扭曲的特色。

在《斷了氣》(Breathless)中，高達把珍・西寶(Jean Seberg)的臉龐與一幅雷諾瓦(Renoir)的畫並列(圖 5.39)。大部分的人會認爲西寶的演出木然。不錯，在全片中，她的表演與傳統的外露式大相逕庭，然而她的臉部及整個肢體表現却全然吻合她在片中的功能。

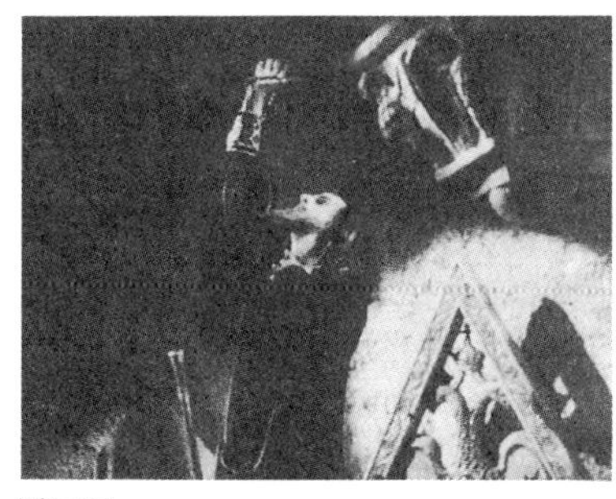

圖5.37

圖5.38

圖5.39

至此，我們已無需再強調電影與舞台的表演間有何不同。電影明星不只一次在媒體上談到電影表演比較節制，因爲攝影機可以捕捉極細微的表情，這是舞台劇做不到的。

說得更仔細點，看舞台劇時，我們通常與演員有一段距離。即使他/她走到台前，坐在後排的觀眾多半只能看到一些較誇大的肢體表演。我們與舞台演員的距離永遠不可能像電影攝影機讓我們看到的那麼近。當然，電影也不是一直讓我們與演員短兵相接。攝影機與劇中人物的距離是可遠可近的——遠至演員只是銀幕上的一個小點，或近到讓我們可看到一個眼神。因此，電影演員的表演方法是和舞台演員不同的，但，並不只有節制這一項，更正確的說法應該是，他/她的表演必須隨著攝影機的距離有所調整。如果演員離攝影機很遠，他/她的動作就要大一點，才能讓觀眾看到他/她的表演。但如果攝影機不過一吋之遙，即使是微微牽動嘴角也能看得一淸二楚，在這兩極之間，演員們必須做合適的調整。

基本上，電影表演可分爲兩個重點：臉部表情及肢體動作，當演員越接近攝影機時，臉上的表情越淸晰可見，也更形重要(當然導演也可以選擇以身體的其他部位做爲焦點)，而當演員遠離攝影機，或轉頭背向攝影機時，他/她的肢體語言就成了表演的重點。

因攝影機之遠近所造成的不同效果，在下一章當我們談到**鏡頭大小**(shot scale)時會有更進一步的說明，總之，無論在舞台上或在鏡頭裏，演員的位置都會影響表演的效果。在貝托路齊的《蜘蛛策略》(The Spider's Strategem)

中，有許多鏡頭兩個主要演員都離攝影機很遠，因此，他們的表演幾乎只有走路以及女主角僵直地撐著洋傘(圖 5.40)。然而在對話的幾場戲裏，我們可以淸楚的看到他們的臉，如圖 5.41；在圖 5.7 中，演員們被安排在花園的兩側，背對鏡頭，因此，他們的手、腳及身體動作成了表演的重心。在圖 5.10 中，演員則離鏡頭很遠，我們能看到的只是一片人海，圖 5.17、5.25、5.33、5.37 及 5.38 都是一些以肢體動作爲表演重心的例子。反之，圖 5.13、5.18、5.19、5.23、5.29、5.30、5.32 及 5.39 中，演員的臉都近到一點小變化都能看到。當然如圖 5.41、5.12、5.24、5.34、5.35 及 5.36，表演也可以結合臉部表情及肢體動作。而在圖 5.22，那一點細微的小動作却具決定性。由此可知，電影表演因地制宜會有許多調整，一個好演員勢必要懂得依鏡頭遠近來調整他/她的表演。

圖5.40

圖5.41

有時候電影表演因爲演員不需要一口氣演完整場戲而遭貶抑。舞台劇演員的表演是一次到底，不能被打斷的；而電影則因爲可以分場拍攝，所以表演可以是片段式的。然而，這對電影工作者是一個優點，因爲不同於舞台劇，電影的表演是從這些片段擷取組合而成。簡言之，一個鏡頭可以拍個好幾次(take)，由剪接師挑出最好的一個，組合後所得到的結果，通常可以比一口氣演完的舞台劇要好；若再加上仔細挑選的音樂及鏡頭間的排列組合，則整個表現又更上一層。導演可能只需要叫演員瞪大眼睛，如果接下來的鏡頭是一隻拿著槍的手，觀眾便知道演員的表情在表現驚慌。因此表演在電影中還有賴人物的肢體語言與許多其他電影技術配合。

最後，我們還要強調好的表演並不見得是所有劇情片的重心，大家總認爲明星和他們的表演是影片的首要元素。但某些導演就蓄意反傳統，要演員做一些平板或極端收斂的表演。布烈松就是著名的例子，他選擇非職業演員，只要其相貌與其意圖接近。他通常不告知演員任何有關角色本身的心理背景，只叫他們走到哪兒，或往哪兒看，或什麼時候開口說話。這樣的表演往往不見容於一般觀眾的想像，但有心人就能看出這樣的節制，主要是爲了把我們的注意力引導至一些微妙的動作或其他的電影技術層面。因此，布烈松的電影常有具原創性及複雜的表演，尙-馬希・史特勞普和丹妮爾・胡莉葉則把這樣的表演推向極端。在他們的《絕不妥協》和《巴哈夫人記事》(Chronicle of Anna Magdalena Bach)中，也啓用了非職業演員以不帶情感的聲音來唸台詞(或者根本沒有台詞)。在他們的電影中，觀眾與影像之間有一段距離。觀眾不再看到有著複雜心理的角色，演員成了台詞的朗誦者，這讓觀眾反省自己對傳統式表演的依賴，也藉此拓展其觀影經驗。總之，表演與場景或燈光一樣，也可以極端風格化的。

表演與電影的其他每一層面一樣，有著不可限量的可能性。此外，表演也不可自整部影片的表現抽離來加以衡量。

時間與空間方面的場面調度

場景、服裝、燈光和人物的表情、動作都是場面調度的元素。然而沒有一個元素可以全然獨立存在。每部電影中通常每一元素都與其他元素一起組合成一獨特系統。若要分析這些場面調度的元素如何運作，我們可以借用一些形式原則：如統一/不統一、類似、相異及發展等來了解場面調度是以哪些方式影響我們的注意力？是什麼讓我們把重點放在畫面的某一部分？

看(looking)都是有目的的。內心的期待與猜測會引導我們的視線。而這些都來自我們對藝術作品或日常生活的經驗。因此，看電影時，我們即依據某些因素做某些假設。

其中一個因素是電影形式的結構。在劇情片中，角色和動作都提供了許多線索。在一個羣戲的鏡頭裏，我們總會試著去找出先前曾出現的角色。另外一個因素是聲音。在第八章會說明聲音如何導引我們去注意畫面上的細節。第三個因素是文字，就像穿插的字幕會讓我們在接下來的鏡頭中尋找相關事物。第四個因素爲場面調度，此因素包括許多空間與時間的元素，每一個都會牽制我們的預測與視線。

■空間

我們都知道影像投射出去的銀幕是平面的，就像照片或圖畫一樣，構圖都在一個框框中。而場面調度中燈光的各種安排所製造出來的明暗效果正可爲畫面上的空間構圖。在大部分的影片中，這些效果提供了表演所在的三度空間。雖然畫面是平的，但是場面調度可引導觀眾感受場景的立體感。因此，觀眾的視線是被平面及光影製造的立體感所導引。

在平面的銀幕空間，觀眾的眼睛會看到物體的運動、顏色、比例及大小。然而，一個動態物體總是比靜態更容易引人注意，即使運動是發生在畫面的角落。在圖 5.42 中(小津安二郎的《大雜院紳士錄》)有一些物體吸引我們的注意力，但當一張小報紙隨風舞動，馬上引起了我們的注意，因爲那是畫面中唯一在動的東西。當一個畫面中有好幾個東西同時移動時，比如一個舞廳的場面，我們的注意力便會在各元素中搜尋，最後會停在我們認爲與故事關係最密切的一點上。

由一般繪畫中得到的經驗告訴我們，明亮的顏色較暗沉者奪目，紅橘黃等暖色系較容易突出，而寒色系則由紫到綠漸次暗下來。導演可善加利用這些原則。比如在彩圖 14、15 中，小津將一些鮮紅的物體擺在寒色背景上。我們的注意力於是就在畫面的左上方。另外，我們可以比較一下彩圖 10 的冷色調與彩圖 11 的暖色系畫面。後者紅、白佔了畫面的上方，前景爲黃色，加上紅色衣服點綴其中，讓觀眾有目不暇給之感。而在彩圖 1、2 的例子中，高達不僅要觀眾注意到角色的臉部，更利用強烈的背景顏色來強調其構圖。彩圖 1 中，演員背後的小圖片，就不斷吸引我們移動視線，而彩圖 2 的背景紅色則強烈刺目，使我們即使是注意著人物的臉部，也無法不去注意到它的紅艷。

黑白片則以不同的方式運用「色彩」。影片中明暗的差別即可影響觀眾對影像的注意力，通常亮度愈高越能引人注意。圖 5.43 是從普多夫金(Vsevolod Pudovskin)導演的《母親》(Mother)中摘出來的劇照。我們的眼睛所集中的地方是在男人的臉，而非他背後的陰暗背景。從圖 5.25 到 5.30 的圖片，都是同樣的道理。但是，當兩個光區各佔構圖的一半時(圖 5.39)，我們的注意力便會在二者中游走。然而，陰暗部分的形體也可能相當重要，尤其當他們的輪廓清楚、背景也非常明亮時。在圖 5.38 中演員及樹影就立即攫住我們的注意力，正是因爲他們在明亮的背景上非常搶眼的緣故。

圖5.42

圖5.43

比例的重要性在於它影響觀眾注意特定的範圍或瀏覽整個畫面。以圖 5.44《遊戲規則》的劇照爲例，許多鏡頭將人物擺在中央，並簡化其他可能會分散注意力的元素。剛剛看過的劇照也不乏這類例子(如圖 5.13，5.26，5.37)。有些鏡頭則均分爲兩側，讓觀眾視線在兩者之間轉移(圖 5.45)。畫面上的比例可以是平均的，如圖 5.36；也可以是不平均的，在圖 5.33 中，觀眾最先注意到那兩個站在畫面中央的男子，然後才會注意到左下角蹲了一羣村民。

至於尺寸大小所造成的效果應該是很明顯了。除非是顏色或動作突顯了畫面上的一個小物體，觀眾通常會先注意大的東西，然後再去思考它們與較小的物體之間的關係。在圖 5.10 中，巴比倫城(Babylon)碩大的圓柱及雕像要比演員、燈光等其他元素對構圖有更多的影響。而在圖 5.24 中，觀眾先看到的應該是演員的臉及他手中的報紙，而非他身後檔案櫃上的標籤(雖然這些標籤清晰可見，也幾乎在畫面中央。另外值得一提的是，動作、顏色及比例往往比尺寸大小更能影響構圖。比如說，倘若圖 5.24 的標籤突然全數掉落，我們自然會注意到。

大部分的抽象電影都以畫面空間的這些特質來牽制觀眾的注意力。但劇情片或其他種類的電影則是以構圖製造出來的三度空間來牽制。

所謂三度空間感是透過「景深」(depth cues)製造的。在這裏觀眾的參予非常重要，因爲畫面的空間並非眞的一路綿延下去，完全是觀眾依景深感去想像整個空間的眞實性。深度感則由燈光、陳設、服裝及人物表演製造，這個元素賦予空間量感(volume)及景深(depth)。而我們對景深的體會，多基於現實空間的經驗或來自繪畫、劇場中的一些慣例。

圖5.44

圖5.45

但當我們指一個物體有量感時，是指此物爲一實體，並佔用空間。這些空間不但從左到右，從上到下，還包括由前到後。影片藉形狀、陰影及動作來呈現量感。看到圖 5.39 和 5.46(後者爲《聖女貞德受難記》)時，我們並不會視之爲如紙娃娃般的平面剪影。她們的頭、肩膀顯示她們是眞人，而臉上的陰影也突顯出五官的凹凸曲線。我們也知道她身後牆上的畫是平的。畫框在白色的牆上一動也不動。依我們日常生活中對物體的了解去辨識電影的量感。而抽象電影中，由於所使用的幾何圖形並非日常用品，所以構成的畫面是不具量感的。圖 5.47(摘自諾曼・麥克賴倫的《Begone, Dull Care》)就完全沒有製造出量感——圖案沒有影子，看不出來是什麼，也沒有動作暗示它的圓形體積。

至於影片中的面(planes)則是指前景與背景之間的整體關係。前景與背景之間的距離可深可淺，居中者爲中景。景深可幫我們識別鏡頭中不同的面，因此有助於拉開前景與背景。

唯有在空白的畫面才會只有一層面。只要有一個形狀出現，即使是抽象的，我們就會視之在背景之上。如圖 5.47，四個深色圖案其實是與較亮的部分一起畫在畫面上的。然而這部分看起來却像是位於那四個圖案之後。因此如同一幅抽象畫，在這個空間裏只有兩個「面」。

圖5.46

圖5.47

在《聖女貞德受難記》中，很多鏡頭都也經常只有兩層「面」——前景（通常是一張臉）和背景（一面牆或是天空）。在圖 5.46 中，唯一的深度感來自輪廓的**重疊(overlap)**，臉的線條自場景中突顯出來。

彩圖 2（《中國女人》的劇照）則多了一層的面——冉冉飄散的煙出現在另外兩層「面」上（臉孔及背景），由此可推斷出動作（movement）在電影中可為「面」加添景深及量感，比如在這裏，飄散的煙顯示前景還有另一層的「面」，此外在背景上的影子可算是另一種景深的表現。

濃淡遠近法(aerial perspective)就是讓離鏡頭較遠的面失焦，也是製造景深的方法之一。因為觀眾會把較清晰的部分視為前景。威廉・惠勒（William Wyler）所導的《紅衫淚痕》跟許多好萊塢電影一樣，以燈光（及鏡頭焦距）讓背景模糊以突顯前景之物體（圖 5.48）。

在《巴哈夫人記事》中，導演史特勞普及胡莉葉充分利用場面調度來製造景深，如線條之重疊、陰影、及**尺寸縮小(size diminution)**。尺寸縮小利用的原理是：離我們越遠的物體在比例上越小。反過來說當物體越小，我們便會覺得它離我們越遠（圖 5.49）。這樣的場景益發讓我們相信其景深及幾個「面」與「面」之間的距離。

講到這裏，我們不妨回頭看看之前的一些劇照，來比較一下這些畫面如何運用場面調度來製造景深以及不同的前景/背景關係。

電影中畫面的空間與故事的空間不但是互動的，並且與整個敍述事件息息相關。接下來我們將以德萊葉的《憤怒之日》為例，來討論這幾個元素如何共同運作，引導觀眾。

在第一個鏡頭，女主角安（Anne）站在網狀的木板前（圖 5.50），她雖然不說話，但由於她是片中主角，我們自然把注意力放在她身上，在這個畫面中，不論是場景、燈光、服裝或人物表情都在視覺上與我們的想法呼應，場景以一組交叉的線條突顯女子臉龐及肩部的柔美線條。而燈光方面，畫面右半部是一道亮光，左方則是一片陰暗，而安的臉正好是在這兩個光區的交會處。來自右方較強的主光使她的臉凹凸分明，一點點的背光打在她的髮梢，這裏幾乎沒有補光。

圖5.48

圖5.49

圖5.50

與這種明暗反差相配合的還有她所穿的服裝，黑色連身裙飾以白領，黑色的小帽鑲著白邊，又再次突顯她的臉。在這畫面中兩個主要的面中，呈幾何圖形的背景與較重要的前景(即安本人)區隔得相當清楚。此外，安略帶悲傷的面孔可說是整個畫面中最具表情的元素，也更讓我們相信這是焦點處。因此，即使在這裏並沒有動作，德萊葉藉著整個場面調度中的線條、圖形、明暗反差及前景背景之關係控制了我們的視線。

在第二個鏡頭中，德萊葉讓我們的視線穿梭於一對男女與馬車間(圖5.51)。同樣的，由於這裏的人物與馬車都是重要的敘事元素，故事情節便吸引著我們的注意力。在這裏馬丁正向安解釋馬車的功用，因此聲音也幫我們去了解。此外，場面調度也扮演重要角色，前/背景的關係在這裏由在前景的安和馬丁以及在背景的馬車構成。男女主角及馬車的重要性則由線條、形狀及明暗等強調出來。人物的線條及暗色服裝在明亮的燈光及場景下益發顯眼，在畫面上方的馬車與下方的男女，兩者的比重平均，因此更讓我們的視線在他們之間來回注視。

圖5.51

同樣的元素在彩色片中也可發生效用，例如小津安二郎的《秋刀魚之味》中的一個鏡頭(彩圖7)。我們的注意力集中在畫面前景中央的女子，在這裏有好幾個元素在製造景深：重疊(各在兩個前景中的兩個人物與更遠距離的面相對)、遠近濃淡(樹葉已微微失焦)、動作(新娘垂下頭)，以及透視縮小(愈遠的物體愈小)；畫面中央的人物以及紅色、銀色、金色相間的新娘禮服在背景晦暗、冷清的色調襯托下更為突出；此外，畫面中紅色及銀色在影片的第一個鏡頭就曾出現，可說是全片之主色調(彩圖8)。

在以上的例子，構圖及景深都引導著觀眾去注意敘事上的各個元素。布烈松的《武士藍西洛》(Lancelot du Lac)全片就以非常少且冷清的色調為主，因而亮度高的顏色特別容易突顯，其中一景(彩圖 9)是由幾個角色平均分佈在前景上對話，然而一匹披著鮮艷鞍毯的馬經過，立刻轉移了我們的注意力，這樣的做法在片中一再出現，成為風格的一部分。

■時間

至此，我們已討論了一些空間因素對我們觀影的影響。而觀看畫面是需要時間的，如果全片只有一個很短的鏡頭，我們會被迫必須立即看清畫面。但在大部分的鏡頭中，我們通常會先得到一個整個印象。這個印象讓我們有了初步的猜測。這些猜測隨著我們眼光的搜尋，會有些修正。一個靜態構圖，比如像《憤怒之日》的第一個鏡頭(圖 5.50)，往往讓我們眼光停駐在一個單一的物體上(在這裏是安的臉)。但是一個強調動作的動態構圖便較「緊迫」，因為我們的注意力隨著不同的速度、方向及動作的節奏四處游移。在《憤怒之日》的第二個畫面(圖 5.51)，安和馬丁背對著我們(因此我們幾乎看不到他們的表情及動作)，而且他們又站著不動，因此畫面中唯一在動的東西——馬車——便吸引我們的眼光，但當安和馬丁開始交談、轉身時，我們又開始注意他們。然後又回到馬車……注意力可說是一直在來回變換。因此場面調度不僅引導我們去看什麼東西，也告訴我們什麼時候去看。

的確，場面調度可以在時間的元素上創造獨特的動感，比如說，我們往往會忽略畫面中一些沙粒、黑點或毛髮的動作。在大衛・瑞摩(David Rimmer)的《等待皇后》(Watching for the Queen)中，第一個畫面是一張完全靜止的照片，影片中像砂粒一樣跳動的黑點就吸引了我們的注意。我們來看看下面三個鏡頭各有什麼不同性質的動作：

1. 靜態主導圖 5.52，這是香塔・亞克曼(Chantal Akerman)的《Jeanne Dielman, 23 quai du Commerce, 1080 Bruxelles》中的一個鏡頭。在這裏，女主角一直坐著不動，這部女性電影闡述一個比利時婦女的每日例行工作，大部分的鏡頭都只有少許的動作，以便讓觀眾去注意這些例行工作的細節及細微的變化。

2. 圖 5.53 摘自巴士比・柏克萊(Busby Berkeley)的《舞台舞影》(Footlight Parade)。在這個鏡頭中，前景、中景及背景的動作是相反的。一排排的舞者輪流以反方向舞動著大腿，呈現在我們面前是幾近抽象的構圖，及快速、穩定的節奏感——正是這個鏡頭所要傳達的。

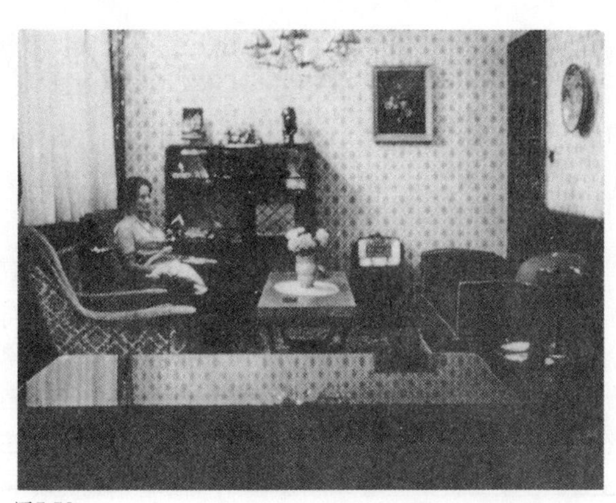

圖5.52

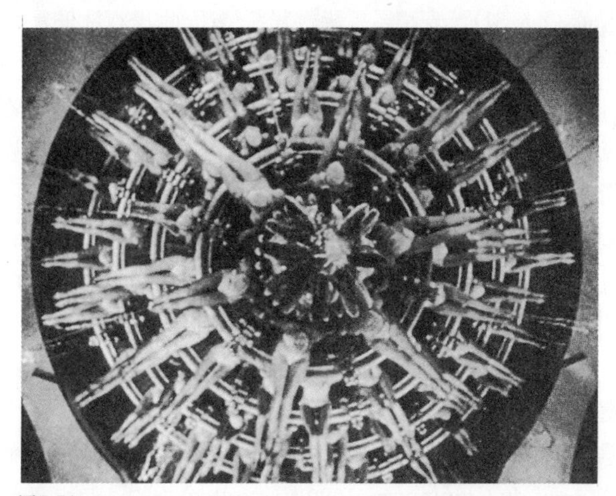

圖5.53

3.圖 5.54 摘自傑克・大地的《遊戲時間》，這個畫面中的動作各有不同的速度、方向及位置。這些動作都很引人注意，我們的眼光只好縱覽整個畫面，盡量看到每個細節。這樣緊迫的節奏在許多大地的構圖都有很重要的地位，他總在畫面裏同時塞滿笑料，讓我們應接不暇。

整個說來，場面調度爲畫面創造了空間與時間，場景、燈光、服裝及人物表演則在互相配合下構成各式各樣的前景、背景、線條、圖案、明暗及動作。這些元素所組成的系統不僅引導觀眾了解每一個畫面，並可以賦予影片一個整體結構。

圖5.54

場面調度的敍事功能

範例影片：《待客之道》(Our Hospitality)

上面我們已大致介紹了場面調度在電影風格上所提供可行性，它在構圖上的潛力對抽象式影片尤為重要，而對其他種類的影片也很有幫助。分類式、策略式、聯想式影片皆運用場面調度來引導我們的視線，以了解及參與我們所見所聞。接下來我們要特別討論場面調度如何在劇情片中運作。

為了了解劇情片中所呈現的故事內容，我們必須對場景做比較、辨別劇中人物、注意一些較醒目的動作等等。許多在情節發展中一再出現的母題都是場面調度中的元素，而這些母題往往與全片的形式結構原則息息相關，如它的統一性、重複、變化與發展等原則。

此外場面調度對促進情節發展也有相當功能，因為我們看到的所有事件串連起來便是情節。然而場調度的元素本身也會傳遞一些劇情。比如，一個偵探發現了一具屍體，我們會猜測這是謀殺案。如果一名女子對朋友訴說她的往事，並出示她父母的照片，這張照片便提供了一些片中沒有出現的資料。同樣的，場面調度多多少少呈現了有限的敍述範圍。但是，也有極端的例子，比如《卡里加利博士的小屋》，就以場面調度的元素展現了一個瘋子的主觀世界(圖 5.1 及 5.38)。這麼極端的例子並不多，但多數影片會偶爾讓觀眾得知某個角色的祕密，讓我們進入角色的主觀視線——比如看一本日記或一封信，或從窗戶看到一幕景象。

場面調度總是不斷地讓我們對劇情發展產生期待。比如我們在故事開始時看到某人藏一個珠寶箱，我們便等著看有人終於找到它。這樣的預期多因爲有類型片的慣例可循：比如在鬧劇中若來到一間擺滿了派的西點店，顯然丟蛋糕大戰即將展開；在茱蒂・迦倫-米蓋・隆尼(Judy Garland- Mickey Rooney)的歌舞片中，若在房間一角塞一架鋼琴，往往一會兒他們就會邊彈邊唱。當然，這些慣例並非牢不可破，劇情片也可以突破傳統式的場面調度來製造驚奇。

然而，場面調度並非獨立運作，而是需配合整部影片的敍事系統。電影《待客之道》(Our Hospitality)正如基頓大部分的作品即展現場面調度如何推動劇情並製造一些視覺母題之功能。由於本片屬喜劇片，因此場面調度還製造了一些笑料。由這部電影，我們可以了解每一項電影風格元素都會有好幾種功能。

首先，讓我們看看這部影片的場景(1)是如何與敍事結構相輔相承。場景幫助影片區分每一場戲，並讓場景之間產生對比。例如，本片開始是一段序曲，簡單敍述了馬凱家族(The Mckays)與康福家族(The Canfields)之間的敵意終於造成康福家兒子與馬凱家男主人之死亡。我們看到馬凱一家人住在一間小木屋，而襁褓中的威利(Willie)命運未卜，隨即威利的母親就帶著他由南方的家鄉逃至北方。影片中的主要情節發生在數年後，威利已長大成人，住在紐約。在這段戲裏有一連串的笑料，多繞著十九世紀初的都會生活打轉，與前面序曲部分大異其趣，使我們不禁懷疑這樣的場景如何與南方景緻聯結。但很快威利得知他繼承了父母在南方的家產，接著就是一連串他搭火車回鄉途中的趣事。這些場景基頓都是以實景拍攝，但以各種方式舖架鐵軌的片段中，基頓以外景製造驚人的喜劇效果。接下來，影片敍述威利在南方小鎮及附近地區活動的情形；當他抵達的那一天，他四處閒逛又製造了許多笑點。那晚他就住在康福家，因爲好客之道讓那裏成爲唯一的安身處。終於，一場追逐在第二天展開了，仇敵雙方在穿越田野回到康福的房子後，結束了仇敵關係。整部片的主戲幾乎都是靠場景在威利的旅程中一再變換中發展。當威利抵達南方後，開始他與康福家族成員之間的戲時，敍事變得較非限制性。爲了製造懸疑氣氛，觀眾通常比威利早知道康福一家人在哪裏，然後再安排康福的家人正好來到威利的藏身處。

再者，特定的場景有其特殊的敍事功能。例如，馬凱家的房子並非威利所想的華廈，而是一間傾圮的木屋；因此，馬凱的房子正好與康福家的莊園成一強烈對比。就敍事而言，當康福家的父親告訴他兒子「只要他還是我們的座上客，我們就不能殺他」時，康福家的房子突然重要性激增，因爲諷刺的是，威利敵人的家變成了威利在鎭上唯一的安全地帶。有好幾場戲便是康福家的兄弟想盡辦法要把威利引出房子外而製造了許多笑點。結尾時當康福家人與威利在不同的戶外場景如草原、山脈、河岸、急流及瀑布等處追逐，最後回到康福的房子，敵意已不再。威利被當成駙馬爺般款待。於是整個發展的模式很清楚：由開始在馬凱家的槍戰、威利家破人亡，到最後在康福家威利成爲家庭的新成員，這部影片正說明了場景隨敍事結構中的因果、平行、對比及進展而變化的例子。

同樣，本片服裝(2)之設計也隨敍事變動。威利穿著時髦的西裝一副城市男孩的打扮，而康福家族則著白色西裝，頗有南方士紳風範。道具(3)在這裏也很重要；威利的旅行箱及雨傘巧妙點出他遊客的身分，而康福家人從不離身的手槍則提醒我們這段宿仇。另外，值得一提的是服裝的變換，例如，威利曾打扮成女人而使他能順利逃出康福的房子。在結尾，劇中人放下槍械表示敵意終結。

本片的燈光(4)如同場景，在整體上也有特定的功能。在片中黑夜的戲與日景的戲極有系統的交換出現；在序曲中，結仇的戲發生在夜晚，威利的南方之旅則發生在白天。到了晚上，威利來到康福家吃飯並留下來做客；第二天白天康福家人開始追殺他，然後本片之結局是威利與康福家的女兒文定之夜。說得更淸楚些，在序曲的悲慘事件中，強烈的主光使之與影片的其他部分截然不同。那場戲中，老馬凱以帽子熄燈，整個光線遂由原本的柔和光線變成由壁爐傳來的刺眼光線(圖 5.55 和 5.56)。後來的流血事件則發生在各種閃光之中——閃電、槍的火花——這些確實頗能在黑暗中製造氣氛，因爲閃爍的光源只能讓我們看到部分的經過，因此更增添懸疑氣氛。在黑暗中，閃光不斷，我們只能等著看結果，直到一道閃電劃下，我們才看到雙方均有傷亡。另外，本片其他場景的燈光全依三點式打燈的方法來拍攝。

圖5.55

圖5.56

最經濟的是，幾乎人物的每一個動作(5)都加強或推展著故事的因果關係鍊。康福品嘗威士忌蘇打的方式顯示了他的南方性格，他的南方式人情味讓他不能槍殺家裏的客人。同樣的，威利的一舉一動也顯示了他的羞怯及機智。本片的另一特點是巧妙運用人物與景深(6)同時呈現兩個事件，比如當技師開著蒸汽車，另一節車廂却由另一條平行的軌道駛過(圖 5.57)。在這裏我們看到了「因」(技師的無知)及「果」(脫節的車廂)同時並列於畫面。在另一個鏡頭，康福家的兒子們在前景計畫槍殺威利，而在背景威利聽到了談話，開始準備逃亡(圖 5.58)。還有另外一個鏡頭是當威利由背景緩步走來，康福家人正等在前景準備偷襲(圖 5.59)。由於空間安排的景深度，基頓得以巧妙地結合兩個事件，讓一個天馬行空的故事有了緊湊的結構；例如，在圖 5.58 中，我們看到威利得知敵人的意圖，大約就知道威利可能要逃亡了，但在圖 5.59，我們發現威利並不知道角落所隱藏之危機時，便產生了懸疑，因爲我們開始猜測到底康福的兒子會不會得逞。

這些節省敍事之繁瑣的技巧對影片的統一頗有幫助，而場面調度的其他元素則提供了許多視覺母題。比如，在威利回老家的路上有一對夫婦不斷拌嘴，威利看到先生打太太，便加以干涉，不料太太反而嫌威利多事，打了他一頓。威利在回程的路上，又碰到他們還是在打架，這回威利刻意迴避，沒

圖5.57

圖5.58

圖5.59

想到還是給太太踢了一腳。這些重複的情節加強了全片的統一性，同時也與全片題旨有關——算是對所謂的人情味開一個玩笑。

其他的母題在片中也一再重複出現；例如，威利的第一頂帽子太高了，在跳動不已的車廂糗相百出。他的第二頂帽子則被他用來分散康福家人的注意力。此外片中還有一個水的母題，雨(水)在序曲部分讓我們看不清殺人的過程，到後來則讓威利在晚飯後不能離開康福家；而在最後的追逐場面中，河(水)的作用更是奇人。另外，當威利抵達南方不久便看到瀑布，還有一場爆炸炸毀了水壩，大量的水衝過岩石形成一道瀑布(圖 5.60)。這瀑布本來供他藏身躲過一劫(圖 5.61、5.62)，但後來却差一點奪去他和康福的女兒的性命(圖 5.68)。

圖5.60

圖5.61

圖5.62

場景方面的母題則有兩個，同樣都有利於統合整個故事。第一個是掛在康福家牆上的繡花壁飾，上面繡著「要愛你的鄰居」。它最早出現在序曲部分，當康福看到它時，有意平息兩家的敵意，因此它可扮演讓故事前後呼應的角色。但是當康福正為威利娶了他女兒而大發雷霆時，突然又瞥見那些字，便決定不計前嫌。這暗示了他態度的轉變在這些字早先出現時已開始醞釀。

本片還有一個「槍架」的母題，在序曲中每個人都到爐檯上取下手槍。後來，當威利來到小鎮，康福家人便跑到他們的槍架旁，為槍裝上子彈。在影片快結束前，當康福家人在遍尋不著威利後，回到家裏，一個兒子發現槍架一空。到了結尾，康福一家人接受聯姻，放下武器，威利便從自己身上掏出各式各樣的手槍。這些都是由槍架上取來，由以上的例子可知，場面調度上的母題在這裏以重複、變化或進展來統合影片。

然而《待客之道》不僅僅是一部敘事結構與場面調度合作無間的影片，它還是一部上乘喜劇。我們不難發現基頓在這裏以場面調度來製造很多有趣的笑點。的確，這部電影中所有有助於敘事簡潔的元素也都同時是能製造笑料的激素。

場面調度也可以是獨立的喜劇元素；意即，場景也可以用來製造笑料——馬凱破爛的木屋、1830 年的百老匯、特製的火車隧道，正好可讓老式火車及煙囪通過(圖 5.63)。屬於服裝的獨立笑點也很突出，例如威利男扮女裝的技倆因裙子後面的縫而被拆穿；威利把一套相同的服裝放在馬上以騙過康福家人等。然而最強的喜劇效果則來自人物的表演；比如鐵路技師不小心把查票員的帽子踢掉(圖 5.64，這角色是由基頓的爸爸所飾)，康福先生在威利頭上幾吋遠的地方窮凶惡極的磨刀。還有當威利沉入水底時，他站在那裏做左右遠眺狀，好一會兒才知道他身在何處。後來威利還飛入河中，如魚一般躍出水面並在石頭間跳躍等，這些都說明場面調度的元素可以是獨立的喜劇元素。

圖5.63

圖5.64

如果本片在場面調度中有一個元素能夠與肢體所製造的上乘笑料相比，那應該就是深度空間。在我們前面看到的一些畫面不乏這類例子：鐵路技師站得直直的而沒注意到與引擎脫節的車廂(圖 5.57)，正如威利不知道康福的一個兒子正藏在畫面前景意圖不軌(圖 5.59)，這都是利用深度空間來引爆笑點。

然而更引人入勝的應該是水壩潰決後那個深度空間所製造出來的笑料。康福家的男孩翻遍全鎮要找出威利，威利這時却正坐在礁石上釣魚。不巧，當水沖出水壩，流下岩壁變成瀑布，威利遂被困在其中(圖 5.61)。就在這時，康福兄弟由畫面兩側進入前景，仍然在找威利(圖 5.62)。可是，水所造成的屏障使威利在背景之後，而讓我們將注意力放在康福兄弟在前景的表演。如此，瀑布的安排製造相當的驚奇的效果，而非懸疑，因爲我們並不知道原來康福兄弟已經來到附近。這樣的意外在喜劇中有很重要的地位。在這裏基頓將背景除去、加入新的前景的手法，正符合巴贊對喜劇的觀察，他認爲喜劇的成功在於大部分的笑料是來自空間的喜感，以及由角色與事物、週遭環境之間的關係而來。

不論那些單一的笑點有多吸引人，《待客之道》對於其喜劇母題的設計與其他母題一樣精準。本片的旅程中就常常從一些母題及其變化來安排一連串的笑料。例如，有一組笑料是以鐵軌爲主題，其變化包括一段撞歪的鐵軌、擋在鐵軌中的驢子、彎曲呈波浪狀的鐵軌……等。

但是最複雜的「主題-變奏」則屬「釣線上的魚」這個母題；在電影開頭，威利垂釣時拖起一條小魚，不久後，一條大魚却把他拖進水中(圖 5.65)。影片後半部，在一連串不順利後，威利被康福的一個兒子以繩綁住。許多的笑點就如臍帶相連，尤其當威利也要被康福拖下水時，令人無法不會心一笑。

而全片最好笑的一刻可能是威利發現康福的兒子掉落懸崖時，他覺得他也差不多要掉下去時那一段(見圖 5.66，5.67)，因爲雖然他已擺脫了康福，繩子仍然綁在他身上，於是全片的高潮就在威利終於掉下去之後，最後吊在瀑布上的一根木頭上，那個模樣像極了影片前段他釣魚時手中釣竿上那條魚(圖 5.68)。在這裏同樣的元素有好幾個作用：這個「釣線上的魚」的母題不但推動了整個敘事，使它成爲統合全片的母題，還變奏成關於威利的各式笑料。正因如此，《待客之道》不愧是將場面調度與敘事結構完整結合的佳作。

圖5.65

圖5.66

圖5.67

圖5.68

結　論

要研究場面調度，觀眾必須以系統化的方式去尋找各項元素。首先，要注意場景、服裝、燈光及人物的表演是如何在影片中呈現(一開始可以先就單項——比如場景或燈光——做研究)。同時我們也要探討場面調度的元素是如何組構、運作，以及他們又是如何製造一些母題貫穿全片。此外，我們應該注意場面調度是如何在空間與時間中排組，以便引導觀眾的注意力，並製造懸疑或驚奇。最後我們還要試著將場面調度的系統與影片的敍事系統相連接。在這裏我們認爲墨守成規寫實路線，還不如給予場面調度更多開放的空間；因此對於場面調度的各種可行性加以了解將有助於我們界定場面調度的敍事功能。

註釋與議題

■關於場面調度的起源

場面調度原爲劇場概念。其歷史可追溯至十九世紀劇場。若想了解其歷史及其與電影的關係，可參看：

Oscar G. Brockett and Robert R. Findlay, *Century of Innovation*(Englewood Cliffs, N.J.: Prentice-Hall, 1973).

更專論的文章及書籍有——

Brooks McNamara, "The Scenography of Popular Entertaiment" *The Drama Review* 18, 1(March 1974):16-24;

Martin Meisel, *Realizations: Narrative, Pictorial, and Theatrical Arts in Nineteenth-Century England* (Princeton, N.J.: Princeton University Press, 1983)；

研究電影場面調度的標準作品有：

Nicolas Vardac, *Stage to Screen* (Cambridge, Mass.: Harvard University Press, 1949)。

■關於場面調度的寫實主義

許多電影理論家視電影爲一寫實媒體，例如對克拉考爾(Siegfried Kracauer)、巴贊及柏金斯(V. F. Perkins)等理論家而言，電影的神奇處就在於它能夠呈現現實。因此寫實派理論家通常講究服裝及場景的眞實性，「自然」的表演以及不具特異風格的燈光。柏金斯曾提過陳設的首要功用在於提供事件一個讓人信以爲眞的環境(請參看*Film as Film* [Baltimore: Penguin, 1972]，94頁)。巴贊則盛讚四〇年代義大利新寫實電影爲「情節忠於現實，演出忠於角色」(請參看*What Is Cinema?* vol 2 [Berkeley: University of California Press, 1970]，P.25)。

雖然場面調度是精挑細選的結果，寫實派理論家會比較偏好看起來能呈現眞實的場面調度。克拉考爾就曾提過歌舞片中的歌唱、舞蹈即使明顯的不寫實，仍能讓人覺得是即興之作(見*Theory of Film* [New York: Oxford University Press, 1965])。巴贊認爲像《紅汽球》(The Red Balloon)這類幻想片仍爲寫實的，因爲在這裏「銀幕上的虛幻中有著某種寫實的空間密度」(見*What is Cinema?* vol.1 [Berkeley: University of California Press, 1966]，P.48)。

這類的理論家認爲電影工作者必須藉場面調度的篩選及排組，呈現歷史的、社會的或美學上的眞實。本書對此不多做探討，因爲嚴格說來，這是電影理論的領域。然而，關於寫實的爭議是值得深思的，若想了解反寫實理論派之論述，可參考：

Noël Burch, *Theory of Film Practice* (Princeton, N.J.: Princeton University Press, 1981)，以及——

Sergei Eisenstein的文章"An Unexpected Juncture"收錄在Richard Taylor所編之*Writings 1922-1934* (Bloomington: Indiana University Press, 1988), pp. 115-122，另外——

Christopher Williams, *Realism and the Cinema* (London: Routledge & Kegan Paul, 1980)也討論了許多這方面的問題。

■安排與未安排的場面調度

紀錄片與劇情片的差別通常在一個是刻意安排另一個則否。在一部劇情片中，電影技術人員可以完全掌握其場面調度，但紀錄片則旨在呈現一個未經修飾的事件。例如《一夜狂歡》(A Hard Day's Night)中，導演李察·賴斯特(Richard Lester)安排了一場披頭的演唱會，以便控制場景、燈光、服裝及人物表演。但《蒙特婁流行音樂會》(Monterey Pop)及《胡士托音樂節》(Woodstock)這兩部影片就沒法這樣去掌握整個事件，只能運用其他的技術。如剪接、攝影及音效來做選擇。然而紀錄片是否眞能至少保留眞實事件中一點「粗糙感」？

有趣的是，偶而就會有關於膺品紀錄片的批評，這類紀錄片啓用演員、事先排演，或假造時間及地點。這些批評的前題是他們認爲紀錄片是不需要場面調度的。最有名的「邊緣」紀錄片是蓮妮·瑞芬斯坦的《意志的勝利》(Triumph of the Will)。至今，人們仍爭議著這部片子到底只是單純紀錄了1934年納粹黨集會，或者整個事件是特別爲電影安排的。如果後者說法屬實，本片堪稱影史上場面調度之創舉。

其實，大部分的電影都會運用場面調度，這門技術不僅用於一般劇情片。同時也適用於動畫及抽象式影片。的確，動畫片導演對場面調度的控制幾乎達到極限，這方面的入門書是：

John Halas and Roger Manvell, *The Technique of Film Animation* (London: Focal Press, 1968).

■場面調度中一些特別項目

服裝方面，請看：

Elizabeth Leese, *Costume Design in the Movies* (London: BCW, 1976);

Edward Maeder所編的*Hollywood and History: Costume Design in Film* (New York: Thames and Hudson, 1987)；

Leon Barsacq與其得力助手Elliott Stein寫成了至今最好的場景史:*Caligari's Cabinet and Other Grand Illusions: A History of Film Design* (New York: New American Library, 1976).

其他在電影陳設方面的主要著作還有：

Donald Albrecht, *Designing Dreams: Modern Architecture in the Movies* (New York: Harper & Row, 1986)；

John Hambley and Patrick Donning, *The Art of Hollywood: Fifty Years of Art Direction* (London: Thames Television, 1979)；

Howard Mandelbaun and Eric Myers, *Screen Deco: A Celebration of High Style in Hollywood* (New York: St. Martin's, 1985)。另外，*Film Comment* 也曾出版專刊(May/June 1978)討論藝術指導的作品。

曾與尚·雷諾長期合作的場景設計師Eugene Lourie出版了一本回憶錄：

My Work in Films (San Diego: Harcourt Brace Jovanovich, 1985)。

最常被討論的人物表現種類當然是表演，有關電影表演的精闢論述有：

Richard Dyer, *Stars* (London: British Film Institute, 1979)；

Charles Affron, *Star Acting: Gish, Garbo, Davis* (New York: Dutton, 1977)；

James Naremore, *Acting in the Cinema* (Berkeley: Univeristy of California Press, 1988)。

另外還可參看*Cinema Journal,* 20, 1 (Fall 1980) 的特刊。

燈光是場面調度中相當引人入勝的一項，以好萊塢電影的燈光技術做探討對象者有：

John Alton, *Painting with Light* (New York: Macmillan, 1949)；

Gerald Millerson, *Technique of Lighting for Television and Motion Pictures* (New York: Hastings House, 1972)。另外在*Cinematographic Annual* 1 (1930) (New York: Arno Press, 1972) 的 47-60 頁及 91-108 頁，黃宗霑 (James Wong Howe) 的"Lighting"以及Victor Milner的"Painting with Light"是早期有關燈光的討論。

電影燈光大師馮・史登堡在他的自傳*Fun in a Chinese Laundry* (New York: Macmillan, 1965) 曾就燈光做了許多討論；而Raoul Coutard對燈光有不同的主張，可參看他收錄在——

Toby Mussmann所編的*Jean-Luc Godard* (New York: Dutton, 1968) 中的文章"Light of Day" (232-239 頁)。

好萊塢的攝影師則在：

Charles Higham, *Hollywood Cameramen* (London: Thames & Hudson, 1970) 一書中重溫他們的燈光實驗。

■景深

雖然電影導演自有電影以來都控制著畫面的深、淺，對這項空間特質的主要研究則是到四〇年代才開始。在當時，巴贊提到某些導演的鏡頭有著驚人的景深，如穆瑙 (F. W. Murnau)、奧森・威爾斯、威廉・惠勒及尚・雷諾。今天，我們可能還會加上溝口健二，甚至艾森斯坦。巴贊把景深做爲分析的項目，更增加我們對場面調度的了解 (參看 *What is Cinema?* vol.1 中的"The Evolution of the Language of Cinema)，有趣的是與巴贊常有不同看法的艾森斯坦也討論了三〇年代深焦演出的原則。我們可參考其學生：

Vladimir Nizhny 在 *Lessons with Eisenstein*(New York: Hill & Wang, 1962)中的文章，他提到艾森斯坦要班上學生在一個鏡頭內、且攝影機不動的情況下呈現一件謀殺，其結果是運用極端的景深來達到目的。

對此主題之討論有尚：

David Bordwell, "Narration and Scenography in the Later Eisenstein", *Millennium Film Journal* 13(Fall/Winter 1983/84)：62-80。以及：

Charles Henry Harpole, *Gradients of Depth in the Cinema Image* (New York: Arno, 1978)。

■構圖與觀衆

一個電影的鏡頭就像是畫家的畫布，必須要填滿，並引導觀者去注意某些事物。因此，電影構圖之原則有許多是來自美術，有關構圖的基本書籍是：

Donald L. Weismann, *The Visual Arts as Human Experience*(Englewood Cliffs, N.J.: Prentice-Hall, 1974)，本書對景深也有許多有趣的探討。

較深入的研究書籍包括：

Rudolf Arnheim, *Art and Visual Perception: A Psychology of the Creative Eye* (Berkeley: University of California Press, 1974)，以及他的另一本書：

The Power of the Center: A Study of Composition in the Visual Arts (Berkeley: University of California Press, 1982)。另外——

Maureen Turim的文章"Symmetry/Asymmetry and Visual Fascination"刊在 *Wide Angle* 4, 3(1980)：38-47 頁，討論了電影如何運用這些原則。

巴贊曾提到景深較大或深焦的鏡頭，比較平、較淺的鏡頭更能給予觀衆自由的空間，也就是說觀衆的眼睛可以自由地穿梭於畫面之內(詳見巴贊的*Orson Welles* [New York: Harper & Row, 1978])。Noël Burch則說：「在一個電影畫面上的所有元素都有同等的機會被注意到。」(*Theory of Film Practice*，P 34)。然而，視覺的心理研究顯示觀者的確會依某些暗示去過濾畫面。有關於此的討論及書目請參考：

Julian Hochberg的文章"The Representation of Things and People"收錄在E.H. Gombrich等人所編的*Art, Perception, and Reality*(Baltimore: John Hopkins University Press, 1972), pp.47-94。

在電影中，「何時看何物」會受人物或攝影機運動、聲效、剪接及影片整體結構的影響。有關此的心理研究概論可參考：

Ralph Norman Haber and Maurice Hershenson, *The Psychology of Visual Perception*，2d ed. (New York: Holt, Rinehart and Winston, 1980), pp.

6. 鏡頭：電影攝影的特質

場面調度基本上是源自劇場的概念：導演安排調度事件的場景以利拍攝。但廣義的電影藝術並非僅拍攝攝影機前的事物罷了。一個「鏡頭」(shot)必須等到光影在底片上留下痕跡，才能算完成。導演也必須提到所謂的**攝影性質**——除了拍攝的內容，還有拍攝的方法。這包括三方面：(1)每個鏡頭的攝影特性；(2)每個鏡頭的畫面構圖；以及(3)每個鏡頭拍攝的時間長度。本章將探討這三方面的處理。

攝影的影像

電影攝影(cinematography，字面上意義爲「以動作之運動寫作」)絕大部分是藉照相(photography)的特質(以光影寫作)來完成。雖然有的導演會捨棄攝影機，直接在底片上畫畫、上油彩、用刀片刮、打洞或甚至任其長黴，但這些都是爲了讓觀眾能透過賽璐珞片上的蝕刻，在沖片後再去感受其所造成不同的光影圖案。但大部分的導演還是利用攝影機來控制光線在感光底片上的化學作用。在任何情況下，導演均可以選擇影片的色調，操縱影片的速度，並改變它的透視點。

■色調的範圍(The Range of Tonalities)

影像可以顯得灰濛或是黑白分明，也可以呈現多層次的色彩。事物的表面可肌理分明，也可一片模糊。導演在此均可利用底片種類及曝光率來製造這些視覺特色。

底片種類(film stocks)，底片依據不同的感光度而有不同的種類。有些感光「慢」——意即，它們對光的敏感度比一些較「快」的底片慢；也就是說，慢速底片對某一亮度的物體，比快速底片需要更多的光線，才能顯像。

選擇底片類型有其美學上的意義，因爲不同速度的底片會影響影像的外貌。較慢速的黑白底片可產生較多層次的灰色，質感較細，反差較小。較快速的黑白底片則呈現較少層次的灰色，質感粗，反差大。在《槍兵》(Les Carabiniers) (圖 6.1) 中，高達選用了快速底片，結果顯出粒子粗、反差高，以及幾乎漂白過的視覺效果。但是尙·雷諾在《朗基先生的罪行》(圖 6.2) 中則選用了速度相當慢的底片，製造了多層次的明暗、肌理分明、質地豐富的細節。

選擇底片的種類並不只是爲了黑、白或灰的層次效果而已。就像每個人都知道，彩色底片可以製造更多層次的光譜。事實上，不同的彩色底片能產生各異的色彩特質。特藝色彩(Technicolor，見彩圖 10、11，《相逢聖路易》)、愛克發彩色底片(Agfa，艾森斯坦的《恐怖的伊凡》中有部分使用此底片，如彩圖 5、6；以及小津安二郎的《秋刀魚之味》，彩圖 7、8)、伊士曼彩色(Eastman color，彩圖 1、2、3、4、9)，以及其他彩色底片——都有不同的視覺特性，所以導演在選擇彩色底片時皆特別謹愼。

底片種類隨歷史演進也有變化。在二〇年代中期之前，大部分的電影都是用一種稱作「整色」(orthochromatic) 的黑白底片拍攝。它對紫色到綠色之間的光譜特別敏感：此底片對從這些顏色的物體反射出來的光比較敏感，而在畫面中出現則是白或灰色。但整色底片對黃或紅皆不敏感；這兩種顏色的物體在畫面中呈現出來的就會是黑色或深灰色。默片裏藍色天空看起來白且平(白雲根本看不出來)，而金髮，除非補很強的光，否則看起來會是黑色的。同樣的，演員塗紅色口紅，他的嘴唇就變成黑色了。基頓有時就利用整色底片的特性，將臉弄得看起來很白，而嘴唇很黑，賦予自己丑角的模樣，強調片子的滑稽感。

「全色底片」(panchromatic) 在 1913 年引進美國，但是由於它的感光速

圖6.1

圖6.2

度很慢，費用昂貴，使它很難威脅整色底片的銷路。然而，到了二〇年代末期，它的感光速度增加、價格降低，很快就盛行起來，並在 1927 年取代了整色底片。而正如其名，全色性底片對光譜中所有的顏色都非常敏感，在畫面上可以呈現不同的灰質。但這新增的彈性選擇相對的却失去了整色底片那種明確的精確度。因爲整色性底片只要一點光源即可，所以容易精確地對焦，畫面淸晰；而使用全色底片時，影像則難以避免地變得較模糊。

攝影影像也會受到暗房作業方式的影響，而有不同的調性。在這裏，同樣地，整色底片佔了優勢。因爲該底片對紅色不敏感，所以可以在暗房的紅色安全燈(red safelight)下檢視底片。這意味著在沖片時，可以在影片上製造出不同的攝影效果。舉例來說，在二〇年代初期，就很盛行讓底片長時間曝光，再迅速沖洗，製造出柔和、低反差的視覺效果。但全色底片則無法如此，因爲在沖片階段，它不能在任何光線下檢查，所以這種技法有一段時間是不可能的。

然而，幾年內，多種在暗房內處理現代底片的技法出現了，不同的化學藥劑可改變影像的外貌，而且操控**光學印片機**(optical printer)的技術也可以改變影像的原貌。《槍兵》(圖 6.1)是極佳的例子。它所具有的「新聞片」特質就是利用底片特性及暗房技巧製造出來的。高達解釋道：「我使用柯達特殊高反差底片……。有些鏡頭若太灰，我就會重複翻拍來得到高反差的效果。」這個效果就像老舊的戰爭新聞片，總是在弱光下拍攝或是因爲拷貝太多次而造成的；像這種可以傳達戰爭粗暴的視覺效果，正是高達要營造的。

不用說，暗房的沖片及印片可以改變黑白影像的效果，也可以用來改變彩色的色調(早期特藝彩色電影現在都印在伊士曼彩色底片上，結果造成顏色的明亮有些失眞)。但是也有不同的技術可以在原來的黑白影像上加上顏色。着色(Tinting)是將影像上色，使黑色還是黑色，而白色部分就變成所上的那個顏色。調色(Toning)則相反，它使灰色部分變成所要的顏色，白色還是白色，而黑色是顏色最濃的部分(見彩圖 12，薇拉•齊第拉瓦的《黛西》Daisies)。在默片時代，着色與調色都是常見的技術。夜景配上藍色天空，熊熊大火配以紅色等等。

最罕見的也是難度最高的技術：手繪(hand coloring)，是將黑白影像一個鏡頭一個鏡頭地上色。在艾森斯坦的《波坦金戰艦》中，有一紅旗在藍天中飄揚，紅旗即是用手繪的。手繪的現代例子可以在馬可維耶夫的《無知不設防》

(彩圖 13)中看到。其他彩色暗房技巧包括：用其他專用底片的藥水來沖片；或將沖片前或沖片中的底片曝光(後者稱作**「加光」solarization**，使黑白倒反，黑變白、白變黑的技巧)等等。彩圖 16，齊第拉瓦的《黛西》就是使用這些暗房技巧的一個例子。

影像的色調也和底片在拍攝時的**曝光(exposure)**有關。攝影師通常會先測試通過鏡頭的光線以控制曝光，雖然正確曝光的影像可能在沖片或印片時變成曝光過度或曝光不足。通常，我們認爲一張照片必須「正確地曝光」——不可感光不足(太黑，沒有足夠的光線透過鏡頭)或過度(太白)。但是，甚至「曝光正確」，通常還是有某些範圍的選擇彈性，並非絕對的限制。然而，導演是可以運用曝光過度或曝光不足來製造特殊效果。在《詞語》(Ordet)中，卡爾·德萊葉刻意將窗戶過度曝光，使影像的上半部白掉(圖 6.3)。而四〇年代美國的**「黑色電影」(film noirs)**時期，則讓影像曝光不足增加其晦澀的調子。

曝光也可經由**濾鏡(filters)**——在攝影機或印片機鏡頭前加上一片鏡片或凝膠(gelatin)，用來改變透過鏡頭的光線亮度。因此使用濾鏡可以產生相當徹底的變化，製造出不同的影像效果。譬如說，它可以遮住部分光線，使太陽下拍的鏡頭有如月光下拍的一樣(日光夜景，"day-for-night"攝影)。自二〇年代開始，好萊塢即喜歡在特寫女演員時，加上濾鏡或絲襪，來增加朦朧的美感。總之，不論在拍攝時或暗房中，選擇底片種類及曝光均能有力地影響我們在銀幕上所看到的影像。

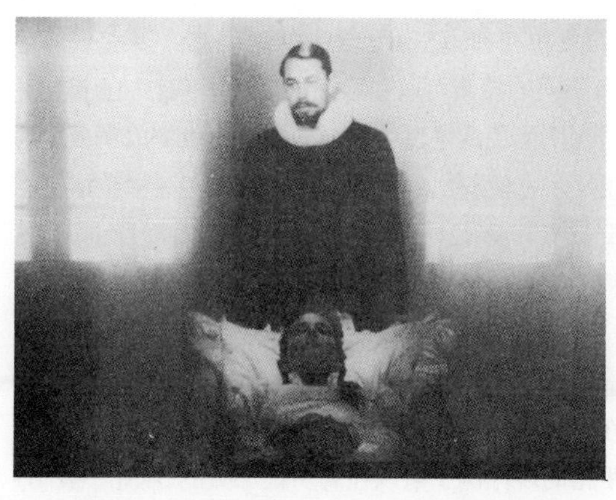

圖6.3

■影片的速度(Speed of Motion)

用慢動作呈現體操動作，用快動作加速正常的動作，使之有喜感，或將網球的發球停格在半空中——這些都是大家所熟悉的控制速度的方法。當然，影片中各種動作的速度都由導演決定，但是也可藉著電影獨有的攝影裝置來控制拍攝的速度。

通常電影拍攝、沖印和放映速度決定動作在銀幕上所呈現的速度。速度的單位是以每秒有多少格來計算。有聲片的標準拍攝與放映速度是每秒 24 格。意即，在拍攝時，每秒鐘曝光 24 格底片，在沖片時速度不增加，而在戲院放映時也以相同速度通過放映機。這種速度會使畫面上的動作看起來如正常的一樣。

但就動作的速度而言，任何特殊的拍攝或放映速度都比不上拍攝、印片和放映時速度的一致(uniformity)重要。假如一部影片是以每秒 16 格的比例拍攝，只要放映速度同樣是以每秒 16 格放映，動作的速度並不會因此而改變。看默片時，我們都已習慣古怪且快動作的人物言行，並以爲默片就是如此。事實上，默片時代大部分的影片都是由攝影師以手搖的方式讓底片通過光圈，因此速度上難免會有些改變。那時候的速度大約都在每秒 16 至 20 格之間，直到二〇年代中期，速度才稍微增快。所以不管拍攝的速度是什麼，只要放映時的速度搭配好，人物的動作就可以看起來自然且「寫實」。另外，拍攝速度可以是攝影師在藝術上的斟酌，譬如喜劇的效果可由銀幕上呈現快動作來達成。還有，在 1926 到 1929 年間有聲片開始的時期，動作與聲音都必須用相同的速度來拍攝及錄製，放映時音畫才能同步。

既然自然的動作可依拍攝、印片及放映時速度的一致來達成，那麼動作的速度也可以依據變化這三種過程來增減。我們最常看到的大概是利用放映來製造不同速度的效果。因爲大部分的放映機不像默片時代的放映機可改變放映的速度，因此，以每秒 16 格拍攝的影片，通過每秒 24 格速度的放映機(此速度是聲音的速度)，影片就相反地呈現加速的動作。有一些較現代的放映機可以用不同速度來放映電影，也可以倒轉，甚或在銀幕上停格(許多研究電影的課堂中就有這種放映機或錄放影機，藉它們這方面的裝置來進一步分析影片)。

導演沒辦法控制放映機的速度，但却可以完全決定拍攝時攝影機的轉速，以及沖印廠裏印片的速度。假設速度首尾不變，每秒拍的格數愈少，銀幕上的動作看起來就愈快，而每秒拍的格數愈多，放映出來的動作就愈慢。倘若每秒鐘用 12 格來拍攝發生在一秒內的動作，這 12 格通過每秒放映 24 格的放映機，呈現在銀幕上的動作就只剩半秒——也就是原來動作的兩倍快。這種「快動作」的效果就是經由底片慢速通過攝影機而來；在默片時代，攝影師就是以慢速手搖攝影機，每秒鐘讓少一點底片的格數通過光圈，來獲得這個效果。而快動作通常能製造喜劇效果。但是，在穆瑙(F.W. Murnau)的《吸血鬼》(Nosferatu)中，他首先將快動作非喜劇化，變成呈現吸血鬼神秘的超自然力量。

另外，如果影片以每秒 48 格來拍攝發生在一秒鐘內的動作，再經由每秒 24 格的放映機放映，觀眾看到的是 2 秒鐘長的動作——比原來的動作慢。例如，在狄嘉・維托夫(Dziga Vertov)《持攝影機的人》(Man with a Movie Camera)中，他利用手搖攝影機快速拍攝體操運動，讓銀幕呈現出慢速的詳細精采鏡頭的手法，一直延襲至今。

但當攝影機開始用馬達自動傳動時，大部分攝影機還是保留可切換到手動的裝置。在魯賓・馬莫連(Rouben Mamoulian)的《紅樓艷史》(Love Me Tonight)中，一羣獵人決定不吵醒在睡覺的馴鹿，安靜地走開。這部分經由銀幕上的慢動作，製造了寧靜的喜劇氣氛。所以導演先預期到銀幕上要呈現的效果，而在攝影時改變速度來達到各種不同速度的動作。

雖然每秒 24 格是一般的拍攝速度，仍有特殊製造的攝影機來配合特殊的拍攝狀況。比如縮時攝影(time-lapse cinematography)能使太陽在數秒內落日，花朵在一分鐘內萌芽、含苞及怒放，這些需要極慢速的攝影——也許每分鐘、每小時或甚至每天攝影一格。而高速攝影(high-speed cinematography)則可捕捉子彈穿透玻璃迸射的剎那，大約是 1 秒 1000 格的速度。目前一般 35 mm攝影機的每秒拍攝格數大約在 8 至 64 格之間。

拍攝完成之後，導演經由沖印廠的各項手續，仍有機會改變動作在銀幕上的速度。最常使用的裝置是光學沖印(optical printer)(圖 1.5)。將已沖好的底片重新翻拍，把每格中的各項細節全翻印到新底片上。在放映速度首尾一致的狀況下，導演可運用光學沖印來跳印數格(使動作在放映時加快)，在一定的間隔重印一格(使動作減慢)，以及停住銀幕上的動作(重複印某一格，凍結該影像幾秒或幾分鐘)，或甚至倒轉銀幕上的動作。現今，一些默片都每隔一格(加)印一格，以配合目前適合聲音速度的放映機，讓動作看起來更順暢自然。從目前可以「瞬間迴帶」放映的運動影片或調查紀錄片中，我們都已非常熟悉其中的停格、慢動作及倒轉動作等手法。很多實驗電影，如肯・傑考伯(Ken Jacobs)的《吹笛手之子湯姆》(Tom Tom the Piper's Son)就充分發揮了光學沖印的種種功能，製造了驚人的影像效果。

■空間透視關係(Perspective Relations)

當你站在鐵軌的一端眺望著地平線，鐵軌不但逐漸隱去，而且似乎在盡頭與地平線相連。再看看鐵軌週遭的景物，不論是建築物或樹木，它們都依循一個簡單的規則逐漸縮小：愈靠近我們的愈大，最遠的看起來最小——即使這些物體原來都是一樣大小。人類眼睛的視覺系統能夠接收從這些物體反射來的光線，而感受它們與場景之間的體積、深度和空間關係。這些關係我們稱之爲透視關係。

攝影機的鏡頭和人類的眼睛差不多，它能聚集場景中的光，並將這些光線傳送到底片上的平滑表面，以形成有體積大小、深度及空間關係的影像。鏡頭的焦距通常是定在攝影機裏的底片上。但這兩者之間有一個不同的地方是，攝影機的鏡頭可以更換，而且每一種鏡頭都擁有不同的透視力。假設以兩種鏡頭拍攝同一場景，廣角鏡會誇大景深並使前景的景物膨脹，長鏡頭則戲劇化地壓縮景深，讓所有的樹木間的距離縮小。

鏡頭：焦距。對導演而言，控制影像的透視關係非常重要。當中首要的變數是鏡頭的焦距。以技術的術語來說，焦距是鏡頭的中央點到光線聚集的焦點之間的距離。不同的焦距會造成不同的透視關係。

焦距可改變影像中事物的寬廣度、景深及大小。通常我們以不同的透視效果來區分三種鏡頭。

1.廣角鏡頭，或短焦距鏡頭。藉著光圈的設置，焦距、攝影機與被攝物之間的距離，它傾向於將直線向景框周圍方向扭曲，並使物體向前膨脹，同時也誇大景深。在圖 6.4《小狐狸》(The Little Foxes)的一景中，即可發現，廣角鏡將角色之間的距離拉得比我們想像在這樣狹窄場景中的彼此距離還來得開。而在中景或特寫的情況下，廣角鏡頭會扭曲物體原本的面貌，使之更加誇張(如圖 6.5)伊利亞・卓伯格(Ilya Trauberg)的《中國快車》(China Express)。它也可以讓攝影機前的動作更加快速，跨越過看起來很遠的距離。

圖6.4

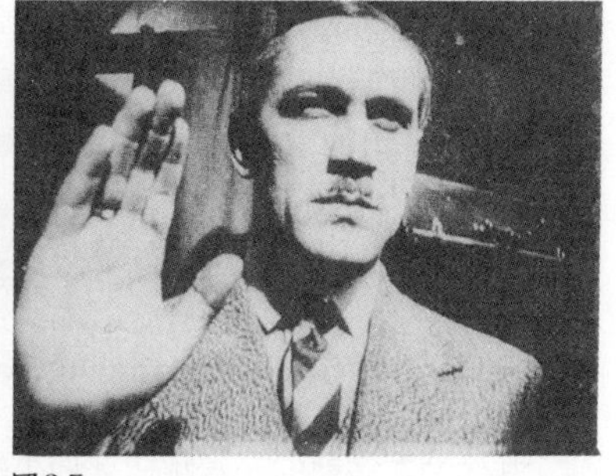
圖6.5

注意在 35 mm的攝影機裏，廣角鏡頭在焦距上應是小於 35 mm。

2.標準，或中距離焦距鏡頭。標準鏡頭可避免產生任何透視上的扭曲；地平線與垂直線在鏡頭前均是直線(可與廣角鏡的突出效果做一比較)，而兩條平行線的另一端會一起消失在遙遠的終點(如前述的鐵軌例子)；前景與後景之間的距離不延長(如廣角鏡的效果)也不擠在一起(如長鏡頭)。圖 6.6《星期五女郎》中，以標準鏡頭拍攝的場景，與圖 6.4 產生強烈對比。圖 6.7 的《荒唐高德溫》(Goldwyn Follies)也可拿來與圖 6.5 做一比較。現在適用的標準鏡頭大概是 35-50 mm的焦距。

3.望遠鏡頭，或望遠焦距鏡頭。該鏡頭在銀幕上產生的效果與廣角鏡頭一樣容易被察覺。一般而言，望遠鏡頭的空間感較平，景深減低，平面上的物體似乎擠成一堆。它通常被運用來拍攝運動的題材。比如在棒球賽程裏，鏡頭總是一成不變地從裁判身後往前拍去，望遠鏡頭使捕手、打擊手以及投手之間的距離近得不太自然。黑澤明是一個以在片中廣泛使用望遠鏡頭而著名的導演。圖 6.8 是《七武士》的一格畫面，注意裏面的人物看起來站得很近，而且大小差不多，雖然在眞正的情況裏，面對鏡頭的兩個人站得離第三個人很遠。望遠鏡頭也會影響物體移動的感覺，不管是朝攝影機走或者是從反方向離去，因爲望遠鏡頭將景物拉平的效果使得角色似乎必須花更望遠的時間在短距離裏移動(比如《畢業生》The Graduate裏那些陳腔濫調的「原地跑」鏡頭，以及六〇年代到七〇年代間的電影，都是用望遠鏡頭拍攝的)。注意望遠鏡頭造成相反的透視關係：兩條平行線不在背景的某點中交集，反而與影像交會在一起(見圖 6.9 山姆・富勒Sam Fuller 的《貝多芬街上的死鴿》Dead Pigeon on Beethoven Street)，望遠鏡頭的拉平效果可參見圖 6.10 的

圖6.6

圖6.7

圖6.8

圖6.9

圖6.10

《仲夏夜之夢》(A Midsummer Night's Dream)；目前望遠鏡頭大約從 75 mm到 200 mm之間，或更望遠一點。

焦距可以影響觀眾的觀影經驗。比如一場即將發生的動作，會隨著廣角

鏡或望遠鏡頭拉開或把角色擠在一起的不同而對觀眾產生不同的影響(如圖6.4與6.8)。不但人或物可以清楚地突顯出來(如圖6.5),也可以溶入景物之中(如圖6.10)。導演也可利用它來製造驚奇的效果,如黑澤明的《紅鬍子》裏,一個發瘋的女病人闖進實習醫生的房間,望遠鏡頭由醫生的背後向前拍,使女病人看起來離他非常近(圖6.11)。當鏡頭切到另一個角度時,却顯示他們兩人之間仍距好幾呎遠,而且也顯示出醫生不是想像中的危險(圖6.12)。鏡頭可以誇張人或物的特質,如圖6.5中的男人簡直就是邪惡的化身。

圖6.11

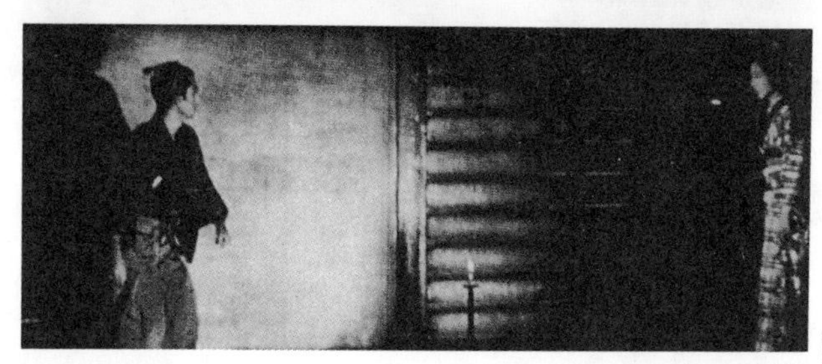
圖6.12

還有一種提供導演在選擇不同焦距的鏡頭,可以在同一鏡頭中改變場景的透視關係,稱爲**伸縮(變焦)鏡頭(zoom lens)**。它是光學上爲連續更改焦距所設計的鏡頭,原先是運用在航空偵察攝影上,但後來逐漸成爲拍攝新聞片的標準配備。然而,它並非在拍攝中才對焦。操作攝影機的人必須先測好所需要的焦距才開始拍攝。但是,在五〇年代末期,由於攝影機愈來愈容易攜帶,漸漸也使邊拍邊換焦邊對焦形成潮流。現在直接在鏡頭上變換焦距幾乎取代了移動攝影機體(前或後)的慣例。在銀幕上,變焦鏡頭使畫面中的人物放大或縮小，或者攝入或排除周圍的空間。然而，變焦究竟不是攝影機體本身的運動，它是機身保持不動、僅靠鏡頭的拉進拉出來改變焦距罷了。也因此變焦可以在體積及大小比例上製造出有趣且奇特的景像，如麥可・史諾的《波長》(Wavelength)，以及法蘭西斯・柯波拉(Francis Ford Coppola)的《對話》(The Conversation)。

變焦明顯地改變影像的透視感，在爾尼・蓋兒的《極速》(Serene Velocity)中，有非常戲劇化的例子。該場景是空曠的長廊，蓋兒用伸縮鏡頭拍攝，他解釋道：

> 我將伸縮鏡頭的焦距範圍分爲兩部分，然後從中間開始……攝影機不動，拍攝時伸縮鏡頭也不動。我是一格一格地將畫面拍下來。每一個動作是 4 格。比如說，頭 4 格我以 50 mm的焦距拍它。下 4 格用 55 mm拍了大約 60 呎的長度後，我不斷來回用 50 mm拍 4 格，再用 55 mm拍 4 格，50 mm拍 4 格，再 55 mm拍 4 格……如此下去大約 60 呎。然後我再換成 45 mm到 60 mm，再如法泡製 60 呎。然後 40 mm和 65 mm，一直這樣拍下去。

完成後的影片中，影像的透視有韻律感般地改變了——首先在大小及體積上有稍微變化，然後逐漸發展到極廣角與極長鏡頭之間的張力(圖 6.13 和 6.14)。就某方面來說，《極速》的主題是焦距變化對透視的影響。

鏡頭：景深與焦點　焦距不僅影響形狀的體積、大小之誇大或扭曲，它同時還決定了畫面的景深。景深是指鏡頭前所有景物在清晰的焦點之內的範

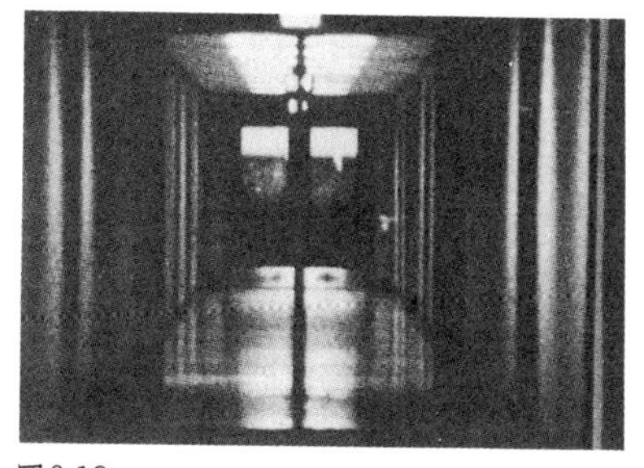
圖6.13

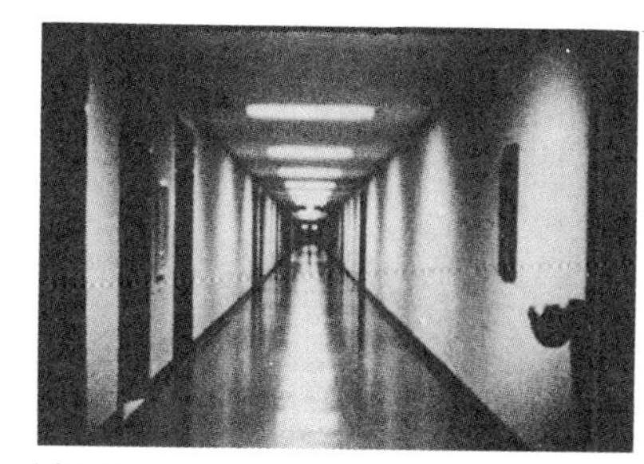
圖6.14

圍。在 10 呎到無限遠的景深範圍出現的物體，可以被清楚地拍攝下來，但若畫面中的物體往攝影機前移動(假設是四呎遠)，影像的清晰度就會隨著減低。廣角鏡頭通常比望遠鏡頭有較大的景深。

不要將深焦(deep focus)與第五章中提到的深度空間(deep space)混為一談。「深度空間」是指導演設計場面調度時，在某一場景的畫面中，安排很多動作在前後景同時發生，而不管這些前後景是否在清晰的焦距內。在《待客之道》中，這些動作的發生地點都在焦距內，但其他電影就不一定如此了。比如圖 6.15《朗基先生的罪行》，在深度空間裏，劇情發生在三個不同的地點：范倫鐵在前景，芭特拉正離開房門，而公寓管理員在遠處經過，而這個鏡頭並沒有較大的景深。前景的范倫鐵幾乎是失焦，中景的芭特拉則稍稍模糊，背景的管理員就非常清晰。因此深度空間是場面調度的一個特性，決定畫面中的劇情動作如何呈現；而景深則是攝影的一種特性，是關於畫面中哪些影像範圍是在焦距之內。

倘若景深決定畫面哪些部分是清楚對焦的範圍，那麼導演有哪些選擇？有一種所謂的**淺焦(shallow focus)**——只讓某一部分清晰對焦，其他部分模糊掉的方式。1940 年以前，好萊塢就慣用這種淺焦來拍攝特寫，讓臉部清楚而前後景模糊(如圖 6.16《滿城風雨》The Front Page)。有時候故意將前景的物體模糊是為了讓觀眾的注意力集中在中景部分。然而到了四〇年代，部分歸諸於《大國民》的影響，好萊塢導演開始使用感光速度快的底片和廣角鏡，以及更強的照明以得到更大的景深。《大國民》中簽約的那場戲(圖 6.17)

圖6.15

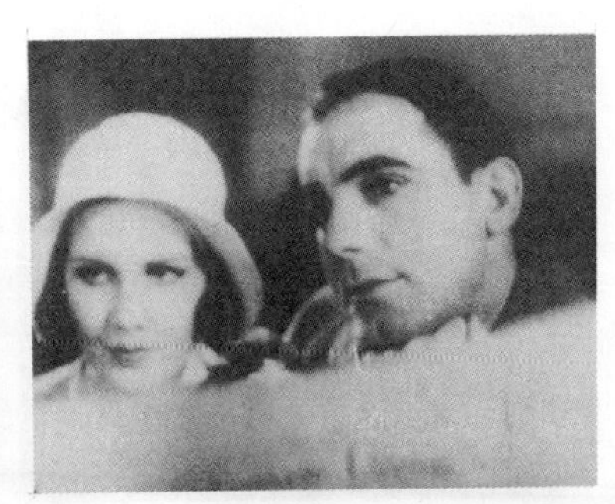
圖6.16

是一個極佳的例證：從前景中伯恩斯坦的頭，經過中景部分到遠處的背景，全部都在焦距內。這個手法自然被稱爲**深焦**(deep focus)攝影。

因爲鏡頭可以在不同的地點上重新對焦，導演因此可以用**移焦或拉焦**(racking or pulling focus)來調整透視關係。畫面中可以是先對焦在中景，然後當背景有物體出現時，立刻移焦到那一點上，造成視覺注意轉移的效果。在楊秋(Miklós Jancsó)的《紅聖歌》(Red Psalm)中，採用了相反方向的移焦手法。一開始焦距對在一名軍人向右方走去，前景則有一隻村婦的手，模糊沒有對焦(圖 6.18)。但當他繼續走去，鏡頭移焦到手上，使他整個人完全失焦(圖 6.19)。

圖6.17

圖6.18

特殊效果(special effects)，經由特殊效果也可改變影像的空間透視關係。我們已知導演可藉由模型或縮小的道具人物來佈置場景。他也可使用**玻璃攝影**(glass shot)將佈景繪在玻璃上，攝影機再透過它拍攝人或物的動作。另外一個方式是，將不同地點發生的動作拍下來，同時合成在一底片上，即可製造出兩景相連的假象。這個方式可藉由**疊印/雙重印相**(superimposition)的技巧來達成。意即，不管是拍攝或是印片時，讓一個影像疊在另一個上面的方法。這技巧特別運用在超自然片(如鬼怪片)中。另外一種比較複雜，將數個底片合成在一個鏡頭內的技巧，稱做**合成攝影**(process or composite shot)，它們通常分成**放映**(projection)合成，以及**套景**(matte)。

在放映合成部分，導演先將某場景的影片投映到銀幕上，然後由演員在銀幕前演戲。古典好萊塢電影製作在二〇年代末期就開始採用這個手法，以

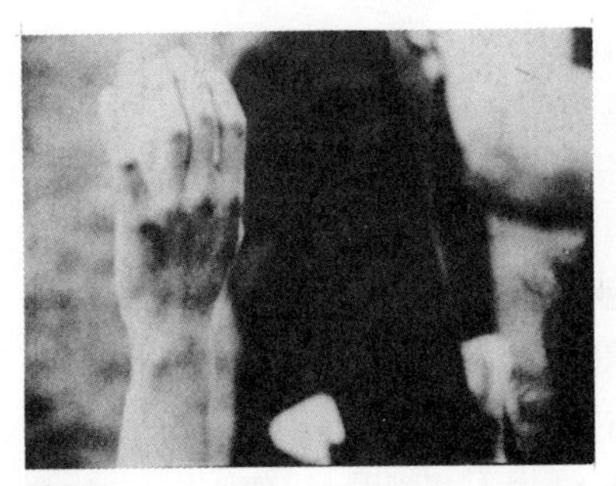

圖6.19

圖6.20

避免帶大批演員及工作人員到現場的麻煩(有兩個因素：節省現場拍攝的花費，以及避免現場收音的困難)。這個技巧是將演員放置在一片透明的銀幕前，然後從銀幕後面放映已拍好場景的影片，再由前方的攝影機將整個合成效果一起拍下來(見圖 6.20 中《艾沃島之沙》The Sands of Iwo Jima)。這個**背景放映(rear projection)**的技巧至今仍被廣泛地運用。只是由景深的觀點來看，它並不十分具信服力，因爲前後景明顯地被區隔開來，部分是因爲前後景都沒有演員的影子，也因爲背景看起來太過模糊、平面且泛白（參考圖 6.21 的《Bwana Devil》)。

前景放映(front projection)在六〇年代才開始始用。它是將拍好的場景影片投射到一面雙面鏡上，然後由鏡子擺置的角度再將影像轉射到高反光的銀幕上去，攝影機則透過這面鏡子拍攝站在銀幕前的演員(圖 6.22)，這種

圖6.21

技巧在《二〇〇一年：太空漫遊》(2001: A Space Odyssey)的「人的起源」(Dawn of Man)那一段，展現驚人的效果。這是第一部廣泛使用前景放映所拍攝的電影。由於場景影片的焦距比較清楚，前景放映可使前景與背景更自然地溶合。

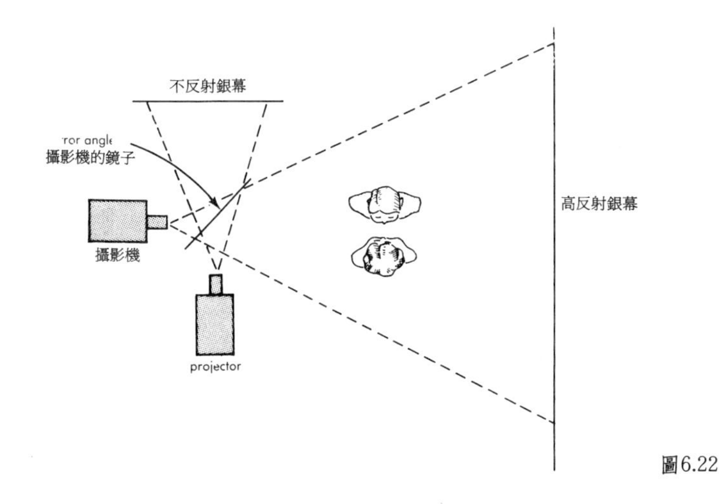

圖6.22

合成攝影還可由**套景(matte)**合成處理來完成。套景是指拍在底片上的場景，畫面通常有一部分留白。經由暗房處理，套景的底片再與有演員動作的底片合成在一起。有一種套景的場景是用畫的，然後再拍下來。這段底片再與眞實場景的底片組合起來並區隔在畫出來景色中的空白部分上。依這個方式，套景即能爲電影製造出想像中的場景(圖 6.23 和 6.24，《叢林戀》Her Jungle Love中，一張是現場實景，一張是完成後的畫面)。這種固定套景的合成攝影使得玻璃攝影毫無用武之地。

然而，這種固定套景並不能讓演員進入畫出來的那一部分場景，因爲會產生如魅影般的重複曝光效果。解決之道，就是使用**移動套景(traveling matte)**。它將演員放置在黑、通常是藍背景(blue background)來拍攝。在暗房沖印時，移動的演員會先從背景中「浮」出來，再經過進一步的暗房手續，將他們拼圖般「拼」(jigsawed)進背景底片中不斷移動的空白部分。這種就是處理超人飛行或太空船在太空中航行的手法。圖 6.25，是《二〇〇一年：太空漫遊》的劇照，透過艙眼所看到的太空船就是被「套」到有太空人在太空艙的畫面上的套景模型。希區考克的《鳥》一片中羣鳥襲人的場景，使用了成打的移動套景底片。然而，在銀幕上的移動套景非常容易被識破，即使再昂貴或再謹慎的特效製作都沒有辦法將每個鏡頭完美地合成。一條細黑線，稱作**套線**(matte line)會時而在移動之部分閃閃發亮。在《帝國大反擊》(The Empire Strikes Back)中，機器人與帝國「天行者」的戰鬥場面裏，套線尤其明顯。

圖6.23

圖6.24

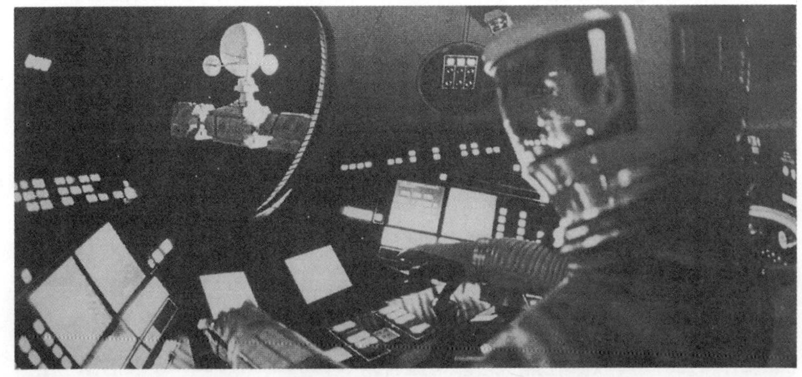

圖6.25

你也許已注意到玻璃攝影、疊印、放映合成以及套景合成都同時分屬兩種電影技術陣營。在程度上，這些特殊效果都需要在攝影機前做種種安排，它們是屬於場面調度的範圍。但是，因爲它們也涉及攝影方面的操控配合，這些特殊效果因此也是在攝影的領域之內。

如同其他電影技巧，處理攝影的手法並不僅處理單一鏡頭而已，它們與整部影片的上下文一同作用。特殊色調處理、動作的速度或空間透視關係，通常較不依據它們「寫實」程度，而是依它們的功能來評斷。舉例來說，很多好萊塢導演均設法讓背景放映(rear projection)手法盡量不着痕跡。但是在尙-瑪希・史特勞普和丹妮爾・胡莉葉的《巴哈夫人記事》中，畫面即運用不調和的背景放映來造成傾斜的空間透視感(圖 6.26)。巴哈站在大鍵琴前，用水平視角拍攝他彈琴的情景，但背景放映的却是從低角度往上拍的影片。因爲片中其他鏡頭有些是在實景拍攝出正確的空間透視關係，這個刻意的背景放映手法立即吸引我們去注意整部片的視覺風格。相同的，圖 6.27，《黛西》的一景，看起來非常不寫實(除非將男人再放到二尺遠外的地方)，但這是齊第拉瓦有意運用場景、人物位置和深焦攝影來製造兩名女性對待男人方式的喜劇趣點。導演不僅指示攝影機的高度及運動方式，同時也決定這些攝影特性在整部片中的功能。但是，那個平躺在兩個女人所靠的屏風上端的男人，事實上還需要另外一個因素的配合：精確的**取鏡**(framing)。

圖6.26

圖6.27

圖6.28

圖6.29

取　鏡

要討論一個像「影像的邊緣」這樣難懂的詞——景框(frame)，乍聽之下非常奇怪。大概沒有人聽過文學評論家對《白鯨記》(*Moby Dick*)這本書每一頁內文的週邊做過什麼評論。但在電影裏，景框並非僅是四個邊而已，它爲影像裏的內容提供有利的場所。取鏡之所以重要，也就在它爲觀眾規劃了影像的範圍與內容。

如果需要證據來證明取鏡的重要性，不妨翻開早期電影史，看影史上第一個導演路易・盧米埃。他和他的兄弟奧古斯特(Auguste Lumière)所發明的第一架可實際操作的攝影機(圖 6.28)。它的體積和狄克遜(W.K.L. Dickson)那個像辦公桌一樣大小的攝影機(圖 6.29)比起來，重僅 12 磅，且容易攜帶。因此它非常適用於外景拍攝——他們早期的作品均是拍從父親的工廠走出來的工人、一羣人玩紙牌或家人聚餐的紀錄片。雖然這是早期的電影，他們已知道如何利用取鏡的技巧，將日常生活轉變成電影事件。

不妨看一下他們最著名的作品《火車進站》(The Arrival of a Train at La Ciotat Station, 1895)，如果依循劇場慣例，他很可能就將鏡頭擺在與月台呈垂直角度的位置上，讓火車從一邊進入畫面，再由另一邊出去。可是，盧米埃却將攝影機斜對鐵軌架設，而產生極具動感的畫面：火車由右斜前方進站(圖 6.30)。如果當初這一景是由垂直角度直接拍攝，觀眾將只看到一羣旅客背對鏡頭魚貫上車的情景。但是在這裏，盧米埃以斜角拍攝，使觀眾看到更多人物的動作在前後景進行。這個簡單而不足一分鐘的單拍鏡頭就輕易

圖6.30

圖6.31

地說明了攝影機位置如何影響取鏡，且大大地改變鏡頭中的影像，以及觀眾觀看影片時的感受。

再看盧米埃的另外一部影片《小孩進食》(Baby's Meal) (圖 6.31)，他同樣巧妙地選擇攝影機角度，將這簡單的事件拍下。如果他拍全景的話，就可看到這個家庭是在庭院裏用餐，但是他却取中景，讓觀眾完全注意人物的動作及臉部表情。因此，取鏡不但控制畫面內容的範圍，亦同時決定觀眾對事件了解的程度。

取鏡影響影像內容的方式，可以藉(1)景框的大小與形狀；(2)銀幕上或銀幕外的空間；(3)控制距離、角度、高度與影像的關係；以及(4)與場面調度之間的互動，來達成。

■景框的面積與形狀

我們經常看到長方形景框，幾乎忘了它其實不一定得是長方形。在繪畫或攝影中，就有各式不同形狀的框：狹長形、橢圓形或直立塊面、三角形或平行四邊形。然而，電影裏就不是這樣，它的選擇較少。

景框的長寬比例我們稱爲**縱橫比(aspect ratio)**。這個比例的面積早在愛迪生、狄克遜及盧米埃時代即有粗略的規格：長寬比例大約是二比三的長方形。然而這並非是所有人的共識。早期的有聲片(如穆瑙的《日出》Sunrise及何內・克萊René Clair的《百萬富翁》)都是用幾乎正方形的景框。一些默片導演還實驗了不同縱橫比的景框。岡斯的《拿破崙》(Napoléon, 1927)即以他稱爲「三格式」(triptychs)的比例拍攝其中幾段。那是一種特殊寬銀幕效果，讓三個不同影像的景框同時並置在一起。岡斯有時候利用這項技法來呈現空曠的景觀，有時則將內容不同的影像並排在一起(圖 6.32)。相對的，1930 年蘇聯的艾森斯坦則力陳正方形框爲最理想的景框；他強調正方形的水平、垂直及對角線最符合構圖需要，然而，在三〇年代早期，好萊塢影藝學院(The Hollywood Academy of Motion Picture Arts and Sciences)設了一個規格 1：1.33 的比例稱爲**學院比例(Academy ratio**，配合聲音及放映的狀況)；並成爲通行世界的標準比例。本書內大部分影片圖示，都是採用學院比例。

目前，35 釐米電影製作已很少採用 1：1.33 的學院比例。大部分均已採用**寬銀幕**的各種比例。縱觀歷史，寬銀幕比例大概從 1：1.66 到 1：4(爲亞

圖6.32

圖6.33

伯・岡斯的比例)之間。而六〇年代以降，1：2.35 的比例主宰了大部分寬銀幕影片，這是由五〇年代的新藝綜合體(CinemaScope)所設下的標準；在歐洲，影片則流行 1：1.66 的比例。好萊塢的最新學院比例是 1：1.85，而 1：2.2 則成爲 70 釐米電影放映的標準。

製造寬銀幕影像最簡單的方式是在沖印或放映時，用遮的方式造成上下兩個黑邊，構圖上則顯得拉長了原有影像。尙-皮耶・梅爾維爾(Jean-Pierre Melville)的《午後七點零七分》(Le Samourai) (圖 6.33)就是在拍攝及沖印時用遮的方式達到寬銀幕的效果。另外，一個變通的方法是照原來比例拍攝底片，在放映時再遮住上下兩部分以造成寬銀幕效果。

另外一種方法是經由**變形**過程(**anamorphic** process)來製作寬銀幕。首先在拍攝或沖印時，畫面兩側往中「擠」在一起，然後在放映時，經由特殊

圖6.34

圖6.35

的鏡頭來「放寬」這些影像。圖 6.34 是高達的《美國製》(Made in USA) 在 35 釐米底片上的一格，圖 6.35 則是放映在銀幕上的影像。它的縱橫比是 1：2.35，是新藝綜合體原先的標準，也是現在大部分使用壓縮鏡頭的影片所採用的標準規格(高達的電影是以特藝綜合體Techniscope的規格拍攝的，在歐洲非常流行)。在美國目前最常使用的則是派娜維馨體(Panavision)。

現今許多棚內拍攝影片通常是先拍一種規格，放映時再有另外一種比例，例如《終極警探》(Die Hard)即是用變體的 35 釐米拍攝，放映時卻相當於 1：2.35 的規格。圖 6.36 是一格經壓縮拍攝的影像，由 35 釐米負片製造出來的寬 70 釐米影像，在圖 6.37 就呈現近乎 1：2.2 的比例(結果顯示，以壓縮鏡頭拍攝的景框兩邊可容納及顯現更多場景細節)。

寬銀幕電影不管是遮出來或是經由壓縮過程，都有重要的影響。構圖上，銀幕變成像一條強調水平構圖的平面。這種規格原先是為拍攝場面壯觀的類

圖6.36

圖6.37

型電影——西部片、遊記、歌舞片及史詩片等；開闊無垠的場面在這類類型片中非常重要。但是很快地導演即發現寬銀幕對一些深刻主題的電影也有其價值。圖 6.38 是黑澤明的《紅鬍子》，經由變體過程的一格影像(在日本為東寶體Tohoscope，相當於新藝綜合體，它被用來在狹小的場景中製造細節豐富的前景與背景。

在一些寬銀幕影片，導演通常會讓觀眾的注意力集中在影像的某一特定區域，有一個方法是將人物獨立在偏離中間的區域(圖 6.39，約翰・赫斯頓 John Huston導的《荒島仙窟日月情》Heaven Knows, Mr. Allison；圖 6.40，約翰・麥提南John McTiernan的《終極警探》)。最具原創性嘗試的是黑澤明所導的《紅鬍子》，他讓我們注意到年輕男孩與女孩之間所正滋生的友誼。在圖 6.41 中，鏡頭的右下方男孩正注視著女孩，其他部分的畫面則掛滿等待風乾的被褥。然後在中間靠左的被褥中間的一條縫，我們可以看到男孩

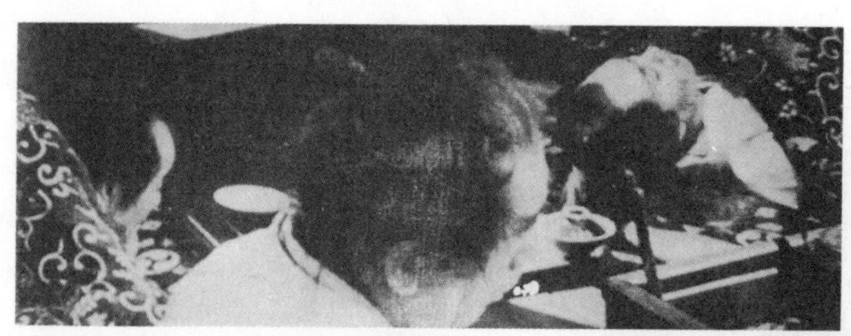

圖6.38

圖6.39

圖6.40

子的手正遞一枝棒棒糖給女孩(圖 6.41 同時也是展現望遠鏡頭壓縮場景的絕佳範例。被褥沒有向前延伸，反而，它們擠在一起。與圖 5.51 產生強烈對比)。

導演也可以運用寬銀幕的規格來表達多層次的趣味，如奧圖・普萊明傑的《華府風雲》(Advise and Consent)所表現的。他沒有像黑澤明運用望遠鏡頭的影像效果，反而用廣角鏡製造較大景深，並強調空間的空曠。在參議院委員的房裏，普萊明傑將各個人物的臉散佈在畫面的各處。觀眾的視線就隨著說話者、面對鏡頭的人或臉上對說話內容有反應的人，在鏡框內四處遊移(圖 6.42)。

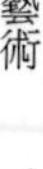

圖6.41

圖6.42

有時候，寬銀幕會用模擬觀眾視野的全景將他們「包圍」起來。超視綜合體(Cinerama)在1952年問世，是一種左右邊有點彎曲的銀幕，用來增加觀眾感覺影像融合在一起的手法。起初它是由三架放映機同時放映三組並排的畫面於大弧形的銀幕上，後來超視綜合體卻成爲另外一種壓縮手法，將影像擠在同一格畫面中。

最新近的一個手法稱作**OMNIMAX(全景視野)**，並已在美國的一些科學博物館中使用。在特別建造的視聽館中，觀眾坐在一個向後傾的座椅上，面向上方圓弧形的銀幕。它專爲提供更完整的視野及空間感所設計。這類影片需要各式變形鏡頭來拍攝，這些鏡頭不但將影像左右擠壓，而且上下壓縮。

類似致力於全景視野的手法，還有360度電影(可在世界博覽會或國際展覽會及狄斯耐樂園裏看到)。在這種電影院裏，銀幕是以完全的圓形圍繞著觀眾。

在第一章裏我們已提到，電影的寬銀幕與我們在電視上看到的非常不一樣。很多電影因此採用「搖攝」(pan-and-scan)的技巧，截取部分的畫面，來配合電視播映。在《華府風雲》中，原來的畫面是圖6.43，在錄影帶的版本則被分開爲圖6.44及圖6.45。

現在，拍攝寬銀幕影片時均已考慮到將來製作電視版本的需要。圖6.46顯示攝影機的觀景器(viewfinder)中影像的縱橫比是1：1.85，但這已經排

圖6.43

圖6.44

圖6.45

圖6.46

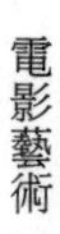

除相當大的周圍部分。只有觀景器上下界限內的可見影像才會紀錄在底片上。有時候在電影院放映時，放映機上的光圈片會遮住上下方的部分。或者會印兩種版本，一種是專在戲院放映的「全框」版本，另一種是專適合翻拍到錄影帶上去的版本。圖 6.47 是《早安越南》(Good Morning Vietnam)的 70 釐米畫面，以 1：1.85 的規格沖印出來的影像，而圖 6.48 則是錄影帶版本。當電影的兩邊可以拿來容納較多細節時，在錄影帶的正方形規格中，通常會在下方容納比較多的細節內容。

圖6.47

圖6.48

雖然長方形景框最爲普遍，但並不能阻止電影創作者去試驗其他形狀的框。通常**遮光罩**(masks)最常被使用來遮住攝影機或印片機的鏡頭，來擋住透過來的光。默片時代經常使用一種環狀的遮光罩，能打開露出或關起來遮住景物，稱作**虹膜**(iris)❶。岡斯在《鐵路的白薔薇》中就運用了很多這種手法(圖 6.49)。圖 6.50 是葛里菲斯的《忍無可忍》中的一個鏡頭，左右大部分的畫面都被遮去，只剩中央一小道，強調往下墜落的士兵。很多導演在有聲片中也經常使用鏡頭外光圈以及遮蓋法。《安伯森大族》(The Magnificent Ambersons)(圖 6.51)中，奧森·威爾斯就用光圈結束一場戲。這種老式的手法倒是爲敍事憑添了一股懷舊的調子。

圖6.49

圖6.50

圖6.51

圖6.52

最後，我們必須提到**複格(multiple-frame)**畫面的處理。這個手法是在一個比較大的畫面中，同時有很多種形狀大小的畫面一起出現。遠溯自早期的電影，這個手法就是被運用來呈現講電話的情形。圖 6.52 是菲利浦·史默利(Philips Smalley) 1931 年的作品《懸疑》(Suspense)，其中一景就是個例子。六〇年代的一些寬銀幕喜劇片，像《再見柏弟》(Bye Bye Birdie)就又重用這個技巧。最富前衛精神的是岡斯的《拿破崙》中的一個場景，總共多達九格的影像在畫面上，來表達宿舍中瘋狂的枕頭戰(圖 6.53)。複格畫面也可用來製造懸疑氣氛；如同布萊恩·狄·帕瑪在《姐妹》(Sisters)和《凶線》兩片中的手法。他採用像神一樣的全知觀點，讓觀眾同時看到兩個以上的劇情在同一時間發生。在勞勃·阿德力區(Robert Aldrich)的《最後警告》(Twilight's Last Gleaming)中，導航飛彈正準備升空發射時，就將畫面分成好幾格，呈現不同的影像以傳達緊張的氣氛，給觀眾更多的訊息：如忙著升空發射的人，華府

圖6.53

圖6.54

官員的反應，以及從不同角度拍攝正蓄勢待發的飛彈。

同樣地，導演選擇銀幕規格會影響觀眾看電影時的感受。景框的大小和形狀可以引導觀眾的注意力；而經由構圖的格式、遮光罩，或分散處理，以及聲音部分訊號的運用，都可以達到吸引觀眾注意力的目的。複格畫面的處理也一樣具有相同的效用，只是必須仔細權衡，到底是爲了讓觀眾的注意力集中於一個焦點，或者是讓注意力在各影像間來回。

■銀幕上及銀幕外空間

不管是什麼形狀，景框給予畫面一個範圍。在廣闊無垠的世界，它選擇了某一個部分來展示給觀眾。即使早期的電影十分依賴劇場，人物還是得從畫面的外邊進來。然後走出去——這就是**銀幕外空間(offscreen space)**。就算是在抽象電影裏，我們也無法不承認各種形狀或物體是從「某個地方」進入畫面。如果攝影機自某個物體或某人物身上移開，我們也會認爲，那個人或物都還是在畫面之外的原地不動。

諾爾•柏曲(Noël Burch)曾提出銀幕外共有六個空間區域：景框四周外圍各一區，背景後面以及攝影機後面的空間各一區，共六區。特別注意導演如何在這些區域內安排事物是非常有趣的。有一種是，角色可以直接對銀幕外的事物注視或作手勢。在第八章，我們會提到銀幕外的聲音(畫外音)如何提供有效的線索。當然，銀幕外的事物可以有一部分出現在畫面上。幾乎每部電影都有這樣的例子，但是吸引人且令人難忘的例子却通常是運用它來製造驚奇的效果。

在威廉・惠勒的《紅衫淚痕》裏，在中景的鏡頭中，茱莉正與賓客寒暄(圖6.54)，然後鏡頭的前景突然出現一隻握著酒杯的手(圖6.55)。茱莉看過來，並走向持杯者，鏡頭隨著稍微向後退，持杯者與茱莉便一起進入畫面(圖6.56及6.57)。那隻突然闖進畫面的手，說明了持杯者的存在；茱莉的注視、攝影機的運動，以及聲帶上的聲音，都提醒觀眾攝影機外的全部空間。導演在這裏展現了取鏡的某種用法：將重要事物先擺在銀幕之外，然後再將它引進畫面，以製造驚人的效果。

更有系統的用法是在葛里菲斯的《豬谷步兵》中，將突然闖進畫面的手法發展成全篇的主題。當歹徒嘗試在女主角的酒杯中下藥，觀眾並不知道「快手小子」已進入房間，直到他向畫面噴了一口煙才發覺他的存在(圖6.58)。還有在電影最後，當他要領賞時，一隻神秘的手突然間伸進畫面給他錢(圖6.59)。這些都是葛里菲斯在此片用來製造觀眾在突然間發覺銀幕外有人物的驚

圖6.55

圖6.56

圖6.57

圖6.58

圖6.59

圖6.60

圖6.61

圖6.62

奇效果。

利用第五區——背景道具後面的空間，當然也是非常平常；像人物走出門，被擋在牆或樓梯外這一類的手法。第六區就比較稀奇了——攝影機後面及靠近攝影機邊緣的銀幕外空間。著名的例子是尙・雷諾的《遊戲規則》，有一場是安德烈和勞勃兩人正在打架；混亂中，安德烈被扔向躺椅(圖 6.60)，然後一大堆雜誌從銀幕外的攝影機後，即朝畫面的上空向他扔去(圖 6.61)。藉這種方式，導演將畫面框的限制，轉變成優勢。

■取鏡的角度、水平、高度及距離(空間大小)

景框不僅暗示了畫面外的空間，同時也暗示了畫面中影像被觀看的位置。通常，這是攝影機的位置，但不盡然如此，因爲在動畫中，每一格畫面畫的角度，就不是從攝影機的位置而來；它的高角、俯角、遠景或特寫，都

是依據透視關係畫出來的；然而，接下來我們還是會繼續談「攝影機角度」、「攝影機水平」、「攝影機高度」以及「攝影機距離」，但只依據銀幕上所呈現的，而不用去管如何製作出來。

角度(Angle)。景框本身即意味著畫面呈現出來的**取鏡的角度(angle of framing)**。這與鏡頭的場面調度有關。在空間中有無限個點可做角度，在一般實際操作中，我們將它們規劃成三類：水平視角(straight-on angle)、高角度(俯角)(high angle)與低角度(仰角)(low angle)。水平視線是最常見的一種。圖6.62是史特勞普夫婦的《巴哈夫人記事》的一個水平角度鏡頭。高角度鏡頭讓觀眾「往下看」景框中的事物，圖6.63的《恐怖的伊凡》是一個例子；低角度則使觀眾「往上看」(圖6.64同樣出自《恐怖的伊凡》)。

水平(Level)。這是整個鏡頭的重力平衡桿。舉例假設我們拍攝一支電線桿，如果景框是水平平衡，則景框下面的平直線會與電線桿呈垂直。倘若電線桿傾斜產生角度，則景框就有些**傾倒(canted)**。然而傾斜的鏡頭並不多見，雖然有些電影會大量使用這類鏡頭，如圖6.65卡洛・李(Carol Reed)的《黑獄亡魂》(The Third Man)就是一例。

高度(Height)。有時候強調攝影機取鏡的高度位置非常重要。當然，攝影角度與高度有某種關係(高角度意味著觀眾是以較高的視野往下望)，但是攝影機高度不僅僅是角度問題而已。比如說，日本名導演小津安二郎常將攝影機放在接近地面的高度來拍攝地板上的人物(見彩圖7、14及15)。注意這與攝影機角度無關，因為這個鏡頭是水平視線；我們仍能看到地板。由這麼

圖6.63

圖6.64

圖6.65

低的高度且用水平視線拍攝，是小津視覺風格中一個重要的特性。在第十章我們會再詳述。

距離(Distance)(空間大小)，取鏡不僅將位置定在一定的角度、高度、水平狀態或傾斜，它同時還與鏡頭內空間大小有關。也就是說，取鏡提供鏡頭中場面調度的距離感——稱爲攝影距離(camera distance)，我們將採用這個測量標準——人物或其他被攝物均可，來界定攝影距離。並且以卡洛·李的《黑獄亡魂》做爲例子。

在**極遠景(extreme long shot)**中，人形勉強看得出來(圖 6.66)。這種鏡頭通常是拍攝大地、城市的鳥瞰，或其他綿延的實體。在**全景(long shot)**中，人物較爲明顯了，但是背景仍佔據大部分畫面(圖 6.67)。**半身鏡頭(「美式鏡頭」)(plan américain)**只有在好萊塢電影中較爲常見。如圖 6.68，人物膝蓋以上的部分會出現在畫面中，使得人物與背景呈現平衡的狀態。如果是同樣

圖6.66

圖6.67

圖6.68

圖6.69

圖6.70

圖6.71

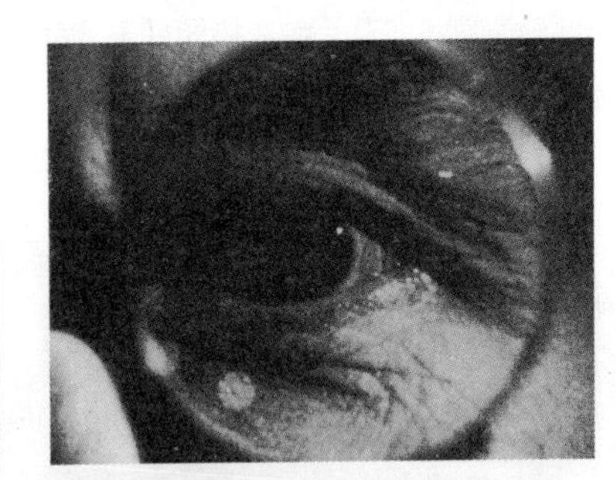
圖6.72

圖6.73

距離而又沒有人物出現時，這種鏡頭稱爲**中全景**(medium long shots)。

中景(medium shot)的畫面中，人物只出現腰部以上的部分(圖 6.69)。人物的姿勢與表情在此看得更清楚了。**中特寫鏡頭**(medium close-up)展示人物胸部以上的部分(圖 6.70)。**特寫(close-up)**是典型只出現頭、手、腳或小物品的鏡頭；它強調臉部的表情、動作的細節或是重要的物品(圖 6.71)。**大特寫(extreme close-up)**只單挑臉上的一部分(眼睛或嘴唇)，或將一個細節獨立出來，將細微的部分放大(圖 6.72)。

必須留意的是畫面上被攝物的大小和眞正的「攝影機的距離」一樣重要。從相同的「攝影機的距離」，可以拍到一個人的全景鏡頭，或僅是金剛(King Kong)手肘的特寫。但我們不稱圖 6.73《聖女貞德受難記》爲特寫，因爲貞德僅有頭部出現在畫面上，我們反而稱做全景，因爲她的頭只佔相當小的部分。在判斷攝影距離時，物體出現在畫面中的比例變成最基本的判斷基礎。

然而，關於鏡頭的取鏡，容易有令人混淆的地方。第一，各種分類只是程度上的差別。並沒有通行世界的角度或距離的測量標準；極遠景和全景之間也沒有精確的分界點，也沒有水平視角與稍低俯角的明確分野。再者，導演也不會受限於專有名詞的束縛；他們並不擔心這個鏡頭是否符合傳統的分類。然而，這整個取鏡的分類概念，仍是有用的。判斷約翰・韋恩(John Wayne)腰部以上的鏡頭是中景還是中特寫並不重要，重要的應該是在這部片子中，我們能識別出這類鏡頭的特殊功能，以及它何時重複出現。

取鏡的功能(functions of framing)。取鏡更重要的課題是：我們有時候會設法賦予角度、距離等絕對的意義。人們容易相信由低角往上拍的鏡頭表示畫面中的人物很有權威；或者，由高角度往下拍就是侏儒或是失敗的人。通常字面上的類比更誘人：如傾斜的鏡頭象徵「世界失去了重心」。

如果所有技術的特性都擁有這類一眼就看出來的意義，那麼電影藝術的分析可就不是難事。如此一來，每部獨立的片子也就因此失去它們獨特和豐富的特色。事實上，取鏡沒有絕對或一般性的意義。依循一些公式化的定義就代表忘記了電影的意義與效果爲根植於整部影片，是整個系統運作的一部分。影片的上下文將決定每一個取鏡的功能，就像它決定場面調度、攝影品質和其他技術的在整部影片的作用一樣。不妨參考下列三個例子。

在任何情況下，《大國民》中很多低角度拍攝肯恩的鏡頭確實呈現了他劇升的權力，但是低角度却呈現他最羞辱的挫敗——參政競選失利。在這個情景裏，低角度的目的是將肯恩孤立於空曠的背景中(圖 6.74)。注意取鏡的角度不僅影響觀眾對主角的看法，也影響人物所出現的背景之呈現。

而且，倘若那些關於角度的陳腔濫調正確的話，那麼圖 6.75《北西北》的

圖6.74

圖6.75

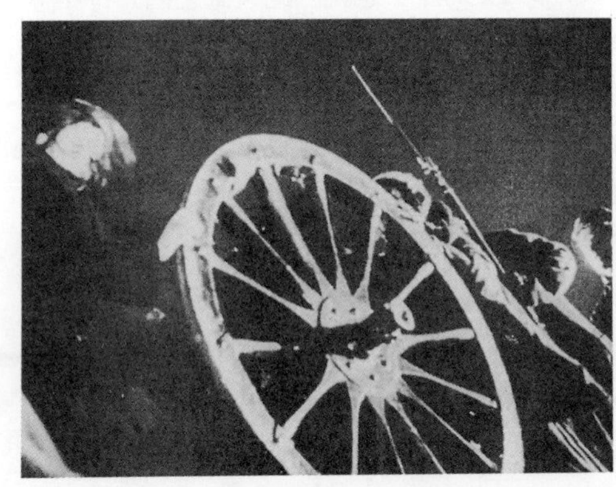
圖6.76

一景，應該是要呈現范・丹和李奧納多的懦弱無能。事實上范・丹才剛決定要除掉他的情婦，打算將她從飛機上推下去，他還說：「我想最好是從很高的高度將她解決。」因此，希區考克這個角度和攝影距離的空間大小正預言了即將發生的謀殺手法。

圖 6.76 是艾森斯坦的《十月》，整個失去平衡的畫面却不是表示失序的世界，反而增加了推進大砲的動力感。

這三個例子實證了影像的豐富面。因此我們應該依據整部電影的上下文來尋找該技巧的功能與目的。

鏡頭的空間大小、高度、水平狀況和角度通常有明顯的敍事功能。如，鏡頭內空間大小能夠設定或重新設定場景或演員的位置。這在下一章我們討論《梟巢喋血戰》(The Maltese Falcon) 的剪接時，會詳加說明。而取鏡可將敍事中的重點細節孤立(強調)出來——像圖 6.77《鄉村的一日》(A Day in the Country)，或圖 6.78《聖女貞德受難記》中一綹一綹的頭髮。

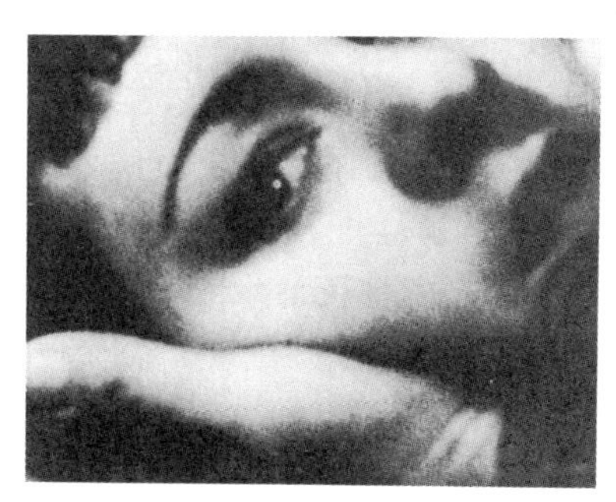
圖6.77

圖6.78

取鏡同時也能暗示鏡頭的「主觀性」。在第三章我們曾提到敍事可在呈現故事內容的同時，揭露相當程度的心理深度(psychological depth)，其中一部分就是主角所看到或聽到的「感官(知覺)主觀」(perceptual subjectivity)。當一個鏡頭的取鏡讓我們認為那是主角所看見的東西，我們稱之視覺主觀鏡頭，或者是**觀點鏡頭(point-of-view shot，簡稱POV** shot)。圖 6.79 是寇蒂斯・伯哈(Curtis Bernhardt)《着魔》(Possessed) 的一景，它的距離(人物的大小)和角度所提供的訊息，使觀眾知道這是一個躺在擔架上，被推進醫

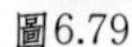
圖6.79

圖6.80

院的鏡頭。

另外，攝影距離和角度可將觀眾擺入敍事的空間內。圖 6.80 為《約克軍曹》(Sergent York)的一景，它的攝影距離和角度並不是一個特定角色的觀點鏡頭，却使觀眾站在與牧師相關的空間內(另外一個距離和角度的可能是從後面較高的位置以俯角拍攝牧師)。傾斜的取鏡可在敍事上用來註明這些鏡頭或片段與影片的其他部分不同。圖 6.81 是《憤怒年代》(The Roaring Twenties)一段蒙太奇中的一景，表示例行的劇情，而非特殊的狀況。

取鏡在敍事上還有其他作用。整部影片中一些重複的取鏡方式可以和劇中的人物和特殊情景聯結在一起。也就是說，這些鏡頭成為全片的視覺母題。在《梟巢喋血戰》中就不斷以低角度來拍蓋斯伯・卡特門(Gasper Gutman)，以突顯他的肥胖；而《聖女貞德受難記》中，導演德萊葉即不斷以大特寫的方式來拍貞德。

圖6.81

或者，有些鏡頭可以因爲它們的特異而令人印象深刻。在希區考克的《鳥》中，羣鳥開始聚集在波狄加灣，畫面從水平視線的中特寫鏡頭突然急轉至從整個鎮的上方往下拍的極全景鏡頭，造成了極具震撼力的惡兆氣勢，呈現風雨來襲前不安的寧靜(可參考圖 7.26 和 7.27)。還有，若是在一部大部分以全景和中景鏡頭所組成的影片裏，突然出現一個大特寫鏡頭會有極顯著的效果。類似的情況，在雷利・史考特(Ridley Scott)的《異形》前幾場戲沒有幾個人物的觀點鏡頭。但是當肯恩漸漸接近異形的蛋時，觀眾好像是透過他的眼睛在看它，而一團奇怪的生物體正好突然從這個蛋跳出來，貼到鏡頭上去。這種鏡頭在刹那間轉變，將觀眾對劇情的認知限制在一個人物的觀點中，呈現且強調了情節的轉捩點。

甚至在影片的一段戲裏，鏡頭的角度、水平和攝影距離(空間大小)可以有極大的轉變。在希區考克的《海角擒凶》(Saboteur)最後一段戲裏，自由女神像的頂端，主角正抓住危盪在外、正要掉下去的壞人的衣袖，而袖子的接縫處已開始裂開。希區考克即從女神像的遠景鏡頭，剪進袖子的特寫，來強調縫線正被一絲一絲地扯開的情形。這個驚險氣氛就是由鏡頭距離的急遽變化所造成。

但是取鏡不僅僅是用來加強敍事的語氣，它可以有它自成一格的趣味。特寫可將觀眾平常會疏忽的事物的紋理、細節及作動突顯出來。從布烈松的《扒手》特寫鏡頭(圖 6.82)裏可看到扒手最細微的小動作，這一系列類似的特寫鏡頭組合成令人眩目、如芭蕾般的畫面。另外，全景鏡頭可容納廣闊的空間；如在西部片中的美景，《二〇〇一年：太空漫遊》和《七武士》，都是因爲全景鏡頭而呈不凡的氣勢。

人類的眼睛也可以欣賞不尋常角度來拍熟悉事物的鏡頭，如何內・克萊的《幕間》(Entr'acte)就從一位芭蕾舞者的正下方往上拍其舞姿，製造有如花開的趣味(圖 6.83)。在《聖女貞德受難記》中的上下顚倒畫面(圖 6.84)並非是主角的觀點鏡頭，它們是爲取鏡的角度而取鏡的。魯道夫・安海姆(Rudolf Arnheim，形式主義美學家)曾寫道：「用不尋常且奇怪的角度來拍攝平凡的事物，藝術家可依此來強迫觀眾對它產生興趣，而不僅僅是注意到或接受而已。而被拍出來的事物有時不但更具眞實性，而且更令人印象深刻。」

取鏡也可用來製造喜劇效果，如查理・卓別林、巴斯特・基頓和傑克・大地的用法。在《待客之道》中，基頓就將幾個笑料場面處理得非常有趣。仔

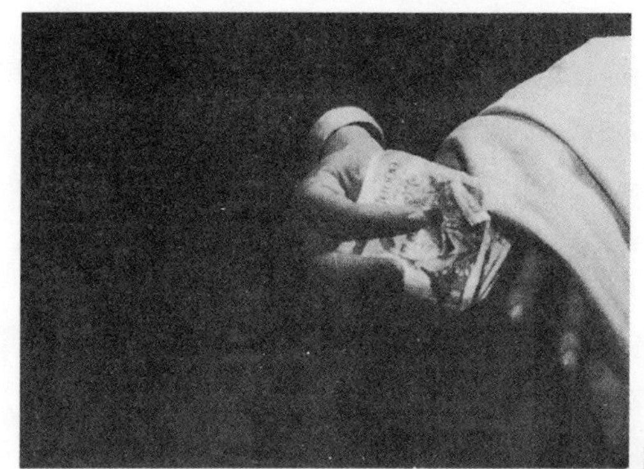

圖6.82

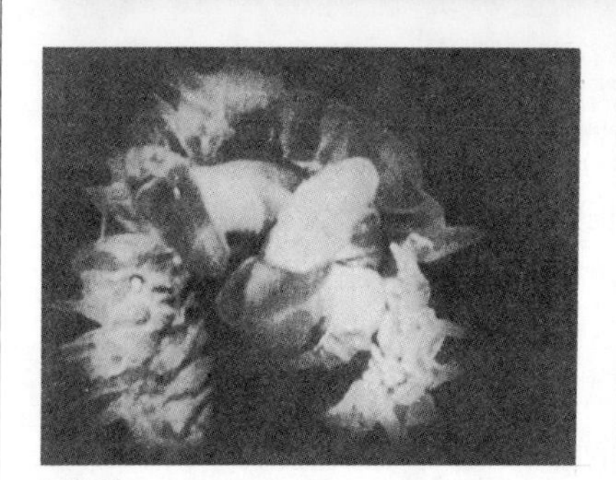

圖6.83

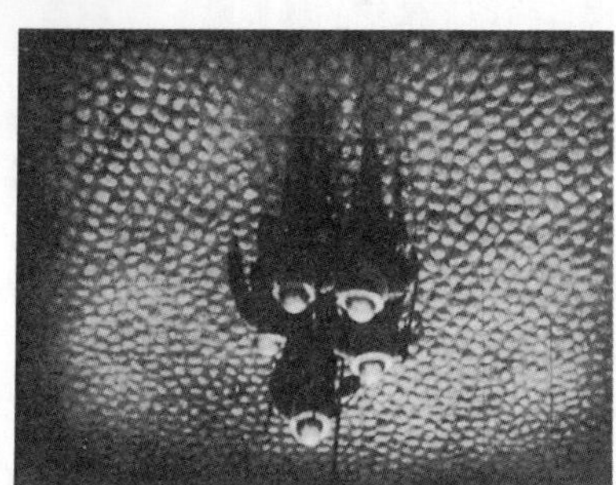

圖6.84

細的取鏡角度的鏡頭空間大小選擇均是決定笑料是否成功的元素。例如，圖5.57 如果從旁邊且以遠景的方式拍，就看不出火車已分成兩截在不同的軌道上跑，並且也看不出機員一付無事的樣子的好笑。相同的，圖 5.66 和圖 5.67，銀幕外空間的利用是這場戲笑點的來源：首先我們看到威利身上綁著繩子，然後繩子的另一端是康福的兒子，一會兒他掉了下去了，這時威利立刻恐懼地想到自己也要隨著他掉到無底深淵。只要試著回想這一景與片中其他鏡頭的不同，就會發覺基頓的幽默原來是經過謹愼的場面調度和取鏡所經營出來的。

同樣地，在傑克・大地的《遊戲時間》裏的場面調度和攝影機位置一樣製造了令人發笑的趣點。片中胡洛先生突然聽到一聲「轟」，立即回身去查聲音的來源，原來是門房正彎身鎖門(參考彩圖 3)。這個視覺雙關語就是由攝影角度和鏡頭空間所呈現出來。影片的下一段是一個侍者正爲一羣女士倒香檳酒

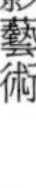

(參考彩圖 4)，但是攝影機的位置和角度剛好遮掉酒杯的部分，所以看起來是侍者正在爲女士頭上戴的花帽的花澆水。

我們無法在此將取鏡的敍事功能一一分類說明；僅能提醒大家攝影機的位置、鏡頭空間大小、角度、水平和高度擁有無盡增加觀眾感受它視覺特性的可能性。

■動態畫面

以上提到所有關於取鏡(framing)的特質，在各種框起來的作品如繪畫、靜態攝影、漫畫等等都有縱橫比、景框內外的關係、角度、高度、水平以及空間距離大小等特質。但是電影(及錄影帶)中還有一種特質，就是景框能移動。**鏡頭運動取鏡**(mobile framing)意即在景框的範圍內改變框內的景物。因爲觀眾先適應了一開始的取鏡中的影像內容，會自然地隨著景框的移動，認爲是自己在移轉視線，於是就跟著接近、退後、繞著或越過原來的人或物。因此，鏡頭的運動會改變鏡頭內的高度、空間距離、角度或水平等各項關係。

鏡頭運動的種類。一般來說，鏡頭的運動指的是「攝影機的運動」。這個說法通常沒錯，因爲鏡頭的運動是由攝影機在拍攝時機身的運動所造成。一般皆知，攝影機通常是架在一個支撐物上來拍攝，而這個支撐物除了撐住攝影機外，還有讓攝影機轉動的設計。每一種移動的方式都會在銀幕上製造出特殊的效果。

橫搖(pan, panorama的縮寫)是攝影機以中心點爲縱軸向左或向右搖。在銀幕上則產生景框以水平方向在空間中移動，就像攝影機在「轉頭」一樣。圖 6.85 和 6.86 是德萊葉的《詞語》，畫面隨著人物移動一直向右橫搖。

直搖(tilt)則是以攝影機中心點爲橫軸，攝影機像抬頭或點頭一樣上下搖動。攝影機的「直搖」和「橫搖」一樣，是在固定位置上沒有移動。薇拉・齊第拉瓦的《黛西》有一景就運用了變焦和直搖來拍攝：鏡頭的焦距原來在前景燃燒的蒸氣(圖 6.87)，然後鏡頭漸漸往下移，即變焦到背景的女人身上(圖 6.88)。

在**推軌鏡頭(tracking shot)**(即dolly或trucking)中，攝影機整個位置變動了，在地面上或前或後、或左或右或繞圓圈、或斜對角或從一邊到另一邊地移動。圖 6.89 和 6.90 是奧森・威爾斯的《安伯森大族》用推軌方式拍攝的兩個鏡頭，注意人物在畫面中位置沒變，但背景已變。

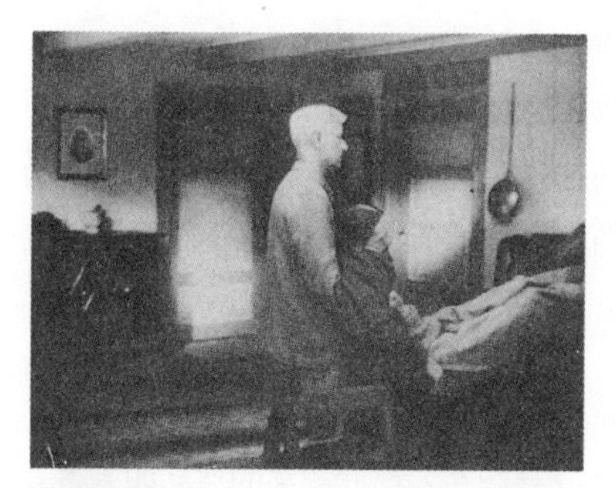
圖6.85

圖6.86

圖6.87

圖6.88

圖6.89

圖6.90

在**升降鏡頭(crane shot)**中，攝影機整個從地面上攀高，然後可前後上下左右地移動。其他的升降鏡頭包括直昇機或飛機攝影，可以在離地面更高的地方拍攝。在《恐怖的伊凡》中(圖 6.91)，一場喪禮的戲就是先從高角度往

下拍棺架慢慢降下來，再以伊凡被穩放在棺材內的鏡頭做結(圖 6.92)。

這些取鏡都是最常用的手法，事實上攝影機運動還有其他很多可能性，隨人想像運用(如翻觔斗、連續轉或迴轉等等)。但有些攝影機運動會被混淆，如橫搖非常像橫著移動的推軌鏡頭，而直搖非常類似垂直上下的升降鏡頭。但只要稍加訓練，就可以辨識出這些移鏡之間的不同。因爲橫搖和直搖，機身固定在支撐物上不動，只是上下左右轉動攝影機身罷了。例如圖 6.85，畫面是中景某人的側面，而圖 6.86 那個人已變成背景的全景了——這表示整個機身在原來位置上，沒有隨人物改變位置。在水平方向的推軌鏡頭或是垂直方向的升降鏡頭中，攝影機是整個動起來，如同坐在移動的車子內往外看窗

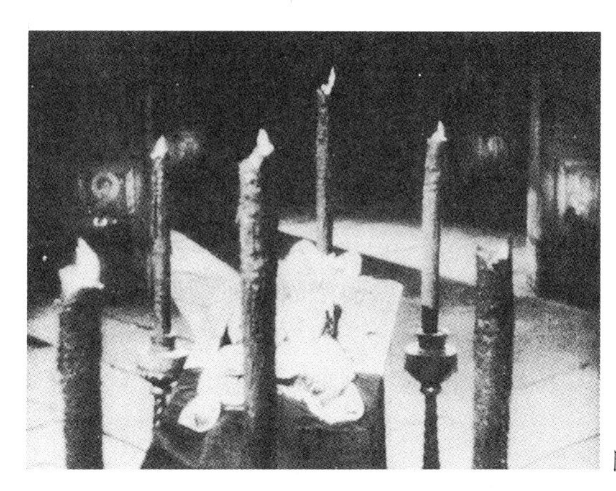

圖6.91

圖6.92

外的田園景物，或是坐在玻璃電梯裏看一座城市一樣。下面我們會提到各種攝影機運動是可以合在一起使用的。

攝影機運動在電影興起的一開始即讓許多導演及演員產生莫大的興趣。爲什麼？因爲攝影機運動在視覺上有許多立即的效應，它通常也爲影像增加更豐富的空間訊息，使畫面中的人或物的位置比固定畫面更生動、突顯。推軌鏡頭和升降鏡頭提供畫面更多變的影像內容。人或物在攝影機繞著它(他)們拍攝時，更富三度空間立體感。橫搖或直搖則可以分別呈現水平或垂直的連續空間。

還有，得注意的是，通常攝影機運動很難不被視爲觀眾改變位置動作的替代品。因爲並不只是物品在眼前脹大或縮小，而是它讓觀眾自己產生趨前或退後的假象。當然這並不是實際的情形，我們從沒忘記觀眾是在戲院裏看電影的事實。只是攝影機運動提供了相當有力的條件使人產生這方面的錯覺。事實上，許多導演正利用了這項特質給予鏡頭一種**主觀性(subjective)**——透過在移動的人物的眼，依敘事的觀點來呈現景物。意即，攝影機運動可以具說服力地提醒觀眾，他們所看到的是一個人物的觀點鏡頭(POV shot)。不管是不是敘事上的主觀，因攝影機的運動而產生鏡頭中移動的畫面，眞的像是觀眾的視線；攝影機運動因此可以清楚地說明景框如何影響觀眾對畫面的看法。

在一些情況下，觀眾的視線會認同攝影機的視線。搖擺、上下跳動的影像通常是**手持(hand held)**攝影機造成的。在這種情形下，攝影機不固定在三角架上而是在攝影機操作員(camera operator)❷的手上。圖6.93唐・潘納貝克(Don Pennebaker)就用手持攝影機拍攝《年少輕狂》(Keep on Rocking)。這種技巧在五〇年代眞實電影(cinéma-vérité)興盛時成爲普遍的手法。通常，手持攝影還具主觀鏡頭的功能，如圖6.94山姆・富勒的《裸吻》(Naked Kiss)。有時候手持攝影的手法會被用來提醒觀眾，這是攝影機在拍戲，不是眞實事件。在現今的商業影片製作，攝影師已開始大量使用有平衡器的**平穩支架(Steadicam)**。它是一種架子，架在攝影操作員身上、容許他可以從任何位置看到錄影機螢光幕上的畫面。因此它可以拍出任何所需的、無論是多平穩或顛簸的畫面。

然而攝影機運動並非唯一使畫面「動」起來的方法，在動畫(卡通)片中，攝影機並不動。但是，透過一格一格畫出來的畫面，動畫可以產生攝影機在

圖6.93

圖6.94

運動的感覺。如圖 6.95～6.97《The Old Grey Hare》中的橫搖鏡頭。其他的方式有：拍一個靜止畫面或是用停格，可漸漸地放大或縮小影像，如同在光學印片經常使用的手法一樣。另外，虹膜(iris，此指鏡頭外光圈)可用來圈出一個景觀，或是圈入一個細節。最後還有伸縮(變焦鏡，如前文所述)都可以製造移動的畫面。

這些攝影機運動是很難在平面書上解釋清楚的。應該沒有人會認爲虹環圈入或圓形運動的推軌鏡頭是由伸縮鏡頭所造成的。但是，說眞的，觀眾該如何識別伸縮鏡頭的前伸(zoom-in)和向前推軌鏡頭(forward tracking)之間，或退後的升降鏡頭(a crane shot back)與光學印片的放大效果之間，在畫面上所造成的差異？一般而言，動畫、特效或伸縮鏡頭都以減少或放大部分畫面來製造畫面的動感，雖然推軌鏡頭和升降鏡頭不只是加大或減少部分畫面。在眞正的攝影機運動中，固定不動的景物會依不同距離(譯註：距鏡頭

圖6.95

圖6.96

圖6.97

的距離不同，產生前中後等景之分)、不同的速度經過彼此，呈現給觀眾不同的方位(different aspects)，而且背景更富景深。比較一下圖 6.98 和 6.99，是推軌鏡頭的開始與結束。街道名並不只放大而已，它的方位及角度都因攝影機運動的視角而有所改變，牆也失去了它的體積及量感。而若此景以伸縮鏡頭或光學印片的放大處理，固定不動的景物會呈現**相同的方位**，而且位置關係保持不變。不過透視關係也會改變：背景更平且壓縮的情況更嚴重(圖 6.100 和 6.101)。總之，當攝影機移動了，觀眾可以感覺到空間的變化，而伸縮鏡頭僅使景物放大或縮小。

到目前爲止，本章只將這些鏡頭移動取鏡以非常簡單的分類方式獨立出來。但是導演們通常會在同一鏡頭中同時使用幾種類型：如攝影機可以在伸縮時同時橫搖或上升。雖然如此，每一個組合用法，都還是可以辨認出是由哪幾種基本類型所組合成的。

鏡頭運動的功能。以上各鏡頭的分類，若無考慮到它們在整部影片中如

圖6.98

圖6.99

圖6.100

圖6.101

何有系統地發生作用，就無多大意義了。譬如，鏡頭的運動和電影的空間或時間如何產生關係？各類鏡頭的運動可產生哪些運動型態？這些問題的答案需要我們從觀察鏡頭的運動如何與電影的形式交互作用著手。

1.鏡頭運動與空間。

前者對後者產生極大的影響，尤其是銀幕內、外的空間。用向前推軌鏡頭或伸縮鏡頭放大畫面，均可使部分畫面掉到銀幕外。而其他攝影機運動或光學效果可能使銀幕外空間重回銀幕上；例如，很多電影中，往往推軌鏡頭可使畫面從一個細節變成容納許多意外空間的畫面。這就是早先在《紅衫淚痕》的例子中所提到的(圖 6.54 至圖 6.57)；手與酒杯的特寫之後，攝影機後退將持杯的男人置於畫面的前景。鏡頭的運動同時也持續地影響取鏡的距離、角度、高度和水平。向前推軌鏡頭(track-in)可改變空間距離：從全景到特寫；上升的鏡頭(crane-up)可以改變角度：從低角到高角度。將鏡頭的運動視爲畫面中空間上的改變是一個可行的看法。

一般而言，我們可從幾個問題來了解鏡頭的運動和空間的關係。首先，鏡頭的運動是依據人物的動作而來的嗎？舉例來說，攝影機運動最普遍的功能是**重新取鏡(reframing)**。如果某個人物走向另一個人物，鏡頭經常會順著動作調整方位。《不設防城市》(Open City)中，當羅西在潘娜的公寓裏往桌沿上坐下去時，鏡頭隨著他的動作動了一下。但重新取鏡本身可以是美學或藝術上的抉擇。在《星期五女郎》中，即利用重新取鏡來獲得構圖上的平衡。當海蒂一走動，攝影機即向右橫遙跟拍並重新取她的鏡；而當華特坐在椅子上旋轉時，攝影機就向左搖回重新取他的鏡——每次都讓觀眾注意到它在構圖上所保持的平衡(圖 6.102 至 6.104)。因為重新取鏡是隨著人物運動而動，通常相當不引人注目，所以需要經過訓練才能清楚識別。一旦開始注意，就會驚訝這個手法出現的頻率相當高，古典敘事電影就經常使用。

「重新取鏡」只是隨人物動作的鏡頭運動很多功能中的其中一種。攝影機也可以隨著人物或在動的物體所造成的移動而移動。橫搖鏡頭可以使奔馳的賽車固定在景框中央；推軌鏡頭可從一個房間到另一個房間跟踪一個人物；而升降鏡頭可以追著正上昇的汽球。在這些情況下，鏡頭移動的主要功能是將觀眾的注意力鎖定在鏡頭中的人或物，並隨著他(它)移動。

跟拍鏡頭可變得相當複雜。安東尼奧尼的《愛情編年史》(Cronaca di un amore)有很多一堆人物一起出現的鏡頭。典型的方式是攝影機跟著拍一個人物走向另一個人物，再接著跟拍這個人物走到另一個位置，在那兒他/她遇見第三個人物，然後再接著循第三個人物的走動跟拍，等等。《愛情編年史》中牌局那場戲就是一個絕佳的例子：鏡頭不停地隨著一個人快速移到另一個人。

圖6.102

圖6.103

圖6.104

然而，鏡頭不一定要跟著人物的動作而移動，它們可以獨自運動。通常它會從人物身上移到其他敍事的重點。最普通的例子是，把會影響劇情却被疏忽了的線索，如未曾留意的影子、緊握的手等呈現在畫面上。另外，它也可以爲即將進入畫面的人物先定位在一個地點，如奧圖•普萊明傑《羅蘭秘記》(Laura)的開場：在鏡頭停在偵探麥克帕森之前，攝影機就先進入了顯示華多•李德克先生個人品味及財富的客廳。在尙•雷諾的《朗基先生的罪行》中，攝影機自朗基先生身上移開，橫搖拍攝他房中的陳列物——槍枝、西部帽以及亞利桑納州地圖(圖 6.105 至 6.110)——藉以描寫他的性格特徵：朗基被刻劃成一個宿命論者，生活在他所寫的牛仔故事的西部世界中。

雖然如此，有時候觀察家可能會被刻意呈現空景的鏡頭所矇騙，就像溝口健二的《元祿忠臣藏》(Forty-Seven Ronin)一景。在一個呈現房子外圍庭院的畫面後，鏡頭切到由房子內部往外看庭院的畫面。攝影機慢慢沿著走廊移動，仍對著顯然是空曠的庭院拍攝。這個畫面讓觀眾產生一種期待，認爲將會有人物進入畫面。一會兒，攝影機持續慢慢地往右側推進，沒錯，聲音出現了。然後過了好久，鏡頭開始向右橫搖，才發現，聲音是從站在走廊裏的人對話所發出來的。我們被誤導了；原來眞正的動作是發生在走廊上——銀幕外的空間，而一開始攝影機却沿著軌道拍庭院，故意將人物動作排除在畫面外。這種攝影機運動甚至會將空曠的空間愼重處理，好像它將證明它的用處一般。

不論鏡頭是否隨人物移動或自行運作，它影響觀眾對銀幕內或銀幕外空間的感受非常巨大。因爲不同的攝影機運動會產生不同的空間概念。在《去年在馬倫巴》中，雷奈運用前進的推軌鏡頭，經過很多門口進入迴廊，將一個時

圖6.105

圖6.106

圖6.107

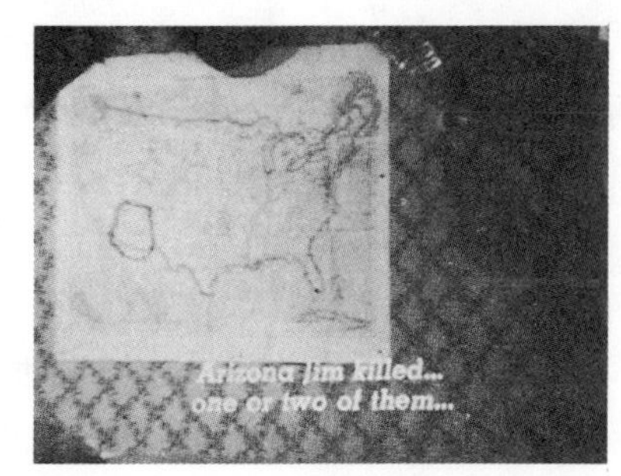

圖6.108

圖6.109

圖6.110

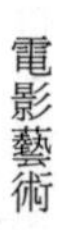

髦的休閒旅館變成一座陰森的迷宮。另外，希區考克曾設計影史上著名的單一鏡頭運動：一個由高角度往下拍攝舞廳中舞者們頭部的推軌兼升降鏡頭，從全景一直拍到一個鼓手眨眼的大特寫，如《年少無知》(Young and Innocence）。以及非常特殊的往後推軌和伸縮鏡頭的前伸之組合運動來改變畫面中的空間透視關係，如《艷賊》(Marnie)、《迷魂記》(Vertigo)中均使用這種組合鏡頭運動。史蒂芬・史匹柏(Stephen Spielberg)的《大白鯊》中，當帕弟警長站在海灘上，突然發現一個小孩被殺了時，也出現了這個手法。在其他電影如《紅與白》(The Red and the White)、《Agnus Dei》和《紅聖歌》中，楊秋特別擅長用這種鏡頭，在一羣越過平原的人們之間徘徊。他的鏡頭均運用了所有如推軌、橫搖、升降、伸縮及變焦等鏡頭的特性，引導觀眾對空間關係的感受。

在《中央地帶》(La Région centrale)，麥可・史諾製造了如圖6.111中的機器。因為機器上的手臂都可經由搖控裝置來轉動架在上面的攝影機，因此，這個機器可以創造出許多前所未有的運動方式——從最細微的螺旋式俯衝，到大得像摩天輪那般地旋轉。史諾遂將機器架在加拿大一處光禿的地面上拍攝，結果他將風景拍成一系列具獨特動感的畫面。因為攝影速度和運動方面的變化提供了這部電影抽象形式的基礎。這就是電影技巧如何影響一部長達三個小時、且複雜影片的例子。

圖6.111

以上這些例子都說明了不同的鏡頭運動如何影響觀眾的空間感。不過，不管是哪一種鏡頭運動方式，我們均可以問：它如何運動以呈現或藏匿銀幕外空間？它是隨人物動作而移動，或是獨自運動？攝影機循什麼樣的軌道進行？這些問題都可以經由考慮攝影機運動在敘事或非敘事形式的影片中，如何產生空間印象，即可得到答案。

2.鏡頭運動和時間。

鏡頭的移動牽涉到空間的元素，也牽涉到時間，而這一點許多導演早就發現；觀眾所感受到的時間與節奏感都是由鏡頭的運動而來。關於攝影機運動的時間性質，我們可對照兩個日本導演使用鏡頭的方式來了解它的影響力：小津安二郎和溝口健二。小津偏愛短且方向一致的鏡頭，如他的作品《麥秋》和《綠茶飯之味》。而溝口則偏愛較自由的往後推軌鏡頭，經常還佐以橫搖的方式來拍攝。因此攝影機運動在小津電影中比溝口所花費的時間短，這是兩個導演在風格上的基本差異。更廣泛地來說，因爲鏡頭運動牽涉到時間，它可以在觀眾心中產生「期待」與「滿足」的心理效果。待會兒我們在奧森•威爾斯《歷劫佳人》的例子中會提到。

速度也是一個重點。伸縮鏡頭或其他攝影機運動可以相對地快或慢。李察•賴斯特(Richard Lester)的《一夜狂歡》(A Hard Day's Night)中大量使用伸縮鏡頭的快速縮小或放大之手法在六〇年代興起一股風潮。相對的，葛里菲斯的《忍無可忍》有一個在早期影史中最令人印象深刻的攝影機運動——他用升降鏡頭從高空很緩慢地下降來拍攝壯觀的饗宴場面，氣勢恢宏，如圖 5.10 所示。

一般而言，攝影機運動本身可製造明顯的效果。倘若鏡頭很快從一個事件移開，觀眾的心底會想到發生了什麼事——這即是第二章提到的「好奇」的效果。如果攝影機突然往後退，呈現觀眾沒預期到的東西，那就是「驚奇」的效果。假若它用非常緩慢的速度放大拍攝一個細節，但速度慢到刻意在延後滿足觀眾的期待，那麼這是在製造「懸疑」的效果。在劇情片中，鏡頭運動的速度可依敍事的需要而調整：快速往前推軌到重要的人或物，或者往後撤退的升降鏡頭拍攝站在一片土地上的人，都可以暗示故事的重要訊息。

有時候鏡頭運動的速度可產生節奏感。威爾•辛度(Will Hindle)的《Pastorale d'ĕtĕ》中，就是用伸縮鏡頭的前伸運動，配合Honegger的音樂，讓攝影機輕微地跟著上下「抬頭」、「點頭」，製造了優雅、活潑的節奏。歌舞片也經常運用這種速度所造成的節奏感來處理一首歌或舞蹈鏡頭。《萬花嬉春》中"Broadway Rhythm"的舞曲中，攝影機連續好幾次從金•凱利身上退後，就是配合歌曲的節奏調整速度的。鏡頭運動的速度也可以傳達情緒的特質——如行雲流水般地、間歇性地或猶疑式地移動鏡頭，都可以擬人式地傳達不同的情緒。簡言之，鏡頭移動的時間與速度均能明顯地控制觀眾對畫面的感受。

3.鏡頭運動的型態。

在一部影片中鏡頭移動的方式可以製造出自成一格的主題特色(motifs)，例如，希區考克《驚魂記》的開場與結束，鏡頭都採用相同的前進運動方式拍攝。開場時，一座城市上空的鏡頭慢慢向右橫搖，接著用伸縮鏡頭的前伸運動進入一座建築物，這種前進方式進入建築物時繼續穿過百葉窗，最後進入一間簡陋的賓館房間。整部影片中，這種前進運動一直重複出現，且經常處理成人物的觀點鏡頭，尤其是當不同的人物愈來愈深入諾曼・貝茲(Norman Bates)的房子時，鏡頭就跟著深入室內拍攝。影片最後倒數兩個鏡頭是諾曼靠著白牆坐著的中景，此時聲音部分出現他的內心獨白，然後鏡頭繼續前進一直到他臉部的特寫結束。這個鏡頭就是整部影片中一開始即有的前進運動方式的高潮：原來它是用來探查諾曼內心世界的手法。另一部採用類似的前進運動手法的是《大國民》，它被用來描述相同的動機——探查一項無解的秘密。

另外，馬克斯・歐弗斯(Max Ophüls)的《傾國傾城慾海花》(Lola Montès)採用360度推軌鏡頭，以及不斷上上下下的升降鏡頭來呈現馬戲團中的表演，以對比蘿拉過去的生活。其他方式還有尙・雷諾的《大幻影》(Grand Illusion)和佛利茲・朗(Fritz Lang)的《大熱》(Big Heat)均習慣先用近距離鏡頭拍一個物體做爲影片中每個段落的開始，然後再慢慢把鏡頭拉開，呈現出它所存在空間的戲劇性——有時候效果相當駭人。麥可・史諾的《←→》(通稱爲《來回》Back and Forth)中，不斷用橫搖鏡頭來回拍攝一間教室，這種乒乓式運動成爲這部影片的基調。影片最後倒是給人一個驚奇效果，因爲這個鏡頭的運動型態突然改爲上下移動。以上這些影片和許多其他電影的鏡頭運動方式都是使用了「重複」與「變奏」的形式。

「重複」與「變奏」的主題在這些影片的例子中都與影片的敍事或非敍事形式產生交互作用。我們將以分析兩部影片中鏡頭運動型態與劇情如何交互產生作用，來扼要說明兩者可能產生的關連。這兩部影片彼此形成強烈對比：一部是運用鏡頭的運動來加強及支持劇情，而另一部是——聽起來可能很矛盾——以鏡頭運動爲影片的主體，劇情是用來配合它的。

尙・雷諾的《大幻影》是部關於戰爭的影片，但全片却看不到戰爭的場面。戰爭類型中英雄式的攻擊、必然的殺戮場面都沒出現，第一次世界大戰一直在銀幕外進行。雷諾反而集中於國家與社會階級之間的關係如何受到戰爭的影響上。馬何卡(Maréchal)和包爾度(Boeldieu)是法國人，而萊芬斯坦(Rauffenstein)是德國人。但貴族階級出身的包爾度與萊芬斯坦比當技工的馬何卡有較多的共同點。這部影片即是關於包爾度和萊芬斯坦代表的上流階級之死，以及馬何卡與他的朋友羅森索(Rosenthal)在危險中逃生——逃到伊爾莎(Elsa)的農場，度過一段和平的日子，以及最後逃回法國，也就是回到戰爭的故事。

在這個故事架構中，攝影機運動型態的許多功能都直接協助劇情的發展。首先，也是最尋常的功能，是配合人物的動作來移動鏡頭。當人物或車子移動時，雷諾總是用橫搖或推軌鏡頭跟拍。如馬何卡與羅森索逃亡時，鏡頭跟著他們走；一羣犯人聽到窗外的德軍進行曲，集聚窗口看德國軍隊在下面行軍而過，也是用往後拉軌鏡頭跟拍了過來。然而，鏡頭的獨自運動才是使這部影片不尋常的地方。

《大幻影》中鏡頭自顧自地移動時，觀眾明顯地意識到它在引導劇情，並提供觀眾劇中人所不知道的訊息。例如，一個挖地道逃亡的犯人拉動一條繩子示意上面的人拉他出去。鏡頭先停在繩子的這一端呈現用來發訊號的罐子已被拉掉的畫面(圖 6.112)，然後橫搖到那些並不知情的人身上(圖 6.113 和 6.114)。鏡頭運動在此多少協助非限制性敍述方式的進行。事實上，有時候因爲運動的主動性，雷諾甚至利用相同運動方式的重複，來製造許多影響劇情的特定鏡頭型態。其中一個型態即將人物與他所處的環境聯結在一起。例如，影片的某些段落，攝影機先拍一個物品的近景，然後往後拉出整個空間，帶出細節以及前後劇情相關的線索。當包爾度和馬何卡在討論逃亡計畫時，鏡頭先從特寫籠中松鼠的畫面(圖 6.115)向後退，才呈現出二人(圖 6.116)其實就站在籠子旁邊，這種平行對照的敍事企圖非常明顯。

比較複雜的是在伊爾莎家慶祝聖誕節的那場戲。先是一家托兒所招牌的特寫，然後攝影機往後拉出，拍每個人臉上不同的反應。這種鏡頭運動方式當然不僅是裝飾而已，由場景的一個細節起頭，再拍較大範圍，使敍事得以經濟地、而且不斷地強調雷諾在場面調度中各項元素之間的關係。而較少出現的前進推軌鏡頭在這裏也有相同的功能；當包爾度死了之後，萊芬斯坦走向前將牢房中唯一的一株花剪下來(圖 6.117)，鏡頭由全景向前推到花盆的特寫(圖 6.118)結束。

圖6.112

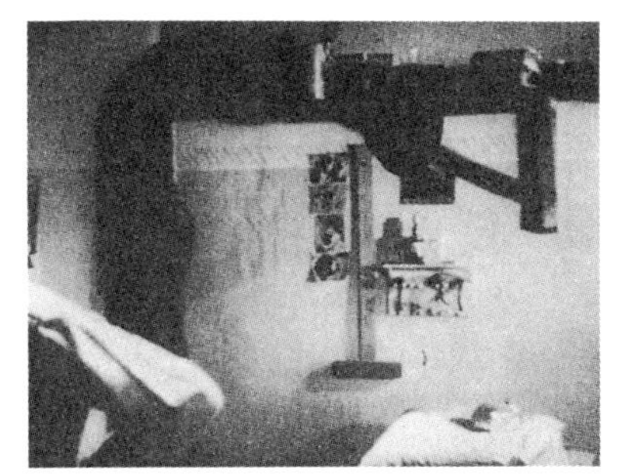

圖6.113

圖6.114

圖6.115

圖6.116

圖6.117

經由更有企圖的鏡頭運動，人物與場景可以更緊密地結合在一起，以強調敘事上平行對照的重要性。第一場戲中，當馬何卡走出軍官酒吧(圖 6.119)，雷諾將鏡頭向左橫搖，拍攝牆上的壁飾(圖 6.120 右邊部分)，以及一

圖6.118

圖6.119

圖6.120

圖6.121

張海報(圖 6.121)。下一場戲，在德軍的軍官酒吧中，類似的鏡頭運動以不同方向，離開畫面中的人物，向右橫搖，呈現出類似上一場景的裝飾(圖 6.122 至 6.124)。透過這個鏡頭的運動方式，雷諾暗示交戰雙方的相似點，有意抹去兩國的差異，強調出共同的慾望。這就是攝影機運動依循一個格式、有系統地重複行進，製造了敘事上的平行對照功能。

這個運動方式另外還可以用來比較貴族階級之間的戰爭與較低階級人們之間的戰爭，兩者之間的對照。萊芬斯坦的新職務是戰時俘虜營的指揮官，鏡頭由一個十字架的畫面開始(非常諷刺地，因為教堂在戰時被充做營區)，沿著鞭子、刺刀、武器到手套，接著看到一個侍衛正準備萊芬斯坦的手套，到最後萊芬斯坦出現(圖 6.125 至 6.132)。雷諾光用鏡頭，無須對白，即描述了戰場中軍事儀式的禮儀，賦予貴族戰爭的特色。但是，片子的末段，相似的鏡頭卻批判了剛才這一段戲。再次以一個物品的特寫開始一個段落——這

圖6.122

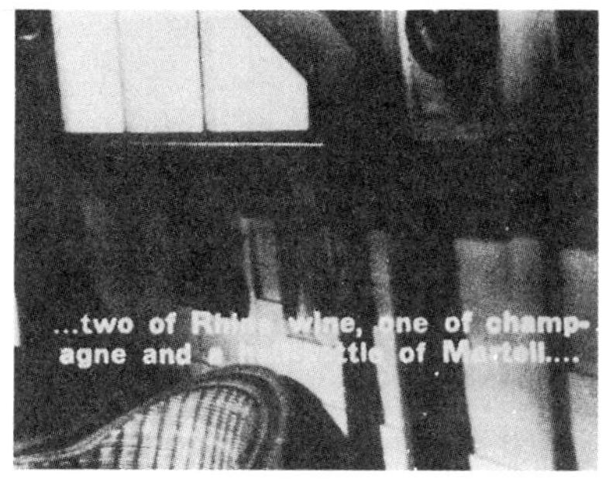

圖6.123

圖6.124

圖6.125

圖6.126

圖6.127

次是伊爾莎過逝丈夫的照片(圖 6.133)，鏡頭後退，是伊爾莎其他親戚的照片出現在畫面上，伊爾莎則在銀幕外述說他們被殺害的地點，攝影機向左移動(圖 6.134)，孩子羅德(Lotte)坐在餐桌旁(圖 6.135)，伊爾莎旁白：「現在

圖6.128

圖6.129

圖6.130

圖6.131

圖6.132

圖6.133

這個桌子是太大了。」伊爾莎的戰爭沒有萊芬斯坦所有的那種榮耀，主要就是經由重複出現鏡頭運動方式所製造的平行對照產生的結果(必須注意，鏡頭運動方式與場面調度之間的合作，因為敘事上的對照都是透過這些謹慎安排

的道具做爲主題，因而被加強——如圖 6.125 和圖 6.135 裏的十字架，圖 6.126 與圖 6.133 中的照片，和兩個鏡頭中最後分別出現在畫面上的桌子)。

不隨人物移動的鏡頭運動另外一個功能是，將人物一個個連結起來。在俘虜營中，鏡頭自一個角色移向另一個角色，在空間上，指出他們共有的情況。當俘虜們在女人衣物堆中尋找勞工服時，其中一人決定穿上它。而當他出現時，突然間，眾人均噤聲不語；雷諾靜靜地用推軌鏡頭拍眾人的臉色，每個人都露出了壓抑很久的慾望。另外，在俘虜營舉辦康樂活動的那場戲中，俘虜們得知法軍已收復一座城市。當他們決定要唱「馬賽曲」時，攝影機就在他們之間穿梭。雷諾先以向右推軌鏡頭拍攝樂師們(圖 6.136)，再沿著演唱者(圖 6.137 到 6.138)一直拍到站在一旁憂心忡忡的警衛(圖 6.139)。接著，鏡頭快速向左橫搖到坐在台下的觀眾站起來合唱的情景(圖 6.140)。然後，鏡頭回來，向前推進，越過演唱者及樂師(圖 6.141)，接著很快向左橫搖回頭拍台下所有的觀眾(圖 6.142)。這個複雜的鏡頭運動在俘虜間來回穿梭，彷彿他們已團結起來對抗敵軍。

在伊爾莎的小屋裏，鏡頭運動方式也像俘虜營裏的一樣，將人物串連在一起。例如，攝影機從屋內的伊爾莎和羅森索，穿過窗戶移到屋外的馬何卡身上。這個連結運動型態在影片的末段，當雷諾從一邊拿槍的德國人(圖 6.143)將鏡頭橫搖拍攝遠在另一邊正要逃亡的法國人時(圖 6.144 到 6.145)，達到了高潮，值得注意的是，甚至在處理這場戲的地點，雷諾都拒絕強調國界。

安德烈・巴贊對這點有一個適切的評論：「尙・雷諾發現了一個方法，

圖6.134

圖6.135

圖6.136

圖6.137

圖6.138

圖6.139

圖6.140

圖6.141

可以呈現那些隱藏在人或物背後的內涵，而沒有破壞他們之間的和諧。也就是說，《大幻影》中的鏡頭運動，發揮了創造劇情的功能；不但強調重點，也引導場景之間的比較，和場面調度同等重要。雷諾確實是發現了一個富想像

圖6.142

圖6.143

圖6.144

圖6.145

力的方式，讓鏡頭運動有所表現，並豐富了影片的敍事形式。」

在麥可・史諾的《波長》中，鏡頭運動與敍事之間的關係剛好相反。鏡頭運動不但沒有輔助敍事形式，反而主導了敍事，甚至引導觀衆的注意力偏離敍事。影片是以一個樓房房間的全景開始，畫面是一面牆與窗戶(圖 6.146)。影片進行的過程中，畫面突然以伸縮鏡頭向前進一個短距離，然後停在那兒，接著再向前一點，又停在那(圖 6.147)，不斷持續下去。影片最後的鏡頭是一個特寫貼在牆上那張照片中海浪的畫面。

因此《波長》看得出來是一部主要以單一鏡頭運動方式——伸縮鏡頭的前伸——做爲結構的影片。它前進與發展的模式並非是敍事上的，而是一種形式的探索，在相當有限的道具中，呈現伸縮鏡頭的前伸運動如何影響公寓的空間，它明顯製造了空間透視關係的急劇改變：放大且拉平畫面，將房間其他部分排除在景框外；每一次焦距的變化都產生新的空間關係，慢慢地將愈

圖6.146

圖6.147

來愈多的空間隔在銀幕之外。聲音方面，大部分的時間均配合鏡頭的前進，不斷發出單音的「嗡」聲，並逐漸提高頻率。

然而，在《波長》的基本形式中，仍有兩個相對的次系統。一個是一系列色調出現在畫面上，它的顏色與出現在畫面上的空間深度成反比。另一個次系統是敍事方面的；每隔一段時間，就有人走進畫面，進行一些活動（對話、聽收音機、打電話），甚至有人神秘死亡，可能是椿謀殺案（注意圖 6.148 中地板上的屍體）。在因果關係上，這些劇情都沒有結果，也沒進一步的解釋（雖然片末可以聽到類似警笛聲傳來）。不僅如此，這些劇情都沒有讓鏡頭運動偏離原訂路線。古怪的前進與停頓的鏡頭運動，甚至重要的劇情漏掉了，還一直持續著，同時保持在中央的位置。因此《波長》雖有敍事介入，但這些零碎的劇情還是次要的。

從觀眾的經驗來說，《波長》的鏡頭運動，激發、延後並滿足了觀眾心中

圖6.148

不尋常的期待。劇情中某些部分引發觀眾的好奇(那些人要做什麼？如果那個人死了，他的死因是什麼？)和驚嚇(因為明顯的謀殺)。但大體而言，這個故事為中心的懸疑，是被形式上的懸疑所取代了：鏡頭的運動最後的畫面是什麼？從這個觀點來說，色調的變化和劇情以及伸縮鏡頭突發的前伸運動，都是用來阻撓(延遲)鏡頭的前進。最後當鏡頭終於停在目標物上，觀眾對形式的期待終於被滿足了。本片名稱因此透露了多層的趣味，不但指向穩定提高聲音部分的音率，也是指鏡頭前進到那張照片的距離——一個「波長」。

《大幻影》與《波長》均以不同的方式說明了鏡頭的運動可以引導及塑造觀眾對一部電影時間與空間的感受。鏡頭運動可以配合影片的敍事形式需要，如雷諾的電影。或者它本身可以是形式主體，讓其他次系統來配合，如史諾的電影。要了解的重點是，在注意導演如何於特定的內容中運用鏡頭的運動方式，我們可以因此更加明瞭我們的電影經驗是如何產生的。

影像的時間長度：長鏡頭

在思考電影影像時，我們強調了空間的特質——攝影上的轉換如何改變影像的性質，以及為了吸引觀眾的注意力，取鏡如何設計影像。但是電影是時間也是空間的藝術，我們已在前面陳述了場面調度和鏡頭運動方式在時間與空間的層面上如何運作，現在我們必須討論一個鏡頭的時間長度如何影響觀眾對它的了解。

通常我們會認為一個鏡頭指的是「眞正」拍攝所花的時間長度。例如，一位跑者跨欄需要三秒鐘，如果我們拍他，那麼放映出來的長度將也會花上三秒鐘——這類的假設。電影理論家巴贊認為電影應該以記錄「眞正的時間」做為電影美學的信條(參閱註釋與議題中談論巴贊地位的部分)，雖然如此，我們必須注意的是，電影劇情中拍攝鏡頭的時間長度與時間的關係並不單純。

首先，明顯的是，在前面章節曾提過的，銀幕上事件的時間長度會受到攝影機或印片機中的馬達影響。「快動作」與「慢動作」會使在畫面上的跑者跑成 20 秒或 2 分鐘。第二，劇情片通常無法將放映時間與故事的「眞正時間」單純地等長。在第三章已談過，故事時間、情節時間和銀幕(放映)時間三者之間可以有很大的差異。

小津安二郎的《獨生子》中有一場戲：時間已過午夜，剛才一家人還醒著在聊天，現在畫面中呈現的是客廳的一面，銀幕上沒有人(圖 6.149)，但很快地，光線改變了，旭日隨即東昇。當這個鏡頭結束時，已經是清晨時分(圖 6.150)。這個轉場鏡頭(transitional shot)大約是一分鐘的銀幕時間。它顯然沒有拍下整個「眞正」事件的時間長度——那可能至少 5 小時。換言之，在處理這個銀幕時間時，電影情節已將好幾個小時的故事時間濃縮成一分鐘左右。下一章我們會討論剪接如何將銀幕時間延長或刪減，但目前我們必須了解即使是在**一個鏡頭中**，也一樣可以控制時間的長短。總之，銀幕上出現畫面的時間長短是不一定與故事時間長度相同的。

圖6.149

圖6.150

■長鏡頭

每個鏡頭多少有可測量出來的銀幕時間，但在電影史上，導演對鏡頭時間長短的選擇各異其趣。早期電影(1895-1905)傾向使用時間相當長的鏡頭。在 1905-1916 年中，隨著**連戲剪接(continuity editing)**的出現，鏡頭愈來愈短。在早期，一部美國片中每個鏡頭的平均長度大約是 5 秒鐘。有聲時代來臨之後，延長爲 10 秒鐘。

然而，縱觀影史，有些導演就是偏愛時間較長的鏡頭，三〇年代，在不同的國家中，都在使用長時間鏡頭，且持續了 20 年，原因複雜且不容易了解。但是電影學者均同意使用很長時間的鏡頭——**長鏡頭(long takes)**是電影創作的主要手段(注意，這裏的“long take”長時間鏡頭，與“long shot”的長距離鏡頭不同；後者是指攝影機與被攝物之間的距離)。**鏡頭(take，**譯註：中文譯shot和take均爲「鏡頭」，視上下文決定它所指的意義）是指攝影機開機拍攝一個鏡頭(shot)轉一次底片的意思。大師如尚・雷諾、溝口健二、奧森・威爾斯及卡爾・德萊葉、安迪・華荷，或楊秋電影中，一個鏡頭可能有好幾分鐘，若要分析他們的電影，不能不知道長鏡頭如何對影片的形式與風格有所貢獻。

形式上，很管用的方式是將長鏡頭放在一整部電影的大格局來看。倘若在一部有 500 個鏡頭的電影中，每個鏡頭都是一個段落(sequence)的一部分，而每個段落也是一整部片的一部分——就像一塊磚是牆的一部分，而牆屬於整個建築的一部分一樣。但是，如果有部電影只有 14 個鏡頭，就不是這樣了；每個鏡頭成爲全片的重要部分，像是純水泥牆是整個建築物的一部分。長鏡頭將單一鏡頭提升到具有重大形式意義的地位。

基於上述理由，長鏡頭可被視爲由一連串鏡頭所組成。導演可以選擇要用幾個長鏡頭或一堆短鏡頭來拍一個場景。有時候導演可能只用長鏡頭拍完一部電影，楊秋即經常如此做。他的電影(如《冬風》Winterwind、《Agnus Dei》和《紅聖歌》)經常一個鏡頭拍一個場景——這個手法在法語中稱作plan-séquence，即**單鏡段落**(shot sequence)。大部分導演通常用長鏡頭拍幾個景，其他段落則全用較短的鏡頭來構成。在長鏡頭用得較多的影片中，剪接可以擁有相當大的力量。巴贊曾指出整部《大國民》在靜謐的長鏡頭(很多對話的場景)和相當短的短鏡頭(如「熱線新聞」段落及其他)間猶豫。希區考克、溝口健二、雷諾、德萊葉經常改變鏡頭長短，端視該場戲對整部影片的功能。因此電影可以呈現長鏡頭與剪接之間豐富的交互作用。

如果長鏡頭經常取代剪接，它與鏡頭的運動聯合起來並不足爲奇。如橫搖、推軌、升降或伸縮鏡頭就經常用來改變長鏡頭中的視角，如同剪接改變鏡頭觀點一樣。鏡頭運動經常將長鏡頭分爲幾個明顯的小單位。像在溝口健二的《祇園姐妹》(Sisters of Gion)一景中，鏡頭由一個坐著的老人開始(圖 6.151)，他提到希望成爲她的入幕之賓；她聽到後立刻站起來移到房間的另一角落，鏡頭即跟著她動(圖 6.152 和 6.153)。這場戲的第二段是她開始乞求他的憐憫，他走過來安慰她(圖 6.154 到 6.155)；當他禁不住向她求愛時，攝影機向前推進，使畫面更緊(圖 6.156)。在這裏沒有剪接、攝影機運動以及人物動作，却已將整個場景區劃出幾個重要階段。

這個例子同時也說明長鏡頭最重要的現象；溝口健二的長鏡頭就透露了

圖6.151

圖6.152

圖6.153

圖6.154

圖6.155

圖6.156

這個內在邏輯——一個完整的開始、中間與結束。長鏡頭佔整部電影的大部分，因此可以有它自己的形式型態、發展模式、行進軌跡以及形狀。也因為如此，有了懸疑：觀眾開始想這個長鏡頭如何延續或結束。

影史中長鏡頭如何自成一個形式型態的經典範例是奥森•威爾斯的《歷劫佳人》開場。先特寫一隻在安置炸彈的手(圖 6.157)後，攝影機立刻向右推軌跟蹤那個人影，接著是跟拍一個不知名的殺手，將炸彈放在一部車上(圖 6.158 和 6.159)。

攝影機再上昇從高角度往下拍，殺手逃逸，車主走過來，開動汽車(圖 6.160)，坐汽車經過轉角，鏡頭繞著街角而行，然後攝影機向後退拍(圖 6.161)。

當車子行經瓦加斯(Vargas)與他的太太蘇珊(Susan)時，鏡頭轉而跟拍他們，車子遂在畫面中消失，接著鏡頭以斜角後退方式跟拍他們走入人羣(圖 6.162)。

鏡頭繼續拍攝，在旁邊的邊界崗哨站的警衛也在畫面中出現一下。這時車子內的人與瓦加斯、蘇珊再度相遇，鏡頭回跟車子(圖 6.163 及 6.164)。

隨著車子向左推進，蘇珊與瓦加斯又進入畫面(圖 6.165)，鏡頭這時向他

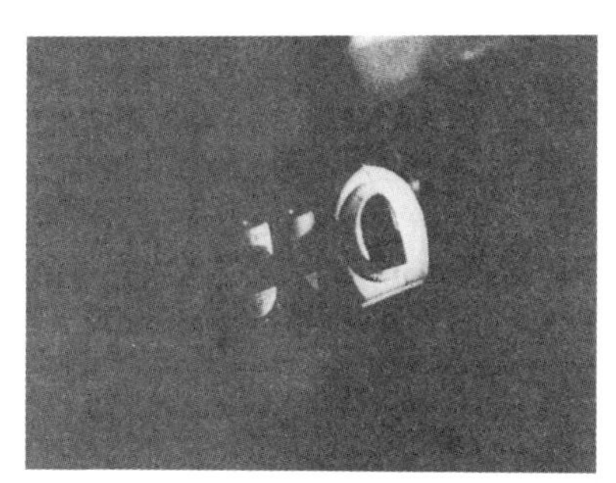

圖6.157

圖6.158

圖6.159

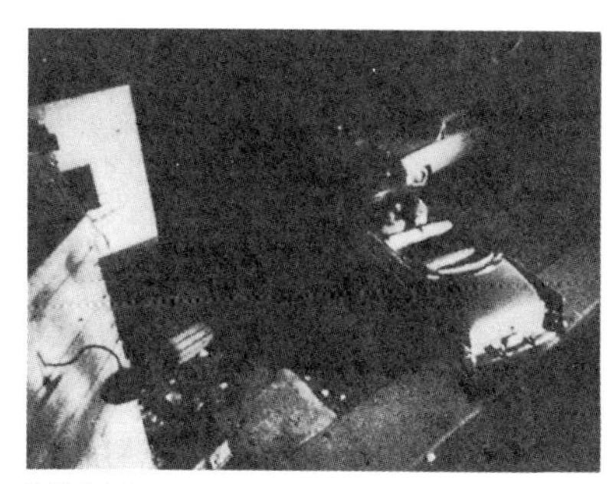

圖6.160

圖6.161

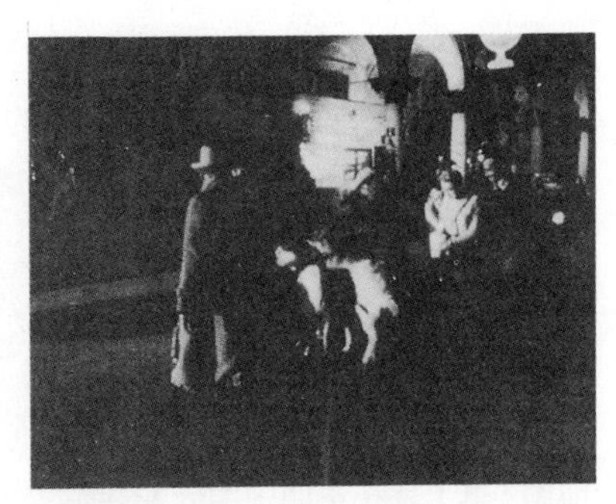

圖6.162

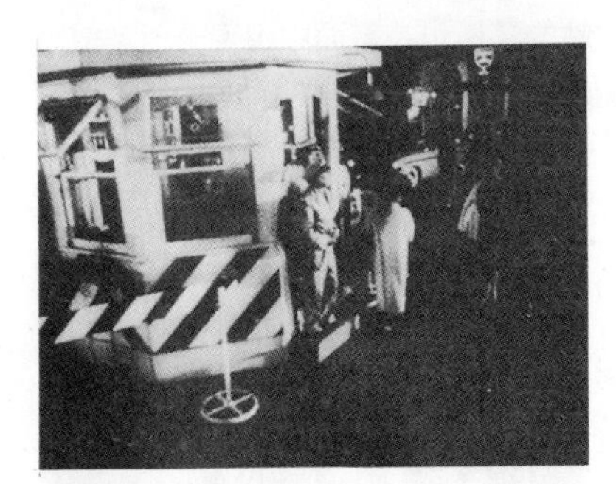

圖6.163

圖6.164

圖6.165

圖6.166

們推進。這個鏡頭就結束在他們兩人預備接吻的畫面(圖 6.166)。然而，突然間爆炸的畫外音打斷了他們，他們轉頭看著銀幕外(圖 6.167)。下個鏡頭就是那部已在熊熊火勢中燃燒的車子(圖 6.168)。

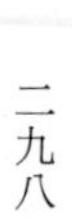

圖6.167

圖6.168

這個開場鏡頭道盡了長鏡頭的優點。它提供了用數個鏡頭來呈現這場戲的另一種可能，也爲下一個鏡頭造勢(爆炸聲後突然剪到汽車著火的一景)。最重要的是，這個長鏡頭有它自成一格的內在發展模式。我們期待在鏡頭一開始出現的炸彈會爆炸，而在整個長鏡頭的過程中，就一直在等待。這個鏡頭不但介紹了事件的發生地點(美墨邊界)，鏡頭的運動方向也將瓦加斯和蘇珊與車子爆炸兩個不同因果的敍事在邊界的崗哨站附近交錯、連結。於是，瓦加斯與蘇珊因此介入牽涉爆炸事件的劇情中；而銀幕外的爆炸聲也滿足了觀眾從鏡頭一開始以來的期待。這個長鏡頭引領著觀眾經歷具懸疑性的敍事發展，操縱我們的反應。

長鏡頭在一段情節時間中所呈現出事件的複雜性，使得鏡頭持續的時間長度對影像效果的影響力，就如同攝影特性與取鏡的功能一樣重要。

結　論

鏡頭(shot)因此是一個非常複雜的形式單位。除了以場面調度技巧將畫面加以各項道具的組合、燈光配置以及人物走位，在整個電影形式內文中，豐富影像內容外，在同時的形式內文中，電影工作者還得控制攝影的各項性質——決定該如何拍攝影像、取鏡，以及這個鏡頭在銀幕上要持續多久。

如同對場面調度的訓練一樣，讀者可以培養對各項攝影特質的敏感度。從追查某個攝影技巧開始——如從攝影角度先下手，看它在整部電影中的變化。再意識每個鏡頭什麼時候開始及結束，觀察長鏡頭如何影響影片的形式。注意鏡頭運動的方式，尤其是它如何隨人物動作移動而動(因爲這是最難被注

意到的部分)。總之，一旦我們能察覺各項攝影特質，就能夠繼而了解它們在整部影片中種種可能的作用。

然而，電影藝術中還有其他可供選擇與控制的項目。第五章與第六章已集中討論了鏡頭(shot)的部分。導演還可以藉剪接將一個鏡頭與另一個並置，這將是我們在第七章所要談論的主題。

註釋與議題

■一般性作品

Carl L. Gregory，*Motion Picture Photography*(New York: New York Institute of Photography, 1920; rev. ed., 1927)是一部關於默片時代攝影技巧的廣泛討論。

至於談論當代攝影技巧則有：

The American Cinematogapher Manual(Hollywood: A. S. C., 1966)；

H. Mario Raimondo Souto, *The Technique of the Motion Picture Camera* (New York: Hastings House, 1967)；

Russell Campbell，*Photographic Theory for the Motion Picture Cameraman*(New York: Barnes, 1970)和*Practical Motion Picture Photography*(New York: Barnes, 1970)；

Laslie J. Wheeler，*Principles of Cinematography*, 4th ed.(New York: Morgan & Morgan, 1969)；

Joseph V. Mascelli, *The Five C's of Cinematography*(Hollywood: Cine/Grafic, 1965)。

關於 8 釐米及 16 釐影片攝影的絕佳介紹是：

David Cheshire,*The Book of Movie Photography*(New York: Knopf, 1979)。

影史的資料，可查——

Brian Coe，*The History of Movie Photography*(London; Ash & Grant, 1981)；

Leonard Maltin，*The Art of the Cinematographer*(New York: Dover, 1978)；

David Bordwell, Janet Staiger, and Kristin Thompson,*The Classical Hollywood Cinema: Film Style and Mode of Production to 1960*(New York:

Columbia University Press, 1985)。

期刊如*American Cinematographer, The Journal of the Society of Motion Picture and Television Engineers*均不斷刊登這方面的相關文章。

關於鏡頭(lens)的光學特質的詳盡介紹，有——

Sidney Ray, *The Lens in Action* (New York: Hastings House, 1976)。

暗房的技術則在：

L. Bernard Happé, *Your Film and the Lab* (New York: Hastings House, 1974)有詳盡介紹。

其他攝影方面的見解，可參考：

Stan Brakhage, "A Moving Picture Giving and Taking Book" *Film Culture* 41 (Summer 1976)：39-57；

Dziga Vertov, *Kino-Eye: The Writings of Dziga Vertov*, ed. Annette Michelson (Berkeley: University of California Press, 1984)；以及——

George Amberg編的*The Art of Cinema* (New York: Arno, 1972)中Maya Deren的兩篇文章"An Anagram of Ideas on Art, Form, and Film"和"Cinematography"，都可提供相當多的概念思考。

■彩色片與黑白片

雖然今日大多數電影都是以彩色底片拍攝，大多數觀眾也認爲電影應該是彩色的，事實上彩色影片並沒有絕對優於黑白片。電影史上已說明各種底片都有不同的意義。三〇年代到四〇年代的美國影片，彩色在影片中被用來呈現幻想的情節(如《綠野仙蹤》)或具異國情調的場景(如《浮華世界》Becky Sharp、《碧血黃沙》Blood and Sand)，或者是豪華歌舞片(如《相逢聖路易》)。黑白片反倒是較「寫實」。但是目前所有的影片幾乎都是彩色片，導演則用黑白片來呈現歷史段落(如波丹諾維奇Peter Bogdanovich的《紙月亮》Paper Moon)。然而「彩色寫實」也非世界共通的準則，端視電影內文而定，其黑白與彩色的功能必有不同。

欲知更多彩色攝影原則的資訊，可查閱：

Society of Motion Picture and Television Engineers出版的*Elements of Color in Professional Motion Pictures* (New York: SMPTE, 1957)；

De Maré, *Color Photography* (Baltimore: Penguin, 1968)；

Joseph S. Friedman, *The History of Color Photography* (London: Focal Press, 1968)；

Andreas Feininger, *Successful Color Photography* (Englewood Cliffs, N. J.: Princeton-Hall, 1969)。

彩色影片事實上到目前還沒有引起太多應有的研究。關於彩色影片歷史，簡短但說明詳盡的一本書是：

Roger Manvell編纂的*The International Encyclopedia of Film*(New York: Crown, 1972)，裏頭完整地陳列了所有色調上其實差異甚大、但都被認爲「寫實」的色彩。

基本歷史概述有：

R. T. Ryan,*A History of Motion Picture Color Technology*(NewYork: Focal Press, 1977)。

然而最早最具影響力的是：

Fred E. Basten,*Glorious Technicolor: The Movies' Magic Rainbow*(San Diego, Calif.：A. S. Barnes, 1980)。以及——

Edward Branigan, "Color and Cinema: Problems in Writing of History"，*Film Reader* 4(1979)：16-34。

刊登這類文章的期刊包括：

*The Journal of the Society of Motion Picture and Television Engineers*和*American Cinematographer*。

電影理論家曾辯論過彩色影片在藝術上是否比黑白片較不純粹。認爲彩色片較遜色的可看：

Rudolf Arnheim,*Film as Art*(Berkerley, Univevsity of California Press, 1967)。

駁斥Arnheim理論的，可讀：

V.F. Perkins,*Film as Film*(Baltimore: Penguin, 1972)。

理論家也研究了色彩的優缺點，魯賓・馬莫連相信色彩可以引發特定的情緒，他認爲導演應該要爲每部影片「計劃全片的色譜」，參看：

魯賓・馬莫連寫的文章"Color and Light in Films"，收錄在*Film Culture* 21(Summer 1960)：68-79。

卡爾・德萊葉同意上述說法，強調導演規劃全片色系，讓每個人事物及地點有其專屬顏色，使之流暢呈現的必要性：「如此能產生人物動作持續的效果，並且使色彩以富節奏的方式從一個地點進行到另一個地點。而當各種色彩相遇，不論是『撞擊』或『溶合』，都能產生令人新奇的效果。」原文是：

"Color Film and Colored Film", *Dreyer in Double Reflection*(New York: Dutton, 1973)，pp 168-173。

對於史丹・布雷克基來說，電影可能破壞我們平常對色彩之概念，如同「閉上眼睛後的幻影」(closed-eye vision)一樣可製造純然主觀的色調：「我所指的是我本身賦予的能力，至高無上的能力，可以將原來如在黑暗中變成光線，再轉變成如彩虹般的顏色，而毋須藉用任何工具。」見：

Stan Brakhage, *Metaphors on Vision*(New York: Film Culture, 1963)。

專注於將色彩理論化的理論家是：

Sergei Eisenstein, "Color and Meaning", *The Film Sense*(New York: Harcourt, Brace, 1974)，pp 113-153。

關於電影色彩美學的一般性討論有：

Raymond Durgnat, "Colours and Contrasts," *Films and Filming* 15，2 (November 1968)：58-62；

William Johnson的文章，"Coming to Terms with Color"，收錄在*Film Quarterly* 20(Fall 1966)：2-22。

兩篇關於高達的文章，舉例了一個分析者如何檢視一部影片的彩色系統：

Paul Sharits寫的"Red, Blue, Godard"收錄在*Film Quarterly* 19，4(Summer 1966)：24-29；

Edward Branigan, "The Articulation of Color in a Filmic System", 收錄於*Wild Angle* 1，3(1976)：20-31。

後者尤其包含了詳盡的參考書目介紹。

■空間透視與電影

繪畫史上的空間透視，可閱：

John White, *The Birth and Rebirth of Pictorial Space*(New York: Harper, 1972)；

E. H. Gombrich, *Art and Illusion*(Princeton, N. J.: Princeton University Press, 1969)；

Lee Baxandall, *Painting and Experience in Fifteenth Century Italy*(New York: Oxford University Press, 1972)；

William Ivins, *On the Rationalization of Sight*(New York: Da Capo, 1973)；

Lawrence Wright, *Perspective in Percepective* (London: Routledge & Kegan Paul, 1983)；

Samuel Y. Edgerton, Jr., *The Renaissance Rediscovery of Linear Perspective*(New York: Harper & Row, 1975)。

心理方面的討論有：

Margaret A. Hagen ed., *The Perception of Pictures,* 2 vols (New York: Academic Press, 1980)。

而一本容易攜帶且具教育性的入門書：

Fred Dubery and John Willats, *Perspective and Other Drawing Systems* (New York: Van Nostrand Reinhold, 1983)。

我們已經了解攝影機如何轉換電影場景，使它的空間透視改變。今日的理論家在思索，爲攝影機催生的單眼透視需不需要一定與電影這個媒體同時存在？有些人認爲文藝復興時代的透視是從社會及政治的角度看這個世界的一種思想產品——一種意識型態——它使這個世界在每個觀賞者的眼中更具體化(客觀化)。如果這個說法正確，電影以它機械裝置的本質，在類似的層面上，都難免與社會及意識型態有關。

分析這個部分的議題，可能超乎入門介紹類的書本所能涵蓋。然而這方面的思考對近代電影理論非常重要，有興趣的讀者不妨閱讀：

Jean-Pierre Baudry, "Ideological Effects of the Basic Cinematographic Apparatus"，收在期刊*Film Quarterly* 28，2(Winter 1974-75)：39-47。

Daniel Dayan, "The Tutor-Code of Classical Cinema", *Film Quarterly* 28，1(Fall 1974)：22-31；

Stephen Heath, "Narrative Space"，收錄在*Questions of Cinema* (Bloomington: Indiana University Press, 1982)。

William C. Wees, "The Cinematic Image as a Visualization of Sight", *Wide Angle* 4，3(1980)：28-37；

Noël Carroll, "Address to the Heathen," *October* 23(Winter 1982)：109-125；

Stephen Heath," Le Père Noël," *October* 26(Fall 1983)：78-91；

Noël Carroll, "A Reply to Heath," *October* 27(Winter 1983)：97-101；

David Bordwell, *Narration in the Fiction Film* (Madison: University of Wisconsin Press, 1985)，第一章及第六章。

■特效

許多大片廠自稱爲「夢幻工廠」(the magic factories)的部分原因是因爲特殊效果攝影非常複雜而且需要大量金錢的支出，這也只有大片廠(大電影公司)才能負擔。特效如背景放映(rear projection)、套景合成(matte work)、疊印(superimposition)和其他程序，均需要時間、耐心及場面調度方面的不斷排練及試驗。難怪，影史上第一個充分開發及運用片廠攝影的梅里葉是特效攝影的專家。而二〇年代德國最大製片廠烏發(UFA)成爲歐洲第一個設備最好的片廠，發明了許多新的特效做法。同樣的，好萊塢片廠在 1915 年左右即有了所謂特效部門。工程師、繪景師、攝影師以及場景工程人員都一起合作發明新奇的視覺效果。就在這些夢幻工廠裏，影史大部分的特效於焉產生。

但是這類影片並非純爲新奇效果而拍攝。細膩的如背景放映以及套景合成手法通常都是基本的投資。首先，雖然這些投資在初期覺得鉅大，但終究會是省錢的策略。例如，玻璃攝影即可免去片廠花大筆錢造景，背景放映法也免去大隊人馬開拔到北極拍外景的費用。第二，特效使得一些類型片有存在的可能。例如史詩影片——不論是羅馬、巴比倫或耶路撒冷，若不是特效能「創造」出景觀及羣眾，是很難有可能的。幻想片，如全套披甲的鬼魅、飛馬、隱形或難以置信的縮小人物，都需要套景合成及疊印的專精呈現。科幻片更少不了大量特效的配合。它還是一些新特技的先驅者(如：《大都會》Metropolis的Schüfftan特效、《二〇〇一年：太空漫遊》的前景放映及多重套景合成、《電子世界爭霸戰》Tron的電腦場景)。對於大片廠而言，「片廠」原則即是爲所有「魔術」特效負責的地方。最早談及這方面的著作是：

Raymond Fielding, *The Technique of Special Effects Cinematography* (New York: Hastings House, 1974)；

Harold Schechter and David Everitt，*Film Tricks: Special Effects in the Movies* (New York: Dial, 1980)；

Christopher Finch豐富且說明詳盡的著作：*Special Effects: Creating Movie Magic* (New York: Abbeville, 1984)。

其他專案研究的有：

Linwood G. Dunn和George E. Turner合編的*The ASC Treasury of Visual Effects* (Hollywood: American Society of Cinematographers, 1983)。

關於電影特效的一般性文章，通常都收錄在：*American Cinematographer*和*Cinefex*兩份期刊中。

■景框的縱橫比例

在高達的電影《輕蔑》中，名導演佛利茲・朗(飾演自己)大嘆「新藝綜合體(CinemaScope)只適合拍攝葬禮和蛇。」《輕蔑》當然是變體寬銀幕電影，雖然它使用的是Franscope系統。

縱橫比例在電影發明初期即被討論過。愛迪生-盧米埃比例 1 ：1.33(Edison-Lumière ratio)直到 1911 年才成爲標準規格，也從此開始有其他比例相繼出現。很多攝影認爲 1 ：1.33 是完美的比例(也許他們沒意識到這正是學院比例強調的「黃金部分」)。然而，當大銀幕在 1950 年左右大量出現後，麻煩來了，大部分的攝影機操作員都恨它；不但鏡頭愈來愈不銳利，燈光也愈來愈複雜，如同李・葛美斯(Lee Garmes)所說：「我們從鏡頭看出去，並且被畫面效果嚇昏了。」然而，有些導演如尼古拉斯・雷(Nicholas Ray)、黑澤明、山姆・富勒、楚浮、高達都在寬銀幕的「限制」中創造出不尋常且迷人的構圖。

Robert E. Carr和R. M. Hayes合著的一本非常完備的討論*Wide Screen Movies: A History and Filmography of Wide Gauge Filmmaking*(Jefferson, N. C.: McFarland, 1988)。

最詳盡地提倡寬銀幕美學優點的文章是——

Charles Barr, "Cinemascope: Before and After"收錄在*Film Quarterty* 16, 4 (Summer 1963)：4 -24。

然而Barr以什麼觀點來議論它？尤其是新的科技發明能創造新的形式及功能特性？不妨讀一下：

The Velvet Light Trap 21(1985)；

裏面有許多寬銀幕的歷史演進以及美學思潮，還包括了Barr文章，以及他自己的再論。而本書第一章的註釋與議題有寬銀幕電影轉到錄影帶的資料討論。

■主觀鏡頭

在電影裏，我們經常會發覺攝影機運動與位置是邀請觀眾從「劇中人的眼睛」來看事件進行。導演如霍華・霍克斯、約翰・福特、溝口健二、傑克・大地都很少用這種主觀鏡頭，但其他如希區考克和亞倫・雷奈則經常使用。圖 6.94 的是山姆・富勒的《裸吻》，即使用令人震驚的主觀鏡頭做爲開場：

> (山姆・富勒)我們以直接切入觀點鏡頭，讓演員來主導攝影機，就好像他們正拿著攝影機一般。第一個鏡頭，攝影機架在他的胸前，我對康絲坦斯(演員)喊：「打攝影機！」她朝他打去。然後，我反拍它，把攝影機架在他身上來一遍。我認爲這個手法很有效。

以上是從：Eric Sherman and Martin Rubin, *The Director's Event*(New York: Signet, 1969)，第 189 頁摘錄出山姆的話。

影史上早期的攝影師即實驗「第一人稱鏡頭」或「攝影機即人物」的手法。《Grandma's Reading Glass》(1901)即運用了主觀鏡頭的手法。從鑰匙孔看出去、雙眼顯微鏡(binoculars)和其他光圈手法。1919年亞伯・岡斯在《戰爭與和平》(J'accus)也用了很多主觀鏡頭。到了二〇年代，導演對主觀性愈來愈有興趣。如《Coeur fidèle》(1923)和《La Belle nivernaise》(1923)、E. A. Dupont拍的《Variety》(1925)以及穆瑙的《最後一笑》(The Last Laugh)(1924)中有一場令人印象深刻的喝醉酒主觀鏡頭，還有岡斯的《拿破崙》(1928)。有些人認爲在四〇年代，主觀鏡頭——尤其是主觀攝影機運動——在勞勃・蒙特葛梅(Robert Montgomery)的《湖中女》(Lady in the Lake)(1946)中，運用到極點。因爲全片全是主角菲立普・馬勞(Philip Marlowe)的視線，除了他的鏡中倒影，全沒他的鏡頭。此片的海報上寫著：「懸疑、刺激、不尋常！**你**被邀請進入金髮美女的臥室！**你**是謀殺案的嫌疑犯！」

主觀鏡頭的技巧引起電影理論家思索——觀眾到底有沒有因此認同劇中人物？我們有沒有以爲自己是「菲立普•馬勞」？早期默片時代的理論家認爲觀眾通常會受攝影機位置影響而認同人物。但近代理論則認爲《湖中女》失敗了。Albert Laffay宣稱，因爲「追求的是視覺上的類似，反而阻礙了具象徵意義的認同作用」。這段話在：

Christian Metz, "Current Problems in Film Theory" *Screen* 14，1/2 (Spring/Summer 1973)第47頁中出現。

楚浮認爲「認同作用」不會發生在觀眾和劇中人物一起看外邊的世界時，反而是當**人物看著我們**時才產生。即，鏡頭只有當演員的視線與觀眾遇在一起時才會變成主觀性。這段話出現在：

Peter Graham, *The New Wave* (New York: Viking, 1968)：93。

但這些論點都還是相當模糊，我們仍需要多閱讀關於主觀鏡頭在電影中的功能。不妨閱讀：

Edward Branigan, *Point of View in Cinema: A Theory of Narration and Subjectivity in Classical Film* (New York: Mouton, 1984)的第五章，有相當進階的討論。

■鏡頭運動和伸縮鏡頭

關於鏡頭運動的視覺效果有——

Raymond Durgnat, "The Restless Camera"，收錄在*Film and Filming* 15，3 (December 1968)：14-18；

David Bordwell, "Camera Movement and Cinematic Space" *Ciné-tracts* 1，2 (Summer 1977)：19-26。

關於古典好萊塢電影的鏡頭運動：

Herb A. Lightman, "The Fluid Camera", *American Cinematographer* 27，3 (March 1946)：82，102-103：「精明的導演只有在鏡頭需要動時才動它」。

維托夫(Dziga Vertov)說：「我是電影眼(kino-eye)；我是機械眼……從現在

開始，我從人類的不動性中自由了，我將永遠在運動……」這段話是從“Kinoks: A Revolution”, *Kino Eye: The Writings of Dziga Vertov*一書中摘錄出來。

至於歷史演進則可參考：

Jon Gartenberg, “Camera Movement in Edison and Biograph Films，1900-1907” *Cinema Journal* 19，2(Spring 1980)： 1 -16。

穩定支架(Steadicam)的手持拍攝中，運用了許多複雜的功學原理防止機械震動，已經成爲目前替代推軌鏡頭的技巧最省錢的方式。攝影師Allen Daviau也用了這項設備來拍攝《陰陽魔界》(The Twilight Zone)中喬治・米勒的單元，他在其中製造飛機在暴風雨中前進的效果。「我對Garrett Brown說：『你能用穩定支架拍出動感嗎？……然後我握著他的攝影機，對John Toll說：『拿著這個東西(攝影機)，搖它！」以上見——

David Chell編的*Moviemakers at Work* (Redmond, Wash.: Microsoft Press, 1987)，p.28。

因爲使用伸縮鏡頭來製造畫面的動感已經成爲非常普遍的攝影技巧，近代大部分的理論家都拿它與攝影機運動相提並論(雖然大部分均不鼓勵使用伸縮鏡頭)。參閱

Arthur Graham, “Zoom Lens Techniques,” *American Cinematographer* 44，1(January 1963)：28-29；

Paul Joannides, “The Aesthetics of the Zoom Lens”, *Sight and Sound* 40， 1 (Winter 1970-1971)：40-42；

Stuart M. Kaminsky, “The Use and Abuse of the Zoom Lens”*Filmmakers Newsletter* 5，12(October 1972)：20-23。

這些作品對伸縮鏡頭的「正確」使用的接受度到哪裏？最周延地橫跨影史關於伸縮鏡頭的美學討論，可讀：

John Belton, “The Bionic Eye: Zoom Esthetics,“ *Cineaste* 9，1 (Winter 1980-81)：20-27。

希區克考拍《驚魂記》時發明了伸縮鏡頭的前伸(zoom-in)和往後推軌運動(tracking out)綜合出現的技術，到現在已經成爲陳腔濫調的手法。尙-皮耶・梅爾維爾，在拍《午後七點零七分》中，談到對這個技法的引用與看法：「不按照一般前伸與後推鏡頭運動的單純併用，我在中間還加上『斷續』。」參見：

Rui Nogueira編的*Melville* (New York: Viking, 1971),p.130。這個用法避免掉了如麥可・史諾在《波長》一片中將景深平板化的手法。關於《波長》的討論，可參讀：

William C. Wees, “Prophecy, Memory and the Zoom: Michael Snow’s

Wavelength Re-Viewed", *Ciné-tracts* 14/15(Summer/Fall 1981)：78-83。

■「眞實時間」和長鏡頭

當攝影機開始轉動時，它錄下「眞實/實際時間」嗎？如果是的話，它的藝術含意爲何？

是安德烈·巴贊首創這方面的學理，認爲電影的藝術端賴：「眞實/實際時間」的呈現。巴贊認爲就像攝影一樣，電影是影像紀錄的過程(recording process)。電影攝影機在底片上像拍照一樣記錄下從物體身上反射出來的光。也像靜態攝影，電影也記錄了空間模樣(space)。但不像照相機，電影攝影機還可以記錄**時間(Time)**：「時間在電影中完全客觀(objective)……現在，物體的影像終於是他們在時間中的影像，彷彿像木乃伊那般的變化。」原文請閱：

André Bazin, *What is Cinema?* vol. 1 (Berkeley: University of California Press, 1966)，pp.14-15。

在這個觀點基礎上，巴贊視剪接爲「自然」連續時間的干擾。因此他極讚賞如尙·雷諾、奧森·威爾斯、威廉·惠勒和羅塞里尼這一類用長鏡頭的導演，認爲他們是尊重眞實生命時間的藝術家。

巴贊在這方面的成就是提醒我們長鏡頭所具有的功能，而非僅受限於當時理論家認爲的太「劇場化」及「不具電影感」。然而，電影中的「眞實時間」的因素似乎比巴贊所想的還要複雜一些。不過巴贊倒開了一條研究方向的道路，只是眾人討論的是長鏡頭使用的**風格(style)**，而不是如何能更「寫實」地拍一場景。這也就是說，理論家們已不再討論尙·雷諾的長鏡頭和艾森斯坦短又碎的鏡頭，兩者比起來誰比較忠於現實，反而，重點在這些鏡頭的不同用法如何在電影整體形式中產生作用，意即它們的功能是什麼？很巧的是艾森斯坦——早在巴贊之前——即曾提議過在《罪與罰》(Crime and Punishment)中有一場景可以用一個長鏡頭來拍攝。不妨看：

Vladimir Nizhny, *Lessons with Eisenstein*(New York: Hill and Wang, 1969),pp 93-139。

關於風格方面，具代表性的討論包括：

V. F. Perkins, *"Rope", The Movie Reader*(New York: Praeger, 1972), pp 35-37；

David Thomson, *Movie Man* (New York: Stein and Day, 1967)；

Brian Henderson，"The Long Take"，*A Critique of Film Theory*(New York: Dutton, 1980)；

Barry Salt, "Statistical Style Analysis of Motion Pictures", *Film Quar-*

terly 28，1 (Fall 1974)：13-22。

譯註

❶Iris其實就是光圈，但有鏡頭內或鏡頭外光圈之分。鏡頭內的光圈是用來改變整個畫面的definition(層次、鮮明度)。而這段指的就是鏡頭外的光圈，用來mask in, mask out景物，可圈住特定人、事、物，做開場或結尾。

❷在外國Cinemaphotographer是攝影指導，並不操作機器，而是由camera operator來操作攝影機。

7 剪接：鏡頭之間的關係

打從二〇年代開始，電影理論家發現剪接的潛能後，剪接已成爲最爲人廣泛討論的電影技術。這般厚愛並非只有好處，因爲某些作者錯把剪接當成好電影(甚至所有電影)之關鍵。然而，有些電影(尤其是1904年以前的)是一個鏡頭到底，根本毫無剪接可言。至於其他時期的電影，雖有分鏡，但並不倚重剪接來表現風格。有些實驗電影則淡化剪接，一個鏡頭往往從開機拍到底片用完爲止，比如麥可・史諾的《中央地帶》及安迪・華荷的《吃》(Eat)、《睡》(Sleep)及《帝國大廈》(Empire)。這些電影的電影感不見得輸給那些側重剪接的電影。

儘管如此，我們不難了解剪接對電影美學論者之所以有如此魅力，實因此項技術潛能無窮。比如《波坦金戰艦》中著名的奧迪薩階梯(Odessa Steps)、《驚魂記》中浴室謀殺那場戲、《奧林匹克》(下集)的潛水片段、《大國民》中報紙交疊前進的鏡頭——幾乎全靠剪接製造效果。然而，更重要的可能還是剪接對整部影片風格之統御力，簡直是全片結構及效果之關鍵。即使剪接不是最重要的電影技術，它對影片的形式、效果的貢獻還是很可觀的。

何謂剪接

剪接可視爲一個鏡頭與下一個鏡頭的調度。首先，我們必須區別製作階段的剪接與觀眾在銀幕上看到的剪接。就製作而言，一個鏡頭是指一段底片上一連串一格以上的連續畫面。而剪接師將一個鏡頭的頭接到另一個鏡頭的尾。

這個連接可以有好幾個表現方式。**淡出**(fade-out)是將一個鏡頭的尾端逐漸轉爲黑畫面，而**淡入**(fade-in)則是將一個鏡頭由黑畫面轉亮。**溶接**(dissolve)是將一個鏡頭的尾部畫面與接下來鏡頭的開始做短暫交疊，如《梟巢喋血戰》的片頭(圖7.1-7.3)。**劃**(wipe)則是一個畫面由其邊線劃過銀幕取代原

圖7.1

圖7.2

圖7.3

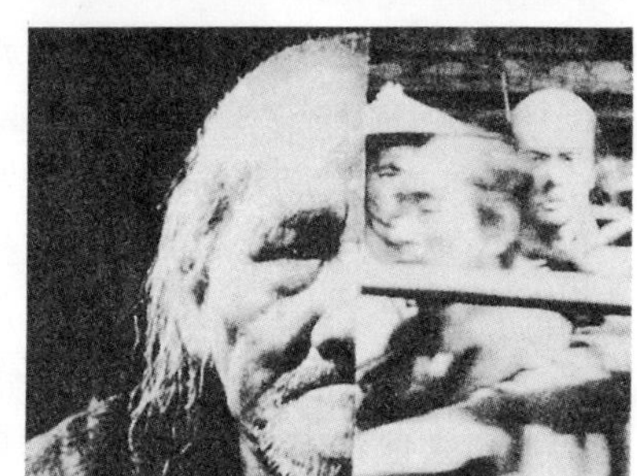

圖7.4

先畫面，如《七武士》(圖 7.4)。在這裏，銀幕上同時存在兩個畫面，只是兩者並不似溶接時那樣溶合在一起。但最常用的剪接法爲切接(cut)，也就是在製作時將兩個鏡頭以膠或膠帶連接起來。有些導演在拍攝時就進行剪接，算準了攝影機拍到的影片幾乎可以直接上映。這種方式，鏡頭與鏡頭的連接在拍攝當時就已構成。然而這種「在攝影機內剪接」的方式並不多見，拍攝後剪接才是普遍的模式。

觀眾看電影時，一個鏡頭是影像時間、空間、構圖連續的片段。淡入淡出、溶接、劃接則慢慢的截斷一個鏡頭，再遞補另一鏡頭。現在讓我們就希區考克的《鳥》中的四個鏡頭來討論其剪接(見圖 7.5 至 7.8)。

1.中景，水平視線，演員米蘭妮(Melanie)、米契(Mitch)及船長站在餐廳的窗邊交談。米蘭妮在最右邊，酒保在背景處(圖 7.5)。

2.中近景，米蘭妮在船長的肩旁注視銀幕左方，她轉頭向右上方看(畫面

圖7.5

圖7.6

圖7.7

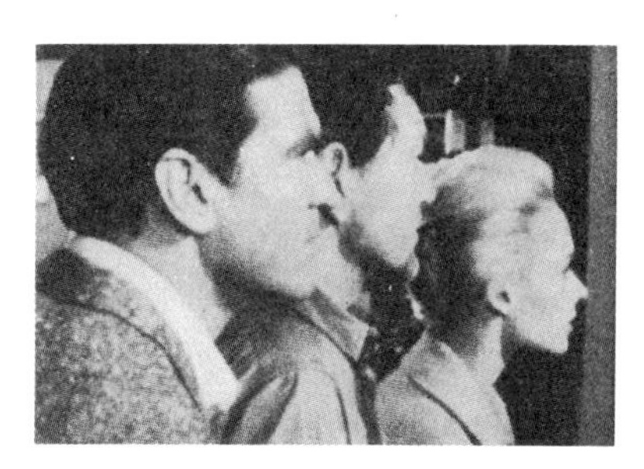

圖7.8

外的窗戶)。當她轉身走向窗邊往外眺望，攝影機也跟著向右橫搖(圖 7.6)。

3.大遠景，米蘭妮的視點。對街有一個加油站，畫面的前景有一個電話亭，羣鳥由右至左，蓄勢待發(圖 7.7)。

4.中近景，米蘭妮的側面，船長入鏡，擋住酒保。接著米契也入鏡，佔據畫面最前景。三個人的側面皆望著窗外(圖 7.8)。

這四個鏡頭各自有其時間、空間及畫面內容。第一個鏡頭可看到三個人在交談。然後切接到米蘭妮的中景特寫(待會兒我們會討論爲什麼希區考克不用淡出淡入、溶接等方式，甚至將這場戲以一個鏡頭交代完畢)。在第二個鏡頭，空間有了改變(米蘭妮在畫面中被獨立出來，比例加大)，時間是上一個鏡頭的延續，構圖則有了變化(形狀、顏色都不一樣了)。很快，另一個鏡頭讓我們看到米蘭妮所看到的。這個加油站的鏡頭(圖 7.7)呈現了另一個空間，連續的時間及不同景觀。接下來的鏡頭又回到米蘭妮身上(圖 7.8)，這次同樣是以立即切換的方式到另一個空間，下一段時間及一個不同的畫面，也就是說，這四個鏡頭是以三個「切」連接起來。

現在則來看看，如果不用剪接的話，可以用什麼方式來呈現這場戲。首先，攝影機可以先拍四個人的談話，然後當她轉身時，攝影機則向她推近，接著橫搖向窗外俯衝的海鳥，最後再搖回米蘭妮，拍她的表情。如此由一個鏡頭構成，少了因剪接所造成的切隔，而且無論攝影機的運動有多快，也絕不會有切的剪接手法所帶來的突然的切換感。另外，我們也可以嘗試深焦的構圖，安排米契在前景，米蘭妮及窗戶在中景，鳥羣當背景。這樣的做法同樣可以以一個鏡頭交代完這場戲，如此少了時空的切換，人物的走位也不似剪接時有被支解之感。因此，就這一段戲而言，希區考克可選擇以一個鏡頭呈現(藉攝影機的運動或深焦構圖)。只是，他以較多的鏡頭來表現——也就是借助剪接。

剪接是很容易引人注意的，這不僅是因爲此技巧被廣泛運用，更因爲剪接所造成的時、空、構圖之變化十分顯眼。不管是切或是淡入淡出、溶接和劃的手法都會清楚地顯示了鏡頭的變化。

電影剪接的特性

剪接的領域爲何？大致說來，這項技巧提供電影工作者四種基本的選擇及控制範圍：

1.鏡頭A與B之間的圖形關係(graphic relations)。

2.鏡頭A與B之間的節奏關係(rhythmic relations)。

3.鏡頭A與B之間的空間關係(spatial relations)。

4.鏡頭A與B之間的時間關係(temporal relations)。

圖形及節奏關係普遍存在所有電影的剪接。而時間及空間關係則在抽象式之類的影片中較少見，但卻常見於非抽象式影片的剪接中。接下來，讓我們來看看這四種關係各有何可能性及機能。討論到每一項時，我們會以各種連接鏡頭的手法做例子，但大部分的例子仍以最普遍的剪接方式——切接(cut)爲主。

■鏡頭A與B的圖形關係

《鳥》片中的那四個鏡頭的畫面，均可被視爲如繪畫上的圖形構組一樣。純粹由明、暗、線條、圖案、面積、深度、動態與靜態所構成，與故事的時空毫無關係。比如說，希區考克可以讓第二個鏡頭(圖 7.6 米蘭妮轉向窗戶)的光較平，讓接下來加油站的鏡頭明暗反差較大，但他並未特別去區別這些鏡頭的亮度。此外，希區考克還喜歡把重點放在畫面的正中央(可參看米蘭妮在畫面中的位置及圖 7.7 中加油站的位置)，雖然他也可以把米蘭妮擺在畫面的左上方，把接下來的加油站放在畫面的右下方。

希區考克也常在顏色的差異做文章。米蘭妮全身的裝扮幾乎離不開黃色及綠色，而加油站那個鏡頭則以藍灰色爲主，使汽油邦浦上的一抹紅色特別醒目。當然，希區考克也可以將米蘭妮與另一個與之色調相近的人或物剪在一起。另外，在米蘭妮的特寫鏡頭中的動作——轉向窗戶——與接下來的鏡頭中鳥羣的動作並不調和，雖然希區考克可就速度、方向及位置讓兩個鏡頭中的動作相互呼應。簡言之，剪接可使兩個鏡頭內的圖形產生關係，相互影響。場面調度中的四大要項(燈光、場景、服裝和表演)以及攝影上大部分的項目(拍攝、取鏡、攝影機運動)都賦予畫面許多圖形之素。因此每個鏡頭都包含了許多可做純圖形式剪接的元素，也就是說剪接使兩個鏡頭間產生某些純圖形式的互動關係。

雖然抽象式影片常以圖形間的關係做剪接時的依據，大部分的影片則以另外幾個項目做爲剪接基準。但是，不可否認的，所有的電影畫面皆由圖形元素組構而成，每部影片都免不了這樣的組構。即使是一部非抽象式的影片，圖形式的剪接對電影工作者及觀眾都有其引人處。

依圖形元素來剪接可達到連戲的效果或製造對比。剪接師可依圖案上的相似點將兩個鏡頭連接起來，我們稱之爲**圖形連戲(graphic match)**。也就是讓鏡頭A中的圖案、顏色光度或走位的方向及速度，在鏡頭B的構圖中延續出現。比如，在《七武士》中，武士們甫抵小鎮，突然警鈴大作，武士們跑去一探究竟。導演黑澤明將六個武士單獨奔跑的鏡頭剪在一起，這六個鏡頭正是透過構圖、燈光、人物動作及攝影機運動組配起來(圖 7.9-7.14)。在史丹利・杜寧(Stanley Donen)及金・凱利主演的《萬花嬉春》中，唱到“Beautiful Girl”這首歌時，畫面由一個穿着時髦的女子溶接到另一個，每個人都擺著類似的姿勢，串連起來形成有趣的圖案拼組。如此精準劃一的圖形剪接並不常見，但是圖像連戲的做法(鏡頭A到B的色調不會相去太遠，光度維持不變，將重點放在畫面中央等)，乃是傳統劇情片之圭臬。

然而，鏡頭間不見得一定要以圖形元素來相連貫。奧森・威爾斯就常常

圖7.9

圖7.10

圖7.11

圖7.12

圖7.13

圖7.14

刻意製造這方面的衝突。比如在《大國民》中，一個主角肯恩的臥室鏡頭，光線幽暗，緊接著却是一段明亮的報紙交疊出現的蒙太奇。同樣的，在《歷劫佳人》中，威爾斯將Menzies在畫面右邊向窗外看的鏡頭(圖 7.15)接著蘇珊在畫面左方由另一個窗戶向外看的鏡頭(圖 7.16)，兩者間的對比更因窗上倒影而加強。雷奈的《夜與霧》(Night and Fog)一開始就是一連串強烈但恰當的圖像對比：一段廢棄集中營的彩色影片與 1942-45 年間報導集中營的黑白新聞片剪接在一起(不過，這些畫面仍有其相似處，比如一個圍牆欄杆成排的鏡頭就與一個納粹軍隊行進腿肚如林的鏡頭形成圖形類比)。

圖7.15

圖7.16

前面提到的《鳥》那場戲到後來希區考克也製造了極好的圖形對比。從汲油邦浦噴出的汽油漫過街道流到一個停車場時，米蘭妮和在餐廳窗台邊的幾個人，看到一名男子不小心在發動車子時，點燃汽油，整個人被火團團圍住。接著米蘭妮無助的看著火勢延著汽油蔓延至加油站。希區考克的剪接方式如圖 7.17-7.27 所示：

鏡頭 30.(遠景)俯視角度，米蘭妮的視線。燃燒的汽車，蔓延的火勢。 73 格

鏡頭 31.(特寫)水平視線，米蘭妮動彈不得，向左看，雙唇微啓。20 格

鏡頭 32.(中景)俯視角度，米蘭妮的觀點鏡頭，攝影機跟著延燒的火勢由右下方往左上方移動。 18 格

鏡頭 33.(特寫)同 31。米蘭妮仍一動不動往中下方看。 16 格

鏡頭 34.(中景)俯角。米蘭妮的POV，攝影機隨著火勢由右下往左上移動。 14 格

鏡頭 35.(特寫)同 31。米蘭妮一動不動，往右瞪視，一臉驚懼。 12 格

鏡頭 36.(遠景)米蘭妮的POV。加油站，火勢由右方湧入。米契、警長及加油站員跑了出來。 10 格

鏡頭 37.(特寫)同 31。米蘭妮一動不動看著畫面的極右邊。 8 格

鏡頭 38.(遠景)同 36。米蘭妮的POV。加油站內的車輛爆炸。 34 格

鏡頭 39.(特寫)同 31。米蘭妮以手掩面。 33 格

鏡頭 40.(大遠景)城鎮的鳥瞰圖，火勢延燒至中心點，鳥羣飛入畫面。

就圖形而言，希區考克開拓了兩種對比的呈現方式。首先，雖然每個鏡頭都將主戲放在構圖中央，其中的動作却各有不同的方向。比如，在第 31 個鏡頭，米蘭妮往左下方看，但第 32 個鏡頭中的火苗却往左上方延燒。而鏡頭 33 中，米蘭妮朝下看時，接下來的鏡頭中，火勢仍往左上方蔓延。更值得注意的是鏡頭間動態與靜態的對比(這點較難由圖片感覺到)。火焰的鏡頭中至少有兩個物體在運動：沿著汽油燃燒的火苗以及隨著火勢移動的攝影機。而米蘭妮的鏡頭則如照片般的靜止不動，在這些鏡頭中，她不曾轉頭，攝影機也不做任何移動。有趣的是，希區考克沒讓米蘭妮轉頭去看火勢，只讓觀眾看到她動作靜止的一瞬間，因此她整個注視的過程便靠觀眾來推斷了。這樣以相反方向及動態與靜態之排列所產生的衝突感可說是將圖形連戲的剪接法發揮極致。

■鏡頭A與B的節奏關係

每一個鏡頭必有其長度。其長短則由電影工作人員來決定。當我們討論到鏡頭A及B的長度時，無論以格、英呎或公尺計，我們已觸及剪接節奏的問題了。每個鏡頭的影片長度關係它在銀幕上的時間。如我們所知，有聲電影每 24 格的放映時間爲 1 秒鐘。一個鏡頭可以只有一格的長短，也可以長到好幾千格。因此剪接藉著調整每個鏡頭的長短，控制了鏡頭間的節奏。剪接人員可以將所有的鏡頭剪成相近的長度，來製造一種規律的節奏感。加速度的節奏感則可由一連串逐次變短的鏡頭達成。而不規則的節奏可能是由長短差距甚大的鏡頭組合而成的效果。以上所述也有簡化之嫌，因爲電影節奏不僅僅由剪接造成，還牽涉到其他技術部門。電影工作人員還可以藉場面調度、鏡位及攝影機運動，以及整部電影之脈絡來決定其節奏。然而，鏡頭的長度的確對影片的步調有極大的影響。

讓我們來看看希區考克如何處理《鳥》片中鳥羣第一次攻擊行動的節奏問題。鏡頭 1 ,一羣人談話的中景(圖 7.5)共用了 996 格，將近 41 秒的時間。但鏡頭 2 (圖 7.6)，米蘭妮往外看的鏡頭却短了很多：309 格(約 13 秒)。鏡頭 3 (圖 7.7)又更短，只有 55 格(約 2 ⅓秒)。第 4 個鏡頭(圖 7.8)：米契及船長加入米蘭妮往外看——則只有 35 格(約 1 ½秒)。希區考克顯然要在這場情節緊張的戲一開始便加快節奏。在接下來的鏡頭，希區考克剪得相當短潔，不過仍依其中的對話及走位所需之時間來剪接，因此鏡頭 5 到 29(恕無參考圖片)其長度並無一規律可循。但這場戲的一些基本要素一交代完後，希區考克又開始突顯剪接節奏，如鏡頭 30 到 40(圖 7.17 到 7.27)。爲了表現米蘭妮發現火勢由停車場延燒至汽油站的驚恐，這一整場戲在這組鏡頭的加速節奏中達到高潮。如前面提到，在車子起火後(鏡頭 30，圖 7.17)，每個鏡頭的長度依次遞減 2 格，由 20 格(4/5秒)到 8 格(⅓秒)，38、39 兩個鏡頭以相同的長度(將近 1 ½秒)打破規律，鏡頭 40(圖 7.27)爲一超過 600 格的長鏡頭，可視爲一休止符，同時爲接下來羣鳥肆虐的戲營造懸疑氣氛。這場戲中節奏的變化爲觀眾預示劇情的發展。

這一大堆數字有何重要性？戲院裏的觀眾當然不可能細數格數，但却可感受到這段戲的加速剪接。總而言之，導演一旦控制了剪接節奏，便控制了觀眾所聞所見之時間。因此，節奏式剪接可以製造驚奇(比如透過一段出奇不意的快速剪輯)或懸疑(比如加入一些重複的鏡頭來拖延意料中事)。在《鳥》那場戲，希區考克的剪接迫使觀眾的接收力越來越快，好將火勢之進展與米蘭妮的走位連接起來。

圖7.17 鏡頭30

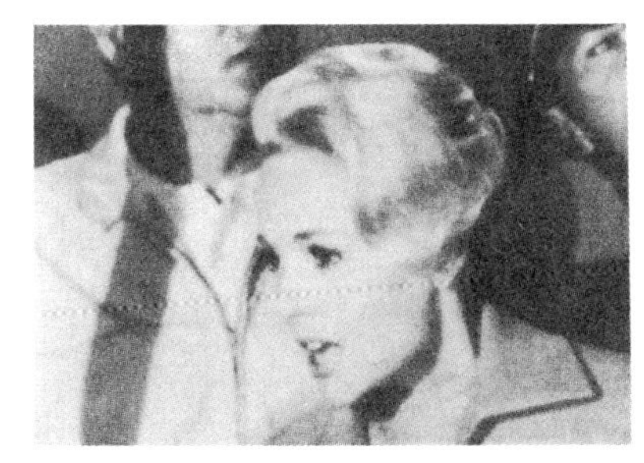
圖7.18 鏡頭31

圖7.19 鏡頭32

圖7.20 鏡頭33

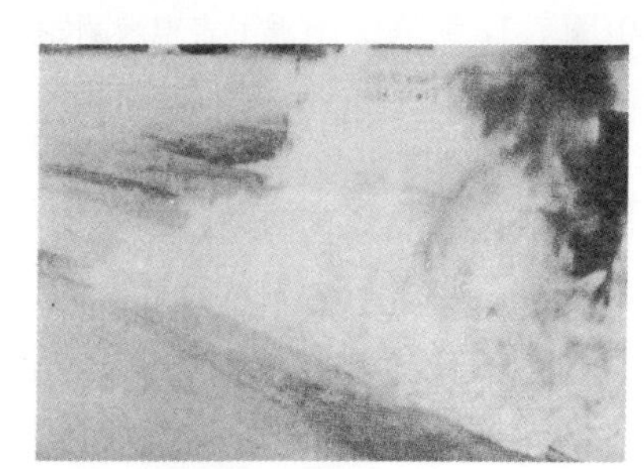

圖7.21 鏡頭34

圖7.22 鏡頭35

圖7.23 鏡頭36

圖7.24 鏡頭37

當然，希區考克不是唯一採用節奏剪接的導演。這個方式早在 1923 年前已由葛里菲斯及亞伯・岡斯發展出來。在二〇年代的好萊塢電影、俄國蒙太奇學派及法國印象派電影工作者都曾探究鏡頭間的節奏問題。當有聲電影成爲主流時，節奏式剪接不僅存在於音樂喜劇中，如何內・克萊《還我自由》(A Nous la libertē) 及《百萬富翁》、魯賓・馬莫連的《紅樓艷史》還有巴士比・柏

圖7.25 鏡頭38

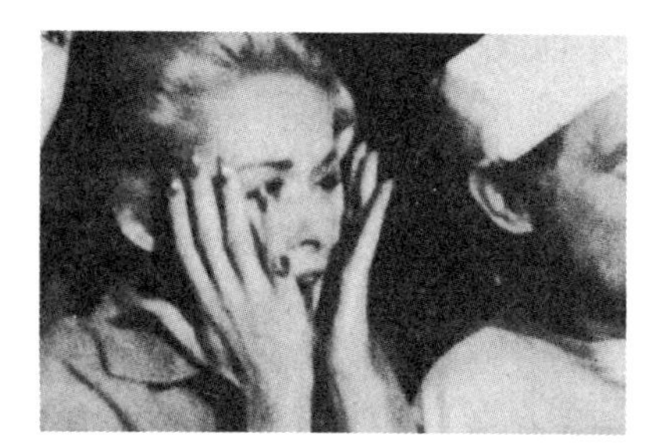
圖7.26 鏡頭39

圖7.27 鏡頭40

克萊的《四十二街》(42 nd Street)及《舞台舞影》中的歌舞片段；同時也出現在劇情片中，如路易·麥爾史東(Lewis Milestone)的《西線無戰事》(All Quiet on the Western Front)。在傳統好萊塢電影中，一些蒙太奇片段多以規則性的溶接組合起來。直到今天，節奏一直被視爲剪接之要領之一。從六○年代流行的快速剪接(如李察·賴斯特執導披頭四合唱團主演之電影)到充斥電視的飲料廣告及音樂錄影帶(MTV)隨歌曲節奏的剪接。

■鏡頭A與B的空間關係

剪接通常不僅控制了圖像及節奏，同時還能組構電影空間。這項新的發現可在蘇聯導演維托夫的文章中讀到：「我是攝影機，我是創造者。我可以帶領你到一個你前所未見的空間。這個地方有12面牆，每道牆都是由我自世界各地攝取來的。我可以把這些鏡頭依有趣的次序擺在一起。」(Annette Michelson, ed., *Kino-Eye: The Writings of Dziga Vertov* [Berkeley: University of California Press, 1984]，p.17)。這般得意的心情是可以了解的。剪接可使天機變為普遍可見之事物，可說是無遠弗屆。此外，剪接還可讓空間中的兩個點藉其類似、相異等處連接起來。

比如說，先以一個鏡頭建立起整個空間關係，然後再接上一個部分空間的鏡頭，如《鳥》中鏡頭 1 及鏡頭 2 (圖 7.5-7.6)：一羣人的中遠景接上一個人(米蘭妮)的中景，這種剪接法很常見，尤其是在古典連戲剪接中。

此外，有人會以各個空間的片段一同組成一個空間。希區考克在《鳥》的那場戲的後半部就是這種做法。從鏡頭 30-39(圖 7.17-7.26)我們不曾看到一個米蘭妮與加油站的全景鏡頭。也就是說，在拍攝時，餐廳不見得要與加油站隔街而立，他們可以分別攝於不同的城市或國家。然而，我們所看到的却是米蘭妮正隔街面對著加油站。畫面外的鳥叫聲以及場面調度(窗戶及米蘭妮的視線)也是要素，但都不及剪接讓我們覺得餐廳與加油站為一空間整體。

如此以剪接來捏造空間的做法相當普遍。比如，由新聞影片剪輯而成的電影，若是把一個大砲發射的鏡頭與一個炸彈擊中目標的鏡頭連在一起，觀眾多會以為大砲發射的就是那顆炸彈(雖然畫面顯示的是完全不同的戰場)。同樣的，如果一個演講者的鏡頭緊接著滿堂喝采的觀眾，我們便會推斷兩個空間之相連性。蘇聯導演庫勒雪夫(Lev Kuleshov)曾就這種空間上的調度做過研究，據說他做了一系列的實驗，在沒有大全景鏡頭的情況下組構空間的關係。其中最有名的實驗之一是將一個面無表情的臉部特寫與好幾個鏡頭(包括一碗湯、大自然景觀、一名死亡的女子、一個嬰兒)相連。其結果是觀眾馬上覺得演員的臉隨著這些鏡頭而有所改變，並認為演員與這些事物是處在同一個空間。另外庫勒雪夫還將不同演員的鏡頭剪接成互相對望的情節，他們先各自出現在相隔數里的莫斯科街頭，然後相遇並一同漫步，到華盛頓看白宮。雖然，電影早在庫勒雪夫之前已運用了這類剪接技巧，庫氏的精研仍被電影學者封以**「庫勒雪夫效果」(the Kuleshov effect)**，用來統稱不用大全景而藉不同場地攝得的片段組合而得的整體空間感。卡爾・何內(Carl Reiner)的電影《Dead Men Don't Wear Plaid》就大量運用庫勒雪夫效果，將現在拍攝的鏡頭與四〇年代的影片片段剪在一起。

相對於這種藉剪接方式營造單一空間的做法，是以剪接來排比兩個或多個不同的場景。在《忍無可忍》中，葛里菲斯就由巴比倫剪到傑斯門(Gethsemane)，在 1572 年的法國之後，緊接著 1916 年的美國，這種平行剪接，或稱**對剪(交叉剪接)(crosscutting)**在電影中常被用來呈現性質相異的空間。

另外，較激進的剪接方式甚至可以表現曖昧籠統的空間關係。比如說在卡爾・德萊葉的《聖女貞德受難記》中，觀眾僅知道貞德與教士們是在同一個房間內，至於他們與整個空間的關係還有他們之間的關係爲何，實在很難由灰白的背景及一連串臉部特寫中得知。稍後我們會以《十月》及《去年在馬倫巴》兩部影片爲例，討論其不連貫空間的做法。

■鏡頭A與B的時間關係

如同其他電影技術，剪接也控制了電影中情節的時間，這種情形在劇情片尤爲明顯。在第三章，我們曾談到情節可以由三個層面幫觀眾組織故事時間：順序、時間長度及頻率。《鳥》的片段(圖 7.5-7.8)正說明了剪接如何強化對這三個層面的控制。

首先讓我們看看事件呈現的*順序*(order)。男士們談論時，米蘭妮轉過身去，看到海鳥突襲，然後有所反應。希區考克的剪接將事件以 1-2-3-4 的順序安排鏡頭。但他也可以不同的順序來呈現：最平常的做法是將鏡頭 2 與 3 對調，其實任何順序都有其可行性，甚至將整個次序倒過來(4-3-2-1)。也就是說，導演可藉剪接來控制時序性。

如第三章曾提過，事件的安排會影響故事——情節的關係。我們最熟悉的一種安排是*倒敍*(flashback)，亦即在故事順序之外插入一兩個鏡頭。比如在《廣島之戀》，雷奈將女主角的日本戀人的手特寫與她多年前德籍情人的手特寫剪接在一起(以回憶來打破時間上的順序)。另外較少見的一種倒敍法是將一個「現在」的鏡頭與一個「未來」的鏡頭並排(比如在《威尼斯癡魂》Don't Look Now、《愛情事件》等片中死亡的預示)。這種以剪接來控制時序的手法還可做更複雜的呈現，比如在史特勞普的《絕不妥協》及雷奈的《去年在馬倫巴》都以好幾個時間交疊呈現。因此，當我們看到故事情節以 1-2-3 的順序呈現時，這多半是因爲導演的選擇，而不是某種必然。

剪接還可改變電影情節中事件的**時間長度**(duration)。就我們的範例而言，故事事件的長度乃是完整的呈現：米蘭妮轉身的動作有其時間的歷程，希區考克並未以剪接改變事件的長度。然而，他也可以省略部分或全部的事件經過。比如由鏡頭 1 (眾人交談，米蘭妮站在一旁)跳到米蘭妮已經轉身往窗外看的鏡頭。也就是她轉身走向窗戶的過程被剪掉。因此剪接可以製造時間上的省略(ellipsis)。

省略式剪接(elliptical editing)乃是將一事件以比在故事中較短的時間呈現。電影技術人員可以三種基本方式來達成此效果。比如當導演要表現一個人爬一段階梯，但又不想把整段動作都呈現出來。最簡單的方法是以傳統的鏡頭變化，如溶接、劃接或淡出淡入來打斷過程。在傳統的電影語言中，這樣的手法代表某些時間被省略。以我們舉的例子而言，導演只要將這個人由樓梯底層開始往上爬的鏡頭溶接到他抵達頂層的鏡頭即可。另外，導演也可讓我們看到此人由樓梯底層往上爬至出鏡，在短暫的空鏡後接到頂層的空鏡，然後讓此人入鏡即可。由兩個鏡頭中的空鏡部分代表被省略的過程。最後，導演還可用過場(cutaway)的方式來表示省略：剪入一個其他場景的鏡頭(通常其長度少於被省略掉的過程)。拿我們舉的例子來說，導演可以讓我們看到一個人在爬樓梯，然後剪到一個女子在她的公寓中。最後再回到爬樓梯的人時，他已往上爬了好一大段。

再回到《鳥》的例子，希區考克還可以用另外一種方式來改變事件的長度——**延長**(expansion)。比如，他可以延長鏡頭，讓我們看到米蘭妮在轉頭之前的動作，然後在下一個鏡頭又讓我們看到她開始轉頭。這種做法將事件延展到超過其故事的長度。二〇年代的俄國導演就常藉**重複剪接**(overlapping editing)來達到時間上的延長效果。而其中又以艾森斯坦為佼佼者。在《罷工》中，當工人們以吊臂吊起一只大輪向工頭打去時，艾森斯坦用了三個鏡頭來加長整個事件。在《十月》中，他則重複了好幾次橋座升起的鏡頭，來強調此刻的重要性。而《恐怖的伊凡》中，親朋好友向甫受冕的伊凡灑下金幣，大有源源不絕之勢。在以上這些片段，事件的長度藉鏡頭間的重複而得以延長。

讓我們再看看《鳥》的那個片段中的時間關係，就故事而言，米蘭妮只轉向窗戶一次，而海鳥也只攻擊一次。希區考克的呈現方式也不改故事中的次數。然而，他其實可以重複其中任何鏡頭。比如，米蘭妮可以轉向窗戶好幾次；如此不僅重複一個動作的過程，還會導致整體的重複。如果這種作法聽起來有些怪異，那是因為我們太習慣一個鏡頭只出現一次的表現方式。其實，這個鮮為人用的重複剪接法有其驚人的張力。在布魯斯・康納的《報告》(Report)中，有一個甘迺迪夫婦驅車於達拉斯大街的新聞片鏡頭；這個鏡頭很有規律的重複著，有時片段，有時整段，一次又一次，製造張力，讓觀眾感到這鏡頭正一點一點接近約翰・甘迺迪遇刺的那一剎那。而《去年在馬倫巴》中的好幾個片段，也有相同的重複手法。因此頻率(frequency)，如同順序與長度，於導演在剪接的時間可行性上，提供另一層面的選擇及控制。

總之，電影技術人員藉著剪接，控制了圖像、節奏、空間及時間等元素。由以上簡短的研討可知其可能性幾乎是無限的。然而，大部分的影片只用了極少數的方法，少到在整個西方電影史上可以歸納出一個主要的剪接風格。通常我們稱之爲**連戲剪接(continuity editing)**，由於其普遍性，我們將加以研討。然而，最熟悉的方式並非唯一的方式，，因此我們也會考量別的方式。

連戲剪接

剪接有時對電影技術人員是一個兩難。一方面，由一個鏡頭跳到另一個鏡頭多少擾亂觀眾的注意力。另一方，剪接無可否認是組織影片的首要方式。要如何使用剪接而又控制其潛在的擾亂力呢？電影人在1900到1910年左右首次遭遇這種問題。最後所採用的解決之道是在攝影及場面調度上配合，使剪接能遵循一特定系統。此系統的目的在於循序並清楚地講一個故事(tell a story)，以有條不紊的方式敍述出角色間一連串的事件。因此，藉著剪接及攝影、場面調度上某些設計的配合來達成敍事上的連戲(narrative continuity)。這個方式即使到今天仍爲劇情片的導演或剪接師熟知。而這個系統又是如何運作？

這個連戲系統(continuity system)的基本目的不外乎是要控制剪接上潛在的不統一感，進而達成鏡頭與鏡頭間的順暢。我們之前所談到的各種剪接方式都是以此爲目標。首先，鏡頭間的圖像都力求相似；人物在構圖上的配置也是以平衡對稱爲準；整體的燈光色調要統一；主要情節都放在銀幕的中央地帶。再者，剪接的節奏通常隨著鏡頭遠近改變：遠景通常在銀幕上停留的時間較中景長，中景又比特寫要長(有時，比如《鳥》中火勢蔓延的片段因需要使用加速剪接，便不去考慮其鏡頭之遠近)。既然連戲剪接主要在於呈現一個故事，它主要還是靠時間及空間上的安排來達成敍事上的連續。

■空間的連戲：180度線

在連戲的原則下，一場戲的空間是環繞著一條**「事件的軸線」(axis of action)**，或稱「中央線」(180度線)建構而成。戲中的動作——某人在走路，兩人在對話，一部車沿路奔馳——都沿著一條可辨識的線進行。也就是說導演自計畫到拍攝、剪接時，盡可能將這條中央線設定清楚。而每個鏡頭中攝影機的運動及場面調度，都一再確認了這個180度空間。讓我們以一鳥瞰圖(圖7.28)來檢視此一系統。

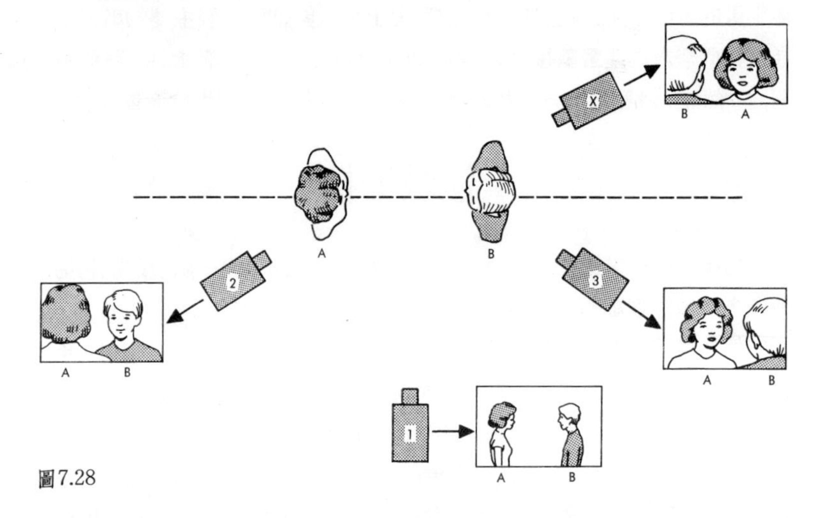

圖7.28

圖中顯示A與B在對話。事件的軸線即一條連接兩人的假想虛線。依照連戲系統，導演對場面調度及攝影機位置的安排都會比照這條假想線。也就是攝影機不管放在哪裏都必須在線的同一邊(因此會有180°之稱)。典型的連戲鏡頭爲：(1)A與B的中景鏡頭；(2)帶A的肩膀拍B；(3)帶B的肩膀拍A。而若由鏡位X拍攝的鏡頭則被視爲違反規範，因爲此乃**越線**。電影實務的工具書通常直稱X鏡頭爲錯誤。爲什麼？讓我們來看看180度線的功能。

它確保鏡頭間的共同空間。只要不超越這條軸線，鏡頭間的空間便能相符。以我們的例子而言，假設在A與B後面是一道牆，上有畫及書架。如果我們看了鏡頭1及2，其共同元素不僅有B，還包括一部分的牆面、畫及書架。因此觀眾便能推斷出鏡頭2的空間乃是鏡頭1的一部分，只不過是由另一方位攝得。但如果我們看到的是鏡頭X，我們看到的是B的另一面，而且背景也是截然不同(可能是另一面牆，或一扇門……)。傳統連戲剪接的擁護者聲稱這會混淆觀眾：莫非B到了另一個場景？因此180度線在鏡頭間製造共同空間，穩定並引導觀眾的注意力。

它確保特定的銀幕方向感。假設A由左走向右；A的路線即構成事件的軸線。只要鏡頭不超過此線，將其剪接起來便能使A在銀幕上的動線一致——由左向右。但一旦越過此線，由另一方拍攝，不僅背景會改變，A也會變成由銀幕的右方往左移動。這樣的剪接便會混淆視聽。

接著讓我們來看看與圖 7.28 類似的狀況，兩名牛仔在一鎮上大街比槍法(圖 7.29)。A與B同樣構成一條 180 度線，只是這回A是由左向右走，而B是由右向左前進，由鏡位 1 可同時看到兩人。將鏡頭拉近，從鏡位 2 可看到B仍由右往左前進。第三個鏡頭攝自鏡位 3，可看到A仍如鏡頭 1 中由左往右走。但假設這第三個鏡頭是由在線的另一邊的鏡位X拍攝。他便會由右向左走了。難道是他已比完槍轉身離開了嗎？也許導演認爲觀眾應該會知道他仍往他的對手走去，但觀眾不見得能了解。如此打破連續性會造成觀眾不解。如果在一開始便越線拍攝，那就更會讓觀眾摸不着頭緒。假如鏡頭 1 是A由左向右走，而鏡頭 2 (由線的另一邊拍攝) B也由左向右走，觀眾大約猜不到他們正朝彼此走去；而認爲兩名牛仔在街上的不同點往同一方向走去，其中一個可能在跟踪另一個。待觀眾看到他們突然在一個鏡頭中面對面時，可能會大吃一驚！至此，我們不難了解爲何遵守 180 度線可確保鏡頭間方向之一致，稍後，我們也將討論越線的可能性(在第四部分，我們將以《驛馬車》爲例，說明並非所有違反銀幕方向的鏡頭都會造成混淆)。

明顯地，180 度線爲空間做了清晰的規劃。藉此，觀眾也能了解角色間及

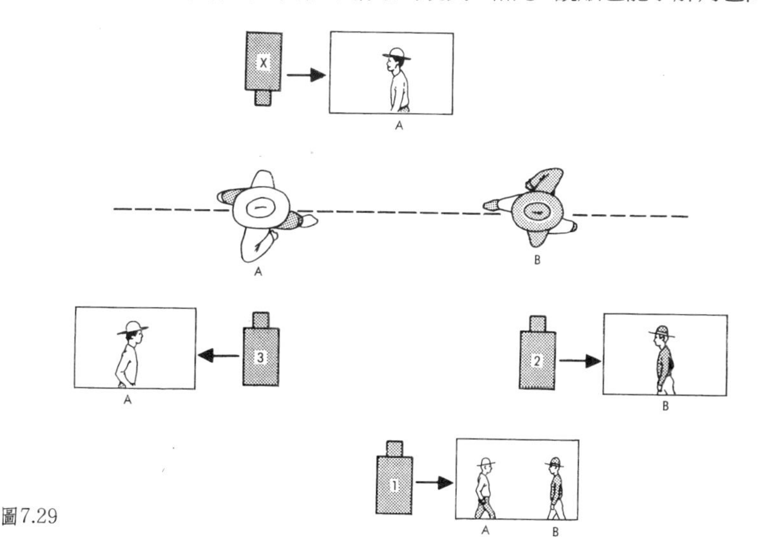

圖7.29

其場景間的關係位置。更重要的是，觀眾還知道他/她由何處觀看整個事件。一場戲的空間被清楚的呈現，便不致於互相矛盾或混淆觀眾；一旦有紊亂的情形，便會分散觀眾對劇情因果關係的注意力。在第三章中，我們已看到傳統好萊塢電影中的敍事模式，將時間、動機及其他元素擺在比因果關係更次要的地位。我們也看到場面調度、鏡位及其運動如何配合以呈現敍事元素。現在讓我們來看看連戲剪接如何使空間從屬於敍事因果。在 180 度的原則下，連戲系統發展了一套方法，以製造順暢的空間感來達成敍事的目的。我們將以約翰・赫斯頓的《梟巢喋血戰》之片頭爲例。

故事由山姆・史培德(Sam Spade)的辦公室揭開序幕。在最先的兩個鏡頭，空間以好幾種方式呈現。首先，是辦公室的窗戶(鏡頭 1 a，圖 7.30)，鏡頭由此往下搖後，我們看到史培德正在捲煙(鏡頭 1 b，圖 7.31)，當史培德說：「嗯，親愛的？」時，我們看到鏡頭 2 (圖 7.32)，這個鏡頭的重要性分好幾個層面；這是所謂的**確立空間鏡頭(確立關係鏡頭，establishing shot)**，界定了辦公室的整體空間：門、玄關、桌子及史培德的所在位置。值得注意是在鏡頭 2 中史培德與其秘書艾菲(Effie)正好構成一條 180 度線；艾菲正如圖 7.28 中的A，而史培德爲B。在這場戲中，鏡頭將一直在 180 度線的同一邊。

到了鏡頭 3 (圖 7.33)及 4 (圖 7.34)，我們看到史培德與艾菲對話。由於這兩個鏡頭仍遵守一開始設定好的 180 度線(兩者都由線的同一方拍攝)，我們便很清楚他們的位置及空間關係。不過，赫斯頓剪入這兩個中景鏡頭時，還運用了 180 度線系統中的兩個基本策略。第一個是**正拍鏡頭與反拍鏡頭**

圖7.30 鏡頭1a

圖7.31 鏡頭1b

圖7.32 鏡頭2

圖7.33 鏡頭3

圖7.34 鏡頭4

(shot/reverse shot)，一旦 180 度線確立後，導演可以先拍線的一端，再拍另一端，前後剪接在一起(在這裏是由艾菲剪到史培德)。所謂的反拍鏡頭並非是先前鏡頭的「反面」，而是指由 180 度線對面一端拍的鏡頭。在我們前面鳥瞰式圖表(圖 7.28)中，鏡頭 2 與 3 就是標準的正/反拍鏡頭，正如這裏的圖 7.33 及 7.34。

赫斯頓在這組鏡頭運用的第二個策略是**視線連戲(eyeline match)**。也就是在鏡頭A中，我們看到某人正注視畫面外的東西；而鏡頭B便可看到被注視的東西。注視者與被注視者不會同時出現在同一個鏡頭(在《鳥》中，當米蘭妮看到海鳥攻擊及火勢蔓延等鏡頭，同樣運用了視線吻合法)。這項技巧看似簡單，却很有用。因視線所呈現的方向感正可構成空間的連續性。被注視的東西離注視者不能太遠(視線吻合法與庫勒雪夫的實驗有異曲同工之效果。面無表情的演員總好像正看著接下來的畫面中的物體，而觀眾也會認為演員正對著那物體做表情)。

視線的吻合，如果銀幕上一致的方向性可確保空間的穩定性。如鏡頭 3 中，艾菲向畫面外右方看去的視線便再次確認了史培德的位置。而雖然在鏡頭 4 中，史培德並未抬頭迎接艾菲的視線，但鏡位仍維持在軸線的同一側。因此空間雖因剪接而被打破，藉由 180 度線的規範，却能有其一致性。加上正/反拍鏡頭以及視線連戲這兩項技巧，即使兩個演員不在同一畫面，觀眾對他們的位置却很清楚。

到了鏡頭 5 ，空間的完整性又再一次被確定。我們看到的是與鏡頭 2 同樣的空間——辦公室(鏡頭 5 a，圖 7.35)，此時新的角色布里姬・歐桑妮絲(Brigid O'Shaughnessy)走進來(鏡頭 5 b，圖 7.36)。鏡頭 5 乃是所謂的**重新確立空間鏡頭(reestablishing shot)**，因爲它又再一次確立在鏡頭 3 及 4 被打破的整體空間感。這樣的模式(**確立/打散/重新確立**)在傳統的連戲風格中是最常用到的空間表現法之一。

圖7.35 鏡頭5a

圖7.36 鏡頭5b

現在讓我們來看看這個模式如何運作以輔助故事之進展。鏡頭 1 中呈現了部分的空間，但更重要的是藉窗戶上的字號點明了故事的主角、畫外音及史培德的回答「嗯，親愛的」帶領觀眾進入鏡頭 2 。這個鏡頭讓我們對空間一目了然。它同時帶入了畫外音的主人——艾菲。這個鏡頭一開始，艾菲正好進來，觀眾注意力全放在接下來要發生的事，因此不易察覺這個剪接點。鏡頭 3 及 4 在交代史培德與艾菲的對話，正/反拍以及視線連戲的做法讓觀眾更加清楚角色的位置。觀眾可能甚至不會去注意到剪接，因爲這裏的手法強調的是戲劇性——艾菲所說的話以及史培德的反應。到了鏡頭 5 ，整個辦公室再度呈現於銀幕上，就在這個時候，新的角色即將出現，這樣的安排有助於觀眾了解她在空間中的位置。由此可見，敘事內容——對話、新角色的出現——在 180 度線的規範內被強調出來。也就是說，這裏的剪接手法讓空間從屬於劇情之下。

在接下來的鏡頭中，我們可以發現同樣的做法(加上一點小變化)。在鏡頭 5 ，布里姬走進史培德的辦公室。鏡頭 6 ，布里姬走近史培德(鏡頭 6 a，圖 7.37)然後在他桌子前坐下(鏡頭 6 b，圖 7.38)，在這裏導演由另外一個角度呈現他們。180 度線仍被遵行，雖然現在這條線不再是由史培德的位置到進門處，而是從史培德到客戶坐的椅子。一旦確立後，這條線就不會被抵觸。

在這裏還運用了另一個確保空間連續的技巧**動作連戲(match on action)**，比如在鏡頭 1 中，角色開始站起來，我們可以待角色完全站定後再剪到第 2 個鏡頭。但我們也可以讓角色在鏡頭 1 中開始動作之際便接到第 2 個鏡頭，然後在這個鏡頭中讓角色完成整個動作。這樣我們便可在動作上有所連接。這樣的剪接方式可使因分鏡而被打斷的動作連續下去。

了解「動作連戲」這個技巧後，我們便不難想像大部分的影片都是以單機作業。在拍攝期間，所有在同一鏡位的鏡頭會一個接一個拍好，再拍另一個鏡位的鏡頭。很有可能角色開始動作的鏡頭，與角色繼續完成動作的鏡頭，拍攝前後差了好幾個小時，甚至好幾天。因此要使動作吻合所牽涉到的，不僅是將兩個由不同鏡位拍得的鏡頭剪接起來，還必須詳細記載攝影機位置、場面調度之細節及剪接點，如此在最後剪接階段時才能連戲。

圖7.37 鏡頭6a

圖7.38 鏡頭6b

在《梟巢喋血戰》這場戲中，鏡頭 5 (圖 7.36) 到鏡頭 6 (圖 7.37) 就用了「動作連戲」的手法，這裏的動作是布里姬走向史培德的辦公桌。180 度線讓銀幕上的方向性一致，使動作不致於有被打斷之感。由此可知，「動作連戲」是使敍事有連貫性的手段之一。只要剪接得法，觀眾便會相信動作之連續性，而不去注意這其實是兩個鏡頭剪接在一起。

除了「動作連戲」之外，這場戲其餘的剪接手法，我們都已介紹過。在布里姬坐下之後，一條新的軸線又出現了(鏡頭 6 b)。這條線讓導演得以將鏡頭切入(鏡頭 7-13，圖 7.39 到 7.45)。這些鏡頭全都是用「正/反拍」的手法：先由 180 度線的這一端拍，再由另一端拍(可參看鏡頭 7，8 及 10，即圖 7.39，7.40 及 7.42 中前景的肩膀)。這裏的剪接主要在於清楚交代對話。由鏡頭 11 開始，導演還運用視線的吻合來剪接：布里姬往右看著畫外的史培德(鏡頭 11，圖 7.43)；史培德則往左看畫外的布里姬(鏡頭 12，圖 7.44)；布里姬往左向門望去(鏡頭 13，圖 7.45)；而剛進門的亞企(Archer)則往右看他們(鏡頭 14，圖 7.46)；他們倆也向他看去(鏡頭 15，圖 7.47)。180 度線幫助觀眾了解誰在看誰。

接著我們來談談這裏的分鏡，赫斯頓其實可以一個鏡頭(鏡頭 6 b，圖 7.38)交代整段對話，爲什麼却用了 7 個鏡頭？最明顯的原因是，分鏡可以控制觀眾的注意力，讓他們在適當的時間看布里姬或史培德。若用長鏡頭或遠景的拍法，導演便得用其他方法來引導觀眾(比如用構圖或聲音)。此外，正/反拍的手法強調了布里姬的故事及史培德的反應。當她說到重點，影片便由帶背的反拍鏡頭(圖 7.39，7.40)剪到布里姬一個人的特寫(圖 7.41 及 7.43)。此時，布里姬正含羞帶怯地說著她的故事，臉部特寫教人猜測其詞之眞僞。史培德的反應鏡頭(圖 7.44)似乎也透著懷疑。總之，這裏的剪接手法配合構圖及肢體表演，讓觀眾專注於布里姬的說辭，並讓觀眾觀察她的表演及史培德的反應。

當亞企進門時，赫斯頓以一遠鏡頭(鏡頭 16 a，圖 7.48)來介定亞企與空間及另外兩人的關係(鏡頭 16 b，圖 7.49。若比較鏡頭 16 b與 6 a〔圖 7.49 及 7.37〕，可發現這個鏡頭與布里姬進門的鏡頭幾乎是相同鏡位)。亞企往史培德的桌邊一坐，便爲接下來的鏡頭(鏡頭 17，圖 7.50)畫了一道新軸線：布里姬在線的一端，史培德和亞企在另一端。接下來的剪接便循這條線分析這組甫建立的關係。

圖7.39 鏡頭7

圖7.40 鏡頭8

圖7.41 鏡頭9

圖7.42 鏡頭10

圖7.43 鏡頭11

圖7.44 鏡頭12

只是觀眾應該不會注意到這些。從頭至尾，這些鏡頭所突顯的是一連串的因果——角色的表演、入場、對話及反應。也就是說，剪接將空間組合起來，以便達成敘事之連續。至今，連戲仍被奉為圭臬，幾乎所有的劇情片都

圖7.45 鏡頭13

圖7.46 鏡頭14

圖7.47 鏡頭15

圖7.48 鏡頭16a

圖7.49 鏡頭16b

圖7.50 鏡頭17

採用 180 度線的剪接系統。

此系統有時會有修正。比如，當好幾個演員沿著一圓桌圍坐，則軸線往往在較重要的角色之間。圖 7.51 及 7.52，摘自電影《育嬰奇譚》(Bringing Up Baby，霍華・霍克斯 1938 年喜劇作品)，在這裏，主要的戲發生在兩名男士

圖7.51

圖7.52

之間，因此鏡頭由一女士的左側爲前景的鏡頭，剪到她的另一側面，如此便是一標準的正/反拍鏡頭。而當其中一名男子離席後，角色間形成一半圓形的關係位置，新的軸線也於焉產生。在這裏的「正/反拍」(圖 7.53，7.54)便以餐桌的長爲其軸線。如同在《梟巢喋血戰》的那場戲，這個例子再次說明一場戲中的 180 度線會隨演員之走位而有所變動。

180 度線系統的另一技巧爲**借鏡位(cheat cut)**。有時，當導演所設計的構圖有其特殊目的時，鏡頭間的連戲往往會有漏洞。然而，鏡頭間一定要連接得天衣無縫嗎？其實這全看敘事的需要而定。假如 180 度線的功能在於突顯故事之前因後果，導演則可在鏡頭間的場面調度上做些手腳。讓我們拿《紅衫淚痕》中的兩個鏡頭爲例。在兩個鏡頭中，兩名演員都不曾移動，但導演威廉・惠勒在茱莉(Julie)的位置上動了手腳：在第一個鏡頭中，她的頭與男子的下巴齊(圖 7.55)，但在第二個鏡頭中，她却高了好幾吋(圖 7.56)。不過，

圖7.53

圖7.54

圖7.55　　圖7.56

大部分的觀眾不會注意到這點差別，因爲這場戲的重點在於對話。顯然，兩個鏡頭間的相似處已掩蓋其相異點。此外，由平視角度換到小俯角的做法，多少掩飾了這點手腳。在《梟巢喋血戰》的鏡頭 6 b與 7 中，也有相同的情形；在鏡頭 6 b(圖 7.38) 中，史培德向前傾時，他與椅背有一段距離，但在鏡頭 7 (圖 7.39) 中，椅背赫然就在他左臂後面，但戲劇的發展再次掩蓋了這點破綻。

由以上提到的幾個例子可知，連戲的剪接很適合用來呈現兩人以上的對手戲。其實，這個技巧也適用於獨角戲，希區考克的《後窗》(Rear Window)便有好幾場戲在描述獨居的攝影師傑夫(Jeff)窺視對面公寓的種種。希區考克採一標準模式：他先讓我們看到傑夫向畫外張望，接下來的鏡頭便是他視線之焦點(與庫勒雪夫實驗同理)。整部片子可說以正/反拍及視線連戲爲剪接原則。說得更精確，希區考克用的是視線連戲剪接法中的**觀點鏡頭剪接**。鏡頭 1 (圖 7.57)是傑夫由他的窗戶往外看，鏡頭 2 (圖 7.58)則代表由他的POV所看到的景象(我們曾在第六章討論POV的構圖，並以《鳥》的一場戲爲例，討論了POV剪接)。現在讓我們來看看POV剪接如何配合 360 度線。第 2 個鏡頭是由軸線的一端，也就是傑夫所在的點拍攝(圖 7.59)。

故事繼續演變下去，POV鏡頭中的主觀一方變本加厲。對於鄰居的生活益發好奇的傑夫開始以望遠鏡及照相機的長鏡頭來擴展視野。希區考克以各種鏡頭拍得的畫面來表現傑夫以不同放大工具所見之景象(圖 7.60-7.63)。雖然，幾部片子中，傑夫多半獨自一人，希區考克的剪接恪守空間之連續性，並開拓POV之各種可行性以製造懸疑，引人入勝。

導演可否合法越線呢？可以的。比如在門廳或樓梯間等場景的戲是可以打破軸線的。此外，演員或攝影機越線可製造新的軸線；也因此讓導演有機

圖7.57

圖7.58

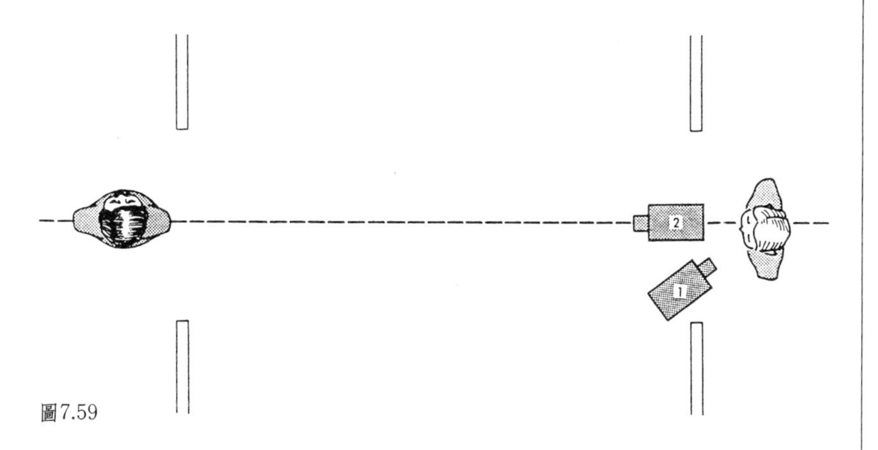

圖7.59

會剪到不連戲的鏡頭。最普遍的越線方式是以一個在軸線上拍的鏡頭來做轉接。比如說，在鏡頭1中，一部車由左向右前進，鏡頭2可以是**正對**(head-on)或**背對**(tails-on)的拍法(也就是，車子朝觀眾開來或背對觀眾離去)。然後在鏡頭3中，車子便可由右往左開。若少了在軸線上拍的鏡頭，直接由鏡頭1剪到3，便犯了方向性之大忌，有了鏡頭2做為轉接，越線的做法方可被接受。這個做法在對話時不常用到，倒是較常見於追逐及外景動作戲中。

由上可知，剪接可為影片之敍事提供許多資源。鏡頭可在軸線的一側上任何一點游走。剪接還可製造全知效果，最明顯直接的技巧為**對剪(交叉剪接)**，最早是由葛里菲斯發揚光大。對剪藉由一場景的戲與另一場景的戲交互

圖7.60

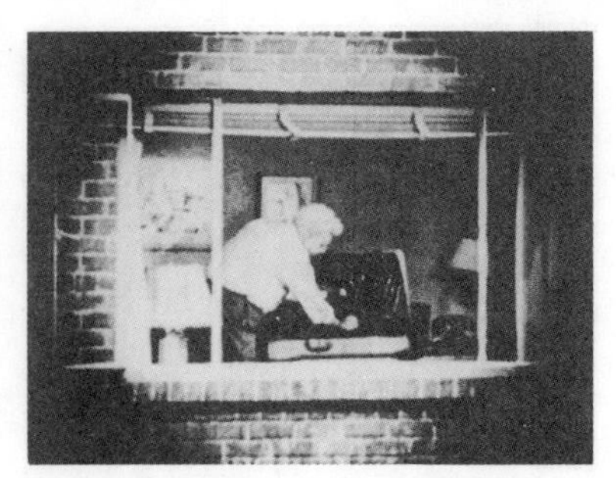

圖7.61

圖7.62

圖7.63

剪接，提供觀眾因果、時空等多重訊息。對剪雖然犧牲了空間上的連續性，但卻可呈現事件間的因果關係及其同步性。例如，在佛利茲・朗的《M》中，當警方搜尋兇手的同時，幫派組織也到處找他，兇手偶而也出現在銀幕中。原本不同線的事件，因其因果之關聯及時間上的同步被擺在一起。而觀眾所得到的訊息往往比劇中任何角色要多(比如觀眾知道幫派組織也在搜尋兇手，而警察及兇手自己却不知道)。對剪的手法常會吊足觀眾胃口，因此頗能製造懸疑張力。此外，對剪還能製造平行呼應的效果，佛利茲・朗就用了這個手法來暗示警察與惡棍間的相似處。總而言之，對剪主要是用來呈現故事中同時發生在不同場景中的事件。

由以上剪接手法可知電影技術如何吸引觀眾的參與。受這些技巧驅使，觀眾便認為場景、演員走位是連貫一致的。先前的觀影經驗同時幫助觀眾預料到他接下來會看到什麼樣的畫面。此外，觀眾還會靠各種線索做推斷，因此當布里姬和史培德向左看時，觀眾猜到有人進門，便知道接下來會看到這

個人的鏡頭。連戲剪接手法之所以如同隱形，主要是其間的技巧已廣爲觀眾熟悉，而顯得理所當然。因此，連戲剪接手法對有意利用觀眾之觀影習性的的導演是一大利器，在另一方面，對有意樹立風格向觀影經驗挑戰的導演來說，則是顚覆之目標。

■時間的連戲：順序、頻率、(時間)長度

在傳統的連戲式系統中，時間就跟空間一樣，是依敍事之發展組構起來的。故事情節之舖陳與時間有很重要的關係。連戲剪接便輔助對時間的控制。

還記得我們對時間順序、頻率及長度的區分嗎？連戲剪接法往往以 1 - 2 - 3 的次序來呈現故事事件(比如，史培德捲煙，艾菲進來，他回她的話……等)。破壞順序的唯一手法爲倒敍，常以溶接表現。另外，傳統的剪接法通常對故事中發生的事件只呈現一次；對連戲式手法而言，赫斯頓若重複布里姬坐下的鏡頭(圖 7.38)，會被視爲一大謬誤(唯有在倒敍的情況下，才有可能重複出現過的鏡頭)。可見，依時序排列及「一個一次」的頻率爲連戲剪接法中處理順序及頻率最常用的方法。

至於長度，在傳統連戲剪接法中，故事長度通常不刻意延展(也就是銀幕上的時間多半不會長於故事時間)。通常，長度不是完整呈現便是删短。首先，我們來看看最爲普遍的做法——完全連戲(complete continuity)，此手法是指在故事中歷時 5 分鐘的事件，在銀幕上同樣花了 5 分鐘來交代。在《梟巢喋血戰》的第一場戲中，由三個層面達成時間上的完全連戲。首先，在整場戲的敍事發展上並無空隙。角色的每個動作及每句對白都得以呈現。另外，在故事空間中所有的聲音也可顯示時間連續與否，尤其當聲音橫跨兩個鏡頭時。最後，在鏡頭 5 及 6 所用的「動作連戲」不僅達成空間的連貫，也製造了時間的連續。理由很簡單，當一個動作橫跨兩個鏡頭時，兩個鏡頭中的時、空也順理成章被連接起來(在第十章討論《去年在馬倫巴》時，我們會說明此連戲性是可以被打破的)。總之，在故事情節上沒有删節，故事聲音橫跨於鏡頭間，及動作的連貫都可表現整場戲的長度是完整連續的。

至於第二種作法：時間的省略(temporal ellipsis)也有其作用。所謂的省略可以是以秒、分、小時、天、年或世紀計。有時，省略是因爲與故事發展無關。比如，傳統的劇情片不會將角色穿衣、梳洗、吃早飯的情形做鉅細靡遺的呈現。角色沐浴、穿鞋或煎蛋的鏡頭可能會被删減以去除不需要的時間，

因此在劇情上幾秒鐘的過程，在故事中可能得花上一小時。如我們前面所提及，空鏡及過場常用來表示被省略的時間。

然而，某些省略對敍事是必要的。爲了使觀眾明瞭時間的間隔，連戲手法發展了一套技巧。最常見的是以溶接、淡出淡入等來表現時間的過程。也就是由一場戲的最後一個鏡頭溶入、淡入下場戲的第一個鏡頭(在好萊塢的慣例上，溶接代表短時間的歷程，淡出淡入則代表長時間)。近來，也有以切入(cut)來表現的例子。比如在《二〇〇一年：太空漫遊》中，庫柏力克便由在空中旋轉的一根骨頭，直接跳到繞地球軌道而行的太空站。此一鏡頭的切入，交代了好幾千年的歷程。

有時，劇情需要呈現長時間的過程——比如自晨曦甦醒的城市、戰爭、小孩的成長或歌手的崛起。傳統的手法會以另一方式來代表時間的過程：一連串蒙太奇(montage sequence，這裏的蒙太奇與艾森斯坦的蒙太奇電影理論有別)。以過程中的短暫片段、字幕(比如「1865 年」或「舊金山」)、具代表意義的影像(如艾菲爾鐵塔)、新聞影片、報紙頭條等等以溶接手法交疊出現，配以音樂將歷時長久的事件壓縮爲數分鐘。我們都很熟悉的蒙太奇手法，如日曆一張張飛掉，印報機轉動出一則號外，時鐘不祥的滴嗒響著；但高明的剪接師仍可使這些片段有其精采之處。在《史密斯到美京》(Mr. Smith Goes to Washington，法蘭克・凱普拉 1939 年作品)中，一段美國生活的蒙太奇，在《憤怒年代》中歷時 20 年的社會變遷，還有《疤面人》(Scarface)中有關幫派鬥爭的血腥描述，可說是將蒙太奇手法發揮得淋漓盡致。此手法仍沿用於許多好萊塢影片，只是風格上較三〇、四〇年的電影節制些。比如在《大白鯊》中，以一連串度假者湧入海灘的鏡頭來交代觀光季的開始。音樂仍是不可或缺的元素，比如在《朝九晚五》(9 to 5)片頭，三名女主角準備上班的一段蒙太奇，以及在《窈窕淑男》中主角躍昇爲肥皂劇之星的片段。

簡言之，連戲手法運用剪接上的時間層面以達成敍事目的。透過以往的經驗，觀眾知道故事事件會依其時序來剪接，只有在倒敍時會有例外的安排。此外，觀眾認爲剪接會控制鏡頭的出現頻率。他們還相信與故事發展不相干的事件會被刪除。至少，在好萊塢的連戲手法中，是以這些準則來說故事。如同圖形、節奏及空間等元素，時間的安排是爲了揭示故事之前因後果，引發觀眾的好奇、緊張及驚訝。但是在連戲剪接法之外，還有許多可行性，同樣值得我們一探究竟。

連戲剪接之外的剪接法

■圖形及節奏方面的其他可行性

儘管連戲手法效用無窮且廣爲使用，但終究只是做法之一，許多電影工作者還發展出其他的剪接可行性。做法之一是賦予圖形及節奏層面更大的份量。也就是說，不以時、空的準則來連接鏡頭以達敍事之目的，而全然以鏡頭間的圖形及節奏做爲剪接之依據。在抽象式等非劇情片的影片中，圖形及節奏便居領導地位。在《夜之遐想》(Anticipation of the Night)、《孩童世界》、《西部史》(Western History)等片中，史丹・布雷克基便純就畫面上的圖形、連續及不連續的光線、質感及形狀來做剪接。因對影片本身感到好奇，布雷克基甚至在底片上刮寫、塗鴉、貼上蛾的翅膀等，以發掘更多的圖案組合。同樣的，布魯斯・康納的《宇宙光》(Cosmic Ray)、《一部電影》及《報告》中，將新聞短片、舊的影片片段、片頭及黑畫面等，依圖案的運動、方向及速度，剪接在一起。，許多導演都試著犧牲鏡頭內呈現的時、空，而突顯鏡頭間的節奏關係。「單格」影片(每個鏡頭都只有一格)是突顯節奏最極端的一種做法，兩個有名的實例爲羅勃・布里的《拳賽》(Fist Fight)及彼得・卡布爾卡(Peter Kubelka)的《Schwechater》。

上面的例子可能會讓人以爲非劇情片中強調圖形及節奏的剪接法是近年才有的情形。其實不然，早在1913年，一些畫家已實驗過影片在純圖案設計上的可行性；而二〇年代歐洲前衛運動中的許多作品都曾藉抽象圖案來實驗節奏式剪接的可行性。所得到的成果各有不同，如曼・雷(Man Ray)的《Emak Bakia》、亨利・修馬特(Henri Chomette)的《Cinq Minutes de cinēma pur》、傑敏・屈拉克(Germaine Dulac)的《Thème et variations》、漢斯・瑞克特(Hans Richter)的《早餐前的鬼魂》(Ghosts before Breakfast)及華特・路特門(Walter Ruttman)的《柏林：城市交響曲》(Berlin, Symphony of a Great City)，而其中最著名的可能是費南・雷傑與道利・墨菲合作的《機械芭蕾》，在第九章我們會詳談此片如何以圖形及節奏來排組鏡頭。

雖然突顯圖形及節奏的剪接方式主要出現在非劇情片中，其潛力也並非完全爲劇情片所忽略。連戲剪接法儘管也講究整體圖形之統一，但多半從屬於敘事的時空層面。然而，有些導演有時也會讓敘事遷就於畫面之圖案設計。最著名的例子當屬巴士比・柏克萊的豪華歌舞場面，在《四十二街》、《掘金者》(1933) (Golddiggers of 1933)、《舞台舞影》、《掘金者》(1935) (Golddiggers of 1935) 及《美女》(Dames) 中，有時故事會中斷，取而代之的是教人眼花撩亂的歌舞鏡頭，依舞者與背景之構圖剪接在一起。

小津安二郎的圖形式剪接與敘事則有較複雜的關係。比較小津的剪接與傳統的連戲手法，他較專注在圖形連戲上。在《秋刀魚之味》中，小津由一名男子喝清酒的鏡頭(圖 7.64)剪到另一名男子(圖 7.65)；其位置、服裝及動作幾乎完全一樣。稍後，他又由一名男子剪到另一名男子(圖 7.66 及 7.67)，兩個鏡頭的構圖極相近，即使是啤酒瓶也在畫面左邊的同樣位置上，甚至其標籤的位置也一致。在《早安》中，小津則用色彩來達到相同效果，他由曬在繩子上的衣服剪到家中一景，兩個鏡頭中的左上方都同樣有紅色圖案(一件襯

圖7.64

圖7.65

圖7.66

圖7.67

衫、一盞枱燈，見彩圖 14 及 15)。

圖形連戲視程度的問題。在劇情片中，由好萊塢的大致連戲到小津的極盡一致性，而艾森斯坦的《恐怖的伊凡》(上集)中的兩個鏡頭(圖 7.68 及 7.69)則屬中庸路線。鏡頭 1 中的燈光(左邊爲暗部，右邊爲亮部)及右邊的三角圖形在鏡頭 2 中得以延續。若是這樣的圖形式剪接充斥全片，則敘事結構將會瓦解，影片會轉爲抽象式。

圖7.68

圖7.69

有些劇情片偶爾也會爲節奏犧牲時空之連續。在二〇年代，法國印象派及俄國前衛派都曾嘗試以節奏式剪接凌駕於劇情之上的做法。比如在亞伯・岡斯的《鐵路的白薔薇》、尙・艾普斯汀(Jean Epstein)的《coeur fidèle》與《La Glace à trois faces》，以及伊凡・馬斯加金(Ivan Mosjoukin)的《Kean》中，加速剪接法讓前進中的火車、旋轉木馬、賽車及舞蹈有了節奏感。在艾普斯汀的《The Fall of the House of Usher》中 Usher邊彈吉他邊唱的那場戲，艾普斯汀以詩般的結構來組織鏡頭。庫勒雪夫的《死光》(The Death Ray)以及艾森斯坦的《十月》偶而也讓節奏居於劇情的時、空之上。此外，在巴士比・柏克萊的歌舞片、魯賓・馬莫連的《紅樓豔史》、何內・克萊的《百萬富翁》、小津及希區考克的一些作品、雷奈的《去年在馬倫巴》與《慕里愛》(Muriel)，以及高達的《狂人比埃洛》(Pierrot le fou)中都可發現節奏式剪接偶而在片中被突顯出來。如同圖形剪接，節奏剪接有時會取代時、空之連續性，而劇情也隨之變得較不重要。

■空間與時間上的不連戲

非劇情片說穿了與連戲手法是針鋒相對的，因爲連戲手法的目的不外乎讓人相信它所呈現的故事。然而連戲系統之外，還有什麼說故事的方式？讓我們來看看某些導演如何以看似不連貫的空間或時間來創造特殊的剪接風格。

最明顯的空間不連貫源於違反或忽略180度線之規則。在《Jeanne Dielman，23 quai du Commerce，1080 Bruxelles》中，香塔・亞克曼將許多女主角面對牆做家事的鏡頭剪在一起；而這些鏡頭在角度上多半相差90度(圖7.70及7.71)。而傑克・大地與小津安二郎的鏡頭則常在360度之空間中游走。這些導演不以軸線一側的半圓做爲鏡位之範圍，而將事件視爲一圓心，攝影機可在圓周內任意攝取鏡頭。在《胡洛先生的假期》、《遊戲時間》及《車車車》(Traffic)中，傑克・大地有系統的由任何一點拍攝，剪接之後，我們可由好幾個角度觀察事件，同樣的，小津的戲也常出現360度空間，這種作法在連戲風格中被視爲大忌。此外，小津的電影中經常沒有連貫的背景或一致的方向性；演員的視線也常常不能連戲。在傳統連戲作風中，還有一項不可犯的錯誤，那就是在「動作連戲」時越線，但是在《麥秋》中，小津照做不誤(見圖7.72及7.73)。

對於360度空間式剪接，我們就介紹到這裏(在本書第四部分中，我們還會詳談小津的《東京物語》)。值得注意的是，傳統連戲風格之守護者聲稱，若要清楚交代劇情，空間的連貫絕不可少。但看過小津或大地的電影後，很少有人會因其違反連戲性而看不懂故事。雖然其空間的連戲不如好萊塢電影順暢，但因果關係仍然清楚。我們的結論是，連戲系統只是說故事的方法之一。

圖7.70

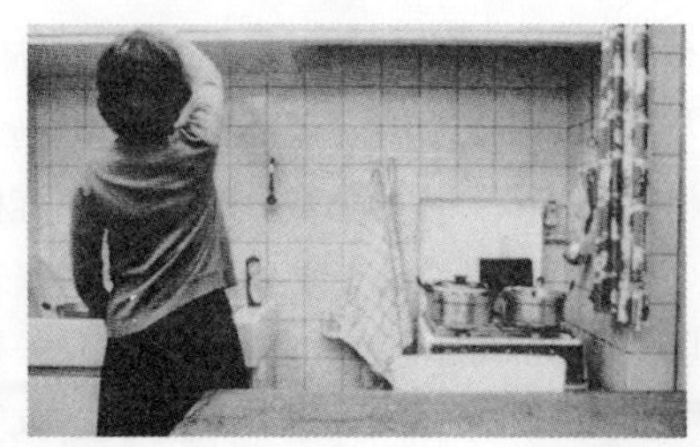
圖7.71

圖7.72

圖7.73

從歷史的觀點看，這個系統無疑是最主要的一個，但從美學的角度來看，它並不優於其他做法。

另外還有兩種不連戲手法值得一提。在《斷了氣》中，高達以**跳接**的方式打破了時間、空間及圖形的連貫。所謂的跳接是指，兩個鏡頭內的主體相同，但在攝影機距離及角度上差距不大，兩個鏡頭連在一起時，在銀幕上便會明顯的跳一下。傳統的連戲剪接會以「正/反拍」及「30 度規則」來避免這樣的跳動(30 度規則是指每個鏡位要與前一個至少有 30 度之差距)。讓我們來看看高達的跳接有何效果，米契(Michel)和他密友的鏡頭與接下來的鏡頭間，他們移動了幾呎，故事時間被跳過(圖 7.74 及 7.75)。派翠西亞(Patricia)在車上的第一鏡頭與第二鏡頭間背景有異，故事時間也被省略(圖 7.76 與 7.77)；這幾個接點極爲突兀，教人迷惑。

第二種打破連貫性的做法爲**插入與情節無關之鏡頭**。意指導演由一場景

圖7.74

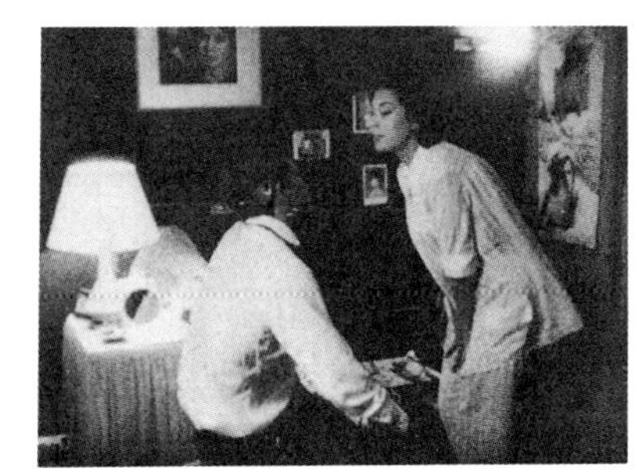

圖7.75

剪到一個非出自於故事時空之象徵鏡頭。在佛利茲・朗的《憤怒》(Fury)中，愛講閒話的三姑六婆與一羣咕咕叫的母雞剪在一起。在艾森斯坦及高達的片中的類比則較複雜。比如在《罷工》中，艾森斯坦把屠殺工人的鏡頭與殺牛的鏡頭互剪。在《中國女人》中，當角色之一亨利提到古埃及人聲稱「他們的語言是諸神的語言」時(圖 7.78)，高達插入兩個掘自古墓的古物特寫(圖 7.79 及 7.80)。這些插入鏡頭取材於故事之外，往往對故事事件有所褒貶之意，同時也驅使觀眾去臆測其弦外之音(到底這些遺物是在附和或質疑亨利所說的話？)

雖然「跳接」與「插入鏡頭」可用於劇情片中，但這兩種手法往往會減弱故事的連貫性：前者會造成突兀的跳動，後者會中斷故事之發展。因此這兩項技巧常被高達拿來做為挑戰傳統敘事手法的手段之一，在本書第四部分，我們會就《一切安好》這部影片探討反抗傳統的本質為何。

圖7.76

圖7.77

圖7.78

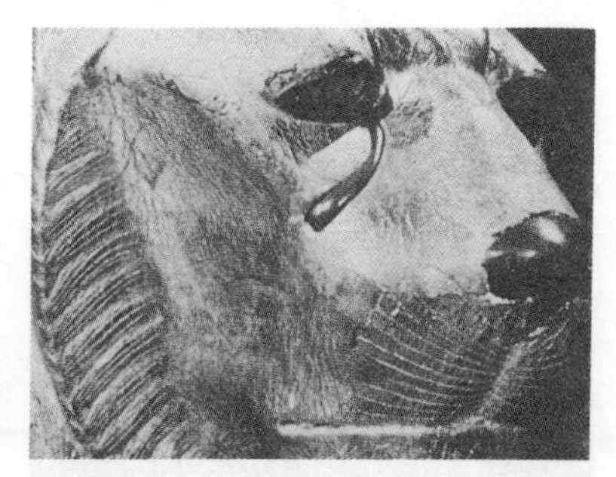

圖7.79

圖7.80

在時間的層面上，仍有許多有別於連戲手法的可行性。雖說傳統手法對事件之順序及頻率的規範看似理所當然，其實那只是因爲它最爲人熟知。故事的情節不一定非得以 1－2－3 的順序剪接。倒敘或預言都是可行的。在雷奈的《戰爭終了》(La Guerre est finie) 中，傳統連戲剪接的情節爲倒敘的鏡頭或幻想的片段、甚或未來的事件所打斷。此外，同樣的事件可以重複出現，以不同的頻率配合故事的需要。在《戰爭終了》中，同一場喪禮就以不同的假設方式呈現。而高達在《狂人比埃洛》中，也展現了剪接如何控制順序及頻率。瑪麗安 (Marianne) 與費丁南 (Ferdinand) 在匪徒來到公寓之際逃跑的那場戲，鏡頭的順序全被打亂：首先，費丁南跳進瑪麗安開過來的車子；然後他們又變回公寓內；接著車子疾駛於大街上；然後是兩人爬上屋頂……此外，高達還重複故事中的某一事件——費丁南跳入車中——只是每回都稍有不同。這樣的手法完全與一般觀影經驗反其道而行，也因此迫使觀眾思考故事的組合過程。

剪接還可改變故事之長度。雖然完全連戲及刪減爲兩個最基本的方式，延展——讓長度延伸、甚至長過故事時間也是可行的。楚浮在《夏日之戀》中，就強調了故事中的轉捩點（女主角輕揭面紗，躍入橋下）；在夏布洛 (Claude Chabrol) 的《紅杏出牆》(La Femme infidèle) 中，當丈夫拿起小雕像重擊其妻的情夫時，夏布洛重複剪了好幾次情夫跌倒在地的鏡頭。時序、長度及頻率的不連貫在這樣的情節上變得完全可以讓人接受。

接下來我們單就艾森斯坦的《十月》來探討剪接上時間與空間的不連貫。

■不連戲的剪接：《十月》

在二〇年代，對多數的俄國導演而言，剪接是組織影片形式的主要方法；它的作用不僅止於輔助故事之發展。艾森斯坦早期的影片——《罷工》、《波坦金戰艦》、《十月》、《舊與新》(Old and New)及未完成的《墨西哥萬歲！》(Que Viva Mexico！)無不嘗試以某些剪接手法來組構一部影片。不願將剪接技巧屈就於說故事，艾森斯坦視影片爲剪接之產物。身爲一名馬克思主義者，艾森斯坦相信辯證的法則(即正反合)可拿來做爲剪接之法則。因此他反對連戲剪接，而尋求、開發好萊塢所謂的不連戲剪接；他設計、拍攝、剪接，以期在鏡頭及場次間製造最大的撞擊(collison)。因爲他相信，唯有這種處理方式可使觀眾也參與整個辯證的過程。艾森斯坦所製造的撞擊不僅僅是視覺上的，還包括情感及知性上的。他的目標不外乎是要改造觀眾的整體意識。

爲了要達到這樣的目的，艾森斯坦以鏡頭和排列組合來「寫」他的電影。艾森斯坦不願受制於傳統的戲劇束縛，他的電影自由游走於時空之間，形成的影像模式旨在刺激觀眾的感官、情緒及思想。他想把馬克思的《資本論》(*Das Kapital*)拍成電影，想藉剪接來立論著述。艾森斯坦的剪接理論不是在此可以一言以蔽之；他的電影中的片段都可單闢一章來探討。不過，在此就讓我們就《十月》中的一個片段，簡短的說明艾森斯坦是如何運用不連戲的剪接法。

我們選的是影片中的第3段(不下125個鏡頭)。這裏的故事很單純。二月革命之後，地方政府在俄國得勢，但是它並未自第一次世界大戰中徹軍，反而繼續支持聯軍。這樣的政策未使人民的生活好過沙皇時代。若以傳統好萊塢電影的手法，可能會由一段報紙頭條交疊出現的蒙太奇轉接到主角抱怨地方政府並未有何建樹。然而，《十月》中的主角不是一個人，而是全俄人民，影片中少以對話來交代故事。《十月》要做的不是單純呈現一些事件，而是意圖讓觀眾主動去解讀這些事件。爲此，本片讓觀眾看到一連串混亂且片斷的影像。

這個片段一開始是俄軍在前線放下武器與德國軍隊稱兄道弟、飲酒作樂的鏡頭(圖7.81)。接著艾森斯坦剪到地方政府中一阿諛官員向統治者遞一份文件(圖7.82)；這份文件力促政府支助聯軍。突然，士兵間的兄弟情誼被砲火粉碎(圖7.83)。士兵們在槍林彈雨中跑回壕溝藏身。然後艾森斯坦剪到一枚砲彈自生產線上輸出的鏡頭，這個鏡頭與戰場上的士兵交互剪接(圖7.84及7.85)。在此段的最後部分，砲彈的鏡頭與在雪中排隊買麵包的婦孺(圖7.

圖7.81

圖7.82

圖7.83

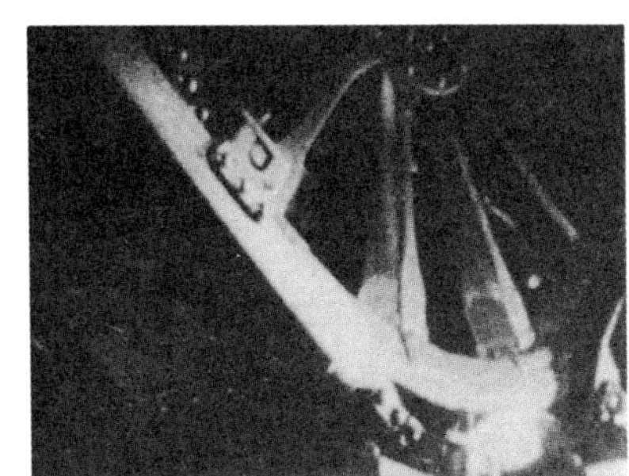
圖7.84

圖7.85

圖7.86

86)交替出現。此片段最後以兩行字幕結束，「和以往一樣……」/「飢餓與戰爭」。

這樣的剪接法有何效應？就節奏而言，此片段十分突出，尤其是轟炸的部分。每個鏡頭大約都只有 15 格，然而更值得注意的是，艾森斯坦所運用的各種圖形、時間及空間上的剪接策略。

就圖形而言，有連戲處，也有不連戲處。當士兵們稱兄道弟時，許多鏡頭中的圖形模式非常相似，還有一個砲彈爆炸的鏡頭，在圖案的方向性上，與士兵跑進壕溝的鏡頭相呼應。不過，圖形上的不連戲處更值得我們注意。艾森斯坦從一個面朝右大笑的德軍剪到政府總部中兇惡的鷹像（面朝左）（圖 7.87 及 7.88）。另外，阿諛官員彎腰與站起來（圖 7.89 及 7.90）的兩個鏡頭則用了跳接手法。而來福槍插入雪地的靜止鏡頭則和砲彈爆炸的遠景鏡頭放在一起（圖 7.91 及 7.92）。至於士兵跑回壕溝的鏡頭，艾森斯坦則做方向性相左的安排。還有士兵躲在壕溝往上望的鏡頭，則與砲彈緩緩下降的鏡頭相對比（圖 7.84 及 7.85）。到了此片段的最後，艾森斯坦將一些朦朧、靜態的婦孺鏡頭與清晰、動態的工人搬運砲彈的鏡頭並置。圖形上不連貫的情形貫穿全片，

圖7.87

圖7.88

圖7.89

圖7.90

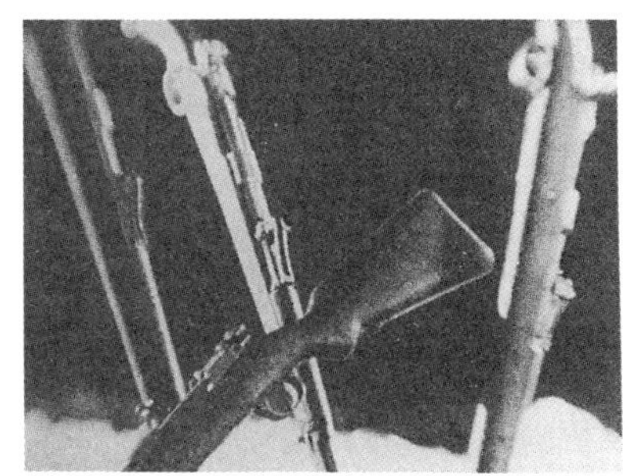

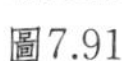

圖7.91

圖7.92

尤其在動態片段特別明顯，藉此可引發觀眾視覺上的衝突。總之，艾森斯坦的電影絕少不了這種極具衝擊力的圖形剪接。

艾森斯坦還大量運用時間上的不連戲。整個片段徹底拒絕了好萊塢那套按時序說故事的方法。在這裏戰場、政府、工廠、街道交互對剪，但意不在顯示其同步進行(否則，婦孺的夜景鏡頭不會與工廠動工的日景鏡頭對剪)。誰也不知道戰爭的場面是發生在婦女澈夜排隊之前、之後或同時。艾森斯坦放棄以 1－2－3 的敍述順序，使鏡頭成爲情感與意念的單位。

同樣的，長度也有各種變化。士兵把酒言歡的鏡頭算是頗連貫，但地方政府中的種種則有劇烈的省略；如此艾森斯坦得以將政府比爲打破和平的隱因。有時，艾森斯坦會採用他最喜歡的手法之一——時間的延展：一名士兵一次又一次喝著一瓶酒(片子稍後，同樣的手法造就了有名的橋座上升片段)。有時，他則省略時間的過程，原本站著的婦孺，再看到時已坐臥於地上。甚至頻率也各有不同：我們不知道我們看到的是好幾顆砲彈自生產線降下，還是同一顆砲彈重複出現好幾次。艾森斯坦對順序、長度及頻率的控制並不依直線時序進行，而是要呈現某些邏輯上的關係。艾森斯坦便是以剪接將各個分離的事件並置在一起來製造這些關係。

空間上，這個片段從大致連戲到完全不連戲的情形都有。雖然有時遵循 180 度線(特別是婦孺的鏡頭)，但艾森斯坦不曾以一個確立空間鏡頭做開頭，重新確立空間鏡頭也很少；通常，場景內的重要元素不以一個鏡頭呈現。尤有甚之，三個場景都由特寫開始(來福槍、砲彈、女人的腿)。總之，傳統的空間連貫性被各場景交互剪接的做法打破。目的爲何？這般打碎空間感的做法，使觀眾在鏡頭間做情感及意念的聯想。比如，與地方政府對剪，使之成

爲轟炸的原因，這層意義源於第一次爆炸是接在政府官員的鏡頭之後。

由蹲伏的士兵剪到降落的砲彈之大膽手法，敏銳的刻劃出人民被好戰的政府壓迫的情形。在這裏艾森斯坦以一個謬誤的「視線連戲」來呈現這層意念，稱之爲謬誤主要是因爲這兩個鏡頭——士兵向上看，砲彈往下降——其實是兩個完全不相干的場景(圖 7.84 及 7.85)。接著，我們看到工廠工人搬運砲彈的鏡頭(圖 7.93)，這樣的剪接將受壓迫的士兵與受壓迫的人民做一聯結。最後，當砲彈落地，艾森斯坦把這個鏡頭與飢餓的家庭、與士兵、與工人相互剪接在一起，用以表示他們同樣爲政府迫害。當砲管的輪子緩緩落地，我們看到雪中一雙女人的腿，藉著字幕(「一磅」、「半磅」)，機器的重量與飢餓的婦孺有了聯結。雖然空間上不連貫，這樣的做法却對故事中的事件做了批評。

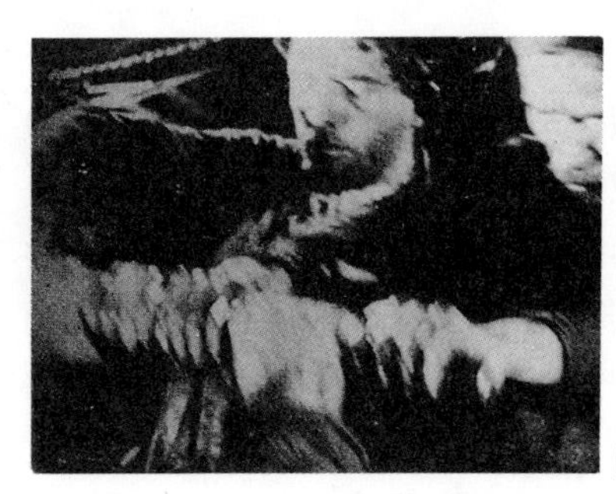

圖7.93

總之，艾森斯坦的空間剪接，也如同他的時間、圖形剪接，旨在形成相互關係、類比及對應，進而詮釋事件之含意。這層詮釋並非以告知方式傳遞給觀眾；而是在不連戲的剪接中，迫使觀眾推敲出其中之關聯。這個片段，連同《十月》的其他部分，都顯示除了傳統的連戲剪接法外，還有其他強而有力的處理手法。

結　論

當兩個鏡頭剪接在一起時，我們可以考量下列問題：

1.這些鏡頭在圖形上如何連戲？

2.他們形成了什麼樣的節奏關係？

3.他們在空間上是否連戲？若沒有，是什原因造成不連戲？(是對剪？或具某些暗示？)如果兩個鏡頭在空間上是連戲的，那麼180度線是如何使之連戲？

4.鏡頭在時間上是否連戲？如果是，是靠什麼達成？(是「動作連戲」嗎？)若不連貫，又是什麼原因？(省略/重複剪接？)

我們還可探討剪接在劇情片與非劇情片中各有何不同的運作。而影片中的剪接是依傳統連戲做法來鋪陳故事的空間、時間及其前因後果呢？或是以其他剪接型態來與故事發生不同的互動關係？如果影片是非敘事性的，剪接又是以何種方式引導觀眾做這樣的認知？

如果你抓不到剪接點，在看電影或電視時，試著手拿鉛筆，每注意到一個接點就敲一下。一旦你能輕易認出剪接點後，在看電影時，便每次就一個層面——比如空間，做仔細觀察。若想感受剪接的節奏，則可注意剪接率或隨著鏡頭切換打拍子。觀賞三〇、四〇年代的美國電影可讓你熟悉傳統連戲手法，試著去預測接下來會是什麼樣的鏡頭(你會驚訝於你的命中率)。如果你看的是錄影帶，試著把聲音關掉，這樣你會更容易注意到剪接的手法；若看到違反連貫性的鏡頭，要思考其目的；若看到不遵循傳統剪接手法的電影，找出其特殊的剪接模式。如果有可能，利用錄影機上的慢動作、靜止等功能，仔細分析影片的每一場戲。如此一來，你對剪接的觀察力及理解力勢必大增。

註釋與議題

■何謂剪接？

想了解剪接師的工作內容可參看：

Film Comment 13, 2(March-April 1977):6-29的"Prime Cut"。

專業性的著作包括：

Dai Vaughan，*Portrait of an Invisible Man*：*The Working Life of Stewart McAllister, Film Editor*(London：British Film Institute，1983)；

Ralph Rosenblum; *When the Shooting Stops……The Cutting Begins*：*A*

Film Editor's Story (New York：Penguin，1980)；

Edward Dmytryk，*On Film Editing* (Boston：Focal Press，1984)；

Kristin Thompson，David Bordwell 在*The Velvet Lihgt Trap* 20(Summer 1983)：34-40發表的"From Sennett to Stevens：An lnterview with Editor William Hornbeck"。另外一篇討論剪接功效的文章爲：

William K. Everson 刊在*Films in Review* 6,4(April 1955)：171-180的"Movies out of Thin Air"。

電影剪接的概論散見於：

Rudolf Arnheim，*Film as Art* (Berkeley：University of California Press，1967)，pp.87-102；

收在 Daniel Telbot 所編的*Film*：*An Anthology* (Berkeley：University of California Press，1970),pp.15-32 Erwin Panofsky 寫的"Style and Medium in the Moving Pictures"；

Bēla Balāzs，*Theory of the Film* (New York：Dover，1970),pp.118-138；

Noël Carroll 刊在*Millennium Film Journal* 3(1978)：79-99 的文章"Toward a Theory of Film Editing"。目前，我們還在期待一部有關剪接的歷史專書，不過——

Andrē Bazin 在*What is Cinema*？vo1.1(Berkeley：University of California Press，1967)，pp.23-40的文章"The Evolution of the Language of Cinema"，算是大致勾勒了剪接的歷史。

剪接常被視爲場面調度及攝影機運動的代替物。除了剪到主角臉部特寫的做法外，我們也可讓主角更靠近攝影機，或把鏡頭朝他拉去。早期的電影理論曾爭論說剪接的本質較爲「電影」，而場面調度較爲「劇場」。Arnheim，Panofsky及Balāzs在前面提到的著作中，都有類似的說法。不過巴贊則認爲剪接打斷了現實的時空連續性，而加以貶抑(除了上面提到的文章外，還可參看同書 *What is Cinema?*中41-52 頁的"The Virtues and Limitations of Montage")。巴贊認爲場面調度及攝影較能忠於現實。其他人也有過此類爭論。見：

Charles Barr 刊在*Film Quarterly* 16, 4(Summer 1963)：4-24的"CinemaScope：Before and After"。

David Thompson, *Movie Man* (New York：Stein and Day，1967),pp84-91；

Christian Metz, *Film Language* (New York：Oxford University Press，1974),pp31-91；

Brian Henderson 刊在*A Critique of Film Theory* (New York：Dutton，

1980)中的"Two Types of Film Theory"。

電影專業人員對剪接的看法特別有趣。羅塞里尼及尚・雷諾在巴贊的訪問中，對剪接多有貶抑(見"Cinema and Television"，*Sight and Sonnd* [Winter 1958-59]：26-29)。

希區考克在與楚浮的訪談中，則對剪接推崇有加(見*Hitchcock* [New York：Simon & Schuster，1967])。

對高達而言，「剪接可將被人忽略的瞬間之美還給現實，可以化偶然爲永恆」(見"Montage My Fine Care"，*Godard on Godard* [New York：Viking，1972]，p39)。對普多夫金(V.I.Pudovkin)而言，「剪接具基本的創造力，藉著它可將沒有靈魂的畫面組合成生動、逼眞的結構。」(見*Film Technique* [New York：Grove，1960]，p25)。一名剪接師回憶說，約翰・福特拍的鏡頭剛好夠用，這樣他即使不參與剪接，出來的影片不至於差太遠：「剪接師所拿到的鏡頭幾乎全部都用進影片中。在拍攝結束後，福特便駕船出遊，直至影片剪好後才回來。」(見波丹諾維奇所著的*John Ford* [Berkeley：University of California Press，1968]，p 9)。

■剪接的面貌

有關圖形剪接的論述不多。可參考：

Vladimir Nilsen，*The Cinema as Graphic Art* (New York：Hill & Wang，1959)；

Sergei Eisenstein 的"The Dramaturgy of Film Form"，收編於 Richard Taylor的*Selected Works, Vol. I: Writings 1922-1934* (Bloomington：Indiana University Press，1988),pp 160-180；

Jonas Mekas 刊在*Film Culture* 44(Spring 1967):42-47 的"An Interview with Peter Kubelka"。

我們所謂的節奏式剪接，在艾森斯坦的"The Fourth Dimernsion in Cinema"一文中則分以「韻律式」(metric)及「節奏式」(rhythmic)來討論(見*Selected Works*，*Vol. 1*，pp181-194)。有關影片節奏之分析，可參考：

Lewis Jacobs, "D.W.Griffifh"，收在 *The Rise of the American Film* (New York：Teachers College Press，1968)的第11章，171-201頁。電視廣告很適合用來研究節奏式剪接，廣告中的影像都特別典型，剪接師才可以用快節奏來剪接，以配合廣告歌曲的節奏。

關於空間及時間上的剪接，可參看：

Noël Burch, *Theory Film Practice* (Princeton；N.J.：Princeton University Press，1981)：3-16，32-48；

Vladmir Nizhny, *Lesssons with Eisenstein* (New York：Hill & Wang, 1962), pp.63-92。

對於庫勒雪夫的實驗也有各種描述。兩本最具權威的著作爲：

V.I. Pudovkin, *Film Technique* (New York：Grove，1960)；

Ronald Levaco 編譯的 *Kuleshov on Film*：*Writings of Lev Kuleshov* (Berkeley：University of California Press，1974) ,pp51-55。至於對「庫勒雪夫效果」的批評可參考——

André Bazin 在 *What Is Cinema*？中44-52頁的"The Virtues and Limitations of Montage"

■連戲剪接

關於連戲剪接的歷史，可參看本書十一章及該章所列之書目。電影《華氏四五一度》(Fahrenheit 451) 及《證人》的剪接師 Thom Noble 對連戲剪接有一針見血的見解：「假如說一場戲 7 分鐘，分散於各鏡頭。我的工作就是把 7 分鐘塞滿，讓它看起來天衣無縫，以至於沒人會感覺到剪接點。」(摘自 David Chell 編纂的 *Moviemakers at Work* ［Redmond，Washington：Microsoft Press，1987］，pp 81-82)。

有關連戲系統的規範，有許多資料來源：

Karel Reisz，Gavin Millar, *The Technique of Film Editing* (New York：Hastings House，1973)；

Daniel Arijohn, *A Grammar of Film Language* (New York：Focal-Press，1978)；

Edward Dmytryk, *On Screen Directng* (Boston：Focal Press，1984)

比較舊但仍具價值的資料包括：

Sidney Cole 的"Film Editor"收錄在 Oswell Blakeston 編著的 *Working for the Films* (London：Focal Press，1947),pp 152-160；

Anne Bauchens 的"Cutting the Film"收在 Nancy Naumberg的 *We Make the Movies* (New York：Norton，1937),pp 190-215；

Lewis Herman, *A Practical Manual of Screen Playwriting for Theater and Television Films* (New York：Meridian，1974),pp 93-165。我們在本章中用來解釋 180 度線的圖表是摘自：

Edward Pincus, *Guide to Filmmaking* (New York：Signet，1969),pp. 120-125。

Pat P. Miller, *Script Supervising and Film Continuity* (Boston：Focal Press，1986)則討論了如何避免不連戲的情形。

近來，學術界對連戲風格有越來越多的討論：

Raymond Bellour的"The Obvious and the Code"，刊登於*Screen* 15，4 (Winter 1974/5),pp 7-17；

Vance Kepley，Jr. 的"Spatial Articulation in the Classical Cinema：A Scene from 'His Girl Friday' "刊在 *Wide Angle* 5，3 (1983)：50-58；

André Gaudreault 的"Detours in Film Narrative：The Development of Cross-Cutting"，載於 *Cinema Journal* 19，1 (Fall 1979)：35-59；以及——

William Simon 的"An Approach to Point of View"，收錄在*Film Reader* 4 (1979)：145-151。有關正/反拍手法的理論性專文最早出現在——

Jean-Pierre Oudart 的"Cinema and Suture"，刊於 *Screen* 18，4 (Winter 1977/78)：35-47。對於 Oudart 的見解有許多討論；如——

Daniel Dayan的"The Tutor-Code of Classical Cinema"收錄在*Film Qrarterly* 28，1 (Fall 1974)：22-31；

Stephen Heath, *Questions of Cinema* (Bloomington：Indiana University Press，1982)；

David Bordwell, *Narration in the Fiction Film* (Madison: University of Wisconsin Press，1985)，第六章。

許多電影都可以拿來研究其運用連戲剪接的方式，較有名的有：《育嬰奇譚》(Hawks，1938)；《天堂問題》(Lubitsch，1932)；《綠野仙踪》(Fleming，1939)；《萬花嬉春》(Donen-Kelly，1952)；《慾海情魔》(Mildred Pierce；Curtiz，1945)；《憤怒年代》(Walsh，1939)；《白熱》(Walsh，1949)；《無敵連環鎗》(Mann，1950)；《費城故事》(Cukor，1940)；《將軍號》(Keaton，1927)；《史密斯到美京》(Capra，1939)。看這些電影時，特別注意偶而爲之的不連戲手法。在《史密斯到美京》的第二場戲就是很好的例子，到底 Capra 打破連貫性是有什麼特別原因？或者只是錯誤？而在一些歐洲片中，如《天堂的小孩》(Children of Paradise；Carné，1945)；《藍天使》(The Blue Angel；von Sternberg，1930)；《M》(Lang，1931)及《假面》(Persona；Bergman，1965)中，是否遵循連戲之規則？

■連戲剪接之外

艾森斯坦可說是這方面的主力。做爲一個思考型的電影工作者，他留給我們許多屬於非敍事式剪接法的觀念，詳見 *Selected Works*，*Vol. 1*中的文章。關於《十月》的剪接，許多文章都有深入探討：

Annette Michelson，Noël Carroll， Rosalind Krauss 在*Artforum* 11 (5 January 1973) ：30-37，56-65 所發表的文章，以及——

Marie-Claire Ropars 的"The Overture of 'October'"，連載於 *Enclitic* 2,2(Fall 1978)：50-72，及 3,1(Spring 1979)：35-47。另外一位俄國導演的文章，也是值得一看：

Annette Michelson 編纂的 *Kino-Eye*：*The Writings of Dziga Vertov* (Berkeley：University of California Press，1984)。有關 Vertov 的蒙太奇手法，也有專文討論：

Stephen Crofts, Olivia Rose, "An Essay toward 'Man with a Movie Camera' "，請見 *Screen* 18,1(Spring 1977)：9-58，還有：

Seth R. Feldman，*Evolution of Style in the Early Work of Dziga Vertov* (New York：Arno，1977)。

至於高達對連戲作法的戲謔，在——

Jacques Aumont, "This Is Not a Textual Analysis"(Godard's "La Chinoise")的文章中有詳細的討論，本文是刊在*Camera Obscura* 8-9-10(1982)：131-136。

有關小津的不連貫手法，可參考：

David Bordwell，*Ozu and the Poetics of Cinema*(Princeton, N. J.: Princeton University Press，1988)；

Kristin Thompson 的"Late Spring and Ozu's Unreasonable Style"，載於 *Breaking the Glass Armor*：*Neoformalist Film Analysis*(Princeton，N. J.：Princeton University Press，1988),pp.317- 352；

Edward Branigan, "The Space of 'Equinox Flower'"，*Screen* 17, 2 (Summer 1976)：74-105。

實驗電影及前衛電影向來致力於尋找相對於連戲風格的手法。想了解實驗電影的歷史，可參考：

David Curtis，*Experimental Cinema*(New York：Delta，1971)；

Jean Mitry, *Le Cinéma Experimental*(Paris：Seghers，1974)。

關於「美國新電影」(New American Cinema)的資料來源有：

Gregory Battcock 編著的 *The New American Cinema*(New York：Dutton，1967)；

P. Adams Sitney, *Visionary Film*, 2d ed(New York：Oxford University Press，1978)；

P. Adams Sitney 編著的 *Film Culture Reader*(New York：Praeger，1970)。

此外像 *Millennium Film Journal*及*Afterimage*這類期刊，一直對實驗電影都

有報導。Standish Lawder 的*The Cubist Cinema*(Berkeley：University of California Press,1975)則逐一分析《機械芭蕾》的每個鏡頭。

8 電影的聲音

聲音的威力

許多人會認為眞正構成電影的，是影像的變化，而聲音只不過是個配角罷了。他們以為所聽到的聲音是呈現在銀幕上的人或物所發出的。但我們知道在影片的製作過程中，聲音與影像的錄製不但是可以分開的，並且可以單獨處理。

聲音對影片而言有許多優點。第一，它牽涉另一種感官範疇：除了視覺感受外，還能有聽覺上的感受伴隨(即使在1926年之前，錄音尙未被引進時，當時的「無聲」電影即已明瞭聲音的優點，因而使用樂隊、風琴或鋼琴來伴奏)。第二，聲音能夠積極地影響我們對影像的詮釋。在《西伯利亞飛鴻》(Letter from Siberia)中克利斯・馬蓋(Chris Marker)即利用聲音的力量改變我們對影像的認知。馬蓋把同一片段放了三遍：一個鏡頭是在城市的街道上，一輛公車經過一部汽車旁；另三個鏡頭則是工人們在舖路。然而每次伴隨這一片段播放的是全然不同的錄音內容。不妨比較列在這段片子旁的三種版本(見表8.1)。其中，口白的差異因相同的影像而更被強調；觀眾們會因聲音的內容而對相同的影像有不同的詮釋。

《西伯利亞飛鴻》中的這段影片同時也展露出聲音的第三個優點，那就是影片的聲音能導引我們對特定影像的注意力。當旁白者描述著「血色的公車」時，我們注視的就是公車，而不是汽車。當佛雷・亞士坦與金姐・羅吉絲(Fred Astaire與Ginger Rogers)表演複雜的舞步時，我們注意的多半是他倆的肢體，而不是在一旁靜坐欣賞的夜總會觀眾(見圖8.5，《搖曳年代》Swing Time的劇照)；這些皆是聲音藉助影像導引我們去注意特定事物的例子。更複雜的是，當聲音暗示某些視覺意象時，我們會預期該意象的出現並移轉注意力。假設我們看到個男人在房裏的特寫鏡頭，同時聽到開門的嘰嘎聲，如果下個

表 8.1：《西伯利亞飛鴻》連續鏡頭

影像	第一種旁白	第二種旁白	第三種旁白
 圖 8.1	雅庫次克(Yakutsk)是蘇俄東部雅庫次克蘇維埃社會主義自治共和國的首府，是座現代化的城市。舒適的公車使大多數的人可與意氣風發的吉姆斯轎車(蘇維埃汽車工業值得誇耀的成就)共同享用道路。	雅庫次克是座擁有邪惡名聲的黑暗之城。當一般大眾擁塞於血紅色的公車中時，特權階級却厚顏無恥地展示他們豪奢的吉姆斯轎車(最昂貴且最不舒適的車種)。	在雅庫次克，房舍已逐漸取代老舊灰暗的社區。一部比起倫敦或紐約交通尖峯時間較不擁擠的公車越過一輛吉姆斯轎車(是較優越的汽車)，因其稀罕難得而保留給公共事業部門的幹部們。
 圖 8.2	在社會主義相互競爭的愉悅精神下，快樂的蘇維埃工人們，其中包括這位來自北極邊緣的公民	這些悲慘的蘇維埃工人們像奴隸一樣，彎著腰努力工作，其中包括這位面容不詳的亞洲人。	蘇維埃工人們在極度困苦的情況下仍充滿勇氣和堅韌，其中包括這位雅庫次克人。
 圖 8.3	一起投注他們的心力，	他們正一起奉獻最原始的勞力，	雖然因為眼疾病而面容愁苦，卻仍投注他們的心力於一起

 圖 8.4	使雅庫次克的生活條件更好。	拖曳一條橫槓使道路更加平坦。	改善自己城市的外貌。他們以後必能享受到其好處。

鏡頭即轉向已開的那扇門，觀眾就會將其注意力投向那扇剛剛發出聲音的門。相反地，如果在下個鏡頭中門仍是關著的，這時觀眾便會思索對這聲響的來源(難道那根本不是開門的聲音嗎？)因此，聲音可以釐清事件，製造矛盾，或是使它們變得曖昧不明。無論哪種情況，聲音皆與影像有密切的關係。

圖8.5

上述開門的例子也指出了聲音的第四個優點：它啓動我們的期待心理。如果聽到門的嘰嘎聲，便會猜測有人進了房，並且在下個鏡頭中那個人就會出現。但是倘若這部影片運用恐怖片的一貫技倆，那麼攝影機便會停在那個人的臉上，瞪大眼睛驚恐地看著鏡頭。屆時，我們便焦慮地想知道銀幕外怪物的長相。恐怖片與懸疑片常運用看不見的畫外音來源以激起觀眾的興趣，不過各類型的影片也都可以利用這種聲音的優點。

此外，柏金斯(V. F. Perkins)曾指出聲音的出現賦予靜默新的價值。「只有當彩色照片隨手可得時，黑白照片的選用才會被視爲是有意識的美學抉擇。也只有在有聲電影中，導演才能利用靜音做出戲劇性效果。」(語見*Film as Film*, p.54)在聲音的領域中，靜音(silence)擁有了新的表達功能。

最後一個優點是聲音能有許許多多如同剪輯創意的可能性。透過剪輯，能將兩個空間裏的鏡頭連接起來，形成極有意義的關係。同樣地，影片製作者也能將任何聲音現象混合爲一。有聲電影的來臨使視覺的無限可能性再添加無窮的聽覺情境。

電影聲音的基本要素

■音響的特性(Acoustic Properties)

若想詳盡研究製造聲音的音響過程，將會非常大費周章(請參閱本章末「註譯與議題」中有關這部分的參考資料)。然而，我們可以將聲音中一些可覺察到的特質獨立出來討論。這些特質均是我們在平常生活經驗中所熟悉的。

音量(Loudness)。我們由空氣中的振動感覺到聲音的存在，而振幅決定了音量的大小。在影片中更是經常要控制音量。例如，在許多影片中一個繁忙街道的遠景常伴隨著交通吵雜擾嚷聲，但當兩個人相遇而開始交談時，喧囂聲便降低。或是在一位音調委婉者與一位語帶咆哮者間的對話，其間的特徵不但可由談話的內容看出，也可由他們音量的不同而得知。當然，音量的大小影響距離感；通常聲音越大，我們就會認爲距離越近。另外，有些影片利用音量的急遽變化製造驚嚇的效果，例如一個靜謐的場景突然爲極大的聲響所打斷。

音調(Pitch)。聲音振動的頻率控制著音調，亦即所謂聲音的「高度」和「低度」。音調是我們在影片中辨識音樂聲的主要方式，然而它還有其他更爲複雜的用途。例如一個男孩想學男人低沉的嗓音說話而失敗時(見《翡翠谷》How Green Was My Valley)，即是利用音調來造出它的詼諧之處。在《恐怖的伊凡》第一集中加冕一景，一位宮廷歌者以渾厚低音開始唱歌讚頌伊凡，然後，音節逐段戲劇性地升高。在這裏，艾森斯坦運用剪輯強調上述特點，在歌者聲音轉變的同時，運用連續的推進鏡頭。在希區考克的《驚魂記》中，伯納•赫曼(Bernard Herrmann)採用了一種極不自然、非常尖銳的鳥鳴聲，很多音樂家均無法辨認這種音質的來源：原來它是小提琴拉到最高音時所發出的聲音。

音色(Timbre)。聲音各部分調合的結果賦予聲音特定的風味或聲調——即音樂家們所謂的音色。當我們說某人的聲音混濁，或某一音樂樂音圓潤，所指的就是音色。同樣地，音色也是導演常用的創作素材。音色有助於淸楚地指出聲音中的各部分，例如可以運用音色來辨認不同的樂器。音色也常「應」某些特定場合的要求演出，例如在充滿誘人氣氛的場景中，膩人的薩克斯風即老是被濫用爲背景音樂。另一個微妙的例子是魯賓•馬莫連在《紅樓豔史》一開始的片段中，讓音樂節奏伴隨著鏡頭的移動，忽而出現的是掃帚，忽而是地毯撢子，而物體本身所發生的聲音加入在樂曲中，增添了趣味點。

音量、音調和音色三個音響的基本要素彼此之間的互動，影響影片中的音響特質。最基本的是經由音量、音調和音色，有助於我們分辨影片中所有的聲音；例如我們因此得以分辨各個角色的聲音。就較複雜些的層面來說，經由這三項要素的相互作用，均增加了我們對影片的感受。雖然約翰•韋恩和詹姆斯•史都華兩人說話都很慢，但韋恩的聲音較低沉雄厚，而史都華的則是像發牢騷般慢調斯理。這個差異在《雙虎屠龍》(The Man Who Shot Liberty Valance)中發揮極大效用，使劇中兩人的角色有強烈的對比。在《綠野仙蹤》中，巫師算命者兩個角色之間的差異，便由前者沉沉的低音和後者高昂且顫抖的聲音明顯地區分出來。《大國民》提供了更大規模聲音設計的例子。在迴廊中因爲回音而變質的音色和音量，強調了肯恩的妻子蘇珊唱歌的無能。另外，《大國民》也運用了相同的聲音技巧，連繫故事中不同的時空。例如肯恩鼓掌的鏡頭溶入羣眾鼓掌的鏡頭(改變音量與音色)；而李藍在街上開始講一句話，然後切入肯恩在演講廳中透過麥克風講完這句話(改變音量、音色與音調)。上述例子均說明聲音的基本特性，提供了豐富的可能性待導演去發掘。

■選擇與組合

電影中的聲音有三種形式：**說話聲**、**音樂聲**與**雜聲**(或稱作**音效**)。有時一種聲音可能涉及多種形式——如同尖叫聲到底是屬說話聲或雜聲？電子聲是音樂聲還是雜聲？——而導演正可自由地運用這類聲音的曖昧處來創作(在《驚魂記》中，當一個女人尖叫時，我們以爲聽到的是人聲，結果却是小提琴拉出來的「尖叫聲」)。然而，大多數的情況下，聲音間形式的區分依然明顯。現在，我們對音響特性所扮演的角色已有概念，接下來便必須瞭解說話聲、音樂聲與音效如何經選擇和組合，成爲影片中有特殊功能的部分。

聲帶的製作與影像的剪接類似。就像導演從一些鏡頭中選出最好的影像，也可以從各種聲源中選出最適用的某段聲音。他可能將影像連接或重疊，也可以將兩種聲音接連播放或讓兩個聲音「疊」在一起(如旁白與音樂聲的重「疊」)。雖然我們通常很少覺察到聲帶的操縱與變化，但如同影像一般，它也需要細心的遴選與控制。

選擇所需要的聲音，是第一個步驟。通常在特定的時候，我們的知覺會將不相關的元素過濾掉，只留下最有用的部分。比如當你在讀這本書時，你的注意力(不同程度)就集中在這些白紙黑字上，而忽略了耳邊的一些聲音。然而只要一閉上眼注意聽，就會發覺許多先前沒注意到的聲音——比如遠處說話聲、風聲、腳步聲和收音機的聲音都出現了。任何一位錄音師都知道，如果在一所謂「安靜」的環境中裝設麥克風及錄音機，那些通常沒發覺的聲音便全湧了出來。因爲麥克風是毫無選擇性的，如同攝影機的鏡頭是無法自動捕捉想要的畫面一般。錄音室、吸音毯、麥可風罩、音響剪輯與工程，以及聲音圖書館(sound stock library)的設置，都是爲了能謹愼地選擇聲音並控制錄音設計。除非有的導演的確想要錄下場景四周的環境音，否則拍電影只拿支麥克風收音了事的，實在罕見。

因爲我們平常的知覺都跟隨注意力所選擇的方向，因此導演在影片中對聲音的選擇可以控制觀眾的注意方向，進而引導他們的知覺。在傑克・大地的《胡洛先生的假期》中旅客在旅店中休息一景(圖 8.6)。前景中旅客們安靜地玩牌，而在背景，胡洛先生正激烈地打著乒乓球。在前一幕中，前景的旅客都低聲說話，而胡洛先生的乒乓聲較大，因此我們就循聲音的線索注意到胡洛先生的動作。稍後，乒乓球聲音消失了，我們的注意力便被拉至前景低聲玩牌的旅客身上。在這裏，乒乓聲的出現與消失引導了觀眾的注意力。因此，只要開始注意聲音的選擇如何影響我們的知覺，就會發現導演常利用聲音轉移我們的注意力。

圖8.6

以上的例子不單只靠聲音的選擇，也需要導演去組合不同的聲音元素。即是以特定的方式混音(mixing)，組合成我們聽到的聲帶。當然混音是一項愼重且精密的製作過程。然而它也有彈性，因爲現在的電影製作已可以將十多種以上的聲音先分別錄製在不同的聲帶上，等最後再做混音。混音師可以精確地控制聲音的音量與長短。得注意的是在影片中，什麼樣的特殊混音會有何種效果。混音顯然可將聲音混成從寂靜無聲到各種聲音濃密混雜(例如在一景中同時包括模糊的說話聲、許多腳步聲、背景音樂聲以及機場的飛機引擎聲)，而多半的情形是在兩者之間。此外，混音的方式可以將每個聲音以平穩的方式調配或重疊，或者是用突兀的手法將聲音突然灌入，造成聲音之間驚人的對比。

組合聲音的可能性在黑澤明《七武士》最後一段的戰鬥戲中表現的最爲淋漓盡致。大雨中，侵略的強盜衝入了村民和武士合力抵禦的村落。在這場戲中，傾盆大雨和風聲形成了持續的背景音效，貫穿全場。戰鬥之前，在等待中的對話聲、腳步聲以及拔刀聲間，不時地插入如擊鼓般的雨聲。突然間銀幕外遠方的馬蹄聲響起，把我們的注意力從抵禦者身上拉到侵略者身上。黑澤明接著切入一個強盜的遠景，而他們的馬蹄聲也突然變大(這正是場景中的典型例子：攝影機越靠近聲源，聲音就越大)。當強盜們策馬衝入村落時，另一種聲音出現了——強盜們刺耳的吶喊聲，而隨著他們的靠近，音量也逐漸增強。戰鬥開始了。遭狂風暴雨肆虐後的泥濘場面，影像的剪接節奏配合著聲音，使畫面充滿動感，持續的風雨聲中，不斷地插入下列一連串的短促雜聲——傷者的喊叫聲，一強盜倒入籬笆的碎裂聲，馬的嘶鳴，一武士「噹」的拉弓弦聲，一強盜被矛刺中的咯咯聲，及強盜首領闖入村民藏身處時女人的尖叫聲。這些突然插入的聲音點出了戰鬥進行中瞬息的變化。因爲故事的發展使我們的注意力不斷地在不同的格鬥場面間移轉，頻率之高使我們的情緒更爲緊繃。當主要的戰鬥場面結束後，戲的高潮出現了：銀幕外的馬蹄聲忽被另一種新的聲音所取代——某一強盜的來福槍所發出的震耳爆裂聲，一位武士應聲倒下。緊接著蓄意的沉寂，空氣中只聽到狠急的雨聲。突然，中彈的武士憤怒地將刀擲向槍彈射來的方向，然後倒在泥濘中死去。另一名武士立即衝向持著來福槍的強盜首領，槍聲再度響起，武士受傷，向後跌倒；緊接著另一段的寂靜，大雨不斷地下著。終於，負傷的武士殺死了強盜首領。其餘的武士立即聚集過來。戲末，一個年輕武士在一角低聲啜泣，失去主人的馬在遠方嘶鳴，雨聲緩慢地淡去。這段相當複雜的混音(一點音樂也沒有)，首先不斷地將聲音逐一釋放，引導觀眾的注意力轉向新的劇情元素(馬蹄聲、喊殺聲)，繼而再將所有的聲音調成和諧的調子，而這和諧的曲調又配合著關鍵性的情節(射箭聲、女人尖叫聲、槍聲)，不時突然被不尋常的音量或音調打斷。總之，這多種聲音的組合加強了這段劇情非限制性及客觀的敍述，將發生在村落不同角落的事展示在我們面前，而不是限制我們只能看到單一的行動。

聲音材料的選擇與組合對影片也有全面性的影響。這點可由觀察導演如何運用音樂來體會。有時導演會擇取現成的音樂來陪襯其影像，例如布魯斯・康納就選用Respighi的〈羅馬之松〉(*Pines of Rome*)中片段作爲《一部電影》的配樂。其他的例子中，導演會選擇作曲家爲他的影片配樂。音樂的韻律、節奏、旋律、和諧度與樂器使用，在在都能影響觀眾的情感反應。此外，一段旋律或樂句也能與特定的角色、背景、情況或意念有關。經由操縱這些主題旋律，導演便能微妙地在場景間做出比較，勾勒出發展的形式，及透露內在意義。

喬治・德勒胡(Georges Delerue)爲楚浮的《夏日之戀》做的樂曲即是一例。音樂中反映出1912到1933年的巴黎，也就是影片中事件發生的年代風味；其中許多旋律極類似德布西(Debussy)與艾希克・薩堤(Erik Satie)的作品，而這兩位正是那時期法國最重要的作曲家。整篇樂曲實際上由圓舞曲組成，大多數場景均充滿溫柔的節奏，統合了該片的風格。

更特別的是，不同音樂主題與片中特定的敍事觀點聯結起來。例如凱薩琳不斷地在傳統的邊緣外尋求自由與快樂，便表達在她唱的歌"Tourbillon"(「旋風」)上，歌中敍說人生就是不停地更換浪漫的伴侶。就連影片背景也受召於音樂形式；每當演員出現在咖啡座時，同一種曲調便揚起。只是多年過去後，本由自動鋼琴演奏的曲調，變成由一位黑人鋼琴手以爵士風奏出。

當角色間的關係在劇中變得越來越緊張與複雜時，音樂也會在某些主旋律(母題)的發展上反映這一點。當三位主角首次造訪鄉間，騎單車到海邊時，我們第一次聽到那段充滿浪漫感性的旋律。這段「純樸愉悅」的圓舞曲之後，每當這三位主角重聚時便會再現，只是隨著時光逝去，這段樂曲的節拍越趨緩慢，樂器的表現也越顯得憂鬱。另一段以不同面貌重複出現的主旋律是以「危險的愛情」爲主題，與吉姆和凱薩琳息息相關。這段憂慮、閃爍不定的圓舞曲首次出現是他造訪她的公寓，並看著她將一瓶硫酸倒入洗滌槽中(她說這硫酸是「專門對付說謊的眼睛」)。此後，這段相似於薩堤的"*Gymnopédies*"鋼琴曲旋律，便用來強調吉姆和凱薩琳間令人眩暈的愛情故事：有時它用來陪襯熱情的場景，但有時它却伴隨著他們幻想的逐步破滅及絕望。

其中最富變化的旋律是段神祕的木管音樂，它第一次出現在朱爾與吉姆看到一件引人注目的古代雕像。之後，他們遇見凱薩琳，並發現她的臉孔與那雕像一般，這時，那段旋律再度響起，形成對比。整個影片中，這段短暫的主旋律與凱薩琳「神祕」的一面相連結。接下來的場景中，這段主旋律以令人好奇的方式發展。低音部分(大鍵琴或絃樂)原本是柔順地陪襯著木管音樂，現在却搶在前頭，做出毫不停歇、甚至刺耳的躍動聲。這段帶有「威脅性」的圓舞曲點出了凱薩琳與亞伯特的短暫戀情，也出現在最後她對吉姆的報復：載著吉姆，將車駛入河水中。

一旦選定了主旋律，這些旋律可互相組合以喚起與其連結的主題。戰後吉姆和凱薩琳第一次親密的交談時，以低音部分爲主的「凱薩琳」圓舞曲響起，接著是那段愛情旋律，就好像後者能將凱薩琳個性中傾向傷害他人的一面拉出似的。這段愛情旋律伴隨著一段吉姆與凱薩琳信步走過森林的長推鏡頭。但在這段場景的結尾，當吉姆向凱薩琳道別時，最初屬於她的旋律中以木管形式奏出的音樂揚起，也提醒我們她的神祕感，及他愛上她是多麼危險。

在影片的結尾，我們也可發現類似的主題混合。凱薩琳和吉姆溺斃後，在朱爾的監督下，他倆的屍體火化。當棺材的鏡頭溶入火葬過程中的細節鏡頭時，「神祕」主旋律揚起，帶出它另一不祥的變奏：「威脅」主旋律。但當朱爾離開墓園，旁白者述說凱薩琳曾希望將她的骨灰撒在風中時，音樂滑入，以絃樂形式流暢地奏出「旋風」圓舞曲。這段影片的樂曲以回憶凱薩琳吸引男人的三面個性做爲總結：她的神祕感、她的威脅性以及她對生活經驗的活潑開放。因此，樂曲能創造、發展並連結各主旋律，成爲影片整體的形式結構中重要的元素。

電影聲音的特性

現在我們知道聲音的三要素，也瞭解導演如何利用各個不同可供取用的聲音。除此之外，聲音與電影中其他元素的關連，又給了它們一些其他的特性。首先，因爲聲音是持續性的，所以它有節奏。第二，聲音與其聲源間牽涉到或多或少的忠實度。第三，聲音能夠表達出它所處的空間感。第四，聲音與在一特定時間內發生的視覺事件有關，而這個關聯便使聲音具有時間特性。這些類別透露出聲音在電影中的確是十分複雜的。現在讓我們看看每一種類別。

■節奏(Rhythm)

聲音的節奏由其速度與規律來界定。對人們來說，敲鑼的回響聲可能持續好幾秒而且節奏緩慢，而一個突如奇來的噴嚏聲只是一瞬間的事。不論聲音的速度如何，其規律可有不同變化。在警匪片中，機關槍的聲音非常規律，而手槍的聲音却時有時無，間歇性地出現。這些特性可以不同的方式組合：電影中的聲音可以慢而不規則，或快而規律等等。此外，聲音的三種形式(說話聲、音樂聲、音效聲)可以有它們自己的各種節奏，互相不同。躺在地上的垂死者奄奄一息的說話聲的節奏，要比跑馬場播音員來得慢。電影中的音樂當然有各種不同的節奏。而音效在節奏上也有差異(可比較農場馬匹孜孜不息的緩慢蹄聲，與騎兵們縱馬全力奔馳的蹄聲)。

節奏雖僅以速度和規律簡單地界定，但事實上仍然很複雜，因爲影像移動的本身也有節奏，同樣也是以速度和規律的不同來區分。此外，剪輯也有其節奏，例如一連串的短鏡頭造成快節奏，然而長鏡頭便可使剪輯的節奏緩慢下來。

大多數情況下，剪輯、影像移動及聲音的節奏並不是獨立運作的。導演總傾向於將視覺與聽覺的節奏互相搭配。最明顯的例子就是歌舞片中典型的舞蹈片段，人體依著音樂的節奏而移動。然而，各種變化形式都可能產生。例如在《搖曳年代》中的舞曲"Waltz in Swing Time"，佛雷與金姐在音樂的時間內迅速移動。而在這場景中却沒有任何的快接鏡頭。事實上，連一個剪接鏡頭也沒有，因爲整場景只有一個自遠景距離拍攝的鏡頭。另一個有關聲音與畫面中動作密切合作的例子，是三〇年代華特·狄斯耐(Walt Disney)所製作的動畫，米老鼠與其他狄斯耐卡通中的角色，即使他們不是在跳舞，他們的動作也經常與音樂完全同步。

導演可選擇在聲音、剪輯與影像的節奏之間做出不同程度的差異。一種做法是將聲音的來源置於銀幕外，而將其他的東西放在銀幕上。在約翰·福特的《黃巾騎兵隊》(She Wore a Yellow Ribbon)中快結尾的部分，年老的騎兵隊隊長那森·布列托(Nathan Brittles)在他退休後望著他那一隊騎馬出堡壘，他馬上後悔離開崗位，而希望能和那巡邏隊並騎而去。這場戲的聲音共有兩種：離去的騎兵們愉快地唱著主題曲和其輕快的馬蹄聲。然而與聲音節奏相配合的馬和歌者，却只有少數的鏡頭。相反地這場戲將我們的注意力集中在布列托身上，他站在馬旁，幾乎動也不動(中等速度的剪接則介乎這快慢兩種節奏之間)。快節奏的聲音和布列托孤獨鏡頭間的對比，充分強調出他後悔在執勤多年來第一回決定不參加勤務。

有幾位偉大的導演曾運用音樂與畫面不搭調的手法。在布烈松《夢想者的四個夜晚》(Four Nights of a Dreamer)的中場，一艘巨大的海上夜總會巡遊在塞納河上。船速緩慢而不穩，但配樂却是有生氣的舞曲(直到下一幕我們才發現樂聲來自船上)。快節奏音樂和緩慢船速的奇怪組合產生一種神祕的效果。傑克·大地在其《遊戲時間》中也有類似的手法。場景是在一家巴黎的旅館外，觀光客登車要往夜總會去。正當他們單列前進緩慢登車時，沙啞的爵士音樂響起。這個音樂的出現出乎我們意料，因爲它似乎與影像不搭調，事實上這音樂是屬於下一幕的，其中一些木匠笨拙地拿著透明的厚窗玻璃板，並似乎隨著音樂起舞。大地在一緩慢的視覺節奏中，提早讓快節奏的音樂出現，以造成喜劇效果，而且爲轉換到另一空間舖路。

克利斯・馬蓋則在《防波堤》(La Jetée)中將影像與聲音節奏間的對比發揮到其邏輯上的極限。整場電影幾乎全都是一些靜止畫面；除了一個極小的手勢，所有畫面中的動作都被剔除。然而影片中却配以節奏活潑的旁白、音樂及音效。其結果不但不是「一點也不像電影」，相反地，它能將節奏的對比並置且貫穿整部電影的結構，其觀念的原創性、審愼思考及一致性，使其作法達到極卓越的效果。

以上例子提出數種組合節奏的方式。但多數的影片也不時地改變它們的節奏。節奏的改變有導引我們預期心理的作用。在艾森斯坦有名的片段中，他將聲音的節拍由慢變快，又轉回慢，即是在《亞歷山大・涅夫斯基》(Alexander Nevsky)中的冰上戰役，前十二個鏡頭表現出俄國軍隊準備迎戰德國騎士的攻擊。這些鏡頭都是中距離或甚至長距離的，其中的動作也很少。音樂相當緩慢，包括了一些短而分明的和弦。接著，當德國軍隊馳馬出現在地平線上時，視覺的動作和音樂的節拍都同時增快，戰役於是展開。在戰鬥結束時，艾森斯坦又以大段落憂傷而緩慢的音樂和極少的動作形成另一個對比。

■ 忠實度(Fidelity)

我們所謂的忠實度並不是指錄音的品質，而是聲音是否與我們所認爲的聲源相符合。如果影片中顯示的是隻狗正在叫，而聲帶裏的是某種吠叫的聲音，這個聲音就與其聲源相符。但是一個貓叫的聲音中却出現狗吠的影像，聲音與影像之間便出現差異，也就是缺乏忠實度。忠實度與當初在電影拍攝過程中眞正發出聲音的東西無關。如我們所知，導演能在影像之外獨立控制聲音；爲狗的影像配上貓叫聲和爲其配上狗吠聲是一樣簡單的。因此，忠實度純粹只與我們的預期心理有關。要造出貓叫聲或狗吠聲可用電子音或口技。所以忠實度是一般對聲源的慣例預期，而無關製片者事實上從何處取得的聲音。

玩弄忠實度通常都能造成喜劇效果。傑克・大地是最擅於運用不同忠實度的導演之一。在《胡洛先生的假期》中多數的喜劇效果即來自餐室門的開與關。大地並沒有錄下眞正的門聲，而是每當門動的時候，便插入一聲像猛拉大提琴琴絃的噹噹聲。除了聲音本身的娛樂效果外，它也強調出侍者與用餐者來往穿梭餐室門的節奏形式。另一位擅用不忠實聲音特性造成喜劇效果的大師是何內·克萊。在《百萬富翁》中有一些場景，音效與影片上的聲源並不相符。當主角的友人掉了盤子時，我們聽到的不是盤子的碎裂聲，而是銅鈸的鏗鏘聲。稍後在一場追逐戲中，劇中角色互撞時的衝擊感是低音鼓的重擊聲。類似這種玩弄忠實度的手法通常可見於動畫中。

如同俯角或仰角的構圖，我們不可能將每一個不忠實於聲源的聲音的呈現均詮釋爲喜劇性的。某些並不相符的聲音有其嚴肅的作用。例如在希區考克的《國防大秘密》(The Thirty-Nine Steps)中房東太太在公寓裏發現了一具屍體。在她尖叫的鏡頭中響起的是火車的鳴笛聲，接下來場景便眞的轉向一列火車。雖然汽笛聲與人在尖叫的影像並不相符，但却達到一撼人的轉折。

最後，在某些特例中，忠實度的手法也可運用到音量的變化上。例如，某種聲音與影片中其他聲音比較起來異常地大聲或小聲。寇蒂斯·伯哈的《着魔》就將音量轉變爲與聲源不符。片中主角的精神病日益嚴重，有一景，她在雨夜裏心情狂亂地獨坐房中，影片的敍述將我們侷限在她的意識範圍之內。但是聲音的手法使得故事能夠達到主觀上的深度。我們開始聽到她所聽到的聲音。時鐘的嘀嗒聲與雨滴聲的音量逐漸增大。在此，忠實度轉變的作用是在暗示主角心理狀態的改變，呈現她從緊繃的情緒中陷入全然幻想的過程。

■空間(Space)

聲音有其空間上的特性，因爲它產生自某一聲源，而此聲源可由其所佔的空間標明出來。如果聲音的來源是影片中故事空間裏的角色或物體，我們便稱這是**屬於劇情/與劇情空間相關**(diegetic)的聲音。影片中角色的說話聲、物體所發出的聲音，或故事空間裏的樂器所傳出的音樂聲都是劇情內的聲音。劇情內的聲音經常難以發覺。因爲它可被視爲自然地發自影片中的「世界」，例如片中角色在唸台詞一般。但是，如同我們在《胡洛先生的假期》中看到打乒乓球的例子，導演便不依眞實情況處理這個劇情的聲音。因爲在《胡洛先生的假期》及大地其他的電影中大部分的笑點就是來自其滑稽的音效，他的電影對開始研究影片聲音是很好的樣本。

就另一方面來說，有所謂的**非劇情/與劇情空間無關**(nondiegetic)的聲音，是指聲源來自故事空間之外。這種聲音的例子俯拾可得。為了加強電影情節而配上的音樂即是非劇情的聲音中最平常的例子。例如片中角色攀登絕壁時，緊張的音樂隨之響起，而我們絕不會期待眞有管絃樂團蹲在山側。觀眾們皆瞭解「電影音樂」是項慣例，而且不是來自故事裏的空間。其次，所謂全知觀點的旁白也適用於此項；這個脫離主體的說話聲為我們傳達訊息，却又不屬於電影中的任何角色。例如，奧森・威爾斯就在《安伯森大族》中擔任旁白者。另外，也可能有非劇情的音效。在《百萬富翁》中，每個角色都在追逐口袋中有張中獎彩券的舊外套。他們聚集歌劇院的後臺，開始互相追逐閃躲，或將那件外套丟給他們的共謀者。但是克萊沒有在影片中放進眞正來自追逐場面的聲音，却溶進足球賽的聲音。因為這場追逐演練看起來的確像足球賽，只不過把球換成了外套，這更加強了這段戲的喜劇效果。我們聽到羣眾的歡呼聲和口哨聲，但我們不會假設這些聲音來自現場的演員們(這與上一個《百萬富翁》的例子中關於聲音忠實度的處理手法不同)。非劇情的聲音利用視聽上的雙關語達到喜劇效果。

如同聲音的忠實度，劇情的與非劇情的聲音間的區別並不在於影片拍攝過程中眞正聲音的來源，而是在於我們對於觀影慣例的瞭解。我們知道某些聲音代表源自故事中的世界，而其他的聲音則來自故事空間以外，這些觀賞上的習慣極為平常，因此我們通常都不必刻意去分辨這些聲音的類別——除非影片的故事玩弄了這習慣，故意使用令人迷惑的聲音來源。

屬於劇情的聲音的可能性有哪些？我們已知不論什麼時候，故事劇情的空間並不侷限在所能看到的銀幕上。如果我們曉得房裏有一些人，那麼就算鏡頭上只出現一個人，也不會認為其他的人已從這故事中消失了。我們只會覺得其他的人在銀幕之外。然而如果銀幕外的某個人開口說話，我們依然認為這個聲音來自故事空間的一部分。因此，劇情的聲音可以在**銀幕上**或**銀幕外**，全憑其聲源是在畫面架構之內或之外。

舉幾個簡單的例子便能淸楚說明。鏡頭顯示某人在說話，我們也聽到他(她)的說話聲；另一個鏡頭顯示一扇門正關了起來，我們聽到砰然關門聲；某人在拉提琴，我們聽到樂音。在上述每種情況裏，聲音的來源都在故事之中——即劇情的——而且可見於畫面架構之內——所以是在銀幕上。但是另一種情況是鏡頭中某人正在傾聽對方說話，但看不到說話者；或是鏡頭上顯示一人跑下迴廊，我們聽到砰地關門聲却沒看到門；最後，鏡頭中一位觀眾作聆聽狀，我們只聽到提琴的聲音。以上的例子裏，聲音來自故事之中——仍然是劇情的——然而這次却是在畫面架構外的空間裏——亦即銀幕外。

也許一開始這種區別會被視爲無足輕重，但是從第六章中我們知道銀幕外的空間能有很大的力量。在《美國風情畫》(American Graffiti)這部電影中，有極多部分是在爲劇情的與非劇情的音樂作區別，銀幕外汽車收音機的聲音常暗示街上所有汽車的收音機都調到同一個電台。銀幕外的聲音也可以控制我們對銀幕外空間的期待。在《星期五女郎》中，海蒂走進新聞室去完成她最後的報導。當她與其他記者們聊天時，一聲巨響來自不知名的聲源。海蒂的目光滑向左邊，雖然此時我們還未看到另一新的空間，但我們的注意力已馬上轉向那兒了。她走到窗邊，看到一架絞刑臺爲行刑而準備妥當。銀幕外的聲音在此處使得新空間被發現。如同這些例子所說明的，銀幕外劇情的聲音通常能使故事發展更不受限制，因爲它同時能提供我們在兩個不同空間中所發生的故事情節。

約翰・福特在其《驛馬車》中便將類似的手法發揮地極爲出色。驛馬車亡命逃離一羣印地安人，彈藥即將用盡，一切看來都沒希望了，直到騎兵隊突然趕到。當然，福特並沒將情況安排的如此明白。他以中度特寫拍攝其中一個叫哈費德(Hatfield)的男人，哈費德剛剛發現自己只剩下最後一顆子彈(見圖 8.7)，他向右邊看去並舉起槍(見圖 8.8)，攝影機向右移動到一女人露西(Lucy)身上，她正在祈禱。在這之間，包括號角在內的管絃樂音以非劇情的形式演奏著。一把槍在露西的視線外從左邊伸入畫面內，因爲哈費德打算射死她，以免她遭印地安人俘虜(見圖 8.9)。但他還沒開槍，銀幕外便傳來一聲槍響，接著，哈費德的手與槍便退出畫面(見圖 8.10)。這時，號角的樂音愈來愈大聲。露西的表情一變，她說：「你聽到了嗎？你聽到了嗎？是號角聲。是攻擊的號令。」(見圖 8.11)這時福特才將鏡頭切入馳向驛馬車的騎兵隊。電影的情節並沒有著重在援救的方法上，而是利用銀幕外的聲音將我們的視覺限制在旅客們一開始的絕望，及後來聽到遠方傳來的聲音而升起希望。號角聲也不知不覺地自非劇情的音樂中出現。從露西的台詞我們才知道原來這是屬於劇情內的聲音，是解救他們的信號。電影情節因爲這種聲音手法的運用，更不受畫面的限制。

劇情的聲音還有其他的可能性。導演通常會用聲音來表示出片中角色的想法。雖然片中角色的嘴唇並沒有動，但我們能聽到他(她)說出自己的想法，

圖8.7

圖8.8

圖8.9

圖8.10

圖8.11

而片中其他角色聽不到。電影情節於此利用聲音，使我們能夠透視角色心中的主觀。這種「說出來的想法」可和畫面上的心理影像相比。角色可以因爲音效而想起一番話、一段音樂或一件事件；在此情況下，這個技巧就相等於視覺的倒敘。這個方法極爲平常，因此我們必須區分清楚內在與外在劇情聲音(internal and external diegetic sound)。外在劇情聲音的聲源是來自觀眾看得到的場景，而內在劇情的聲音則只源自角色的內心，是主觀的(非劇情的和內在劇情的聲音常被稱作**旁白sound over**，因爲它們並不是來自場景中的實際空間)。

例如在勞倫斯・奧立佛版的《王子復仇記》(Hamlet)中，導演便以內在的聲音表現哈姆雷特著名的獨白。我們聽到的演說其實源自哈姆雷特的思想，但那一番話只存於他心中，而不在客觀的畫面場景中；在文・溫德斯(Wim Wenders)的《慾望之翼》(Wings of Desire)中，內在劇情的聲音有更複雜的用法。大型的公立圖書館裏，幾十個人正在閱覽書籍，當攝影機從他們身旁推攝而過時，我們聽到眾人的思想以各種聲音各種語言呢喃而過。當攝影機進入館中放樂譜的部分時，技巧也隨之改變。這時內心的聲音變成樂器與聲樂所組成的濃厚合音，代表著那些讀者正在看的不同的音樂作品。對於沒有任何角色可以聽到內在劇情的聲音這項通則，在這段戲中偶然出現了個有趣的例外。這部電影的前題是說在柏林有看不見的天使巡視著，而他們可以收聽人們的思想。這個例子完美地說明影片的類型慣例(conventions of a genre)(例如這是部幻想片)及其特定的故事內容，能夠修正傳統的手法。

總結地說：聲音可以是劇情的(在故事空間裏)或是非劇情的(在故事空間外)。如果是劇情的，則可能是在銀幕上或銀幕外，也可能是內在的(「主觀的」)或外在的(「客觀的」)。

劇情聲音的特性之一是它可以暗示出其聲源的距離。音量能簡單地讓人有遠近感。通常音量大就表示距離近；音量細小則距離遠。《七武士》戰鬥場面的馬蹄聲，與《驛馬車》中的號角聲，都證明音量的改變暗示出距離的變化。

除了音量外，音色可以暗示聲音所存在的空間構造及深度。《安伯森大族》中，在巴洛克式的樓梯上的談話聲有回音效果，而使人覺得角色所在的是個巨大、空曠的空間。技術高超的導演會注重聲音的品質，而在每個鏡頭中善用各種變化的可能性。

近年來技術的發展，使得電影業者能夠運用立體及其他多頻道系統。每一聲道的音箱可置於銀幕旁，或甚至觀眾席後。這意味著聲音不但能暗示出所在位置的距離(以音量、回音來決定)，也可以指出其方向。例如，在大衛・連(David Lean)的《阿拉伯的勞倫斯》立體版中，首先，在銀幕右方傳來的隆隆聲暗示出有飛機前來轟炸營區。勞倫斯與一名軍官向右方眺望，他們之間的對話證實了聲音的來源。接著，當場景轉移到受圍攻的營區，立體的聲音從一個聲道滑向另一聲道，增強飛機猝然俯衝而過的視覺描述。《星際大戰》(Star War)的一系列作品更擴大了這些裝置，使得太空船行進的颼颼聲不但能從一側到另一側，甚至能飛越觀眾的上方或背後。多重頻道使得聲音能夠更精確地描繪空間。

大致來說，聲音在電影中的空間關係就是劇情的或非劇情的。但是因爲電影是如此複雜的藝術形式，牽扯到多種元素的組合，因此有些電影會將劇情的和非劇情的聲音之區別變爲模糊不清，就如同《驛馬車》中騎兵救援那場戲。因爲我們慣於簡單地指出各種聲源，所以導演也有可能因此以別的聲源來欺騙我們，造成效果。

舉個簡單的例子，梅爾・布魯克斯(Mel Brooks)的《發亮的馬鞍》(Blazing Saddles)一開始，我們以爲聽到的是非劇情音樂伴奏，但是後來却看到男主角騎馬經過貝西伯爵身邊，而他的管絃樂團正在大草原的中央演奏著。其幽默處是在於將我們對非劇情音樂的期待做出相反的安排。更複雜的一段例子是在《安伯森大族》中，威爾斯在劇情的和非劇情的聲音間做成不尋常的穿插。電影的開場白中勾勒出安柏森家的背景，以及他們的兒子喬治的出生。接著我們看到一羣村婦談論著伊莎貝兒•安柏森(Isabel Amberson)的婚姻，其中一人預言她將會有「全鎭最受寵的孩子們」。這場戲中的對話是屬於劇情的。緊接著，非劇情的旁白者繼續他對這個家庭遭遇的描述。在空蕩的街景鏡頭中，他說：「事實證明那位預言者只說錯一件事，那就是韋伯和依莎貝兒並沒有很多孩子。他們只有一個孩子。」但此時在相同街景的鏡頭中，我們又聽到那個說閒話的聲音說：「只有一個。但是我倒想知道，他是不是最受寵？」她說完後，一輛小馬車出現在街道上，我們第一次看到了喬治。上述過程中，雖然我們必須假定那位婦女聽不到旁白者的話，但她似乎在與他應和。然而她畢竟是故事中的角色，他却不是。威爾斯在這裏戲謔地捨棄傳統的作法，以強調故事主角的出場。

《安柏森大族》中的這個例子，以模糊曖昧的方式將劇情的與非劇情的聲音並列。在其他影片中，有些單獨的聲音常是模稜兩可的，因爲它不論歸在兩者中的哪一類，都一樣合邏輯。在高達的電影中可常看到這種例子。他爲自己的一些影片錄旁白，但有時他好像也在故事空間裏演出，只是身處銀幕外罷。高達並未稱自己是情節中的角色之一，但是有時候銀幕上的角色却似乎聽得見他說話。《我所知道她的二、三事》(Two or Three Things I Know about Her)開始的一個鏡頭中，高達的聲音介紹這位女演員瑪利娜・瓦拉第(Marina Vlady)，並描述她，同時再介紹及描述瓦拉第飾演的角色茱麗葉・簡森(Juliette Janson)。他說的很小聲，我們無法確定她有沒有聽到。在稍後的場景中，她回答了一些似乎有人在銀幕外提出的問題。然而，我們並沒有聽到那些問題，也不確定高達是否以導演的身分站在攝影機後面提出那些問題。我們永遠無法確定高達是非劇情的旁白者，抑是劇中的角色。後來，他的角色似乎變成了「《我所知道她的二、三事》的導演兼旁白」。這種曖昧性對高達很重要，因爲在他的一些作品中，這種處理劇情的與非劇情聲源的手法，強調了他諷刺傳統聲音用法的老套。

區別劇情的與非劇情聲音的重要性並不僅在於如何分辨二者，而是把它當作明瞭某些特定電影手法的工具，稍後我們將會以《死囚逃生記》(A Man Escaped)做爲討論的對象。

■時間(Time)

聲音與電影影像在時間上的關係有三方面：故事時間、情節時間，以及銀幕時間。從第四章中我們知道故事時間是最長的，因爲它的時間包括我們已看到的故事加上從現在推斷出過去所發生的故事所有的時間。情節時間指選出事件做爲故事的劇情的時間，因此它通常比故事時間所涵蓋的時間來得短些。至於銀幕時間，也就是觀賞時間，其長度則與影片放映時間長度相同。

導演可以利用聲音在上述三種時間之中產生複雜的關係，因爲聲帶上的時間和畫面的時間不一定相同。看電影時，若聲音與畫面有「對嘴」即是**同步聲音**(synchronous sound)。也就是聲音與畫面同步發生，我們聽到聲音，同時也在銀幕上看到發聲的聲源。比如，角色之間的對白大部分都是同步的，只要演員的嘴唇一動，我們就同時聽到聲音。

如果在一幕戲中聲音出現無法同步的現象即「不對嘴」(例如放映時出了差錯)，將會令人十分困擾。但是有些想像力豐富的導演就利用這項特質，也就是**非同步聲音**(asynchronous sound，即out of-sync)，得到特殊的效果。有個例子是金・凱利與史丹利・杜寧合作的音樂片《萬花嬉春》中的一景。故事是以好萊塢有聲電影初期爲背景，一對著名的默片演員剛剛完成他們第一部有聲電影《雙劍客》(The Dueling Cavalier)。片中的電影公司在戲院爲一位觀眾試片，早期的「有聲片」(talkies)聲音是錄在留聲機的唱片上，再與影片一起播放。因此聲音和影片失去同步發生的機率要比今天大得多。當他們試映《雙劍客》時就發生了這樣的差錯。影片初放映時，速度慢了一下，但唱片仍不停地轉。從那時起，聲音就比動作快了好幾秒。對白開始之後，演員的嘴唇才動。最後片子變成一個男人的嘴唇在動時，却聽到女人的說話聲。《萬花嬉春》中這場不幸的試映會的幽默，就是基於我們認爲聲音與影像應該搭配同步但實際上却不然的現象上。

伍迪・艾倫的《野貓嬉春》(What's Up Tiger Lily？)是另一個玩弄不同步聲音於股掌間的較長的例子。艾倫將一部東方間諜片配上新的音帶，但這個英文發音的對白却不是譯自原來的對白，而根本是另外一個故事，再滑稽地配在影片上。我們之所以覺得好笑，是因爲不斷發現對白與演員的嘴唇對不上。艾倫把外國影片常發生的配音問題作爲這部喜劇的基礎。

同步聲音與觀賞的時間有關，那麼情節時間又如何？如果聲音與故事情節在相同的時間內出現，就是所謂的同時聲音(simultaneous sound)；如果聲音比故事情節較早或較晚出現，則是非同時聲音(nonsimultaneous sound)。利用非同時聲音可以不需出現該畫面情節，而用聲音提供劇情線索，如聲音的倒敍。相同地，某一故事情節出現的頻率，可利用這段情節的聲音當做母題，在後段影片中重複來增加印象。聲音因此提供導演一個掌握觀察體會劇情的重要方法。

電影中的聲音多半屬於同時聲音，也就是影像與聲音同時都會出現。在對話、音樂、追逐等等場景中都有這種讓我們熟悉的同時聲音。我們把這種與劇情同時出現的聲音稱作**單純劇情聲音(simple diegetic sound)**。

然而畫面和聲音不在同時間內出現也是相當常見的。

聲音的劇情出現可以比畫面的劇情早或是比它晚，而不論是哪種情形，我們都稱之爲**移位劇情聲音**(displaced diegetic sound)。這兩種劇情聲音一如前面所述，可有外在或內在不同的聲源。

由這些繁雜的聲音種類可看出，聲音與時間的關係眞是錯綜複雜。表8.2歸結出存在於畫面與聲音之間與時間、空間之間的各種關係，以便區分。

表 8.2　電影中聲音與時間的關係

聲音的時間	聲源的空間	
	劇情的 (故事空間內的)	非劇情的 (非故事空間內的)
1.聲音的劇情比畫面的劇情早出現	移位的劇情聲音：聲音倒敍；畫面敍述未來事件；音橋。	屬於過去的聲音出現在畫面中(例如：邱吉爾演說的聲音出現在現代英國的影像中)。
2.聲音的劇情與畫面的劇情同時出現	單純劇情聲音—— 外在的：對白、音效、音樂。 內在的：演員心底的聲音。	屬於與畫面同時的聲音出現在畫面中(例如：旁白者以現在式敍述事件)。
3.聲音的劇情比畫面的劇情還晚出現	移位劇情聲音：聲音敍述未來事件；畫面倒敍，聲音停留在現在；音橋；演員敍述過去的劇情。	屬於後面的聲音出現在畫面中(例如：在《安伯森大族》中回憶往事的旁白者)。

劇情聲音(diegetic sound)，因為第一項和第三項可能性較不尋常，因此我們由第二項談起。

2.聲音的劇情與畫面的劇情同時出現。這是到目前為止影片的聲音與畫面在時間上的關係最普通的一種。不論是音效音樂聲或說話聲，凡是發自故事空間中的聲音幾乎都與畫面同時間出現。又如我們在前面所瞭解的，這種簡易劇情聲音可以是外在的(客觀的)或內在的(主觀的)。

1.聲音的情節比畫面的情節早。在這項中，聲音要比其故事情節早些出現，也就是被「移位」了。約瑟夫•羅西(Joseph Losey)的《車禍》(Accident)在結尾就有個鮮明的例子。當鏡頭呈現出某私人車道的大門時，我們聽到轟地車子碰撞聲。這個聲響代表的是這部影片一開始發生的車子相撞事件。如果這時有任何暗示顯示出這個聲音是屬於內在的，例如有某個角色在回想這件車禍，那麼這個聲音就不是非得屬於過去的，因為記憶裏的聲音可以出現於現在。但是，在這場景中沒有任何角色正在回憶任何事，因此這純粹是「聲音的倒敍」。這種不受拘束的敍事手法，在片末的情節中做出諷刺意味的效果。

另一種聲音屬於前面劇情的出現方式是下一場景的影像已經出來時，上一場景中的聲音仍做短暫的迴盪。這叫做音橋(sound bridge)。在《恐怖的伊凡》第一集近結尾的部分，傳令官向羣眾宣佈伊凡剛已被放逐到亞歷山卓去了。當傳令官的聲音猶響著時，影像已淡出轉換成新的場景：伊凡已到亞歷山卓。這種音橋是以先設立某種期待，旋及證明屬實，而完成流暢的場景轉換。

但有些音橋則會製造「不明確」的期待。在提姆•杭特(Tim Hunter)的《大河邊緣》(River's Edge)中，三個高中男生站在學校外，其中一位自承他殺死了女友。當他的夥伴們嘲笑他時，他說：「他們不相信我。」這時鏡頭切接到死去的女孩躺在河邊草地上，而我們聽到的聲帶是其中一個男的說沒人會相信這個瘋狂的故事。這時我們無法確定是否新的場景即將展開，或者我們所見的屍體鏡頭只是轉場(cutaway)，接下來的鏡頭仍會回到三個男孩身上。然而，鏡頭却仍停留在死去的女孩，暫停片刻後我們聽另一個聲音淸楚地說：「如果你帶我們去……」之後鏡頭便切接入這三個年輕人穿過森林向河邊走去，然後同一個人繼續說：「……別讓我們走了半天，啥兒也沒有……」所以當男孩說沒有人會相信你的瘋狂故事時，劇情時間上是要比屍體的鏡頭早發生，而這段話就被運用來做爲音橋，以轉換至新的場景。

3.聲音的情節在畫面的情節之後。移位的劇情聲音也可以比畫面上的情節晚發生。這種情況可能畫面的情節是發生在過去，而聲音情節却是在現在或者未來。許多法庭戲裏就可看到簡明的例子：我們從聲帶中聽到的是現在證人所作的證詞，而看到的影像則是以倒敍手法呈現出以前發生的事情。另外，當影片的敍述者在回憶時，也能產生相同的效果。約翰•福特的《翡翠谷》就是個例子。除了一開始的驚鴻一瞥外，我們見到的主角胡(Huw)不是成年人而是個小男孩。儘管故事情節是久遠以前的事，他成熟的聲音却伴隨著大半的情節出現。胡的聲音從聲帶中傳來，產生一股對往事濃烈的鄉愁，同時也一再提醒我們劇中角色最後不可避免的悲慘命運。

自六〇年代晚期以來，利用畫面上的場景尙未消失便先放出下一場景中的聲音，已是越來越普遍的作法。如前所述，這種過場式的設計稱爲音橋。文•溫德斯的《美國朋友》(The American Friend)中，有個夜間的鏡頭是位小男孩坐在汽車的後座，而伴著的是刺耳的金屬轉動聲。接著，鏡頭切接入火車站裏，時刻表上標示出時間與地點的鐵牌猛然地翻轉著。原來聲音是源自後面場景的空間裏，因此，在前一場戲中先出現的是移位的聲音。

如果音橋不能立即被辨識出來，那麼就能造成令觀眾驚訝或混亂的效果，就像《美國朋友》中的過場一般。而如果音橋的聲音越容易分辨的話，就越能對我們下一場即將見到的影像勾勒出更清楚的藍圖。費里尼的《八又二分之一》的背景是在一個以溫泉渡假勝地著稱的城鎮，好幾個場景中均可見到戶外管絃樂團爲觀光客演奏著。影片中有一場戲是以關上一蒸汽浴室的窗子爲結尾。而在這個鏡頭快結束時，我們聽到管絃樂奏著〈藍月〉(Blue Moon)這首曲子。接著，鏡頭切入城鎮的購物中心，管絃樂團正在那兒演奏著相同的曲調。然而在新場景的現場尙未確切出現之前，我們甚至就能很合理地預期這段音樂將帶我們回到溫泉地的公共中心去。

另外聲音還可以敍述未來發生的事。這樣說吧，導演可將第五場戲的聲音提早在第二場的影像中出現。這種技巧很少見，但高達偶而會採用。在《法外之徒》(Band of Outsiders)中，我們看到老虎，它的吼叫聲好像在好幾場戲前就聽到了。高達的《輕蔑》(Contempt)中，情形則更模稜兩可。一對夫妻發生爭吵，場景結尾處見到女的朝大海方向游去，男的則沉默地坐在岩石上。而這段聲帶中我們聽到女的聲音很淸晰地唸一封信，信中她說，她將和另一個男人開車回羅馬。既然丈夫未接到信，可能妻子也還沒開始寫，因此這封信和這段旁白可能來自故事的後段。這種聲音敍述未來將發生的事情引發觀眾強烈的期待，而稍後的一場戲則證明聲音的敍事內容屬實：我們看到那位妻子和她丈夫的情敵停在路上加油。事實上，我們從未看到丈夫收到信的場景。

非劇情聲音(nondiegetic sound)。大部分的非劇情聲音和故事都沒有時間上的任何關係。既然音樂聲與故事的空間也沒有關係，所以當「情境」音樂出現在一個緊張的場景時，我們就沒有必要再問音樂是否與場景同時出現。但有的時候，導演會運用某種非劇情聲音却的確與故事有明確的時間上的關係。例如，奧森・威爾斯的《安伯森大族》中的旁白者，敍述著許久以前美國史上另一個世紀所發生的事情。

■結論

以上這些時間上的種類有助於我們分辨影片中一些關鍵性的區別——尤其當我們面對一些複雜且不尋常的影片將我們對聲音的預期玩弄於股掌時。

舉例來說，佛利茲・朗的《門後的秘密》(Secret beyond the Door)中，便倚重兩種內在說話聲的對照：角色心中對目前情形的立即反應(單純劇情聲音)，以及對過去事情的反應(移位劇情聲音)。在影片的前三分之一，女主角的婚禮正要舉行。因爲劇情是從事件的一半開始切入的，所以我們很想知道她這樁婚姻的成因。她用現在式的時態，以內心獨白回憶起那些成因。當我們在倒敘的手法下看到過去的影像時，聽到的聲音是屬於後來的(內在移位劇情聲音)；在婚禮現場的場景中，同樣的獨白則同時立即出現(內在單純劇情聲音)。我們必須在心中對這些接收到的蔓雜無序的情節加以整頓，立即明瞭女主角所說的話和過去、現在的關連，然後預期這樁婚姻未來的結果。因爲《門後的秘密》的旁白限制在女主角對事物的詮釋，因此了解她的內心反應，對我們能否明瞭這個故事極爲重要。

當然，我們不會在看電影時將聽到的每個聲音在心中分門別類(雖然在學習聽辨聲音時，偶爾對整部電影做此練習是有幫助)。但是，我們分辨聲音的種類愈明白，就愈不會將聲帶上的聲音視爲理所當然。相反地，我們可因此發現更多聲音複雜的用法。例如在亞倫・雷奈的《天意》(Providence)中，影片一開始有段法庭戲，聲音的用法就非常複雜。首先，我們看到一間詭異的房子，有人搜尋著一個受傷的老人。然後我們突然置身於法庭內，詢問證人的過程正進行一半。場景突然轉換，使我們來不及做出任何預期。現在，檢察官顯然正在詢問一年輕男子，後者涉嫌在那場搜尋中，被控對那老頭施以安樂死。年輕男子爲其行爲辯解，說那老頭不止是快要死了，而且快變成一頭野獸(我們早先已看到那老頭毛茸茸的臉和獸爪般的雙手，因此現在我們開始能把這兩個場景連串起來)。檢察官停了一下，接著驚訝地說：「你是否暗示確有某種變形發生？」他又停了一下，這時，有個男聲的耳語響起：「狼人。」接著檢察官便問：「他也許是個狼人？」然後繼續詢問。那句耳語使我們嚇了一跳，而且我們也無法解釋它，是檢察官的思緒嗎？(可是那不像他的聲音)。還是銀幕外一位看不見的角色在耳語？也許那根本是非劇情的聲音，是來自故事空間以外的？一直到影片後段，我們才找出是誰說這句耳語和其原因。《天意》的整個開場是絕佳的範例，顯示出導演背離傳統的技法時，能使曖昧的聲源到多令人迷惑的地步。

電影聲音的功能：《死囚逃生記》

布烈松的《死囚逃生記》示範了各種聲音技巧在影片中的作用。故事發生在 1943 年的法國，一位地下工作人員方丹(Fontaine)被德國人逮捕入獄，且判定死刑。然而，在等行刑的期間，他計劃逃亡，鬆脫牢門的木板，製作繩索。正當他要將計劃付諸行動時，一個叫幼斯(Jost)的男孩被送入他的牢房。方丹相信幼斯不是間諜，便將計劃透露給他，兩人一起合作逃亡。

聲音在這部影片中從頭到尾都有重要的作用。布烈松非常強調聲帶部分，而他所有的影片都有這方面的着墨。他相信聲音和影像一樣，也可以「電影化」(cinematic)。《死囚逃生記》裏的某些場景，布烈松甚至讓聲音技術來主導影像；很多時候，我們被迫去聽這些聲音。布烈松的的確確是少數能在聲音和影像間創造出完美互動的導演之一。

由方丹本人口述的旁白是導引我們了解本片的關鍵因素。而這旁白是經過移位的，因爲它比影像產生的時間要來得晚。但它可能是內在的或是外在的移位劇情聲音。因爲我們始終都不曉得，這些話是他心中的獨白，或是他正在向某人傾訴。

方丹的口述具有多重的功能。首先，這些旁白有助於情節的說明。某些有關時間的提示暗示出方丹待在獄中的時日。當我們看到他爲其逃亡計劃做準備時，他的旁白聲告訴我們：「經過一個月耐心地進行，我的門開了。」在其他地方，他也給我們額外時間上的暗示。他的旁白在最後逃亡的場景中特別地重要。整段情節在觀賞時只有 15 分鐘，而燈光十分昏暗，只能瞥見一點行動過程。然而，方丹沉靜的聲音在一旁告訴我們，他和幼斯在進行時每一階段花了多少鐘頭。

我們經由旁白可以獲得其他重要的訊息。有時候旁白敍述只是簡單地說出事實：如方丹得到的針是來自監獄旁邊的女牢房，或是某幾個監獄官員的管區分佈在這棟樓內各個不同的地方。更令人驚訝的是，方丹經常告訴我們他過去有過的念頭。在遭到毆打然後送入第一個牢房後，方丹將血從臉上擦掉，躺下；聲帶上我們聽到他的聲音：「我寧願痛快地死去。」通常演員不會讓面部表情表現出這種念頭的。有時候聲音甚至能夠糾正影像所帶來的印象。方丹被判死刑後被帶回牢房，他將自己的身體扔到床上。我們可能以爲他在哭，但旁白却說：「我歇斯底里地笑著。這樣的確有幫助。」因此，旁白藉著有時能讓我們透視方丹的內心狀態，而使影片故事情節更加有深度(雖然我們不能在事件發生時聽到他的想法，只能在事後的回憶中得到)。

一開始我們會覺得許多旁白是沒有必要的，因爲旁白告訴我們的事，我們可從影像中得知。有一場景是方丹擦去臉上的血，這時他的聲音響起：「我試著清理乾淨。」在這部片子中，方丹一再地敍說影像中他正在表演、將要表演或已經表演的事情。但是，運用這些聲音來輔助視覺並不會多餘。這些以過去時態敍說的旁白，雖然顯得累贅，但是它主要的功能之一，就是要強調這段獄中事件已經發生過了。因此，這部影片不是只將眼前發生的事情一件件的展現出來，而是以旁白將事情的發生置於過去。而其中某些措辭也的確強調這些旁白是對事件的回想。當我們看到方丹挨打後躺在牢房時，他的旁白說：「我想當時是放棄一切了，才開始哭泣。」，因爲時間的消逝使他變得不肯定。在和另一位犯人碰面後，方丹敍述著：「泰瑞是個例子，他可以和女兒會面。我後來才知道這件事。」從這裏我們再次知道銀幕上我們看到的事，其實是發生在過去。

因爲影像和旁白之間的差異，這些敍述就等於告訴我們方丹終究能夠脫逃，而不會被執行死刑(影片的片名也已經暗示出這點)。因爲這些敍述中的因果鏈的最後結果已經揭曉了。所以，我們的焦慮便集中在原因上——不是方丹是否能逃亡，而是他要如何逃亡。首先，整部影片將我們的期盼導引至方丹準備越獄的每一個細節。旁白和音效使我們注意一些細微的手勢和普通無奇的東西，這些到後來全成了逃亡的關鍵。其次，故事中強調獨力準備是不夠的。只有透過獄友間彼此幫助，方丹和其他犯人在心靈上與肉體上才算還活著。方丹得自他的獄友們許多協助；他隔壁的布蘭契特(Blanchet)給他一條毯子做繩索；另一個也想逃亡的犯人歐西尼(Orsini)提供他如何越牆的重要訊息。最後，方丹必須信任且幫助他的新牢友幼斯。雖然他懷疑幼斯可能是德國人安排的間諜，但仍要帶他一起逃走。

《死囚逃生記》中影像和聲音間的相互作用並不僅止於旁白。音效也將我們的注意力集中在某些細節上。影片中有很長一部分是方丹正努力突破牢門，並準備各項逃亡工具。這段著重細節的呈現便特別重要。一個特寫鏡頭是方丹的手正將把一湯匙柄磨成鑿子，刮削的聲音很大，加強我們對這段細節的感受。同時，我們也很清楚地聽到湯匙在門板上的磨擦聲，用剃刀撕扯毯子來做繩索的聲音，甚至聽到當方丹清除地板木條碎片時，掃把拖地的瑟瑟聲。

在《死囚逃生記》的敍述手法中，將我們的注意力高度集中於細節上是有其通用的模式的。敘事的內容通常受到限制。方丹不知道的事，我們也不知道；有時候，我們曉得的事也眞的沒他多。一開場，他想從車上脫逃。攝影機只是拍攝他的空座位，而沒有跟著他走和拍下他被抓回的鏡頭。聲音可以控制我們看的東西，幫助它限制我們對影片的了解。例如，方丹頭一回環顧他的牢房時，把裏面的東西一一唸出——便桶、架子和窗戶。在他唸過每樣東西之後，攝影機便移向物品之前，讓我們瞥一眼。另一個例子是方丹聽到他牢房有奇怪的聲音。於是他向門邊靠去，然後我們經由主觀鏡頭，從方丹門上的孔隙，看到他所看到的東西：一個警衛正在轉動走廊上天窗的曲柄。這是方丹第一次注意到這天窗，最後竟成了他逃亡的途徑。還有個例子是在他們每天例行出去傾倒便桶時，方丹隔壁房的布蘭契特倒在地上。剛開始我們只聽到他倒地的聲音，此時攝影機仍以中景拍方丹驚訝的反應；然後，當方丹過去扶他起來時，鏡頭才切到布蘭契特身上。從以上可知，聲音能激起、限制並導引我們的預期。

有時候，《死囚逃生記》一片中的聲音更超越了控制影像——它有時還能替代影像。片中一些場景十分昏暗，而聲音必須負起責任，讓我們知道現在在做什麼。當方丹頭一回在獄中睡著後，鏡頭漸漸淡出。此時銀幕上仍是一片漆黑，我們聽到他的旁白聲說：「我睡得太沉了，警衛必須來把我搖醒才行。」接著，便響起很大聲的門閂和鉸鏈聲。亮光由門口透進來，讓我們看到警衛模糊的手正搖著方丹，然後我們聽到喊他起床的聲音。大體說來，這部影片中有許多淡出鏡頭，而聲音在下一場景的影像出現前就開始了。布烈松將聲音置於漆黑的銀幕上或昏暗的影像中，使得聲帶在他的電影中佔有非常顯著的地位。

在最後逃亡的場景中，對聲音的倚重更是到達頂點。影片最後這十五到二十分鐘內，情節多半發生在室外的晚上。沒有半個確實清楚的鏡頭，可以讓我們知道方丹和幼斯必須攀爬的屋頂和圍牆是什麼樣子。我們偶爾能瞥到一些身影手勢和背景，但通常告訴我們發生了什麼事的，主要還是聲音。如此有加強觀眾注意力的極大效果。我們必須竭盡全力，從所能瞥見和聽到的去了解情節。我們從教堂報時的鐘鳴判斷二人的進展；牆外的火車聲掩蓋了他們發出的聲響；每一個奇怪的聲音對逃亡都是看不見的威脅。有個顯著的鏡頭是方丹站在牆邊，幾乎完全籠罩在黑暗中，傾聽銀幕外一個警衛來回走動的腳步聲。方丹明白如果他要繼續逃亡，就必須殺了這個人。我們聽到他的旁白聲說明警衛移動的位置和他自己的心跳跳的多厲害。此時，幾乎沒什麼動作，我們所看到的只有方丹模糊的輪廓和他眼睛微弱的反光。這整場場景中，聲音再度將我們的注意力集中在演員的姿勢和反應上，而不是故事情節簡易的因果順序中。

我們已經討論過影片製作者如何控制我們聽見什麼，而且能控制聲音的品質。布烈松在其《死囚逃生記》中已達成相當多樣手法的效果。影片中的每樣東西都有不同的音調。音量可由非常大聲到幾乎聽不見，就像一開場的場景所呈現。方丹由一輛汽車送往監獄的頭幾個鏡頭中，除了馬達的低哼聲外，什麼聲音都沒有。但是，當一輛街車橫阻街道上時，方丹試著利用街車的喧囂聲，掩護他從汽車內衝出來。方丹跳出車外的那一刻起，布烈松停止了街車的吵雜聲，我們只聽到跑步聲和槍聲。後來，在最後逃亡的場景中，影片則輪替著中止聲音(火車聲、鐘聲、腳踏車聲等等)和一段段的靜寂。片中稀疏的聲音混合，有效地孤立出獨特的聲音，贏得了我們的注意力。

某些聲音不但音量大，而且加上回音的效果，使得其音色鮮明。當那些德國守衛命令方丹時，他們的聲音和這些法國囚犯比起來就非常刺耳且充滿回音。同樣地，手銬和牢門門閂的聲響也被誇大，造成同樣的回音效果。這些巧妙的控制，暗示出方丹自己的主觀知覺。因此，我們對方丹被監禁的感受，也經由音色的處理而加強。

以上這些設計有助於將我們的注意力集中在方丹的牢獄生活上。但另外還有一些設計能將整部影片統合起來，且持續其敘事和主題的發展。那就是**母題**聲音，每當情節至重大時刻時，它就會出現。這些母題聲音常喚起我們注意方丹與其他犯人間的互動關係，因為這些人相互倚賴。

其中一組母題聲音強調出方丹牢房外的空間。我們在一開場時見過一輛街車，而每當方丹隔著牢房窗口和別人說話時，我們就會聽到銀幕外傳來街車的鈴聲和發動聲。我們一直曉得他想逃到圍牆外的街道上去。在影片的下半部，火車聲變得十分重要。當方丹第一次可以離開牢房在走廊上不受監視地散步時，我們聽到火車汽笛聲。在他偷偷潛離牢房的幾次，火車聲也再度出現，一直到最後，方丹和幼斯逃亡時，火車聲還掩蓋住他倆弄出的聲響。犯人們每日集合在一尋常的污水槽中洗澡，也變成與河川流水有關。一開始還看得見水龍頭，後來，布烈松以近鏡頭拍攝犯人們的動作，而銀幕外傳來的聲音却是流水聲。

有些母題聲音則與蔑視監獄規定有關。方丹利用手銬輕叩牆壁來和隔壁的犯人通訊；他用咳嗽聲掩蓋刮削的聲音(咳嗽聲同時也成了犯人間的暗號)；方丹違抗警衛的命令，繼續和其他人交談。影片中還有別的母題聲音(鐘聲、槍聲、吹哨聲和孩童說話聲)，每個都有不同的功能，而這些功能我們都提過：描述方丹的逃亡，提醒我們注意細節，或引導我們的注意力。

片中還有另一種主題聲音，是僅有的非劇情聲音，採自莫札特彌撒曲的片段。音樂的母題已很清楚。片中的敍事也一再言及宗教信仰。方丹告訴另一位犯人說，他雖然祈禱，但如果他不爲自己的自由付出心力的話，也不期望上帝會幫他。然而這段音樂實際使用的形式不是很清楚。一開始，我們可能不會期待它具有令人滿意的作用，而它的一再出現也可能讓我們驚訝。在片頭播放演員表和工作人員名單後，這段音樂便有一陣子都沒出現。後來第一次使用這段音樂是方丹首度和其他人一起出去清理便桶的時候。當音樂響起時，方丹的旁白說明這例行工作：「倒空你的桶子，清洗乾淨，然後回到牢房去待一整天。」將儀式性的巴洛克教堂音樂和清理便桶的動作並置在一起並不協調。但是，其中矛盾之處却一點也不諷刺。因爲這個時刻不但對方丹在獄中的生活而言很重要。同時也是使方丹能與其他犯人直接接觸的主要方法。後來這個母題音樂又出現了七次，強調故事的發展：方丹和其他人見面了，贏得他們的支持，最後還打算讓他們參與逃亡。每當方丹和對他最後脫逃有影響的犯人(如布蘭契特、歐西尼)接觸時，這段音樂便重複出現。稍後的洗澡場景中一點音樂也沒有，因爲在這些場景中，方丹的向外接觸被切斷了(歐西尼決定不走)。而當歐西尼企圖開始他自己的逃亡計劃後，音樂又回來了。他逃亡失敗，可是却帶給方丹將來嘗試時所需要的寶貴訊息。音樂再度響起時是原本反對方丹計畫的布蘭契特捐出他的毯子好做繩索的時候。最後，主題音樂便和幼斯有關；當方丹了解到他要不就殺了幼斯，要不就得帶著他走時，音樂又再揚起。最後一次使用音樂要到影片的最後，二人逃離監牢，沒入夜色中。這個非劇情音樂一直追尋著方丹與其他人間關係的進展，而方丹的努力都必須仰賴這些人。

音樂母題是影片中唯一主要的非限制性敍述元素——是我們暫時不必受限於方丹知識範圍內而可在外游移的重要時刻。因此，音樂的確很有決定性，能在方丹所說的明示之外，把其中暗藏的含意指出來。如果根據音樂重複出現的形式，我們可能將其中的主旨詮釋爲獄中犯人們之間相互依賴和信任的重要性。這不單純只是一般電影中隨著情節出現的傳統「情境」音樂。它與實際情節間的不協調，暗示我們去尋求其中暗藏的含意。

現在我們來看《死囚逃生記》中一小段場景，然後看看靜音與各種聲音之間的轉換(內在的與外在的，劇情的和移位劇情的……等聲音)如何引導我們的注意力。表 8.3 中圖 8.12 到 8.22 的四個鏡頭，是男孩幼斯被關進方丹牢房的鏡頭。

靜音的使用，加上方丹內在與外在聲音的輪替主導整場戲。我們從未見過幼斯，因此在這場戲一開始，也不知道發生了什麼事。方丹的內心旁白告訴我們，一種新的威脅已出現。銀幕外的腳步聲和方丹屏神凝視的畫面指出，有人走進他的房間，但是攝影機一直停在方丹身上。布烈松遲遲不把鏡頭切入新來的人(第一個鏡頭的長度是其他三個鏡頭的總和)。這段延遲達到多重的效果，它對敍述的限制頗大：在第一個鏡頭中，我們根本不知道方丹爲什麼會有那些反應。我們經由旁白所得知的他的心理狀態僅止於有威脅的暗示：他所講的「他」可能是警衛，也可能是另一個犯人。這是敍事所創造的懸疑中的一小部分而已。

表 8.3《死囚逃生記》中的聲音與靜音

鏡頭	說話聲	音效	動作/攝影
(1)27 秒 圖 8.12	方丹(旁白)：然而，再一次……	鎖門的嘎嘎聲漸淡。 嘎嘎聲持續淡去。	方丹轉身。
圖 8.13	……我以爲我迷失了。	腳步聲停止。	方丹頭向左轉向左邊看去，繼續轉頭。 向左移動並往前進一點；攝影機隨著他的動作而移動。

 圖 8.14	(旁白)：穿著法國和德國的制服，他看起來很猥褻，令人生厭。	鎖門聲接近，停止。剛才的腳步聲，響起一聲，停止。	他看著門關上。
 圖 8.15	(旁白)：他看起來只有十六歲。	鎖和門的回音，停止。 兩個腳步聲，停止。	
 圖 8.16	方丹(大聲地)：你是德國人？		
(2) 10 秒 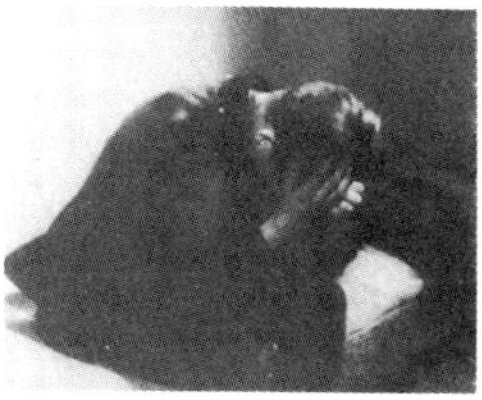 圖 8.17	或法國人？叫什麼名字？		幼斯抬起頭，向右看去。

 圖 8.18	幼斯：幼斯。弗杭斯瓦・幼斯。 方丹(旁白)：他們是不是派個間諜來臥底？		
(3) 10 秒  圖 8.19	方丹(旁白)：他們以爲我想說話了嗎？		方丹低下雙眼。
 圖 8.20		牢房裏的腳步聲(方丹的)。	方丹向左前方移動；攝影機跟著移動。
 圖 8.21	方丹(大聲說)：幼斯，我們握個手吧！		方丹伸出右手。

(4)7秒 圖8.22　　溶出	方丹(高聲說)：這地方很小。	幼斯起身的聲音。 鞋子踩在地板上的聲音。	幼斯站起來，他們握了握手。 方丹往右看。 兩人環顧四周。

我們期待看到幼斯的事實強調了他出現的重要性；它使我們非常注意方丹的反應(大部分是由他的旁白所傳達)，而不是新出現的角色。當我們眞的看到幼斯時，我們曉得方丹感到有威脅，而且因他穿了一半的德軍制服感到不安。方丹開口說的第一句話，便強調出了他的疑慮。他並沒有直接陳述出他的態度，只是去探求訊息。接著，他內心旁白再度出現，將他猶疑的兩難情況說明的很淸楚：幼斯可能是獄中官員派來的間諜。然而他對幼斯說的話卻與其內在疑慮相矛盾，他和對方握手，並大聲地以友善態度開始聊天。因此，在外在劇情與內在移位劇情聲音的相互作用下，使得影片製作者能呈現出情節中心理矛盾掙扎的一面。

音效能夠將意義深遠的情節區分出來，並使故事繼續發展。起先方丹略有保留，稍後他走向幼斯時，我們就聽到了他的腳步聲。幼斯起身的聲音伴隨著他們兩個首度信任的手勢——握手；最後，他們放輕鬆，開始談論周遭事物時，我們就聽見鞋子磨擦地板的聲音。

這一場戲很短暫，却在幾個鏡頭中包含了不同種類的聲音組合，也說明這部影片聲音部分的複雜性。不管我們認爲這些聲音是否寫實，我們可將其視爲整部影片的一部分，而與其他技術和敍事形式相互作用。布烈松運用我們熟悉的聲音，但十分謹愼地選擇出現的時刻。經由他對聲音的選擇、音質的控制，和聲音與聲音間、或聲音與影像間的關係的處理，布烈松讓他的技術成了我們分享電影經驗的一項重要因素。

結　論

同樣的，經由廣泛的欣賞和深入的審視，可使自己了解電影聲音功能的能力更爲加強。不妨問一些問題，進而隨心所欲地運用從本章學到的知識去了解電影的聲音：

1.現在的聲音是哪一種？音樂聲、說話聲，還是雜聲？音量、音調和音色的使用又如何？混音的內容很少或是很繁複？轉變之間很平滑或是很突然？

2.其中聲音與影像之間有節奏感嗎？如果有，是如何連結的？

3.聲音與我們所見到的聲源是否相符？

4.聲音來自**何處**？是在故事空間之內或之外？銀幕上或銀幕外？

5.聲音是**何時**發生的？與故事情節同時發生？之前發生？之後發生？

6.在一串連續鏡頭或整部影片中，各種不同的聲音是如何組織在一起的？它們形成了何種形式？及它們如何加強這部影片的形式結構(敍事性或非敍事性)？

試著練習回答這些問題，將有助於你熟悉影片聲音的基本運用。雖然以上所列不足以涵蓋全部。但這些分類和名詞非常有助於我們進行下一步：深入觀察我們所認出的各類型聲音如何在整部影片中**發揮作用**。

註釋與議題

有關影片聲音如何製作的問題，請參閱第一章的註釋與議題。

■聲音的力量

黑澤明曾宣稱：「當我爲影片加入聲音時，是我最興奮的時刻……在這時候，我不禁顫抖。」有關音效的廣泛討論可見於兩本期刊的特刊：

"Clnema/Sound," *Yale French Studies* 60(1980)；

"On the Soundtrack" *Screen* 25,3(May-June, 1984)，及一本書：

John Belton and Elizabeth Weis編的*Film Sound:Theory and Practice* (New York :Columbia University Press, 1985)。

對於導演和特定影片的聲音之評論分析有：

Noël Carroll, "Lang, Pabst, and Sound," *Ciné-tracts* 5(Fall, 1978): 15-23；

Kristin Thompson, *Eisenstein's "Ivan the Terrible": A Neoformalist Analysis* (Princeton, N.J.:Princeton University Press, 1981), pp.203-260；

Alan Williams, "Godard's Use of Sound, "*Camera Obscura* 8-9-10(1982): 193-208；

Lindley Handlon, *Fragments: Bresson's Film Style* (Rutherford, N.J.: Fairleigh Dickinson University Press, 1986)，討論《慕雪德》(Mouchette)和《武士藍西洛》中聲音部分的幾個章節。

詳盡探討《美國風情畫》及《現代啓示錄》的音效設計可參考"Walter Murch——Making Beaches out of Grains of Sand" *Cinefex*, no.3(December. 1980): 42-56.

從《西伯利亞飛鴻》的例子顯示，紀錄片作者對聲音做了極多的實驗，可參見Basil Wright的《賽倫之歌》(Song of Ceylon)及Humphrey Jenning 的《傾聽英國》(Listen to Britain)和《寫給提摩西的日記》(Diary for Timothy)。

有關聲音的分析可參見：

Paul Rotha, *Documentary Film* (New York: Hastings House, 1952)；

Karel Reisz and Gavin Millar, *Technique of Film Editing* (New York : Hastings House ,1968), pp. 156-170.

旁白敘事方法在：

Bill Nichols, "Documentary Theory and Practice, "*Screen* 17 , 4(Winter 1976/77):34-48有詳細討論，和——

Eric Smoodin, "The Image and Voice in the Film with Spoken Narration," *Quarterly Review of Film Studies* 8, 4(Fall, 1983) :19-32。

最詳盡的研究是——

Sarah Kozloff, *Invisible Storytellers: Voice-Over Narration in American Fiction Film* (Berkeley: University of California Press, 1988)。

實驗電影與非敘事性電影也發掘出聲音的新觀點，可參見：

Norman McLaren"Notes on Animated Sound" *Film Quarterly* 7, 3 (Spring 1953):223-229(有一篇關於用手在聲帶上直接處理聲音的文章)及：

Robert Russell and Cecile Starr, *Experimental Animation* (New York : Van Nostrand, 1976)。

■默片VS.有聲電影

有關美國電影史上從默片有到有聲電影的轉變，可參考——

Harry M. Geduld, *The Birth of the Talkies: From Edison to Jolson* (Bloomington: Indiana University Press, 1975);

Alexander Walker, *The Shattered Silents* (New York: Morrow, 1979);

Nancy Wood, "Towards a Semiotics of the Transition to Sound: Spatial and Temporal Codes," *Screen* 25, 3 (May-June 1984): 16-24；

David Bordwell, Janet Staiger, and Kristin Thompson, *The Classical Hollywood Cinema*： *Film Style and the Mode of Production to 1960* (New York： Columbia University Press, 1985)的第23章。

有些電影美學者抗議「有聲片」的來臨，覺得有聲電影糟蹋了原來純淨的無言藝術。何內・克萊聲言在品質差的有聲電影中：「影像已淪落爲完全如留聲機所勾勒出的角色一般，而表演的目的只在於盡可能使之能像『電影』作品，在三、四個場景中，有無數個對話的戲，如果不懂英文，可能會只想到無聊；但如果聽得懂英文，就會受不了。」以上出現在*Cinema Yesterday and Today* (New York : Dover 1972), p.137。

Rudolf Arnheim認爲電影藝術的潛能在於它無法完美地複製現實，因此他斷言「有聲電影的引入必粉粹了電影藝術形式」。

Rudolf Arnheim, *Film as Art* (Berkeley: University of California Press , 1957), p.154.

上述的說法也許現在已不合時宜。但謹記，許多早期的有聲電影僅仰賴對白來達到它的新意，克萊和Arnheim是樂意接受音效與音樂的，但反對說個不停的有聲片。無論如何，相反的意見還是不可避免地出現。巴贊寫了一長篇深具影響力的論文來支持寫實主義，也就是聲音與影像一起出現的有聲電影。可參考他的書：

André Bazin, *What is Cinema*? vol.1 (Berkeley: University of California Press, 1967)有三篇文章：

"The Evolution of the Language of Cinema"

"In Defense of Mixed Cinema."

"Theater and Cinema"；

還有，

V. F. Perkins, *Film as Film* (Baltimore: Penguin, 1972);

Gerald Mast and Marshall Cohen編的*Film Theory and Criticism* (New York: Oxford University Press, 1974), pp. 151-169中，Erwin Panofsky所寫的"Style and Medium in the Motion Pictures"；

Siegfried Kracauer, *Theory of Film* (New York: Oxford University Press, 1965)，在 103 頁的地方，他說：「唯有以視覺效果為前題時，有聲電影才能實踐其媒介的精神……」

總之，如我們已知，寫實主義只是聲音在影片中所能發揮多種功能的一種。

■電影音樂

電影的各種聲音中，音樂最受到廣泛的討論。而評論作品量原本就多，加上近期電影作曲家的崛起，有更多電影原聲帶在市面上買得到，有關這領域的討論可參考：

Harry Geduld, "Film Music: A Survey " *Quarterly Review of Film Studies* 1,2 (May 1976): 183-204。

用在電影研究的有關音樂基礎介紹包括：

William S. Newman, *Understanding Music* (New York: Haper, 1961);

Leonard B. Meyer, *Emotion and Meaning in Music* (Chicago: University of Chicago Press, 1956);

Deryck Cooke, *The Language of Music* (New York : Oxford University Press, 1962)；

研究電影配樂的經典作品有：

Roger Manvell, *The Technique of Film Music* (New York: Hastings House, 1957);

Kurt London, *Film Music* (New York: Hastings House Press, 1970);

Aaron Copland, "Flim Music" 在 *What to Listen for in Music* (New York: Signet, 1957), pp. 152-157;

以及Hanns Eisler批評好萊塢電影的配樂，

Hanns Eisler, *Composing for the Films* (London: Dobson, 1947)。

近期作品則包括：

Tony Thomas, *Music for the Movies* (New York:A. S. Barnes, 1973);

Roy M. Prendergast, *Film Music: A Neglected Art* (New York: Norton, 1977)；

Mark Evans, *Soundtrack: The Music of the Movies* (New York: Da Capo 1979);

Claudia Gorbman, *Unheard Melodies: Narrative Film Music* (Bloomington: Indiana University Press, 1987)；

Chuck Jones, "Music and the Animated Cartoon", *Hollywood Quarterly* 1,4

(July, 1946):364-370.

有關默片的討論則見：

Charles Hofmann, *Sounds for Silents*(New York: DBS Pubications/ Drama Book Specialists,1970)。

雖然電影音樂的資料非常多，分析音樂在電影中的功能却不多，其中最著名的(或聲名狼籍)是艾森斯坦的：

S. Eisenstein, “Form and Content : Practice” *The Film Sense*(New York :Harcourt, Brace, 1942), pp. 157-216.

在文中，他分析了《亞歷山大・涅夫斯基》聲音與影像之間的關係。也可參考：

Kristin Thompson, *Eisenstein's“Ivan and Terrible”: A Neoformalist Analysis*(Princeton, N.J.: Princeton University Press, 1981)

近代詳盡地分析聲音與電影之間的關係有：

Claudia Gorbman, “Music as Salvation: Note on Fellini and Rota, ” *Film Quarterly* 28, 2(Winter 1974-75):17-25；

“Cleo from Five to Seven :Music as Mirror, ” *Wide Angle* 4, 4(1981): 38-49.

其他電影音樂方面較敏銳、謹愼的作品可參考：

Royal S. Brown:“Music and ‘Vivre Sa vie’ ”*Quarterly Review of Film Studies* 5, 3(Summer 1980): 319-333；

Royal S. Brown: “Herrmann, Hitchcock, and the Music of the Irrational, ” *Cinema Journal* 21, 2(Spring 1982): 14-49。

■電影聲音的各層面

本章所使用的一些聲音分類名詞與大部分電影分析家的用法雷同，但整個系統及部分的用語則是我們自創。其他另有許多了解電影聲音的體系，如：

Siegfried Kracauer, *Theory of Film*(New York: Oxford University Press, 1965), pp. 102-156;

Claudia Gorbman, “Teaching the Sound Track ” *Quarterly Review of Film Studies* 1, 4(November 1976): 446-452;

Bếla Balấzs, *Theory of the Film*(New York: Dover , 1970), pp. 194-241;

Raymond Spottiswoode, *A Grammer of the Film*(Berkeley: University of California Press, 1951), 173-197;

Noël Burch, *Theory of Film Practice*(New York:Praeger , 1973), pp. 90-104.

以上每個系統都提供不同的方法來分析影像與聲音之間的交互作用。

立體音響效果和其他錄音及複製系統的討論，有：

Stephen Handzo ,"A Narrative Glossary of Film Sound Technology, " Weis and Belton,*Film Sound : Theory and Practice.*

Michael Arick ,"The Sound of Money: In Stereo!" *Sight and Sound* 57, 1 (Winter 1987-88):35-42.

■配音與字幕

剛開始研究電影的人可能對外語片對白翻譯成本國語印成字幕的作法驚訝，或甚至是反感。有的觀眾會說爲什麼不用配音呢？將對白翻譯成本國語再找配音員配上去在很多國家都很普通(義大利就是幾乎將所有進口影片配音的國家)。但爲什麼大部分研究電影的人都喜歡字幕？

有幾個理由。首先，配音的聲音通常都呈現平板的錄音室音質，另外，將演員原來的聲音消掉也等於抹煞他們聲音方面的表演(支持配音的人應該看看凱薩琳・赫本、奧森・威爾斯或約翰・韋恩的配音版，因爲聲音與人不相配，而使表演大受影響)。因爲配音必需照顧到對嘴的要求，平常翻譯可能遇到的問題就更嚴重。而加上字幕的話，觀眾還可以循原音欣賞聲音的表演。所以將外語片重新配音反而是破壞電影的愚笨想法。

9. 風格是一種形式系統：結論

風格的概念

在第二章一開始，我們已看到被稱做形 式(form)的動力系統中，電影的各部分如何彼此產生交互作用 ；並且也檢視了電影形式的一個重要面貌：它的組織方式有五種類型：分類式(categorical)、策略式(rhetorical)、抽象式(abstract) 、聯想式(associational) (以上爲非敍事性結構) 以及敍事性結構(narrative structure) 。由於在前面數章已探討電影媒體中技術的各個層面，現在我們可以進行討論這些技術如何交互作用，創造出電影的另一種形式系統——風格(style)。這兩組系統——風格和敍事/非敍事性形式——同時在電影的整體中交互影響。這裏，不妨回憶一下我們在第三章所提到的圖表：

電影形式(Film Form)

形式系統(Formal system) ↔ 風格系統(Stylistic system)

敍事性(Narrative)

非敍事性(Nonnarrative)
- 分類式(Categorical)
- 策略式(Rhetorical)
- 抽象式(Abstract)
- 聯想式(Associational)

技巧的分類和用途
- 場面調度(Mise-en-scene)
  - 攝影(Cinematography)
  - 剪接(Editing)
  - 聲音(Sound)

沒有一部影片用盡了所有我們討論過的技巧。首先，歷史環境就限制了電影工作者的選擇。例如在 1928 年之前，大部分的導演並沒有使用同步錄音的機會。甚至在今日，各種技巧的開發好像提供了更多選擇，但是依然有所限制。今日的導演也用不到默片時代通用但目前已絕跡了的整色性底片(orthochromatic film stock)，儘管在很多方面它有優於目前底片的特性。同樣的，無需使用 3 D眼鏡，就能欣賞立體電影的影像系統，到現在還沒發明出來。再者，即使在所有製作條件齊備的製片環境下，導演仍然必需面對該部電影所需技術的選擇。通常，導演會選擇一些特定的技巧，然後貫通全片。例如，他會特別用三點式打光法，或連戲剪接法(continuity editing)，或與劇情相關的聲音(diegetic sound)等技巧。雖然可能有一部分的技巧在全片中特別突顯，但基本上某些特定技巧會貫穿全片。**而影片的風格就在這些技術的歷史條件限制和深思熟慮之後選擇的結果**。

另外，觀眾與風格也有關連。雖然我們很少注意到這一點，但是觀眾通常會期待風格。比如期待一個有兩個人物的遠景鏡頭之後能夠切進更近一點的鏡頭；或某個角色走向畫面的右方，好像要離開時，會希望鏡頭能跟著向右橫搖；以及當一個人物開口說話時，聲音部分能忠實地對嘴。

就像其他的期待，風格上的期待一樣源自於我們對世間事物的經驗(人們講話，不會像小鳥吱吱叫)，以及對電影或其他媒體的經驗。特殊的電影風格不但能夠確立我們的經驗，也可以修正，或是欺騙，甚至是挑戰慣例。例如，古典好萊塢敍事形式影片或類型片的慣例，提供了相當穩固的基礎，不斷增強觀眾以往的期待。其他電影則不斷要求我們調整已定型的慣性。如基頓的《待客之道》讓觀眾習慣去期待他會用深焦畫面來處理人物之間的喜點，而雷諾的《大幻影》則重複運用類似的鏡頭運動來塑造觀眾特定的期待。然而其他影片用非比尋常的技術呈現畫面，若要了解它，我們必須對這些陌生的技巧，構組新的風格上的期待。艾森斯坦《十月》的不連戲剪接手法，或布烈松的《死囚逃生記》中細微的畫外音運用，都要求觀眾注意他們在風格上的處理手法。換句話說，導演不僅指導演技、領導工作人員，還必須引導觀眾的注意，以及誘發觀眾的反應。而就在這些技巧上不同的選擇與決定，導演影響了我們所看到的內容，以及反應的方式。

因此我們談到的不只是單一影片的風格，同時也是導演的風格。至少所提到的技巧有部分是這個導演在其他影片中特別用到的。例如，下文會提到

《死囚逃生記》的聲音部分，我們認為布烈松是一個特別重視聲音技巧的導演，討論此片時就特別分析片中聲音與影像的關係。所以聲音的處理是布烈松個人風格的一個特徵。相同的，當我們討論基頓的《待客之道》時，就是分析它全景鏡頭如何營造出具喜劇性的場面調度，而這是基頓在他別的影片中也出現的手法。布烈松與基頓二人的電影都有明顯的風格，而藉著分析他們如何在整個電影系統中運用的特定技巧，我們會愈加熟悉他們的風格。最後，我們會提到集體風格(group style)——指一些導演的作品中共同出現的技巧。例如德國表現主義風格或俄國蒙太奇風格，在本書第五部分，我們會再談到影史上其他重要的集體風格。

所以，風格指的就是電影組織技術的形式系統。任何一部電影都需要透過不同的電影技巧來製造風格的印象。觀眾可能會忽略電影的風格，但是風格絕對是對影片的外觀、效果與整體意義有重要的貢獻。我們因此也延伸風格二字來形容單一或一羣導演使用電影技巧的特徵。

分析電影風格

身為觀眾我們感受到電影風格的效果，却很少注意到風格本身。如果要了解風格如何促成這些效果，必須比平時更謹慎地聽與看。因為前面四章已經指出該如何注意到電影中技術的特色，現在我們可以進行分析電影風格的四個步驟。

1.決定該片的組織結構是敍事性或非敍事性的形式系統。

第一步先去了解這部電影是如何被組合成一個整體。如果它是敍事電影，那麼我們就用在第二、三章所討論的原則來分析它。即，它的情節(plot)會提供故事；它本身的因果、時間與空間關係的設計；從開場到結束有顯而易見的格式；它可能使用平行對應法(parallelism)；以及它的敍述方式會依需要在不同的地方選擇限制性(restricted)和更多的非限制性(unrestricted)手法。若該片不是敍事電影，那麼就該了解它根據什麼形式原則所組成(參考第二、四章)。它是分類式？或有一個論說的觀點(策略式)？或是聯想式？或者是一些技術特徵所組成的抽象影像？因此先了解電影是敍事或非敍事性，再分段解析是不可或缺。先抓住整部片的構組邏輯，會讓分析者能依據位置與功能來解析電影使用到的技巧。

2.辨識顯著的技巧。

分析者會將第五至八章所提過的技巧找出來，這些是大部分觀眾會忽略的——色彩、燈光、取鏡、剪接、聲音等等。一找出來，就立刻識別它們的技巧——例如，是與劇情無關的音樂(nondiegetic music)或者是低角度取鏡。

但是這些只是開始分析的第一步。分析者還必須養成一雙看得出顯著的(salient)技巧的眼。顯著的部分意思是該部影片所特別仰賴的技巧，另外指的是該分析者的意圖。比如分析者有意呈現電影風格是製作電影的一個典型途徑，則可以集中說明技巧如何順應風格上的期待而出現。《梟巢喋血戰》的180度剪接法不明顯也沒有被刻意強調，但它恪遵古典好萊塢連戲剪接的要求，都是本片風格的重要特徵(第七章即企圖在呈現這部片子在連戲剪接法上是最典型的例子)。然而，分析者如果要強調某片風格的獨特之處，即可全神貫注於比較意想不到的技巧設計。布烈松在《死囚逃生記》中的聲音設計非常突出，表達了少數導演所做的選擇(這是第八章所強調音響設計的創意)。從這個創意觀點，《死囚逃生記》的服裝在風格上就不若聲音設計突出，因爲它的表現與傳統慣例較無不同。從對風格設計的整體目的以及對風格效果的自覺，分析者即可集中注意力發掘顯著的技巧。

3.找出整部影片中技巧的模式。

一旦辨識出顯著的技巧，即可注意它們形成的模式(patterns)。通常技巧在整部影片中或一個段落(a segment)中會重複、變化、發展或與其他技巧產生平行對照等。第五及第八章已說明電影中這些現象是如何發生的。

你可以依兩個方向來「瞄準」風格的模式。首先，你可以反省(觀)自己的反應(即自省)：倘若某場戲以前進推軌(track-in)的方式開場，你預期它會以往後拉軌(track-out)的方式結束嗎？如果某個角色向左看，你是否會認爲銀幕外的某人或某物在下一個鏡頭會出現？假使你覺得在一場追逐戲中情緒逐漸高昂起來，是否會意識到正加快的音樂節奏或加速剪接(accelerating editing)？

第二個認出風格模式的策略是，注意風格如何加強敍事或非敍事結構。在任何電影中，段落之間的「標點」均會利用風格的特色項目(如淡入淡出、溶入溶出、切、顏色轉換、音樂轉場、音橋)。敍事影片中的每一場戲，通常有一個戲劇化的模式，由遭遇、衝突到結果，風格通常就會以愈來愈明顯的剪接，或鏡頭會隨劇情愈來愈接近人物來反映。例如，在《大幻影》中，風格就製造了情境之間的連結(鏡頭運動暗示了獄囚之間的團結)或強調了平行對照(以推軌鏡頭運動比較萊芬斯坦的戰利品與伊萊莎之間的差異)。稍後我們會提到風格也可以加強非敍事性電影的結構。

然而，有時候風格模式並不依附於電影的敍事或非敍事結構。風格本身會吸引我們的注意。而因爲每個風格的技巧都有數個功能，因此每個技巧即以不同理由引起分析者的興趣。彩圖 14 與 15，一個曬衣服吊繩的鏡頭直切(cut)到客廳的鏡頭，成爲場景之間的轉場(transition)。但這個直切還有其他吸引人的理由，因爲我們並不預期在敍事電影中會將景物當做場景之間點綴在平面上的色彩之比較。這種引起觀眾注意圖形(色塊)的變化正是抽象電影的慣例。在這裏，小津的《早安》這個風格上的選擇從敍事的功能直接走出來。然而，甚至在這裏，這個風格模式繼續要求觀眾的期待，並使他們經歷一個具動力的過程。還有，如果風格的模式自行運作，我們仍需要知覺電影是敍事或非敍事結構以呈現它如何及何時發生。

4.提出這些技巧的功能以及它們形成的模式。

在這裏分析者必須找出風格在影片整體形式中所扮演的角色。比如，攝影機運動是不是像《歷劫佳人》的開場，延後故事訊息的揭露是爲了製造懸疑的效果？而不連戲剪接是不是像我們曾分析過的《十月》，是爲了產生敍事上的全知觀點？或者鏡頭的安排主旨是要讓觀眾注意畫面中的特別細節(如圖 5.50 中《憤怒之日》畫面中女主角安的臉)？或者音樂或噪音的使用是爲了製造驚奇的效果？

發掘功能的直接方法是注意它在影片中產生的效果。風格可以加強影片中情緒/情感(emotional)的效用。《鳥》片中快速剪接激起驚嚇及恐怖的情緒，而《死囚逃生記》中莫札特的音樂使空蕩的便盆高貴起來。風格同時還塑造意義(meaning)。例如，《大幻影》中萊芬斯坦和伊萊莎的對比，是由雷諾的平行推軌鏡頭運動而增加它的意義。然而，最重要的是不要將單一技巧從內文中孤立出來，像分析原子結構般地解析它的功能。如第六章我們曾提及，「高角度」(俯角)鏡頭並不一定表示「劣勢或自卑」，反之「低角度」(仰角)也不表示「權力或權勢」。沒有一本字典可以查出所有技巧項目的意義。相反的，分析者必須審視整部影片，了解技巧在其中的模式，以及它在電影形式中的特殊效果。意義只是效果的一種，沒有理由期待每個風格項目有一個絕對的意義。導演的工作之一就是引導觀眾的注意力；因此，風格通常單純地有它知覺上(perceptually)的作用——引發觀眾注意細節，強調某件事、刻意誤導、釐清、增強或複雜化我們對劇情的了解。

另外一個使我們的察覺力敏銳、觀察特定技巧在片中功能的方法是想像其他可能性，並思考它可能引起哪些不同的結果。也就是假設導演選擇了其他技巧來表現，會製造什麼不同效果？《待客之道》的笑料所依據的是將兩個或三個元素放在同一個畫面上，讓觀眾觀看這個因爲並置(juxtaposition)所產生的喜趣。現在假設基頓反而將每一個元素獨立在一個鏡頭中，再用剪接將之連接起來，如此，它的「意義」可能一樣，但知覺上的效果則不同了：它不是以同時出現的方式讓觀眾的注意力來回在同一個畫面上游移，觀眾反而會有一種對笑料的反應較「公式化」的感受。或者，假設赫斯頓在《梟巢喋血戰》的開場，用攝影機運動方式拍成一個單鏡，他會如何吸引我們去注意布里姬・歐桑妮絲和史培德的臉部表情，以及這會如何影響觀眾的預期？以這種方式，集中注意技巧的效果，並且想像其他技巧的選擇可能，分析者對影片中風格的特殊功能，會獲得更銳利的辨識力。

本章在接下來將提供一連串的例子，說明如何分析一部影片的風格。這些例子是我們已在第三與第四章提到過的敘事性影片《大國民》、分類式影片《奧林匹克》(下集)、策略式影片《河川》、抽象式影片《機械芭蕾》以及聯想式影片《一部電影》。我們特依循四個步驟來獲得風格的分析結果，但因爲三、四章已討論了這些影片的組織結構，在此將集中辨識它們顯著的技巧，找出它們的風格模式，並爲個別影片提出風格在片中的功能。

《大國民》的風格

《大國民》的敘事結構是以調查的過程組合而成，一個像偵探的角色(記者湯普遜)嘗試查明肯恩生前的最後遺言「玫瑰花蕾」的意義。但是，在湯普遜以一個人物的姿態出現在畫面之前，觀眾已開始疑問肯恩是怎麼樣的一個人。電影一開始即設立了偵探故事的調子；畫面首先淡入「不准進入」的牌子；一連串升高及向前推進的鏡頭，攝影機越過籬笆，圖形上相銜接的慢速溶出溶入畫面將這些鏡頭聯在一起。然後是一系列在遠方背景的城堡畫面(圖9.1，這一段主要由特效製作而成，城堡是圖片，用套景合成方式與前景立體的模型組成)。陰暗的光影、廢墟式的場景和惡兆式的音樂，像這樣詭異的開場確實在觀眾心裏造成偵探故事的聯想。這些鏡頭皆是以溶的方式連接在一起；雖然沒有眞正的攝影機向前運動，攝影機似乎逐漸接近城堡。當中每換一個鏡頭，前景隨即改變——從高爾夫球場到堤岸等等——但是畫面上城堡中唯一亮燈的窗戶却幾乎保留在原來的位置。鏡頭以溶的方式變化時，即已提醒我們注意這個窗戶，我們馬上猜測，不管這個房間是什麼，它必定與故事的開場有重要關係。

圖9.1

觀眾的注意力穿越場景的空間，這個模式在稍後的影片中的其他部分也會出現。一而再、再而三地，鏡頭向著可能透露肯恩性格祕密的事物前進。在湯普遜訪問蘇珊的那場戲，攝影機不從記者身上，反而是從夜總會牆上蘇珊的海報開始，然後攝影機升高到屋頂上，掠過「藍丘」的招牌，映照出天光的模樣。接著一個溶的畫面，畫面上亮度瞬息間變化，攝影機下降，進入夜總會中拍攝蘇珊所坐的桌子(這一部分有些攝影機運動是暗房中的特效製造出來的，請參閱本章註釋與議題)。這兩個場景有著驚人的相似點。首先兩場都是以招牌開場(「不准進入」與海報)，鏡頭帶領觀眾進入建築物內部，再帶出新的人物。第一場用一系列的鏡頭，而第二場較依賴鏡頭運動；但不同的技巧却都進行相同的運動方向，塑造了一種模式，成爲該片的風格。湯普遜第二次拜訪蘇珊時，鏡頭的升高運動與第一次相同。在李藍第二次回憶中，也是同樣的鏡頭運動。畫面上先是濕濕的鵝卵石街道，然後鏡頭向上搖，再向前推軌拍蘇珊自藥房走出來；直到這時攝影機向右橫搖才發現肯恩站在一旁，被泥水濺了滿身。這個鏡頭運動模式，不但進入故事的空間、帶動敍述的調查模式，同時也在首尾一貫的電影技巧中，製造劇情的懸疑氣氛。

如我們所知，電影的結束通常是開場的變奏。在《大國民》中，湯普遜放棄調查「玫瑰花蕾」的意義。但是，當他一離開仙納度巨宅的倉庫，攝影機隨即開始穿越肯恩數量龐大的收藏品，在眾多木箱和成堆器物的上空，向前行進(圖 9.2)，然後下降到畫面中心點——肯恩童年的小雪橇。接著切進壁爐的畫面，當雪橇被丟進入火爐中，攝影機再度向前接近。終於，我們看到雪橇上面的「玫瑰花蕾」字樣。如此，結局延續了開場的模式，攝影技巧穿透影像空間，探查中心人物的內心世界。然而，一旦我們看到「玫瑰花蕾」之後，這個前進的模式開始朝逆方向進行了(變奏)。一連串的溶入溶出鏡頭帶領觀眾離開仙納度。越過「不准進入」的牌子之後，我們開始懷疑，這個發現是否能夠解開肯恩的性格之謎。

圖9.2

第三章討論《大國民》的敘事結構時，已提到湯普遜的調查，從敘述的立場來看，是相當複雜的。在某個程度上，我們對肯恩的了解被其他人物的認知所侷限。在他們的回溯當中，本片的風格更以迴避類似交叉剪接的手法(提供較非限制性的敘述)來增強此點設計。因此回溯的部分幾乎是以相當靜態的長鏡頭拍攝，極端集中觀眾的注意力於劇中人的說法。譬如在柴契爾的回溯中，導演其實可以切一個在古巴的記者寄一封電報給肯恩，或是用蒙太奇呈現報業生活的一天。然而，在柴契爾與肯恩的對峙中，因為是柴契爾的觀點，所以畫面上只是他兩人怒目相視，再切一個特寫肯恩自大的表情。

同時，本片的敘事也要求我們對各個劇中人的說法保持客觀的態度。導演不用暗示視覺上或心理上主觀的鏡頭，即表明了此點意圖(和希區考克的

《鳥》及《後窗》中，模仿人類視覺角度的主觀鏡頭，形成強烈對比)。威爾斯反而用深焦攝影製造事件的客觀性。肯恩的母親與柴契爾簽合約的那個鏡頭是最好的明證，首先有幾個介紹小肯恩的鏡頭，然後切到一個起初看起來像是單純的長鏡頭(圖 9.3)；接著，攝影機向後拉(track back)，看到窗戶；肯恩的母親站在景框左側叫著他的名字(圖 9.4)；繼續後退，畫面出現一個房間(9.5)；肯恩太太與柴契爾坐在前景的桌子旁，簽下合約，而肯恩的父親則只是站在一旁，窗外是肯恩在遠遠的地方玩雪(圖 9.6)。威爾斯排除任何剪接，使這個鏡頭自成一體，就如同《歷劫佳人》的開場一樣。大部分的好萊塢導演可能會以正/反拍鏡頭來處理，但是威爾斯將同一時空事件的所有細節同時展現在觀眾眼前。男孩，是所有事件的焦點，一直存在於整場戲中，他在畫面上窗戶的外面認眞地玩遊戲，絲毫不知母親的心意。而父母兩人之間的張力不但由父親被排除在母親與柴契爾之間的對談，同時也包括重疊的聲音：他反對孩子被送去監護的話被前景的對話壓了過去，甚至還被肯恩在窗外玩耍的喊叫聲所淹沒。畫面的構圖也特別強調母親的地位。全片她只出現一次，但她內斂及壓抑的情感，却帶動了整個劇情的因果。觀眾並不清楚在這場戲之前的所有故事，但是聲音、攝影和場面調度的元素綜合起來，給這個複雜的事件相當完整的客觀性。

每個導演均引導觀眾的注意力，但威爾斯的方式非常不尋常。《大國民》就呈現了一個導演的選擇結果，威爾斯以深景的場面調度(人物行爲、燈光、擺位)以及聲音的設計取代剪接。觀眾能清楚地看到人物的表情、聲音，是因爲威爾斯讓他們以正面對著鏡頭演出(圖 9.6)，構圖則有效地強調前景及正

圖9.3

圖9.4

圖9.5

圖9.6

中央的人物(圖 9.7)，尤其是當他們對談時，我們的注意力就在兩個人物之間游移。如此，即使威爾斯避免運用古典好萊塢以剪接方式處理這類戲的慣例，他的技術仍然能激勵觀眾進行適當的猜測與推論。

《大國民》的敍述隨著人物的觀點，但從更大的範疇而言，是屬限制性的敍述。湯普遜的調查將所有人的說法連在一起，所以觀眾大體上知道了他所知道的。然而，他絕對不能被處理成主角，必須維繫觀眾對肯恩的興趣。威爾斯在此做了一個突出而成功的抉擇；他利用選擇性的低調燈光、走位與構圖，刻意讓湯普遜面貌模糊。他不是背對鏡頭，在景框的角落，就是在黑暗當中。這種處理手法，使他保持中立的調查者角色，不是人物，也不是提供訊息的管道。

更廣泛地說，本片以一個更全知的觀點來處理湯普遜的調查。開場的仙納度巨宅介紹即呈現了電影風格如何傳遞非人物為中心的認知。然而當我們進入肯恩的死亡現場，電影風格也說明了敍述可以充分了解人物的心理：我們看到可能是雪花蓋滿整個畫面的主觀鏡頭(如圖 9.8)。稍後在電影中，攝影機運動偶而會提醒觀眾一個更廣的敍述觀點。例如，在蘇珊的歌劇首演場景(在李藍的回溯中，第 6 段)，攝影機升高到舞台上，透露了李藍和蘇珊都不知道的部分——後台工作人員對蘇珊的態度。最後一段，當一部分「玫瑰花蕾」的謎底揭曉，大幅度的攝影運動是以一種全知的觀點在進行：攝影機升高越過肯恩的收藏品，向前方空間前進，但卻是在意義上回到肯恩以往的生活，定在他童年時代的紀念品「小雪橇」上。一個突出的電影技法再一次依循模式(全知觀點)，給予劇中人物所不能提供的訊息。

在觀察《大國民》的敍事形式之發展，我們發現肯恩從一個理想主義的年

圖9.7

圖9.8

輕人變成一個冷淡孤獨的遁世者。電影以對比的方式呈現肯恩早年當記者的意興風發，和蘇珊歌劇事業失敗之後遠離社交生活之間的差異。這項對比在場面調度(尤其是報社與仙納度華宅之間場景佈置上的差異)尤其明顯。《詢問報》的辦公室原來是效率高但擁擠的空間。肯恩掌管之後，將它的私人傢俱搬進報社並住在裏面，使原來的空間顯得輕鬆。低角度攝影強調了辦公室白色的細柱和低矮的天花板，並用明亮的燈光照明。

仙納度則相反，巨大且分散得很開的傢俱佈置。天花板高到在大部分的鏡頭中都看不到。燈光則從人物的旁邊或後面打去(如圖 5.25，肯恩從大樓梯走下來)，造成強烈的光影印象。

這兩個場所的聲音設計也是另外一個對比。幾個報社的場景裏(肯恩初進報社和遊歐回來)，聲音的密度極高，還加上相互重疊的聲音。以聲音的頻率而言，是相當「平」的。在仙納度裏角色的對話則非常不同；肯恩和蘇珊以緩慢的速度說台詞，中間還有停頓；聲音中的回音，加上場景與燈火的配合，傳達了一種空曠、巨大的空間感。

肯恩的生活轉變從《詢問報》到仙納度的遁世生活，還可以從報社的場景內容改變，窺知一二。當肯恩還在歐洲，他不斷寄回一些他買的雕像，塞滿他小小的辦公室，這暗示了肯恩野心的激增和在報社與他人共事的興趣消退。

肯恩個人的變化在報社的最後一場戲達到高潮：李藍與肯恩的衝突。那時辦公室已改爲肯恩的競選總部；桌子被擠到一旁，人員被解僱，空間看起來比前幾場戲來得大且空。威爾斯即以非常低的角度(參看圖 6.74)來拍攝這一空間。芝加哥《詢問報》裏空曠、陰影充斥的空間；深焦攝影和背景放映誇張地強調場景的深邃，讓人物看起來站得離此很遠(如同仙納度的大房間中兩位主角的對話場面)。

平行對應(parallelism)同時也是《大國民》的一項重要風格特質，而且，大部分的突出的手法，都可以形成彼此之間的平行對照。例如，深焦鏡頭和深景空間可以將眾多人物擺在同一畫面中，這即造成了意味深遠的相似點與對比點。在柴契爾的部分(第四段)，有一場是關於肯恩在經濟大恐慌時期的財務損失；他被迫簽署一張讓渡書給柴契爾的銀行。此場的第一個鏡頭是伯恩斯坦(肯恩的經理)的特寫，在讀著該合約書。當他放下合約書，觀眾看到坐在對面的奈契爾此時已是一個老態龍鍾的老人。肯恩的聲音傳來，伯恩斯坦轉一下頭(鏡頭隨之稍稍橫移跟進)；我們看到肯恩在他們身後的大房間中走過(參看圖 6.17)。這是一個鏡頭到底的畫面，以人物的並置和深景空間使該場面具戲劇化。這個將合約書放下、讓畫面出現另一個人物的手法，提醒了前面的場景：當柴契爾把手中的報紙放下，觀眾看到坐在對面的肯恩。當時柴契爾被肯恩的言行激怒，但肯恩却有辦法駁斥他。現在柴契爾重新獲得控制權，而肯恩仍在背景的空間中不安地走來走去，嘗試反抗，但還是被剝奪了《詢問報》系的控制權。同一個開場的手法，巧妙地設立了兩人之間的對比及平行。

剪接的模式也可以說明場景之間的對應。威爾斯將肯恩兩次嘗試得到大眾支持的場景做為對比。第一次是肯恩參加公職競選時在巨大的會場中演講。剪接的原則是以肯恩為中心，先是一兩個他演講的鏡頭，然後是在羣眾裏幾個人的特寫(艾蜜莉和他的兒子、李藍、伯恩斯坦和蓋提)，然後再回到肯恩。這些鏡頭呈現這些人對肯恩的期望，以及後來肯恩失敗時的反應。蓋提是最後一個出現在畫面上的人，我們預期他會對肯恩報復。在他競選失敗後，肯恩開始費心要將蘇珊塑造成一個歌劇明星，說明了他透過她當公眾人物的興趣。對照肯恩前場戲的演講，蘇珊首演的剪接方式幾乎一模一樣。在舞台上的人物蘇珊，是剪接的軸心；一兩個她表演的鏡頭之後，接著的是幾個聽眾的表情(肯恩、伯恩斯坦、李藍和她的歌劇指導老師)，然後再回到蘇珊等等(圖 9.9 和 9.10)。兩個敍述方式的對應和特定的風格技巧，清楚地說明了肯恩追逐權力的兩個階段：他自己，然後是利用蘇珊為傀儡。

在第八章談到音樂也有平行對應的功能。例如，蘇珊唱歌劇即是敍事的中心。她的*Salammbo*歌劇曲目和另外一個與劇情相關的插曲〈查理・肯恩〉

圖9.9

圖9.10

形成強烈對比。然而，除了它們之間的相異，兩首曲子之間也有相似之處：它們同時明指肯恩的野心。〈查理・肯恩〉聽起來有些天眞，但它的詞淸楚地說明肯恩爲什麼將它當成政治歌曲，後來果眞是他競選時的音樂。另外，在肯恩遊歐前的告別舞會中，一羣歌舞女郎穿著騎士衣、靴及帽，並拿著玩具來福槍唱這首歌，也表明了肯恩參與西班牙戰事的慾望。當他的參政野心遭到打擊，他轉而嘗試與妻子共同創造一個公眾事件，可惜她沒有好歌喉。如此，僅就一首歌，敍事上對應了肯恩兩個事業階段的差異對比。

在檢視《大國民》的故事時，新聞片也是一個非常重要的段落，它提供將發生的劇情一個「索驥」的地圖。也因爲這個重要性，威爾斯以不同的風格技巧來處理片中僅出現一次的這一段，以區隔其他劇情。因此，看起來非常逼眞的新聞片，使觀眾相信它是眞的，這給予湯普遜去調查的動機。逼眞的新聞片同時也呈現了肯恩的權力與財富，成爲隨後劇情的基礎概念。

威爾斯採用了幾個技法來達成當時新聞片形式與聲音的寫實度。有些是非常簡單：使用眞的新聞片慣用的音樂，插入字幕(對劇情片而言已經落伍，但在當時的新聞片依然經常使用)等等。除了這些，威爾斯還運用了一些精巧的攝影技巧來製造它「紀錄片」的特質。因爲此段新聞片有部分的鏡頭應該是在默片時代所拍的，他因此用了不同的底片來拍攝，以呈現新聞片是由許多不同的來源所組合而成。有些鏡頭還故意在沖印時製造默片在有聲放映機中所放映出來的不自然外貌。有時還故意用摩擦及淡的方式，讓片子看起來很老舊。這些再加上化粧，創造了肯恩與羅斯福、希特勒(圖 9.11)等人站在一起的紀錄片鏡頭。末段是肯恩坐著輪椅上在園中閒逛，由手持攝影機透過籬笆和柵欄的縫隙拍攝(圖 9.12)，更是逼眞地模仿一個新聞記者不斷偷拍肯

恩的紀錄片外貌。這些「紀錄片」中常用的慣例手法，再經由旁白者嗡嗡的說白，更加強了當時新聞片的典型外貌。

圖9.11

圖9.12

《大國民》的形式特質之一，是情節處理故事時間的手法。不同的手法帶來不同的次序與長度。現在時空的敍述者提到過去事件時，通常以一個「突然」的剪接來強調其間的不同。譬如更高的音量和鏡頭之間圖形上的歧異。例如：肯恩死亡現場突然接到新聞片的放映，放映室中安靜的對話突然接上藍丘夜總會外的雷擊聲；還有雷蒙回溯的場景，一隻鸚鵡突然出現在前景等等。這些轉場製造了驚奇和情節之間的區隔。

情節在壓縮時間上的轉場比較起來較不突兀。例如，肯恩的雪橇慢慢被雪遮蓋的緩慢影像。另外是早餐桌上的蒙太奇鏡頭組合(第 6 段)，簡略地追溯肯恩婚姻失敗的過程。從由推軌及正/反拍鏡頭的新婚之夜開始後，一系列正/反拍鏡頭接著以橫搖的鏡頭帶出其間的過程。肯恩與艾蜜莉逐漸敵對起來。這一段的最後一個鏡頭是以向後推軌拉出畫面，兩個人相隔坐在大餐桌的兩端。音樂也幫助這組蒙太奇的發展，一開始是用輕快的華爾滋，之後每一個階段，音樂類型隨之變化。最後兩個人沉寂不語的場面，是原來華爾滋主旋律緩慢怪異的變奏。因此，這場婚姻的離散是伴以旋律的主題與變奏的方式來強調。另外，時間的壓縮和音效的設計也可以在蘇珊的歌劇事業那一段(第 7 段)的蒙太奇中發現。

簡單地分析《大國民》的風格中，我們指出了本片大概是由幾個主要的模式所構成。你也許可以自行去找出其他的風格細節：例如，音樂主調的模式，

"K"字型的服裝搭配和仙納度場景設計；從肯恩收集在仙納度的各式木偶中看得出他對蘇珊的態度；人物隨年齡增長，個人的演出方式的變化模式——等等豐富地存在於《大國民》的形式中。

《奧林匹克》(下集)的風格

雖然納粹政府在蓮妮•瑞芬斯坦 1936 年拍攝奧林匹克運動會時有財力的支援，但她仍然必須服從國際奧運會的一些規矩。譬如，攝影機不能太靠近運動員，導致他們分心。爲此，蓮妮設想了多樣的攝影策略來克服現場的限制，集中工作人員從較遠的距離及不尋常的角度來拍攝奧運。也因爲如此，在技術上解決難題的方式反倒成爲了本片的特殊風格。

柏林附近雄偉的會場和其他奧運設施，十足反映了納粹政府昭告世人德國爲一強國的努力。從某個角度來說，整個場景是爲鏡頭而設計的。但是瑞芬斯坦和她的伙伴却很少拍攝眞正的比賽，也很少使用到雄偉的會場外觀細節。然而，蓮妮事先即知道什麼樣的比賽在何時及何地舉行，所以她可以詳細地分鏡，拍攝完畢後，再仔細地剪接和配音，增添影片之說服力。

雖然電影中的場面調度大部分是由奧運委員所決定，有些場景仍看得出導演的處理。第 1 段中——早晨慢跑、三溫暖、游泳和體操——是專爲鏡頭所設計的：慢跑者有秩序地跑過鏡頭前，選手村的運動員對著鏡頭笑以及耍寶。第 5 段中，體育館前的女選手同時做柔軟體操，這些若不是經過程度上的安排，幾乎不好拍到。當然影片的最後一刻絕對是安排的：會場外圍的探照燈、一排排飛揚的旗幟，顯然是爲攝影機而非觀眾所拍(圖 4.22)。片中這種趨使觀眾對影像產生反應，而非僅僅是比賽的紀錄，在蓮妮其他手法中更加明顯。

首先，爲了避免干擾運動員的注意力，多部攝影機必須事前在各個拍攝地點架好。有些就架在離跑道或競賽場外一段距離之外的坑洞。望遠鏡頭攝影因此成爲電影的重要風格元素之一；我們經常看到運動員的身體在失焦或平板的背景前移動(參看圖 4.7)。尤其以極長的鏡頭來拍攝遠景的細節時，效果更加明顯；譬如，格蘭•莫里斯(Glen Morris)的特寫鏡頭中，他背景的人羣在畫面上看起來僅是一羣面目模糊的黑白形體(圖 4.13)。這些鏡頭與從低角度拍攝運動員在天空爲背景前運動的畫面形成對比(圖 4.9 和 4.21)。在第四章我們已知道，低角拍攝天空的鏡頭是《奧》片的發展模式之一；它們總是出現在體操(第 2 段)和跳水(第 11 段)的末段部分。

其他取景(構圖)的手法，也爲全片增添不少趣味。在景框下方成排帆影(圖 9.13)的驚人構圖，又再強調了天空的主題。有些構圖強調前景與景深處的背景之並置，例如樹枝於前景，而背景爲會場建築物這種強調自然的主題(圖 4.6)，或者如法國自行車比賽金牌得獎人站在前景角落，看著遠景自己國家的會旗上升的鏡頭(圖 9.14)。最後，是一些特殊效果的運用。當一個自行車選手衝向終點線時，雙重疊印的特效製造了速度的主觀效果(圖 4.16)。在馬拉松部分，光學沖印使比賽成績的儀表板像翻頁一樣在銀幕上翻過畫面——是有趣的轉場策略。

圖9.13

圖9.14

有了一大堆不同類型的影片片段供她差遣，瑞芬斯坦面臨了剪接的重責大任。事實上，本片在奧運結束後兩年(1938)才發行上映，部分原因就是來自後製作業的龐雜。但這部這麼長的影片還是充滿動感圖形和富節奏性的剪接。《奧林匹克》(下集)包括了眾多剪接技巧。有些時候利用圖形的類似點，如一組馬拉松選手自起跑點出發的橫搖鏡頭，就因此組合起來。然而，圖形的不連貫性在其他片段較爲重要。鏡頭中平行橫木構成斜角線(圖 9.15)與下一個反向斜角線的鏡頭成對比而剪在一起(圖 9.16)。另外，我們所知的，低角度由下往上拍攝以天空爲背景的畫面圖形，連接了體操和跳水的段落，加強了影片發展模式。圖形的不連貫其實也在這兩個段落中發揮了對比的功能。很多跳水者先以不同方向跳水，最後是以連續十一名跳水選手從鏡頭的兩邊各向天空跳出時的高潮做結(圖 9.17 和 9.18)，與快節奏剪接搭配，這樣活潑的圖形為這段落的影片提供了一個愉悅的結尾。

圖9.15

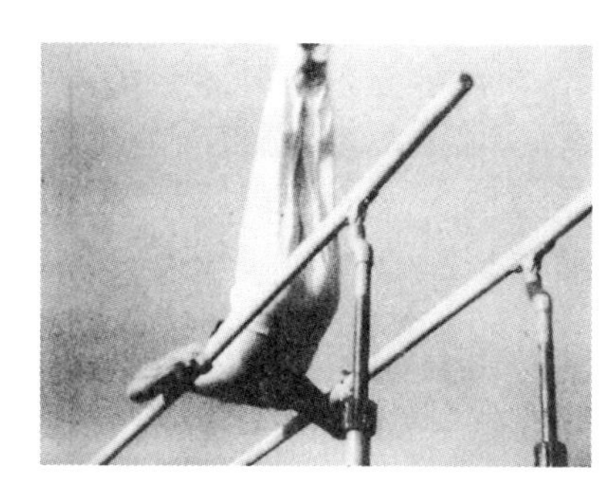
圖9.16

圖9.17

圖9.18

剪接節奏也涵蓋很大的範圍。雖然大致而言鏡頭是依循快節奏剪接速度，偶而也有長鏡頭出現。例如，瑞芬斯坦在拍攝一名鐵環運動的選手表演一連串翻身動作時，即用長鏡頭拍攝(圖 9.19 和 9.20)。他緩慢但內斂的運動動作，在以人羣為背景的畫面中，呈現十足的張力。同樣地，在騎馬越野賽中，也一樣用長鏡頭捕捉騎師慫恿不乖的馬越過障礙，或馬兒跌進水坑時的趣味時刻。瑞芬斯坦另外習慣以快節奏剪接來呈現最具動感的運動。划船比賽中就是一些划槳划水和羣眾高喊加油的畫面快速交互出現。最特別的是，在跳水的段落，節奏逐漸加速，不同畫面連番快速出現，讓觀眾幾乎忘了運動場的時空——只看到一連串飛躍的軀體在空中掠過。瑞芬斯坦還用反剪的方式，讓跳水者在畫面上好似向上跳，有的甚至是上下反動作(由下往跳板回跳)(圖 9.21)。因爲跳水者從各個方向跳出，重力作用彷彿消失，造成了如小鳥一般輕盈跳躍的動感。

圖9.19

圖9.20

圖9.21

《奧林匹克》的音樂部分簡潔有力。由Herbert Windt作曲，浪漫的華格納式樂曲在很多運動項目中出現，尤其是在沒有旁白者說明內容的部分特別重要。它基本上以下列方式塑造氣氛：如開場的緩慢、莊嚴、第二段競賽項目的輕快節奏以及跳水時的振奮喜悅。而爲了變化，有些場景並沒有音樂，集中在旁白者(例如，第 7 段的曲棍球比賽)的聲音上。他的聲音吸引觀眾注意特定的狀況，在影片中，尤其是較敘事性、人格化的段落，特別重要。在馬拉松及十項運動中，旁白者即塑造了懸疑的氣氛，吸引我們特別注意幾個運動員，他還故意提高嗓子，暗示他自己也在期待這幾個人比賽的結果(雖然聲音是在比賽結果早就出來後才錄的)。偶而聲音是來自比賽的空間——羣眾的歡呼聲、風聲等等——但基本上，影片是以音樂及旁白者的聲音來引導觀眾的注意力。

在第四章中，我們已提過本片與奧運之間的外在意義，以及它與納粹支持者之間的內在與徵候性意義。本片的風格尤其在具體化徵候性意義時特別重要。宏偉的場景、構圖與剪接模式共同將運動員化成超人的形體，正擁護了納粹對優秀種族的迷思。取景的方式也帶出運動會的極權組織意識。而華格納式的音樂也呼應當時納粹所接受的藝術風格。有幸的是，這些手法對今日的觀眾已無當年(三〇年代)對德國的觀眾那般的影響力。然而本片風格的功能在區別電影的類型和歸納發展模式上，還是說明了一個電影導演如何在分類性模式中創造多樣的變化並製造驚人的趣味性。

《河川》的風格

在第四章我們已提過，《河川》的形式發展原則是依循一個論點：過去的密西西比河谷美麗且豐饒；但是目前它已遭到破壞；現在，經由田納西河川整治(TVA)計畫，可以修護目前被破壞的部分，也可使它重獲多產豐饒之名。本片的風格系統使這個論點更具說服力。攝影機運動、聲音和剪接的主題形式，製造了不同片段之間的平行對應，並在片末強調只要透過TVA計劃，必能回復片首我們所看到的美好景況。但是本片也採取對比的方式來呈現田園的美麗景觀和濫墾帶來的問題兩者之間的差異。這種對比的手法，遂增強了論說的說服力。

《河川》包含了眾多訊息——概述了美國歷史、解釋土壤侵蝕與洪水氾濫的原因、描述 1937 年的經濟情況，並說明TVA計畫的內容。但因為本片條理清晰的形式和風格技法的重複，使觀眾能夠毫無疑問地了解它的旨意。例如，有些段落均由攝影機搭配剪接，呈現背景為晴天的平原景像。前言之後，第一個鏡頭就開始這個主題：天空底下的緜延山脈。第 3 段的開始，成堆的小山丘背景是多雲的天空，第 4 段是也以天空為背景的松林(圖 4.25)。這個主題製造了觀眾心底的期待，認為天空即象徵了密西西比河谷的美景與生產力，而導演更利用此點來做為平行對應的基礎元素。在第 6 段中的洪水部分，這個母題就顯得較不突出，但是在介紹TVA計劃時，它又重回畫面。我們看到準備上工的人們在天空底下走著(圖 9.22)，而緊跟著這個鏡頭之後，是以天空為背景的丘陵(圖 9.23)，然後鏡頭向下搖到丘陵下的城鎮(圖 9.24)。因此，以主題的重複出現，象徵TVA計劃重新帶回美麗新世界的能力，滿足了觀眾內心的期待。這個重複還讓結尾與開場連結在一起，說明了田園景觀的恢復，實證了電影的論點，認為TVA計劃確實是正確的解決方案。

圖9.22

圖9.23

圖9.24

對比的手法在其他場景中，這個母題不是消失就是有了相當大的變化。第 4 段的南北戰爭部分，以李將軍(Rober E. Lee)的投降文字出現在銀幕上做為開場，並雙重疊印火焰的影像在文字上。這個手法上的差異，立即使第 4 段與前面幾段的開場產生對比，並導引出這段落是討論問題的部分。第四章中我們已談過，這一段關於土壤崩陷和洪水氾濫的問題，也以霧中殘枝(圖 4.26)來對比前幾段中在晴朗天空下的樹枝(圖 4.25)。

《河川》也運用多種剪接與聲音節奏的變化來製造對應與對比。Virgil Thomson著名的配樂使本片比其他紀錄影片更加出色，尤其是聲音與音樂的謹慎搭配使影像更生動。在序言之後，華麗的喇叭吹奏聲帶出藍天白雲的鏡頭，然後旁白者的聲音進入；兩者共同說明密西西比河谷的寧靜與豐美。之後的場景均以稍快的速度呈現砍下來的木塊隨著快節奏的"Hot Time in the Old Time Tonight" 音樂版本，掉進河流之中；音樂聲與畫面中的快動作完美地配合著。在此處音樂舉足輕重地引導觀眾的反應。因爲也許我們會覺得木塊急衝入水象徵毀滅，但是風格上它却暗示林木業正是美國國力的部分來源。

但在下一場景，第6段，導演製造了一個對比。觀眾對木塊的反應轉成負面。好幾個連續鏡頭產生的緩慢、冷酷的節奏，使洪水看起來狂暴、凶惡。這一段是以殘枝在林霧之中的緩慢鏡頭開場(圖 4.26)，伴著具壓迫性的音樂及不協調的合唱聲。旁白者以蓄意沉穩的聲音講述著，鏡頭之間以溶的方式連接，更遲緩了鏡頭的速度。接著開始營造本段的張力。有一鏡頭展示著有冰柱懸掛在上面的枝幹，然而，不是接下一個枝幹的畫面，鏡頭反而直接接入在滴水的冰柱(圖 9.25)。喇叭的伴奏突然切入提醒我們期待這個水滴的小動作即將帶來的威脅。然後，一連串大地的特寫，愈來愈多水匯流在一起，首先是小細流(圖 9.26)，然後變成小溪，沖刷著土壤。至此，樂聲節奏愈來愈強：沉重的咚、咚鼓聲強調鏡頭的段落，旁白者開始唸出年代：「1903」(圖 9.26)；「1907」(圖 9.27)；「1913」(圖 9.28)；「1916」(圖 9.29)等等，一直到 1937，一個鏡頭唸一個年代。在「1916」年那個鏡頭，我們看到一個小瀑布已成形，接下來的鏡頭就是一些小河流開始沖刷河床。當暴風雨與洪水的段落出現，一個短暫的雷擊在鏡頭中間出現。這時具震撼性的音樂愈來愈強，充滿著呼嘯聲。這些風格上的技巧組合起來，構成逐漸增強的張力高潮，說服觀眾洪水帶來的威脅。假如我們並沒有在實際上及情感上感受到這項威脅，那麼本片的論點就不那麼有力。也許當你看著這部影片，仔細再觀察及傾聽其他由聲音、音樂、剪接和畫面運動的節奏性技巧。你將發現《河川》擁有眾多類似上述的細膩設計。

除了風格上的運用引導我們去比較各段落之間的形式，《河川》也注意用些技巧提高各個場景對觀眾的衝擊力。因爲影片本身並沒有敍事上連戲的角色與動作，所以不需要顧及剪接的連貫性，也毋須關照風格是否突兀。例如圖形的變化可以是驚人的轉場，羅倫茲先剪一個騾子從右至左行過污泥的鏡頭(圖 9.30)，再接一個圖形類似的犂但由左至右經過的畫面(圖 9.31)。這個

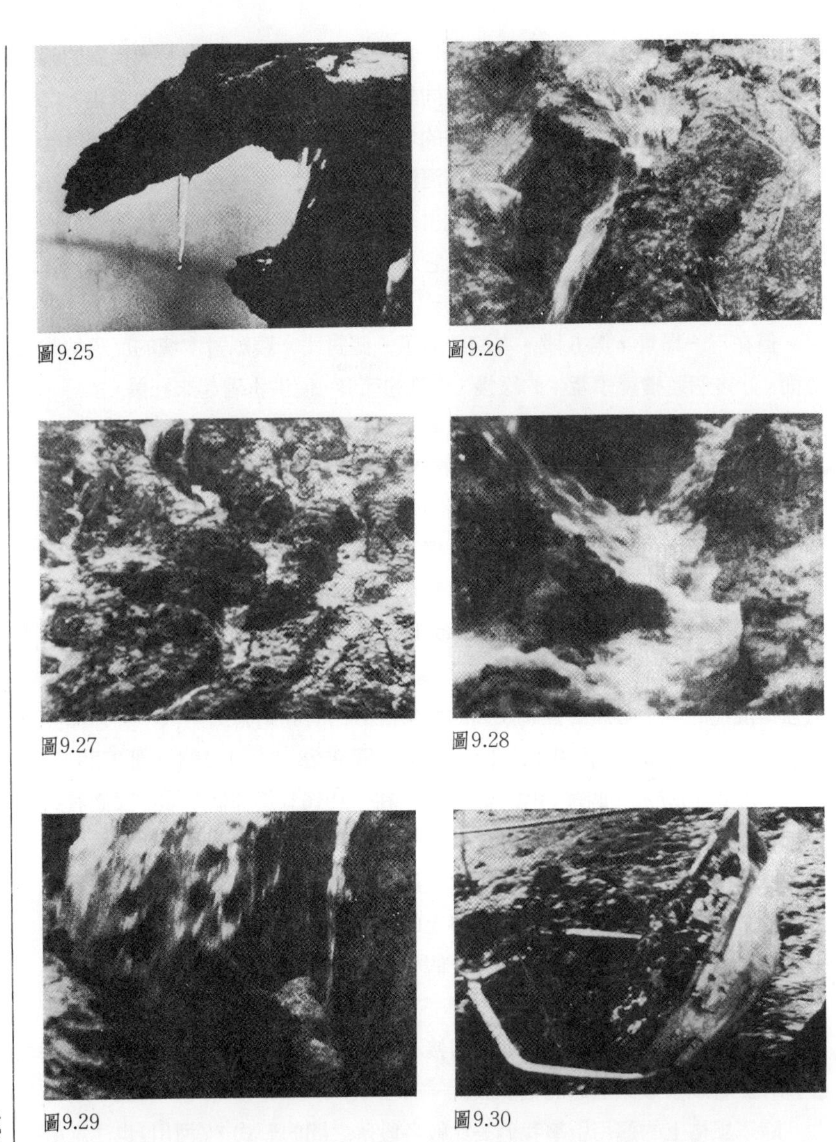
圖9.25 圖9.26
圖9.27 圖9.28
圖9.29 圖9.30

鏡頭接續了第三段的築溝堤部分，到栽種棉花的段落。兩個鏡頭間的不同暗示了段落的轉場，但它們之間的相似也引起我們期待這兩個主題的相關性。

攝影機運動也一樣在《河川》發揮驚人的作用。斜傾的取景經常出現，如工人搬運棉花到汽船的那一段蒙太奇鏡頭(圖 9.32)。不平衡構圖讓棉花好似不費吹灰之力就可滑到山谷一樣。搭配輕快的五弦琴樂器，這段戲令人充分覺得美國南方早期的豐饒(這些鏡頭的運動方式並沒有引發觀眾去思考這些黑人是否是奴隸——這個重要的主題並不在本片的論點中)。

圖9.31

圖9.32

這些小範圍的技術加強了《河川》對我們情感上的衝擊力，並吸引我們投入情感，這些都是策略性形式的主要功能。倘若一部影片能吸引我們投入情感，那麼我們當然更容易接受它的論點。《河川》正說明了風格如何成就策略性形式。甚至到今日，即使培爾・羅倫茲在本片中的論述已不再具時效性，但仍以影片本身風格上的威力在情感上影響著我們。

《機械芭蕾》的風格

在第四章中我們第一次分析《機械芭蕾》時，已談到它的一些風格特徵——短而急促的鏡頭，滑動般的攝影機運動，以及圖形上的不連戲。風格對形式的抽象結構非常重要。事實上，我們經常對強調原可識別的物品之抽象特性，稱之「風格化」(stylization)。因為我們已檢視了電影媒體的各種技巧，現在我們可以更精確地談論《機械芭蕾》的風格如何在影片中發揮功能。

本片運用了許多風格技巧，嘗試讓無生命的物體有舞蹈般的韻律，而人類有機械般的動作。影片中的物體都是我們日常所熟悉的物品，然而，在鏡頭中的場面調度卻讓它們脫離原來世俗的意義，而以新的方式來看它們。例如，有很多鏡頭中，人的臉或物品都放在黑色或白色背景前(圖 4.38 和 4.43)。有些時候，背景本身有其抽象的黑或白圖形，如第 2 段末的滾球鏡頭(圖 9.33)。在《機械芭蕾》中，甚至化粧，通常是在有許多演員的影片中才是重要的元素，也有其與其他物品間明顯的抽象關聯：例如在有一個女人的側臉鏡頭中(圖 4.38)，濃粧摻和無表情及僵硬的動作，使她看起來像一個木乃伊。人物的動作也有抽象的功能。在第 4 段中機械物品搖幌或轉動，強調了它們「機械芭蕾」的模式；相反地，人類的動作卻模仿了機器的動作。

攝影的特質加強了上述的功能，也增加了場面調度的抽象性。當然，任何取鏡都會造成畫面上的構圖方式，但是導演卻可以選擇強調或不強調平面銀幕上圖形的抽象特性。在《機械芭蕾》裏，鏡頭大小影響圖形在畫面中的地位。在本片中就充滿了中特寫、特寫和大特寫等鏡頭。配合空背景、緊的畫面，讓物品在畫面中突顯出來，使觀眾能特別注意它的形狀：如，圓形的帽子(圖 4.43)、馬頸的項圈(圖 9.34)，以及圓形的側臉(圖 4.38)。這些特寫也使物品的質地容易地顯露出來，如亮面的鍋子與瓶子。

另外，本片也以遮光罩(masks)改變銀幕的形狀，以強調畫面上的圖形，如一個女人的眼睛重複出現(圖 4.33)。影片裏採用了多種取鏡方式，例如第 1 段中盪鞦韆女子的鏡頭是上下顛倒(圖 4.31)。利用特殊效果可以用來組合某段中較小的圖形，例如透過稜鏡之光學作用的圖形，在後段中重複出現變成重要的視覺母題。最後，移動鏡頭用來創造影片的節奏。有一個女子在盪鞦韆的短的橫搖鏡頭是上下顛倒的，這是這一系列的開場，接下來還有像在第 3 段中，快速重複的遊樂區摩天輪的鏡頭。

圖9.33

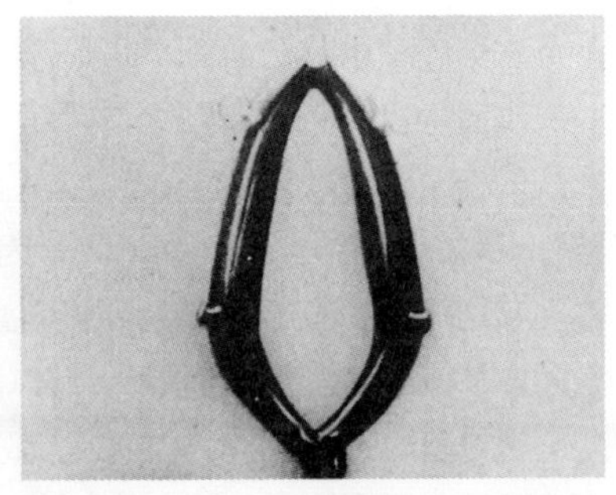
圖9.34

剪接同時也是製造物體間抽象關係的重要因素。本片即是導演在連戲剪接的限制之外，創造了鏡頭之間高度組織化的趣味關係。雖然一些母題不斷重複出現——如圓形物——但基本上它們之間很少有圖形連戲。然而，這部影片最具娛樂性的地方之一，就是在於圖形連戲。例如，在第 2 段，一個女人張眼的大特寫(圖 9.35)；接著她閉上眼，濃粧的眼與眉，好像白皮膚上的兩輪上下弦月圖形。然後另一鏡頭是同樣的構圖，却是上下顚倒(圖 9.36 是上一個鏡頭的最後一個畫面與下一個鏡頭的第一個畫面)。當眼睛再度突然睜開(圖 9.37)，我們被突然倒置的構圖嚇了一跳——兩個圖形幾乎一模一樣，使我們幾乎忽略了剪接的存在(這個效果當然是因快節奏剪接使觀眾來不及細看)，像這樣幽默的點子在《機械芭蕾》中經常出現，使它和六十年前第一次出現在觀眾眼前時一樣有趣、好看。

然而，如此的圖形連戲，在電影中並不常見。通常我們必須去辨識圖形間的相似點，即使中間有其他別的鏡頭。因此在第 5 段中，字幕與圖形像在跳舞般的動作、大“O”(圖 9.38)和馬頸的項圈(圖 9.34)，都是類似的圖形，而且都在許多其他鏡頭中出現。然而各項圖形都沒有在同一鏡頭中並置。另外，很多鏡頭因爲圖形的不連戲，產生強烈的對比。其中一個例子是圓形與三角形的重複出現。雖然它們都是在黑色背景中出現，但是它們在圖形上的差異，却是我們在觀賞時所立即注意到的。像這類的對比均會提醒我們去注意其他對比案例。

圖形的對比與節奏性剪接有重要的關聯。在第 7 段中(圖 4.43)，帽子、鞋子的轉變中，我們很快即掌握到它們之間的差異，但是當這一長系列的鏡頭持續出現，我們更發覺它們之間的變奏。大概在第三個鏡頭，鞋子突然自銀幕左方出現一下，帽子隨即突然跳一下，然後它們各自回到原來的位置，然後剪接速度開始加快。到了末了，鏡頭之短使我們幾乎只看到白色物體在震動——快速地改變形狀(從圓形到橢圓再回復到圓形)。(在此我們可以看到電影工作者運用在早期電影常用的一系列靜照，以快速動作讓彼此之間有一點姿勢不太一樣的照片快速通穿觀景口，所造成的動感。見第一章)

即使在沒有對比或對照的情況下，剪接依然能使畫面之間做出比較。例如將女人的眼睛放在機器旁邊，或在洗衣婦重複洗衣的動作間，插入正在運轉的機器的一部分，如此影片也可以製造出鏡頭之間暗喻式的相似點。而這種重複持續出現的比較手法，正促使了影片形式的發展。

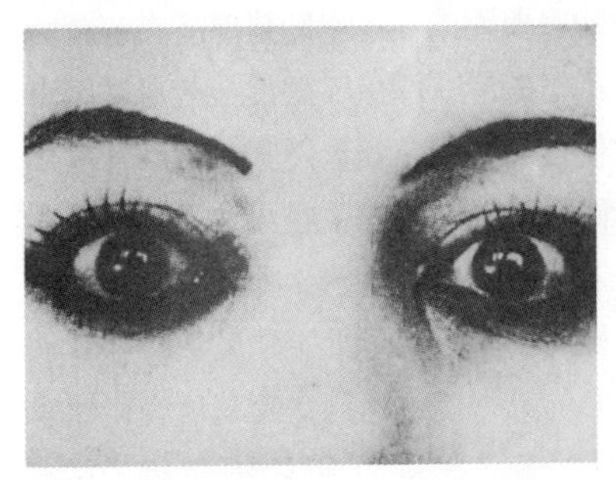

圖9.35

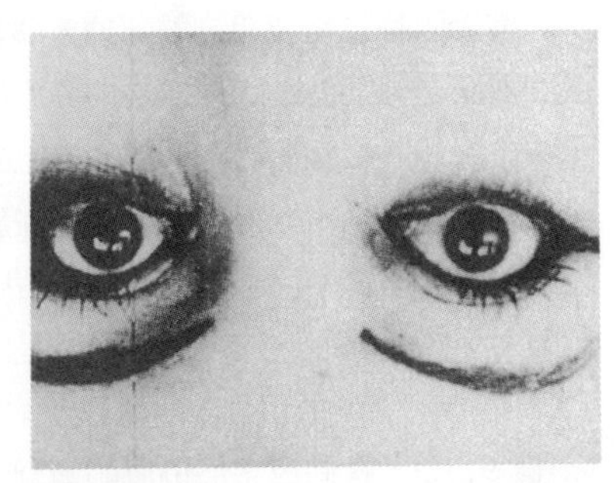

圖9.37

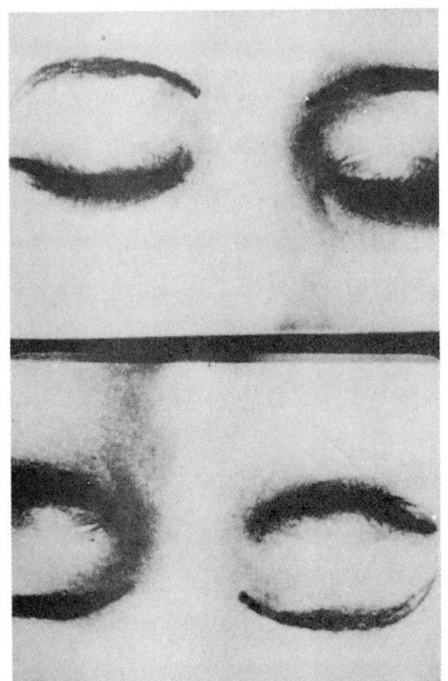

圖9.36

圖9.38

在組合之後，韻律式的人體動作、鏡頭運動和剪接手法，共同強調了物品有「跳舞般」的運動。如第 7 段中，經由快節奏剪接，使人無法不認爲銀幕上的人體模型，彷佛在舞蹈起來(圖 4.42)，而即使個別鏡頭內，人體模型却都是以不同姿勢靜止不動的。在這裏已與影片一開頭，一名女子在盪鞦韆的簡單動作，有著極大的不同。然而，即使除了片名之外尙有其他文字語言來導引我們的期待，《機械芭蕾》已運用了許多電影技巧來引導觀眾注意兩個對比情況下的相似點。如日常物品之間有了關連，使機械般的動作讓物品看起來與人們產生相似點。而這正是抽象式影片的主要作用。

《一部電影》的風格

在布魯斯・康納的《一部電影》中，它的風格具備了三種功能。首先，每一個技巧增強了不同物體間的連結，並引導觀眾在心底產生比較這些物件間的期待。第二，它的風格提醒我們如何對它的影像在情感上及知性上產生反應。以及，整部影片來說，風格技巧打破一體的形式而成爲各個小的部分，並製造這些部分之間的關係。

在拍攝《一部電影》時，康納並沒有控制原始的場面調度或攝影，也沒有在音樂部分刻意經營它的編曲。然而，在選擇及安排這些素材時，他僅利用它們原有的模樣，這些都使我們發現本片在場面調度、攝影機運動和剪接上，均符合了以上三種功能。

也許本片場面調度上最醒目的特點是它的多樣。從眾多影片類型中挑選素材，康納引導我們去尋找愈來愈多的組合方式來解釋所有物件間的關連。某部劇情片中疾馳的牛仔和印地安人，紀錄片中找出來的核爆蕈狀物以及色情片中的裸體鏡頭，這些都不組成故事或任何論點，而我們却必須在其中發現它們的共同點(例如挑釁與破壞)來使這些異質的影像產生意義。而我們之所以可以在鏡頭之間做比較，同時也是仰賴康納本人在不同的影片中尋找到他們之間的相似點，並將它並置在一起，如貨車相撞與賽車相撞的鏡頭擺在一起，或溜冰者跌下水緊跟著衝浪者被浪頭掩蓋翻覆的鏡頭。《一部電影》也利用各鏡頭中場面調度元素的相異點來引導觀眾的情感反應。飛機墜毀或火燒場面激發恐怖的感覺。這些視覺元素因爲不斷重複與變化，造就了整段電影形式。我們在第三章即討論過，第 2 與 3 段的母題(motifs)均在第 4 段和結尾部分重新出現。

本片的攝影上也有相同的特質。從一方面而言，在原始的影片之間有著非常多樣的攝影技巧：在戰時空中攝影拍攝中彈的飛機，紀錄片式的橫搖鏡頭跟拍賽車和汽艇，以及很多靜態的舞台化畫面，如同色情電影中的鏡頭一樣。這種多樣式加強了元素之間的對比，並且鼓勵觀眾在一般性的原則下，比較這些元素的異同。而《一部電影》也有相同的攝影母題。如，第 4 段裏所有的飛機爆炸事件的影片組合，也都是空中攝影，這也與第 3 段《興登堡遇難記》(Hindenburg)片中的空中鏡頭連結在一起。攝影同樣也能激發情感上的反應。第 2 段後段中一連串橫搖鏡頭的賽車相撞畫面，塑造了災難產生的節奏感，這個模式稍後在影片中會被重複及加強。同樣地，本段最後，一輛舊車從懸崖上滑落下來的向下直搖攝影(圖 9.39 及 9.40)，強調了墜落的高度，並給予一連串撞車畫面後的情緒高潮。

事實上，在《一部電影》的某些部分，康納在攝影上還是有在暗房中做些特效處理，以改變鏡頭本身的內容。第 4 段有些鏡頭以遮光罩做爲開始與結束；例如，一系列彎曲的吊橋鏡頭是以遮光罩逐漸移開來開場(圖 9.41)。這些地方強調了康納對這些找來的鏡頭的處理手法，與他不斷在影片中插入「電影」、「布魯斯・康納」等意圖類似。第 4 段，也有一小段鏡頭以溶的方式，以及光學上的變焦放大(zoom-in)畫面而連結起來。他從金字塔前的平地(圖 4.55)，再溶至火山鏡頭(圖 9.42)，從這些畫面的邊緣，可以看出康納先將它縮小，然後逐次放大，產生zoom的效果(圖 9.43)。然後直接接一個較近的火山鏡頭(同樣是光學上的縮小特效後，溶入一個宗教儀式活動(圖 9.44)，同樣是光學上的放大(圖9.45)，再溶入一個燃燒的《興登堡遇難記》(Hindenburg)的鏡頭，接著最後一個溶入，zoom-in 到一羣移動的坦克車。通常，一部電影裏若用到其他影片的鏡頭，均採用剪接及聲音上的處理，但本片在這裏却是一個對比。這些快速的溶入溶出及變焦處理，某方面來說，似乎要帶領觀眾進入這些災難現場。然而，更驚人的是，每一個場景似乎是從另外一個相連的場景中跳出來——火山從金字塔中跑出來等等。這個系列在各災難場面中創造一個非常強的連結性，提高了我們對這些無可避免的惡兆式景觀之感受。

聲音在《一部電影》中各種效果非常重要。在第三章裏，我們已看到〈羅馬之松〉這首歌的段落，如何與第 2 、 3 、 4 段的區隔，搭配在一起。對這首歌音調的轉變也影響觀眾對影像的感受。第 3 段的開場——攜帶圖騰的女人、特技表演者和《興登堡遇難記》——之所以有那些怪異、不吉的特質，大概都是自音樂的伴奏而來。還有，音樂也增強了我們情感上的感受：第 4 段裏連續的災難畫面本身即非常可怕，配上緩慢、沉悶但強勁的音樂，將它們連結成一個蓄意的衝鋒舉動。

當然，這些聲音都是非關劇情的，每一個鏡頭的個體都沒有自己的聲音

圖9.39

圖9.40

圖9.41

圖9.42

圖9.43

圖9.44

或音效。然而康納以謹慎的剪接，畫面的影像活動和音樂，製造出相當的節奏感。例如，〈羅馬之松〉在第二段後面呈現激昂的調子，搭配賽車相撞的畫面。失調的嗡鳴聲，將音樂在規律的間奏中分段，康納再適時搭上個別撞車的鏡頭，顯著地誇大了它們視覺上的效果。稍後在第 4 段，吹笛人(圖 4.56)

圖9.45

的畫面，適當地搭上樂曲中長笛與雙簧管的樂聲，讓觀眾突然間感受到，好像這個樂曲是劇情中的一部分。這同時也加強了那些異鄉景觀的田園風味，並區隔再度回到災難景觀的畫面。因此，雖然康納挑了一首原有的曲子，將它巧妙地編入影像中，並協助塑造了《一部電影》的調子與形式(有趣的是，〈羅馬之松〉本身即依聯想式形式組成的，是一首音調詩［tone poem］，它運用音樂式的想像來表示對一個地方或一個情況的印象。在這裏，Respighi［作曲者］是嘗試用音樂來描述羅馬的各個著名地點。這類音樂總是能強烈地激發聽者情感上與概念上的反應，而這正是康納利用這項特質的原因所在)。

剪接是《一部電影》中康納完全掌握的一部分，這也正是所有驚人效果的來源。當然，這些基本的聯想式類比是由剪接不同電影中的鏡頭而來。但是，康納並不是把它們用剪接並置而已，他同時運用各個鏡頭間圖形上、空間上與時間上的關係來組織它們。有些是以連戲原則來連接不可能在同一個空間發生的事件；由此，因爲這種「不可能性」，製造了該片的幽默感。現在我們可以了解「潛水艇長『看』著比基尼女郎」的幽默所在(圖 4.50 和 4.51)，就是來自於表面上視線連戲(eyeline match)。同樣地，在第 2 段中，這些不同的在奔馳的馬、大象和坦克車，是因爲它們朝相同的銀幕方向奔跑而連接在一起。大部分，他們的運動方向是從銀幕的左向右方，或直接向攝影機方向而來——在連戲系統中，兩個方向是可以「正確地」剪接在一起。因此，我們可以想像這些車輛和動物是在同一個大空間中奔跑——當然，是這些物件並置的「不可能性」造成它有趣的概念。稍後，在第 3 段，康納以不同的手法剪接不同的滑水者或汽艇在一起，有的以類似的運動方向，有的是反方向連接在一起，但這些都因爲這些鏡頭的一般性類似點而能加以比較。

經由剪接，圖形連接可以製造對比。在第 2 段的快速運動畫面中，我們看到一輛馬車朝鏡頭奔馳而來(圖 9.46)，然後，接著攝影機以低角度拍攝外形上乍看非常相似的滾桶，也朝鏡頭滾過來(圖 9.47)。因爲以快節奏剪接連接在一起，爲這一段製造了令人情緒激奮的感受。康納以尋找不同鏡頭間的相似點，同時也強調了鏡頭間組合性的連接、風格上的相關性激發觀眾去尋找情感上與概念上的相關性。

圖9.46

圖9.47

因此，《一部電影》整體形式上的組織，以它一開始的幽默口吻和接著威脅的調子，發展成最後的災難，大部分均是仰賴一些電影技術的重複使用。以剪接來並置不同的元素，以場面調度和攝影來強調元素之間的相似與相異點，再以音樂來激發調性上的聯想，這部短片可以誘發觀眾所有的情緒反應。在這裏，也如同在所有非敘事形式電影裏，我們可以發現風格在電影的整體形式中扮演著非常重要的角色。

我們在此結束對電影形式與技巧的討論。如我們所強調的，沒有固定的原則可以幫助你自動地了解電影。任何一部電影皆以它整體結構和風格之間的互動，創造它獨特的形式，每一個元素(整體結構中的形式元素，或風格技法的元素)均依據它在系統中的位置，發揮它的功能。分析電影中形式系統的本質和每個元素的功能是評論的宗旨，本書第四部分即包括了一系列分析範例，說明一個電影評論者如何在眾多類型截然不同的電影中，進行研究。

註釋與議題

■電影風格的概念

有時候「風格」這個概念被用來做爲評價的(evaluatively)詞句，意味這部電影裏有些相當好的地方(「頗具風格！」)，但是在本書它是做爲敍述的(descriptively)詞句：每部電影都有它的風格。討論各種藝術的風格，可讀：

Monroe C. Beardsley, *Aesthetics: Problems in the Philosophy of Criticism* (New York: Harcourt, Brace & World, 1958);

J. V. Cunningham所編的*The Problem of Style* (Greenwich, Conn.: Fawcett, 1966);

Berel Lang所編的*The Concept of Style* (Philadelphia: University of Pennsylvania Press, 1979)。

研究電影風格的先驅者是：

Erwin Panofsky, "Style and Medium in the Moving Pictures,"在Daniel Talbot所編的*Film: An Anthology* (Berkeley: University of California Press, 1970, [originally published in 1934])，pp.13-32；

Raymond Durgnat, *Films and Feelings* (Cambridge, Mass.: MIT Press, 1967);

Raymond Bellour, "Pour une stylistique du film", *Revue d'esthétique* 19, 2 (April-June 1966)：161-178。

其他關於電影風格的其他方面研究，請參閱第三部分各章後面的註釋與議題。

有關《大國民》的製作，較完整的資料有：

Robert L. Carringer, *The Making of Citiren Kane,* (Berkeley: University of California Press, 1985)。

第四部分

電影分析評論

影評並不專屬於專門寫電影文章或電影書的人。

當任何人主動想要了解某部電影，她/他即已開始了評論的過程。例如，也許你並不肯定爲什麼影片中有這場戲，當你在思索它在整部影片中的位置及功能時，就開始了評論的第一步。而且，當一羣人在討論所看過的電影時，他們即已一起分享了彼此的評論。

到目前爲止，我們在書中已檢視了許多能夠讓喜歡看電影的人，有系統地分析一部電影的概念和定義。電影評論者在進行研究時，即已知道各種形式的結構模式，如重複或變奏，這些在評論時都是非常重要的線索。她/他同時對敘事或非敘事形式的原則非常熟悉，並敏銳地注意影片中不同電影技巧的用法，而根據在影片中找到的證據，提出個人的看法。

我們在前面的章節中除了提到組成一部影片的技術，也列出了統理一部影片形式系統的基本原則。其中一些影片的詳細例證和分析也展示了各種元素在影片的整體系統中如何發揮功能。然而，獲取評論能力的唯一方法，是必須透過練習——你必須精密地賞析電影和閱讀其他評論者的分析文章。爲此，我們以一系列針對個別影片的簡明短文範例，來總結我們認爲電影是一種形式系統的觀點。

一個分析者通常會以具有目的的觀點來檢視一部影片。例如，你可能想要了解電影中某一個令人困惑的部分，或者想要揭開電影裏某個令人愉快的部分之內在結構，或是想說服別人這是一部值得一看的影片。在本書，我們所舉的範例評論則有兩個目的。首先，我們想要說明電影形式和電影風格(技巧)如何在不同的影片中共同運作。第二，我們嘗試示範評析電影的短篇文章，說明這樣的文章如何闡明電影中元素之間的關係。而由於單篇短文受限於作者所設定的目的，所以必然無顧慮到電影的每一現象。因此，下列這些評析文字是無法完整地詳論一部影片的。甚至，你可能閱讀完它們之後，還發現許多未能盡意的論點。事實上，這整本書就是只專門討論某部影片，都還不能徹底說明所有能豐富我們觀影經驗的可能性！

10 電影評論：範例分析

本章內共分成五個主要部分，各部分均強調不同電影的特性。首先是四部古典的好萊塢敍事電影：《星期五女郎》、《驛馬車》、《北西北》以及《漢娜姊妹》(Hannah and Her Sisters)。這些均是影迷所熟悉的電影，仔細研究它們的運作方式是本章重點。

接下來是四部好萊塢主導形式外的另一種電影。前二部是以其敍事上的曖昧性製造戲劇效果：《憤怒之日》和《去年在馬倫巴》，兩部均沒有古典好萊塢敍事電影中明確的因果關係鎖鏈，在電影技術層面上，也均以不安定、模稜兩可的手法呈現劇情。第三部是《東京物語》，它運用異於好萊塢的敍事常規，以創造出一個獨立且高度統一的敍事系統。最後的《無知不設防》是更不墨守的好萊塢成規的例子，它以拼貼的方式呈現電影在社會及政治層面上的喻意。

紀錄片的結構可以有多種組合方式，所以在第三部分我們要討論兩個例子。雖然《高中》(Hiph School)主要目的是客觀描繪一個現象，它還是說明了導演在形式與風格上的選擇，可以營造出強烈的訴求效果，以及建立特殊的外在及內在意義。相反地，《持攝影機的人》則沒有爲達到客觀效果而矯飾，反而大事宣揚電影媒體主動的操控威力。

我們並不認爲卡通影片禁不起嚴密分析，第四部分因此要展示動畫影片如何挑戰僵硬形式與風格，展現迷人風貌。三部有意思的短片將說明圖繪的動畫片的種種可能性。

最後，我們要進一步討論強調社會意識型態方面的評論。第一部影片是《相逢聖路易》，它採納主流意識型態，並暗中增強觀眾對此意識型態的認同。相反的，《一切安好》却明顯地以激進的手法，挑戰觀眾的自覺，思考影片的敍述觀點。

在每一部分的內文中，我們會同時強調每部影片的其他不同特性。例如《相逢聖路易》從古典好萊塢敍事手法的觀點來看，也是一部典型作品。相同的，《持攝影機的人》也可被視爲古典連戲剪接手法外的另一種選擇。每一部影片也都可拿來分析它們所代表的意識型態。我們的選擇只是一些分析途徑的建議，讀者可以依此循序準備，組織自己的觀點，開始撰寫自己的電影評論。以下各個舉例影片中的所使用的各種分析批評策略，可提供讀者運用在自己的寫作中。

古典敘事電影(劇情片)

■《星期五女郎》(His Girl Friday)

1940，Columbia出品。

導演：霍華・霍克斯(Howard Hawks)

劇本：Charles Lederer

原著：Ben Hecht和Charles MacArthur合寫的*The Front Page*

攝影：Joseph Walker

剪接：Gene Harlick

音樂：Morris W. Stoloff

演員：Gary Grant, Rosalind Russell, Ralph Bellamy, Gene Lockhart, Porter Hall

《星期五女郎》給人最深刻的印象是它的速度：它被認爲是有史以來速度最快的有聲片。因此，在分析時要先放慢它的腳步，先分段，然後觀察影片中各部分元素之間如何產生邏輯上、時間上與空間上的關係。依照這個方式，我們要分析古典敘事形式或特殊的電影技巧如何去製造出獨特、令人目眩的觀影經驗。

《星期五女郎》擁有古典敘事電影的基本單位，場景。通常場與場之間是以剪接上的如溶、淡或掃(wipe)來分隔。每一場擁有自己截然完整的時間、空間與劇情。本片共有 13 個事件發生地點的場景，分別是：

(1)晨報辦公室　(2)餐廳　(3)刑事法院記者招待室

(4)華特(Walter)的辦公室　(5)艾爾・威廉(Earl William)的獄房

(6)記者招待室　(7)管區監獄　(8)記者招待室

⑼警官辦公室　⑽監獄外的餐廳　⑾記者招待室

⑿警官辦公室　⒀記者招待室

以上每個場景之間，除了第 8 和第 9 場景之間之以切接方式外，皆以溶來轉場。

但是在每個場景中均發生許多劇情。例如，注意第 1 場景中大約就有 14 分鐘的銀幕時間，介紹了所有重要演員和兩條敍事線。另外以第 13 場爲例，所有主要演員全出現了，約佔 33 分鐘；因此，爲了方便起見，我們可以將這麼長時間的場景，以人物之間互動的改變，分成較小的單位。所以，第 1 場就包括了：(a)進入報社；(b)海蒂(Hildy)與布魯斯(Bruce)第一次交談；(c)華特與海蒂談論過去；(d)華特與達菲(Duffy)談艾爾・威廉的案子；(e)海蒂告訴華特她已再婚；(f)華特與布魯斯見面。

要掌握長時間場景的戲，可以如以上方式來將之分成較小的部分，以便觀察。事實上，因爲以人物進出來分段(而不是用場景變化)，可能有點「劇場化」了整部電影的感覺。無論是哪種情況，分析人物互動的發展模式，可以幫我們更能掌握劇情內在的騷動與整部影片的速度。

當然，場景的功能是在推動劇情。在第三章我們即已談論過古典好萊塢敍事電影，通常將劇情圍繞在具有特定性格特徵的主角想達成的特定目標上。這些人物之間對比的性格，和彼此牴觸的目標，兩者所產生出來的矛盾衝突，正是將故事以因果關係的結構一步一步將劇情向前推進。《星期五女郎》就有以下兩條因果鏈：

1.羅曼史。海蒂・強森希望能辭去現在的採訪記者工作，安定下來與布魯斯・鮑丁結婚。這是她的目標。但是海蒂的主編，也是她的前任丈夫華特・伯恩斯却希望將她留任當他的手下，並且兩人再結一次婚(他的目標)。由於這兩個目標，兩位主角就在好幾個層面上彼此產生衝突。首先，華特計誘海蒂寫最後一篇採訪稿，以交換她可以順利辭職與布魯斯共築愛巢。但華特同時也設計讓布魯斯被搶。當海蒂知道詳情之後，將稿子撕碎抗議。華特繼續干擾布魯斯。最後終因爲讓海蒂重燃起對採訪報導的興趣，以及打消與布魯斯結婚的念頭，而順利贏得美人心。

2.犯罪與政治。艾爾・威廉因爲殺了警察，即將被處以死刑。市政府的大頭們就靠這次的行刑來保障自己得到下一屆競選的選票。這是警長與市長的共同目標。但是華特的目標却是設法說服州長給予威廉緩刑，然後讓市長在選舉時受挫。因爲警長的疏忽與愚昧，威廉逃脫了，並藏匿在海蒂與華特的保護下。這時，州長恰好給了威廉緩刑令，但市長立即賄賂帶信者。威廉因此被發現，但帶信者及時帶著緩形令回到刑場，救了威廉，並促使華特與海蒂出獄。這一來，市長的再競選想當然爾是必定失利。

第二條敍事線有好幾點其實是依據第一條敍事線的事件需要而來：華特利用威廉案來引誘海蒂回到他身邊，海蒂追查威廉的案子而無法顧及布魯斯，以及布魯斯的嫂嫂向警察局告發華特包藏威廉，等等。更甚的是，一些人物的目標因這兩條敍事線互動而改變。在華特的部分，計誘海蒂報導威廉的故事，是同時實現了他揭發政治黑幕以及贏回海蒂的心。海蒂這方面的個人目標則有了大改變，當她決定報導威廉時，已說明了她個人接受了華特的目標；稍後她願意爲華特窩藏威廉以及她漠視布魯斯對她的求愛，更確立了她的目標已與華特的目標相結合。因此這兩條敍事線其實是推進華特實現他的目標，及改變海蒂的目標。

在這個框架中，因果關係的複雜程度需要比本文更大的空間才能進一步分析。例如，華特眾多干預的策略(同事達菲、路易及安吉的通力合作)本身就是小型因果鏈的組合。另外如布魯斯一直被排除在羅曼史的劇情外，在他不斷出入州立監獄下，愈來愈無抵抗能力。在這方面，威廉也有相似的遭遇，他操控在海蒂、警長、心理醫師和華特的手中。其他次要的角色如莫莉・梅洛依(Molly Malloy，是威廉的柏拉圖戀人)、布魯斯的母親、其他記者，尤其是賤骨頭(Pettibone)——州長派出來的密使，等人都有特定的功能。但在這些因果關係中，應該要注意這些場景是如何因此「鉤」在一起。通常，場景結束前所發生的事件，一般被認爲是導致某個果的因，即，下一場景開始的事件就是果。例如，第一場的末尾，華特提議布魯斯、海蒂和他三人一起用餐；第二場開始即是三個人已到了某餐廳。這恰好說明了古典敍事中著名的「線性」敍事：幾乎每一場戲都以一個「懸而未果」(dangling cause)的因做結，而果則在下場戲開場時出現。《星期五女郎》的線性模式即是如此加速劇情發展，因爲每場戲的開頭都設在上一場戲的結尾處。

電影中這套「因—果」邏輯還說明了另一個古典敍事結構的原則：結局。沒有事件是沒有原因。而且，最重要的是：兩條敍事線都在結尾有清楚的交代。例如，威廉被救；市長蒙羞；布魯斯與母親離開現場，促成海蒂與華特快樂地計劃他們的二度蜜月。

這麼多因果，那麼敍事時間呢？古典好萊塢電影通常讓時間附屬在敍事的因果關係之下，一般而言，它的手法是：讓每個事件有它的截止時間（deadline）。因此時間的目標與因果目標就能交纏在一起，而時間也因此被賦予因果的重要性。期限當然是新聞類型片的慣例，時間元素早在其中。但在《星期五女郎》中，兩條敍事線都各有其期限。市長和警官共同面臨一個明顯的時限：艾爾・威廉必須在週二以前，即州長緩刑令來之前被處死。華特在另一方面也面臨相同期限：威廉必須獲得緩刑。布魯斯與海蒂原要搭當天下午4點鐘的火車到艾伯尼（結婚去），華特則盡一切能力讓他們不斷延後行程。倘若劇情是讓威廉下個月再處死刑，或選舉是兩年之後的事，或更甚的是，布魯斯和海蒂的婚禮是未來某日，那麼戲劇的張力一定會消失怠盡。這些彼此交纏在一起的期限、每個人物的目標，都將兩條敍事線完全擠壓在一起，讓整部影片產生一種令人喘不過氣來的速度感。

本片另外一個特色是時間的模式增強它的速度。雖然劇情以依時間次序順序推展，它在處理故事時間上有相當的彈性。當然，整個劇情大約是9個小時（大概是中午12：30到晚上9：30），當然有些部分場景之間的時間會縮減，較不尋常的是某場景之內的時間也被加速了。例如，在第一場戲一開始，郵局的時鐘是12：36；銀幕時間（即放映時間）12分鐘後，時間則是12：57。故事時間顯然是被壓縮了。第13場也有明顯的例子。除了時間的壓縮之外，快速的對話以及偶而加速剪接的節奏（例如，記者們在威廉被捕之前的大叫），都使本片在一種透不過氣來的速度中前進。

空間，如同時間一樣，也是隸屬在因果之下。霍華・霍克斯的鏡頭經常以不明顯的方式改變取鏡位置。平行視角的角度充斥全片，中間偶有高角度鏡頭拍在監獄中的威廉。除了威廉在獄中的沉悶的歌德式剪影畫面，燈光屬高明度。大部分的戲發生在一些場景的限制也許是一項缺點，但是人物的擺位在各場景中却各不相同，且具有其特殊功能。當華特說服海蒂報導這則新聞時，他的位置及兩人圍著辦公桌生動地討論，華特呈現的是主動及有些幽默的姿態。剪接小心且流暢地保持中景與近景鏡頭之間空間和動作的連戲，使觀眾注意他們的行為而不是鏡頭的變化。事實上，每一場戲，尤其是餐廳和最後結尾那場，是古典連戲剪接的最佳典範。總而言之，空間是用來描繪因果關係流程的輪廓。

在此我們要特別強調聲音和場面調度。1939年時，記者們已非常依賴電話連繫，《星期五女郎》則寫實地將這個現象成為敘事的中心。華特表裏不一的行為(為施展他計誘海蒂的計謀)需要用電話；在餐廳裏他假裝有電話找他，他利用電話向海蒂承諾但又黃牛；他也透過電話唆使達菲做這做那。記者招待室中還充斥著電話，以便讓記者隨時與報社主編通話。當然，布魯斯也不斷從各個警察局打電話給海蒂。因此電話在片中組成了一個通訊網路，容劇情推展之用。

但是霍克斯同時在視覺及聽覺上如編一首管弦樂般製造人物在使用電話的戲劇感。其中還有許多變奏。例如，某一個人在講電話，或幾個人輪流講電話，或幾個人同時對不同的電話講話，或講電話的聲音被房中其他談話的聲音打斷，等等。在第 11 場戲，就產生「對位的」(polyphonic)音響效果，當不同的記者輪番走進記者招待室打電話給他們的主編時，每個人講電話的聲音壓過上一個人的聲音……。接著在第 13 場，當海蒂發狂地打電話到醫院，華特剛好在那一頭對另外一支電話大叫。或者當布魯斯見著海蒂，一連串吵雜的聲音一起蜂湧入觀眾的耳膜：布魯斯要求海蒂聽他說話、海蒂專心地打字寫報導，而華特則對電話那一頭的達菲大叫清樣。像這種情況在本片尚有許多，絕對需要更詳盡地研究它們對連結敘事線的複雜方式，以及快速推演劇情節奏的貢獻。

■《驛馬車》(Stagecoach)

1939，Walter Wanger Productions出品(United Artists發行)
導演：約翰・福特(John Ford)
劇本：Dudley Nichols
原著：Ernest Haycox, "Stage to Lordsburg"(驛旅羅茲堡)
攝影：Bert Glennon
剪接：Dorothy Spencr and Walter Reynolds
音樂：Richand Hageman等
演員：John Wayne, Claire Trevor, Thomas Mitchell等

電影理論家巴贊曾就約翰・福特的《驛馬車》做如下的評論：「《驛馬車》在風格上的成熟使之成為經典作品的理想範例……它像一個輪子的中軸，無論在任何情況下都完美地保持它的平衡狀態。」這個結果是由於本片將所有

的戲劇元素集中在一個目標上，而製造出一個完整、一致且非常緊密的敘事體而來。

如同《星期五女郎》，劇情也是發生在一段短間時——兩天之內。福特即利用「驛馬車」(沿途停靠在每個驛站的馬車)的字面意義，做爲敘事的基礎。因此故事即是隨著馬車的前進，從包括起站到終站的中間每個站的進食與休息，來發展它的劇情。我們以一個大綱將整個旅程分段，一窺全劇形式發展的重要特色：

第一天

1.騎兵隊接獲印第安人叛亂的消息。

2.坦多站，旅客坐上馬車。

3.旅客們在第一段旅程的對話。

4.停靠第一個驛站，晚餐及知道旅程上沒有護衛的消息。

5.第二段旅途的對話。

6.第二個驛站：露西分娩；林哥向達拉絲求婚。

第二天

7.早晨：自第二個驛站出發。

8.第三段旅程的對話。

9.第三個驛站：旅客們發現燒成灰燼的渡口、倒在河中的馬車；接著被印弟安人攻擊追逐；騎兵隊前來救援。

10.抵達羅茲堡：林哥與普拉瑪兄弟對決。

11.林哥與達拉絲前往林哥的牧場。

在這個大綱中可以明顯看出各段落之間的平衡發展。影片的開場與結尾前都包括較短的場景。開場是騎兵隊前來坦多的鏡頭，他們帶來傑諾尼莫(Geronimo)已淪陷的消息；結尾的鏡頭是林哥與達拉絲騎馬越過山谷，朝向他們的新生活前進。影片的第二部分是發生在旅客上車的坦多站。旅程則結束在第10段，是旅客下車的羅茲堡。這裏同時是每個角色完成自己目標的地方。

在起站與終站兩點之間，沿途包括了三個段落(3、5及8)，以到達某個驛站做爲終止。在第一個驛站乾叉(Dry Fork)，旅客共進午餐。第二驛站阿帕契井(Apache Wells)，是他們過夜的地方。第二天再上馬車的戲則與前天從坦多站出發的戲形成對照。

與先前的戲一樣，從驛站出發又帶出新一段旅程。但是這個行程的模式(旅行—驛站—停留)在重複中有了重要的變奏。當驛馬車抵達了第三也是最後一站前的驛口東渡口(East Ferry)時，發現整個渡口已被印第安人燒盡。馬車越過河流，朝向羅茲堡驛站時，印第人開始突擊。經過追逐與騎兵隊的救援，他們繼續向終點站前進。

離開坦多時(第 2 段)，劇情已說明了大部分人物的目標。露西・麥洛瑞(Lucy Mallory)是去會在騎兵隊服役的丈夫。皮考克先生(Mr. Peacock)是威士忌酒的銷售員，要去會住在堪薩斯城的太太。旅途的兩個領導人一個是車夫巴克(Buck)他要回在羅茲堡的家，以及警長克利(Curly)，他的工作是護衛這趟旅程以及逮捕林哥小子(Ringo Kid)。

兩個不受歡迎的人物，一個是酒鬼達克・波恩(Doc Boone)，以及妓女達拉絲(Dallas)。兩人都是被當地有聲望人士趕出城。他們兩人都沒有特定目標，上馬車只是要找尋一個可以停留的地方。海特菲德(Hatfield)是個賭徒，也沒有自己的長期目標，專爲保護露西而上路。

另外兩位在中途上車的人物，一個是蓋特伍(Gatewood)，盜了銀行的錢，看到馬車經過，就招手上車，他的目標是逃避追查。出了坦多站不久，林哥即跳上車，他的目標是到羅茲堡向普拉瑪兄弟尋仇。他一上車就被克利拘捕，與這羣人一同出發。

情節上比較重要的因果關係發展，大部分是發生在驛站之間。在第一站(第 4 段)出發後，馬車內座位的分佈點出了人物之間的社會關係。林哥與達拉絲由於都被認爲是低階層的人物所以被安排在一起。皮考克先生則是人羣中唯一認爲因爲沿途沒有騎兵隊保護，所以馬車應駛回驛站的人，充分說明他是人羣中最膽小的。

第二個驛站(第 6 段)是整段旅程中最重要的場景，因爲人物之間的關係在這裏有了發展。達克和達拉絲在這段戲中獲得其他人的讚美，因爲他們幫助露西分娩。而也在此時林哥向達拉絲求婚。

在各個驛站和城鎮之間，以及印第安人襲擊的場面之間，都有類似的短的場景。每一場均有驛馬車在遠或極遠景的畫面，每一次都有獨特的「驛馬車」主題音樂伴隨。好幾次，這些場景的遠景鏡頭後面都緊跟著克利與巴克坐在馬車夫座位上談話的中景鏡頭。這些鏡頭補充說明了一些劇情，例如，觀眾可以知道原來克利非常同情林哥向普拉瑪兄弟復仇的動機，而他同時懷疑蓋特伍的言行。

這些短的場景也都包括了一些驛馬車內旅客們交換眼神及談話的鏡頭。這些鏡頭在重新塑造人物性格特徵的目的上大於推展劇情的功能。蓋特伍不斷抱怨；達克不斷偷喝皮考克袋子裏的酒；海特菲德則向露西獻殷勤。人物之間彼此態度的轉變也非常明顯。例如在露西生下寶寶之前，大部分的人都輕視達拉絲，後來都改以親善的態度待她。

這些較短的場景內，在旅途中其實也提供了馬車在前進的感覺。它們以溶的方式相接，意味時間的流逝與空間的轉變。不同於《星期五女郎》，《驛馬車》幾乎沒有任何一場戲是以「懸而未果」的因做爲與下一場景的開場。事件的因往往在長時間的劇情中消失了。例如，克利在影片的前段表示他對林哥的同情，直到最後一場戲才有了結果：他讓林哥與普拉瑪兄弟決鬥。因爲大部分的人物在每個場景都有出現，所以《驛馬車》並不需要「懸而未果」的因。而且馬車本身的旅程已賦予它推衍劇情的功能。

《驛馬車》在敍事上的豐富大部分也來自人物之間的不同，有時是彼此衝突的目標交纏的結果而來。抵達羅茲堡後快速解決(交代)人物各個目標，給予強烈的結局的感覺。露西得知被印第安人突擊的丈夫目前已安然無恙，皮考克的傷勢不再有大礙；蓋特伍則被捕。大部分明顯的正面及反面人物的目標都有了交代。

其他人物則在劇情的發展中證明了他們生存的價值。海特菲德曾是惡名昭彰的賭徒，却爲了護衛露西死在與印第安人的戰爭中，贏得了「紳士」的稱謂。達克・波恩則爲了幫露西分娩，從酒醉中清醒過來；在與普拉瑪兄弟的決鬥中，他也勇敢面對他們。最後，他確實贏得警官的尊敬，在警官提議去喝一杯時，他回答道：「只要一杯。」暗示他的人生觀已因這趟旅程有了改變。

影片最後的劇情在林哥與達拉絲身上。此時大部分人物的目標都已獲得圓滿交待，他的命運却仍未卜：與普拉瑪兄弟的決鬥才要開始。達拉絲原沒有生命目標，終於有了一個：去獲得林哥的愛。最後，林哥在決鬥中獲勝，警長決定不送他回監獄，終於導致最後的結局：林哥與達拉絲共奔前程。畫面上，他們兩人駕馬車穿越山谷，正與開場的山谷畫面相呼應。

《驛馬車》的風格也襄助了敘事的重複與變奏。我們已提過開場的遠景鏡頭立刻接著馬車內的近景鏡頭，在每一場景中均重複著這個模式。也分析了本片畫外音的傑出運用(可參考第八章)，如何發揮它們在聲音上的特殊功能。

本片另外一個風格特色是：景深畫面與深焦鏡頭。在第十一章我們有更詳盡的解說,因爲在三〇年代好萊塢的影片大部分的攝影風格是「淺」畫面,及「柔焦」鏡頭。三〇年代末有一些電影即已試用深焦攝影，《驛馬車》就是其中之一。片中，第二驛站裏的一些鏡頭就是用深焦來拍攝，林哥看著達拉絲走出露西房間外的長廊，向庭院走去(圖 10.1)，或是林哥跟著她走的鏡頭(圖 10.2)。奧森・威爾斯曾聲稱他在拍《大國民》之前，先看了好幾遍《驛馬車》。《大國民》是以率先使用深焦攝影而著稱的電影，但從《驛馬車》的劇照，我們可以明顯看得出它們在場面調度、燈光和鏡頭運動上的相似處。福特的攝影師用廣角鏡頭讓整個畫面都位於焦距之中，並誇大畫面的透視。深焦鏡頭通常會使用強的背光，使達拉絲和林哥在背景中突顯出來。這裏的打光法和其他場景中平光的打法相當不同。而這種光的調性又在羅茲堡的段落中當兩個人的計劃終於有機會實踐時重複。

整體而言，福特的剪接風格保有好萊塢連戲剪接的特色。但，值得注意的是,本片的剪接並非巴贊所謂的「完美的古典」。例如,印第安人突擊的戲就違反了銀幕方向的定律。他們不但有時從左而右前進，也有時由右向左進行攻擊。有時福特是以可以被接受的正面或背面鏡頭，跨過 180°線，但有時他却沒這麼做。有一次林哥跳上馬背重新套上轡繩，中景鏡頭中他的方向是由右向左(圖 10.3)，在下個遠景鏡頭中，他却是從左向右(圖 10.4)。

這些離題的部分說明違反連戲剪接的規則有時並不會讓觀眾困惑。整個敘事已告訴我們，荒原上只有一輛驛馬車和一隊印第安人，只要導演有介紹場景的空間及活動的物體，銀幕上的方向改變並不會造成困擾。

除了以上的小缺點，《驛馬車》依然是巴贊對三〇年代好萊塢影片的定義中,具有古典而完整形式與風格之傑出範例。下面討論的《北西北》和《漢娜姊妹》，將說明像《驛馬車》這樣的古典形式與風格，如何延續到今日。

圖10.1

圖10.2

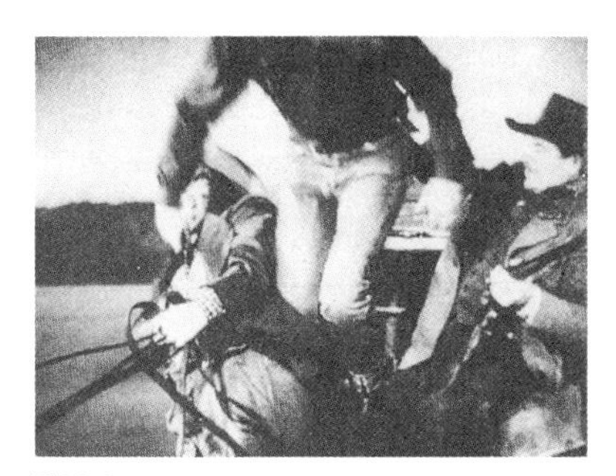

圖10.3

圖10.4

■《北西北》(North By Northwest)

1959，米高梅(MGM)出品

導演：希區考克(Alfred Hitchcock)

劇本：Ernest Lehman

攝影：Robert Burks

剪接：George Tomasini

音樂：Bernard Herrmann

演員：Cary Grant, Eva Marie Saint, James Mason等

希區考克一向宣稱他拍的是驚悚片(thrillers)而非偵探片(mystery films)。對他而言，製造迷惑遠不如激發懸疑緊張與驚奇的氣氛。雖然在希氏的《美人計》(1946)、《慾海驚魂》(Stage Fright, 1950)、《驚魂記》這些電影中，偵探故事元素是重頭戲，但在《北西北》，它則是十足服膺希式信仰，只

是吸引觀眾進入驚悚劇情的託辭。緊湊的因果鏈使得希式能在遵循古典敘事電影的規範中推展情節。劇情因此一直在一連串強調惹起驚悚的敍述中不斷展開。

如同大部分的諜報片，《北西北》有複雜的情節，兩條主要敍事線。其一是一羣間諜誤廣告代理商業務代表羅傑・索希爾是美國情報員喬治・卡普蘭(George Kaplan)。雖然那羣間諜一直無法抓到他，但索希爾自己反而成爲他們所犯下的謀殺案的主嫌犯。所以他必需逃避警方的追捕，設法找出眞正的喬治・卡普蘭。不幸的是，事實上根本沒有喬治・卡普蘭這樣的人存在，它不過是美國情報局(USIA)設下的餌。另外，索希爾追查卡普蘭則引發另一條敍事線：他遇到伊娃・康達(Eva Kendall)，並愛上她，但她却是那羣間諜的首領菲立普・范・丹(Philip Van Damm)的情婦。情報追逐的敍事便與羅曼史相交纏，結果更帶出索希爾發覺原來伊娃是雙面諜，秘密爲USIA工作。因此爲了防止范・丹對伊娃下毒手，索希爾還得適時救她。最後索希爾也因此解了謎：這羣間諜原來是利用木雕刻品，將國家情報藏在其中偷運往國外。

即使上述的大綱看起來非常簡略，觀眾還是可以看得出來該電影的中心情節含有很多傳統敍事慣例。譬如「搜尋」(search)的模式：索希爾出發去尋找卡普蘭。另外是「旅程」(journey)的模式：索希爾和間諜們一路從紐約到芝加哥，再到南達科塔州(South Dakota)的瑞比城(Rapid City)。其他如劇情的最後三分之一圍繞在索希爾與伊娃之間的戀情。此外，每一個模式在過程中都有顯著的發展。如「搜尋」中，索希爾經常假扮卡普蘭的身分，「旅程」也因爲索希爾所使用的交通工具而改變——計程車、火車、搭卡車的便車、警車、巴士、救護車及飛機。

最巧妙的是，羅曼史敍事線不斷因索希爾對自身所處情況的自覺而修正。當他以爲伊娃救了他時不禁愛上她；但一旦他發覺是伊娃將他送到危險的皮瑞站(Prairie Stop)稻田中的某巴士站，使他差點喪命時，他開始對他冷酷無情。尤其是他發現她原是范・丹的女人，他的憤怒與痛苦更驅使他羞辱她，且用計使范，丹懷疑她的忠誠度。只有當「教授」(即USIA的首腦)點破她原是雙重間諜，索希爾才了解自己錯怪了她。因此，他的每一次覺醒都改變他與伊娃的愛情關係。

這樣複雜的情節其實也運用了其他策略，才使它看起來合理一致且可以理解。首先是精密的時間表。包括四個白天和夜晚。第一天半發生在紐約，第二晚即搭上前往芝加哥的火車；第三天在芝加哥和皮瑞站；第四天在拉許摩山區（Mount Rushnore）。時間的概念早在范・丹綁架了索希爾，以爲他是卡普蘭時，對他說：「兩天內你必須到芝加哥，再前往南達科塔州瑞比城的喜來登飯店。」這個旅程時間，即已時間提供了觀眾了解接下來的劇情發展。除了時間表，該片也在描述索希爾個人性格特徵中達到統一。一開始他像一個機智的撒謊者，從另外一個行人搶走計程車。後來，他爲了躲避追捕，還得不斷撒謊。同樣地，他也像是一個酗酒的人，但他的酒力還是有辦法從范・丹設法讓他以酒醉駕車身亡中脫險。

很多重複出現的母題也讓此片有統一的調性。如羅傑身陷的險境都在高處：汽車差點跌入懸崖；溜出醫院，爬上范・丹在懸崖上的別墅；以及最後和伊娃懸在拉許摩山壁上雕出來的石臉上（美國歷屆總統的臉）。索希爾不斷變換交通工具也形成一個重要母題。另一個比較微妙的母題是索希爾對伊娃的懷疑。兩人在火車上相吻時，他的手輕柔地拖住她的頭髮（圖 10.5），但在她的旅館房間裏，當她爲他躲過一劫而擁抱他時，他的手却僵在空中，彷彿怕碰到她似的（圖 10.6）。

但光是敍事上的統一並不能解釋本片在在情緒上所造成的衝擊力。我們曾在第三章中舉《北西北》做爲「認知程度」（hierachy of knowledge）的例子。隨著劇情，有時候觀眾只限於知道主角所知道的事，有時候則知道的比主角還多，但是其他角色可能知道的比觀眾更多。現在我們可以開始了解這些不斷變化的過程如何營造出影片的懸疑與驚奇。

本片最直接操控觀眾認知的方式是透過無數的視覺上的主觀鏡頭（optical POV）。這個策略除了能提供主觀上相當程度的認知深度——觀眾看到人物所看到的——還有最重要的是在那一時刻，它限制觀眾只能知道該人物所知道的事物。希區考克在本片就讓每個間諜在一旁看著羅傑尋找與喬治・卡普蘭（圖 10.7 和 10.8）。之後，我們也都看到伊娃、范・丹及李奧納，甚至是車站售賣員等人的主觀鏡頭。

雖然如此，影片中還是以索希爾的主觀鏡頭最多。透過他的視線，我們看到他如何尾隨至湯森華廈，或沿著懸崖邊緣醉酒駕車的鏡頭。最明顯的是當卡車向他衝過來或警官把拳頭揮向他的時候，是觀眾最直接體驗到他的感受（圖 10.9 及 10.10）。

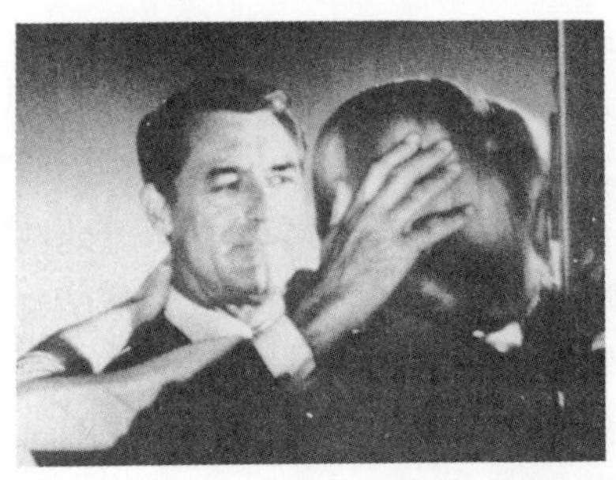

圖10.5

圖10.6

圖10.7

圖10.8

圖10.9

圖10.10

索希爾的主觀鏡頭在敍事中的功能除了限制我們看到他所看到的，也包括他所知道的。例如，飛機在玉米田上空攻擊他的那場戲，觀眾對客觀環境的認知完全限制在他的認知範圍裏。希區考克原可以插入一個羅傑站在路邊等的鏡頭，讓我們知道壞人在飛機上的陰謀。同樣地，當羅傑尋找卡普蘭的房間時，接到一通由那三個壞人打來的電話，希區考克也原可以用交叉剪接來呈現那兩個人正在旅館大廳打這通電話。結果，我們和羅傑一起發現他兩人的存在。另外，當羅傑和母親一起從房間跑出來時，希區考克也沒有用交叉剪接的手法來交待後面有兩個壞人正在追蹤他們。因此當羅傑和母親走進電梯發現那兩個壞人已在裏面時，更令人毛骨悚然。像這類場景，讓觀眾的認知與主角一樣，更增加了驚奇的效果。

有時候驚奇的效果是來自先限制觀眾的認知程度與主角一樣，然後影片再提供觀眾主角所不知道的訊息。第三章裏我們已談過這類驚奇效果，像劇情已從羅傑離開聯合國的謀殺案現場，轉到情報局辦公室，一羣幹員討論這個案子時，觀眾已知道事實上根本沒有喬治·卡普蘭這樣一個人存在——索希爾自己卻得到好幾場戲之後才發現這個事實。另外，伊娃起初是協助索希爾躲避警察的追捕，最後當他們兩人終於單獨在她的廂房裏時，情節却明顯改變了觀眾的認知範圍。一張紙條塞進了另外一個廂房；手打開紙條的鏡頭，上面寫著：「明天早上我該如何處置她？」攝影機一退後觀眾馬上發現讀紙條的人是李奧納與范·丹，原來伊娃也是間諜羣的一員。同樣的，索希爾也是到很後來才知道這個事實。如此觀眾認知範圍的改變，正提供了劇情一種驚奇的效果。

希區考克曾說就戲劇效果而言，製造懸疑的效果遠比營造驚奇的場面還來得有興趣。而懸疑效果的取得是在於讓觀眾擁有比主角更多的故事訊息。在前面述及的幾個場景中，一旦驚奇的效果達到了，故事通常即可以運用觀眾所認知的訊息，在接下來的情節中製造懸疑的效果。例如，當觀眾知道根本沒有卡普蘭這個人存在，接下來羅傑每一次設法尋找他時，就會引發「他是否會發現這個事實」的懸疑氣氛。一旦我們知道伊娃是范·丹的黨羽後，每次她以卡普蘭的名義傳消息給羅傑，我們即會緊張羅傑會不會掉入陷阱。

以上的例子中，懸疑的氣氛橫跨了好幾個場景。另外，希區考克也會在單一場景中利用非限制性敍述來達到懸疑的效果。例如在芝加哥火車站的那場戲，交叉剪接的鏡頭來回在羅傑於男盥洗室中刮鬍子的畫面，與另外一個推軌鏡頭拍李奧納以電話下命令給伊娃的畫面之間。觀眾因此知道接下來羅傑已處在非常危險的境況，懸疑氣氛也因而產生(注意，即使如此，敍述依然有相當程度的限制性，因爲希區考克並沒有在敍事中透露伊娃與李奧納通話的內容，他這一招又再爲更進一步的懸疑氣氛舖路)。

索希爾的認知範圍隨著劇情的進行而開展。在第二天，他已發覺伊娃是范・丹的情婦，伊娃的雙重間諜身分，以及根本沒有卡普蘭這個人的事實。於是他同意與教授合作，計劃讓伊娃在范・丹的眼中沒有雙重間諜身分的嫌疑。當這項計劃(在拉許摩山區飯店的一場假槍擊)成功時，羅傑以爲伊娃會因此離開范・丹。然而，他再一次被騙了(觀眾也一樣)。教授堅持伊娃當晚必須跟范・丹一起搭私人飛機到歐洲去。羅傑反抗無效，反被擊昏並「監禁」在醫院裏。他從醫院逃脫遂成爲整部電影的高潮，所有敍事線的結局都集結在這項行動上，敍述本身繼續擴展，緊抓住觀眾的注意，製造龐大的懸疑與驚奇氣氛。

這場結尾的戲由將近三百個鏡頭組成，並有好幾分鐘長，我們可以將之分成三個段落。

第一個段落，羅傑抵達范・丹的房子，爬上窗戶的欄杆側聽到李奧納與范・丹之間的對話。原來他們在拍賣場買的那座雕塑中藏有顯微影片，而更重要的是，他聽到李奧納正向范・丹透露伊娃是美國間諜的事。這些都是由羅傑的主觀線所拍攝的畫面(圖 10.11 和 10.12，參見圖 3.1-3.3)。有兩個鏡頭雖然分別是李奧納與范・丹的主觀鏡頭(圖 10.13 和 10.14)，但都被包含在羅傑的目擊現場內。這是本片第一次讓羅傑知道的比任何一個人物多的地方——他知道了對方走私的來龍去脈，以及發覺壞人即將殺害伊娃的陰謀。

第二段落由羅傑進入伊娃的臥房開始。此時她走下樓坐在沙發上。在這裏希區考克又以羅傑的POV鏡頭將觀眾的認知限制在羅傑的認知範圍裏——高俯角鏡頭俯視樓下客廳(圖 10.15 和 10.16)。爲了警告伊娃，他將一個火柴盒(早在火車那段戲已出現的母題)丟向她(加入李奧納看到這個動作的鏡頭又增添懸疑效果)。當伊娃注意到火柴盒時，希區考克改變了他在第一個段落中POV鏡頭的處理方式。他沒有讓觀眾看到伊娃的視線。相反地，從羅傑的視線，觀眾看到她的背僵直起來，我們猜想她應該已經看到火柴盒了(圖 10.17)。同樣的在這裏羅傑是知道最多的人，他主觀視線的POV鏡頭又將另一個人物的反應「括」起來。接著伊娃走回房間，羅傑立刻警告她不要搭飛機。

當范・丹等人開始向停機坪走去，羅傑也開始跟縱，希區考克在這裏又將敍述觀點轉移成范・丹房子的門房的視線，看到羅傑在電視機上的倒影。此時觀眾又知道得比羅傑多了，於是又再次營造出懸疑的效果：門房拿著槍

圖10.11

圖10.12

圖10.13

圖10.14

圖10.15

圖10.16

走出去，抵住羅傑。

第三段全在室外發生。當伊娃要步上飛機時，一聲槍聲吸引了范・丹等人的注意力，使她有機會搶走他手上的雕像，向羅傑偷來的車的方向跑。這個部分均是由伊娃的POV鏡頭所組成。驚奇打破懸疑答案的模式——如現在

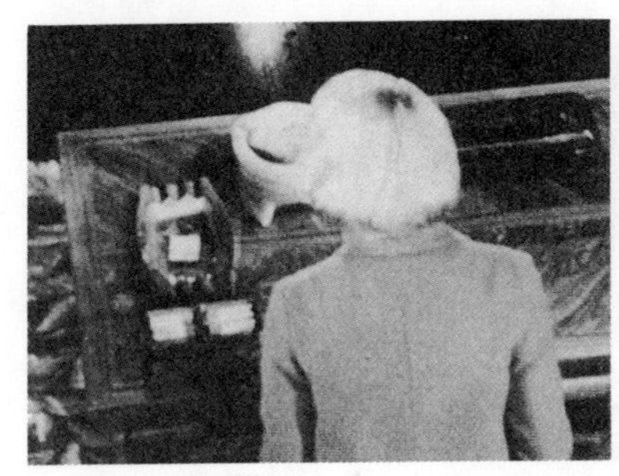
圖10.17

羅傑從房子逃出來打破了伊娃步上飛機的緊張——主導著剩餘的段落。

這個段落的最後部分是在拉許摩山區的追逐戲。交叉剪接鏡頭讓觀眾清楚地知道壞人正緊跟著羅傑與伊娃，但基本上敍述仍限制在他們兩人的認知範圍內。例如，伊娃看著羅傑與壞人之一往陡削的崖壁摔下。最高潮的地方是伊娃在半空中，羅傑試著抓住她，他的另一隻手却被李奧納多踩住。這是典型的(不要說是老套)懸疑緊張的時刻。然而，觀眾的認知還是被敍述限制著：一聲來福槍射擊聲鳴起，李奧納跌下山谷。教授及時抵達現場，逮住范·丹，另一個助手並及時槍殺李奧納。這是限制性敍述再一次製造出驚奇效果的例子。

同樣的方式在最後結尾更被誇大。一連串POV鏡頭帶出羅傑使盡力氣要將伊娃從懸崖救上來的情境，此畫面和聲音的連續效果延續到羅傑將伊娃拉上火車廂房中的臥鋪。在這裏敍事蓄意忽略在崖邊的救援細節，縮短了伊娃生命垂危的懸疑。這種自覺式的轉場在一部劇情裏隨時有即席幽默的影片中並非不恰當(開場序幕，希區考克自己出現在銀幕上，然後被巴士擋住；當羅傑走進廣場飯店，要開始一連串冒險事件時，樂師正演奏著〈不平凡的一天〉的樂曲等)。這樣的結局又再一次顯示出希區考克隨時操控觀眾的認知，在「可能」與「意外」之間、在「懸疑」與「驚奇」之間，製造出變化萬千的戲劇張力！

■《漢娜姊妹》(Hannah and Her Sisters)

1986, Orion Pictures出品
編導：伍迪·艾倫(Woody Allen)
攝影：Carlo Palma

剪接：Susan E. Morse

演員：Woody Allen, Michael Caine, Mia Farrow等

前面三部影片都是一個人或一對男女爲主角的影片，但很多好萊塢影片是採用多位人物爲主角，最近的例子是伍迪・艾倫的《漢娜姊妹》，他在其中同時審視一組人物心理特徵與彼此之間的互動關係。以下將說明有多位主角的影片如何在形式與風格上仍屬於古典好萊塢戲劇的範疇。

影片開場並沒有說明哪些演員是重要角色，依英文字母順序編排的職員表並沒有透露太多訊息。當劇情逐步發展後，觀眾才發現有五位主角，但是這發覺的過程非常緩慢，因爲在羣戲中他們總是最不顯眼。最後我們之所以認定他們是主要人物一部分原因是他們出現的場次比別人多，而且透過旁白他們讓觀眾知道了他們各自的心事。

本片不願意只勾勒一個主角的目的在於強調多位人物的心理特徵，和經過一段時間之後各人在心理上的發展與變化。這項策略可在米基(Mickey)回憶他與漢娜的婚姻爲什麼會觸礁的說詞中找到線索：「哼哈，愛情可眞是個難以預料的東西。」他一說完，鏡頭馬上切到歌劇院內，荷莉(Holly)和建築師大衛(David)坐在包廂內。前面幾場戲，我們才從荷莉的反應與旁白中知道她沮喪地認爲大衛對她的朋友艾普蘿(April)比較有興趣；現在的情形似乎說明她是錯了，她與大衛的關係看來是頗有發展潛力。然而，才下一場戲，大衛突然就開始與艾普蘿約會。事實上，影片所有主角的關係都或多或少證明了米基的論點。

這些人物關係的變化之不可預期性即是來自編導將各個角色均處理或同等重要。例如，在大部分的場景中，漢娜的丈夫艾略特(Elliot)均在猶豫到底要不要離婚去與漢娜的妹妹李住在一起。而李最後會和艾略特在一起似乎是合理的安排，因爲她和同居人費得瑞克(Frederick)的關係也面臨危機。然而影片的結局是李和另一個人結婚了，是一個幾乎沒在影片中出現的教授，而艾略特仍和漢娜在一起。另外，米基和荷莉的羅曼史大概是最令人驚奇的，因爲他們幾乎很少在一起出現，唯一的一次約會又糟糕得不得了，他們會墜入愛河幾乎是不可能的事。因此這羣主角大約被放在同等重要戲份上，幫助營造了「不可預期」的效果。更重要的是，每個人物的目標不斷在情節的推展中劇烈變化，更使觀眾無法預測哪一條敍事線最後會有什麼樣的結局。

本片的風格也同時強調了每個主角同等的重要性。大部分的場景均採用相當少的分鏡，人物間的對話也不用慣用的正/反拍鏡頭。當人物靜止不動時，攝影機則一直以平衡構圖來取鏡；如果他們移動了，攝影機則搖跟，將他們框在銀幕上。例如，開場就是一個單拍漢娜和荷莉坐在桌旁的鏡頭(圖10.18)，唯一的插入鏡頭是艾普蘿推門進來(圖10.19)，而當她一進入，即加入她們兩人，此時鏡頭很快地將她們框在同一個畫面裏(圖10.20)。之後晚餐的場景即是一個長鏡頭單拍到底(圖10.21)；在其中，漢娜和她的父母都各自發表了一番談話。這個技巧持續在整部影片中出現，例如在一場四個人對話的戲(圖10.22)中，以及漢娜討論荷莉的劇本(圖10.23)時，攝影機僅僅以來回橫搖來拍她們在廚房邊對話並來回走動的情形(圖10.24和10.25)，在大部分的情況下，古典好萊塢電影慣例均用剪接來吸引觀眾對某句對白或個別人物反應特寫的注意力。但是伍迪•艾倫却將他們合起來以一羣人物處理。

有些場景是用到快節奏的正/反拍場景，但都是米基在場的戲：以蒙太奇說明米基去做不同的健康檢查，和不同的醫生對話(圖10.26和10.27)，或是和電視台的工作伙伴討論節目。這種手法使米基和其他人物比起來是較孤立/突出的角色。但當他與其他主角在一起時，這些場景又以長鏡頭和平衡構圖的方式來處理。例如漢娜和米基與朋友們在討論人工授精的倒敍畫面(圖10.28)，或一場戲以一個鏡頭表之，如片尾的鏡頭(圖10.29)。因此大體而言，本片努力在技巧風格上使每個主角有同等的重要性。

本片裏爲數眾多主角與配角可能在轉場上造成一些問題。結果伍迪•艾倫運用了兩種策略來平滑運轉敍事線和調度人物出場。

圖10.18

圖10.19

圖10.20

圖10.21

圖10.22

圖10.23

圖10.24

圖10.25

首先，他以節慶宴會來組織情節。故事時間大約是兩年，這當中三場大戲都發生在感恩節。開場第一次宴會中，每個主角除了米基都出現了。劇情的第一次高潮，即李—艾略特—漢娜之間的三角關係的結局發生在第二次感恩節聚餐。劇情最後結局的場景是設在第三次感恩節，漢娜的家裏，這是所

圖10.26

圖10.27

圖10.28

圖10.29

有的主角首次全員到齊。

艾倫用的第二個策略是在一些場景前插接字幕卡(intertitles)。影片的22場戲裏，有16場用了這種在美國默片時代常使用的技巧。而由於每個字幕卡上的文字屬性各異，觀眾很難從其中去預測下面劇情的端倪。例如第一個字幕寫著：「天啊，她長得眞美。」結果是開場感恩節聚餐的戲；但馬上我們就從聲帶上傳來艾略特的旁白中聽到這句話。第二場開始，字幕又出現了：「我們共渡了美好的時光。」但它並沒有立刻被說出來，直到李和費得瑞克對話時，從李的一大段台詞中的某一句才出現。之後，另一個字幕並沒有在任何對白中出現，而僅僅以「電話亭中男子的焦慮」引出下一場戲：米基在診所中接受檢查。有的字幕是李大聲唸出某一首詩中的一句；有的是書中的一句，但沒有人唸出來。這些字幕倒是激發了觀眾心底的好奇，想了解它如何被運用在下一場戲中。因此字幕不但引導出新場次，也暗示了情節在不同敘事線中來回跳躍的方式。

第三個策略是循環模式的情節結構。例如，米基通常是每三場戲就出現一次。第一場是宴會，接著李與費得瑞克在家中，第三場就是米基在電視台工作的情形。再來是荷莉和艾普蘿爲某個宴會承辦酒席；艾略特尾隨荷莉，假裝不期而遇，再一起到書店買書；第六場又是米基到診所的戲。這個模式在整部影片中循環，產生一種平衡作用。另外，三姊妹中其中一人一定分別出現在其他兩場戲中。因此即使前後兩場戲彼此的關聯性不大，觀眾仍能感覺出情節在輪流處理各個主角的事件，因此了解各個敍事線是以一種平行對照的方式在進展。

然而在這些不尋常的說故事策略包裝下，仍然是一個熟悉的內文。《漢娜姊妹》還是在許多方面遵循古典傳統敍事規範。其一，情節十分仰賴緊密連結的因果關係段落。尤其是前面幾場戲即已鋪設了隨後各個事件發生的導因。例如，第一場宴會的戲中，李向其姊妹查問媽媽已經很久沒喝酒了，其他便不再說什麼。但這段對話却爲後來當她去爸媽家中發現媽又開始酗酒設了前因。其他另一個謹慎設計的因果是米基和荷莉在影片末段相戀的幾場戲。這個爆冷門的轉折其實早在回溯兩人第一次約會時即有所鋪陳。米基坦誠他一向對荷莉有好感。尤其是當她戒掉了他一向反對的克藥，而迷上他一向喜歡的爵士樂(當他再度遇到她時，她正在唱片行挑爵士唱片)。最重要的是，兩個人的性格都已有轉變：荷莉寫作成功，而米基有了樂觀的人生觀。

還有，雖然影片比標準好萊塢影片多出很多主角，這些人物在性格上均被塑造成前後一致的方式推演劇情。雖然他們的心理都相當複雜，每個人還是只有一些特徵被突顯出來，每個人的言行還是吻合這些特徵。

開場宴會的戲即已設定了這些人物的性格特點。當影片開始時，艾略特透露了他對李慾望，但他同時掙扎著認爲他應該壓抑這個慾望。艾略特的旁白都是他的內心對話，整部影片中，他主要的特徵就是他猶豫不決的性格。劇情的結果是他向心理醫生諮詢以免崩潰。最後還是由李決定他應該回到漢娜身邊，終止兩人的曖昧關係。李一開始被塑造成美貌的女子，這是漢娜和艾略特對她共同的評語。然而，在某些時候她提到她非常欣賞艾略特借她的那本書，這即鋪設了她主要的特徵，結果吸引了教她藝術和文化課程的教授。費得瑞克一直是她的心靈導師，艾略特帶領她欣賞語調和音樂，最後竟然是教授與她共結連理。荷莉的特徵方面則一開場就透露了她希望演戲，性格上輕浮和克藥的舊習，以及和艾普蘿談著希望在派對中能遇到迷人的單身男子。爸媽被塑造成一對懷舊的夫妻，終日緬懷他們往日在劇院的榮耀時光，母親則有明顯的酗酒問題。漢娜則是一個全能、顧家及樣樣成功的角色：晚宴開始時，爸媽即向大家稱讚她多麼能幹，爲眾人煮了豐富的菜，最近還主演易卜生(Ibsen)的劇作《傀儡家庭》(*A Doll's House*)。

雖然有兩位主角沒出現，當他們在別人的對話中被提到時，個人的性格特徵也被描繪出來。當李說她最近碰到米基時，漢娜回答說：「天，米基那麼神經質，眞不知道一旦發生事情，他會如何處理。」她的預言鋪陳了下一場戲，當米基認爲自己眞的得了癌症時的反應。同樣地，當荷莉向漢娜說費得瑞克沒和李一起來參加聚會時，說他有一個鬱悶的性格傾向，還說她認爲李遲早會搬出來，說明了李和費得瑞克的關係已出現危機。當李向艾略特說費得瑞克剛賣掉一幅畫，我們即看到費得瑞克本人的言行幾乎和我們期待的一模一樣。影片中幾乎所有的事件都與在前面幾場戲中已精確設定的人物性格特徵相互呼應。

到了前面三分之一的劇情時，五位主角大概均已發展出與他們原有性格特徵符合的目標期望。米基在自己的公寓中來回游走猶豫生命的問題，而荷莉與大衛在歌劇院聽歌劇之後，觀眾大概均已明瞭每個人物的**需要和慾望**(needs and desires)。艾略特希望和李發生關係，當時他已用送書主動表示他的追求之意，荷莉希望成爲成功的演員並找到一個好男人，事情進展也好像頗樂觀；米基認爲自己長了腦瘤，他只希望能活下來(「這樣子好了，和上帝做個交易。嗯……耳朵好了。我可以聾掉。我可以一隻耳朵聽不見然後弄瞎一隻眼睛。或者……」)。漢娜的目標好像比較不明顯，但她似乎主要是穩固爸媽之間的婚姻狀況；這表示漢娜的角色是一個穩定中樞，而其餘的角色都圍繞在她身邊發展。她是唯一對自己週遭環境感到滿意的角色，所以她面臨的問題僅是解決威脅她家庭生活的困擾。

這些人物的目標似乎是足夠滿足一部影片的劇情需要，然而爲了遵循影片「不可預期性」的主旨，每個人物到後來不是修正了目標，就是有了全新的目標。艾略特與李發生關係之後，他的新目標是掙扎著要不要和漢娜離婚。米基發現他事實上沒有得癌症後，開始尋找生命意義。荷莉發現大衛棄她而就艾普蘿後，以爲自己永遠不可能成爲一個成功的演員，她突然決定要當一個作家。李則決定離開費得瑞克，她說：「我需要一個比較單純的生活，費得瑞克。在太遲之前，我需要一個丈夫，或者自己生一個小孩。」有趣的是，每個人在這之後，又或多或少改變了自己的目標。

這些目標後來在兩場高潮戲中分別完成：第二次感恩節宴會，以及荷莉和米基戀愛的場景。第三次感恩節聚會是由「一年之後」的字幕卡帶出，它的功能是確認每一個主角都找到了完美的歸宿。米基對荷莉說的對白同時又重申了愛情的「不可預測性」；他說：「我以前曾向妳父親提過，說眞的還十分荒謬，我說我只能和漢娜一起過感恩節，在和她離婚之後，我不可能再愛上別人，但是你看，一年之後，我不但再婚，還瘋狂地愛上妳。人的心眞是一塊非常、非常有彈性的小肌肉。」然後他建議荷莉應該依這個想法寫一個故事，他問：「你會怎麼爲它下標題？」她回答：「米基，我懷孕了。」這又爲情節增添了另一個不可預期的驚喜。這時畫外音傳來父親在一旁彈起："In Love Again"的音樂，剛好那是米基和荷莉第一次在爵士酒吧約會時，爵士歌手巴比‧舒特(Bobby Short)所演唱的歌。當時荷莉並不欣賞，現在這首歌變成一個連接這兩場戲的母題，又再次強調他們相戀是多麼難以預料的事。這個音樂母題是《漢娜姊妹》另一個引用古典好萊塢電影敍事原則的例子。

古典敍事電影之外的其他敍事電影

■《憤怒之日》(Day of Wrath)

1943，Palladium Film, Denmark出品

導演：卡爾‧德萊葉(Carl Dreyer)

編劇：Carl Dreyer, Mogens Skot-Hansen, Poul Knudsen

原劇作：*Anne Pedersdotter*

原作者：Hans Wiers-Jenssen

攝影：Karl Andersson

音樂：Poul Schierbeck

剪接：Edith Schluessel, Anne Marie Pertersen

演員：Lisbeth Movin, Thorkild Roose, Sigrid Neiiendam等

對喜歡簡單明快容易消化的類型影片的觀眾而言，要了解我們在前面所

談到的影片之劇情，並無太大困難。但是，以下的影片在形式及風格上則顯得比較不明確。而這不明確的「曖昧」却變成這類影片的敍事重心。例如《憤怒之日》中，影片所提出的問題不但沒有明確的答案，結尾也沒有理出一個合理的論點，而電影技巧的功能也明顯地不是在推演劇情的發展。要分析這類影片，觀眾不但得抑制嘗試去爲影片中的問題尋找一定答案的衝動，也要放棄期待一個令人滿意的結局。因此在這裏我們不但不能忽視這些技巧的特殊喩意，還要試著去檢視電影的形式與風格如何塑造這種不明確的現象——即電影技巧如何製造曖昧性。《憤怒之日》是一部發生在十七世紀丹麥關於巫術與謀殺的故事，可提供一個絕佳的範例。

做爲劇情片，《憤怒之日》也依賴因果關係的聯結來發展劇情，但是它爲數眾多的平行對應技巧，立即帶來驚異的效果。影片前半部是關於荷洛・瑪泰(Herlofs Marthe)，一個被控告爲女巫的老婦人被處死的命運。在這一段戲中與瑪泰的故事平行對照的是當地牧師阿伯薩倫(Absalon)、他的新婚妻子安(Anne)、他的母親瑪瑞蒂(Merete)以及兒子馬丁(Martin)。瑪泰被綁在絞刑台上燒死後(這場戲的「畫外音處理手法非常傑出)，影片後半段的戲則主要圍繞在阿伯薩倫家中的故事，以及萌生在安與馬丁之間的愛苗。這段戲的平行對應的是這對年輕戀人沉溺在大自然田園的景像，以及阿伯薩倫對一位即將死去的至交好友的哀悼。交叉剪接的手法仔細地帶出這兩組人物在動作上的相似及情緒上的相異處。在阿伯薩倫死後(很顯然是安殺害的)，德萊葉再度以交叉剪接手法來對應護著兒子棺材的瑪瑞蒂，以及站在霧中的安與馬丁。

在這些對應中，有一組特別明顯。荷洛・瑪泰(即前半段戲裏的女巫)不斷被拿來和第二段的女巫安比較。一開始，德萊葉即用交叉剪接來對應從人羣中逃脫出來的瑪泰、瑪瑞蒂與安。關於瑪泰的遭遇——審問拷打及行刑——觀眾都是透過安的視線才得到訊息。安因此成爲情節的焦點，除了她主觀鏡頭的運用，也由於視線連戲的剪接手法，使觀眾對劇情的認知，局限在她的認知範圍內。*Dies Irae*的音樂母題連結了瑪泰的死刑場景與這對年輕戀人在林中遊盪的畫面。另外，燈光的母題也重申了這項對應：橫在安臉上的光影和瑪泰被燒死前樹葉的陰影在她臉上顫動的情形一模一樣(比較圖 10.30 和 10.31)。因此，不只敍事形成，影片的剪接、聲音、燈光均同時導引我們去比較這老少兩位「女巫」之間的異同。

圖10.30

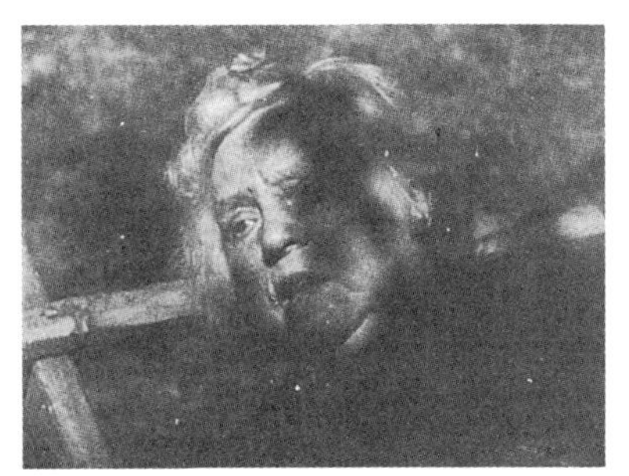

圖10.31

雖然這些平行對照的關係非常清楚，但是影片的因果敘事關係却直接引向「曖昧」的主題上去。這個曖昧題旨主要是圍繞在巫術這件事上。官方說法與出現在影片前三分之一的官方文件，說明政府認爲巫術確實存在並威脅了社會的安寧。觀眾被引誘去相信這個說法是一種誤信，是教會用來箝制社會的手法。但是事情並不單純。在第一段，一個婦人來向瑪泰要一帖藥。「這一定有效，」瑪泰說，「這是刑場地底下長出來藥草，有魔力。」因此她也許眞的是一個女巫。然而，當她被捕並遭受酷刑拷打時，德萊德的場面調度却將她處理成一個年老的女性受害者。然而，她却又咀咒拷打她的人羅倫蒂斯(Laurentius)，而且沒多久他也死了；她預言安會到行刑場，安果然也到了。瑪蒂的「法力」迷惑著觀眾，使我們不明白事件的發生到底是緣之於自然或超自然力量。

更莫名曖昧的地方是關於安的能力。在影片中，她不但可以從遠處召喚馬丁，也促使阿伯薩倫對生命感到恐懼，僅以一句：「我希望你死。」就讓他斃命。到底是什麼原因？是超能力嗎？影片並沒有給我們答案(雖然影片中提到她的母親是一個有能力「召喚人或賜人死」的女巫。這並不構成安也具有相同能力的理由)。因此，會是心電感應嗎？安也認爲自己是女巫嗎？她的咒語會成功是不是她召喚的事剛好一定會發生？(馬丁也許遲早會愛上她，而這件事正好引發阿伯薩倫心臟病發)。她的言行的確隨著她愈來愈愛馬丁而改變。但是，心理狀況的改變並沒有暗示她「法力」的驟增，以致於可以從遠處召喚他人或致人於死地。即使影片的結局也沒有確切解釋她的能力來源——是超能力？心理或社會因素？(依此點來比較一下《星期五女郎》、《北西北》或《驛馬車》中顯明的因果交待)。「安是一個女巫嗎？」這個問題在整部

《憤怒之日》中一直沒有明確的答案。

德萊葉對「曖昧性」的拿捏，同時也呈顯在他的場面調度上。除了前述人物臉上的陰影構圖、燈光塑造安出現的環境範圍也有特殊之處。第一次遇到馬丁，她前進一步，剛好踏進一塊陰暗處；當她發誓絕對沒有殺害阿伯薩倫，一塊陰影正掠過她的臉。這些光影的控制讓她看起來即使是極無辜的時候，也彷彿是具有超能力。

另外，肢體語言的改變也透露她對馬丁的愛意——起初有些緊繃、嚴肅，隨後就顯得親和，甚至像貓一樣地溫馴。她先是戴著一頂漿得挺挺的長方形帽子；之後，當她與馬丁在一起就戴了有蕾絲邊的軟帽；稍後她甚至將頭髮自在地放下。還有手邊的小道具，如綉著女人抱小孩圖形的女紅作品、她畫的蘋果樹(因爲馬丁有一首詩提到：「蘋果樹底的年輕女人」)均同時傳遞了她的性期待及幻想。

然而以上這些視覺母題却有兩種解釋方式：安可以說是被慾望，或是被巫術所驅策。其中最明顯的是她臉上表情的變化，可以同時是心懷不軌的誘惑以及天眞瀾漫的請求之綜合體。有一次阿伯薩倫和馬丁在研究安的眼神時，兩人下了相對的結論。阿伯薩倫認爲安的眼睛「如童稚般的天眞無邪」，馬丁却認爲「深邃神秘……在底層有團火焰不安地跳動著」。德萊葉蓄意將這種可以雙重解釋的曖昧帶給觀眾，驅使我們一直思索到底是什麼因素使安具有奇異能力，而又該如何去了解她。

《憤怒之日》的最後一場戲只稍稍地釋疑某部分謎團。在阿伯薩倫的葬禮中，德萊葉以迂迴的推拉鏡頭製造了敍事的平行對照。隨著唱詩班鏡頭穿過停柩間(圖 10.32)，長鏡頭交待了各個人物在空間的位置：教堂長老們(圖 10.33)、法官與瑪瑞蒂(圖 10.34)、靈柩(圖 10.35)，以及安和馬丁(圖 10.36)，令人立刻想起酷刑室和羅倫蒂斯死亡那兩場戲有著相同的鏡頭運動方式。這三場室內戲採用了相同的處理手法，表達了德萊葉暗示教堂對社會大眾的壓制力量。不同於一般古典敍事電影強調「隱形」的鏡頭運動，德萊葉以明顯的鏡頭設計做爲母題，激發觀眾去對照這三場戲的共同喻意。

在這場戲中，瑪瑞蒂公開控訴安是女巫。而馬丁公然拋棄她，令安崩潰，立即承認她確實受了「魔鬼」的指使。但是這樣就說明了巫術這檔事眞實存在嗎？

比較開場與結尾對於分析一部影片是非常重要的。《憤怒之日》的開場是

圖10.32

圖10.33

圖10.34

圖10.35

圖10.36

圖10.37

以中世紀教堂音樂*Dies Irae*伴奏，畫面上一紙卷軸緩緩展開。上面描述著審判日（即片名：憤怒之日）當天地球上發生的種種恐怖事端（圖10.37）。結尾當安認罪時，她抬頭上望——是求援？請求憐憫？此時卷軸又回到畫面上，配樂是一名唱詩班男童清靈甜美的獨唱歌曲敍述「受傷的靈魂」將如何被帶到天堂。在卷軸中，安明顯地被某種不知的力量寬恕了。但她「所做的錯事」——誘惑馬丁、施用巫術、接受社會對她是女巫的指控——却從沒在影片中詳明地呈現過。銀幕上的卷軸似乎不但沒有澄清原有的曖昧，反而更加深了它。銀幕上最後的影像是一副十字架的陰影，緩慢地變成早先在瑪泰受死刑時出現的巫術的符碼象徵(圖 10.38)。這組平行對應大概在此處有了交待：安即將被燒死。但是那些巫術的超能力或安爲什麼那樣做——就如同她的眼睛一樣是「深邃且神祕」，是永遠不能被澄清的。《憤怒之日》說明電影如何不依靠明顯因果而是靠曖昧性，不以設定的必然，而以它所提出具測探意味的問題，來使我們著迷。

圖10.38

■《去年在馬倫巴》(Last Year at Marienbad)

1961，Précitel and Terrafilm，法/義合作

導演：亞倫・雷奈(Alain Resnais)

編劇：Alain Robbe-Grillet

攝影：Sacha Vierney

剪接：Henri Colpi, Jasmine Chasney

音樂：Francis Seyrig

演員：Delphine Seyrig, Giorgio Albertazzi, Sacha Pitoëff

當《去年在馬倫巴》在 1961 年首映後，許多影評人給予本片相當多迴異的

解釋。這些影評人在面對一般影片時大部分都是在尋找它們情節後面的內在意義，但是當他們遇到這部電影，却紛紛變成在解釋電影中所發生的故事。這些眾多的解釋版本說明了它的曖昧性。到底影片中那對戀人究竟在去年相遇了嗎？如果沒有，發生了什麼事？本片是不是某個人物的夢境或瘋狂的想像？

通常一部電影的情節——不管複雜或簡單——都會讓觀眾在心底很快地從劇情中理出因果及時序關係。然而《去年在馬倫巴》可不一樣，它的故事根本無法確立。它只有一個情節，但沒有任何首尾連貫的故事。本片是一個將《憤怒之日》的特性(策略)推展到極致的例子；它完全維繫在「曖昧」的原則上。一開始，某些事件似乎一直要導引觀眾去理出一個故事的頭緒，雖然這些事件有些複雜，但很快地矛盾產生了：其中一個主角說某件事在某個地方及某個時間曾發生過，但另外一個人否定了他的說法。因為這類的矛盾在影片中從頭到尾均沒有解釋過，根本無法斷定哪個事件是因，哪個是果，或依此再組成一個可能的故事。敍事的流程中從不提供任何輪廓清楚的訊息。

《去年在馬倫巴》因此由多層次的矛盾製造它的曖昧特性：空間、時間及因果。同樣的鏡頭裏，畫面中的場面調度可以出現絕無可能的排列並置。一個推軌鏡頭穿越一道門後，竟出現一列一向是在飯店門口前的灌木叢。寬闊的平地上，零星散步的人物在地面上造成長條的陰影，但是兩旁的高尖的樹木却一點影子也沒有(圖 10.39)。影片中有一個女人的鏡頭(本片中的所有人物都沒有名字，為方便起見我們就稱她為女人，男主角為敍述者，另外比較高大的男主角為男人)，但畫面上却同時呈現三個她的模樣。很明顯的，其中兩個應該是鏡子的倒影，但是這三個模樣個別所面對的方向及排列方式，根本不可能是鏡中倒影所產生的結果(圖 10.40)。

佈景在影片不同段落中也經常無端地改變位置。大廳中的雕像有時竟出現在窗戶外。有時則在遙遠的位置，在有些場景它的臉面對一座湖，但有時又在湖的另一邊，在其他場景中它的背景甚至是那一排尖高的樹木(比較圖 10.41 和 10.42)。旅館中的一些物品道具也有變化，比如女主角房間的佈置隨劇情變化愈來愈零亂，新傢俱不斷出現，壁爐上方的鏡子有時變成一幅圖畫。敍述者重複描述「這個寬闊的旅館……巴洛克風……恐怖、鬱悶」以及「迂迴的迴廊不斷地交錯」，明白地指出這些奇異的變化。他的描述根本無法約束這些景物的改變；而如同這些景物的位置變化，旁白也不斷地改變句

圖10.39

圖10.40

圖10.41

型。

時間關係同樣帶出一大堆問題。女人原來站在房間左邊的窗口，窗外的夜色明顯可見，床邊的小燈也亮著，但當她往左移，攝影機緊跟著橫移，到另一個更左的窗口時，陽光却顯然可見。這當中並無任何溶接手法來表現時

圖10.42

圖10.43

間的省略(圖 10.43)。

縱貫整部影片，事件的時序也相當不明確。倘若敍述者所說的兩人相約在第一次相遇後一年，再回到舊地一起離去是事實的話，而片尾他們確實一起離開時，敍述者的旁白却仍透過聲帶描繪他們的過去，彷彿他仍在試著喚回她的記憶，要說服她和他一起離去。另外，電影一開始時(剛好是敍述者抵達旅館時)女人正在觀賞一齣劇*Rosmer*；結尾時她離開同一場戲的坐席，和敍述者一起離去。倘若那齣戲只演過一回，那麼影片中所有事件就應該都發生在這段短時間內。如此一來，時序全部變得更加曖昧不明了。

《去》片因此呈現了很多不明確的時間、空間與因果關係的不同組合。事件可以從某個時空無端連接到另一個時空；這樣的狀況好幾次是以動作連戲剪接手法來達成。例如在觀賞完*Rosmer*之後，賓客紛紛起立在旅館大廳中走動，一個中景鏡頭中央有一個金髮女人從面對鏡頭轉向左方(圖 10.44)。在她轉身時，場景變了。她的穿著一模一樣，她的動作也完全連接毫無突兀(圖 10.

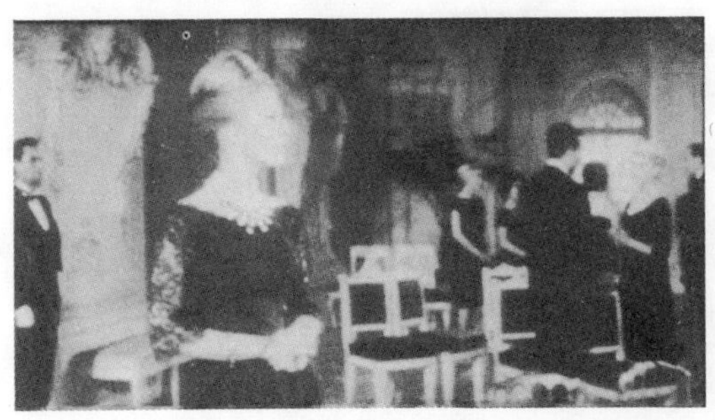
圖10.44

圖10.45

45)，搭配著音樂的使用——風琴聲突然開始或結尾，這個策略也加深了電影的不連貫性與突兀的元素並置。

另外一種相反的手法是時空不變，但是自相矛盾的動作却同時發生，例如當攝影機從某個人或某些人物身上轉開，持續橫移到同一個空間的另一個角落時，原來那個人物此時却站在這裏看著窗外。

敍述者的旁白聲在描繪事件發生的狀況，一開始顯得合理，但只一會兒就與影像開始產生矛盾。有一個倒敍的鏡頭先讓我們明顯看到敍述者與女人之間第一次相遇的情景，隨著過去式語句的敍述，他說：「眞的，在門旁有一幅大鏡子……你還一直迴避它。」然而，女人在畫面上的動作是朝著鏡子走，並一直向它靠近。在一上刻，敍述者承認他說的不屬實。除此之外，他還向她敍述他曾走進她的房間並強暴了她，然後再更正說他是以暴力誘使她接受他。影像部分却又給了這段話好幾個版本；有時她面帶恐懼看著他，有時又張開雙臂歡迎他。因此，敍述者所假設的「去年」的事件，根本難以採信。

本片很謹慎地避免提供任何可以幫助觀眾理出頭緒的線索。影片的名稱非常專斷地說明了一個事件確切的時間與地點，但事實上，敍述者却向女人說了好幾次他們一年前是在費得瑞區斯巴德(Friedrichsbad)首次相遇的。她不承認：「沒有吧，也許是別的地方……在卡爾斯達特(Karlstadt)、馬倫巴(Marienbad)或巴登－薩爾沙(Baden-Salsa)，或許就是這個房間。」觀眾事實上也無法判別到底這些人物之間的關係是怎麼回事。敍述者說那個男人「也許」是女人的丈夫；男人因此也有可能是女人的兄弟、朋友或情人，但觀眾却無從知道起。

《去年在馬倫巴》一直到引誘觀眾試著將所有如碎片般的事件串連成一個首尾一貫的故事，但它同時又提供許多暗示，說明不可能有一個合理的故事整體。劇中有一座雕像，敍述者與女人都分別解釋了它的意義；他說雕像中的男人正保護女人免受傷害；但她說那個女人正指著某種東西給男人看。兩者的假設都一樣合理。敍述者的旁白說：「兩者都有可能，」但緊接著又繼續解釋他的看法……」這座雕像的存在其實正解釋了這部影片的題旨：它容許各種不同時空及因果的解釋，但這些說法最後仍然是莫衷一是。

空間的母題也呼應著影片的不明確性。末尾女人迷失在旅館的花園中；如迷宮的旅館與花園同時都暗示了敍事本身的迂迴特質。不管是室內或室外的空間，都讓觀眾無法在心中建構出一個具體的空間實像。敍述者說：「旅館的花園是法式的，沒有樹木也沒有花圃。碎石、磚瓦造成單調的線條，毫無神祕感。」然而畫面上當然不是這樣。但敍述者繼續說：「似乎不可能——『一開始』——人會在裏頭迷失。一開始。在小碎石間，你已在那兒，迷失了，在冷寂的夜晚，和我一起。」在單調直線的碎石路上走已這麼容易迷失，這和觀眾試著建構故事脈絡一樣無稽。「一開始」這個詞似乎表示可以讓事件有了時序的開頭，但漸漸地我們了解這是無望的嘗試。

還有一個重要母題是劇中的男人在玩牌時總是輕易地贏了對方。一個旁觀者說，發牌的人一定贏——但是男人還是贏了。敍述者在一旁努力要識破男人贏牌的關鍵，但影片一直沒提供這個答案。反倒是牌戲本身說明了觀眾在看這部電影的本質：觀眾看這部電影時，是找不到解謎的關鍵的——這是一場觀眾穩輸的牌戲。《去年在馬倫巴》整個結構是一個不提供任何時間、空間及因果關係，作爲觀眾看了這場電影後了解完整故事的獎品。

這就是爲什麼本片吸引一些人，也讓一些人十分沮喪。一些期待有個可理解的故事做爲影片基礎的觀眾，在看了之後又不願放棄原來的期待，必然會覺得洩氣，並認爲這部電影「無可理喻」。但是《去年在馬倫巴》打破了傳統的慣例，也許是電影史上第一次，以一個遊戲般的時間、空間及因果的曖昧性做爲電影的基礎，不刻意說明影片的直接意義，而以一些暗示線索引誘觀眾思索它的喻意，觀賞本片的樂趣其實就在於這趟發掘它這個曖昧設計點的奇妙過程。

■《東京物語》

1953，松竹出品（日本）
導演：小津安二郎
劇本：小津安二郎、野田高梧
攝影：厚田雄春
演員：笠智衆、原節子、東山千榮子等

到目前我們已說明了古典好萊塢製片如何製造一個風格系統以建立、維持清楚的敍事空間與時間。連戲系統確實提供導演一組準確可循的製片準則。然而導演可以不使用這套準則，而自己發展出古典形式外的風貌。日本導演小津安二郎就是一例，他在處理時間、空間和敍事結構之間的互動關係非常與眾不同。在他的影片中，《東京物語》是第一部受到西方矚目的影片。

不同於《星期五女郎》及《驛馬車》以事件爲組織劇情的中心原則，小津反而嘗試以淡化劇情爲主。空間與時間的元素可以有其單獨存在的意味。有時候他以間接的方式讓觀眾獲知故事訊息，且總是省略重要時刻。例如，劇情的最後部分是祖母突然生病及去世。雖然祖父母兩人都是影片的中心人物，但觀眾並沒看到祖母生病的戲。觀眾只從女兒和兒子收到電報時才知道這個消息。同樣的，祖母死去的時間是發生在兩場戲中間：前一場她才與兒女共享天倫，下一場兒女們已在哀悼她的逝世。

然而，這些戲的省略並非如《星期五女郎》那樣一部快節奏的電影，急忙地將一大堆事件敍說完畢。相反地，《東京物語》都是處理一些生活細節的段落：祖父與朋友在酒吧談論對子女的失望，或祖母與孫兒們在週日午後的散步。這截然不同於古典敍事手法，重要的情節總是被刻意淡化，呈現在觀眾眼前的盡是簡單且輕描淡寫的劇情。

除了故事輕淡，小津還在空間上做文章。即，一場戲的開場鏡頭中，畫面上絕沒有重要的敍事元素。而且，不用溶或淡的手法，小津總是在場景中加上幾個切進來的空鏡做爲轉場，而這些空鏡頭並不與事件發生地點連在一起，而是附近的地方。例如，電影的開場是這個海港小鎭的五個鏡頭——海灣、學童、火車經過——第六個鏡頭才是祖父母打包行李準備去東京。雖然前五個鏡頭有些重要母題出現，但是並沒含帶任何敍事需要的「因」來鋪陳下面的事件(不妨比較《星期五女郎》和《驛馬車》的開場)。

這些轉場鏡頭本身除了沒有事件在其中發生，也沒有說明人與環境關係的功能，反而帶來一些困惑。媳婦紀子在辦公室接到電話知道祖母死後，她悲傷地坐回自己的位置。這場戲的最後一個鏡頭是她坐著的中景，與劇情相關的聲效部分是打字機嗶嗶的聲音。然後配樂傳來，切到以低角度拍攝一個正在施工的建築畫面；機械運動的聲音蓋過打字機的聲音，而配樂持續著。下一個鏡頭是另外一個低角度的建築物施工畫面。接下來的鏡頭是長子平山大夫開設的診所，他的姊姊繁也在那兒。在這裏音樂停止(圖 10.46 到 10.49)。前面兩個施工畫面與這個事件毫無關係，也不知那兩棟建築物是什麼。

如往常一樣，我們會爲這樣的風格技巧尋找它的功能目的，但對這樣的轉場鏡頭，實在很難說出它的外在意義或內在喻意是什麼。也許有人會說那象徵「新東京」，使從鄉下來到都市的老式日本人感到一種異鄉人的感觸。但是，我們認爲，它具有敍述的功能，與故事流程的節奏有關。

小津的敍述策略是，在事件發生的場景與插入的空鏡頭間交替，以引導觀眾進入或離開事件本身。當我們看電影時，通常會對這些加進來的鏡頭形成期待。小津就是以製造這種讓觀眾期待到底轉場什麼時候會出現或接下來的是什麼戲來強調他的風格——遲延觀眾的期待，增添驚奇效果。例如，醫生的太太文子在影片的前段，與兒子實爭執他的書桌必須搬開，讓祖父母有地方睡。事情還沒說完，下一場就接著祖父母已抵達，最後是眾人在樓上說話；音樂響起，下一個鏡頭是書桌出現在樓下的走廊上，畫面上沒有任何人。接著一個室外的長鏡頭畫面，一羣小孩在房屋子附近跑過，這些小孩並不是劇中重要人物。終於，畫面又切回室內，實坐在爸爸診所內一張書桌上做功課。在這裏，剪接在兩場景中用了相當迂迴的方式，先是我們期待某個人物應該出現的地方(樓下走廊的書桌旁)；然後是與事件毫無關係的戶外畫面。

圖10.46

圖10.47

圖10.48

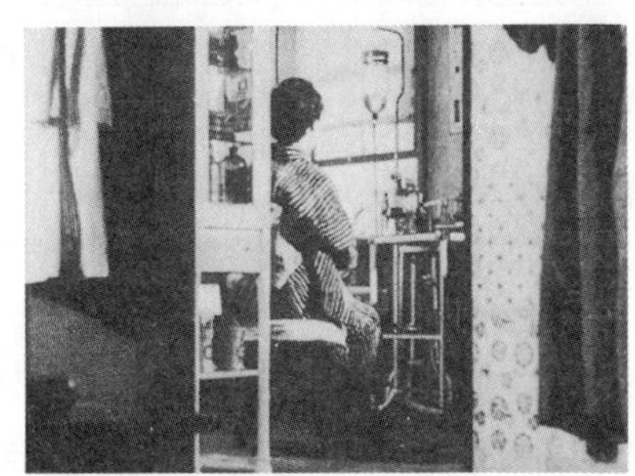

圖10.49

最後，在第三個鏡頭，那個人物重新出現，事件方又持續發展下去。這樣的轉場過程產生了一種遊戲：觀眾不但得對事件發展形成期待心理，也開始對剪接及場面調度手法產生預期。

而在場景中間，小津的剪接手法是和好萊塢手法一樣有其系統，只不過他的是完全相對於連戲原則。例如，小津並不遵循180˚線，他經常從另外一個方向跨越這個軸線。當然，如此必然違反了銀幕方向的原則，因爲在前一個畫面中，人事物若在右邊，下一個畫面可能就在左邊了。例如，在繁的美容院中，最先的室內中景鏡頭是繁站在和門口相對的位置(圖 10.50)。然後，越過180˚線，一個中景長鏡頭是一個女人坐在吹風機下方，攝影機現在面對的是美容院的後面部分(圖 10.51)。再一個越180˚線的鏡頭，又回到剛才的位置，這次是整個空間的中長鏡頭，面向門口，祖父母正走進來(圖 10.52)。這是小津典型的剪接與取景手法。

小津是動作連戲的高手，但是手法很不尋常。例如，紀子和祖母走向紀

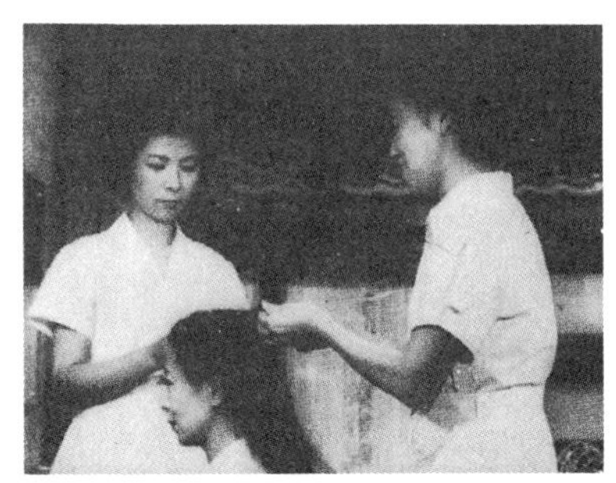
圖10.50

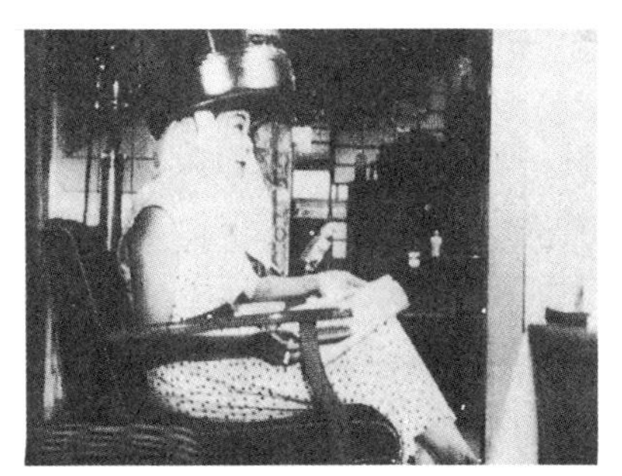
圖10.51

圖10.52

圖10.53

圖10.54

圖10.55

子的公寓時，有一個正面鏡頭(圖 10.53)，然後越過 180°線，切接正背面鏡頭(圖 10.54)，兩個女人的動作是那麼完美地連接在一起，但是因爲同樣的鏡頭高度與距離造成非常相似的構圖，這個剪接剎時看起來好像這兩組人差點要「撞」在一起。這種一向被認爲是犯錯的手法，普通導演不會採用，但小津不但在本片使用，也在其他片子用過，因此塑造了他明顯獨特的風格。

以上的例子說明了小津的運鏡與剪接絲毫沒有受中軸線的限制而保持在同一個半圓形區域；他經常以 90°角或 180°角的鏡頭切入。意即，畫面的背景會依此不斷變換，而不像一般的好萊塢影片因為攝影機決不跨越 180°軸線，所以空間中的第四面牆不會出現在畫面上。《東京物語》中因為背景經常變換，反而與人事物的關係更加密切，觀眾必須時時注意佈景道具，要不就很容易產生困惑。

小津經常將轉場鏡頭和 360°空間自由運鏡兩個策略一併使用。例如當祖父母來到溫泉地，首先是一個走廊的長鏡頭(圖 10.55)。拉丁式音樂傳來，有一些人穿過走廊，下個鏡頭是另外一個樓上走廊的長鏡頭，女侍手中捧著茶盤；在下方有兩雙拖鞋(圖 10.56)。接著是從庭院望向走廊的中長鏡頭(圖 10.57)。有更多人穿過，眾人打麻將的中景鏡頭(圖 10.58)跟著出現，人聲和搓牌聲響著。然後，小津跨過 180°中軸線，再拍一個打麻將的中景鏡頭(圖 10.59)。剛才第一次出現的桌子現在變成背景了。下一個鏡頭又切回走廊外的中長景的鏡頭(圖 10.60)。以上這些鏡頭裏都沒有出現祖父母，他們應該是這次溫泉之旅的主角。終於，一個兩雙拖鞋擺在門外的中景鏡頭又出現了(圖 10.61)，暗示這是祖父母的房間。牆上透過玻璃窗幌動的光影，表示銀幕外眾人的活動仍在繼續，嘈雜的音樂和說話聲不斷傳來。平山躺在床上的中景鏡頭出現，他無法在吵鬧聲中入睡，遂與老伴談起話來(圖 10.62)。終於，在七個鏡頭之後，點出這場戲的眞正狀況。第二個鏡頭的兩雙拖鞋(圖 10.56)一開始幾乎不容易看到，但却說明了祖父母早就在那裏。

小津的風格使空間單獨成為敘事的重要元素，而非從屬於因果關係，他對圖形連戲也有相同的處理手法。比較圖 7.64 到 7.67 以及彩圖 14 與 15 兩個例子，它們都是小津讓圖形連戲本身有其功能而沒有任何敘事目的而存在。《東京物語》中有場對話的場面採用了正/反拍手法，但小津跨過 180°線，使兩個畫面中的人物均看向右方(圖 10.63 及 10.64)(在好萊塢，連戲主義的遵奉者會認為兩個人物是在看同一樣東西)。由於兩個人物的位置在畫面中的構圖一模一樣，如此明顯的相似圖形產生了一種連續感——即圖形連戲。從這個觀點來看，小津的風格與抽象形式電影有異曲同工之妙(查閱第四章和第九章)。彷彿他在劇情片的範疇中也仍然要做到類似在《機械芭蕾》中圖形相連的抽象樂趣。

圖10.56

圖10.57

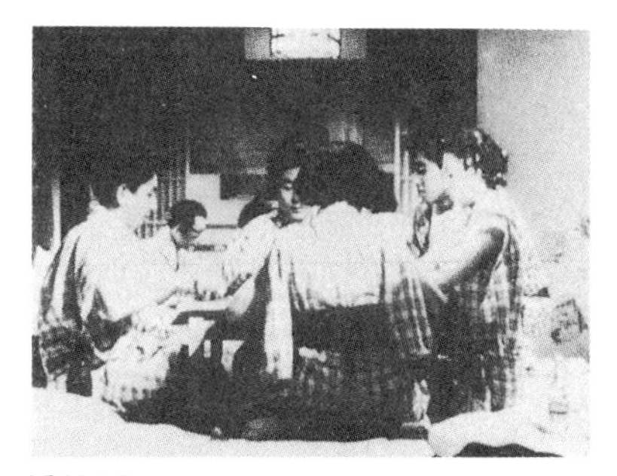
圖10.58

圖10.59

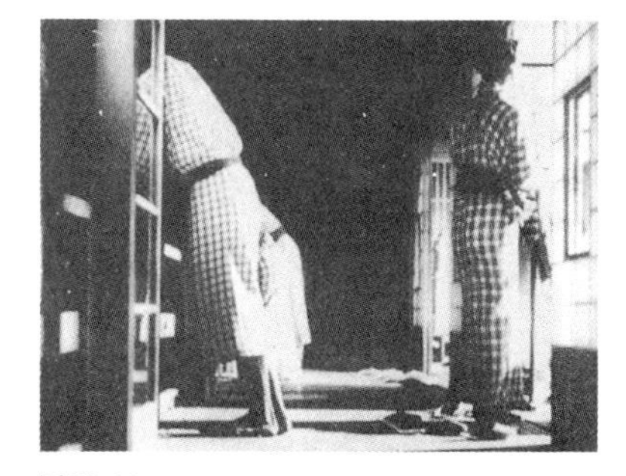
圖10.60

圖10.61

《東京物語》中時間與空間元素的運用即非故意曖昧、也非具有敘事的象徵功能。反而，它說明了古典敘事電影中可以存在一種時間、空間和敘事邏輯間的不同關係。空間與時間不再只是溫馴地製造清楚的敘事線；小津將它

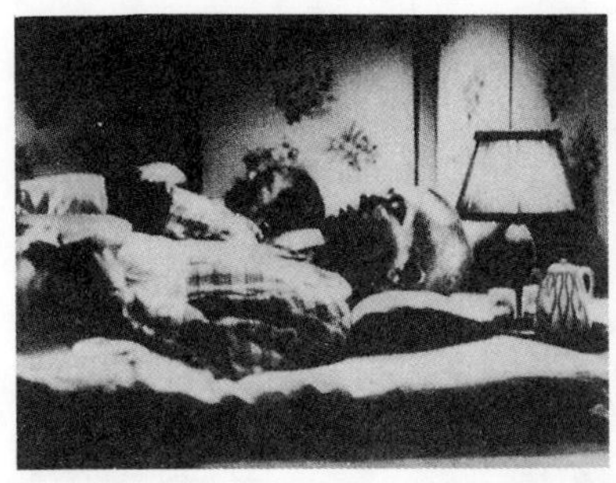

圖10.62

圖10.63

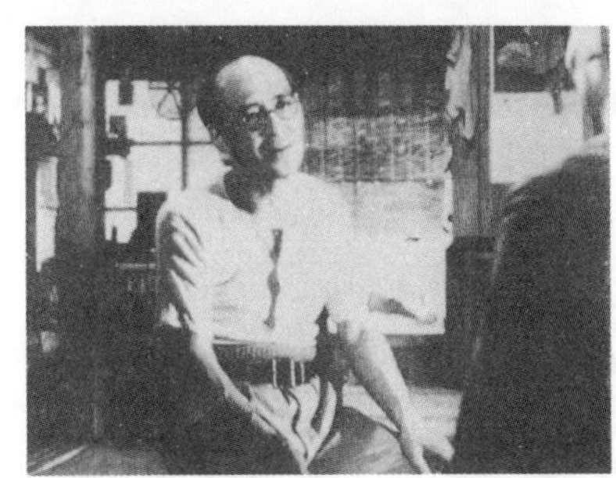

圖10.64

們提升至可以單獨存在的地位，或爲影片中重要的美學元素；他也沒有因此忽視敘事，而是將它做一種開放性的呈現。《東京物語》和小津的其他影片風格技巧均與敘事平等存在；觀眾因此從一種新的方式去觀賞他的影片，親自參與了一齣關於時間與空間的戲劇。

■無知不設防(Innocence Unprotected)

1968，Avala Film，南斯拉夫

導演：Dušan Makavejev與Dragoljub Aleksic所導的影片合併

編劇：Dušan Makavejev

攝影：Branko Perak, Stevan Miskovic

剪接：Ivanka Vukasovic

音樂：Vojislav Dostic

演員：Dragoljub Aleksic，Ana Miloslavljevic，Vera Jovanovic，

Bratoljub Gligorijviec，Ivan Zivkovic，Pere Milslavljevic

如同《去年在馬倫巴》，馬可維耶夫導的《無知不設防》也是自古典敍事電影的慣例中脫逸出來。分析本片的有效方法是先視它爲一種拚貼電影，將不同影片來源的資料重新組合。因爲它主要是利用各種影片的片段及開發，拚貼的原則允許馬可維耶夫以新奇且具動力的方式運用各項電影技巧與形式。結果影片本身變成是檢視電影本質的電影——尤其是電影在社會與歷史範疇中的本質。

影片資料來源涵蓋面廣是本片拚貼特性中最突出的一環。它由四個主要部分組合而成。核心部分是一部由南斯拉夫籍的持技表演家阿勒克斯克(Aleksic)和他的夥伴在1942年德軍佔領時期拍攝的劇情片「無知不設防」(譯註：因爲同名，我們以符號「　」區別馬可維耶夫的《　》)。第二種是好幾部在同一時期拍攝的社會—政治紀錄片：南斯拉夫政局的新聞片、德軍拍的政宣片、當時報紙的頭條新聞以及那時的海報。第三部分是另一部蘇俄劇情片《馬戲團》(Circus, 1936，Grigori Alexandrov導演)的片段。最後是馬可維耶夫拍阿勒克斯克和現在仍活著的製片成員現在模樣的影片。後面這三種資料影片讓馬可維耶夫將阿勒克斯克的原始影片置於一個更複雜的格局中，賦予新意，辯證了他所加上的副標題：「優秀老電影的新風貌」。

組合這四種影片來源，最表層的意圖當然是相互比較不同影片的製作方式與風格。觀眾不得不去比較阿勒克斯克技巧粗糙的「無知不設防」(其中有許多錯誤的連戲剪接與平板的打燈)與一般好萊塢專業技術準則下所產生的水準差異。另外在劇情片情節中插入新聞片的手法，馬可維耶夫也強迫觀眾去對照紀錄片與劇情片的性質(當娜達Nada，「無知不設防」的女主角，望向窗外，視線連戲剪接法插接入她看到首都貝爾格勒被轟炸後的新聞片畫面)。馬可維耶夫的疏離效果是以兩種不同影片的鏡頭並置手法而來——劇情部分與動畫卡通一起出現，或新聞訪問影片被敍事情節打斷等等。

但最複雜的比較應該是阿勒克斯克的「無知不設防」與馬可維耶夫的《無知不設防》兩個版本之間的差異。阿勒克斯克的部分原本是以黑白底片拍攝、具有情節結構的影片，而馬可維耶夫不但打散原有段落，插入新影片，加上評論式標題，將原有黑白片染上不同色調，甚至以手繪方式爲部分鏡頭上色(可參考彩圖13)。因此觀眾看到的阿勒克斯克版本，其實是透過馬可維耶夫的再詮釋式格局。還有，馬可維耶夫親自拍攝的部分(現今狀況的紀錄)，也與過去阿勒克斯克拍的部分有差異，這製造了現在與過去的對比。1942 年影片裏的成員均是狂熱的激進分子，而今，即使仍有活力，他們也老了。這部分的比較，最吸引人的是當觀眾先看到年輕的阿勒克斯克用牙齒咬住繩索，從飛機上縱身跳下，飛機引擎聲轟然延續到下一個畫面：年老的阿勒克斯克仍然齒力驚人，只不過這次是從自家地窖的天花板上懸下來。

然而只強調新舊版本的異同未免過於輕率。舊版影片中其實也包含了拚貼的成分——阿勒克斯克特技表演的新聞片。馬可維耶夫也經常模擬阿勒克斯克影片中不連戲剪接與音效部分，植到新的版本中。

至於本片的結構，雖然馬可維耶夫用了非慣例的手法串連內容，比較起《星期五女郎》這類有明顯段落區隔的影片，《無知不設防》(和《去年在馬倫巴》一樣)就顯得非常困難。原因是每當阿勒克斯克版的某個事件素材一出現，馬可維耶夫一定加入拚貼的片段進去，切斷原有的敍事情緒。然而本片還是有一個較接近聯想式形式的結構，我們分析後認爲它有如下的段落：

1：開場	工作人員字幕；序言；介紹仍在世的演員與工作人員。
2：「無知不設防」	「無知不設防」的第一場；德軍進攻的新聞片；劇情部分原版的故事開始，阿勒克斯克的過去與現在。
3：製作背景	資金籌措；電影的成功與電檢待遇；Serbia 在南斯拉夫的住處；德軍佔領；「無知不設防」的工作人員字幕
4：繼續「無知不設防」	「無知不設防」的第 2－8 場的故事，揷入許多新聞片。
5：年輕時代的陳跡	(待下文)
6：阿勒克斯克的力量	「無知不設防」的第 9 場(阿勒克斯克救娜達)；阿勒克斯克現今的表演；「無知不設防」第 10 場(阿勒克斯克逃出警方之手)。
7：無知不設防	「無知不設防」的結局(咖啡廳中的舞蹈；愛人結合)；阿勒克斯克不再是罪犯。

從以上可以看出，本片並非一般的電影，第 2 、 4 、 6 、 7 段強調原版的情節，但是第 1 、 3 、 5 段的作用却是將這部影片置於歷史的本文中；而且每段都加入幽默、干擾或逸題的手法。從這個觀點，我們可以先回想艾森斯堤所謂的知性蒙太奇(參閱第七章《十月》的例子)。馬可維耶夫自在地連結不同影片素材，製造了「從時間與空間解放出來」的不連戲剪接，正是艾森斯坦理想中的模式，以期產生抽象及反語式的聯想。《無知不設防》的結構就是這種以敍事爲骨幹，再以聯想式形式原則組織出來的各式題旨素材，切入原有結構的範例。

我們以第 5 段爲具體的例子來分析。之所以稱它爲「年輕時代的陳跡」，是因爲這段影片是以這個概念來集合不同的影片資料。首先是現代的部分，幾個仍在世的演員/工作人員回憶他們的過往。一開始是阿勒克斯克及兩個工作人員站在屋頂上拍戲(圖 10.65)，接著是維拉(Vera，演繼母的女演員)回憶她當年的美腿並表演了一首歌(圖 10.66 及 10.67)，然後潘拉(Pera，原飾演舞廳領班)在英雄紀念廣場前唱了一首德軍佔領時期的示威歌曲(圖 10.68)。

影片再向前回到過去，新聞片部分出現年輕的彼得國王(King Peter)正在閱兵(圖 10.69)(雖然彼得是國王，但德軍佔領前大部分的權力是在王子保羅身上)，接著又跳回現代，阿勒克斯克表演弄彎一根鐵棒(圖 10.70)。然後是《馬戲團》中一個女人被大砲射出去(圖 10.71)，觀眾依此知道是這部片子激發阿勒克斯克靈感，在自己的影片中爲他的特技演員製作了同樣的大砲(圖 10.72)。最後，報紙報導阿勒克斯克的設計在當時害死了一個特技演員(圖 10.73)。

歌曲、新聞片、蘇俄歌舞片等這些元素並非由敍事原則(因果或時間的流逝來推演劇情)，而是以聯想式原則連結在一起。這段同時也說明了拚貼的形式概念通常是相當具有政治意圖的。馬可維耶夫的序言中說：「沒有人知道這是南斯拉夫第一部有聲電影，因爲它是在德軍佔領時期製作的。」馬可維耶夫將阿勒克斯克的「無知不設防」放置在塞爾維亞民族主義的動盪時局中。當時「無知不設防」的成功被認爲是塞爾維亞爭取主權的勝利。更甚的是，馬可維耶夫的「再詮釋」已將阿勒克斯克的電影變成南斯拉夫對抗德國佔據的寓言。影片中當舅父舉刀刺向娜達時，馬可維耶夫插入德軍入侵南斯拉夫的動畫地圖。娜達，原是未受保護的無辜者，被南斯拉夫人認同，而舅父則

圖10.65

圖10.66

圖10.67

圖10.68

圖10.69

圖10.70

被和納粹連結在一起。同樣道理，阿勒克斯克成為一個政治英雄。

雖然這樣的分析僅觸及本片的皮毛，我們還是以下列這個問題來結束這個討論：到底誰是片名所指的「未受保護的無辜者」？阿勒克斯克在 1942 年的原版影片中暗示了他自己是那位無辜者；他與工作伙伴在當時均無意顛覆

圖10.71

圖10.72

Petnaest žena u Zagrebu
bit će ispaljeno iz topa
NTERVJU SA „ŽENSKIM TOPOVSKIM METKOM"

圖10.73

德軍，他們只想拍一部關於特技演員的浪漫故事，賺一筆錢罷了。

雖然「無知不設防」原版影片並無政治意圖，馬可維耶夫却將它處理成一部具顚覆性質的電影。「無知不設防」結尾是大夥在餐廳中慶祝阿勒克斯克救援娜達成功，馬可維耶夫則直接在這段底片上將一位婦人的衣服用手繪的方式爲底片上了塞爾維亞國旗的顏色。難怪他會稱「無知不設防」是一部「優秀的老電影」，因爲德國人禁演了這部影片。《無知不設防》的結尾部分又談論了「無辜」的題旨。影片指出許多該片的參予者後來都加入了抗德地下活動，以及阿勒克斯克本人也在戰後被赦無罪的事，因爲在電影中他「沒說半句謊言」。該劇情片現在已成爲一項紀錄：非政治意圖的影片成爲政治電影。馬可維耶夫在本片所採用的形式與風格，改寫了原版影片，並使觀眾重新思考電影在歷史的角色與功能。

紀錄片形式與風格

■《高中》(High School)

1968 年，

製片與導演：弗德瑞克．懷斯曼(Frederick Wiseman)

攝影：Richard Leiterman

剪接：Frederick Wiseman

助理剪接：Carter Howard

助理攝影：David Eames

在 1950 年以前，大部分的紀錄片都是先拍無聲片後，在剪接階段再加上事後旁白以及同步音效。羅倫茲的《河川》以及瑞芬斯坦的《奧林匹克》(下集)，分別在第四及第九章中談論過，即是這潮流下的產物。然而，第二次世界大戰以後，磁帶錄音設備使現場收音開始成為可能；在同一時期，由於軍事及電視節目需要大增，製造商開始發展出輕便但精密的 16 釐米攝影機。這引發了紀錄片的新類型：眞實電影(cinéma vérité)。從五〇年代到六〇年代，紀錄片作者即開始攜帶這類攝影機以及同步錄音設備，去捕捉任何即興與突發狀況——政治競選(Primary, 1960)、法律事件(The Chair, 1963)、鄉村歌手的一生(Don't Look Back, 1966)、聖經推銷員的苦(Salesman, 1969)等現實的紀錄。有些導演聲稱眞實電影比傳統紀錄片更客觀。因為舊式的紀錄片工作者均利用剪接、音樂及旁白式評論來傳遞預設的想法，眞實電影以少量的旁白以及電影作者親臨現場捕捉身邊事物，僅僅紀錄當時的狀況，而留給觀眾空間，讓他們自行下結論。

弗得瑞克・懷斯曼的《高中》是**眞實電影**手法的範例。懷斯曼獲得費城東北中學的允許，自己當錄音師，與攝影師兩人自在地在學校的走廊、教室、自助餐廳、禮堂等地捕捉鏡頭。電影絲毫沒採用任何旁白，也無事後音效與音樂，更沒有電視新聞常用的「面對記者」式的訪問手法。從這些策略看來，《高中》似乎是想以**眞實電影**的理想手法來捕捉中學生生活的一面。然而當我們一分析它的形式與風格時，就會發覺，影片本身仍有意在觀眾心底產生特殊效果，同時也蘊含特定的意義。《高中》說明了電影的形式與風格不但不是現實世界的中立轉播站，甚至連**眞實電影**，都還是改變了現實世界。

眞實電影是在某些程度上記錄了現實，但就像所有電影一樣，它還是需要導演選擇並組織資料。導演不只挑選題材主題，還包括他要拍攝的事件。**眞實電影**的導演就是在現場，也一樣必須在事件發生的當時決定何時拍，拍什麼，以及錄下什麼聲音。在剪接時，也涉及了挑選哪段底片及長度；80 分鐘長的《高中》是從 40 小時的毛片中剪接出來的。這些都是讓電影無法完全記錄眞實的關鍵。雖然**眞實電影**的導演在拍攝時放棄對鏡頭前事物的控制，但他仍然控制了整部影片的結構、次序。例如導演可以挑一個角度讓景框中的不同元素全擠在一起(圖 10.74 中，取景的方式讓校長與美國國旗在一起，而圖 10.79 就沒有)；透過剪接，導演也將影像與聲音安排成特定關係。因此，事實上，透過選擇與安排，**眞實電影**導演與一般導演在運用電影形式與風格上，並無兩樣。

圖10.74

《高中》共用 37 個段落，有些相當短，如合唱團排練，有的對話部分就顯得相當長。形式上，它包容了相當多有趣結構類型的組合。其一，它的形式是分類式的：總類是中學生活，次類包括一些典型的活動——教室；學生與老師的衝突；運動；啦啦隊等。從另外一方面來看，本片的形式也相當仰賴敍事的慣例原則——很多插曲包括了以衝突爲主軸的場景：訓導主任認爲某個學生該留校察看，教務組長與抱怨的家長爭論等等。然而，影片的整體形式當然不是敍事的，因爲它沒有持續出現的主角、因果關係，以及時序關係。懷斯曼了解我們本身的經驗可以補白影片省略的部分，所以，最後我們會發現，原來他是以聯想式形式來組織全片。因此《高中》先呈現中學生活典型活動項目做爲敍事的段落，再以聯想式原則來結構全片。

從懷斯曼選擇的素材，可看出他的策略。本片並不是中學生活完整的橫切面。它省略了學生與教員們的家庭生活紀錄，驚人的是，觀眾從未目睹學生之間有任何交談，不管是教室內或戶外活動。懷斯曼將他的關切點集中於：學校當局的權威如何要求學生及家長服從。極權式訓練是學校的教育方針，所以影片中觀眾會看到老師們講課；大聲唸課文、帶領學生做一些團體活動，如柔軟體操、烹飪、音樂表演等。最明顯呈現導演對他所選擇的素材之看法，是在一個英文老師用一首流行歌來教授詩詞時，懷斯曼拍她先唸歌詞，然後放一遍錄音帶，但省略課堂學生之間的討論。有時影片內容是學校當局用諂媚及哄騙言語來要求學生服從，教師向一位女學生說她應該可以當班長；教官誘導學生應該像男子漢一樣接受體罰。但只要衝突產生了，教師一定採強硬態度。縱觀全片，沒有一次在上位者在爭論或衝突中失敗。因此每場戲的敍事重點是在於讓觀眾體會到權威的勝利；懷斯曼選擇素材的重點，不管是歷史課或鼓號樂隊演奏，都呈現每個素材的集體活動性質。因此這些中學生活的項目有了含意深遠的言外之意。

本片除了開場是有些劇情片式的場景：從車上往外拍攝街景、公路及進入學校，明顯暗示是某位學生或老師一天的開始。但基本上它是循聯想式的結構而發展。例如有些場景都是老師們教育學生關於性別及性愛的課。第 15 段是老師在男學生的健康教育課中講述家庭的意義，第 16 段是女學生們被集合起來聽性行爲規範的課。第 17 段是教官向女學生說明爲什麼她們必須穿正式服裝去參加舞會。接下來是一些性行爲課程，都強調了學校當局嘗試要灌輸某類行爲模式的極權概念，強調男性雄風與女性溫婉的定義。另外中間還有一些學生接受軍事教育的片段。這些之後，我們已可以清楚了解影片素材的安排次序，如何有力地塑造了觀眾的感受。本片並沒有明顯提出任何論點，但它的結構仍暗示導演對這個題材的態度。

本片聯想式特質也經由一些母題的重複出現而加強。例如，轉場用的走廊、學生的部分肢體——尤其是臀部或腿——強調了學生溫馴地排隊、等待、交作業等等。這方面的對比是，懷斯曼以手的特寫鏡頭來連結學校當局的權威性質。例如，和家長對談時，特寫了一位教授主任將拳頭握緊的畫面(圖 10.75)；下一個段落中，拍校長的手部特寫時也用了類似的構圖(圖 10.76)。最

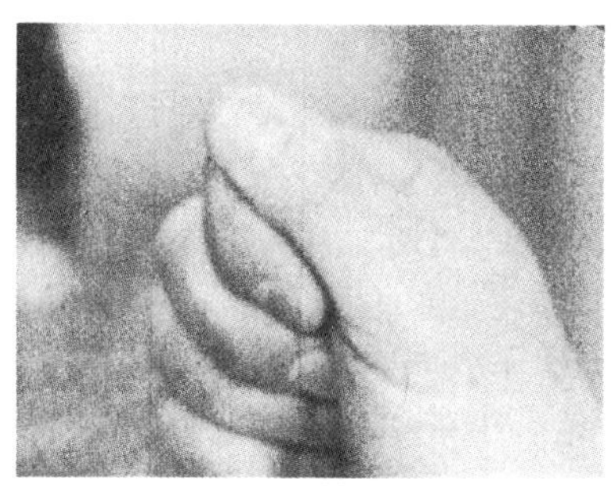
圖10.75

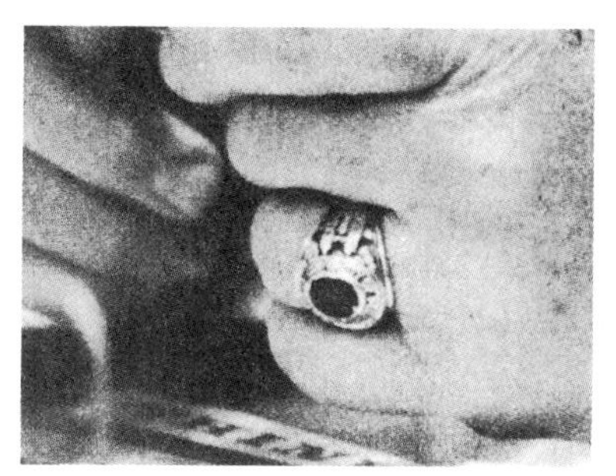
圖10.76

圖10.77

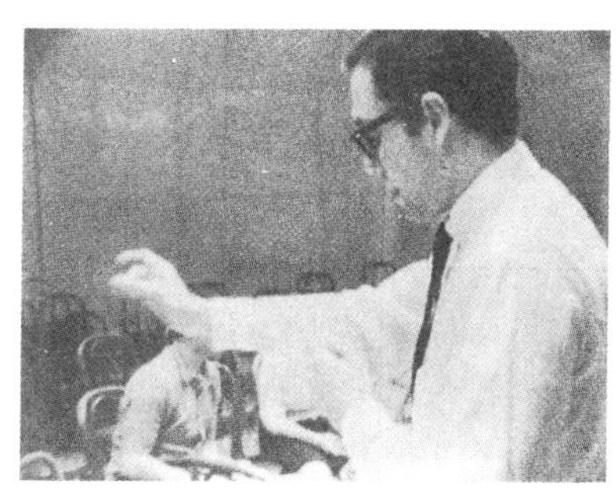
圖10.78

驚人的是有些場之間根本沒有轉場，以聯想式原則接連在一起。例如不同的老師重複問「有什麼問題嗎？」的鏡頭，或者是類似的手勢，如一位女老師揮舞著手帶領大家唸西班牙文，和男老師指揮敲擊樂團的畫面接在一起(圖10.77和10.78)。這些有效地暗示了學校的極權統治式的教學方法，即使場景之間並無時間次序的關係，導演用重複出現的母題和轉場透露素材之間的重複與相似點來連接各場景，仍然使影片達到一個整體感。

最後，導演的風格技巧也加強了整體結構的特質。透過聲音與剪接技巧，片中每一段落均是突然切入一個正在進行的事件開始。通常第一個鏡頭都是特寫，以致於事件都是被漸漸批露出來。除此之外，那些令人驚異的轉場剪接技巧也強調聯想式形式。

每一個段落之內，攝影、剪接及聲音技巧也帶出了每一場景中的劇情特性。雖然懷斯曼並無刻意排演情節，他仍遵循古典敍事風格的原則。伸縮鏡頭可以讓攝影師先設定人物在環境中的定位，再變焦將某個細節獨立出來(圖

10.79和10.80)。另外，連戲剪接的正反拍鏡頭也是他採用的技巧。圖10.81裏的金髮學生的背面出現在畫面的左下方；下個鏡頭，圖10.82，即是沿著180°中軸線原則的反拍鏡頭畫面（和《梟巢喋血戰》的剪接方式比較，見圖7.42-7.44）。然而，突發的狀況下，即使是一個**眞實電影**的導演，也無法老有機會拍到能完整交待人物與空間關係的鏡頭(establishing shot)。也因爲這樣，視線和銀幕方向的連戲，在獲得空間的統一感(連戲空間)上變得相當重要。而這個在某一方面製造了庫勒雪夫所謂的「想像空間」。例如，當鏡頭跟著老師走過走廊，他轉身(圖10.83)，接著切入一個遠景鏡頭是一個女學生走進長廊(圖10.84)，他走到門旁邊，往裏看(圖10.85)。這時畫外音樂愈來愈大聲，再切入一個擴音器鏡頭，以及女學生在做體操、下半身與腿的特寫畫面(圖10.86)。再仔細看一下，原來女生走進去的長廊，並不是老師正在巡邏的長廊。更甚的是，也因爲沒有空間鏡頭交待人物與環境關係，我們也無法知道老師從門上窗戶看進去的是不是體操教室。如果我們回想**眞實電影**的拍片狀況，即可了解音樂必定是事後才加上去的(如果音樂是眞的從體操教室傳出來，那麼畫面變化時，聲帶上必定會有斷音)。因此，在這裏，剪接與聲音製造了庫勒雪夫效果，讓觀眾對原來並不相連的畫面產生聯想。這個技巧的目的是在塑造老師巡邏校園，偷窺體操室裏女學生的令心厭惡的形象。

然而在這樣分析後，要說這部影片事實上有些意圖曖昧好像有些不合邏輯。當《高中》完成後，在費城教育局首映，很多官員稱讚它的成績。但全國的影評人看了之後却認爲本片是在批評中學教育與學校政策的不當。這樣兩相矛盾的論調，是否意味著**眞實電影**眞的客觀且中立地捕捉現實，將意義留

圖10.79

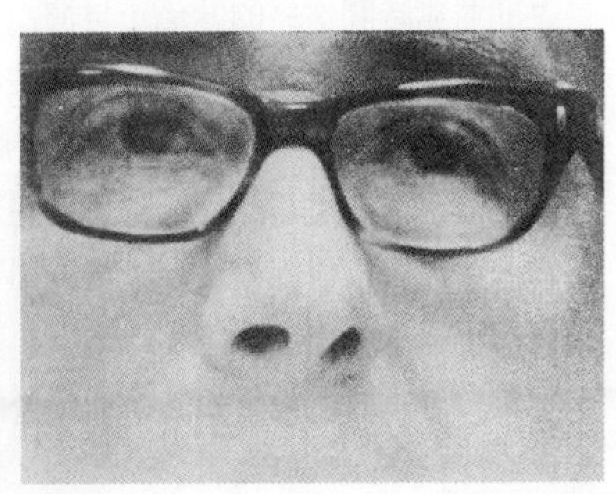
圖10.80

圖10.81

圖10.82

圖10.83

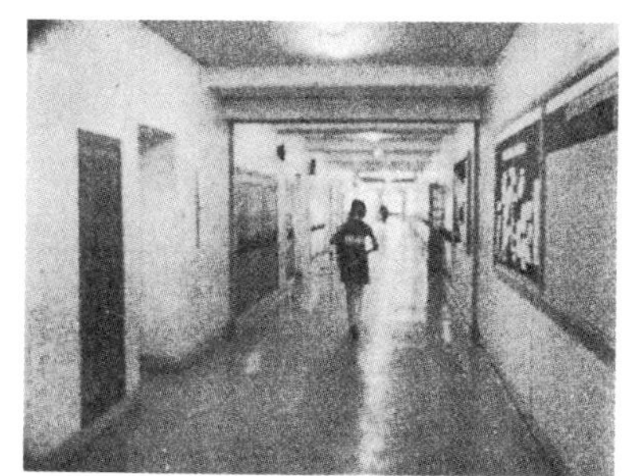
圖10.84

圖10.85

圖10.86

給各位看官自行評斷？

我們認爲不同反應說明了不同觀眾如何強調某個概念而壓抑另一個概念。顯然，教育局官員或老師均集中在影片的指示性的和外在的意義，認爲它是記錄某個學校以及表現成功教育策略的典範。然而，影評人則持相反看法，強調了影片的內在意義：學校是一個集權統制的機構，壓制學生的自由意志。他們以導演在選擇安排素材上，或以影片的形式與風格技巧上流露的創作意識型態說明學校機構僅是製造溫馴而非具獨立思考、了解個人價值的學生。

這個詮釋還可以再從用搖滾樂來表示中學生活的蒼白，以及最後一場戲：女老師唸一封從越南來的美軍的信中，獲得更多說明。學校與軍隊的明顯聯結說明了電影從談論學校訓練到軍事極權管理的發展。女老師手部特寫的母題在她唸那封信時又再出現(圖 10.87 和 10.88)。這使影片最後一句台詞，老師對學生說：「收到這樣的信，對我而言，表示我們西北中學的教育非常成功，相信你們都同意我的說法。」——變得相當諷刺(諷刺通常就是外在意義與內在意義之間的矛盾)。我們甚至還認爲本片的徵候性意義更加強了這個說法。描繪學校是一個訓練服從的地方正是本片拍攝當時——1968 年——非常具代表性的作法，他們不但質疑政府的一些政策，如美軍參予越戰，也懷疑西方社會的一些價值(這些論題在高達的《一切安好》中有更明確的處理)。

圖10.87

圖10.88

弗得瑞克・懷斯曼的《高中》是可以在指示性或外在意義上與內在或徵候性意義上彼此矛盾。然而，本片激發如此確切的爭議，表示在攝影機和麥克風前的世界，並非一個中立的記錄工具，反而，**眞實電影**主動插入現實，是導演在處理形式、風格和效果時的另一個選擇。

■《持攝影機的人》(Man with a Movie Camera)

1928，VUFKU，蘇聯

導演：狄嘉・維托夫(Dziga Vertov)

攝影：Mikhail Kaufman

剪接：Elizaveta Svilova

從某個方面來看，《持攝影機的人》非常像《高中》。然而，做爲默片，它無法以音樂來引導觀眾的期待，也沒有用評論式的插入字幕來說明事件(雖然很多默片時代的紀錄片經常如此)，而且本片也無意製造它在中立地位捕捉現實的印象。維托夫反而十分強調剪接及攝影的操控威力，可以將平凡無奇的日常生活小細節變成一部高度異質化的紀錄片。

一提到維多夫就令人想到剪接，第七章中我們曾引述了一段他對導演的看法：一個不斷從各地收集畫面，再將之以創意概念連接起來、呈現給觀眾欣賞的眼睛。他理論方面的述作(請參閱第十一章的參考書目)也將眼睛比喻成攝影機的鏡頭，他稱之爲「電影眼」(kino eye，kino的俄文意思是「電影」)，他早期的一部電影就稱作《Kino-Glaz》，即《電影眼》。

《持攝影機的人》即是以此概念爲出發點——導演的眼睛即鏡頭——做爲整部影片聯想式形式的基礎。整部影片變成在讚揚紀錄片導演藉剪接及特效的威力來控制觀眾對現實的知覺。它的開場是一部攝影機的特寫；透過雙重曝光的特殊效果，一位攝影師(即與維多夫經常合作的Mikhail Kaufman)突然在極遠的鏡頭中爬上一架大攝影機(圖 10.89)。他在上面將自己的攝影機架好，拍了一段影片，然後再爬下來。這種在單鏡頭畫面中玩弄不同的鏡頭比例(特寫/遠鏡頭)，立刻反映了攝影機以近乎魔術的方式在改變現實的威力。

類似這種特效的母題充斥整部影片。它不像科幻片中一些特殊技巧是在力求隱形的效果下協助製造現實，它反倒是大剌剌地表徵改變現實的蓄意。圖 10.90 即是一個典型的例子，維托夫刻意以傾斜的角度拍攝兩個平常街景畫面再將之並置。另外維托夫還運用了一種他稱之爲**怪異化**(pixillation)的技巧，在單鏡頭畫面中與實物一起的動畫技巧。例如一碟小龍蝦突然活過來並跳起舞來(圖 10.91)；以及配著收音機的樂聲、疊上三個舞者(不同比例)以及右下方一隻在彈鋼琴的手(圖 10.92)；這類母題運用的高潮是一隻人的眼

圖10.89

圖10.90

圖10.91

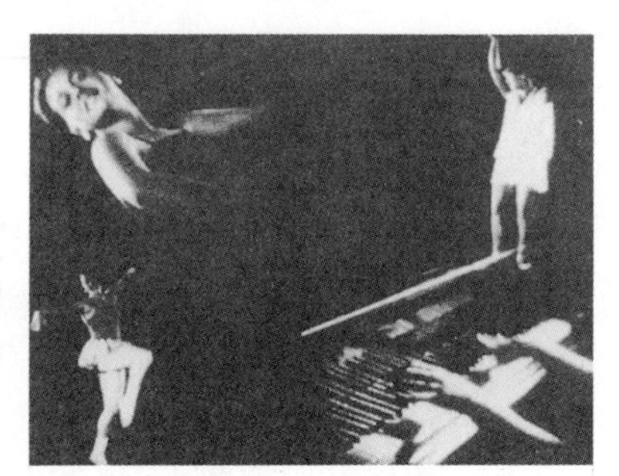
圖10.92

睛疊在攝影機的鏡頭上(圖 10.93)直視觀眾。

有時在影片中，攝影機也被擬人化，透過剪輯使它具有人類的行爲：鏡頭對著花朵，忽地模糊忽地清楚的對焦動作，再接著是一個非常滑稽的並置鏡頭：一個女人用毛巾擦乾臉時眼睛一眨一眨的動作與活動百葉窗一張一閉遮著光線的動作在同一個畫面。最後攝影機還像人一樣自行移動，從一個盒子中走出來，爬上三角架，在畫面中展示各部分的功能(圖 10.94)，最後還用三角架的三隻腳步出畫面。這種詼諧的態度與《高中》向觀眾表示客觀的態度差異甚大。

《持攝影機的人》是屬於一種在二十世代開始變得十分重要的紀錄片型：「城市交響樂」。拍一座城市當然有很多種方法，用分類式可呈現它的地理景觀與旅遊勝地，如旅遊文化一樣；策略式可用來對一座城市需要改建或市政府應該重新規劃的地點，提出看法。敘事電影可能就以城市做爲人物的背景，如羅塞里尼(Robert Rossellini)的《羅馬：不設防城市》，或是朱爾斯・達辛

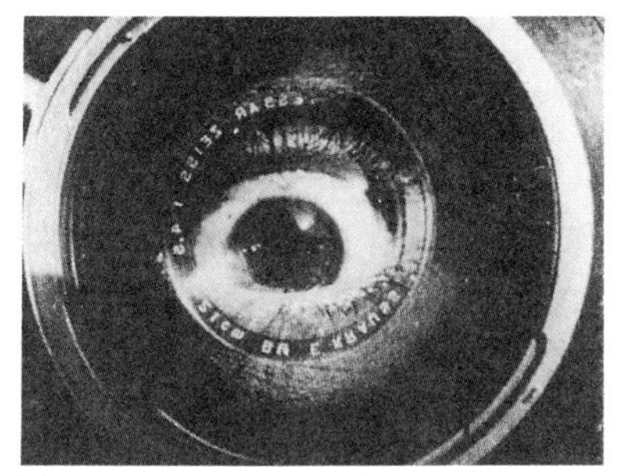

圖10.93

圖10.94

(Jules Dassin)的半紀錄犯罪電影《不夜城》(The Naked City)。然而，早期的城市交響樂影片即已確立了一些慣例手法，將現成的城市景觀或城市生活面貌連結起來，通常沒有評論式的旁白，而經由聯想式原則在觀眾心底產生對這城市的情結或態度。早期影片如Alberto Cavalcanti的《Rien que les heures》(1926)和華特・路特門的《柏林：城市交響曲》(1927)，近期的如古德菲・雷吉歐(Godfrey Reggio)的《機械生活》(Koyaanisqatsi, 1983)和《Powaqqatsi》(1988)均運用了類似的技巧，捨棄旁白而代以音樂的伴奏為連續出現的影像塑造調性。

《持攝影機的人》的第一場戲是一位攝影師開動攝影機拍片，然後穿過戲院，走向銀幕。接著戲院開門，觀眾湧入，現場樂隊準備演奏，然後戲上演了。我們和戲裏的觀眾所看到的影片一開始似乎是典型城市交響樂影片類型。一開始是一名婦女睡著了，人體模特兒站在關閉著的服裝店櫥窗中，及空盪的街道。然後人們開始出現在畫面上，城市好像醒了。事實上整部《持》片就是循著甦醒後的城市上工到休息的模式在發展。但是早在城市甦醒部分的片段，我們同時也看到攝影師在街道上架設他的器材，彷彿他也開始一天的工作。攝影師出現在自己拍的影片中，像這樣的「矛盾」母題將不斷在影片中出現。維托夫在這裏甚至立刻再剪回原來熟睡著的婦女的畫面，更強調此「戲中戲」的意圖。

就像這樣，我們和電影裏的觀眾觀賞著同樣的事件和鏡頭。事實上，到了結局部分，我們又看到影片上的觀眾看著銀幕上的攝影師在拍攝一部正在行動的摩托車；而白天所發生的事又以慢動作重複了一次，此時時序被打散了。維托夫在創造不可能的時間流程中，再次強調了電影非凡的操控力。而

且本片也不只展示一個城市，又將莫斯科、基輔等城市連在一起，彷彿攝影師是在一天之內來回這些城市。另外一個景深鏡頭——攝影機在前景，俯視遠處的建築物——也充分展示維托夫在攝影機與城市之間產生關聯的企圖(圖 10.95)。總之，《持攝影師的人》不是一部城市交響樂類型的影片，但它遠比該類型複雜許多。

除了讚美電影的威力，本片也有其內在及外在的意義(不了解俄文的觀眾必然會忽略了部分意圖)。在表層意義上，影片處理了蘇俄在革命十年之後，社會上所受到的正面及負面的影響。影片中有一個特色是機械運作經常與人類勞力並置。首先，在這段歷史中，蘇聯(USSR)正朝向全面工業化的階段，因此許多具有龐大機械的工廠被拍成具有動力及生產的場所；為了讓攝影機捕捉零件運作(圖 10.96)，攝影師有時必須爬上煙囪，或倒懸到水壩下方，以拍攝機械細部的動感。而且影片中的勞工鏡頭並沒有受迫害的模樣，反而是與機械欣喜地一起為國家建設而努力。畫面中一名在生產線上摺香煙盒的年輕婦女愉悅地與同伴聊天談笑的模樣，正充分地說明了這項特質。

然而，維托夫也涵蓋了負面的部分，例如階級的不平等待遇，例如美容院或肥胖婦女在減肥的鏡頭，暗示了革命後中產階級價值意識又回到社會上來。

另外一個酗酒母題是蘇聯境內非常大的社會問題之一。一個醉漢倒在巨型酒瓶做為裝潢的酒店前。攝影師最後還進入許多賣酒或伏特加的酒吧中，當他走出來時我們看到由教堂改建成的工人俱樂部的幾個鏡頭。透過聯想式的交叉剪接，說明了這兩個地點成為蘇聯人民經常打發時間的休閒場所：一

圖10.95

圖10.96

名婦女在俱樂部中射靶與酒吧中酒櫃上一瓶瓶的酒連接在一起。在二〇年代中期，政府頒佈了一個政策，俱樂部與電影院將逐日取代酒坊與教堂在蘇聯人民休閒生活中的地位(伏特加酒的專賣是蘇俄國庫收入的重要來源,電影盈收是新目標之一)。因此《持攝影機的人》在某個程度上是在利用花俏的攝影技巧，讓俱樂部和電影院看起來充滿魅力，幫政府推展政策。

就內在意義而言，本片可以被視爲維托夫對電影看法的論證式影片。他反對敍事形式以及採用專業演員，而偏好以攝影技巧和在剪接台上創作，來影響觀眾的觀影經驗(然而這並不代表他反對運用場面調度上的元素)。整部影片其實是日常生活工作作息與電影工作內容的剖析及並置，除了戲院裏放映機的零件運轉與工廠中機械的配合，也和其他工作一樣。

維托夫還進一步展示我們所看到的電影絕不是自然的產物，而是經過特定的勞動方式產生出來的結果。攝影師爲了捕捉完美鏡頭而不顧危險，如用一隻手騎摩托車再用另一隻手拿攝影機拍攝急駛而過的火車；剪接師在剪接台上剪開影片，以黏膠接上。另外，剪接台上的銀幕，有靜止畫面、快動作與慢動作等影片經過等等工作的過程，呈現電影工作的龐雜浩大。因此維托夫在此論證的是電影製作是一項工作或技藝，而非精英分子的藝術作品。從影片裏戲院中觀眾的愉快反應來看，維托夫是希望蘇聯社會大眾能發現他所稱道的電影是有趣且能娛悅人心的媒體。

這個內在意義也連帶引出了它的徵候性意義。二〇年代的蘇聯一直希冀電影是一種能夠容易被人看懂、又能傳達政策的媒體，以教育幅員遼闊的蘇聯境內人數眾多的文盲。然而，維托夫的影片或艾森斯坦實踐蒙太奇理論的電影，即使都是在宣揚革命意識，對官方而言，都太複雜艱深了(雖然維托夫在很多方面並不同意艾森斯坦的剪接理論，但他們兩人都屬於俄國蒙太奇運動的重要成員，我們在第十一章會述及它的歷史背景)。《持攝影機的人》包涵了 1700 個鏡頭(是當時一般好萊塢影片的兩倍)，破壞時空關係及節奏快速的剪接，無疑是一部難懂的片子。雖然也許將來會有更多人覺得像《十月》或《持攝影機的人》這樣的影片更值得欣賞。然而在當時，政府當局還是在影片出來後的幾年仍強烈批判維托夫和他的同伴，嚴禁他們再實驗任何「電影眼」(kino-eye)的理論。但是，無論如何，《持攝影機的人》到了最後在蘇聯境內以及其他國家，均被認爲是一部在紀錄片模式中使用聯想式形式的經典作品。

動畫片

在第一章我們即已提到動畫片是一種利用攝影技巧一次拍一格、而每格之間有細微場面調度元素的改變，來製造銀幕上動作幻象的影片。它的素材可以是手繪的圖片、黏土做成的人物或電腦動畫的影像等。有些動畫片甚至是由畫家直接在底片上做畫而來。

由於動畫完全依賴場面調度的設計，因此導演可以隨心所欲設計任何與實物相似或任何他想像中的人事物，因此動畫的可能性非常廣闊。

在此我們討論三部影片。兩部是**賽璐珞動畫**(cel animation)：《掃鐘塔》(Clock Cleaners)是狄斯耐公司出品的短片，以及華納兄弟出品的《狂鴨》(Duck Amuck)。賽璐珞片(celluloid)的說法主要是源自動畫片的背景，有一部分是畫在紙片上，其他有動作的人物就畫在透明片上直接覆在繪有背景的紙片上。這個方法的絕妙好處是節省時間與勞力。即使每一個人物小動作需要好幾百張透明片，但相同的佈景則可以重複使用毋需再畫。第三部影片是羅勃•布里的《富士山》(Fuji)，他不用透明片，而是將人物畫在不同的卡紙(index card)上，呈現了另一種具實驗性質的動畫風貌。

■《掃鐘塔》(Clock Cleaners)

1937。Walt Disney Productions.

導演：Ben Sharpsteen

《掃鐘塔》是一部劇情片，但它並沒有好萊塢劇情片的長度與典型敘事發展模式。反而運用一般爆笑短片的策略，先設定了一個狀況，讓喜劇人物在其中表演一些默劇式的笑料或橋段，累積至一個高潮而結束。本片有三位明星：米老鼠(Mickey Mouse)、古菲狗(Goofy)和唐老鴨(Donald Duck)一起出現在鐘塔內，但在不同區域裏清掃，直到片末才同時出現在畫面上。片中並沒有「搜索」(search)或「旅程」(journey)的架構來推展劇情；雖然人物共同的目標是清掃鐘塔，但到了片末它們並沒有完成任務，因此我們對劇情的感受主要是來自於他們的不幸，而不是他們的工作是否能完成。

由於我們大概已從其他影片知道這些卡通人物的行為特徵，因此無須序言鋪陳，影片即讓事件展開，表示它們正在清理鐘塔。暴躁的唐老鴨主要的事件是它無意中與鐘擺背後彈了出來的發條起衝突，與它大戰了一場。仁慈的米老鼠設法將鐘擺從火中救出。古菲狗則和它的名字一樣笨拙，給時鐘裏的機械手猛敲了頭，昏顚顚地在街道上空跳起舞來。動畫史專家李奧・馬丁(Leonard Maltin)指出《掃鐘塔》是三〇年代狄斯耐出品以這三個卡通人物爲主角的卡通片的典型：「這些出色的卡通短片將這些卡通人物組成一支隊伍，共同執行一項任務，然後在最後結局的會合之前，各自先分開演出單人插曲。」

《掃鐘塔》的情節是插話式的，但是它也有發展：從一點點危險的小困局累積到大混亂。先是唐老鴨不小心弄鬆了發條，自己被纏了一身，然後米老鼠爲了安置鐘擺，用繩索把自己吊在半空中。一點點危險之後又回到唐老鴨，它被彈簧彈到一個齒輪上，最後落在鐘塔的平台上。而古菲狗在繩索上試著平衡自己的時候一不小心讓米老鼠更陷入險境——直到兩人被拋到唐老鴨所在的安全平台上。這些險境與困局的交替與解除即是本片的敍事形式。

在賽璐珞動畫中，成本是隨著動作量與細節之增加而增加。在卡通全盛時期(約 1920-1950 年)的各家好萊塢卡通製作公司中，狄斯耐公司應是最大的一家，它以擁有高預算、最好的設備以及陣容堅強的卡通工作人員著稱。當時華納兄弟(創造兔寶寶Bugs Bunny、達菲鴨Daffy Duck、寶吉豬Porky Pig的公司)和費鈫兄弟(Fleischer Bro.，爲派拉蒙公司創造了貝蒂・波Betty Boop、卜派Popeye等角色)雖然均創作了許多富有想像力的作品，歷史學家還是一致認爲狄斯耐的卡通是最精緻且最具原創技巧的作品。

例如，《掃鐘塔》的第一的鏡頭是鐘塔的內部，除了米老鼠和指針外，透過透明的鐘面，數字均明顯可讀，然後鏡頭上搖並升高，以高俯角的角度，我們可以看到時鐘的大齒輪和其他機械部分，還有古菲狗在下方平台上工作。這個充滿個別、細部的畫面，正是狄斯耐的招牌技術。另外，圖 10.97 的城市景除呈顯三度空間外，光影與佈景的仔細繪製也是一例。

雖然本片是幻想式作品，它的時間與空間概念的製作也是沿襲了古典好萊塢眞人演出的敍事慣例手法。如圖 10.97 的開場鏡頭，還包括了一個變焦向前推進的鏡頭運動，往中央的鐘塔方向前進，然後溶入鐘面上數字的特寫。接著，鏡頭下搖，米老鼠出現在分針的指針上，再溶入接米老鼠的特寫。最後，第三次溶的手法，將畫面帶進鐘塔內部。如此即透過連戲剪接，交代了

圖10.97

圖10.98

圖10.99

圖10.100

圖10.101

圖10.102

空間的設定。一會兒之後，唐老鴨開始與時鐘發條作戰時，發條反彈的動作彷彿在對唐老鴨出言不馴，這時即切接他驚嚇的表情(圖 10.98 和 10.99)。另外當米老鼠看到古菲狗身處險境時，連戲剪接又發揮功能；當時古菲狗站立的繩索正逐漸脫鬆，顯然會使他跌了下去，所以米老鼠向左看的鏡頭(圖 10.

100)之後，立即接了他的觀點鏡頭，從他的角度看到古菲狗的困境(圖 10.101)。值得注意的是這個鏡頭是廣角的，使古菲狗在畫面中看起來非常小，但繩索的這一端與拉扣則顯得非常大——強調了米老鼠會遇到的危險。

《掃鐘塔》另外一個有趣的空間處理是當古菲狗被猛敲之後，他的表情是好幾個頭左右重疊在一起(圖 10.102)，表示它被震得一蹋糊塗。同樣的，卡通人物的身體也比眞實人物更具彈性，例如當他們的頭被齒輪夾住時，身體還可以被來回地扭曲(這些動作部分若在剪接台銀幕或錄影機上用慢動作來看會相當有趣，可以看清楚一些動畫的技巧)。總而言之，狄斯耐卡通公司在 1930 年到 1940 年間，被認爲是在建構一貫的三度空間及連續時間的擬眞上最盡力的公司。像這樣的手法並不普通，然而，即使在好萊塢，很多具實驗風格、充滿驚異想像力的作品還是不斷出現，下一部作品即是一例。

■《狂鴨》(Duck Amuck)

1953 年，Warner Bros.出品
導演：Charles M. (Chuck) Jones

通常好萊塢的卡通影片大致都和狄斯耐出品的類似，皆用連戲剪接概念架設空間，依笑料的累積增強來架構敍事。然而以喜趣幻想做爲類型本質的卡通片，當然也可以與影片媒體本身開玩笑。華納公司出品的卡通人物就特別喜歡對觀眾或對「老板」——繪製卡通的工作人員——說話。這樣的調子自然與狄斯耐出品的卡通片大異其趣。影片中的動作不但更快也更暴力；主角兔寶寶和達菲鴨不若米老鼠的形象親和，而是非常地尖酸刻薄。

在華納公司卡通人員的多年實驗中，最極端的影片應該就是這部《狂鴨》了；目前已經被認爲是美國卡通片的經典。雖然它是在好萊塢系統的運作下出產，但因爲它開發了多種動畫技巧，使它具有非常前衛的實驗風格面貌。

影片一開始好像是達菲鴨愛擺空架子的典型笑鬧片(如 1950 年的《紅麵包》The Scarlet Pumpernickel)。寫在卷軸上的字幕被一把短劍釘在木門上，達菲鴨以劍客造型出現。但他立刻以憤怒的姿勢向左方走去，並越過背景圖的邊緣到空白的部分(圖 10.103)，大叫要求畫上背景，而後出鏡。一隻巨大的筆從銀幕外伸進入，立刻畫上穀倉及廣場。當達菲鴨再入鏡時，雖然仍穿著劍客服裝，但身上的飾物及道具却是農夫的打扮，此時他的表情更加

圖10.103

憤怒。像這樣的變化，筆和橡皮擦出現增加或改變佈景、服裝及道具，甚至是達菲鴨自己被塗掉，皆以令人昏眩的頻率及非邏輯方式串連整部影片。有時候聲音被關掉或放映機齒輪鬆脫使影片的框線露出，橫在銀幕中間，使達菲的身體分段，變成腳在上方，而頭在下方。

這些花樣帶來的是怪異的劇情。達菲死命要影片開始說故事，但幕後工作人員却不斷破壞他的企圖。結果，它發展劇情的原則變得相當不凡。首先，它以漸進的方式顯示本片在開發一般卡通影片的慣例技巧之外的佈景、音效、景框、音樂等等新表達空間的企圖。再者，它的動作和《掃鐘塔》一樣，逐漸增快，讓達菲鴨的挫敗感隨著挫折加深，而達激怒的程度。

第三，神秘氣氛快速呈現，觀眾和達菲鴨一開始就在猜測到底是誰以及爲什麼要如此作弄達菲？以上三個原則在最後一起達到高潮：動畫人員用一顆炸彈炸昏達菲，對它的臉關上門，然後切到一個新的畫面空間——畫卡通的工作台，洩露了原來作弄達菲鴨的是兔寶寶這個秘密。他露齒對觀眾一笑：「我是不是壞透了？」如同對《掃鐘塔》的角色一樣，我們對兔寶寶與達菲鴨的性格特徵早已瞭若指掌，也如同在其他鍾斯兄弟的卡通作品裏，狡猾殘酷的兔寶寶最後總是贏了狂躁的達菲鴨。

《狂鴨》的風格技巧也和它的敍事形成一樣不尋常。因爲它的動作節奏非常迅速，我們幾乎會忽略它打從「好了，到此爲止了，兄弟」(“That's All, Folks!”)的標誌和字幕開場開始到最後，全片只有四個鏡頭——其中三個是在字尾時連續出現。卡通部分不但沒有前接的痕跡，更何況是像《掃鐘塔》所採用的古典連戲剪接。然而因爲背景以及事件狀況不斷被筆與擦子繪上又拭去，快速地產生變化，改變銀幕上的空間以及達菲進出畫面；通常達菲出現的佈景是空白的，如圖 10.104。如此快速流動、易變且無法嚴格界定的空間使《狂鴨》與《掃鐘塔》中運用連戲剪接設定的空間關係完全不同。

相同的時間流程也因爲達菲不斷進出劇情相關的狀況要求導演可以開始劇情部分，而發覺時間愈來愈短。達菲一直認爲他出現的部分是影片的開場，然而劇情時間反而一直是在卡通「外部」進行。到了影片的一半時，他甚至大叫：「好了，可以開始演了吧！」結果「再會」的字幕立刻跑出來，達菲隨即使盡力氣把它推到一旁，再回到畫面上作勢可以控制全局地以軟調開場白說：「各位女士先生，不會再拖延了，節目馬上要以全新面貌展現在您的面前。」

沒有剪接使銀幕空間變成重要的元素。然而，最重要的當然是那個不知名的卡通工作人員所在的空間——每次從攝影機「下方」出現的筆與擦子所存在的空間。每次達菲進出銀幕，攝影機則跟著移動，遮去或呈現新的佈景。而當聲音被切掉時，他還會要求復原(圖 10.104)，然後就傳來刺耳的聲音，好像是銀幕外的留聲機在軋軋響著。這架留聲機還提供了許多噪音——達菲彈吉他時出現的是機關槍掃射的音效；他一氣起來摔吉他時，出現的是驢子在鳴叫的聲音——這是開聲音對影像忠實的玩笑。關於畫外空間最傑出的笑料應該是當銀幕景框的上緣開始往達菲身上崩落下來時，它被處理成像黑色糖漿一樣地往滑下(圖 10.105)，產生了銀幕外與銀幕內空間兩者一起出現的矛盾狀況。

圖10.104

圖10.105

以上和我們尚未述及的關於《狂鴨》具想像力的部分，都與好萊塢製作的卡通影片大相庭逕。在它維持喜劇基調與沿用同樣角色(兔寶寶如往常一樣欺負達菲鴨)時，嘲弄了製作它的媒體。然而，要更進一步探索動畫媒體，以及讓動畫更脫離敍事結構，仍十分可能，下一個例子可說明這個途徑的可行性。

■《富士山》(Fuji)

1974；製作、編導：羅勃・布里(Robert Breer)

相對於線條平滑、動作流暢的古典好萊塢動畫，羅勃・布里的動畫看起來不但支離破碎而且繪畫技巧拙劣。它的開場沒有字幕也沒有片名，是黑色導引片(black leader，簡稱「黑片」)配以三聲鈴聲開始，就切入第一個鏡頭。銀幕上不但不是動畫，而是透過大車窗模糊搖幌的畫面：僅有一個人的臉與眼鏡在背景處隱然可見。這個鏡頭與全片其他部分都伴以火車轟隆不絕的節奏聲。接著更長的黑片出現做爲轉場，下一個畫面是在白背景上兩個像圓形石柱的平面圖形，一會紅一會綠地像火花一樣交替出現。另一段黑片之後，是一個穿著黑色衣服的男人跑過一個類似長廊的奇怪通道的模糊鏡頭。更長的黑片出現，在白背景上，鋸齒狀的線條不平穩地勾勒出一個在奔跑的男子之身影，然後化成抽象線條，又再回復到一個男子的身形。在這個鏡頭中，畫面的顏色也一樣快速地變換著。

就在這小段影片中，布里不但激發了觀眾的好奇——這到底是什麼樣的影片，也示範了他貫穿整部影片的幾項基本原則。其一，火車的轟隆及鳴聲所產生的節奏統領銀幕上動作的節奏。其二，像火花一樣閃爍的效果(不斷變化的影像顏色)貫穿全片。其三，即使畫面上的圖形持續一段時間，它的顏色以及形狀的輪廓也會有不斷跳躍的現象。總之，在《富士山》這部影片中，即使銀幕上所有的動作均平滑流暢，形狀也以不穩定的節奏跳動。

像這樣刻意避免滑順動作，並開發種種抽象繪圖的潛能，經常出現在實驗動畫裏。然而《富士山》因綜合眞人演出的影片與動畫影像(明顯是描繪眞人動作的圖形)使它獨樹一格。在此布里運用一樣好萊塢卡通經常採用的技巧，稱作轉描(rotoscoping)。**轉描機(rotoscope)**是一種投射單格眞人影像於繪圖板上的機器，讓動畫人員可以依影像用筆描繪出來。這種轉描的原始功能並非是要擬眞，因爲用動畫的方式本來就會使它們有不同的外貌。相反的，它的目的是爲使線條平滑、更栩栩如生之用。狄斯耐的卡通劇情片《白雪公主》

(Snow White and the Seven Dwarfs)和《仙履奇緣》(Cinderella)，就是用此法來描出眞人般的形象。

布里却用它來做不同的用途。他不但只用轉描機在白卡紙上描出部分人形，而不是畫在透明片上再套在已畫好的佈景圖上；有時候他還只是粗描出背景的輪廓而非人形，他同時也拍下他所粗描的鉛筆畫，而非好萊塢卡通片做法那樣，拍下畫在透明片上整潔的線條與色彩。布里的動畫因此全無任何平滑流暢感，而且片中大部分跳動的影像大約只有兩格長。

更大膽的地方應該是布里直接轉描他所拍攝的眞人演出的影片，成爲影片的片段——因此全片我們看到的部分是以手繪臨描的影像。例如，開場的火車內部畫面(圖 10.106)之後，同一個景像變成只有火車驗票員的身影以手繪出現(圖 10.107)。在效果上，布里是運用了原來做爲「寫實」之用的轉描機，開創了一個全新的技巧，探索了人物動作的抽象層面，以及電影媒體的表現形式。

圖10.106

圖10.107

在開場之後一個較長的段落，是一連串山景的畫面——從片名我們猜測應該就是富士山(Mount Fuji)。除了顏色的變換之外，明顯也可以看出是從眞實影片轉描下來的影像。火車的聲音持續著，轉描出來的建築物、橋樑、山洞和田野的線條也不斷地扭曲、顫動，又明顯地暗示是從在行駛的火車內向外望出來的景像(圖 10.108)。

這段山景的段落開始有了深度空間的感覺，在中景位置的物體——建築物及田野——迅速地經過眼前，但背景的山則大致不動停在原地。但山的輪廓線條却仍不斷變換顏色，而且天空也一會紅一會兒藍地變化。這座山因此看起來好像閃爍著光芒；因此布里在一個畫面中同時呈現寫實的空間感以及平面的抽象圖形。

爲了更清楚展示傳統動畫法與《富士山》中抽象技巧之間的對比，布里也用了一個「一般」轉描法畫出來的圖形之影像：在白背景上一個圖形紙杯以半弧形的方向滾動(圖 10.109)。這個運用了透視法描繪出來的平滑線條圖形是影片中唯一流暢滑動的物品。然而，它還是不斷地變化色彩，有時候是重疊在比較抽象的、跳躍線條的山形上。其他時候，茶杯的平滑線條還會突然變成不等邊四方形或乾脆變成一些直線條。因此最傳統的動畫動作在這個顫動著、變化的不穩定的空間也會瓦解。連同其他技巧，布里在此展現了多種動畫影片的潛在技巧。

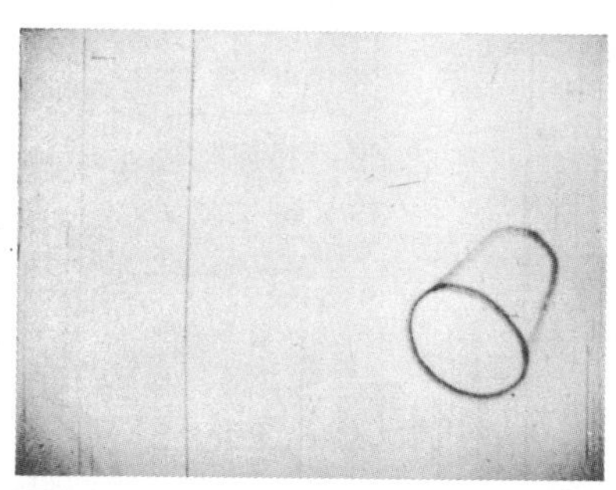
圖10.108

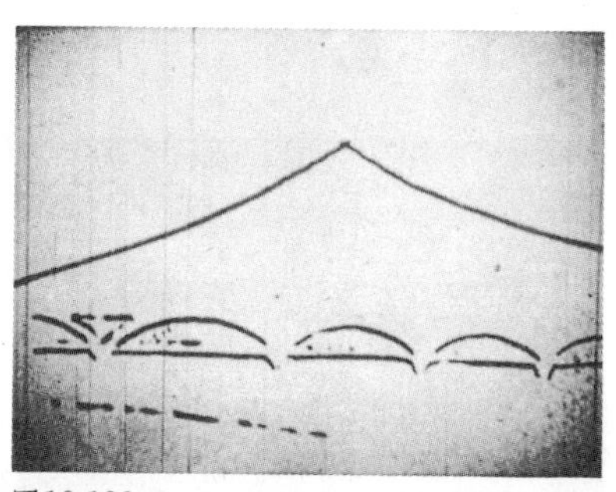
圖10.109

形式、風格與意識型態

■《相逢聖路易》(Meet Me in St. Louis)

1944, MGM

導演：Vincente Minnelli

編劇：Irving Brecher, Fred F. Finklehoffe

原著：Sally Benson

攝影：George Folsey

剪接：Albert Akst

音樂：Hugh Martin, Ralph Blane

演出：Judy Garland，Margaret O'Brien, Mary Astor,
Lucille Bremer, Leon Ames, Tom Drake

就在《相逢聖路易》的劇情進行到一半時，劇中的父親，阿隆索・史密斯(Alonzo Smith)對全家人宣佈他已被調去做一個新的工作，而因此全家必須搬到紐約去。「我得考慮前途問題——我們的前途。我得想想該怎麼賺錢。」他向沮喪的家人這麼說。這個爲了前途與家人的想法對影片的形式與風格非常重要，是整部影片意識型態的立足點。

前面述及所有影片都可以拿來審視它們在意識型態方面的不同主張。事實上，不管明不明顯，任何影片都依據一個意識型態的立場來組合它形式與風格的元素。在這裏以《相逢聖路易》爲例，它不但是一部不設法改變人們思考方式的影片，還嘗試鞏固主導社會的意識型態。在此，如同大部分好萊塢影片，它擁護所謂「美國人」認爲的家庭團圓與家居生活的價值觀。

《相逢聖路易》的時空背景是設在聖路易市即將舉辦的路易斯安那州商展的準備期，因此商展的開幕是全片事件的高潮。影片是以直線敍述的方式展開，中間以四個字幕卡說明代表四個季節的階段，以「1903 年，夏天」爲起頭到 1904 年商展開幕(爲聖路易市帶來繁榮)，同時暗示了時間的流逝以及季節的更替。

史密斯一家人住在一棟維多利亞式的房子，是一個成員多但彼此關係密切的家庭。影片季節變化的結構剛好呈現這家人在傳統家人團聚的節日中慶祝的情景：萬聖節與聖誕節。片尾的商展到最後更變成是一個節慶：慶祝史密斯一家人決定留在聖路易。

片頭很快即說明了聖路易是一座徘徊在傳統與進步邊緣的城市。字幕卡上有像糖果盒一樣可愛的造型圖案；黑白小花點綴的花邊，圍住一幀史密斯家房屋的黑白照片。隨著鏡頭向前推進，房屋漸浮出顏色，輕盈的合唱樂聲伴著字幕卡，配合畫面上緊跟著出現的動作，漸轉成較活潑的曲調。老式公車與馬車在路上奔馳，但一輛早期的紅色汽車駛過前面，立刻呈現了進步/創新的母題，很快帶出即將來臨的重要活動——商展。

史密斯家的長子隆(Lon)騎著自行車抵達家門，接著畫面溶進廚房繼續介紹家中成員，他們都忙著自己的生活事務。首先出現是三姊亞格妮絲(Agnes)，她邊上樓邊唱著〈相逢聖路易〉的歌。當她碰到祖父時，他接唱下來，鏡頭即跟著祖父好一陣。隨著經過每個房間看到裏邊的角色，歌曲旋律與每個人的動作搭配協調，令人覺得這是一個充滿音樂與歡笑的家庭。之後祖父聽到屋外有歌聲傳進來，他走向窗戶，一個越肩的鏡頭我們看到二姊艾絲特(Esther)正踏出馬車，走向家門。她的行為將整個開場又拉回房屋的前院。

房屋在整部影片中保持全家團圓的主要象徵。例如，開場每個人先各別回到家裏，直到晚餐時眾人才齊聚在餐桌前。在每一段以糖果盒字幕卡開場的畫面，均有一個往畫中房屋推進的鏡頭。除了家中年輕成員搭電車去探險，看正在興建的商展建築、聖誕舞會和商展開幕部分，全片大部分的戲都發生在這棟屋子裏及附近。雖然史密斯先生被調到紐約工作的事是他們要搬家的主因，但影片並沒有他在辦公室工作的畫面。在本片的意識型態中，家與房屋是一個自給自足的單位；其他社會機構是枝節的設置，甚至是具威脅性的設置。

這個以家為重的觀點，使女人在維持眾人團圓的理想上具重要地位。本片的敍述雖沒有侷限在某個特定角色的認知範圍內，但它比較集中在史密斯家中的女性成員：史密斯太太、羅絲(Rose)、杜娣(Tootie)，以及艾絲特，尤其後者是敍事重心所在。此外，女性也被塑造成安定力量的來源，所有事件最後都會回到母親與女傭凱蒂(Katie)經常待的廚房，她們在每個家庭小危機中安靜地工作。另一方面，男人則變成威脅家庭團聚的破壞力量。史密斯先生要全家一起搬到紐約，正破壞了家中成員與過去歷史的連結。而長子隆要到東部的普林斯頓大學就讀，也一樣象徵破壞全家團聚的理想。只有祖父(代表老一輩的人)是與女人站在同一邊，希望留在聖路易。總而言之，本片敍事的因果將任何離家的行動處理或一種具威脅性的破壞力量——這正是敍事的發展呈現意識型態立場的典型例子。

在家庭中有一些小衝突，但成員均彼此合作度過。兩個姊姊，羅絲與艾絲特在與異性交往過程中，彼此扶持。艾絲特愛上隔壁男孩約翰•楚特(John Truitt)，與他結婚並不會破壞家人的團圓。影片中兩位姊妹的戀愛事件以及其他小事件共同組成了史密斯家庭的日常生活內容。但是女生成員是否也想搬家的想法並沒有被考慮進去，影片甚至將她們受教育的重要性擺在婚姻之後。

很多風格上的策略也呈顯出史密斯一家人的快樂生活。顏色使場面調度更豐富(參見彩圖 10 和 11)。人物也都穿著明亮度高的衣裳：艾絲特通常是穿藍色服裝。聖誕舞會中，她和羅絲分着紅與綠顏色的小禮服，更強調史密斯家庭重視節慶的心態，當然這也使觀眾在舞會人羣中容易看到兩位主角的所在位置(在彩圖 11 中，艾絲特坐在電車上，穿著黑衣服，與其他著鮮麗服裝的演員相比，她的黑顏色無疑立即突顯出來)。本片是在四〇年代攝製完成，當時使用特藝彩色(Technicolor)已經呈現出高密度及高彩度的色彩。結果，服裝、屋內壁紙、羅絲與艾絲特的紅髮，以及其他視覺元素的色彩，均非常出色。

由於《相逢聖路易》是部歌舞片，音樂在史密斯家中扮演重要角色。歌曲總是在團聚或羅曼蒂克的戲中出現。羅絲與艾絲特在晚餐前，站在陽台上唱著〈相逢聖路易〉，另外艾絲特唱了一首〈鄰家男孩〉(“The Boy Next Door”)表達了她愛慕約翰的心，這首連同〈電車之歌〉(“The Trolley Song”)都說明了她毋須離家就能有美滿的婚姻與家庭。最後還有一首是艾絲特唱給杜娣聽的〈給自己一個愉快的小聖誕〉(“Have Yourself a Merry Little Christmas”)。在這首歌中，她要杜娣安心，因爲只要全家人能在一起，搬到紐約並沒什麼好擔心。

但這首歌還是暗示了可能來臨的脅迫感，她唱著「假如命運安排我們分離，我們依然會度過，直到團聚的那天來到」；因爲在此時我們已知道艾絲特與約翰的戀情順利，如果全家要搬到紐約，她勢必要做一抉擇。至此，劇情已呈現了一個僵局，不管她選擇什麼，古老的生活方式都會被破壞。因此故事需要解決方案，杜娣聽了歌之後歇斯底里地哭起來，讓老爸開始認眞思索他原來的決定是否必要。

接著杜娣跑到門外把雪人推倒的戲更是搶眼，與史密斯一家即將面臨的解體形成對應。此時父親終於了解他想要全家一起搬到紐約是威脅到全家內部的團結，因此他決定留下來。

另外兩個場面調度的元素——食物與光線的母題也被用來呈現和樂家庭的日常生活。自家做的蕃茄醬最後被端到開場家人團聚的晚餐桌上，羅絲與男友爭執後和解，女傭即端上烤牛肉。

在萬聖節的戲裏，本來孩子們圍過來要吃糕餅與冰淇淋，但父親抵家之後宣佈他的決定，孩子一個個沒吃就走開，直到爸媽坐在鋼琴旁開始唱：「時光流逝，但是我們終究會在一起」時，才一個個又回到桌邊開始吃。食物在此象徵維繫家中成員的母題。尤其在商展之後，全家人決定到餐館大吃一頓，食物的母題又重申了他們決定留在聖路易使他們團聚在一起的象徵。

史密斯家通常是光線充足，燈火通明。例如，傍晚夕陽斜射餐桌，以及明亮的樹枝形吊燈總是在銀幕上方(參見彩圖 10)。

萬聖節那場戲由於發生在夜晚，所以光源變成相當重要的母題；攝影機由有明亮燈光的窗口推進屋內，愉快的樂聲使這戶人家的屋子看起來像是黑暗中安全的島嶼。當杜娣與艾格妮絲一起出門扮鬼嚇人，她們的身影以營火爲背景而以剪影方式出現。一開始火光是有些嚇人，但是當被認爲「太小」不能玩的杜娣證明了她自己的能力，她被允許和他人一起守住營火不讓它熄滅。在她一開始被排斥時，她離開營火的長鏡頭，彷彿暗示她離開了一個溫暖的避難所。後來當她回到營火區與眾人在一起，這個母題與她後來改變父親心意、留在聖路易相互呼應。

同樣地，燈光也扮演了解除家庭危機的重要角色。在聖誕夜深夜，當艾絲特起床發覺杜娣醒著，兩人一起看向窗外的雪人。從另外一個窗戶洩出來的一道黃光照在院子裏的雪地上，象徵了他們要撤離的家是一個安全溫暖的地方。後來父親坐在椅子上考慮到底要不要搬家時，他劃了一根火柴，却忘了點燃嘴上的雪茄，直到火燒到他的手指頭，此時伴隨著〈相逢聖路易〉主題曲的音樂在背景慢慢響起，這個火光正象徵著他的失神，以及逐漸改變的心意。當他最後召喚全家下樓，宣佈他不搬家的決定，他轉身將家中電燈全部打開；原來灰暗、蒼白的牆面下一些打包的物品盒子，在燈火通明之下和雀躍的全家人一起添加了畫面的活潑。燈罩的紅綠相間顏色表示這家人在過聖誕節，燈光齊亮之後緊接著眾人打開聖誕禮物又象徵了這家人留在聖路易市並不會給他們帶來經濟上的困擾。

商展開幕後當天夜晚，城裏建築物的燈全亮了，眾人望著這些倒映在湖面及運河上閃閃發光的燈火，電影就在這此結束，燈光再次象徵了安全與家庭溫暖，是將整部電影串連起來的母題。父親後來決定留下來時，曾向眾人說：「並不是只有紐約有機會，聖路易也是一個充滿機會的地方啊！」商展肯定了這個說法；聖路易城除了讓這家人仍團聚在一起，還擁有所有進步的條件。電影的結局是這些人物分別說了一些話：

母親：全世界沒有一個城市比得上這裏。

羅絲：我們不用搭火車千里迢迢到這裏，還住在旅館。這裏就是我們的家鄉。

杜娣：爺爺，他們永遠不會拆掉這個地方，對不對？

祖父：我看他們最好不要。

艾絲特：這就是我們住的地方，就是聖路易。

這些台詞並沒有單獨創造了本片的意識型態，它早就透過敍事形式及風格技巧傳遞出來。這段對話只是更明白地將它揭示出來。

要透視一部電影的意識型態，可以從分析它的形式與風格如何製造意義來察覺。如第二章曾提到，意義有四種類型：指示性、外在的、內在的以及徵候性意義。《相逢聖路易》的四種意義均同時強調一個社會意識型態——傳統、家庭生活團圓的價值。在指示性意義上，本片假設觀眾了解紐約與聖路易的差異，並知道國際商展、美國家庭習慣、國家節慶等等的意義。本片當然是針對美國觀眾所組織的。外在意義可由結局的處理得知，事實上小鎮比起大都市來反而可以更完美地融合傳統與進步。另外我們可以從形式架構和風格技巧細節來獲得它內在意義：家庭和房屋在做爲建立一個「冷酷世界中的溫暖避風港」，是一個人生活的重心。徵候性意義呢？

一般而言，本片表達了許多社會意識型態在嘗試「自然化」(naturalize)社會和文化行爲的傾向。第二章中我們提到價值和信仰制度對深信它們的族羣而言，是自然且無庸置疑的。維持這些制度的方法之一即是去認淸這些觀念是超越人類的選擇或控制，因爲它們是自然的。從歷史的角度來說，少數民族、窮人或女人一般被認爲是「自然的弱勢」，像這樣的想法現在已經常被認爲是對他們壓制且不公平的待遇。《相逢聖路易》也有這個傾向，不只是史密斯家的女性成員(羅絲和艾絲特好像只想找人嫁了)，而且它還選擇了中上階級的白人家庭生活做爲美式生活的典型。另外一個自然化手法是季節的的形式組織：四季的自然循環與家庭生活和諧搭配，開春時，正是這家人新生的開始。

我們也可以更集中在歷史的角度來看本片的徵候性意義。本片於 1944 年發行，正值第二次世界大戰末期，它的觀眾大部分是女人與小孩，因為成年男子均被徵召到國外從軍而消失了一段時日。那個時期同時也是配額的時代。家庭通常分崩離析，在後方的人也一樣為戰爭付出相當大的代價，那時婦人都得到工廠去上工。在那時出現了這樣一部婦女留在家中做家事的影片，並熱切渴望回到重視家庭團圓的時代，因此《相逢聖路易》被視為緬懷舊日(1903 年)美國生活的懷舊影片，因為 1944 年在戰場的年輕人的家長必然記得那段童年時光。本片暗示了未來戰後的理想是家庭重聚，它在 1944 年感恩節前後上映使它的企圖更加顯明。

對 1944 年的觀眾而言，本片各項形式手法的喻意——季節、母題、歌曲、顏色等等——都僅在重申一個觀念：如果女人和其他留在家中的成員可以堅守家庭，不懼分離之苦，和諧幸福的家庭生活終會重回。在一個大多數人都離鄉背井的年代中，《相逢聖路易》當然是擁護而不是挑戰它所敘述的意識型態。

■《一切安好》(Tout va bien)

1972, Coproduction of Anouchka Films, Vicco Film (France) , Empire Films (Italy)

導演：尚-盧．高達(Jean-Luc Godard)、Jean-Pierre Gorin

劇本：Godard and Gorin

攝影：Armand Marco

剪接：Kennout Peltier, Claudine Merlin

演員：Yves Montand, Jane Fonda, Yves Caprioi, Elizabeth Chauvin, Castel Costi, Anne Wiazemsky

《一切安好》是一部強烈指控 1972 年法國社會現象的影片。它的主題與 1968 年 5 月法國學生與兩個團體的左派運動所引發出一連串事件相關。這次社會震盪大約在三月份即已開始，許多學生抗議美軍參予越戰，以及一些大學政策。到了 5 月，更龐大的示威運動逐漸增加，工人與教師團體開始加入學生的示威陣容，引發一連串罷工、靜坐和遊行等活動。直到政府同意普選，工人才回到工作崗位，然而，一些地下抗暴運動仍持續進行。5 月 6 日，一位叫吉樂•達丁(Gilles Tautin)的學生在與警察發生小衝突時被殺，《一切安好》主要即針對這個事件。6 月底，戴高樂(De Gaulle)贏得大選。

1968 年 5 月事件對法國左派政黨及藝術有長遠的影響，使包括高達在內的許多藝術家變得更激進。1968 年以前，他以左派思想爲主題拍了一些電影，如《中國女人》、《週末》(Weekend)和《賴活》。然而，這些影片都是在相當傳統的商業製作體系中生產與發行。之後，很多電影團體開始以合作方式建立不同的製作體系。高達與他的搭檔尙-皮耶・高林(Jean-Pierre Gorin)即組成了一個小公司：狄嘉・維托夫合作社(Dziga-Vertov Group，以《持攝影機的人》導演維托夫命名。1968 年法國的政治口味導致一股對蘇俄導演作品的狂熱)。1968 到 1971 年，他們拍了一些大部分是 16 釐米的短片，沒有明星也沒有故事，然而這些有形式及政治意味的影片却無法與廣大觀眾見面；因爲脫離一般商業體系，他們的發行管道只剩一些小眾團體、學生、工人及其他一些有興趣的觀眾。雖然《一切安好》是一部回歸商業劇情的製作，但它仍檢視了左派分子在他們想改變但仍存在的經濟制度下從事政治運動的矛盾。

針對這點，高達與高林選擇了德國最重要的馬克思主義劇作家布萊希特(Bertold Brecht)的創作模式。克萊希特也曾和德國與好萊塢的商業劇場與電影公司合作過。事實上，《一切安好》的主角之一賈克(Jacques)即引用了布萊希特在他的劇作 *The Rise and Fall of the City of Mahagonny* 中的序言。克萊希特在其中論及藝術的形式並非由藝術家、而是被更大的社會構組所操縱。在資本主義社會中，一個藝術家可能以爲他所採用的藝術形式是爲了個人表現，事實上他所生產的却是該社會所能接受的藝術商品。布萊希特認爲，沒有人可以脫離這個操控藝術形式的社會而生產，但是藝術家還是可以從中破壞，並開發出新形式。布萊希特的方法是透過「分裂元素的激烈手段」，於是在他的歌劇 *Mahagonny* 的歌詞、音樂與舞台演出方式即是以粗糙及不統一的面貌——分裂(separation)——避免觀眾過分溶入劇情的幻象。當然，觀眾還是看得到故事及人物，但是也會同時體驗到作品組合的形式系統。

這個途徑吻合了高達與高林兩人的目的，因爲他們的影片本來就與古典好萊塢敍事電影的差異非常大。好萊塢電影通常不鼓勵觀眾去分析電影的形式如何運作，所有元素都是在支持故事事件的敍述；《一切安好》則蓄意引發觀眾去分析政治議題以及敍事電影製作的慣例。

但像這樣的影片，觀眾過往並沒有太多觀影經驗，因此一開始可能會很難欣賞《一切安好》(事實上是所有高達的影片皆是如此)。一部分原因是我們以爲只有一種看電影的標準方式，因此觀賞《一切安好》即包含了觀眾要學習及練習新觀影技巧的意願，而這些技巧的熟悉可以引導觀眾去了解該影片意識型態的目的。

如同布萊希特處理歌劇的方式，高達與高林也運用了分裂原則來建立《一切安好》的整體形式。在架構該片的形式與風格中我們可以發現他們使用了三種分裂原則：干擾(interruption)、矛盾(contradiction)及曲解(refraction)。

在古典敘事電影中，因果關係鏈是維繫場景之間使敘事能流暢推演下去的重要依據；在其中，沒有一個事件不被賦予動機或沒有前戲的鋪設。干擾，即中斷因果關係鏈會造成觀眾心底的困惑，不明白這個事件與何者有關。這正是本片處理開場幾場戲的方式：聲帶中傳來男人與女人在討論製作電影的聲音，然後畫面是一隻手在寫支票，金額是製作該片的費用(上寫：支付國際巨星，圖 10.110)，但這位巨星的名字字幕(圖 10.111)和該影片的幾個鏡頭立刻出現「干擾」了寫支票的動件。這些鏡頭的時間關係均非常不明確。稍後有一場戲是一名女工在一個製肉工廠的罷工運動中，向一名記者蘇珊(Susan)解釋女工在工作上所面臨的一些特定問題(圖 10.112)。這段談話被一個女人面對攝影機背誦一首激進歌曲的鏡頭打斷兩次(圖 10.113)。這兩個動作並非連戲剪接出來的結果，他們是在同一個場景中發生、並且互相指涉的動作，一個安靜地陳述她們的悲痛，一個則用強烈抗議的手段。

圖10.110

圖10.111

這個「干擾」手法對《一切安好》意識型態方面的意義相當重要。另一場戲，蘇珊對她的愛人賈克(Jacques)坦白她已不再滿足於兩人的關係，因爲除了兩人的私人生活外，她們需要再了解彼此的工作內容。工作與個人生活的緊密連結是本片主要的外在意義。而當她說話時，畫面不斷被她們在工作的情形的畫面切斷以強調她的調點。本片其他地方都是以類似的手法處理，而且它們大部分的功能是去截斷敍事的因果，且引進意識型態的論證。綜觀這些手法，《一切安好》綜合了敍事和策略式兩種形式的原則。

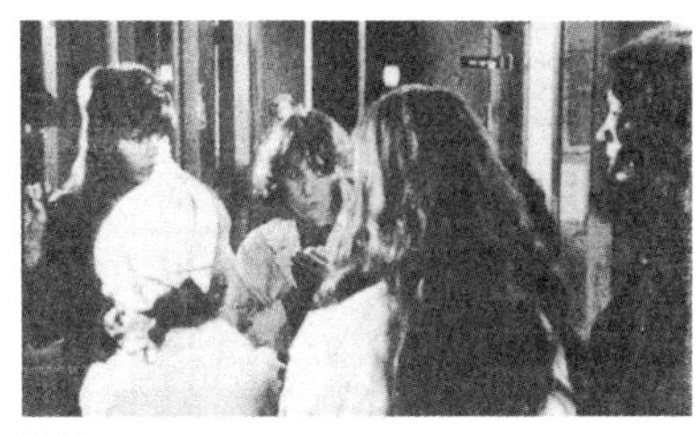
圖10.112

圖10.113

第二個分裂原則是：*矛盾*。本片最明顯風格化的技巧是不連戲剪接，極端的不連戲剪接鏡頭却產生許多小範圍的時空矛盾。在古典敍事電影中，不連戲是不可饒恕的錯誤，因爲它會從一個統一的敍事中離題出來。然而由於《一切安好》使用「不可能」的連戲及並置，做爲觀眾的我們必須調適內心的慣性期待，並得主動注意它時間與空間的構築方式。影片不連戲的例子包括：蘇珊和賈克對話時連續坐下兩次(時間重疊)；在訪問肉品工廠經理時，他連續三次踱步又坐下，踱步又坐下，有時候經理爲了小便還打破窗戶，但是兩個鏡頭之後，窗戶又完好如初。這些出現頻率甚高的小驚奇不斷提醒我們提高注意力去觀察影片的剪接風格。

另外「矛盾」的手法是關於聲音與影像之間的關係。有時候，畫面上是蘇珊與經理在對話，但是畫外音却是賈克與經理之間的對話內容(圖10.114)。然後，她的聲音又加入他們的談話，但是畫面上她的唇並沒有動。這種音畫不對位是一種——倒敍嗎？觀眾無從得知。其他時候，一羣工人聚集在一起，都看不出到底是哪個人在說話。透過剪接和音畫不對位的矛盾，我們即被迫去注意影片的主題內容及它的形式。《一切安好》及高達其他的電影都是如此要求觀眾主動參予分析電影的內容與形式，否則是無法了解及欣賞的。

圖10.114

另外，兩位主角的工作內容明顯地說明音畫之間的分裂，蘇珊是電台記者及播報員，而賈克是為了謀生而拍攝廣告的電影工作者。當影片呈現他們工作的情景時，觀眾可以感受到影片在暗示媒體操縱我們所看到的聲音與畫面。在賈克的攝影棚裏，有一個透過攝影機觀景窗看到女舞者的腳的長鏡頭；而其中有技術人員在取景、對焦、決定比例及畫面的場面調度。有一個平行對應的鏡頭是蘇珊試著要錄一則評論報導的情形，當她結巴必須重來時，錄音工程人員倒帶而發出一連串吱吱聲。這兩個鏡頭的重要性在於它們不斷地提醒觀眾《一切安好》一樣使用相同的處理方法。

曲解作用也發生在一些場景。例如蘇珊在訪問女工時，觀眾聽到的不是她們的聲音；反而是另外一個不知是誰的女工的旁白。當罷工結束了，我們看到一個電視轉播工廠外貌鏡頭及主播的旁白聲得到這個消息。高達與高林以此強調了本片的敍述手法：它有意以全知觀點敍述，因為全知敍述可以任意擇用聲音及影像內容，然而，它又是非常專斷，甚至是反覆無常地選擇它所要告知的內容。

最後一種曲解手法是在於該片對「製作」的重視。工廠製作在故事中非常重要，而且被比喻成電影製作。賈克在敍事中是一個電影導演，但《一切安好》更進一步將這段敍事在開場與結尾處將它放置在另一個範圍中。兩個在討論製作電影的旁白聲提到在古典電影製作中的一些形式慣例：羅曼史、衝突以及結尾等等。在銀幕上我們就看到上列元素的各種版本。當他們（聲音）提到羅曼史，同場景但不同次攝影的畫面——兩個人在河邊漫步，同樣動作但每次都有些微差異。同樣地在結束時，又是兩個人在咖啡店的鏡頭，一次是他在等她，另一次是她在等他。

這些分裂原則——干擾、矛盾與曲解——充斥全片，使觀眾無法運用平常看電影的經驗。有些人乾脆放棄並宣稱該影片「荒誕」。但倘若我們接受它的方式並尋找它形式的原則，必然會重新思考傳統電影的觀看慣性。

這些分裂原則也支配著整部影片的結構。《一切安好》大概有5大段落，每一段落有一些相關的小段落：

1. 討論電影製作，以及工廠外景鏡頭。
2. 工廠罷工(結束於電台廣播罷工結束)。
3. 賈克與蘇珊工作情形的訪問，關於他們個人生活與工作之間的爭論(結束於她威脅要離開他)。
4. 重新思考彼此的出發點(以「今日1～3」的字幕開始；以百貨公司內的長推拉鏡頭結束)。
5. 討論如何給電影結尾、歌曲。

5段之間有明顯的區隔，其間既無對話或其他轉場技巧來立即說明每段之間的關係是什麼。

在一開始討論電影製作時，聲音提到傳統電影如何需要資金運用及如何製作。當男聲說他想拍部電影，女聲就告訴他需要錢以及明星。她又說：「一個演員不會接受一個沒有故事的角色……這故事通常是羅曼史。」這個說法明白指出在我們的社會，劇情片是最普遍的一種，而好萊塢電影則具備了典型劇情片所強調的個人及心理因果關係。

這場戲同時也提到了類型期待——「通常是羅曼史」。所以，當明星——尤・蒙頓(Yves Montand)和珍・芳達——出現時，我們會期待羅曼史的一些慣例。然而《一切安好》在此也運用了分裂原則：混合各種類型的各種慣例。影片是有一些流行羅曼史的元素存在，如珍・芳達出現在攝影棚中，被典型的三點式打燈法照得明豔耀人(圖10.115)。然而在一些場景中，珍・芳達和尤・蒙頓的角色都不是故事的中心主角。在工廠的鏡頭中，他們在人羣裏，而且大部分談話的是工人而非他們。

高達和高林甚至採用紀錄片的風格技巧。有好幾個記者訪談的戲，人物面對攝影的模樣彷彿是在回答銀幕外訪問者提出的問題(觀眾同樣也無從得知訪問者是誰)。罷工領袖和經理都是用長鏡頭拍攝，但是工人們則是以不連戲剪接法將這些獨立的鏡頭剪在一起。稍後，賈克與蘇珊均分別對一個身分不明的訪問者描述他們的工作內容(在這些「訪談」中，我們都聽不到問題本身，但兩人都專心傾聽及回答)。

紀錄片慣用的手法也被引用到羅曼史的部分。工廠的外景是實景拍攝，但是內部則十分風格化，區隔得像洋娃娃的房子(圖 10.116)。在訪談中，演員們也用了許多不同的表演方法；飾演經理的演員是用喜劇化的大動作肢體語言將角色卡通化(圖 10.117)，而珍・芳達與尤・蒙頓則採用安靜、自然及生活化的演出方式。畫面上出現以紀錄片手法拍攝的鏡頭，然而觀眾不會認爲那是實景拍攝，因爲珍・芳達與尤・蒙頓都在裏面(圖 10.118)，也因爲他們明星的身分，觀眾的注意力變成是在觀賞那場戲的自然寫實程度。

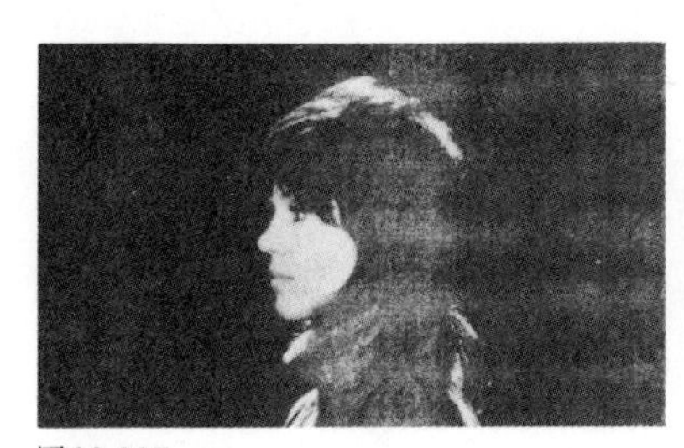
圖10.115

圖10.116

圖10.117

圖10.118

依上述的方式，各種類型的慣例彼此相互干擾。羅曼史的部分與紀錄片寫實部分，兩者的不相稱所形成的矛盾在影片中處處可見。《一切安好》所強調的是一部「關於電影的電影」，也是讓曲解變成一個一貫而終的原則。

本片的發展模式使一些在局部上非常不協調的元素變成統一格局的一部分。在第 1 及第 5 段，一個旁白聲音正思考在現代法國工業體系內拍片是怎麼一回事。第 2 段，兩位在法國當代媒體中工作的人物面對著激進團體在工廠中進行罷工，讓他們開始反省自己的生活，並且認爲自己在意識型態上已有一些妥協現象。然而兩人也積極參予 1968 年 5 月的政治事件，因爲他們的工作是法國既定媒體設置的部分。他們因而爲此爭論，然而到了後來似乎開始理出頭緒解決問題。第 5 段裏，女性旁白聲音即說：「我們可以就這麼說，他和她已經開始在歷史的範疇中重新思考自己的位置。」在此影片沒有給予任何封閉式的結尾，反而暗示了一個屬於個人的前進的政治行動指標。

總結上述提到的三種分裂原則，重新思考不但變成本片的主題，也同時是觀看《一切安好》的必然過程。敍事線牽涉到人物重新思考自己的生活，但將這個敍事放置到討論電影製作的範疇中，本身則內在地反映出高達與高林本身對自己電影工作者角色的重新思考——他們如何運用故事慣例，又同時批評它們。甚至在這層理念之上，觀眾必需重新思考自己在觀賞電影中的過程。因此，爲了反對當代法國社會體制，拍攝一部具有意識型態立場的電影，這些電影工作者不單只提出一個激進的主題，他們還爲影片創作了一個激進的形式系統，提醒觀眾不但得思考新內容，還得有新的思考形式。

附錄：如何撰寫電影分析評論

本章的分析範例都已說明撰寫各種電影評論的文體屬性。在此我們將討論一些寫作的策略或技巧選擇、提供給想要交課堂作業、供稿給報章雜誌、或有一些相關目的的人。這個附錄並不想取代寫作指導手冊，我們只是單純地爲想要進行電影分析的人建議一些獨特的思考點。

■準備

就像任何文章的寫作，電影評論也需要在坐下來開始動筆寫時有以下的決定：首先，這篇作品將用什麼樣的寫法？大致而言，你的評論大概是一種議論式 (argumentative) 文章。

在呈現對該部電影的看法時，以一個論點來支持它。例如，前面我們在述及《驛馬車》時，就討論了一個觀點：對於「巴贊認為它是一部結構緊密的好萊塢古典主義產品」是正確的。因此，在計劃文章的結構時，即涉及了你如何以策略性形式來規劃你的意思與例證。

決定要寫哪部影片並不是難事。也許它有些元素吸引你，或者你已聽說那是一部值得仔細研究的影片。比較難的是，對你所要論說的部分如何進行深入細節的思考。你發現哪些部分非常吸引人，或是極大的干擾？是什麼因素讓該影片值得談論？它是否清晰呈現一些電影製作的特質？它是否在觀眾身上有不尋常的影響力？它的內在意義或徵候性意義是否有特殊的重要性？

這些問題的答案將共同形成你分析評論文章中的**命題(thesis)**。在任何文章寫作中，這個命題將是你提出議論的中心主張。在前面所分析的《星期五女郎》中，我們的主題是該電影運用古典敘事手法，以塑造快速度的印象。在《持攝影機的人》中，主題即是電影使觀眾意識到它如何改變我們眼中的世界。

基本上，一個命題應該包括電影的功能 (functions)、效果 (effects) 或它的意義 (meanings) (或以上三項的綜合)。例如，我們認為《漢娜姊妹》的多位主角使伍迪・艾倫得以在遵循古典好萊塢電影慣例的手法之內，能一起比較這些人物的心理發展。在《北西北》中，我們必須著重於這部電影如何達到懸疑和驚奇的效果。《相逢聖路易》強調電影技巧如何傳遞內在和徵候意義。

化學家在分析事物成分時，會先將它分成好些元素。交響樂指揮在析理樂章時，也是在腦海中將它分成幾部分，以觀察它的旋律與主題如何構成。所有的分析都意味分解它的組合成分。因此你的命題將是一個關於這部電影的功能、效果或意義的主張。你的分析也將呈現這個主張是如何從該部影片的各個部分組成形式或風格系統的。

在大部分的情況中，如果在眞正開始動筆時，先有些相當的準備，將會對你的議論有所助益。例如我們在第二部分提到過，你可以先將影片分段。有時候你確實會發現要向讀者解釋場景與場景之間關係時，這是很必要的，如前面討論《星期五女郎》時。對其他的目的而言，將電影粗分成幾個大段落也是足夠了，如在討論《驛馬車》和《無知不設防》時我們也如此做。但在一些情況下，你也會發現細分段落是非常必要；在《北西北》最後那場追逐戲中，我們即分成三段。然而無論要分成多少段，才足夠下筆解析，我們希望你在檢視一部電影時，都要有一個相當仔細的分段動作。這份準備工作會使你對整個形式結構更清楚，並使你發現它的重複、變奏及發展模式如何形成一整部影片。

另外，在分析劇情片時，先識別各種因果、人物的目的、發展的原則、結束的方式和其他敍事結構的基本成分，會是極佳的下手處。若是非劇情片，則得警覺它是使用分類式、策略式、抽象或聯想式原則來構組這部影片。你一定發覺在前面我們的每個評論文章中，都包含了該影片基層的形式組織結構，這即提供我們更進一步解析的穩固基礎。

另外一個準備工作是記下該片所使用到的不同電影技巧的正確敍述。如同在第九章我們所進行的風格分析一樣，一但辨認出影片的整體組織結構，你即可找出那些顯著的技巧，追查這個技巧在整部影片中出現的模式，並提出該技巧的功能。電影評論者不只要辨識該技巧的獨立存在狀況（它是三點式打燈法？連戲剪接？），並敏銳判斷它在文本中的功能地位（它在此處的功能是什麼？）以及找出它出現的模式（該技巧在整部片中是不斷重複或持續發展？）。

通常初入門的電影評論者對技巧對主題的重要性並不是很確定。有時候他會試著描述每一個「切」或「橫搖」或服裝特色，結果却迷失在資料中。最有收穫的方式是先設想好與你的主題最相關的電影技巧是什麼。例如，視覺的主觀鏡頭和交叉剪接在《北西北》中的運用，和我們認爲希區考克以限制性認知和非限制性認知之間的鏡頭轉換，而達到製造懸疑與驚奇效果的主張息息相關。至於服裝的顏色，雖然與片中其他一些主題有關，卻與這個論點無關。同樣的，《相逢聖路易》的剪接，從另一個議題的觀點來看，非常有趣，但也因爲它與我們的議論無關，因此就捨之不提。

因此，一旦你有了一個命題、一份對該影片整體外形的覺察，以及與主題相關的電影技巧的筆記，即可著手計劃評論文章的組織了。

■組織和行文

廣泛言之，大部分議論文寫法皆有下列的結構：

前言：背景
　　　陳述主題
本文：主題的理由

支持主題的證據與舉例

結論：重述主題並研討它更廣泛的喻意

你該已發覺本書這一部分的分析文章合乎上述基本結構。開場白即已導引讀者進入下文的議論，並在前言結束前提出主題。如果前言非常簡短，如《星期五女郎》那一篇，主題就會出現在第一段最後一句。如果需要較多的背景資料，前言就會較長，主題也會較後面才出現。例如《高中》那篇評論中，主題直到第三段末才出現，而《一切安好》部分主題先在第四段末出現，其他則在第五段末才完全陳述完畢。

任何一個作者都不該忘記：文章的段落就像建築物的一塊塊磚。而上述基本議論結構的任何一項都可由一個及一個以上的段落所組成。前言大概至少一段，本文可以有好幾段，結論將是一個或兩個段落。

一般而言，電影評論文章的前言都會包括一些具體的數據，這是引導讀者入正題的好方法。然而，假若更大膽一點，您可以以一個完整的具體證據開始——一場引人入勝的戲，或電影的某個細節——就在你快速進入主題之前提出（前面《相逢聖路易》就是用這種開場手法）。

寫電影評論有一個獨特的結構問題要解決。議論本文該沿襲電影的敘事演進，使每一段落只處理一場戲或一部分戲嗎？有時候，這行得通。分析《驛馬車》時，我們就如此泡製。但是大體來說，你應該沿襲上述結構概要那樣的概念性結構，來加強議論的力道。

假使你的文章是包含一組證明主題可信的理由，並佐以證據和舉例，會是非常有效的方法。在分析《憤怒之日》一文中，我們就辯證該電影的張力是存在在於安是否具有巫力。在文章的第一、二段，主要呈現了安和荷洛・瑪泰是兩個平行對應的角色。其他八段則試著確立：

1.瑪泰可能是一個巫婆。
2.安也就是一個巫婆。
3.燈光打法暗示安可能是巫婆。
4.她的服裝也加強了這種可能。
5.安的言行更透露這種可能性。
6.但電影的最後一幕戲沒有說明安到底是不是巫婆。

以上每一點都形成說服觀眾信服主題的理由。

理由可以有許多種。我們的評論文章中區隔了來自電影整體形式的理由和基於風格選擇的理由。分析《一切安好》一文中，我們提出三種隔離類型，每一類型都支持我們認爲該電影結構中「元素的區隔」的重要性。《去年在馬倫巴》在討論空間、時間和敍事因果這三個項目如何製造敍事的曖昧性之前，即先區隔這三個項目。《相逢聖路易》中，則集中在各個製造獨特主題特寫的各個視/聽覺母題。在這裏，準備工作可以幫你省下許多時間：當你開始有系統陳述你的主題，仔細記下理由，即可形成議論的本文。

如果不要寫出情節的流水帳，而用概念式的結構，也許在文中讓讀者掌握情節會是有用的方法。你可以在前言之後緊跟一段簡短的劇情摘要（如《北西北》一文）。或者，當你談到分段、人物性格塑造、因果演變或其他項目時，你也可以包括基本情節資料。重點是，作者毋須循著電影的時序來行文。劇情可以只是你議論時的附帶內容。

一般而言，每一個支持主題的理由，應該是每一段落的起頭句，第二句才開始證據的細節闡述。《憤怒之日》的例子中，每一個論點都有特定的例證，例如燈光、服裝或臉部表情或攝影機運動，都製造了母題，暗示安可能具有超能力。在這裏就是作者提出明顯場景或電影技巧的例子之處。作者可選擇所有場面調度、攝影特質、剪接手法或聲音細節中最明顯有力的例證來支持整個文章段落的發展。

還有一些手法可使行文更有說服力。比較或對比其他影片更可以集中砲火於你所提出來的議論（例如，我們比較《持攝影機的人》和《高中》兩部影片，或談論三部動畫片）。你還可以加入對某一場戲簡明但深入的分析，來讓你的議論點更精確。我們其他舉例的評論文章同時也說明分析影片結尾的剪接手法有助於結束分析本文。

總之，議論本文可以朝向更強或更精確的理由發展。談論《高中》的文章裏，我們說明導演如何選擇不同的形式或風格元素來引導觀眾的反應，也只有在這時，我們才開始懷疑這部電影是否仍有些曖昧之處，也因此體會導演的選擇可以用很多方式來詮釋。如果這段內容早一點出現，我們可能還無法體會到這一點。只有在分析得更深入時，才可能考慮到「詮釋」這方面的細微差別。

至於結論部分，是我們重述主題（有技巧地，而非重複用相同字眼）以及提醒讀者接受該主題的理由。結論同時也提供一個機會讓你展現一些雄辯氣勢，附上有力的引言，一些歷史性喻意，或是電影中的一個具體母題。這些最好在你準備工作階段，就可以著手尋找可以讓結尾活潑生動的素材。

如同世上並沒有一定的方式來了解或解釋電影，也沒有寫具洞察力又具啓發性評論文章的的公式可循。然而，是有一些基本原則可供參考。只有透過寫作，以及不斷重寫，這些原則才會自然溶在文章當中。也只有經由分析電影，才得以了解電影帶給我們樂趣的原因在哪裏，並與別人分享。如果能把評論文章寫好，文章本身也一樣可以帶給我們自己和讀者樂趣。

註釋與議題

■電影分析的範例

很多相關的研究資料已包括在第二和第三部分的附註與議題中。以下是其他不同的範例：

David Bordwell, *The Films of Carl-Theodor Dreyer* (Berkeley: University of California Press, 1981);

Noël Burch, "Fritz Lang: German Period,"由Richard Roud編著的*Cinema: A Critical Dictionary*, vol. 2 (New York: Viking, 1980)，pp. 583-599；

Noël Carroll,e"Identity and Difference: From Ritual Symbolism to Condensation in *Inauguration of the Pleasure Dome, Millennium Film Journal* 6 (Spring 1980): 31-42；

Mary Ann Doane, "*Gilda*: Striptease as Epistemology," *Camera obscura* 11 (Fall 1983): 7-27；

Philip Drummond, "Textual Space in *Un Chien andalou,"Screen* 18, 3 (Autumn 1977): 55-119；

Lucy Fischer and Marcia Landy, "The Eyes of Laura Mars' — A Binocular Critique," *Screen* 23, 3-4 (September-October 1982): 4-19；

Annette Kuhn, "The Camera I——Observations on Documentary ," *Screen* 19, 2 (Summer 1978): 61-83；

Thierry Kuntzel, "The Film-Work, 2",*Camera Obscura* 5 (1980): 7-68；

Vlada Petrić, "Two Lincoln Assassinations by D.W. Griffith," *Quarterly Review of Film Studies*, 3, 3 (Summer 1978): 345-369;

Philip Rosen, "Difference and Displacement in *Seventh Heaven," Screen* 18, 2 (Summer 1977): 89-104;

Bill Simon, "'Reading' *Zorns Lemma" Millennium Film Journal* 1, 2 (Spring-Summer 1978): 38-49；

P. Adams Sitney, "The Rhetoric of Robert Bressos," in Sitney自己所編著的*The Essential Cinema* (New York: New York University Press, 1975), pp. 182-207;

Kristin Thompson, *Breaking the Glass Armor: Neoformalist Film Analysis* (Princeton, N.J.: Princeton University Press, 1988)。

第五部分

電影史

11. 電影形式與電影史

簡　介

「沒有永恆不變之事。」這句由藝術史學家漢瑞奇‧沃爾芙林(Heinrich Wölfflin)說出的格言正可做爲本章的標語。到目前爲止，我們已約略討論電影藝術不同的形式與風格，也在影史中舉了不少例了。但是必須記住的是，電影形式與技術都不存在於人類歷史之外的範疇。特殊的歷史背景會衍發出其他環境所沒有的電影技術或現象。例如，葛里菲斯不會拍出像高達那樣的影片，反之亦然。因此本章的重點是在提出這樣一個問題：在一些獨特的歷史脈絡中，電影藝術會有什麼樣的風貌？

首先，我們必須以國家(nation)及時期(period)之分來界定此一脈絡。雖然有許多其他的方法可用來追溯歷史的變化，國家與時期還是處理歷史問題的標準途徑。第二，在大部分的狀況下，我們將以通常稱作電影運動(film movements)的現象爲對象。一個電影運動應包含：

1.在一個國家(或)某個歷史時期中，形式與風格上有相同顯著特徵之電影。

2.在某個電影製作結構下對電影製作有相同理念的電影工作者(導演、編劇……)。

界定歷史時期有許多方法(如傳記或類型研究)，然而電影運動或潮流的分類最符合本書的主旨。形式系統與風格系統兩種概念的建立已使我們得以比較不同電影潮流的電影。因此，接下來我們即以國家和歷史時期來辨識及區分這些電影潮流。最後，我們將關照好萊塢電影與其他篩選過的電影類型，以追溯好萊塢商業片的發展，並拿它形式與風格上的特色來和其他電影運動的影片做比較。

因爲一個電影運動不僅包括電影也包含製作電影的人，光注意它形式與風格的特徵是不夠的。在任何時期和國家，我們也需要找出影響電影運動的相關因素，包括：電影工業的狀況、電影創作者秉持的理念、當時的技術水準，以及當代社會經濟脈絡的元素等。這些因素可用來解釋這個電影運動是如何開始，如何沒落。不管多麼簡略，這些資料均可以提供我們所討論的電影關於它們歷史環境的概念。例如，下一段將談到的早期電影就可供我們了解盧米埃和梅里葉在當時所處的製作環境。

當然，下列的敍述一定不完整。目前嚴肅的電影史撰寫工作仍停留在初期的摸索階段，對二手資料的仰賴終會被取代。這一章只能反映目前的影史資料，相信尚有許多重要的電影、電影創作者及電影運動亟待發掘(本章末附有其他相關書目)。此外，下文尚有許多遺珠之憾，例如，很多重要的導演若不屬於某個電影運動(如傑克・大地、羅勃・布烈松和黑澤明)都沒出現在內文中；其他一些重要電影運動(如：法國三〇年代民粹主義電影populist cinema、近代「結構主義」電影structuralist cinema、地下電影underground cinema，以及像高達、史特勞普和大島渚的唯物主義電影materialism cinema等)也沒提到。因此，下面的內容僅要呈現電影的形式與風格之種類，是可以符合歷史上一些典型且眾所皆知的電影運動。

早期電影(1893～1903)

因爲影像的動作必須依賴一連串單一靜照的連續出現，電影的發明一直到科技有相當程度的發展之後才開始。1826 年，攝影的發明終於開始一系列試驗影像的運動。早期攝影需要相當長的曝光時間(初時要好幾個小時，稍後也要好幾分鐘)，根本無法製造影像的「動」感(需要每秒 12 格以上)。直到 1870 年左右，才發展出約 1/25 秒的曝光時間，但也僅限於玻璃感光板(glass plate)。然而玻璃感光板並不實用，因爲它不能通過攝影機或放映機。1879 年，一個美國攝影師愛德威爾德・梅勃立奇(Eadweard Muybridge)用好幾個使用玻璃感光板的照相機，以快速曝光拍了一系列馬在跑的照片。只是他的樂趣是在凝住(freeze)運動的剎那，證明馬能四腳騰空，而不是用連續放映製造連續運動的幻象。

1882 年，另一個對研究動物運動有興趣的法國科學家艾提尼-朱爾斯・馬海(Étienne-Jules Marey)發明了一個可以在電影旋轉盤的邊緣上拍下 12 格畫面的攝影機。1888 年，馬海又製造一架可以使用一長條底片（這次是用紙）的攝影機，但是這還是為了分解連續動作拍成一張張靜照用的，被拍下的動作也少於一秒。

1889 年，柯達（Kodak）發明了一種底片稱作賽璐珞（celluloid，其中一種仍沿用至今）。這種底片加上攝影機的機械裝置能讓它通過光圈曝光，使得發明長底片（能拍出更多格畫面）成為可能。

至於放映機則已發明多時，它被用來做放映幻燈片以及其他如做為影子遊戲的配備，這在當時被稱做「魔術燈」（magic lanterns）的放映機在經過附加的快門（shutters）和其他裝置的修改後，成為早期的電影放映機。

但是若要放映影片，放映機還是需要最後一個裝置。因為接受光線時，底片必須做短暫停止，所以必需讓底片能產生間歇（intermittent）的運動。馬海因此在他 1888 年發明的攝影機上加裝了一種馬爾他齒輪（Maltese cross gear），成為早期攝影機和放映機的標準配備。

透明底片、快速曝光、讓底片順利通過攝影機的裝置、讓底片產生間歇運動的裝置與遮光的快門等種種設計的組合，在 1890 年左右終於完成。不同國家的發明者分別發展出不同的攝影及放映機型。在當時，最重要的兩家公司是美國的愛迪生以及法國的盧米埃兄弟。

愛迪生的助理狄克遜在 1893 年發明了可以拍 35 釐米電影短片的攝影機。愛迪生卻把這些發明當成玩具，只希能將它與他所發明的留聲機（phonograph）組合起來，來放映有聲片。因此他要狄克遜發明了一種所謂西洋鏡機器（peep-show machine），稱為西洋鏡（kinetoscope）（圖 11.1），將電影一次放映給一個觀眾看。

由於愛迪生以為電影只是一個會隨潮流消逝的玩物罷了，他並沒有將電影放映發展到大銀幕上的系統。結果，這項發明遂由盧米埃兄弟路易和奧古斯特來完成。他們發明了自己的攝影機，這架攝影機同時可以用來做為直接印片機（contact printer）和放映機（圖 11.2）。1895 年 12 月 28 日，盧米埃兄弟創下了電影史上第一次公開放映電影的紀錄，地點是巴黎的大咖啡館（Grand Café）。因此，雖然盧米埃兄弟沒有發明電影，他們卻成就了這個媒體的獨特形態（愛迪生很快地放棄西洋鏡，並組成了一家製片公司供應戲院影片）。

早期的電影在形式與風格上都非常簡單：通常是一個鏡頭一個固定的畫

面，單一劇情，而且經常是遠鏡頭。影史上的第一個攝影棚是愛迪生所建造的黑瑪麗(Black Maria)(圖 11.3)；在那裏，許多雜耍演員、著名運動員和名人名角(如安妮・奧克蕾Annie Oakley)都曾在攝影機前演出。黑瑪麗斜斜的屋頂開了一部分讓光透進來，且整個建築物架在一個圓形軌道上，朝太陽光移轉。而盧米埃兄弟却拿著攝影機到公園、海灘及其他公共場所去拍日常生活和新聞事件，例如他們的影片《工人離開工廠》(Workers Leaving the Factory)就是從他們自家的工廠外街道上拍的(圖 11.4)。

雖然大部分影片到 1903 年左右仍是拍一些風景或著名事件，敍事形式還是打從一開始就存在。1893 年愛迪生上演了一部有版權的喜劇片，劇情是一個醉酒的人與警察發生小摩擦。盧米埃兄弟則拍了一部著名的喜劇片《潑水記》，其中一段是一個小男孩惡作劇讓一個花匠被灑水的水管纏了一身(參見圖 5.7)。

圖11.1

圖11.2

圖11.3

圖11.4

初期的成功之後，導演們開始尋找這個媒體更複雜或更有趣的形式特質，來吸引大眾的興趣。盧米埃兄弟即派員到世界各地去放映及拍攝影片，記錄重要事件和具異國情調的景觀。但是在拍攝一大堆影片後，盧米埃兄弟在 1905 年突然放棄了所有拍片業務。

1896 年喬治・梅里葉從英國發明家羅勃・威廉・保羅(Robert William Paul)那兒買了一架放映機，把它改裝成攝影機。他的初期影片非常類似盧米埃兄弟的電影，都是記錄一些日常生活的事件。然而，如我們已知，梅里葉是一個魔術師，發明了許多簡易的電影特效。1897 年，他建造了自己的攝影棚。但是，和愛迪生的黑瑪麗不同，他的攝影棚像一座溫室，四面均可接受陽光的光線，所以不用移轉整座棚子(圖 11.5)。

圖11.5

梅里葉同時還製作了如幻想世界的精細佈景，在其中實驗拍攝他的魔術。除了簡單地拍攝一個或兩個魔術師在傳統舞台上表演，他還進而用一系列「景畫」(tableaux)來拍較長的劇情(每個景畫代表一個鏡頭)。他還改編老故事，如《仙履奇緣》(Cinderella, 1899)或自己編劇本。在第五章，我們已提過梅里葉是如何成爲影史上第一個場面調度的大師(圖 5.2—5.6)。他的影片在世界廣受歡迎，也被大量地模仿。在早期，電影因爲尙無版權概念，可以到全世界巡迴放映。

法國百代(Pathé Frères)留聲機公司很快於 1901 年開始建立製片公司，並在許多國家有發行公司，迅速地成爲世界第一大電影公司，直到 1914 年世界大戰爆發時，才削減製片量。在英國，從 1895 年到二十世紀初，許多大企業均嘗試擁有自己的製片設備，並拍攝風景片、劇情片及魔術影片。「布萊登學院」(Brighton School)成員(包括亞伯特・史密斯G. Albert Smith和詹姆斯・威廉遜James Williamson)以及其他人如西塞・赫普渥斯(Cecil Hepworth)，都在簡單的戶外場所拍攝他們第一部影片。他們具創意的影片在全世界放映並影響了許多電影工作者。其他國家的電影先驅者也紛紛購買機器並拍攝日常生活景觀或魔術幻想片。

大概從 1904 年起，敍事形式(劇情片)開始成爲主要的電影形式，而且全世界的電影事業持續成長。法國、義大利和美國的電影——依此次序——開始控制全球的市場。隨後在第一次世界大戰，電影開始限制國家與國家之間巡迴放映的自由，而且好萊塢(Hollywood)開始成爲世界電影工業的強勢力量。這些因素使得不同國家之間的電影形式有極大的差異。

圖11.6

圖11.7

古典好萊塢電影之發展(1908～1927)

愛迪生決定用他公司的發明來賺大錢後，即以違反專利權來控告其他公司，逼得他們破產。但另外一家電影公司，美國活動影鏡公司(American Mutoscope & Biograph)則嘗試發明自己的攝影機以求生存，其他公司則一邊拍片一邊和愛迪生公司打官司。1908 年愛迪生買下其他公司，命名爲電影專利公司(Motion Picture Patents Company, MPPC)，旗下共有 10 個製片廠，分佈在芝加哥、紐約及紐澤西。愛迪生的MPPC和放映機公司(Biograph Company)在當時是唯一有股票上市以及擁有專利權的兩家電影公司。他們可以授權其他公司拍攝、發行及放映電影。

愛迪生的MPPC却從沒有在消除競爭對手這件事情上成功過。無數獨立製片公司在當時依然紛紛成立。放映機公司自 1908 年以來最重要的導演葛里菲斯在 1913 年脫離放映機公司，自組公司，其他導演也逐漸跟進。1912 年美國聯邦政府控告MPPC；1915 年MPPC被宣告爲托辣斯公司。

大概在 1910 年後，許多電影公司分別搬遷到加州(雖然有一些到佛羅里達或其他州)。最後，洛杉機外圍的一個叫做好萊塢的小城成爲電影公司主要聚集地。有些電影史學家聲稱，這是因爲一些獨立製片公司爲了遠離MPPC的控制而搬到加州，但是有幾個MPPC的旗下公司同樣也搬到這裏。好萊塢的好處是天氣晴朗，全年皆可拍片，地形起伏多樣，有山有水有海有沙漠也有城市，可供給各式場景的需要。

當時影片的需求量之大幾乎供不應求，這是愛迪生之所以放手讓一些公司生存的主因(即使他仍希望能用授權來控制所有公司)。大約在 1920 年之前，美國電影工業即有一個延續多年的結構：一些大片廠與一些個人藝術家(導演、編劇、演員……)簽約，擁有一羣外圍的獨立製片家。在好萊塢，這些片廠開始發展一種「工廠」(factory)制度，由製片控制某部影片的製作，而他本人不牽涉入實際的拍片。即使像巴斯特・基頓這樣的獨立導演，雖擁有自己的片廠，還是有一個業務經理，並由一個較大的電影公司Metro來發行他的影片。

從 1910 到 1920 年間，許多小片廠逐漸合併爲 12 個較大、且至今仍存在的片廠。一些著名的演員都加入傑西・拉斯奇(Jesse L. Lasky)的旗下，並組成一個大的發行商派拉蒙(Paramount)。到了二〇年代末期，大型片廠計有：米高梅(MGM，由Metro, Goldwyn及Mayer三家公司合併)、福斯(Fox，1935 年與二十世紀公司 20 th Century合併)、環球(Universal)和派拉蒙。雖然這些公司彼此競爭，但是他們在某個程度上却是彼此合作，因爲他們了解沒有一個公司可以單獨滿足市場的需求。

在像工廠一樣的片廠系統裏，有一些尙未清楚的理由使美國電影成爲全然倒向敍事形式的電影製作。愛迪生公司的一個導演：艾德溫・波特(Edwin S. Porter)是第一個運用敍事連戲(continuity)和發展(development)原則來拍片的導演(相對於雜耍式小喜劇的影片，是早期的前古典preclassical敍事電影)。他的《一個美國救火員的生活》(The Life of an American Fireman, 1902)表現了救火員搶著從火窟中救出一對母子。雖然該片用了許多重要的古典敍事元素(一個救火員預感到火災將發生，一連串拉著警報的消防車到現場的鏡頭)，但它尙未形成時間連戲剪接的邏輯。因此影片中我們看到母親和小孩被救了兩次，一次從房子外拍攝，另一次是從房子裏面拍。波特在當時尙未理解如何用兩個鏡頭的交錯剪接或用動作連戲剪接來傳達敍事訊息。

1903 年，波特拍的《火車大劫案》(The Great Train Robbery)是古典美國片的原型。在其中，劇情已淸楚地有時間、空間及邏輯上的線性(linear)發展。隨著搶劫、逃脫 ，到最後殲敵行動，都有跡可循。1905 年，波特在《偷竊癖》(The Kleptomaniac)中，也運用了敍事上簡單的平行對應原則，對照了兩個一富一貧的婦人在行竊時當場被抓的情況。

在同一時期，英國電影工作者也在類似的發展程序中製作影片。事實上，許多電影史學家認爲波特有些剪接的技巧就是來自於詹姆斯・威廉遜的《火！》(Fire, 1901)和亞伯特・史密斯的《Mary Jane's Mishap》(1903)。當時最著名的英國片是魯溫・費滋哈蒙(Lewin Fitzhamon)於 1905 年拍攝的《忠狗救主記》(Rescued by Rover，由英國主要的大製片西塞・赫普渥斯製作)，一場綁架的戲拍法和《火車大劫案》非常類似。綁架之後，我們淸楚地看到忠犬羅佛(Rover)如何找到小孩的父親，並循路找到壞人藏匿之地。

1908 年葛里菲斯開始展開他的導演生涯。在接下來的五年中，他拍了近百部約 15-30 分鐘的電影。這些影片都是在短時間中製造了相當複雜的敍事線。葛里菲斯也許不是這些敍事手法的原創者，但他絕對是賦予這些手法強烈動機(理由)的人。例如，雖然很多導演用過交叉剪接簡單鋪陳救援者與受害者之間「千鈞一髮」的救緩行動，但他是將之發揚光大成長篇敍事之導演。葛里菲斯拍《國家的誕生》和《忍無可忍》時開始用交錯剪接同時交待好幾個場景/地點所發生的事件。在 1910 年代早期，他也用不同的導演手法教演員注意臉部表情。爲了捕捉這些細微的表情變化，他開始將鏡頭向前移，比一般早期電影中的全景或腰部以上中景鏡頭更接近演員。葛里菲斯的影片影響深遠，尤其是他在《忍無可忍》後段中追逐場面的快速剪接，對二〇年代俄國蒙太奇風格有相當大的衝擊。

在這段期間，更進一步的敍事上的動機剪接(motivated cutting)在一些導演的實驗中慢慢出現。其中湯瑪斯・因斯(Thomas Ince)曾負責許多1910年到第一次世界大戰結束之間影片的製作。他發明了一種稱爲「單一系統」(unit system)的製片方法，由一個製片同時負責幾部影片的製作。他還強調緊湊的劇情、不容脫軌的主題或鬆散的結局。《文明》(Civilization 1915)和《義大利人》(The Italian, 1915)是其中代表作；他同時還監製了威廉・哈特非常受歡迎的幾部西部片。

這時期另外一個多產的電影工作者(橫跨下一個歷史階段)是西塞爾・B・狄・米勒。他在史詩片發展前即製作了相當於劇情片長度的影片(含喜劇片)。他導的《矇騙》(1915)反映了1914年到1917年間片廠風格的重要轉變：原來藉透明玻璃屋頂的照明方式已轉成完全用室內人工照明，而不是日光與電燈混合齊用。該片的打燈依**明暗法(chiaroscuro)**的配置由1－2個主光加一個補光，製造了《矇騙》中的特殊效果。狄・米勒指出這種打光法是由林布蘭特(Rembrandt，中世紀荷蘭畫家)在繪畫時處理光源的方式所得到的靈感。這所謂的「林布蘭特」或「北光」的打光法成爲古典燈光技術的項目之一。《矇騙》也令法國印象派導演印象深刻，影響他們開始運用這種硬式的打光法。

像很多1920年前的美國片，《矇騙》也用了線性的敍事手法。它的第一場戲(圖11.6)即用了硬光同時點出主角(緬甸籍的商人)是一個酷好收集物品的無情人；畫面呈現他在他的收集品上烙印他的標誌。本場的行爲呼應了後面的戲：他同樣對一個向他借錢、因而受他控制的女人背上烙同樣的印記(圖11.7)。本片是好萊塢影片朝向複雜敍事形式發展的證據。

1909-17年這段時間，是基本連戲原則的發展期。視線連戲則自1910年後頻繁出現。動作連戲在1910年開始，到1916年普遍起來。例如道格拉斯・范朋克(Douglas Fairbanks)的《神秘跳魚》(The Mystery of the Leaping Fish, 1916)和《狂亂》(Wild and Woolly, 1917)。正/反拍鏡頭則在1911-1915之間偶而用到，直到1916-17年間才廣被使用；例如《矇騙》(1915)和《狹軌》(The Narrow Trail，是威廉・哈特1917年的西部片)，以及葛里菲斯1918年的《快樂谷之戀》(A Romance of Happy Valley)。在此時期，僅有很少數的影片在使用這些技巧時違反了 180°線的規矩。

到了二○年代左右，連戲系統已成爲好萊塢導演的標準風格，他們自動使用這種技巧以追求敍事之內合理的時間與空間關係。動作連戲可帶出另一個較近的鏡頭，如圖 11.8 到 11.9 中，由范朋克主演的《三劍客》(The Three Musketeers, 1921)三人圍桌對談的戲就不會像十幾年前用一個鏡頭在前面拍了就算。注意圖 11.10 到 11.14 之間淸楚的空間關係，這是《父母是人嗎？》(Are Parents People ?麥爾肯・聖・克萊爾Malcolm St. Clair，1925 年的作品)的幾個鏡頭：女兒坐在桌旁(圖 11.10)，來回看坐在桌子兩端的爸媽。銀幕的空間關係明顯地被注意到了。在這裏若兩個鏡頭的銜接有尷尬的地方，通常會插入字幕片來帶過。

圖11.8

圖11.9

在第五章曾提過基頓的《待客之道》(1923)，它同時也是古典好萊塢敍事體的範例。基頓對古典形式與風格的精通熟練，完全呈現在利用敍事元素的循環出現和直接的因果關係上。

到了二○年代晚期(默片的末期)古典好萊塢電影已發展出相當複雜的格式，但好萊塢的「產品」却都相當制式化，因爲所有大片廠均採用相同的製作系統，以及類似的分工制。獨立製片因此相當困難。巴斯特・基頓在 1928 年放棄他的小片廠，轉向與米高梅簽約；然而自此，他的事業日下，原因是他老式的做事方法，無法與大片廠快速嚴苛的製片方式配合。葛里菲斯、瑪麗・畢克馥(Mary Pickford)、范朋克和卓別林則有較好的運氣；在 1919 年，他們成立了自己的發行公司聯美(United Artist)，使他們得以繼續獨立製作自己的影片。然而葛里菲斯自己的公司很快就垮了，而有聲片來臨後，范朋克和畢克馥的事業也迅速萎縮。

圖11.10

圖11.11

圖11.12

圖11.13

圖11.14

然而，這段時期仍有些其他電影運動的影片產生——大部分是在別的國家。待我們分別介紹之後，再回頭談論好萊塢的有聲片。

德國表現主義(1919～1924)

第一次世界大戰初期，德國電影工業在國內或國際上的地位均相當遜色。當時國內二十家電影院大都放映法國、美國、義大利及丹麥的電影。雖然美國及法國分別禁演了德國片，德國却沒有足夠條件來禁美法影片——因爲那樣德國境內戲院的片源就不足了。

爲了打擊進口片、提高競爭以及開發政令宣傳片(propaganda films)，德國政府自 1916 年起開始支持電影工業：全面禁止外片入口(除了中立國丹麥之外，因爲該國電影工業與德國息息相關)。結果，德國電影產量激增，製片公司的數量也從 1911 年約 10 家的小製片公司，增加到 1918 年的 131 家。但是，政府仍鼓勵這些公司合併爲聯合企業。

當時，戰爭在德國境內並不受歡迎，諸多反對聲浪在 1917 年俄國大革命後更加激烈。廣泛的罷工與反戰請願團在 1916-1917 的冬天紛紛出現。1917 年，政府爲了宣揚戰爭思想，遂開拍戰爭宣傳片，並與德意志銀行(Deutsche Bank)合作，合併了一些小公司，成立一個大公司：UFA。雖然UFA有政治上的保守意圖，但它不但迅速操控了整個德國市場，同時也控制了戰後的國際市場。

挾著強大資金爲後盾，UFA得以有能力集聚技藝高超之專業人士並建造全歐洲設備最好的片廠。這些片廠後來還吸引了不少外國電影導演加入(如年輕時的希區考克)，也導至二〇年代德國與其他國家的合作，將德國影片的風格廣推至國外。

1918 年，世界大戰末期，軍事政宣片逐漸減產，整個電影工業集中生產三種影片類型(雖然一般的戲劇或喜劇仍持續製作)。一是在二〇年代前即享譽國際的系列冒險片(融合間諜、偵探和異國情調)；二是關於性的剝削，大部分以教育的方式處理如同性戀或嫖妓的題材；最後是UFA模仿戰前義大利的史詩電影。

由於UFA的史詩片在票房上非常成功，雖然美國、英國及法國對德片仍有偏見，UFA仍然進佔國際市場。1919 年 9 月劉別謙(Ernst Lubitsch)的《杜巴利夫人》(Madame Dubarry)是一部關於法國大革命的史詩片，在柏林的UFA廣場大戲院隆重上映。該片讓德國電影重新開啓了國際市場的大門。在美國它以《熱情》(Passion)爲名發行，並也在歐洲各國獲得影評的熱烈迴響。但它在法國則因被控是反法國政府的影片，首演被蓄意延後。然而，劉別謙的史詩片從此在其他國家大受歡迎，甚至成爲第一個被聘到好萊塢的德國導演。

此時有一些小公司仍維持獨立製片，其中一個是艾力克・波馬(Erich Pommer)的Decla-Bioscop公司。1919年，這家公司採用了兩個名不見經傳的作家卡爾・梅耶(Carl Mayer)和漢斯・傑諾維茲(Hans Janowitz)的劇本。這兩個年輕人希望他們的電影能以風格化的風貌出現，因此聘請了霍門・沃、華特・雷門(Walter Reimann)和華特・隆(Walter Röhrig)三位設計師加入製作，他們最後認爲該電影必須以表現主義風格(expressionist style)出現。表現主義(expressionism)初始於1910年左右，是繪畫上的一個前衛運動(avant garde movement)，後來很快即影響了戲劇、文學及建築的表現手法。該電影公司老板認爲這在國際上會是一個大賣點，因此決定採用它。

當製作費低的《卡里加利博士的小屋》連續於1920年左右在美國、法國及其他國家造成轟動。因爲《卡》片的成功，許多德國影片紛紛跟進。這種現象持續了好幾年，結果就興起了所謂的表現主義電影運動。

《卡》片和其也表現主義影片的成功，顯示前衛電影依然存在於工業體系中。例如，某些實驗電影導演拍了一些抽像電影，像維京・艾葛林(Viking Eggeling)的《斜線交響曲》(Diagonal-symphonie, 1923)，或是受到世界藝術潮流達達主義(Dadaism)影響的達達影片，如漢斯・瑞克特的《早餐前的鬼魂》(1928)。大公司如UFA(1921併吞了Delca-Bioscop)和其他小公司均投資這些表現主義風格的影片，因爲它們可與美國影片在國際市場上競爭。事實上，在二〇年代中期，德國影片已被認爲是世界上最好的影片。

而該運動的肇端影片《卡里加利博士的小屋》同時是這個電影運動中最具代表性的例子。其中一個設計師宣稱：「影片的畫面必須像繪畫藝術的作品一樣。」該片極度的風格化影像，確實像會動的表現主義繪畫或木刻版畫。和法國的表現主義風潮比起來，法國主要的風格在於攝影與剪接，德國表現主義則大部分在場面調度。爲了達到表現的目的，形狀被用扭曲或誇大的手法處理。演員則塗上濃妝以慢且迂迴的方式在鏡頭前走位。最重要的是所有場面調度的元素皆以圖形的方式彼此互動，來構成整個畫面。人物不單存在於場景之中，還構成視覺要素而與整個場景融合爲一。第五章的圖 5.1 提過一個例子：西撒的身體在一個風格化的森林裏分解，他的身體與延伸出去的手與樹林中的枝幹相互輝映。

在《卡里加利博士的小屋》中，採用表現主義風格主要是爲了呈現一個瘋人眼中扭曲的世界，所以觀眾看到的就是主角所看到的。影片中場景的敍事功能在主角隨著卡里加利博士走進瘋人院時，更加明顯：當他停下來四顧，他正站在一個庭院的中間，其中由地板到牆面均佈滿如放射線狀的黑白相間色塊(圖 11.15)。影片中的世界正是主角心中世界的反射。

稍後，當表現主義成爲風潮，導演已不將它做爲精神不正常的人物的觀點。相反的，它被用來製造恐怖或幻想片的景觀(如 1924 年的《蠟像館》Waxworks 和 1922 年的《吸血鬼》)或史詩片(如 1924 年的《尼布龍根》The Nibelungen)。有一些表現主義從圖形轉向建築空間的設計(如圖 11.6，是《尼布龍根》的第一段"Siegfried")。然而，不管是圖形或空間都需要設計師。當時在德國片廠，設計師通常是在導演及明星之後第三高收入者。著名的設計師收入甚至可以高於明星，這是在其他國家不多見的。

圖11.15

圖11.16

有一些因素造成表現主義運動的沒落。二〇年代早期德國境內的通貨膨脹使出口商可以以較低的價格將商品賣給國外，刺激了表現主義的影片拍攝。但是，通貨膨脹却影響了進口。直到 1924 年美國道維斯經濟援助計劃(Dawes Plan)穩固了德國的經濟，才使更多外國影片進口，刺激了沉寂已久的電影工業。隨後表現主義影片的預算節節升高。最後兩部表現主義大片是1926 年穆瑙的《浮士德》(Faust)和佛利茲·朗的《大都會》(Metropolis)。它們的高預算使UFA的財務更困難，促使了艾力克·波馬辭職到美國碰運氣，也帶走一羣工作人員到好萊塢發展。穆瑙在 1926 年完成《浮士德》後，也離開了德國。重要的大牌演員(如康瑞·韋第和艾密爾·堅尼斯Emil Jannings)和攝影師(如卡爾·佛洛德Karl Freund)也遠去好萊塢。佛利茲·朗雖然留下來，但在 1927 年《大都會》首映之後，被攻詰爲豪華浪費，朗因此組織了自己的製片公司，他後期默片的風格也因之轉變。然而，1933 年當納粹政權逐漸掌權後，他也離開了德國。

由於自 1924 年來與美國片的激烈競爭，使得有些德國片也開始模仿美國劇情片；結果稀釋掉了德國片中重要的表現風格。因此，1927 年表現主義運動漸趨止息。然而，如電影史學家喬治·薩都(Georges Sadoul)指出，表現主義傾向仍在許多二〇年代末的影片中殘存著，甚至進入三〇年代，如朗的《M》(1930)和《馬布斯博士的遺囑》(Testament of Dr. Mabuse,1932)仍有其痕跡。而且，因爲許多德國電影工作者轉進美國，好萊塢影片也呈現出表現主義風格。一些恐怖片如《科學怪人之子》(Son of Frankenstein, 1939)或黑色電影(film noir)的影片中，也有許多呈現表現主義手法的場景佈置及燈光配置。因此，雖然德國表現主義運動的黃金時代僅有七年，但在做爲表現電影風格的趨勢上卻從沒止息過。

法國印象主義和超現實主義(1918~1930)

法國的默片時代有一些不同於古典好萊塢敍事形式的電影運動，如抽象電影、達達電影。但這些電影運動並不完全侷限在法國，所以我們把他們留在國際前衞電影運動的篇幅中討論。但還有兩個相對於美國影片製作模式、且相當具地域性的電影運動。第一個是印象主義運動，雖然存在電影工業體系中，它仍屬於前衞製作。許多印象派導演在一開始都是先爲大片廠拍片，因爲有些前衞影片能讓片廠確實賺錢。直到二〇年代中期，大部分人才成立自己的公司獨立製片，但依然向大片廠租借設備器材，並透過大發行商來發行影片，所以算是依然維持在主流商業製作體系中。第二個是超現實主義運動，它卻存在於電影商業製作體系之外，與其他方面藝術的超現實運動同盟一樣，靠私人贊助來獲得拍片資金。在這裏，二〇年代的法國展現的是一個驚人的實例，因爲它讓截然不同的電影運動能同時存在於同一個時間與空間中。

■印象主義(Impressionism)

第一次世界大戰對法國電影工業而言是一項重大打擊，不但原來電影工作人員被徵召，片廠也都配合戰時任務，法片出口幾成停滯。且由於兩大片廠百代和高蒙(Léon Gaumont)擁有許多連鎖戲院，需要片源，1915 年美國片很快即大舉進入法國。由佩兒・懷特(Pearl White)、道格拉斯・范朋克、卓別林與湯瑪斯・因斯的電影，以及由狄・米勒導的《矇騙》，以及威廉・哈特(法語暱稱他爲"Rio Jim")的影片，好萊塢電影在 1917 年末遂主宰了整個法國影片市場。戰後，法國電影工業仍沒有復原：二〇年代看好萊塢影片的法國觀眾是看本土影片觀眾的八倍。法國電影工業於是採取了幾種收復電影市場的措施，如套用好萊塢製片模式及類型。但是藝術上的重要里程碑還是由一些電影公司力捧的年輕導演們所建立：亞伯・岡斯、路易斯・狄里克(Louis Delluc)、傑敏・屈拉克、馬索・何比(Marcel L'Herbier)和尙・艾普斯汀。

這些導演與他們的前輩非常不同。上一代的人認爲電影是求商業利潤的工藝品，他們這一代反而認爲電影可與詩、繪畫與(尤其是)音樂，同樣是一門藝術。他們認爲電影有純粹做爲藝術的本質，而無需借助劇場或文學的傳統(不過，印象主義運用了象徵詩理論來界定該藝術中心暗喻及流逝的感動)。另外，美國影片的充沛精力與活力也令他們印象深刻，他們將卓別林比喻成尼金斯基(Nijinsky)，而"Rio Jim"的電影比成《羅蘭之歌》(The Song of Roland)。而且他們還認爲電影尤其是一個讓藝術家來表達情感的場所。岡斯、狄里克、屈拉克、何比、艾普斯汀和其他與這電影運動相關的導演遂紛紛將這個美學概念植入他們的影片中。

在 1918 年到 1928 年間，這些年輕導演在一系列不尋常的影片中實驗了許多對抗好萊塢影片的形式原則。由於他們的美學是以情感爲表現重心，無怪乎關於描述細微心理情境的劇情充斥在他們的影片中。一些角色的心理互動——通常是三角戀情(如狄里克的《L'Inondation》、艾普斯汀的《Coeur fidèle》和《La Belle nivernaise》和岡斯的《第十交響曲》(La Dixième symphonie)——都是這些導演探索瞬間即逝的情緒與無端易變的情感之根據地。

但是在好萊塢，心理動機當然也是至高無上的戲劇原則，只是這個運動的「印象主義」之名則得自於它極力在敍事形式中呈現角色的內心意識。因此他們著眼的不是人物的外在行為紀錄，而是內在心理活動。在當時世界各國的影片製作中，印象派影片處理情節時間(plot time)與主觀性(subjectivity)的手法是空前的。描寫記憶或回溯是最平常的元素，更驚人的是，這類影片也常描繪角色的夢境、幻想或精神狀況。屈拉克的《布達夫人的微笑》(The Smiling Mme. Beudet)內容全是主角心中幻想的生活，她想像能自枯燥的婚姻中逃脫。而岡斯的《鐵路的白薔薇》除袪史詩格局，主要劇情是關於四個人之間的情事，導演尋求表現的空間是在每個人物的情感。因此，整體而言，印象主義強調個人情感，明顯地賦予電影敍事一個心理學的焦點。

印象主義運動之名還由它的電影風格而來。導演們在影片中實驗各種新的攝影及剪輯技巧來描繪人物的心理狀況。在這些影片中，虹膜(iris)、遮光罩(mask)和疊印(superimposition)都用來追溯人物的思想與情感。例如，在《Coeur fidèle》中，女主角向窗外望，有一個畫面是水面上一堆腐敗的漂流物，疊印在她臉上，象徵著她拒絕去堤防旁酒店當女侍的心情(圖 11.17)。另外，在《鐵路的白薔薇》中，諾馬(Norma)的臉被疊印在汽車頂噴出的煙上。為了加強畫面的主觀性，印象派以攝影和剪接來呈現劇中人物的知覺經驗——他們視覺的「印象」。這些影片均採用觀點鏡頭剪接——先一個主角在看畫面外東西的鏡頭，然後是模倣主角的視角和距離的鏡頭所看到的物的畫面。當劇中人昏迷或酒醉，導演就用失焦的畫面或濾鏡、迂迴的攝影機運動來描寫劇中人的經驗。最後，他們還實驗節奏式剪接來表現人物對某個經驗的感受。暴力或情緒混亂的戲，就加快剪接速度，鏡頭長度愈來愈短，逐漸製造出具爆炸力的高潮，鏡頭有時甚至短到只有幾格的長度。《鐵路的白薔薇》中，火車碰撞那場戲即用加速剪接處理，鏡頭長度由 13 格遞減至 2 格。另外人物自懸崖跌下前腦中最後想到的畫面是由很多模糊失焦的單格鏡頭剪接在一起(此為快速剪接的最早紀錄)。有一些印象主義影片還利用舞蹈音樂做為加速剪接節奏的參考(事實上，電影與音樂之間的比喻鼓勵了節奏性剪接的開發)。因此主觀鏡頭與剪接模式在印象主義電影中的功能是加強敍事在處理心理狀況上的手法。

圖11.17

這類影片形式也開創了電影技術的新領域。岡斯是這方面最前進的先鋒，在他的史詩影片《拿破崙》中，他嘗試了新鏡頭(甚至275釐米的長鏡頭)、複格畫面和寬銀幕比例(著名的triptychs，見圖6.32)。在印象主義影片的拍片技術開發中，影響最深遠的是鏡頭運動的創新手法。如果攝影機要呈現人物的視線，它應能與人的動作一樣，因此他們將機器在架車子、手推車或火車頭上。爲了讓岡斯拍攝《拿破崙》，攝影機製造商Debrie還改造了一個可以用手拿的模型，讓攝影機操作員可以穿上溜冰鞋帶著它拍。何比的《L'Argent》中，他讓攝影機滑過大房間，甚至高吊在巴黎證券交易所的屋頂上往下拍人羣，就是爲了嘗試捕捉這羣發狂的股票族的神態。

這些形式、風格及技術上的創新，讓法國電影工業有信心能收復好萊塢影片所盤據的市場。二〇年代，印象派電影製作成員確實是先獨立製作，再由百代或高蒙公司發行。但到了1929年，外國觀眾漸漸不買印象主義影片的帳，因爲它的實驗風格是屬於菁英文化，而非針對一般大眾。而且，雖然製片費高漲，有些印象派導演却愈來愈奢侈(尤其是岡斯與何比)；到最後，他們不是歇業就是被大公司併呑。當時的兩部巨片(《拿破崙》與《L'Argent》)票房失利，製片公司還得收回重新剪輯才上片，這大概是最後兩部印象主義風格的作品。當有聲片來臨之後，法國電影工業製片預算吃緊，不再有餘錢去冒險拍攝這類實驗片。因此1929年左右這股明顯的電影運動消聲匿跡，但印象主義風格形式的影響則持續下來——如內心敍述主觀鏡頭和剪接。在希區考克和瑪雅·德倫的作品中均繼續出現；在好萊塢的「蒙太奇片段」，以及某些特定的美國類型片和風格片(恐怖片、黑色電影)等上，都有相當大的影響。

■超現實主義(Surrealism)

當法國印象派導演在商業體系中製作影片時，超現實派的導演則靠私人贊助拍片，並在藝術家聚會的私人場合中放映。這樣的差異並不足爲奇，因爲超現實主義電影是一個更激烈前衛的電影運動，專門生產令觀眾迷惑不安的影片。

這個電影運動也與文學及繪畫上的超現實主義有關。根據超現實主義的發言人安德烈・布拉頓(André Breton)的說法：「超現實主義是根於一種信仰，相信現實之外，某些被忽略的、特定的結合形式；它們存在於夢境中，並在不受支配的思想中。」由於深受佛洛依德心理學說的影響，超現實主義藝術尋求的是記錄潛意識的暗流，「無理性、且超乎任何美學或道德的預設想法」。因此「即興的/主動的」寫作或繪畫、探索奇異事物或靈魂出竅式的想像、排拒理性形式或風格——這些成爲 1924-1929 年間超現實主義的主要特徵。另外，自一開始，超現實主義即與電影結合，它尤其讚賞那些呈現不安的慾望或幻想的影片(例如，荒謬滑稽的《吸血鬼》)。當時，著名畫家如曼・雷和薩爾瓦多・達利(Salvador Dali)，作家如安東尼・阿塔德(Antonin Artaud)紛紛介入電影製作。年輕的路易・布紐爾則成爲最著名的超現實主義導演。

超現實主義電影公然反對敍事體，並攻詰因果關係。因爲如果理性是攻擊的對象，那麼事件之間的因果關係就必須消失。在《貝殼與牧師》(The Seashell and the Clergyman, 1928，由阿塔德編劇，傑敏・屈拉克導演)中，主角先倒出酒瓶中的液體，然後一一將瓶子敲碎。而在布紐爾和達利兩人合作的《安達魯之犬》(Un Chien andalou, 1928)主角拖著兩架鋼琴，橫過大廳，放在鋼琴架上的則是死驢的屍體。布紐爾的《黃金時代》(L'Age d'or, 1930)開場是一名婦女無來由地吸吮一尊塑像的腳趾。如同《去年在馬倫巴》一樣，許多超現實電影戲弄我們去尋找從不曾存在的敍事邏輯，而因果關係則與夢境一樣曖昧。影片中各事件的並置僅是爲了製造不安的效果：主角無故地射殺一名小孩；女人闔上眼僅爲展示畫在她眼皮上的眼睛(1927 年曼・雷的《Emak Bakia》)；以及最著名的鏡頭：男人拿一把剃刀劃過一個溫馴女人的眼睛(圖 11.18 的《安達魯之犬》)。印象主義電影可能會將這類場面處理成主角的夢境或幻覺，但超現實影片中主角的心理狀況根本不存在。性慾和高潮、暴力和瀆神，以及怪異幽默，都是這類電影用來與傳統電影形式抗衡的題材。影片眞正的目的是希望用自由的電影形式來激發觀眾潛在心底最深處的衝動。布紐爾曾宣稱《安達魯之犬》是「向謀殺熱情地呼喚」。

超現實電影的風格並不墨守某一成規。它的場面調度通常受超現實畫派影響，例如在《安達魯之犬》中，手中的螞蟻就是從達利的畫得來的靈感；而《貝殼與牧師》的石柱與市府廣場，則與義大利畫家Giorgio de Chirico的畫作相呼應。超現實電影的剪接是一些印象派手法的混合(無數的溶入溶出和疊印)，以及採用主流電影的一些手法。《安達魯之犬》中令人驚悚的割眼鏡頭，仰賴的是連戲剪接的原則(及庫勒雪夫效果)。另外，非連戲剪接一般也用來組織時空一貫性。女主角將男主角鎖在門外，但一回身却發覺他已在房內。整體而言，超現實影片拒絕將任何特殊技巧奉為圭臬，因為那會將「不受支配的思想」理性化。

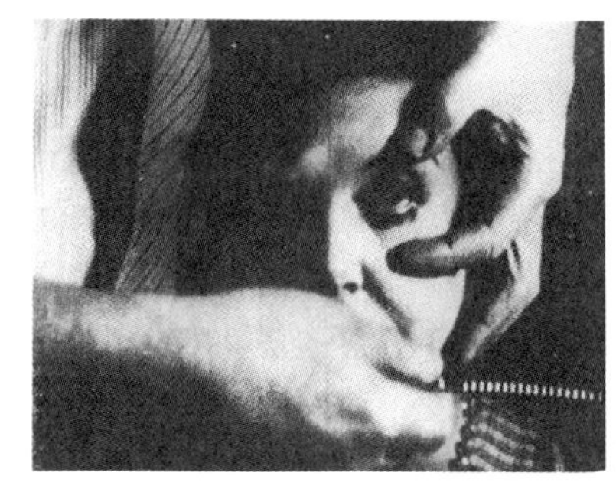

圖11.18

1929 年布拉頓加入共產黨，超現實主義成員陷入混亂，不肯定共產主義是否是政治方面的超現實主義。布紐爾隨之離開法國，在好萊塢做短暫停留，然後回到西班牙。超現實影片製作的主要贊助人諾埃爾子爵(Vicomte de Noailles)支助了尙・維果(Jean Vigo)的《操行零分》(Zéro de conduit, 1932，一部表現超現實企圖的影片)之後，也停止資助前衛電影。因此，法國超現實主義在 1930 年之後沒落。然而，單獨的超現實主義者仍繼續工作。最著名的是布紐爾，他以此為拍片風格，持續了五十年。晚期的影片如《青樓怨婦》和《中產階級拘謹的魅力》(The Discreet Charm of the Bourgeoisie, 1972)也都維持了超現實主義的傳統。

俄國蒙太奇運動(1924~1930)

雖然 1917 年俄國大革命成功了，新的蘇維埃政府却面臨著更大的考驗。電影工業和境內其他工業一樣，不論是製作或發行，都花了漫長的時間才達到新政府的期望。

雖然俄國在革命前的電影工業在世界上的地位並不突出，在莫斯科和彼得格勒(Petrograd)却已有一些私營的電影公司。但是，這些公司在革命之後拒絕讓財產變成國營。因爲在戰時影片出口銳減，他們爲了本土市場，已拍了不少好片子，因此他們並不願將影片提供給國營的戲院放映。1918 年 7 月，蘇聯國家教育局的電影部門開始管制底片的供應，結果許多公司囤積底片，有些並帶著器材逃到別的國家。有些則在接受政府委任製片的同時，心中期望紅軍能在內戰中失利，那麼整個國家就能回到革命前的境況。

就在底片及器材短缺的情況下，一些年輕的電影導演做了些嘗試，導致了全國性電影運動的發展。狄嘉・維多夫在戰時從事紀錄片工作，二十歲即負責拍攝所有新聞片。庫勒雪夫則在新成立的國家電影藝術學校中授課中，做了一系列剪輯實驗。他將一堆不同來源的底片剪輯成有連戲感的影片(依此而言，庫勒雪夫應該是所有年輕電影工作者中，最保守的一位，因爲他基本上是爲了將剪接原則格式化，訓練出與古典好萊塢影片一樣的連戲概念)。許多電影工作者在當時都還不能拍自己的影片時，已進入世界第一個電影學校工作，並撰寫關於電影藝術形式的理論文章。這些理論並成爲蒙太奇風格的基礎。

1920 年艾森斯坦在一列專門運送戰時政宣片到各部隊去放映的火車上工作短暫時期之後，同年，他回到莫斯科，在一家工人戲院Proletkult裏工作。同年五月，普多夫金爲庫勒雪夫的電影學校公演的一齣戲的首演。他受了 1919 年在俄國盛大放映的葛里菲斯巨片《忍無可忍》的影響至深之後，決定進入電影界。事實上，當時的美國電影，尤其是葛里菲斯、道格拉斯・范朋克和瑪麗・畢克馥對蘇維埃電影運動的導演們有極大的影響。

當時，蒙太奇風格的電影健將沒有一個是從革命前的電影工作出身的。

他們全部是從其他領域轉行過來的(例如，艾森斯坦是從機械，普多夫金從化學)，然後在革命戰火中發現電影而轉行。這些導演在二〇年代的USSR(蘇維埃社會主義共和國聯邦)所拍的影片都仍以傳統手法拍攝。其中沙皇時代受歡迎的導演波他札諾夫(Yakov Protazanov)在革命之後出國，但很快又回國繼續拍風格與新導演的理念與實驗無關的電影。

波他札諾夫回國時剛好是國家對私營單位放鬆管制的時期。因爲1921年俄國境況慘重，包括災情蔓延頻廣的飢荒。而爲了生產及發給物資，列寧(Lenin)發佈了新經濟政策(New Economic Policy, NEP)，因此私人企業的經營有了生存空間。就在這時，許多底片和器材(屬於尚未移民的製片)突然間湧進市場，直到1923年左右，政府才將電影工業國營化，建立了電影製作專利局。

「所有藝術中，電影藝術最爲重要。」列寧在1922年如此聲稱。因爲他認爲電影是種有威力的教育工具，所以政府鼓勵紀錄片或新聞片的拍攝。例如1922年5月，維多夫即開始拍一系列「眞理電影」(Kino-Pravda)的新聞片。至於劇情片，1919年即開始生產，但直到1923年《Red Imps》發行時，才成爲第一部可以與主宰境內的外國電影競爭的蘇維埃電影(但是，蘇維埃境內電影工業的收入要到1927年才超過它所進口影片的總值)。

俄國蒙太奇風格的實驗在1924年開始，由庫勒雪夫在電影學校的課堂拍攝《威斯特先生在波雪維克土地上不尋常的冒險》(The Extraordinary Adventures of Mr. West in the Land of the Bolsheviks)。這部令人振奮的影片與庫勒雪夫的下一部片《死光》展現了俄國導演運用蒙太奇原則拍出的娛樂性高的諷刺劇與刺激冒險片，已有足以和好萊塢電影抗衡的實力。

艾森斯坦的第一部劇情片《罷工》(1924)在1925年初發行，並成爲蒙太奇運動開端。他的第二部影片《波坦金戰艦》在1925年末上片，在國外也大受歡迎，引起許多國家對該運動的注意。接下來數年中，艾森斯坦、普多夫金和杜甫仁科(Ukrainian Alexander Dovzhenko)拍了一系列具蒙太奇風格的經典作品。

艾森斯坦寫道：「當時我們進入的是一切尚未成形的俄國電影工業，是一座尚未建好的城市。」他們的理論文章和拍片實務集中在對剪輯的討論；並共同宣稱，電影不存在於單一的鏡頭中，而是藉由剪接將鏡頭組合起來成爲一個整體。不過，在此我們必須提醒一件事，在早期電影中，尚未有任何國家的電影風格是建立在長鏡頭上；而且當時啓發俄國導演的影片，像《忍無可忍》，就是一部靠剪接形成並置的影片。

但並非所有年輕電影理論家完全同意這個剪接的說法。例如，普多夫金就將鏡頭比喻爲磚塊，經由「連結」成一個段落(sequence)。艾森斯坦不同意，他認爲剪接若要產生最大效果，是來自將表面上兩個不相關的鏡頭「並置」在一起；他同時喜歡利用兩個鏡頭的並置來激發一個「概念」，如我們曾提過他的「知性蒙太奇」(intellectual montage)。維多夫反對以上兩者的理論，偏好以自己的理論記錄並塑造現實。

在第七章我們已舉過《十月》爲例，說明蒙太奇的特點。現在，我們以普多夫金的《亞洲風暴》(Storm over Asia, 1928)來比較；片中一場戲是，一個英國軍官(駐在蒙古的皇家代表)與他的夫人穿戴整齊要參加佛教儀式；普多夫金在佛寺準備儀式的過程中(圖 11.21 和圖 11.22)插入許多這對夫婦及他們身上飾品的鏡頭(圖 11.19 和圖 11.20)，他以平行對應法指出英國儀式的繁瑣荒謬。該片另外一個著名的蒙太奇例子是，當主角壓倒一個魚櫃(以很多不同角度的特寫拍這個動作)，以及暴風雨來臨的結尾段落，均用快速剪接，傳遞了蒙古軍隊無情的殺戮。

圖11.19

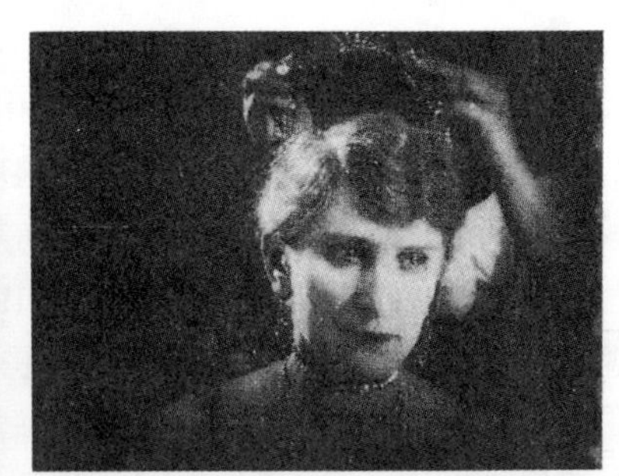
圖11.20

俄國電影形式開始即不同於其他國家，劇情片通常不太重視主角的心理狀況，反而以社會環境壓力做爲敘事的因。主角在乎的是社會力量如何改變他們的生活。在第三章我們也已提過，俄國電影中絕不會只有一個主角，羣眾是集體主角，如艾森斯坦在《舊與新》之前的所有的電影。而爲了避免強調單一主角，當時導演都不用著名的演員，而喜歡用非演員的人來演出。普多夫金《亞洲風暴》中，除了主角，都以用非職業演員來演蒙古軍隊。

圖11.21

圖11.22

到了二〇年代末期，這個電影運動中的重要人物都分別拍了四部重要的電影。然而這個運動開始沉寂的主因，不像德國或法國，是因爲工業或經濟的因素，反而是來自政府的政治壓力，強制禁止了蒙太奇風格的使用。艾森斯坦與杜甫仁科均被批評爲過度形式與神秘化。1929 年，艾森斯坦前往好萊塢研習聲音方面的新技巧；當他在 1932 年回國時，整個電影工業的態度轉變了。當時，一些導演紛紛將蒙太奇手法運用到三〇年代初期的有聲電影。但是，蘇維埃當局在史達林的領導下，卻鼓勵簡單易懂的影片，以供大眾欣賞。那些太強調形式表現的實驗手法或主題不寫實的電影均遭受抵制或禁演的命運。

這個風潮到 1934 年政府發表了一則稱做社會主義寫實(Socialist Realism)方向的新藝術政策時，達到高潮。這則政策宣告了所有藝術創作都應以寫實手法描述革命發展。結果，大部分重要的導演依然持續拍片，偶或有佳作出現，但二〇年代盛行的蒙太奇手法已被拋棄或被修正。雖然有些時候還是激怒了當局，艾森斯坦仍設法繼續拍攝蒙太奇手法的作品，直到 1948 年他死的那年。以一個電影運動而言，俄國蒙太奇風格大概是在 1933 年，大約是維多夫的《熱烈》(Enthusiasm，1931)及普多夫金的《拋棄者》(Deserter, 1933)出現時，正式結束。

結論：晚期默片的世界性風格趨勢

到目前爲此我們所談論的三個電影運動——德國、法國與俄國——都強調了彼此風格之間的差異。然而這是一開始的情形，很快地，其他國家的電影工作者就意識到這些電影風格。例如，德國電影努力要撤除其他國家放映德片的禁令後，法國與俄國就經常有德片放映。稍後，俄國電影也開始出口(如《波坦金戰艦》1926 年在柏林造成大轟動)。然而，基於政治因素，這些俄國影片都是在法國和英國境內的私人俱樂部裏放映。無論如何，這些電影造成了世界性的電影文化，讓每個國家的電影工作者都意識到其他電影運動的風格。

結果，這些導演的作品都受到影響。印象主義在 1918 年開始，德國表現主義也在 1920 年開始，到了 1923-1924 年間，有些證據顯示這兩個不同電影風格的電影工作者，分別都看了對方的作品。突然間，表現主義的元素開始出現在法國印象派電影作品裏，如何比的《唐璜與浮士德》(Don Juan et Faust, 1923)和《L' Inhumaine》(1924)。

同樣地，德國電影也開始引用由法國發展出來的主觀攝影風格。法國印象主義電影技法在 1923 年一部德國電影《街道》(Die Strasse)中特別明顯，當然有些場景依然採用表現主義手法。穆瑙在《最後一笑》(The Last Laugh, 1924)中用手持攝影機拍攝一個醉酒的人，造成大轟動；但是這個手法在法國已用了好幾年。在 1926 年的《大都會》中，佛列茲・朗將攝影機綁在鞦韆上拍攝景物，做爲主角受到爆炸震撼後的主觀鏡頭。

俄國人也看德國片。Grigori Kozintsev和Leonid Trauberg兩人就受到它的影響。這兩位導演的電影在俄國電影中，以風格化的佈景、燈光和表演方式，顯得非常與眾不同，如 1926 年的《藉口》(The Cloak)即是一例。另外，包括尚・艾普斯汀 1923 年的《Coeur fidèle》就引用岡斯 1922 年的《鐵路的白薔薇》中的精采畫面。尤其是《鐵路的白薔薇》中快節奏的剪接，包括了很多單格的鏡頭，帶來極大的影響。要證明有直接的影響並不容易，但艾森斯坦在《波坦金戰艦》(1925)和《十月》(1928)之間的剪接手法，就看得出來有相當大的變化。《十月》的剪接快得多，其中包括一系列兩格長的鏡頭。

普多夫金在《亞洲風暴》(1928)也使用了快速蒙太奇手法。

到了二〇年代末，其他國家的導演都已自由地引用法國印象主義的攝影與剪接、俄國蒙太奇和德國表現主義風格的場面調度元素等風格技法。法國導演德萊葉 1928 年的作品《聖女貞德受難記》應是集大成的最佳範例(參閱圖 11.23 劇照)。該片場景藝術指導是霍門・沃，他曾設計了《卡里加利博士的小屋》和其他德國電影的場景。其他國家的電影如德國的《Überfall》(1928)和法片《The Fall of the House of Usher》(1928)都是綜合了兩種以上電影風格的影片。

圖 11.23

甚至好萊塢也受了到影響。因爲有很多德國電影工作者受聘到美國片廠中工作，歐洲影片中的美學風潮隨即開始出現在美國影片中。穆瑙 1927 年《日出》的劇本就是由《卡里加利博士的小屋》的劇作家卡爾・梅耶撰寫，這部在福斯公司精緻的攝影棚中拍攝的影片，若不是演員都是美國明星，大可說是德國片了。

歐洲電影在當時沒有國界的原因之一是極端前衛運動使然。達達運動(The Dada movement)是一種反政府、反藝術的主張。二〇年代早期在瑞士開始盛行之後，緊跟著是法國與德國。法國的何內・克萊拍了達達影片中最重要的作品《幕間》。其他達達影片包括馬索・杜倉普(Marcel Duchamp)的《貧血電影》(Anemic Cinema)和漢斯・瑞克特的德國電影《早餐前的鬼魂》。這些影片與超現實電影類似，但它在非邏輯性上更進一步。如果超現實電影中的夢境具有神秘特質，達達影片中的夢境就會呈現傳統社會中那些反政府暴動事物：《幕間》中，一隻駱駝拉著一輛靈車在巴黎街頭中急奔；《早餐前的鬼魂》中，強風將那些有身分地位的人頭上的帽子吹起，讓它們在空中翻飛。

總而言之，到了二〇年代末期，默片在不同的國家或國際性的電影潮流已發展出相當複雜的電影藝術。從那時起，聲音和彩色的技巧出現，提供電影工作者更多創作風格的選擇；只是，這些導演都沒有超越這時期所發展出來的理論範疇或實驗風格的種類。

聲音技術引進後的古典好萊塢電影

不同於電影史中例子，聲音的技術不是在某一片廠瀕臨破產之際的最後一搏，也不是突如其來的發明。事實上，華納公司在當時不但經濟穩固，並且將擴廠費用的五分之一花在機械設備中之一：讓聲音與影像結合在一起的同步錄音技術(圖 11.24 是早期的有聲放映機)。

《唐璜》(Don Juan, 1926)上映時，配合唱盤上的交響樂及音效的播放，促使華納公司將有聲片普及化。1927 年的《爵士歌手》(部分有音樂伴奏的「聲片」 talkie)受到空前的歡迎，使華納公司投下更多資金發展有聲片。

《唐璜》、《爵士歌手》和其他有聲短片的成功，使其他片廠開始認爲聲音可促銷影片。當時的電影工業並不像早期電影公司之間競爭劇烈。相反的，各公司皆了解不管哪一個片廠採用了什麼聲音系統，到了戲院上映時，都必須與放映機相配合才行。最後，聲音出現在影片上、而不是分開在唱盤上的系統成爲標準(在第一章中，我們已提到聲音是錄在底片影像旁的一條磁帶上)。到了 1930 年，全美的戲院全都有了音響的配備了。

但是聲音技術出現的頭幾年却阻礙了好萊塢電影風格。爲了避免在現場錄到攝影機的馬達聲，攝影機必須放在一個隔音棚內。圖 11.25 是 1928 年由米高梅公司出品電影的劇照。攝影機操作員只能透過耳機聽導演的指令，並且，顯然地，攝影機只能做小幅度的橫移及重新取鏡，而不能做大幅度移動；而演員們爲了讓聲音能淸晰地錄進聲帶，也不能任意移動。這些限制的結果是拍出像舞台劇一般沉悶的電影。

然而，有聲片一開始也積極尋找這些問題的解決方案。譬如一次使用多架攝影機，在各個的隔音棚內同時從各個角度拍下場景。如此在剪接時，不但畫面能連戲，聲音也能完美地同步出現。另外，隔音棚可以架在軌道上。或者可以先拍畫面，事後再配音。早期的有聲片如魯賓・馬莫連的《喝采》(Applause, 1929)和何內・克萊的《巴黎屋簷下》(Under the Roofs of Paris, 1930)則示範了攝影機如何很快重獲高度的運動性。後來，**遮音罩**(blimps，如圖 11.26)替代了累贅的隔音棚，只擋住機身，使攝影機能自由地在軌道上進行移動拍攝；再加上麥克風綁在麥克風桿上，可橫跨演員的頭頂，自由移動，而不使聲音失真。

圖11.24

一旦攝影機運動和演員移動的問題獲得解決，導演很快地將默片時代發展出來的電影風格用到有聲片上。符合劇情的聲音提供了連戲剪接外的有力劇力；而聲音重疊到另一個畫面，又強調了時空的連戲。

就在整個連戲風格和古典敘事形式的模式下，各個大片廠還是發展出獨特的片型。譬如，米高梅片廠在當時是最大最星光光閃閃的片廠，不但以長期合同簽下技術人員與明星，並花下鉅資在場景、服裝及道具上拍攝類似《大地》(The Good Earth, 1937)中蝗蟲侵襲農田的場景，或《舊金山大地震》(San Francisco, 1936)的地震場景。規模稍小的華納公司雖是聲音技術的先驅，卻專拍製作費不太高的類型片，它的幫派電影系列如《小凱撒》(Little Casear)和《人民公敵》(Public Enemy)，以及音樂片如《四十二街》、《淘金者》(1933)，都是票房相當成功的電影。環球片廠則不靠明星或場景，反而著力在想像力豐富的恐怖片，如《科學怪人》(Frankenstein, 1931)和《陰暗之屋》(The Old Dark House, 1932)。

圖11.25

音樂片因為聲片的發明而產生(事實上，華納公司開始投資發明聲音技術的原始意圖是拍攝音樂雜耍影片，替代當時巡迴全國公演的現場秀)。大部分音樂片都是循著單一敘事線，插入幾首舞曲而成(雖然，有些「滑稽歌舞片」revue musicals甚至僅由不同舞曲銜接，而毫無劇情)。當時的大片廠之一RKO拍了一系列由金姐・羅吉絲及佛雷・亞士坦主演的歌舞片。《搖曳年代》(喬治・史蒂芬斯George Stevens導演，1936)說明了歌舞片如何可以有古典敘事結構的影片。像《待客之道》一樣，《搖曳時代》包含了一組因果關係上重要的主題，用來產生緊密的敘事。佛雷飾一個賭博家庭出身的賭徒，因為技能高超贏得了一家夜總會，也贏得爲夜總會的工作的金姐。舞曲即配合敍事發展，一開始金姐在舞蹈學校工作；而佛雷雖然是舞蹈專家，却假裝自己是初學者。當金姐決定要嫁給樂隊領班時，佛雷要求她再與他合跳一首浪漫舞曲，由此給予了結尾他倆的結合一個完美的動機。風格上，當影片中的舞蹈場面出現時，剪接的節奏即起了變化，通常在舞曲中，鏡頭即顯得比較長。

圖11.26

在三〇年代，彩色底片首次被廣泛使用。從 1908 年，彩色攝影就一直以不同的形式出現。在二〇年代，有一些電影的片段採用了特藝彩色(Technicolor)，但費用奇貴而無法大量製作。到了三〇年代中期，三段式特藝彩色才符合經濟效益。在《浮華世界》(Becky Sharp, 1935，全片彩色的劇情片)和《The Trail of the Lonesome Pine》(1936)的放映之後，大片廠開始全面使用特藝彩色(可參看彩圖 10 和 11，《相逢聖路易》的例子)。

特藝彩色需要大量的燈光。因此，片廠發明了專拍彩色電影、亮度更高的燈。有些攝影師也使用這些燈來拍黑白片。這些燈搭配快速底片及較小的光圈，使畫面的景深更大。雖然很多攝影師在當時仍繼續延用二、三〇年代的柔焦風格，大部分的人已開始實驗更多攝影技巧。

到了三〇年代末期，終於形成「深焦」的風格。在前面我們已看到約翰·

福特《驛馬車》(1939；圖 10.1 和 10.2)的例子。茂文・李洛埃(Mervyn Leroy)的《Antony Adverse》(1936)、亞佛列德・魏克(Alfred L. Werker)的《福爾摩斯探案》(The Adventures of Sherlock Holmes, 1939)和山姆・伍德-威廉・卡麥隆・曼茲(Sam Wood-William Cameron Menzies)的《我們的城市》(Our Town, 1940)，都運用深焦達到相當的程度。但這些還是經由《大國民》在 1941 年的成功才吸引觀眾與影評人的注意。威爾斯的構圖中，將前景的人物擺置得非常靠近攝影機，而背景的人物却在背景的空間中。有些情況的深焦是透過背景放映(rear projection)和套片(matting)合成而來。整體來說，《大國民》是讓深焦成爲四〇年代好萊塢影片重要風格之一的主因。一大堆跟隨者隨之出現。而《大國民》的攝影師葛雷・托蘭也爲其他片拍攝，如威廉・惠勒 1941 年的《小狐狸》。

配合景深而來的另一項攝影風格是長鏡頭(long take)。對話的場面不再是由正/反拍鏡頭拍攝坐得非常近的演員，而是一個鏡頭拍演員在景深很大的空間中對話。亮度更大的照明也使畫面中的人與物不再是「柔」邊(柔焦)而是週圍清楚的「硬」邊。這使四〇年代的影片與三〇年代的影片，在外表上有極大的差異。但是影片中的敘事功能仍維持不變。畢竟古典好萊塢敘事體是經過多年的修潤而來，非一蹴即成的。

這個現象直到今日才有改變。五〇年代，爲了對抗電視，贏回觀眾，好萊塢發明了一系列新的技術。有一些(如立體音響和寬銀幕)都沿用至今，以不同的形式出現；其他如 3－D(立體電影)和新超視綜合體(Cinerama)則在近年被零星採用過。由於觀眾的流失，好萊塢開始區隔消費者；以往耗盡心力要吸引「全家」觀賞的作法，現在改成專爲小孩或爲大學生拍適合他們口味的影片。

然而，即使創新的技術或符合潮流的敘事形成，古典好萊塢敘事體的基本風格仍然存在。連戲剪接仍是通則。《大白鯊》(1975)中那場科學家拜訪布諾迪家的戲與《星期五女郎》的餐廳戲，處理的手法幾乎一模一樣；都是三個演員坐在桌子旁，用正/反拍鏡頭拍攝三人對話的場景。其他影片如《收播新聞》(Broadcast News, 1987)、《撫養亞歷桑納》(Raising Arizona, 1987)等一些近期影片中，都可以明顯地看到正/反拍鏡頭或平行交叉剪接等古典手法。清楚、線性的敘事到現在仍是這類影片的重要元素。

三〇年代的日本電影

有許多國家的有聲片時代都值得研究與討論。我們選擇日本是因為它提供了有趣的個案，尤其是一個民族的電影如何同時吸引又大幅地修飾古典好萊塢電影製作的慣例模式。

電影在日本一開始完全是進口的：1896 年愛迪生的影片首度上映，盧米埃的影片於次年跟進。當時，日本正積極現代化並努力消化西方風俗與知識。1920 年，日本已有數百家戲院、幾家小製作公司，以及兩個與美國大片廠一樣的大製作公司，操縱了未來電影工業：日活(Nikkatsu)和松竹(Shochiku)。由於市場片源需求量大，電影公司不得不以類似好萊塢的大量生產方式來拍攝影片。這使日本在二〇年代每年幾乎有 700 部影片的產量。

當時日本在放映進口影片時加上了一些新花樣。有一種叫rensa-geki的劇場會放映一些影片，並將其中電影片段改成現場演出。更有意思的是，還有一種叫做辯士(benshi)的表演者，他會隨片登台，在一旁解說劇情，並演出所有的聲音部分。這些辯士非常受歡迎，甚至成立了「聲迷」俱樂部，錄唱片或在電台演出節目。因此，一開始日本對電影的態度，就是把它當成像能劇(Kabuki)或傀儡戲那樣的戲劇產品，需要連續的語言搭配。

就在松竹的領導之下，日本電影熱烈地研究及模仿美式製片。卓別林、葛里菲斯、岡斯和范朋克的影片均被廣泛地討論。片廠不但購買美製設備，僱用好萊塢訓練出來的日本演員與導演，還派員到美國去學習製片方法。雖然二〇年代的日本電影公司只有幾家存留下來，當時的影片已顯示了古典敍事結構與風格的意識。到了三〇年代，日本導演已能完全掌握西方主流電影的慣例手法。同時，日本片廠也開始從自己本土文化中的題材發展出獨特的類型。循著劇場的前例，日本電影有兩種類型，一是時代劇(jidai-geki)，另外是現代生活劇(gendai-geki)；在時代劇中，最受歡迎的是劍道片(chambara)，每年這類電影有好幾百部。在現代生活劇中，則分成母親電影(hahamono)、具社會批判性的趨勢電影(tendency film)、滑稽荒謬片(nansensu)和關於薪水階級生活的電影(sarariman film)。滑稽荒謬片型是沿襲美國的哈洛·勒依德(Harold Lloyd)電影，但其他如趨勢電影和那些關於上班族生活的影片則受日本當時小說及新聞思潮的影響。

如果日本電影史中有所謂的黃金時代，很多電影史學家認爲應該是三〇年代。因爲那是一個大變動的時代——經濟恐慌、軍國主義意識拔升、進軍國際的舉動、有聲片引進和辯士的沒落，這些都造就了當時日本蓬勃的電影文化。電影期刊和電影理論的書逐漸出版，大片廠已發展出成熟的製片模式，也不斷引進外國影片並廣泛地研討。在形式與內容上，日本電影在三〇年代展示了令人驚異的綜合體：模仿與自創的混合。

一般而言，三〇年代的日本片已採用了古典好萊塢電影的基本敍事原則。劇作家們從美國片中學習如何構築一個電影劇本。典型劍道片的劇情包括清楚的因果關係、衝突(如綁架或偷竊)，再佐以幾場激烈的刀劍戰來分段。高潮永遠是「不是你死就是我亡」的戰鬥，結局也必然強調道德的勝利。現代生活劇同樣有因果關係，通常是人物之間的問題的描述，以及解決衝突的過程。因爲日本小說在傳統敍事中強調的是迂迴曲折及零碎片斷的手法，因此電影中線性敍事的統一被認爲深受好萊塢影片的影響。

然而，日本電影在敍事上的一些特性比起好萊塢影片顯得較「鬆」。尤其是在現代生活片中，敍述通常以疊印說明字幕在畫面上做爲某段落的開場。在 1935 年之前，電影可以依賴辯士提供故事內容，因此畫面上的劇情可以不那麼清楚。例如，導演將演員在說話的字幕畫面拿掉，而接著下一個在聽對方說話的演員的畫面；這樣對觀眾而言並不會造成困擾，因爲辯士能維妙維肖地模仿兩個不同人物的對話。另外，更驚人的是，古典敍述的線性可以依聯想式原則(associational principles)用短鏡頭或轉場鏡頭隔斷。例如，兩個演員之間的對話可以插入屬於不在場人物的東西之鏡頭，或用一系列場景細節的鏡頭開場。好萊塢導演看到這些，可能會覺得這些鏡頭離題太遠，而將之抽出，但是，對於日本導演而言，這些敍事上的「暫停」却能醞釀及累積觀眾的情感投入。這也正是日本導演在電影中嘗試達到日本詩中所謂內斂與壓抑的象徵性聯想。

三〇年代的日本導演在技術上已經展現相當的自主性。雖然日本導演通常會遵循古典連戲剪接，但是，比起好萊塢導演，他們更常違反 180°線的規矩。有些會運用 180°線，通常先從一邊拍，建立該場景的空間關係，然後跳到另一邊接更近一點的鏡頭。另外，日本電影也較不關心順暢，攝影機運動也盡量不引人注意；在劍道片中的打鬥場面，反而會用搖幌的手持攝影機以橫移或推軌運動來拍攝。而且比起美國導演，日本導演會拍更多空鏡頭，也較常用廣角鏡。電影中景深鏡頭的用法也比起美國電影在《大國民》出現前更為普遍。劍道片還經常運用演員對著攝影機演出的鏡頭，例如赴吉朗(Yoshiro Tsuji)的《水戶黃門》(1932)中有一場是主角在房間內殺了敵人(圖 11.27)，然後面向站在紙窗外偷看的人，幾刀就將紙窗搗碎(圖 11.28)。一般而言，日本電影風格在技法上的選擇更多樣，在激發懸疑或驚奇的氣氛時，更能賦予老套的場景更多新意。

圖11.27

圖11.28

在這個時期出現了很多重要的導演——衣笠貞之助(Teinosuke Kinugasa)、內田吐夢(Tomu Uchida)、清水安二郎(Yasujiro Shimizu)、山中瀨戶(Sadao Yamanaka)——但一般咸認溝口健二和小津安二郎最為突出。兩人都運用了日本電影的獨特通則，但分別創造出自己的電影風格。溝口拍過好幾種類型片，1936 年的《浪華悲歌》(Naniwa Elegy)和《祇園姐妹》使他成名。他的風格中，擅長使用長鏡頭(在重視剪接的時代，長鏡頭並不常見)以及複雜的鏡頭運動(可參閱第六章所討論過《祇園姐妹》的一個場景)。1942 年，在他一部兩段式影片《元祿忠臣藏》中有一個場景，溝口用一個鏡頭連續拍了好幾分鐘，然後用升降機將攝影機升高，用高角度掃拍整個場景。溝口還用深焦處理畫面構圖，將空間加深，類似幾年後威爾斯在《大國民》中所發展出來的構圖一樣(見圖 11.29，《浪華悲歌》)。第二次世界大戰後，溝口以《雨月物語》(Ugetsu Monogatari，1953)和《山椒太夫》(1954)兩片，贏得國際級導演之聲名。

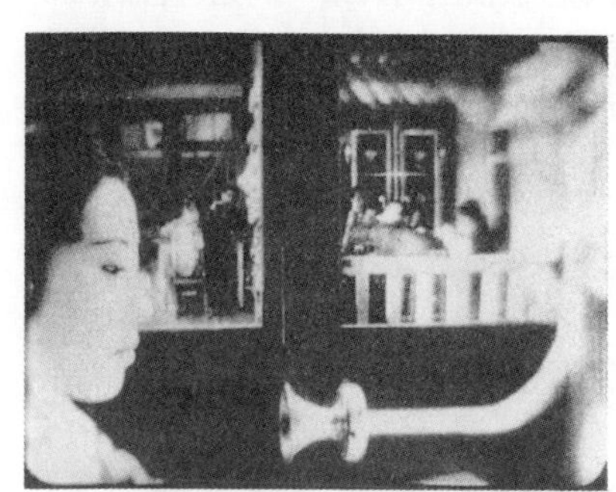
圖11.29

小津則在戰後以《東京物語》一片獲得國際聲名。但在三〇年代，他已有許多重要作品出現。他擅長現代生活劇中的荒謬滑稽戲、母親電影如《獨生子》(The Only Son, 1936)，以及薪水階級電影《我出生，但是……》(I Was Born, But..., 1932)。他在電影中發揚了日本「詩意離題」的傳統意境，以延長或重組鏡頭來牽制觀眾的期待。《獨生子》中，有一場戲是，獨子與母親一起拜訪一位賣豬排飯的朋友。小津先剪入正在洗臉的男人、一排晾滿衣服的晾衣繩；然後是母子一路顛顛而來的畫面。觀眾可能以爲這場戲到此已經結束，但是小津又剪回飯店的招牌，然後接著是母親、兒子和那個朋友已開始談話了。與一般日本導演一樣，小津也違反 180 度線的規矩，但他是刻意違反以創造出影片中獨特的空間關係。在第十章中我們談過，他爲某一個場景創造了 360 度空間，並將空間以 45 度劃開成好幾個區域。小津另外一個創新手法是他的攝影機高度通常擺得比一般還低。這並非來自於傳統日本手法(其他日本導演並不這麼做)，但它製造了一個風格一致的效果，並讓觀眾更注意畫面構圖中的細微變化。

日本電影在三〇年代中風格與形式的多樣，到了四〇年代漸漸消弭。一來是因爲太平洋戰爭期間政府管制嚴格，另外則是因爲美軍佔領期間的審查制度。不管如何，四〇年代中，一般日本電影和好萊塢影片幾乎一模一樣。然而，小津和溝口仍然持續發展他們獨特的電影風格：小津在他的作品中如

《戶田家兄妹》(Brothers and Sisters of the Toda Family，1941)、《父親》(There Was a Father，1942)、《大雜院紳士錄》(1947)及《晚春》(Late Spring, 1949)的表現；以及溝口的作品：《歌麿和他的五個女人》(Utamaro and His Five Woman，1947)、《夜之女》(Women of the Night，1948)等。到了五〇年代，西方已知道日本電影，以及另外一個電影大師：黑澤明。黑澤明的電影遵循傳統的類型：《七武士》(1954)和《大鏢客》(Yojimbo, 1961)都是時代劇；《生之慾》(Ikiru, 1957)，和《生者記錄》(I Live in Fear，1955)是屬於趨勢電影。但是，三〇年代從副導和編劇出身的黑澤明承認二、三〇年代的西方電影對他的影響頗大。而就在綜合西方電影風格和戲劇作法的實驗中，黑澤明延續了日本電影黃金時代的多樣化傳統。

義大利新寫實主義(1942—1951)

「新寫實主義」(neorealism)這個字來源已不可考，但是它第一次是出現在四〇年代義大利評論家的文章中，用來描繪當時義大利電影業努力從老套的電影慣例手法中脫繮而出的現象。有些評論家用這個詞來形容三〇年代的法國電影，尤其是尙・雷諾的電影；其他則用來讚賞維斯康堤(Luchino Visconti)的《對頭冤家》(Ossessione，1942)。但是，爲什麼這些影片叫做「新」寫實？當墨索里尼執政時，電影工業傾向於製作所謂的宮闈片的史詩電影和關於上流社會生活的濫情通俗劇(又稱：「白色電話」電影)；當時雖有內容獨特的紀錄片，導演們很少離開佈景豪華的攝影棚，到戶外拍攝當時人的生活狀況。因此，當 1943 年墨索里尼垮台後，有些導演開始拍攝反映當時社會狀況爲宗旨的影片，這股潮流即成爲新寫實主義運動。

經濟、政治及文化等因素使新寫實主義得以生存。幾乎所有新寫實主義健將——羅塞里尼、狄・西嘉(Vittorio De Sica)、維斯康堤和其他人——都是以資深影人的身分加入這個運動。他們彼此不但互相熟稔，經常彼此支援寫劇本或當工作人員，並同時在《電影期刊》(*Cinema*)和*Bianco e Nero*雜誌中寫文章，獲得廣泛的注意。1948 年，新寫實運動在政府機構中已有足夠的朋友，所以能免除審查制度的約束。小型的獨立製片公司如雨後春筍般出現。電影運動與當時的文學運動甚至與上一世紀的*verismo*一樣，之間有相當程度的交流。維斯康堤的《對頭冤家》和《大地震動》(La Terra Trema, 1947)；

羅塞里尼的《不設防城市》、《老鄉》(Paisan, 1946)和《德國零年》(Germany Year Zero, 1947)；狄•西嘉的《擦鞋童》(Shoeshine, 1946)和《單車失竊記》(Bicycle Thief, 1948)；其他如Alberto Lattuada, Alessandro Blasetti, Giuseppe De Santis和Pietro Germi等人的作品——均是四〇年代重要的義大利電影——他們都彼此依賴，以新寫實主義理念作爲創作依據。

因爲上述的因素，新寫實主義開創了顯著的電影風格。到了 1945 年左右，戰爭已將大部片廠炸毀，佈景與錄音設備奇缺。結果，新寫實主義影片的場面調度仰賴眞實場景，而攝影傾向於紀錄片的粗粒子畫面。羅塞里尼說過，他曾向街上的攝影師購買零星的底片，因此《不設防城市》是由很多種不同品質的底片拍成的。

在街道和私人建築物中拍攝電影，使當時義大利攝影操作員不受好萊塢「三點式打光法」的約束(參看圖 5.31)。雖然新寫實主義影片經常找著名的舞台劇或電影演員擔綱，但他們也找非職業演員，以達到他們寫實不做作的表演。《單車失竊記》中的主角，狄•西嘉即找眞的工人來飾演：「他主動的方式和坐下去的姿態，他的手勢純然就是勞工的手而不是演員的手……他身上的一切完美地詮釋了劇中的角色。」義大利電影有一項慣例是事後配音(對白)，這使導演能用較少的組員在眾多場景的現場之間移動、拍戲。而因爲演技與場景的即興自由度，順勢也帶引出取鏡與攝影機運動的活潑度。這些在《不設防城市》中賓娜(Pina)死去的那場戲、《德國零年》的最後一場戲，以及《大地震動》的橫移與推軌鏡頭中，完全表現出來。《單車失竊記》中，那場用推軌鏡頭拍腳踏車市集的畫面，完全說明了爲什麼新寫實主義導演會在現景拍攝(圖 11.30)中發現的種種寫實可能性。

另外，敍事形式上的新寫實感也具有相當的影響力。因爲對當時「白色電話」劇情的反感，新寫實主義者傾向於打鬆敍事關係。早期的代表作如《對頭冤家》、《不設防城市》和《擦鞋童》都還有傳統的劇情結構(比如光明的結局)。但是形式上最具創新領導地位的新寫實電影經常是在劇情中允許突發細節的存在。比如《單車失竊記》中最著名的一場戲是主角避雨時，街道上出現了一羣教士(圖 11.31)。雖然劇中人的行爲動機通常是出自具體的經濟和政治因素(貧窮、失業、剝削)，但是效果却是零碎而不確定的。羅塞里尼的《老鄉》是純插話式的，包含 6 段義大利人被敵軍佔領時的生活，但都沒有呈現事件的結局或行爲的結果。這種新寫實主義電影的曖昧性同時也是拒絕全知觀點之產物，彷彿現實是完全不可知的。因此在電影的結尾，這種處理手法特別明顯。《單車失竊記》結束時主角與兒子在街上徘徊，失去的腳踏車還是沒有找回，他們的未來仍不確定。《大地震動》的末段雖然是西西里農民對抗商人的暴動失敗了，但結尾並沒有說暴動不會再發生。新寫實主義傾向於記錄眞實生活切面的結構和非限制性敍述，使該運動的電影擁有一個和好萊塢電影封閉式結局相反的開放式結尾。

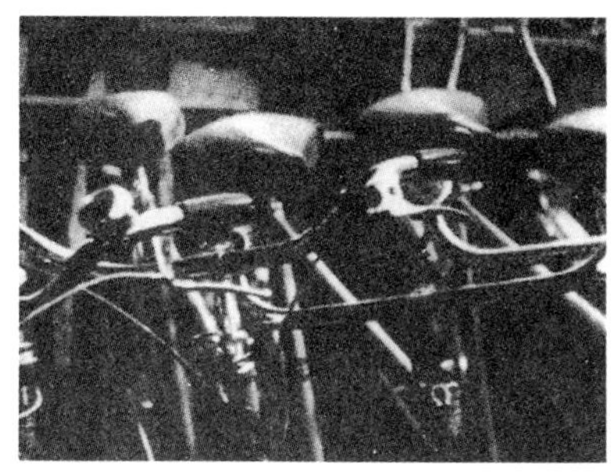

圖11.30

圖11.31

雖然是經濟、文化因素使新寫實運動得以生存，但同時也是造成它消失的主要原因。當義大利從戰爭中復甦，政府對電影揭露當時社會狀況非常敏感，因而 1949 年之後，審查制度開始限制了新寫實運動。大型義大利片又重新當道，新寫實主義電影不復當年小製作公司的自由。最後，成名的新寫實主義導演只得拍攝個人較關注的題材：羅塞里尼專注基督教人道主義精神和西方歷史；狄・西嘉轉向感傷的愛情片；維斯康堤則觀察上流社會的生態。大部分電影史學家認爲新寫實主義運動的尾聲是狄・西嘉的《退休生活》(Umberto D, 1951)上映後遭受輿論攻詰的那一年。然而該運動的餘波仍在費里尼的早期電影(例如，《流浪漢》I Vitelloni, 1954)和安東尼奧尼 1951 年的《愛情編年史》，都可見到它的影響力；兩位導演在早先都曾在新寫實主義電影中工作過。印度導演薩耶吉・雷(Satyait Ray)和法國新浪潮的電影都受到相當大的影響。

新浪潮(1959—1964)

五○年代中期，法國一羣年輕作者經常在電影期刊《電影筆記》(*Cahiers du Cinéma*)上攻擊當時頗受藝術界尊重的電影導演。楚浮曾寫道：「對於改編一事，我承認由電影人(Man of the Cinema)所寫的劇本的價值。Aurenche和Bost(當時最富盛名的劇作家)僅僅是文士，我在此譴責他們低估電影的傲慢態度。」而高達則指名道姓大貶 21 位當時重要導演：「你們的運鏡之所以笨拙，是因爲主題糟糕；演員的演出呆滯，是因爲對話無義；總之，你們不知道如何創作電影，因爲你們甚至不知道電影是什麼！」楚浮、高達，以及夏布洛、侯麥(Eric Rohmer)和李維特一起推崇幾個被認爲已過時的導演如尙・雷諾、馬克斯・歐弗斯，或非通俗路線的布烈松、傑克・大地。更重要的是，這些年輕評論家在攻詰當時法國電影制度時，並不覺得欣賞誇大花俏的好萊塢商業作品是一種矛盾。《電影筆記》中的年輕造反派聲稱這些導演——這些作者(auteur)——在美國電影中具有重要的藝術地位。因爲一個作者會嘗試在大量生產的製片制度中，在類型片上印上個人特殊的印記。霍華・霍克斯，奧圖・普萊明傑、山姆・富勒、文生・明尼里(Vincente Minnelli)、尼古拉斯・雷(Nicholas Ray)、希區考克——這些人不僅僅是藝匠而已，他們的作品都呈現出首尾一致的世界觀。楚浮引述Giraudoux的話：「沒有所謂的作品，只有作者。」

然而，光寫評論並不能滿足這些年輕人，他們轉而拍攝電影。向朋友借資以實景拍攝，到 1959 年他們的作品已形成一股勢力。李維特拍了《巴黎屬於我們的》(Paris nous appartieut)；高達拍了《斷了氣》；夏布洛拍了第二部劇情片《表兄弟》(Les Cousins)；而楚浮的《四百擊》在坎城影展得到首獎。高達認爲這是一個大勝利：「得獎的那一天象徵的是，原則上像希區考克的電影被認可爲和阿拉岡(Aragon)寫的書一樣重要。電影作者們必須感謝我們，讓他們得以堂堂進入藝術史之殿堂。」

這批精力充沛的電影生力軍被記者暱稱爲「新浪潮」(la nouvelle vague, The "New Wave")。上述五位導演的作品源源不絕出現，在 1959 到 1966 年之間，他們總共拍了 32 部劇情片。高達和夏布洛分別拍了 11 部。這麼多產量的作品，其間差異必然頗大；然而，令人驚異的是，它們之間的敍事形式和電影風格非常類似，明顯地形成了一股新浪潮運動。

新浪潮影片最明顯的創新特質在於它們不羈的外貌；對於擁護「精緻電影」的人來說，這些年輕導演看起來似乎太不修邊幅。新浪潮導演稱讚義大利新寫實主義者的影片(特別是羅塞里尼的作品)，而反對棚內拍攝，因此紛紛在巴黎市區尋找實景拍攝，而形成一個通則。同樣的，虛假的攝影棚燈光被夏布洛所稱的「自然光」(light of day)取代。他們同時鼓勵演員即興演出，甚至讓劇情節奏因而緩慢下來；《斷了氣》中臥室的那場戲之所以令人吃驚，是因爲其中喃喃又不斷重複的台詞使然。

這些場面調度上的改變也帶動了攝影的變化。一般而言，新浪潮影片之攝影機運動更大。經常用橫移(《夏日之戀》甚至有360°橫移)和推軌鏡頭，在一個場景中隨著人物或循著人物互動關係而移動。更甚的是，便宜的實景拍攝却需要彈性大、容易攜帶的設備；侯麥因此設計了一個可以手持的輕型攝影機(Eclair攝影機是專門拍攝紀錄片的，也是最能完美地捕捉新浪潮場面調度的「寫實」精神)，因此新浪潮影片沉浸在手持攝影機所賦予的自由氣氛中。《四百擊》中，攝影機在主角住的擁擠公寓屋中游走，也跟著主角登上摩天輪。《巴黎屬於我們的》也有手持攝影機在室內拍攝的場景。《斷了氣》中，攝影師甚至坐在輪椅上跟著主角，拍他走進旅行社辦公室的跟拍鏡頭。

隨著手持攝影機的採用，跟著而來的是長鏡頭，正是這些年輕導演稱讚像美國的文生・明尼里、奧圖・普萊明傑，或日本的溝口健二影片中所具有的特質。圖11.32是《斷了氣》中的一個長鏡頭：手持攝影機向後退(攝影師坐在輪椅上向後退)拍兩個主角在巴黎大街上行走的情形；新浪潮影片不拘形式的風格帶來了一些意外且即興的結果，譬如圖中右方的行人進入了畫面看著兩位主角經過。

新浪潮影片另一不可忽略的特性是：幽默感。這些年輕導演蓄意拿電影這個媒體開玩笑。如高達的《法外之徒》中，三個主角決定要安靜一會兒，結果，高達就盡職地將影片中所有聲音「關掉」。楚浮的《槍殺鋼琴師》(Shoot the Piano Player)中有一個主角發誓他決不撒謊：「如果我撒謊，我媽就當場死掉。」楚浮就立刻接了一個老婦人當場猝倒的鏡頭。但是，大部分的幽默還是在引述其他影片時的複雜喻意上。不管是引述歐洲或好萊塢影片，都是對一些作者導演的致意(homages)：高達的人物常提到《荒漠怪客》(Jonny

Guitar，尼古拉斯·雷的作品)、《魂斷情天》(Some Came Running，明尼里的作品)和"Arizona Jim"(這個名字是雷諾的《朗基先生的罪行》中的人物)。在《槍兵》中，高達模仿盧米埃；而後在《賴活》(Vivre sa vie)中他還「引述」了《聖女貞德受難記》的對白。夏布洛則在片子中不斷提及希區考克，而楚浮的《頑皮鬼》(Les Mistons)的一段，還重拍了盧米埃的短片(不妨比較一下圖 11.33 和圖 5.7 的《潑水記》)。有些「致意」甚至變成眞的在開玩笑。比如新浪潮的重要演員尙-克勞德·白萊利(Jean-Claude Brialy)和珍妮·摩露(Jeanne Moreau)在《四百擊》中跑龍套；或者高達的演員會在片中提到"Arizona Jules"這個名字(是《朗基先生的罪行》與《夏日之戀》中兩個主角名字的綜合)。新浪潮導演們認爲這樣的笑料能脫却一些拍片和觀影的一本正經氣氛。

圖11.32

圖11.33

新浪潮影片雖然都是劇情片，它們可能是自超現實影片以來敍事上最令人困惑、最不連貫的電影。一般而言，因果之間的關係相當鬆散。爲什麼《斷了氣》的主角米歇(Michel)有那樣的舉止？《巴黎屬於我們的》中，眞的有政治陰謀在進行嗎？爲什麼《賴活》的妮娜(Nina)在片尾被槍殺了？《槍殺鋼琴師》第一場戲就是主角的哥哥在街上碰到一個行人，兩人之間有一段冗長的對話；即使這個行人與電影的主要劇情無關，導演却讓他在劇中向主角的哥哥投訴一些他在婚姻上所遭受的問題。

甚至，片中的主角都缺乏目標；人物可能四處漫遊，突然間介入某個事件，並花很多時間說話、喝咖啡或看電影。而且，整個劇情經常轉調，玩弄觀眾的期待。《斷了氣》的第一場戲，米歇走在路上的喜劇式獨白，在片末卻變成殺警察的殘酷行爲。《槍殺鋼琴師》中，兩個綁匪綁架了主角和主角的女友，四個人竟然在途中一起詼諧地進行討論性的話題。不連戲的剪接——如高達的跳接(jump cut)——更進而干擾了敍事上的連戲。也許，新浪潮影片更重要的特性是，它通常都是有不明確的結尾。《斷了氣》的米歇在咒罵女友派翠西亞時死亡；她面對著鏡頭，揉著嘴唇的表情正是米歇生前模仿鮑嘉的動作，然後她突然轉身離去。《四百擊》裏，安東在最後一個鏡頭中向海邊跑去，然而當他向鏡頭方向前進，楚浮用伸縮鏡頭向前推進，並凍結畫面，讓電影結束在安東到底會往哪裏去的問題上。夏布洛的《善良的女人》(Les Bonnes Femmes)和《奧菲莉亞》(Ophelia)、李維特的《巴黎屬於我們的》和所有楚浮、高達在這時期的作品中，其鬆散的因果關係皆導致片末開放性與不確定的結局。

有趣的是，儘管這類電影對觀眾觀影程度有所要求，而且還有這些導演的挑釁舉動，法國電影工業並不以敵對態度對新浪潮運動。從 1947 到 1957 年間是法國電影業最好過的 7 年：政府以增加配額方式支持電影工業，銀行也大量投資拍片，而且國際間的跨國製片也方興未艾。但是在 1957 年整個觀影率急遽下滑(主因是電視盛行)。1959 年時，電影工業出現了危機，新浪潮影片的製片方式如低預算和獨立製片，似乎是解決之道。新浪潮導演們以更快更便宜的速度拍片。而且，年輕導演之間更經常彼此協助來減低財務危機。因此，整個法國電影工業是以發行、放映，甚至是協助製片的方式來支持新浪潮運動。

事實上，到了 1964 年，雖然新浪潮導演各有自己的公司，我們可以說他們已被納入整個法國電影工業裏。高達爲主要的商業片製片卡洛・龐蒂(Carlo Ponti)拍攝《輕蔑》(1963)；楚浮替環球片廠在英國拍攝《華氏 451 度》(Fahrenheit 451, 1966)；而夏布洛則拍攝詹姆斯・龐德式的諷刺電影。因此要爲新浪潮運動蓋棺論定是非常困難的。但大部分的影史家均選擇 1964 年(當它的形式和風格開始廣泛地被模仿)做爲結束。當然，1968 年後，法國內部的政治動亂也強烈地改變了各個導演之間的關係。夏布洛、楚浮和侯麥深入了法國電影工業；高達在瑞士建立了一個專拍實驗電影和錄影帶的片廠；而李維特開始創作驚人繁複的長篇電影(如《Out One》的原始版本有 12 小時長)。到了八〇年代中期，楚浮去世；夏布洛的電影在法國不復可見；李維特的作品愈加神秘；侯麥則維持他的國際聲譽，拍攝具諷刺性的關於中上流社會自欺欺人的愛情故事，如《沙灘上的寶琳》(Pauline at the Beach, 1982)、《圓月映花都》(Full Moon over Paris, 1984)；而高達持續拍攝毀譽交加的作品，如《激情》(Passion, 1981)，和頗受爭論的重述舊約與新約聖經故事的《萬福瑪麗亞》(Hail Mary, 1983)。回顧新浪潮運動，它不僅生產了許多原創性高、有價值的影片，同時也證明了沉寂的電影工業，可以由有才氣、企圖心強的年輕人，僅僅因爲對電影的純然熱愛、不斷創作而復甦。

德國新電影(1966—1982)

德國新電影運動並不像義大利新寫實主義或法國新浪潮是電影風格上的改革運動。也就是說，它並不是一羣電影工作者因爲擁有相同的風格特質而形成一股潮流；反而，它是描述德國在六〇年代，有一些年輕導演開始在傳統電影工業體制外拍片，所呈現的一股驚人的復興運動。這些年輕的導演恢復了一般電影製片策略，例如多樣化的資金來源，以及在如發行上彼此協助等。但是每一個導演心目中都有自己的拍片方式和電影形式，因此，「德國新電影」囊括了相當多樣化的電影類型。

德國電影在戰後從重重劫難中走出，1933 年納粹掌權，掌握了電影工業。然而納粹的潰敗也使整個電影工業隨之消頹。而四個暫管德國的國家——美國、法國、英國與蘇俄——各在其佔領區管制拍攝的片型。在蘇俄領區主要的是社會主義寫實片(Socialist Realist films，和早期樂觀主義的蘇聯電影同類型，是蘇聯官方所規定的電影風格，爲蒙太奇運動劃下休止符)。

在西方佔領區中，美國勢力最盛，簽署了嚴密的審查德國電影規章，並爲進口美國片鋪下霸佔德國電影市場的康莊大道。因爲德國不能限制美片之進口數量，因此在戰後幾年中只拍了幾部有趣的德片。其中一些是以實景拍攝、批判當時社會狀況，非常類似義大利新寫實主義的影片。但是，大致說來，這些德國影片通常是避免任何納粹題材的逃避主義影片。

在 1949 年德國分成東德、西德之後，西德政府嘗試以提供信用保證的方式來刺激製片業。雖然因此在 1950-1956 年間拍了許多影片，它們依然面目模糊。1957 年後，由於電視衍發而來的競爭，這短暫的繁盛期結束了，在 1961 年電影業掉到谷底，柏林影展的年度大獎，竟沒有德片上榜——因爲評審實在找不出有資格得獎的德國影片。

在同一時期，有些拍攝短片的年輕導演雖然也想拍劇情長片，但是因爲使用非傳統手法，使他們無法在電影工業界中生存。他們的短片每年都在奧伯豪森(Oberhausen)的影展放映。在 1962 年的影展中，26 名短片導演共同簽署了份重要文件，即是所謂的「奧伯豪森宣言」(The Oberhausen Manifesto)，他們呼籲年輕的電影工作者應該起而取代上一代：

> 德國短片的年輕作者、導演和製片們在近年各個國際性影展中獲得不少獎項，也受到國際影評人的讚賞。這些作品的成功，代表了德國電影的未來走向，將在那些展示了電影新語言的人身上。和其他國家一樣，在德國，短片已成爲劇情片的訓練與實驗場所。我們在此宣佈我們要開創德國新電影的意圖。

這段話指出這些德國短片導演不但非常熟悉法國新浪潮運動(在當時已經進入第三年)，也知道作者論、也知道楚浮、高達和其他人都是以短片起家。有一些奧伯豪森宣言的簽名者確實在後來也成爲德國新電影的第一代，其中最重要的是亞歷山大・克魯格(Alexander Kluge)，他最著名的作品是《頂尖藝術家：困惑》(Artists at the Top of the Big Top—Disoriented, 1967)和《女奴的零工》(Occasional Work of a Female Slave, 1973)。

但是法國新浪潮導演和德國新電影導演之間有很大的差別。後者並沒有主要的理論或評論立場來引導這些導演以類似的手法創作相同的電影形式。相反地，他們主要是因爲共同的需要聚集起來，以創造有利的製作環境。

同時，不像法國那羣年輕導演，這些德國年輕電影導演對自己本土的電影傳統認識不多。二〇年代的偉大電影工作者早已流亡國外，納粹時代的影片已不再放映，而當時的拍片氣氛並不熱烈。也不像法國有如布烈松、大地、雷諾和歐弗斯等國寶級人物，德國人當時是看美國片長大的，他們所崇拜的導演很多正是法國《電影筆記》所推崇的好萊塢作者們。

奧伯豪森宣言宣佈之後，德國政府還是花了相當長的時間才開始支持其他方式的電影製作。但是 1964 青年德國電影處(Kuratorium junger deutscher Film)頒佈了提供年輕、無經驗的電影導演一項免利息的貸款計劃後，德國新電影運動(New German Cinema)終於在 1966 年因一些重要作品出現於焉展開。這些作品包括克魯格的《昨日女郎》(Yesterday Girl)和雪朗多夫

(Volker Schlörndorff)的《青年透勒斯》(Young Törless)，以及尙-瑪希·史特勞普和丹妮爾·胡莉葉的《絕不妥協》。這些影片在重要的影展中紛紛得獎，使得外界開始注意德國新興的電影活動，結果德國新電影導演剎時也沉浸在歡樂之中，可與當年楚浮的《四百擊》於 1959 年的坎城贏得大獎之後，整個法國新浪潮導演們的心情相互比擬。1967 年，在慕尼黑、倫敦、羅馬、巴黎和其他城市，都舉行了德國新電影節(雖然此時在美國還沒造成任何影響力)。

但是，德國商業電影界却認爲政府補助年輕新導演的舉動不公，遂在政府內部進行遊說，不但壓低了青年德國電影處的預算，還通過了一項法律，限制提供財務支援給已經有一部成功作品的年輕導演。結果，政府的投資有一半轉移到傳統的商業製作上。更甚的是，這些年輕導演雖然有的獲得了拍片的資金援助，却找不到發行及放映機會。因爲這些管道都已被高利潤的美國好萊塢影片佔據，而且也沒有人願意爲實驗性質、且導演名不見經傳的影片冒險。

後來，有個解決方案使得新導演能繼續拍片。第一，1971 年，13 個年輕導演合組了「作者出版社」(Filmverlag der Autoren, Verlag意爲「出版社」，而autoren是從auteur而來，意指作者，於此可看出與作者論的關連)。這個獨立發行公司的股東包括數個重要導演，如克魯格和文·溫德斯。法斯賓德(Rainer Werner Fassbinder)稍後也購買股份，成爲股東之一。由於經營得法，「作者出版社」後來成爲德國境內重要的發行商之一。

第二個方案是介入電視製作。和其他歐洲國家一樣，電視與電影工業之間競爭強烈。但是，因爲德國電視台是公營機構，所以它可以放映較不受歡迎的電影，而不必擔心收視率。在很多歐洲國家，電視台甚至資助電影拍攝，或讓這些影片先在戲院上映後再上電視，因此，六〇年代晚期到七〇年代，年輕導演即循此模式拍片。

透過自己的發行公司發行，加上國營電視台的資金，德國新電影因而有了穩固的經濟基礎，以多樣化的片型在七〇年代大放異彩；1971 年因此成爲德國新電影運動的第二個轉捩點。法斯賓德在 1969 年和 1970 年間拍了一系列原創性高但艱澀的實驗劇情片之後，拍了一部獲得國際聲譽的影片《四季商人》(The Merchant of Four Seasons)，開始另一段事業高峯，專門拍攝批判當時德國社會的電影。同年，溫德斯拍了一部劇情片《守門球員的焦慮》

(The Goalie's Anxiety at the Penalty Kick)。1971 年，另一個重要導演荷索(Werner Herzog)拍了《天譴》(Aguirre, the Wrath of God)，於 1972 年發行，此片是他的最好作品，是講述一羣西班牙征服者的史詩電影，劇中他們溯亞馬遜河而上，瘋狂尋找神秘的艾爾・多爾多(El Dorado)。該片是德國新電影運動中最受歡迎的電影之一；在法國大賣座之外，美國到現在仍然不斷地重映。

然而，除了一些品質不錯的影片，德國本身對德國新電影並沒有多大的興趣。而且，1967 年新電影第一次在影展及影片外銷成功之後，愈來愈多影片獲得國外發行商的青睞。到了 1974 年，隨著逐漸好轉的製片資金援助，影片出口漸增。同年，也獲得更多外國的肯定：法斯賓德的《恐懼吞噬心靈》(Ali-Fear Eats the Soul)獲坎城影展首獎，之後，德片出口開始規律化。

由於時機上掌握得宜，逐增的德片出口帶動了它在國外的成功契機。在美國以及其他地方，「藝術電影院」(art house)激增，專映國外及獨立製片的電影。法國電影自新浪潮以來即是這些電影院中非常受歡迎的片型之一。然而在七〇年代早期，新浪潮影片已不再興盛，外片的需求量仍然很大，德國新電影導演的影片因此湧進市場，成爲在藝術電影院中最廣泛放映的電影。法斯賓德在七〇年代成名，而荷索的影片如《賈斯柏・荷西之謎》(The Enigma of Kaspar Hauser, 1974)和《史楚錫流浪記》(Stroszek, 1977)是七〇年代賣座最成功的外片。這使美國和歐洲發行商急欲發掘更多德國導演。溫德斯 1979 年的劇情片《美國朋友》由此被引介進入美國市場。一旦新導演被發掘，很多他過去的影片也很快地在國外發行。以法斯賓德而言，很多他的影片在短時間內紛紛出現。對外國觀眾而言，這似乎是一股自德國湧出清新且令人振奮的電影潮流。

風格上，這些電影之間的相似點非常少。荷索的《天譴》中狂亂的攝影機運動和不可思議且令人屏息的影像，與史特勞普和胡莉葉的作品《巴哈夫人記事》(參看圖 5.49、6.26 和 6.62)中，幾乎靜止不動的長鏡頭和質樸黑白影像，毫無相似之處。他們最多在處理題材上有相似的觀點。做爲主流電影工業之外的製片羣，很多影片在意識型態上是屬左派思想。史特勞普和胡莉葉兩人明顯是馬克思主義信徒，拒絕爲任何有商業傾向的影片工作。他們的影片和七〇年代高達的作品非常相近，以小型製作組拍攝歷史題材的實驗性作品，在非戲院形式的放映場所供少數的觀眾欣賞。其他，如法斯賓德雖是左派，但較不激進，他的作品通常是以批判性的觀點檢視當代或近代德國社會；但是他其他電影，如《瑪莉・布朗的婚姻》(The Marriage of Maria Braun, 1978)和《蘿拉》(Lola, 1981)也吸引了大批觀眾。其他導演，如荷索和溫德斯則較不關注社會現象，反而在影片中進行個人心理研究。以荷索而言，他就特別關注神秘主義的題材。

一些和法斯賓德一樣關心社會現象的導演，他們的作品形成一個明顯的類型，成爲德國新電影的特色之一。有些集中討論德國境內的移民問題——種族歧視與疏離，例如，法斯賓德的《外籍工人》(Katzelmacher，1969)和《恐懼吞噬心靈》(1973)。另外也經常觸及老人問題——尤其是年老婦女。這些影片以同情的觀點呈現年輕一代如何對待上一代長輩，如法斯賓德的《卡達絲婆婆上天堂》(Mother Kusters Goes to Heaven, 1975)。第三個類型則是關於女性觀點的題材，德國新電影導演是最早順應女性運動(women's movement)的衝擊，在影片中進行女性問題討論的一羣。新電影運動末期，一些女性導演開始執導自己的作品；事實上，在 1978 年柏林影展的三分之一德國片都是女性導演的作品。在美國，最著名的德國女導演是瑪格麗特・馮・卓塔(Margarethe von Trotta)，她曾拍過《德國姐妹》(The German Sisters, 1981)。

到了七〇年代晚期，德國新電影導演也不再是一體的族羣。很多早期的參與者和六〇年代中期的法國新浪潮導演一樣，不是出國，就是開始拍一些更國際化、更受一般觀眾歡迎的影片。溫德斯在七〇年代末期抵達美國拍攝《漢密特》(Hammett, 1982)和《巴黎・德州》(Paris, Texas, 1984)，後來更在其他國家拍片。同樣地，荷索也在美國資金［二十世紀-福斯公司資助他重拍 1922 年的表現主義影片《吸血鬼》(Nosferatu, 1978)］的協助下，在美洲、南美洲及歐洲各地拍片。雪朗多夫的《錫鼓》(The Tin Drum, 1979)在 1979 年獲得奥斯卡最佳外片，也是美國境內最受歡迎的外片之一。

此外，的史特勞普與胡莉葉於七〇年代中期離開德國，現在以義大利爲基地，繼續拍攝規模小的獨立製片電影。

自從法斯賓德(德國新電影運動健將中，最多產、最受歡迎的導演)在 1982 年去世之後，似乎象徵德國新電影的第一代已告一段落。以此事件以及現在各個導演分散在世界各地拍攝商業片或非主流影片的現象，德國新電影可以說是落幕了。但是它的功績已被延續下來，因爲整個電影工業顯示，德國不會再回到五〇年代晚期的低潮。

參考書目

■概論

Allen, Robert C., and Douglas Gomery. *Flim History: Theory and Practice.* New York: Random House, 1985.

Bordwell, David. *Narration in the Fiction Film.* Madison: University of Wisconsin Press, 1985.

Branigan, Edward. "Color and Cinema: Problems in the Writing of History." *Film Reader* 4, "Metahistory of Film" (1979): 16-34.

Cook, David A. *A History of Narrative Film.* New York: Norton, 1981.

Knight, Arthur. *The Liveliest Art.* New York: New American Library, 1957.

Luhr, William, ed. *World Cinema since 1945.* New York: Ungar, 1987.

MacGowan, Kenneth. *Behind the Screen.* New York: Dell, 1965.

"The Material History of Movies." Special number of *Quarterly Review of Film Studies* 3, no. 1 (Winter 1978).

"Metahistory of Film." Special number of *Film Reader* 4 (1979).

Mitry, Jean. *Histoire du cinêma.* Vols. 1-3. Paris: Editions universitaires, 1967, 1969, 1973. Vols. 4-5. Paris: Jean-Pierre Delarge, 1980.

Nowell-Smith, Geoffrey. "Facts about Films and Facts of Films." *Quarterly Review of Film Studies* 1, no. 3 (August 1967): 272-275.

Rotha, Paul. *The Film till Now.* London: Spring, 1967.

Sadoul, Georges. *Histoire gênérale du cinêma.* 6 vols. Paris: Denoël, 1973-77.

Salt, Barry. *Film Style and Technology: History and Analysis.* London: Starword, 1983.

Wölfflin, Heinrich. *Principles of Art History.* Translated by M. D. Hoffinger. New York: Dover, 1950.

■早期電影

Allen, Robert C. *Vaudeville and Film, 1895-1915: A Study in Media Interac-*

tion. New York: Arno, 1980.

"Archives, Document, Fiction." Special number of *Iris* 2, no. 1 (1984).

"Beginnng ...and Beginning Again." Special number on relationship of avant-garde and primitive film, *Afterimage* 8/9 (Spring 1981).

Burch, Noël. "Porter, or Ambivalence." *Screen* 19, no. 4 (Winter 1978/79): 91-105.

Ceram, C. W. *Archaeology of the Cinema.* New York: Harcourt, Brace & World, 1965.

Chanan, Michael. *The Dream That Kicks: The Prehistory and Early Years of Cinema in Britain.* London: Roultedge & Kegan Paul, 1980.

"Essays on D. W. Griffith." Special number of *Quarterly Review of Film Studies* 6, no. 1 (Winter 1981).

Fell, John L., ed. *Film before Griffith.* Berkeley: University of California Press, 1983.

Hammond, Paul. *Marvelous Méliès.* New York: St. Martin's, 1975.

Hendricks, Gordon. *The Edison Motion Picture Myth.* Berkeley: University of California Press, 1961.

Kern, Stephen. *The Culture of Time and Space, 1880-1918.* Cambridge, Mass.: Harvard University Press, 1983.

Leyda, Jay, and Charles Musser, eds. *Before Hollywood: Turn-of-the-Century Film from American Archives.* New York: American Federation of the Arts, 1986.

Mayne, Judith. "Immigrants and Spectators." *Wide Angle* 5, no. 2 (1982): 32-41.

Musser, Charles. "The Early Cinema of Edwin Porter." *Cinema Journal* 19, no. 1 (Fall 1979): 1-38.

——. "The Nickelodeon Era Begins: Establishing the Framework for Hollywood's Mode of Representation." *Framework* 22/23 (Autumn 1983): 4-11.

Pratt, George, ed. *Spellbound in Darkness.* Greenwich, Conn.: New York Graphic Society, 1973.

Spehr, Paul C. *The Movies Begin*. Newark, N.J.: Newark Museum, 1977.

Thompson, Kristin, and David Bordwell. "Linearity, Materialism, and the Study of Early American Cinema." *Wide Angle* 5, no. 3 (1983): 4-15.

■古典好萊塢電影(1908—1927)

Balio, Tino, ed. *The American Film Industry*. Madison: University of Wisconsin Press, 1976.

Bordwell, David, Janet Staiger, and Kristin Thompson. *The Classical Hollywood Cinema: Film Style and Mode of Production to 1960*. New York: Columbia University Press, 1985.

Brownlow, Kevin. *The Parade's Gone By*. New York: Knopf, 1968.

"Economic and Technological History." Special number of *Cinema Journal* 18, no. 2 (Spring 1979).

Hampton, Benjamin. *History of the American Film Industry*. New York: Dover, 1970.

Jacobs, Lewis. *The Rise of the American Film*. New York: Teachers College Press, 1968.

Koszarski, Richard. "Maurice Tourneur: The First of the Visual Stylists." *Film Comment* 9, no. 2 (March-April 1973): 24-31.

Pratt, George. *Spellbound in Darkness*. Greenwich, Conn.: New York Graphic Society, 1973.

■德國表現主義(1919—1924)

Barlow, John D. *German Expressionist Film*. Boston: Twayne, 1982.

Bronner, Stephen Eric, and Douglas Kellner, eds. *Passion and Rebellion: The Expressionist Heritage*. South Hadley, Mass.: J. F. Bergin, 1983.

Bucher, Felix, ed. *Germany*. New York: A. S. Barnes, 1970.

Eisner, Lotte. F. W. *Murnau*. Berkeley: University of California Press, 1973.

——. *Fritz Lang*. New York: Oxford University Press, 1977.

——. *The Haunted Screen*. Berkeley: University of California Press, 1969.

Elsaesser, Thomas, "Social Mobility and the Fantastic: German Silent Cinema." *Wide Angle* 5, no. 2 (1982): 14-25.

Kracauer, Siegfried. *From Caligari to Hitler*. Princeton, N.J.: Princeton University Press, 1947.

Miesel, Victor H., ed. *Voices of German Expressionism*. Englewood Cliffs, N.J.: Prentice-Hall, 1970.

Myers, Bernard S. *The German Expressionists*. New York: Praeger, 1963.

Selz, Peter. *German Expressionist Painting*. Berkeley: University of California Press, 1957.

Titford, John S. "Object-Subject Relationships in German Expressionist Cinema." *Cinema Journal* 13, no. 1 (Fall 1973): 17-24.

Tudor, Andrew. "Elective Affinities—The Myth of German Expressionism." *Screen* 12, no. 3 (Summer 1971): 143-150.

Willett, John. *Expressionism*. New York: McGraw-Hill, 1970.

——. *The New Sobriety: Art and Politics in the Weimar Period, 1917—1933*. London: Thames & Hudson, 1978.

■法國印象主義(1918—1930)

Abel, Richard. *French Cinema: The First Wave, 1915—1929*. Princeton, N.J.: Princeton University Press, 1984.

——. *French Film Theory and Criticism, 1907—1939*. Vol. 1. Princeton, N.J.: Princeton University Press, 1988.

Bordwell, David. *French Impressionist Cinema: Film Culture, Film Theory, and Film Style*. New York: Arno, 1980.

Brownlow, Kevin. *NAPOLEON: Abel Gance's Classic Film*. New York: Knopf, 1983.

Clair, René. *Cinema Yesterday and Tomorrow*. New York: Dover, 1972.

King, Norman. *Abel Gance: A Politics of Spectacle*. London: British Film Institute, 1984.

Liebman, Stuart. "French Film Theory, 1910—1921." *Quarterly Review of Film Studies* 8, no. 1 (Winter 1983): 1-23.

Martin, Marcel. *France*. New York: A. S. Barnes, 1971.

Sadoul, Georges. *The French Cinema.* London: Falcon Press, 1952.

■俄國蒙太奇(1924—1930

Bowlt, John, ed. *Russian Art of the Avant-Garde.* New York: Viking, 1973.

Carynnyk, Mario, ed. *Alexander Dovzhenko: Poet as Filmmaker.* Cambrdige, Mass.: MIT Press, 1973.

Christie, Ian. "Soviet Cinema—Making Sense of Sound." *Screen* 23, no. 2 (July-August 1982): 34-49.

Eisenstein, S. M. *S. M. Eisenstein: Writings,* Vol. 1, 1911—1934. Edited and translated by Richard Taylor. Bloomington: Indiana University Press, 1988.

Fuelop-Miller, René. *The Mind and Face of Bolshevism.* New York: Harper & Row, 1965.

Kepley, Vance. *In the Service of the State: The Cinema of Alexander Dovzhenko.* Madison: University of Wisconsin Press, 1986.

Kuleshov, Lev. *Kuleshov on Film.* Edited and translated by Ronald Levaco. Berkeley: University of California Press, 1974.

Leyda, Jay. *Kino,* 3d ed. Princeton, N.J.: Princeton University Press, 1983.

Lodder, Christina. *Russian Constructivism.* New Haven, Conn.: Yale University Press, 1983.

Michelson, Annette. "Man with a Movie Camera: From Magician to Epistemologist." *Artforum* 10, no. 7 (March 1972): 60-72.

Nilsen, Vladimir. *The Cinema as a Graphic Art.* New York: Hill & Wang, 1959.

Petrić, Vlada. *Constructivism in Film: The Man with a Movie Camera—A Cinematic Analysis.* London: Cambridge University Press, 1987.

Pudovkin, V. I. *Film Technique and Film Acting.* New York: Grove, 1960.

Schnitzer, Luda, Jean Schnitzer, and Marcel Martin, eds. *Cinema and Revolution.*New York: Hill & Wang, 1973.

Taylor, Richard. *The Politics of the Soviet Cinema, 1917—1929.* Cambridge: Cambridge University Press, 1979.

Taylor, Richard, and Ian Christie. *The Film Factory: Russian and Soviet Cinema in Documents, 1896—1939*. Cambridge, Mass.: Harvard University Press, 1988.

Thompson, Kristin. "Early Sound Counterpoint." *Yale French Studies 60*(1980): 115-140.

Vertov, Dziga. *Kino-Eye: The Writings of Dziga Vertov*. Edited by Annette Michelson, translated by Kevin O'Brien. Berkeley: University of California Press, 1984.

Youngblood, Denise. *Soviet Cinema in the Silent Era, 1918—1935*. Ann Arbor: UMI Research Press, 1985.

■有聲時代來臨後的古典好萊塢電影

Balio, Tino, ed. *The American Film Industry*. Madison: University of Wisconsin Press, 1976.

Bordwell, David, Janet Staiger, and Kristin Thompson. *The Classical Hollywood Cinema: Film Style and Mode of Production to 1960*. New York: Columbia University Press, 1985.

Gomery, Douglas. *The Hollywood Studio System*. New York: St. Martin's, 1986.

Koszarski, Richard, ed. *Hollywood Directors, 1914—1940*. New York: Oxford University Press, 1976.

Maltby, Richard. *Harmless Entertainment: Hollywood and the Ideology of Consensus*. Metuchen, N.J.: Scarecrow Press, 1983.

Silver, Alain, and Elizabeth Ward. *Film Noir: An Encyclopedic Reference to the American Style*. Woodstock, N.Y.: Overlook Press, 1979.

Sklar, Robert. *Movie-Made America: A Cultural History of American Movies*. New York: Vintage, 1976.

Walker, Alexander. *The Shattered Silents: How the Talkies Came to Stay*. New York: Morrow, 1979.

■三〇年代的日本電影

Anderson, Joseph L., and Donald Richie. *The Japanese Film: Art and Industry.* Rev. ed. Princeton, N.J.: Princeton University Press, 1982.

Andrew, Dudley, and Paul Andrew. *Kenji Mizoguchi: A Guide to References and Resources.* Boston: G. K. Hall & Co., 1981.

Bock, Audie. *Japanese Film Directors.* Tokyo: Kodansha, 1978.

Bordwell, David. "Our Dream Cinema: Western Historiography and Japanese Film." *Film Reader* 4 (1979): 45-62.

——. *Ozu and the Poetics of Cinema.* Princeton: Princeton University Press, 1988.

Burch, Noël. *To the Distant Observer: Form and Meaning in the Japanese Cinema.* Revised and edited by Annette Michelson. Berkeley: University of California Press, 1979.

Cohen, Robert. "Mizoguchi and Modernism: Structure, Culture, Point of View." *Sight and Sound* 47, no. 2 (1978): 110-118.

Richie, Donald. *Ozu: His Life and Films.* Berkeley: University of California Press, 1974.

■義大利新寫實主義(1942—1950)

Armes, Roy. *Patterns of Realism.* New York: A. S. Barnes, 1970.

Bazin, André. "Cinema and Television." *Sight and Sound* 28, no. 1 (Winter 1958—59): 26-30.

——. *What Is Cinema?* Vol. 2. Berkeley: University of California Press, 1971.

Brunette, Peter. *Roberto Rossellini.* New York: Oxford University Press, 1987.

Leprohon, Pierre. *The Italian Cinema.* New York: Praeger, 1972.

Liehm, Mira. *Passion and Defiance: Film in Italy from 1942 to the Present.* Berkeley: University of California Press, 1984.

Marcus, Millicent. *Italian Film in the Light of Neorealism.* Princeton, N.J.: Princeton University Press, 1986.

Overbey, David, ed. *Springtime in Italy: A Reader on Neo-Realism.* London: Talisman, 1978.

Pacifici, Sergio J. "Notes toward a Definition of Neorealism." *Yale French*

Studies 17 (Summer 1956): 44-53.

■法國新浪潮(1959—1964)

Armes, Roy. *The French Cinema since 1946.* Vol 2. New York: A. S. Barnes, 1970.

Brown, Royal S., ed. *Focus on Godard.* Englewood Cliffs, N.J.: Prentice-Hall, 1972.

Burch, Noël, "Qu'est-ce que la Nouvelle Vague?" *Film Quarterly* 13, no. 2 (Winter 1959): 16-30.

Camera Obscura. Special number on Godard, no. 8-9-10 (Fall 1982).

Godard, Jean-Luc. *Godard on Godard.* New York: Viking, 1972.

Graham, Peter, ed. *The New Wave.* Garden City, N.Y.: Doubleday, 1968.

Insdorf, Annette. *François Truffaut.* New York: William Morrow, 1979.

Marie, Michel. "The Art of the Film in France since the 'New Wave.'" *Wide Angle* 4, no. 4 (1981): 18-25.

Monaco, James. *The New Wave: Truffaut, Godard, Chabrol, Rohmer, Rivette.* New York: Oxford University Press, 1976.

Mussman, Toby, ed. *Jean-Luc Godard.* New York: Dutton, 1968.

■德國新電影(1966—1982)

Corrigan, Timothy. *New German Cinema: The Displaced Image.* Austin: University of Texas Press, 1983.

Eden, Peter, et al. *Fassbinder.* New York: Tanam Press, 1981.

Elsaesser, Thomas. *New German Cinema: A History.* New Brunswick, N.J.: Rutgers University Press, 1989.

"New German Cinema." Special number of *New German Critique,* no. 24-25 (Fall/Wintr 1981-82).

"New German Cinema." Special number of *Persistence of Vision,* no. 3 (Fall 1985).

"New German Cinema." Special number of *Wide Angle* 3, no. 4 (1980).

Phillips, Klaus, ed. *New German Filmmakers: From Oberhausen through the*

1970s. New York: Ungar, 1984.
Rayns, Tony, ed. *Fassbinder*. Rev. ed. London: British Film Institute, 1979.
Rentschler, Eric. *West German Film in the Course of Time*. Bedford Hills, N. Y.: Redgrave, 1984.
Roud, Richard. *Jean-Marie Straub*. New York: Viking, 1972.
Sandford, John. *The New German Cinema*. London: Eyre Methuen, 1980.
Walsh, Martin. *The Brechtian Aspect of Radical Cinema*. London: British Film Institute, 1981.
"West German Film in the 1970s." Special number of *Quarterly Review of Film Studies* 5, no. 2 (Spring 1980).

名詞解釋

1. abstract form／**抽象式形式**

   組織電影的一種類型。透過視覺或音響特性，如形狀、色彩、節奏或運動方向等特性，將各部分連結在一起。

2. Academy ratio／**學院比例**

   銀幕景框的標準比例，由影藝學院(Academy of Motion Picture Arts and Sciences)設定。在 1930 年，銀幕景框長寬比是 1:1.33；最近已改成 1:1.85。

3. aerial perspective／**空中透視**

   從一個比前景更不明確的觀點距離，呈現畫面中物體的深度。

4. anamorphic lens／**變形鏡頭**

   製造寬銀幕效果的鏡頭。在攝影機上它能捕捉寬廣的景觀，將它壓縮到景框之中；然後藉放映機上的鏡頭，將壓縮的影像再還原放大到戲院的銀幕上去。

5. angle of framing／**取鏡的角度**

   景框與被攝物之間的位置關係：鏡頭在上方往下俯看即高角度；鏡頭與被攝物平行即水平角度；鏡頭在下方往上仰看則是低角度。又稱攝影角度。

6. animation／**動畫**

   任何透過攝影機拍攝一連串圖片、物品或電腦影像等而產生非自然的動作之過程。透過每一格之間的人或物之位置的些微改變，製造出運動的幻象。

7. aspect ratio／**縱橫比**

   景框的高與寬之比例。多年來的標準學院比例(academy ratio)是 1 ：1.33。

8. associational form／**聯想式形式**

   組織電影的一種類型。主要在於暗示影片各部分之間並置後能產生相似、對比或表現出情緒的作用。

9. asynchronous sound／**非同步聲音**

   時間上沒有與影像的動作同時發生的聲音，例如台詞的聲音沒和嘴唇的動作吻合(即對嘴)。

10. auteur／作者

電影的作家，相當於導演。一般是用來別於一般導演的，稱呼好導演的名詞。

11. axis of action／動作軸

在連戲剪接(continuity editing)系統中，一條從(兩名)主角身邊所劃的直線，界定該主角所存在的場景，其中的空間關係(左或右)。攝影機在運動時不能跨過該線，因爲那樣即破壞了畫面中的空間關係；也稱作 180°線。

12. backlighting／逆光

與攝影機位置相對的光源，照在人或物身上可造成一層明亮輪廓。

13. boom／麥克風桿

一支供懸掛麥克風用的桿子，可延伸至場景上空隨人或物之移動(發出聲音)而移動。

14. camera angle／攝影角度

參考angle of framing。

15. canted framing／傾斜構圖

不平衡景框中的構圖。不管左右或高低，使場景中的人或物看起來是傾斜的。

16. categorical form／分類式形式

組織電影的一種類型。其中每一部分都有明顯的主題。

17. cel animation／賽璐珞動畫

動畫繪在透明的賽璐珞(celluloid)片上，'cels' 是縮寫。每片賽璐珞上畫面的些微不同可以造成運動的幻象。

18. cheat cut／借鏡位

在連戲剪接(continuity editing)系統中，一個具有連接鏡頭之間時間關係，但改變人或物位置的連戲鏡頭。

19. cinematography／電影攝影

關於電影底片攝影的一般用語。有時用在沖印廠沖片階段。

20. close-up／特寫

人或物的局部充斥大部分銀幕的鏡頭比例大小。

21. closure／結局

劇情片尾時交代所有因果關係以及交匯所有敘事線的階段。

22. continuity editing／連戲剪接

使鏡頭空間的銀幕方向、空間位置及時間關係等相配，以維持連續及清楚的敘事動作之剪接系統。特定的技巧包括：動作軸(axis of action)、交叉剪接(crosscutting)、切入(cut-in)、確立場景空間位置鏡頭(establishing shot)、視線連戲(eyeline match)、動作連戲(match on action)、銀幕方向(screen direition)、正/反拍鏡頭(shot/reverse shot)、重新確立場景空間位置鏡頭(reestablishing shot)。

23. crane shot／升降鏡頭

攝影機架在起重機上可隨意升高或下降，從空中任何角度取景。

24. crosscutting／交叉剪接，對剪

交替在兩條或多條敍事線場景的剪接。

25. cut／1. 切接　2. 鏡頭

1. 在製作電影上是以膠帶連接兩段底片。

2. 在完成的影片中，一個不同構圖的鏡頭，見跳接。

26. cut-in／插入鏡頭

從一個遠景急變成較近景的鏡頭，但仍保留原來的部分空間。

27. deep focus／深焦

利用鏡頭及燈光使前景與背景之間的範圍都在焦距之內。

28. deep space／深度空間

一種場面調度的安排，讓前景之間能有最大距離。

29. depth of field／景深

距離攝影機最近的前景到最遠的背景之間，其間景物在清晰的焦距內的範圍；例如景深 5 到 16 呎表示距離鏡頭 5 到 16 呎間都在焦距之內。

30. diegesis／與劇情相關的元素

在劇情片中，關於該故事的世界，包括即要發生以及沒有在銀幕上出現的事件與空間。

31. diegetic sound／劇情聲音

任何依劇情所存在的空間之人或物所發出聲音、音樂或音效。

32. direct sound／現場聲音

從拍攝現場錄到的聲音、音樂及對話等聲音。

33. discontinuity editing／不連戲剪接

不包括在連戲剪接系統中的任何剪接技巧。包括：時空關係的不連續、跨過動作軸(axis of action)，只注重圖形關係等。參閱elliptical editing, graphic match, intellectual montage, jump cut, nondiegetic insert, overlapping editing 等項。

34.displaced diegetic sound／移位劇情聲音

與劇情有關的聲音，但發生得比畫面早或晚。

35.dissolve／溶接

兩個鏡頭之間的轉場方式；第二個鏡頭慢慢出現重疊在第一個鏡頭上，直到兩者溶合在一起之後第一個鏡頭再逐漸消失。

36.distance of framing／取鏡距離

景框與場面調度元素之間的距離。也稱做「攝影距離」(camera distance)或「鏡頭大小」(shot scale)。參閱close-up, extreame close-up, extreme long shot, medium close-up, medium shot, plan américain等項。

37.distribution／發行

電影工業三大分工項目之一，供應影片給戲院的制度。參考exhibition, production。

38.dolly／推軌

支撐攝影機的有輪小車，專用來拍推軌鏡頭(tracking shot)。

39.dubbing／配音

取代部分或全部聲帶上的聲音以改正錯誤或是重錄對話。參考postsynchronization。

40.duration／時間長度

在劇情片中，發生在情節中但是與故事時間相關的時間長度。

41.editing／1.選鏡頭　2.剪接

1.在製作電影階段，挑選及組合鏡頭的工作。

2.影片完成後，一種管理影片中鏡頭關係的技巧。

42.ellipsis／省略

1.在劇情片中，以略過故事(story)時間，而達到縮短情節(plot)時間的方法。

2.在觀賞時間(viewing time)中，漏掉一些故事與情節時間的段落，通常用省略剪接elliptical editing的方法達到目的。

43.elliptical editing／省略剪接

略過部分事件，造成情節和故事時間的省略之轉場鏡頭。

44.establishing shot／確立空間鏡頭(確立場景內人物空間位置關係之鏡頭)

遠景鏡頭呈現重要人或物或道具所存在的場景之空間關係。

45. exhibition／放映

電影工業三大分工項目之一；是映演已完成影片給觀眾的過程。參考production, distribution。

46. exposure／曝光

調整攝影機之機械裝置，以控制透過光圈到單格底片上的光線量。

47. external diegetic sound／外在劇情聲音

同場戲演員可以聽到的、來自於場景空間等物體的聲音。參考internal diegetic sound。

48. extreme close-up／大特寫

將人或物放大到非常大的格局，通常是小東西或身體的某部分，幾乎充斥整個銀幕。

49. extreme long shot／大遠景(極全景)

將人或物縮小到非常小的格局，通常是充滿銀幕的建築物、風景、人羣等構圖。

50. eyeline match／視線連戲

遵循動作軸線原則之剪接，其中一個鏡頭是人物來往銀幕外某個方向，第二個鏡頭是他或她所見到的景物(例如，一個人朝左看，下個鏡頭的擺位是暗示觀看者站在右邊的構圖)。

51. fade／1.淡入　2.淡出

1. 黑銀幕逐漸消失，有光線的畫面逐漸出現。

2. 一個鏡頭逐漸變黑直到銀幕全黑。

52. fill light／補光

比主光(key　light)較不明亮的光源，通常用來使主光產生的陰影柔和。參考three-point lighting。

53. film noir／黑色電影

由法國影評人提出形容二次世界大戰後某一類型的美國電影，通常是具低調燈光與陰鬱氣氛的偵探或驚悚片。

54. film stock／(電影)底片

經由攝影可留下影像的一段膠片，這個透明膠片上的某一面塗滿了感光乳劑，經由化學沖洗可以顯現出影像。

55. filter／濾鏡

一片放在攝影機或印片機前的玻璃或凝膠，可以改變透過光圈接觸到底片的光線。

56. flashback／回溯，倒敘

改變故事次序的方法：情節回到比影片已演過的時空更過去的時光描述。

57. flashforward／前敘

改變故事次序的方法：情節移到比影片已演過的時空之未來的時空之描述。

58. focal length／焦距

從鏡頭之鏡片中間點到匯集光線的交會焦點之距離，焦距決定銀幕上畫面的透視關係。參考normal lens, telephoto lens, wide-angle lens。

59. focus／對焦

以調整攝影機上鏡頭的機械裝置讓物體在畫面上有明顯輪廓及明顯顯示物體表面材質的方法。

60. following shot／跟拍鏡頭

隨物體移動，保持物體在銀幕空間的鏡頭。

61. form／形式

影片中各部分之間所有關係的全面性系統。

62. frame／格

電影底片上的單一影像。以一連串的「格」連續以快動作通過放映機投向銀幕，會讓觀眾產生影像在運動的幻象。

63. framing／取景(取鏡)

利用景框邊緣上挑選及構組銀幕上可見的內容。

64. frequency／頻率

在劇情片中，任何出現在情節中的故事事件的時間次數。參考duration, order。

65. frontal lighting／前光

光源非常接近攝影機位置，直接投向前面場景的光。

66. function／功能

電影形式中任何元素的角色或作用。

67. gauge／間距

電影底片的寬(以公釐爲單位)。

68 genre／類型

依觀眾與電影工作者所熟悉的劇情片慣例所歸納出的幾種電影型式。如歌舞片、幫派片、西部片等。

69. graphic match／**圖形連戲**

兩個鏡頭間有極相似的構圖(顏色或形狀)，將之剪接在一起。

70. hand-held camera／**手持攝影機**

以攝影機操作員身體爲支撐，再以手拿著或以皮帶拴住的使用攝影機方法。

71. hard lighting／**硬光**

在場景的明亮與陰暗部分之間製造硬邊對比的打光法。

72. height of framing／**景框高度**

攝影機離地高度，與地平線的角度無關。

73. ideology／**意識型態**

由一社會族羣所共有、通常被視爲是自然、且與生俱來的相當一致的價值、信仰與想法的思想系統。

74. intellectual montage／**知性蒙太奇**

透過兩個影像的並置，產生不存在的兩個影像內的抽象概念之剪接。

75. internal diegetic sound／**內在劇情聲音**

觀眾聽得到但同場戲的演員聽不到的、來自該場景空間某個人物的內心聲音。

76. interpretation／**詮釋**

在分析電影的內在及徵候性意義時，觀眾心底的心理活動。

77. iris／**虹膜**

一個圓形的可轉動變化大小的遮光罩，可用來開始(使一個細節擴大到全景)或結束一個場景(從全景縮到一個細節)。

78. jump cut／**跳接**

一種省略剪接，是將背景一樣、但畫面人物改變，或者是人物一樣、但背景改變的鏡頭剪接在一起之方法。

79. key light／**主光**

在三點式打光法系統中，提到場景中最明亮的光源。參考backlighting, fill light, three-point lighting。

80. lens／**透鏡**

兩邊或一邊是有孤度(凸或凹)的透明鏡片。大部分的攝影機或放映機都有一個金屬筒以容納這些透鏡，來組合一個複合鏡頭。

81. linearity／**直線敘事**

在劇情片中，明顯的因果動機鋪陳，且在過程中沒有逸題、拖延或與劇情無關的動作。

82.long shot／**遠景鏡頭(全景鏡頭)**

景框中的人或物比例相當小的鏡頭。人物高度大約與銀幕高度相當。

83.long take／**長鏡頭**

在接下個鏡頭前延續一段不尋常長時間的某一景物的鏡頭。

84.mask／**遮光罩**

一個放在攝影機或印片機前方，遮住部分景框的罩子，以改變影像外形。在銀幕上，大部分遮去的部分是黑色的，但有時是白色、甚至彩色的。

85.masking／**遮光筒**

在放映時，依銀幕需要大小遮去不必要部分。

86.match on action／**動作連戲**

一種連戲剪接法，將相同動作但不同取鏡角度的鏡頭，在動作的接點上剪接在一起而沒中斷的剪接法。

87.matte shot／**合成鏡頭(套景)**

一種合成鏡頭(process shot)。在暗房中透過光學作用再攝影，可將不同影像組合在同一畫面上。

88.meaning／**意義**

1.Referential meaning／指示性意義：觀眾期待去識別的，外在於電影本身、對一個特殊共識的引喻。

2.Explicit meaning／外在性意義：明白顯示出來的意義，通常是在電影的開場或結尾以語言說出來的旨意。

3.Implicit meaning／內在性意義：不顯於外的意旨，必須經由觀眾自己去分析及思考之後才能發現。

4.Symptomatic meaning／徵候性意義：在歷史或社會的範疇內該電影的意義。

89.medium close-up／**中特寫鏡頭**

銀幕上的人或物的比例，大約是人從胸部以上充斥銀幕的比例。

90.medium long shot／**中遠景鏡頭**

銀幕上的人或物之比例，人物高度差不多要充滿整個銀幕的比例。

91.medium shot／**中景鏡頭**

大約是人從腰部以上充滿銀幕的比例。

92.mise-en-scene／場面調度

放置在鏡頭前準備要被拍攝的所有元素：道具、背景、燈光、服裝、人物走位、化裝等。

93.mixing／混音

將兩條以上的聲音錄到同一條聲帶。

94.mobile frame／動態畫面

因爲鏡頭移動在畫面上所帶來的效果，如變焦鏡(zoom lens)或一些特殊效果(special effects)；參見crane shot, pan, tilt, tracking shot。

95.montage／蒙太奇

1.剪接(editing)的同義字。

2.二〇年代由蘇俄電影工作者發展出來的剪接方法；它通常強調鏡頭之間具動力的、經常是不連續的關係，將它們並置以產生第三種概念。

96.montage sequence／蒙太奇段落

摘要一個題材或壓縮時間成一些具有象徵或典型的影像，這個段落通常與影片其他段落的處理手法形成對比。

97.motif／母題(主調)

在影片中某一元素以一個有意義的方式重複。

98.motivation／動機

影片中某一元素出現的正當理由。通常是指觀眾對現實世界的認知、類型、慣例、敍事的因果或者是影片中的風格模式等等。

99.narration／敍述方法

情節傳遞故事訊息的過程。它可能被限制或不限制在人物的認知範圍內，或呈現更多或更少關於人物內在知識或思想。

100.narration form／敍述形式

影片的組合方式；在其中影片各部分的連接是在特定時空中，透過一連串因果相連的事件而成的。

101.nondiegetic insert／與劇情無關的插入鏡頭

一個鏡頭或一連串鏡頭切入一個段落，鏡頭的內容與劇情所存在的空間無關。

102.nondiegetic sound／非劇情聲音(與劇情空間無關之聲音)

如情境音樂或旁白聲，是由劇情存在的空間之外的音源所發出的聲音。

103.nonsimultaneous sound／非同時聲音

聲音與畫面中音源的人或物之發聲動作沒有同時出現。

104.normal lens／標準鏡頭

使影像沒有極度誇大或刻意縮小的鏡頭。在 35 釐米電影製片中，標準鏡頭是 35-50 mm(釐米)。

105.offscreen sound／畫外音

音源在同一場景但在銀幕框外，與音源動作同時發生的聲音。

106.offscreen space／銀幕外空間

銀幕上看不到的六個區域空間：上、下、右、左、攝影機後，及背景後的空間。

107.180°system／180°剪接系統

連戲剪接系統，參考axis of action。

108 order／順序

劇情片中，依故事事件所發生的時間前後關係，編入情節之中。

109.overlape／重疊

表示畫面深度的一種線索：等物體位在某一較遠位置的物體之前，並遮住它的部分之現象。

110.overlapping editing／重複剪接

兩個相連鏡頭重複了前一個鏡頭全部或部分的動作，因此，擴大了情節也拖長了觀影時間。

111.pan／橫搖

攝影機運動的方式之一：機身在固定的三腳架上可向右或向左橫搖，在銀幕上以水平方式呈現場景空間。

112.pixillation／怪異動畫

動畫的一種形式；具有三度空間的物體(通常是人)經由停格攝影技巧，產生斷續的動作。

113.plan américain／美式鏡頭

大約是人物從後脛骨到頭部充滿銀幕的比例(有時是人物不出現在畫面中的中遠景鏡頭medium long shot)

114.plot／情節

在劇情片中，所有事件都直接呈現在觀眾眼前，包括事件的因果關係、年代時間次序、持續的時間長度、頻率及空間關係等。它與故事對立，因爲故事是觀眾根據敘事中所有事件的想像式的結合。參考duration, ellipsis, frequency, order, viewing time。

115.point-of-view shot／**觀點鏡頭**(pov shot)

攝影機擺在與人物眼睛相同的位置所拍下來的鏡頭，表示該人物所見；通常是人物在看某人或物的鏡頭之前或之後。

116.postsynchronization／**事後配音**(事後加上同步音)

影片拍攝與組合完畢後再加上聲音部分的過程。包括配(dubbing)旁白，或插入同質音樂或音效。與現場音(direct sound)相反。

117.process shot／**合成鏡頭**

運用攝影技巧將兩個或兩個以上的影像變成一個，或製造特殊效果；也稱作「組合鏡頭」(composite shot)。參考matte shot, rear projection, special effects。

118.production／**製作**

電影工業三大分工項目之一：生產電影的過程。

119.racking focus／**移焦**

同一個鏡頭中，從一個焦點快速變換到另一個對焦點的鏡頭。在銀幕上產生的效果，稱作「焦變」(rack focus)。

120.rate／**速度**

拍攝時每秒鐘曝光的格數；在放映時則是每秒鐘被投射到銀幕上的格數；此二者格數一樣，則動作速度正常，否則會呈現快或慢的動作。

121.rear projection／**背景放映**

一種將前景動作與事前已拍攝好之背景影片投射到攝影中的銀幕上，再經由攝影統合在同一底片上的技巧。

122.reestablishing shot／**再確立空間鏡頭**(重新確立場景中人物空間位置關係鏡頭)

在establishing shot之後一系列更緊的鏡頭之後，一個重新交代場景空間位置的鏡頭。

123.reframing／**重新取鏡**

利用小幅度的橫搖或直搖攝影機運動，隨人物動作而調整構圖，讓人物保持在畫面中。

124.rhetorical form／**策略式形式**

電影組合的一種形式，各部分均對議題提出相同的某一論點。

125.rhythm／節奏

聲音的規律、鏡頭內動作之速度。

126.rotoscope／轉描機

將眞人實景影片投射出供動畫工作者臨描，以期獲得較寫實的卡通人物之機器。

127.scene／場景，一場戲，場

劇情片的段落單位：發生在某一時間、空間內。

128.screen direction／銀幕方向

場景中左右關係；在一個確立場景空間關係鏡頭後，以哪些人或物是在景框同一邊，或人物的視線或動作來決定右、左。連戲剪接(continuity editing)即是嘗試維持鏡頭之間的銀幕方向之系統。參考：axis of action, 180° system。

129.segmentation／分段

爲了分析，將電影區分成段落的過程。

130.sequence／段落

電影的每一區域包括一個完整的事件脈絡。在劇情片中，等同於場(scene)。

131.shallow focus／淺焦

相對於深焦(deep focus)，在畫面中非常接近攝影機的區域在焦距內。

132.shot／1.鏡次　2.鏡頭

1.拍攝時，攝影機不中斷拍攝一回合，也稱作次(take)。

2.在完成的影片上，一個單一靜止或移動但沒有中斷的影像。

133.shot/reverse shot／正/反拍鏡頭

兩個不同人物鏡頭的剪接，通常是在對話的場合。在連戲剪接(continuity editing)中，人物通常看左邊，下一個鏡頭就看右邊。

134.side lighting／側光

係由人或物旁邊來的光源，通常是爲產生體積感，帶出質感。

135.simple diegetic sound／單純劇情聲音

發聲體與劇情相關且發聲物體的聲音與動作同時發生。

136.simultaneous sound／同時音

與影像動作同時發生的聲音。

137.size diminution／縮小比例

以比前景物體小的方式來暗示影像中空間的深度。

138.soft lighting／柔光

避免過顯的明暗對比，在明暗之間有漸層的光。

139.sound bridge／音橋

聲音從A畫面出來但延伸到B畫面上去。或A畫面未結束，B畫面之聲音已先傳出。

140.sound over／旁白

銀幕上某場景裏時空中的人物均聽不到的聲音：如nonsimultaneous diegetic, simultaneous displaced diegetic, nondiegetic sound。參考displaced diegetic sound, nondiegetic sound, nonsimultaneous sound。

141.space／(電影)空間

電影裏，有幾種三度空間呈現出來：約束空間、情節空間、觀賞空間。是一個平面的銀幕空間。

142.special effects／特效

總稱各種不同的攝影手法，創造鏡頭裏元素之間虛構的空間關係，如疊印(superimposition)、合成鏡頭(matte shot)、背景放映(rear projection)等。

143.story／故事

在劇情片中，所有看到、聽到的事件，以及我們認爲已發生的事件之一切因果關係、時序、頻率及空間關係的總合。與情節(plot)對立，情節是劇情中實在演出的部分。

144.storyboard／分鏡表

用來計劃電影拍攝的工具：包括每一鏡頭之圖片。通常釘在牆上，看起來像連環圖畫。

145.style／風格(技巧方面)

某部或某一些影片。擁有重複及明顯運用某些電影技巧特性之現象(例如，某導演或某電影運動)。

146.superimposition／疊印

同一段底片上有一種以上的影像曝光。

147.synchronous sound／同時聲音

時間上與影像動作同時發生的聲音，例如談話時，聲音對嘴。

148.take／次

拍攝時，攝影機沒有中斷拍攝一回合；或從同動作所拍的很多次中，挑出的某鏡次。

149. technique／技巧

在製作一部影片時操控電影媒體任何一特性的方法。

150. telephoto lens／望遠鏡頭

由長焦距透鏡組成的鏡頭；將遠處景物做局部放大，使它們看起來非常接近攝影機前景的鏡頭。在 35 釐米攝影中，75 mm或 75 mm以上的都屬於長鏡頭。

151. three-point lighting／三點式打光法

場景中最普通的打光法：從主體背後的光源(逆光backlighting)、最亮光源(主光key light)及相對於主光之次亮光源(補光fill light)。

152. tilt／直搖

攝影機運動之一：機身固定在三腳架上，可向上或向下搖，在銀幕上以垂直方式呈現場景空間。

153. top lighting／頂光

從人或物上方而來的光源，通常是要描出人或物上半部之輪廓，來和背景區隔出來。

154. tracking shot／推拉鏡頭

攝影機運動之一：攝影機固定在一個可移動的支撐物上移動拍攝，通常向前推進，或向後拉出或左右移動。

155. under lighting／底光

從人或物下方而來的光源。

156. unity／統一、和諧

影片各部以系統的方式聯結在一起，並提供所有元素正當的理由/動機。

157. variation／變奏

電影形式中，某個元素以明顯的變化又回到某段落來。

158. viewing time／觀賞時間

當影像以適當的速度放映時，看一部電影的時間。

159. whip pan／快搖

攝影機以極快速度從一邊搖到另一邊，在畫面上產生一組短暫、模糊的平行線條。

160. wide-angle lens／廣角鏡

由短焦距透鏡組成的鏡頭，以扭曲接近景框邊緣的直線以及誇大前景與背景之間的距離，藉以改變場景的空間透視關係之鏡頭。在 35 釐米攝影廣角鏡是 30 mm或比 30 mm更小的鏡頭，參考normal lens, telephoto lens。

161.wipe／劃

鏡頭之間的一種轉場，由一條垂直線橫越銀幕，帶出第二個畫面以取代第一個畫面。

162.zoom lens／變焦，伸縮鏡頭

可以連續變更焦距及成像倍率，且維持焦點正確的鏡頭。

其他參考影片

在前言中，我們提到授課者可以以其他影片來取代我們所舉的例子；以下是一些建議性的影片名單，可供授課者講解不同章節提到的形式或風格種類時參考；當然還有其他影片有相同的功能。

授課者在講完第十章、給學生依樣做影片分析時，以下的影片也是不錯的選擇。

第三章

廣島之戀(亞倫•雷奈)

命運(佛利茲•朗)

儀式(大島渚)

八又二分之一(費里尼)

Anatomy of a Murder(奧圖•普萊明傑)

翡翠谷(約翰•福特)

愛情故事(馬可維耶夫)

慾海驚魂(希區考克)

午後的羅網(瑪雅•德倫)

安達魯之犬(布紐爾)

持攝影機的人(維托夫)

柏林：城市交響曲(華特•路特門)

L'Étoile de mer(曼•雷)

天蠍座升起(Kenneth Anger)

狗星人(史丹•布雷克基)

Breathdeath(Stan Van Der Beek)

Rose Hobart(Joseph Cornell)

Unsere Afrikareise(Peter Kubelka)

A Propos de Nice(尚•維果)

第四章

譯註：在國內可能不容易找到這些影片，所以保留原文片名，不附中譯。

分類式形式：

Every Day Except Christmas(Lindsay Anderson)

Thusday's Children(Lindsay Anderson)

Let There Be Light(John Huston)

Frederick Wiseman的電影(如"Law and Order"及"Hospital")

抽象式形式:

Bridge-Go-Round(Shirley Clarke)

Motion Painting#1(Oscar Fischinger)

Nine Variations on a Dance Theme(Hilary Harris)

Fist Fight(Robert Breer)

A Study in Choreography for the Camera(Maya Deren)

The Very Eye of Night(Deren)

Dom(Jan Lenica and Walerian Borowczyk)

策略式形式:

The Plow That Broke the Plain(Pare Loretz)

Harvest of Shame (David Lowe)

Smoke Menace (John Taylor)

London Can Take It (Harry Watt 及 Humphrey Jennings)

The Spanish Earth (Joris Ivens)

Prelude to War (Frank Capra)

聯想式形式:

Cosmic Ray (Bruce Conner)

Report (Bruce Conner)

To Parsifal (Bruce Baillie)

Mass for the Dakota Sioux (Baillie)

Song of Ceylon (Basil Wright)

第五章

將軍號(巴斯特·基頓)

Foolish Wives(馮·史卓漢)

恐怖的伊凡(艾森斯坦)

天堂問題(劉別謙)

遊戲時間(傑克·大地)

上海快車(馮·史登堡)

第六章

遊戲規則(尙·雷諾)

雨夜物語 (溝口健二)

The Four Horsemen of the Apocalyse (Rex Ingram)

日出(穆瑙)

歷劫佳人(奧森·威爾斯)

黃昏雙鏢客(Sergio Leone)

斷了氣(高達)

愛情編年史(安東尼奧尼)

吸血鬼(德萊葉)

大都會(佛利茲·朗)

第七章

我的男人古德菲(Gregory La Cava)

星期五女郎(霍華·霍克斯)

育嬰奇譚 (霍華·霍克斯)

The Fleshman(Sam Taylor 及 Fred Neumeyer)

狂亂(Wild and Woolly)(John Emerson)

波坦金戰艦(艾森斯坦)

母親(普多夫金)

胡洛先生的假期(傑克·大地)

M(佛利茲·朗)

上海小姐(奧森·威爾斯)

野良犬(黑澤明)

第八章

胡洛先生的假期(傑克·大地)

M(佛利茲·朗)

百萬富翁(何內·克萊)

天意(亞倫·雷奈)

對話(柯波拉)

紅樓豔史(魯賓·馬莫連)

西伯利亞飛鴻(克利斯·馬蓋)

The Long Goodbye(羅伯·阿特曼)

索引

國立中央圖書館出版品預行編目資料

電影藝術 : 形式與風格 / David Bordwell, Kristin
Thompson著 ; 曾偉禎譯. - - 初版. - - 臺北市
:遠流 , 民 81
面 ; 公分. - - (電影館 ; 24)
譯自 : Film Art : An Introduction
參考書目 : 面
含索引
ISBN 957-32-1587-X(平裝)
1. 電影
987.01 81002399

Sabine